Arnon Grünberg

Muttermale

Arnon
Grünberg

Muttermale

Roman

Aus dem Niederländischen
von
Rainer Kersten und Andrea Kluitmann

Kiepenheuer & Witsch

Dank an Can Karayalcin

MIX
Papier aus verantwortungsvollen Quellen
FSC® C083411

Verlag Kiepenheuer & Witsch, FSC® N001512

1. Auflage 2016

Titel der Originalausgabe: *Moedervlekken*

Die Originalausgabe erschien 2016 bei Lebowski Publishers, Amsterdam

Aus dem Niederländischen von Rainer Kersten und Andrea Kluitmann

Umschlaggestaltung: Barbara Thoben, Köln, nach dem Originalumschlag von Studio Riesenkind
Umschlagmotiv: © Riesenkind
Autorenfoto: © Bettina Fürst-Fastré
Gesetzt aus der Adobe Garamond
Satz: Buch-Werkstatt GmbH, Bad Aibling
Druck und Bindung: CPI books GmbH, Leck
ISBN 978-3-462-04925-1

1

Kadoke will klingeln, aber der vertrocknete Rasen hält ihn davon ab. Er nimmt den Gartenschlauch und gibt dem Vorgarten zu trinken, den Bäumen, den Pflanzen, dem Gras. Der Sohn, der Psychiater geworden ist, wie man von ihm erwartete, kümmert sich jetzt um den Garten. Früher spielte er dort manchmal Badminton mit seinem Vater. Das ist lange her, heute wird der Rasen vor allem *betrachtet:* wie ein vertrautes und immer noch schönes Gemälde. Seit beinahe zehn Tagen hat es nicht mehr geregnet, überall im Gras sind gelbe Flecken entstanden. Jahrelang wurde hier alles mit Liebe gepflegt, jedenfalls mit einer Ausdauer und einem Verantwortungsbewusstsein, die von Liebe nicht zu unterscheiden sind. Beharrlichkeit ist auch Liebe – die Weigerung aufzugeben, der entschiedene Unwille zu verlieren, zu sterben: alles miteinander Formen der Liebe. Tragisch, dass schon eine kurze Trockenperiode solch große Verheerungen anrichten kann.

Es ist noch früh am Morgen, aber schon heiß. Eine Nachbarin starrt ihn an, doch Kadoke ignoriert sie. Nichts Merkwürdiges geht hier vor sich: Der Sohn sprengt den Rasen, der gute, sich um alles Mögliche kümmernde Sohn; der Sohn, der lebt, damit andere nicht sterben.

Aber er kann sich eben auch nicht um alles kümmern, oder besser gesagt: Seine fürsorglichen Bemühungen führen nicht immer zum gewünschten Ergebnis. *Das* ist das Problem. Er hat den Mädchen Anweisungen gegeben, manche sogar auf Englisch in der Küche an einen der Schränke geheftet, und während er den Rasen wässert, fragt er sich, warum seine simplen Anweisungen nicht befolgt wurden. »Please, water the garden when the lawn is dry« – das ist doch nicht schwer zu begreifen? Die jungen Frauen, die seine Mutter pflegen, können zwischendurch doch auch mal ein bisschen Gartenpflege betreiben? So intensiv muss man auf seine Mutter nun auch wieder nicht aufpassen, dass keine Zeit für den Rasen mehr bliebe.

Kadoke weiß, wer er ist: Otto Kadoke, geduldig, ruhig, engagiert, aber nicht zu empathisch, das schadet der Ruhe, ist schlecht für den Behandlungsprozess, der Arzt darf dem Patienten nicht zu nah kommen. Die Betonung liegt auf der dritten Silbe, Kadoké, aber wenn Leute den Namen falsch aussprechen, korrigiert er sie nicht. Was ist schon ein Name? Höchstens eine Geschichte, zu der man sich verhalten muss. Sie können ihn auch »Doktor« nennen. Offizielle Schriftstücke unterzeichnet er mit »O. Kadoke«.

Seinen Vornamen hat er nach Otto Frank, einem Freund der Familie, obwohl seine Mutter den berühmten Otto offenbar nie richtig mochte. Schon als Kind war ihm der Name zuwider, als hätten die Eltern ihm damit einen Streich spielen wollen. Fast jeder findet sich irgendwann mit seinem Namen ab – er nicht, und irgendwann in der Grundschule begann er, sich Oscar zu nennen. Für Freunde ist er Oscar, für Patienten Doktor Kadoke. Er ist ein Mann ohne Vornamen. Otto nannte seine Frau ihn nur, wenn sie Streit hatten. In den letzten anderthalb Jahren ihrer Ehe nannte sie ihn fast nur noch so. Als sie mit einem befreundeten Ehepaar, einem Dermatologen und seiner Frau, einmal zu Abend aßen, fragte sie ihn: »Kannst du das eigentlich: sagen, dass du mich liebst? Kriegst du das überhaupt über die Lippen?« Er hatte geschwiegen, sich des Schweigens peinlich bewusst, doch zugleich unfähig, es zu brechen. Mit dem Ende seiner Ehe kehrten die Ruhe und Melancholie in sein Leben zurück; für ihn bedeutet Melancholie Ruhe. Nichts ist ihm vertrauter, wenig ihm lieber. Die Scheidung verlief schmerzlos, er blieb ohne Kinder, seine Ex hat inzwischen, wie er vor Kurzem erfuhr, ein Nachfolger geschwängert, die Kollegen mögen Kadoke, und er glaubt auch zu wissen, warum: Er macht seine Arbeit, ohne dafür mehr Lohn zu erwarten als sein Gehalt. Man braucht ihm nicht zu sagen, wie gut er ist, wie wichtig; er weiß, dass seine Tätigkeit im Grunde ohne Hoffnung ist – die hoffnungslosen Fälle, denen er häufig begegnet, führen zu fruchtloser Arbeit –, aber damit hat er sich abgefunden. Die Würde des Menschen liegt in der Ausdauer, mit der er seine hoffnungslose Arbeit verrichtet.

Zehn bis fünfzehn Mal pro Tag gönnt er sich eine Zigarette, manchmal auch öfter. Er raucht, wie er seinen Patienten zu helfen versucht: ohne Rücksicht auf Verluste. Nicht, weil der Glaube an Heilung ihn verlassen hätte, das wäre ein zu schöner Grund, vielmehr begann er zu rauchen und konnte nicht mehr aufhören, und allmählich, mit der Zigarette gewissermaßen zwischen den Fingern, verließ ihn die Hoffnung auf Heilung, und damit die Heilung selbst. Sie entwischte ihm wie eine Geliebte, aber das Rauchen hat mit diesem Verlust nichts zu tun. Er raucht nicht, weil er etwas verloren hätte, verloren hat er nicht mehr als andere. Man darf den Verlust nicht zum alles beherrschenden Grund hochstilisieren.

Einen Knochenbruch kann man heilen, Leukämie manchmal, aber in Kadokes Beruf weiß man, was sich erreichen lässt: Man stabilisiert, mehr ist häufig nicht drin. Und selbst das gelingt nicht immer.

Er dreht den Wasserhahn zu, hält den Gartenschlauch aber weiter in der Hand und drückt auf die Klingel. Er hat keinen Schlüssel, der ist bei der Nachbarin. Er will keinen, Kadoke will klingeln, will keinen Platz in dem Haus zurückfordern, das er mit viel Mühe verlassen hat.

Rose öffnet ihm, in kurzer Hose und T-Shirt. Sie trägt gelbe Flip-Flops. Sie ist eines der beiden Mädchen, die für seine Mutter sorgen, und das tut sie liebevoll und mit Hingabe. Sie stammt aus Nepal, ist als Au-pair in die Niederlande gekommen und hier geblieben. In Nepal gab es für sie keine Zukunft – für wen überhaupt? Bei Mutter und Kadoke fand sie Arbeit und Unterkunft, wenn auch nicht als Au-pair, dafür hat sie sich als Altenbetreuerin neu erfunden, obwohl es natürlich Ähnlichkeiten zwischen beiden Berufen gibt. In Nepal hatte sie eine Ausbildung zur Krankenpflegerin angefangen, aber der Westen hatte gerufen, oder vielleicht muss man es so ausdrücken, die Armut hatte geschrien: »Hau ab!«

Hin und wieder gibt es Missverständnisse aufgrund unvermeidlicher kultureller Unterschiede, klein, aber nicht klein genug, um als solche nicht aufzufallen. Und Kadokes Mutter ist nicht immer einfach, sie leidet unter Argwohn, Missgunst macht ihr zu schaffen. Für Kadoke ist Rose ein Engel in Menschengestalt.

»Hi«, sagt sie. »Mother is still upstairs. Hot, isn't it? I like the heat. It reminds me of home.«

Er legt den Gartenschlauch auf den Boden und betritt das Haus. Rose geht vor ihm her in die Küche. »Tea?«, fragt sie.

»Just water, thanks. How is everything? How is mother?«

Sie schenkt ihm ein Glas Wasser ein. »Okay«, sagt sie. »Eating is still difficult. One day better, next day not so good.«

Er trinkt das Wasser, nickt Rose zu. Kadoke will sie zum Weiterreden ermuntern, aber ihr auch zeigen, dass er im täglichen Kampf um eine höhere Kalorienaufnahme der Mutter an ihrer Seite steht.

»Sometimes I'm really worried«, sagt Rose, gegen die Anrichte gelehnt.

»I know. But you know you can always call me. If there's something, call me. You are such a good caregiver, Rose. We are so lucky to have you here.«

Und sie antwortet: »You are such a good son.«

Sie machen einander gern Komplimente, der Psychiater und die Betreuerin. Kadoke tut es aus aufrichtiger Zuneigung und weil er glaubt, dass es wichtig ist, jemandem, der sich Tag und Nacht um seine Mutter kümmert, nicht nur mit Geld zu danken. Ab und zu braucht Rose auch ein wenig emotionale Zuwendung.

In manchen Momenten hat er den Eindruck, dass er Rose liebt. Er wäre der Erste, zuzugeben, dass er nicht genau weiß, ob das tatsächlich so ist, ob er die Person liebt, sie selbst also, oder das, was sie für ihn repräsentiert: das Mädchen, das für seine Mutter sorgt, das Mädchen, das seine Mutter am Leben erhält.

»I'm going to mother's room«, sagt er.

Er geht die Treppe hinauf, kommt an seinem ehemaligen Kinderzimmer vorbei, das immer noch seins ist. Seine Eltern haben alles so gelassen, als meinten sie, ihr erwachsener Sohn würde eines Tages – gewissermaßen durch eine Zeitreise – plötzlich wieder als Elfjähriger vor ihrer Tür stehen, mit dem rasenden Bedürfnis, erneut mit LEGO zu spielen. Oder taten sie es für das Enkelkind, das niemals kam? Jetzt schlafen die Mädchen darin.

Der Sohn klopft an die Tür von Mutters Schlafzimmer.

»Ja?« Ihre Stimme klingt schwach, geradezu kläglich.

Mutter liegt noch im Bett. Sie schaut ihn an und lächelt, wie in einem Reflex, ein Baby, das seine Mutter sieht. Ein Lächeln ohne Ich-Bewusstsein.

Er geht zu ihr, streichelt sie vorsichtig, erst über die Wange, dann über die Stirn.

»Wie hast du geschlafen?«

»Geht so. Und du?«

»Gut. Macht dir die Hitze zu schaffen?«

»Hitze hat mir nie zu schaffen gemacht. Ich finde es herrlich, Kälte kann ich nicht ausstehen. Aber du siehst blass aus. Es ist mitten im Sommer, und du bist blass.«

Es kommt wieder Leben in sie. Solange sie sich Sorgen um ihren Sohn machen kann, ist Leben in Mutter.

Der Psychiater nimmt ihre Hand. »Rose ist ein bisschen beunruhigt. Wegen dem Essen. Du isst so wenig, sagt sie. Nicht so, wie du müsstest. Sie macht sich Sorgen.«

»Ich bin doch keine Gans, die gestopft werden muss? Soll sie sich um sich selbst Sorgen machen!«

»Du bist keine Gans, Mama, bestimmt nicht, aber du musst über einem gewissen Gewicht bleiben, es gibt eine kritische Grenze, die dürfen wir nicht unterschreiten.«

»Wer sagt das?«

»Der Arzt.«

»Aber du bist doch mein Arzt?«

»Ich sage es auch.«

Sie schaut ihn an, Verzweiflung im Blick. »Ich geb mir ja Mühe, aber ich bin keine Gans, Jungchen, die man für Weihnachten mästet.«

Es ist warm im Schlafzimmer. Er versteht nicht, wie seine Mutter sich bei dieser Hitze unter einer Daunendecke verkriechen kann, aber er weiß noch von früher, dass sie von Ende September bis Mitte Mai ewig mit einer Wärmflasche ins Bett ging. Wo die Wärmflasche war, da war Mutter.

Er schwitzt, spürt die Tropfen unter den Achseln, in seinem Oberhemd.

»Ich muss gleich zur Arbeit«, sagt Kadoke.

»Du musst dir aber auch ein bisschen Ruhe gönnen, mein Junge.«

»Ich gönne mir Ruhe!«

Er küsst Mutter dreimal, will eigentlich gehen, hält aber noch einen Moment ihre Hand. Weil er nie weiß, wie er sie wiedersehen wird, zieht er den Abschied in die Länge, eine Art Beschwörungsritual.

Im Flur zieht er sein leichtes Jackett und sein Oberhemd aus. Unter den Achseln ist er klitschnass. Das geht nicht, so kann er den Patienten nicht unter die Augen treten, so verschwitzt, stinkend womöglich. Er muss sich ein anderes Oberhemd anziehen. Irgendwo hier müssen noch ein paar Hemden von früher liegen, wahrscheinlich im Kinderzimmer, doch dort kann er jetzt nicht hinein, da schlafen die Mädchen. Unter der Woche Rose, am Wochenende June. Es wäre unhöflich und würde von einem Mangel an Respekt zeugen, da jetzt einfach so reinzugehen. Erst fragen, dann betreten. Das ist die Reihenfolge.

Ein paar Sekunden lang ist er sich unschlüssig, dann findet er, dass ein erwachsener Mann im Haus seiner Mutter mit nacktem Oberkörper herumlaufen darf, auch in Anwesenheit der Betreuerin. Er geht nach unten. In der Küche macht Rose gerade für Mutter das Frühstück.

»Rose, do you happen to know if there are still some clothes of mine in my room? Can I go in and have a look?«

»Of course, it's your room. It's your house. You can go wherever you want.«

Er schüttelt den Kopf. »No Rose, it's mother's house. It's your house. I'm just a guest.«

Er sieht Rührung in ihrem Blick. Sie kennen sich schon so lange, mit seiner Mutter als verbindendem Glied. Eine eigenartige Intimität ist zwischen ihnen entstanden, eine melancholische Mischung aus Vertrautheit und Fremdheit,

Spannung und Fürsorglichkeit, Geld und dankbarer Verpflichtung, langsam aufblühender Liebe und genauso langsam herannahendem Tod.

Er dreht sich um, geht aus der Küche, doch Rose sagt: »What's that? On your back?«

Er bleibt stehen, versucht, sich über die Schulter zu sehen.

»There«, sagt sie. Sie kommt näher, berührt mit dem Zeigefinger vorsichtig eine Stelle genau über dem Hintern.

»Those things are growing«, sagt sie. »I have seen them before, but they are growing. You should go to a doctor. I know somebody who died because of these things. You have to be careful.«

Er reibt sich über den Rücken. Die Flecken waren da schon immer, aber sie scheinen gewachsen zu sein. Er geht zum Spiegel im Flur, schaut kurz hinein. Sie sind tatsächlich gewachsen.

»You should do something. I don't want you to die«, ruft Rose.

Er muss lachen. Rose ist eine gute Betreuerin, aber manchmal macht sie sich zu viele Sorgen. Sie sieht den Tod an Stellen, wo gar keiner ist. Womöglich liegt es an ihrer Kultur, dass sie den Tod an Orten entdeckt, wo der Mensch aus dem Westen nichts sieht und auch nichts zu sehen ist.

»I'm not going to die, Rose, but I'll call my dermatologist. If you insist. I cannot say no to you, you know that.« Kurz berührt er sie an der Schulter, wie in einem Reflex, zum Zeichen, dass er ihre Besorgnis zu schätzen weiß.

Kadoke geht nach oben zurück und betritt zum ersten Mal seit Jahren sein altes Zimmer. Er versucht, Roses Habseligkeiten zu ignorieren. Weil sie von Donnerstag bis Sonntag nicht hier schläft, ist es nie richtig ihr Zimmer geworden, höchstens ein Hotelzimmer, eine vorübergehende Bleibe. Ihre Sachen sind in einer Tasche, ein paar Kleidungsstücke liegen auf einem Klappstuhl, den seine Mutter einmal im Sperrmüll gefunden hat.

Er öffnet einen der Schränke. Darin steht Geschirr. Was das dort zu suchen hat, ist ihm ein Rätsel. Der zweite Schrank enthält in der Tat alte Kleidung und einige – zweifellos von seiner Mutter – ordentlich gebügelte und zusammengelegte Hemden. Er nimmt drei heraus. Die ersten beiden wirken verfärbt. Das dritte, ein weißes, geht noch. Er hält es vor sich. Kadoke tut nichts für seine Kondition, aber er wird nicht dick. Durchs Rauchen verliert er Gewicht. Seine Mutter verliert Gewicht durch zu wenig Essen. Aber er hat noch etwas zuzusetzen, sie nicht.

Während er das Hemd zuknöpft, geht er mit dem Jackett über dem Arm die Treppe hinunter.

»Coffee?«, fragt Rose. »Do you want some coffee? Or more water?«

»No, thanks. I have to go.«

Er wirft einen Blick auf das Obst, das sie seiner Mutter zurechtgemacht hat. Apfelschnitze, eine Orange.

»Are you going to call the doctor?«, fragt Rose.

»For mother?«

»For you! For your back.«

»I will call my dermatologist, but it's nothing serious. A mole, a few moles. Birthmarks. Don't get upset, Rose. I don't need care. I'm okay. It's mother who needs your care.«

»They are growing. I'm not blind.« Sie schaut ihn ernst an.

Er zögert, dann macht er einen Schritt auf sie zu und knuddelt sie, um ihr deutlich zu machen, dass sie sich nicht zu sorgen braucht, dass er sie versteht, ihre Unsicherheit, ihre Panik, die existenzielle Angst, er könnte plötzlich nicht mehr da sein und sie bliebe allein mit seiner Mutter zurück. Darum nimmt er sie in den Arm und drückt sie kurz an sich. »Take good care of yourself«, sagt er. »I'll try to come by tonight, after work.«

Durch seine Mutter sind sie aneinandergekettet, wie unzertrennlich, und sei es nur darum, weil er sich nicht vorstellen kann, Rose könne eines Tages nicht mehr für Mutter sorgen. Ohne Rose und June kann er sich seine Mutter nicht mehr unter den Lebenden vorstellen. Kadoke wirft einen Blick auf sein Handy, er muss eigentlich los, rennt aber noch einmal nach oben.

Seine Mutter liegt im Bett, die Augen geschlossen.

»Ich gehe jetzt«, sagt er leise und schiebt ihr die Hand unter den Kopf. »Iss das Obst, das Rose dir gleich bringt, iss alles auf, es ist wichtig. Tu es für mich.«

Sie schaut ihn aggressiv an. »Für wen sollte ich es sonst tun?«

Noch vier Küsse gibt er ihr, dann rennt er nach unten. »Bye, Rose«, ruft er. »See you tonight.«

Im Auto steckt er sich schnell eine Zigarette an, dann reibt er sich über den unteren Rücken. Es stimmt, sie wachsen. Er wird Roses Ratschlag befolgen.

2

Seit Jahren arbeitet Kadoke beim mobilen Krisendienst. Seine Eltern hatten sich eigentlich eine Karriere als Kinder- und Jugendpsychiater für ihn erhofft, doch er entwickelte sich in eine andere Richtung. Ob es eine bewusste Entscheidung war oder vielmehr das Schicksal, weiß er nicht mehr, eine Kombination von beidem wahrscheinlich. Suizidprävention wurde sein Spezialgebiet. Er hat ein paar wissenschaftliche Artikel darüber veröffentlicht, aus denen hin und wieder zitiert wird. Nicht unverdienstlich sind sie einigen Kollegen zufolge. Seine akademischen Ambitionen hat er aufgegeben. Die Patienten sind ihm genug, und ehrlich gesagt, manchmal auch die schon zu viel. In Heil- und Pflegeberufen ist das wahrscheinlich nicht zu vermeiden.

Beim mobilen Krisendienst besteht seine Aufgabe darin, zusammen mit einem Kollegen Patienten zu begutachten. Er untersucht, ob sie eine Gefahr für sich selbst, für die Gesellschaft oder für beide darstellen, obwohl man natürlich sagen könnte, dass, wer eine Gefahr für die Gesellschaft darstellt, automatisch auch eine für sich selbst ist und umgekehrt. Kadoke stellt fest, ob der Patient gegen seinen Willen in einer psychiatrischen Einrichtung untergebracht werden muss. Eine ZE, Zwangseinweisung. Er liebt Jargon, weil der so ritualisierend und dadurch beruhigend wirkt. So angenehm unpersönlich.

Er parkt sein Auto, einen alten VW, raucht schnell noch

eine Zigarette und betritt das Gebäude des Krisendiensts, wo er sich sofort einen doppelten Espresso aus dem Automaten zieht.

Seit der Reorganisierung gibt es keine festen Büros mehr. Der Mitarbeiter sucht sich einfach den nächstbesten freien Schreibtisch. Manche nennen das Fortschritt.

Diese Woche hat er Dienst zusammen mit Ed, einem freundlichen, aber etwas stillen Fachpfleger mit psychosozialem Schwerpunkt. Er trägt einen Bart. Ed ist ein begeisterter Raucher. Das verbindet.

Kadoke sucht nicht nur einen freien Schreibtisch, er sucht auch ein leeres Büro. Am liebsten hat er ein Zimmer für sich. Zweifellos altmodisch, dieses Bedürfnis nach Absonderung.

Am Schreibtisch sitzend, wartet er auf den ersten Notfall. Meist dauert das nicht lange. Während er wartet, schreibt er Berichte; heute liest er die Gutachten eines Assistenzarztes, der sich nach einer Woche Nachtdienst mit Burn-out hat krankschreiben lassen. Längst nicht jeder Arzt ist für die Suizidprävention geeignet. Assistenzärzte müssen langsam an diese Aufgabe herangeführt werden.

Rose schickt ihm eine WhatsApp. »Mother ate all her fruit. I'm so happy.« Sie fügt drei Smileys hinzu.

Kadoke schreibt zurück: »This is fantastic. Thank you, Rose, thank you for everything.« Einen Moment zögert er, ob er seine Nachricht ebenfalls mit Smileys abschließen soll. Normalerweise tut er das nicht, er ist kein Teenager, aber vielleicht wüsste Rose es zu schätzen. Vielleicht bringt das ihn ihr näher. *Einen* Smiley also, das kann nicht schaden. So wie es auch nicht schaden kann, Rose von Zeit zu Zeit in die Arme zu nehmen und an sich zu drücken, diesen Engel in Menschengestalt.

Ed kommt zu ihm, um ein wenig zu plaudern. Weil sie einander nicht so viel zu sagen haben, läuft so ein Plausch meist auf ein schweigendes Nebeneinanderherrauchen auf dem Parkplatz des Krisendiensts hinaus.

Am Spätvormittag bekommen sie ihren ersten Notfall. Ein Mann mittleren Alters, der Jahre in Südamerika gelebt hat, aber vor ein paar Monaten in die Niederlande zurückgekehrt ist. Offenbar hat er Freunden von einem Abschiedsbrief erzählt. Die Freunde haben den Brief gelesen und darauf den Hausarzt informiert. Der wollte auf Nummer sicher gehen und alarmierte den Krisendienst.

Der Notfall wohnt in der Nähe des Bahnhofs Amsterdam Muiderpoort. Falls so ein Notfall nicht auf der Straße stattfindet oder im Krankenhaus liegt, kommt das Interventionsteam zu ihm nach Hause.

Unterwegs fragt Kadoke seinen Kollegen: »Ed, wie lange kennen wir uns jetzt eigentlich?«

Ed denkt nach, streicht sich über den Bart und antwortet: »Ungefähr zehn Jahre?«

Kadoke schweigt einen Moment, dann sagt er: »Das ist lang.«

Mehr Worte werden an die Sache nicht verschwendet.

Sie parken ihr Auto und gehen zu der Wohnung, die ihnen als Adresse des Notfalls mitgeteilt wurde. Gerstenfeld. Er wohnt in der ersten Etage.

Ein Mann in dunkelblauem Hemd und Jeans öffnet ihnen die Tür. An den Füßen trägt er nur Socken. Der Mann sieht gepflegt aus, so wie die Wohnung. Gerstenfeld hat üppiges Haar für sein Alter. Er bittet sie an den Esstisch, auf dem ein Strauß Rosen in einer etwas zu großen Vase steht. Ziemlich verwelkt.

Am anderen Ende des Zimmers steht auf einem Stuhl ein langsam hin- und herschwenkender Ventilator. Eine leichte Brise geht durch den Raum.

»Möchten Sie etwas trinken?«, fragt Gerstenfeld.

»Nein danke«, antwortet Kadoke. »Sie wissen, dass wir vom Krisendienst sind? Ich bin Psychiater Kadoke, und das ist mein Kollege Ed, unser psychosozialer Fachmitarbeiter.«

Er wartet einen Moment auf eine Reaktion. Als die nicht kommt, fährt er fort: »Ich vermute, Sie wissen, warum wir hier sind? Ihr Hausarzt hat Sie informiert?«

»Mein Hausarzt war ein bisschen panisch.« Gerstenfeld lacht, nicht bitter, eher gutmütig. Dass der Hausarzt in Panik geriet, kann er verstehen, aber er weiß auch, dass es dafür keinen Grund gibt. Er lacht, um der Sache die Dramatik zu nehmen.

Der Mann hat volle, aber trockene Lippen. Sie sind etwas aufgesprungen, was den gepflegten Eindruck aber weiter nicht stört.

Kadoke legt die Hände auf den Tisch, neben sein Notizbuch.

»Aber Sie haben einen Brief geschrieben, in dem Sie die Absicht äußerten, nicht mehr leben zu wollen, und haben mit Freunden über diesen Brief gesprochen. Stimmt das? Und ist es da nicht verständlich, dass Ihr Hausarzt und Ihre Freunde sich deswegen Sorgen machen?«

Gerstenfeld nickt langsam, wie in Gedanken versunken. »Stimmt, das habe ich getan, ich habe einen Abschiedsbrief geschrieben und ihn meinen Freunden zu lesen gegeben. Ich kann ihn Ihnen zeigen. Jeder schreibt ab und zu doch mal so was, oder? Einmal im Leben. Vielleicht auch öfter.«

Gerstenfeld lächelt, steht auf, geht zu einem Schreibtisch und überreicht Kadoke zwei Blatt Papier.

Flüchtig liest Kadoke den Brief. Die Handschrift ist wie der Mann selbst: ausgesprochen gepflegt. Zunächst zählt er einige Gründe auf, warum das Leben ganz allgemein sich nicht lohnt, der Mensch sei ein Wolf auf zwei Beinen; dann geht er auf die eigene Situation ein, die nicht besonders dramatisch ist, die er aber offenbar für ziemlich aussichtslos hält: Lustlosigkeit und Ekel machten sich in ihm breit.

Kadoke reicht den Brief an Ed weiter.

»Ich hätte meine Freunde den Brief nicht lesen lassen sollen«, sagt Gerstenfeld. »Das war ein Fehler. Ich war an dem Abend in einer melancholischen Stimmung und habe mich hinreißen lassen, und wie merkwürdig und eitel es sich vielleicht auch anhört: Ich war stolz auf den Brief.«

Gerstenfeld nimmt einen Zahnstocher aus einem Spender und steckt ihn sich in den Mund.

»Aber dieses ganze Tamtam hier habe ich nicht in Gang setzen wollen. Das war nicht meine Absicht.«

Ed schiebt den Brief wieder Gerstenfeld zu, der einen Blick darauf wirft, ihn aber vor sich auf dem Tisch liegen lässt.

»Haben Sie öfter solche Stimmungen?«, fragt Kadoke. »Anfälle von Melancholie? Von Lustlosigkeit? Haben Sie das schon länger?«

Gerstenfelds Blick wandert durchs Zimmer, als könnten die melancholischen Anfälle dort immer noch irgendwo herumliegen. »Was soll ich sagen? Das Leben kennt Höhen und Tiefen, nicht wahr? An dem Abend hatte ich ein ziemliches Tief. Ich war hier allein, und ich hatte eine ganze Flasche Wein getrunken.«

Gerstenfeld kaut bedächtig auf seinem Zahnstocher. »Aber noch mal: Es tut mir leid. Ich sehe jetzt ein, dass so ein Abschiedsbrief ernst genommen wird. Ich hätte es nicht tun sollen, meine Freunde den Brief nicht lesen lassen dürfen.«

Er schaut sie verständnisvoll an, als sei *er* der Mitarbeiter des Krisendiensts und müsse die anderen beruhigen.

»Sie haben längere Zeit im Ausland gelebt?«, fragt Kadoke.

»Gut fünfzehn Jahre. In Kolumbien. Ich war da im Obstgeschäft. Meine Frau ist dort geblieben. Schönes Land. Uns ging es gut.«

»Und warum sind Sie wiedergekommen?«

Gerstenfeld streicht mit der Hand über den Tisch, als wolle er Staub wischen. »Ich verlor meinen Job. Und ich bekam eine Entzündung am Fuß, die einfach nicht wegging. Finanziell brauche ich mir keine Sorgen zu machen, ich könnte jederzeit aufhören zu arbeiten. Aber ich bin zurückgekommen, um zu sehen, ob ich hier noch was auf die Beine stellen kann. Und um meinen Fuß behandeln zu lassen, denn der wurde einfach nicht besser.«

An der Wand hängt das Poster einer Ausstellung im Stedelijk Museum von vor vielen Jahren. Ein Poster, das irgendwie nicht zu Gerstenfeld passt. Kadoke fragt sich, ob er die Wohnung möbliert mietet oder hier vorübergehend bei einem Freund untergekommen ist.

»Ihre Frau ist noch in Kolumbien?«

»Ja, sie gibt Englischunterricht. Der geht in einer Tour weiter. Alle wollen Englisch lernen. Sie hat viel zu tun.«

»Wie ist Ihre Ehe?«

Der Mann lacht, es klingt angenehm, er scheint daran gewöhnt, andere zu beruhigen. Sozial kompetent wirkt er auf Kadoke. »Tja, wie eine Ehe nach fast dreißig Jahren halt so ist – gut, oder, sonst hätte man's doch nicht so lang miteinander ausgehalten?«

Seine Antwort ist eher eine Frage als eine richtige Antwort. Gerstenfeld nimmt den Zahnstocher aus dem Mund und legt ihn auf den Tisch.

»Haben Sie hier noch Familie?«

»Meine Eltern sind tot, und ich hab einen Bruder in Australien, aber wir haben nicht viel Kontakt, was auch logisch ist, bei der Entfernung.«

»Haben Sie regelmäßig Kontakt zu Ihren Freunden?«

»Ja, solange sie nicht sterben.« Gerstenfeld lächelt und steckt sich den Zahnstocher wieder in den Mund.

»Haben Sie viele Freunde verloren?«

»Einen, vor gut fünfzehn Jahren. Nicht jeder versteht meinen Humor.«

»Nehmen Sie Drogen?«

»Nein, aber warum fragen Sie mich das alles? Ich sagte doch schon, dass ich es nicht hätte tun sollen? Wer ist nicht ab und zu melancholisch? Ich hätte den Brief nicht schreiben sollen, mehr kann ich dazu nicht sagen.«

»Das sind unsere Vorschriften«, antwortet Ed. »Wir müssen uns sicher sein, dass wir nachher die richtige Entscheidung treffen, dass wir nichts übersehen haben.«

Zehn Jahre. Sie sind ein eingespieltes Team. Manchmal weiß Kadoke, was Ed sagen wird, noch bevor der überhaupt den Mund aufgemacht hat.

»Alkohol?«, fragt Kadoke.

»Wein, wenn er zum Essen gehört. Einen Whisky mit Freunden. Ich hab mein Leben lang hart gearbeitet, das passt nicht besonders zu Alkohol.«

»Waren Sie bei einem Psychiater oder Psychologen in Behandlung?«

»Nein, das war nie nötig. Und man geht ja nicht einfach zum Spaß hin, oder?«

Gerstenfeld lacht, als hätte er einen guten Witz gemacht; Kadoke nickt bedächtig.

»Haben Sie öfter Suizidgedanken?«

Für einen Moment ist Gerstenfeld still. »Eigentlich nicht, der eine Abend war das erste Mal. Ich war überrascht, ehrlich gesagt. Sie kamen so unvermittelt.«

»Und seitdem sind die Gedanken nicht wiedergekommen?«

»Sie waren am nächsten Morgen schon wieder verschwunden.« Geschickt bewegt er den Zahnstocher zwischen den Vorderzähnen hin und her.

»Können Sie verstehen, dass Ihre Freunde sich dermaßen Sorgen gemacht haben, dass sie den Hausarzt alarmierten?«

Der Mann zuckt mit den Schultern. Er schweigt einen Moment. »So ein Brief ist in der Tat untypisch für mich. Aber mir wär's lieber gewesen, sie hätten das Alarmieren gelassen, es war überflüssig. Ich bin meistens eher fröhlich.«

»Nehmen Sie Medikamente?«

»Ab und zu ein paar Schmerztabletten, für meinen Fuß.«

»Wie schlafen Sie?«

»Gut.« Gerstenfeld nimmt den Zahnstocher aus dem Mund und wirft einen Blick darauf. »Ich habe immer gut geschlafen. Ich bin kein Langschläfer, in meinem Beruf ging das auch nicht. Aber ich schlafe sehr gut. Ich kann überall schlafen, ich brauche kein Bett. Ich schlafe auch auf einem Stuhl oder auf dem Boden.«

»Haben Sie Kinder?«

»Nein.«

»Und Sie sind sich ganz sicher, dass die Selbstmordgedanken, die Sie zu diesem Brief getrieben haben, nicht wiedergekehrt sind?«

»Ja, da bin ich mir sicher, sonst würde ich jetzt hier nicht so sitzen – so gut gelaunt. Wenn ich richtig darüber nachdenke, bin ich ein heiterer Mensch.«

»Haben Sie das Gefühl, dass diese Gedanken latent vielleicht doch noch anwesend sind? Dass die Schwermut gewissermaßen nur darauf lauert, erneut zuzuschlagen? Wann genau haben Sie den Brief geschrieben?«

Der freundliche, verständnisvolle Mann untersucht den Zahnstocher, als sei die Antwort auf diese Frage vielleicht darauf zu finden.

»Vor zwei Wochen ungefähr. Und nein, in meinem Kopf lauert nichts. Ich versteh nicht, was mich dem Abend geritten hat. Ich hätte mich nicht so gehen lassen dürfen, meine

Freunde nicht in meine plötzliche Schwermut hineinziehen dürfen. Das haben sie nicht verdient. Und wie gesagt, normalerweise bin ich kein schwermütiger Mensch. Ich liebe das Leben. Was soll man sonst lieben?«

Gerstenfeld schaut Kadoke an. Als erwarte er die Zustimmung des Psychiaters: Man kann nichts lieben außer das Leben selbst.

»Wenn diese Gedanken doch wiederkehren sollten, glauben Sie, Sie werden sich dann Hilfe suchen?«

»Natürlich, wenn ich Hilfe brauche, werde ich mir welche suchen. Das hab ich bei meinem Fuß gemacht, das tue ich auch bei anderen Wehwehchen.«

»Benötigen Sie jetzt irgendwelche Hilfe?«

Der Mann schaut amüsiert. »Für meinen Fuß, ja, sonst nicht. Insgesamt bin ich glücklich – wenn man Zufriedenheit Glück nennen darf. Darf man das?«

Kadoke schaut sich um. »Gehört diese Wohnung Ihnen?«

Gerstenfeld nennt den Namen einer Onlinevermittlung von Privatunterkünften. »Ich wusste nicht genau, wie lange ich in den Niederlanden bleiben würde. Bis jetzt durfte ich jedes Mal wieder verlängern. Na ja, ich zahl ja auch gut dafür. Ein Hotel wäre fast genauso teuer.«

Wieder ist es einen Moment still. Dann fragt Kadoke: »Ed, hast du noch was?«

Ed schaut auf von seinen Notizen. »Ja, Ihr Fuß. Gibt es da irgendeine Besserung?«

»Nur langsam, sie können einfach nicht herausfinden, woran es liegt. Nächste Woche muss ich wieder ins Krankenhaus, zu einer neuen Untersuchung.«

»Haben Sie starke Beschwerden?«

Gerstenfeld zuckt mit den Achseln. »Manchmal habe ich Probleme beim Laufen, je nach Schmerzen. Wenn die zu stark werden, nehme ich Schmerzmittel.«

»Haben Sie regelmäßig Kontakt zu Ihrer Frau?«

»Wir whatsappen jeden Tag. Und alle zwei, drei Tage telefonieren wir.«

»Und dieser Kontakt verläuft angenehm?«

Gerstenfeld steckt sich den Zahnstocher wieder in den Mund. »Sehr angenehm.«

»Hat Ihre Frau vor, in die Niederlande zu kommen, Sie zu besuchen?«

»Ich denke, irgendwann werde ich wieder nach Kolumbien zurückgehen, sobald es meinem Fuß besser geht. Meine Zukunft liegt doch eher dort als hier.«

»Okay«, sagt Ed. Er macht sich eine letzte Notiz.

»Wenn es Ihnen recht ist«, sagt Kadoke, »ziehen wir uns für einen Moment zurück, um uns zu beratschlagen. In fünf Minuten sind wir wieder da. Dann klingeln wir. Damit Sie wissen, wer es ist.«

»Ich kann auch rausgehen, ich stell mich auf den Balkon. Dann können Sie hier bleiben. Wenn Sie in Ruhe miteinander reden wollen.«

»Nein«, sagt Kadoke, »wir beraten uns kurz vor dem Haus. Bleiben Sie hier.«

Sie verlassen die Wohnung. Unter der Garderobe im Flur stehen ein Paar großer blauer Gummistiefel und Damenschuhe, wahrscheinlich von den eigentlichen Bewohnern.

Sie gehen die Treppe hinunter, der Psychiater und der Fachkrankenpfleger. Die zehn Jahre sind dahingeflogen, obwohl Kadoke sich noch an Ed ohne Bart erinnern kann. Draußen ist es drückend schwül.

An der Straßenecke zieht Kadoke sein Jackett aus. »Ich meine: keine ZE«, sagt er. »Der Mann wirkt geistig kohärent und emotional stabil. Er sagt, er wird Hilfe suchen, wenn er welche benötigt. Er gibt an, jetzt keine Hilfe zu brauchen, er leidet nicht mehr unter Suizidgedanken. Ich wüsste nicht, warum wir ihn gegen seinen Willen einweisen lassen sollten.«

Ed wirft einen Blick in seine Notizen. »Ganz deiner Meinung«, sagt er nach kurzem Nachdenken. »Ich denke, dieser Brief war ein Ausrutscher. Wie er selbst sagt, wird der Wein mitgespielt haben. Keine Zwangseinweisung. Eindeutig.«

Sie gehen zurück, klingeln, Gerstenfeld lässt sie wieder herein.

»Wir haben die Informationen, die Sie uns gegeben haben, miteinander besprochen«, sagt Kadoke am Tisch. Sie sitzen genauso da wie zuvor, als seien sie nicht weg gewesen. »Wir finden, es liegt kein Grund für eine Einweisung vor. Sie haben angegeben, nicht mehr unter Suizidgedanken zu leiden und Hilfe zu suchen, sollten die sich eventuell wieder melden. Das ist alles korrekt?«

»Völlig korrekt«, sagt Gerstenfeld, der auf dem Tisch ein Quadrat aus Zahnstochern gelegt hat. »Wenn ich Hilfe brauche, werde ich mir welche suchen.«

»Wir werden Ihren Hausarzt über dieses Gespräch informieren, und dann vertraue ich darauf, dass Sie sich mit ihm in Verbindung setzen, wenn sich eine Krisensituation ergibt, Ihnen also wieder Suizidgedanken kommen. Sie wissen, dass es ein Krisenzentrum gibt, das Sie rund um die Uhr anrufen können?«

Gerstenfeld nickt. »Ja, das hat mir mein Hausarzt erzählt, bevor Sie kamen.«

»Soll ich Ihnen die Nummer des Krisenzentrums aufschreiben?«

»Habe ich schon. Ich hab alle Nummern, die ich brauche. Vielen Dank.«

Sie stehen auf und geben dem Mann die Hand. »Gute Besserung für Ihren Fuß«, sagt Kadoke.

Die Straße ist menschenleer. Ein Dreirad steht neben einem Baum, doch das dazugehörende Kind ist nirgends zu sehen.

»Es ist heiß«, sagt Ed, als sie zum Auto gehen. »Zu heiß.«

»In diesem Land dauert die Hitze nie lang«, antwortet Kadoke.

Als sie wieder im Auto sitzen, bemerkt Ed: »In der Wohnung hat es nach Seife gerochen. So ein penetranter Geruch nach Schmierseife.«

»Nichts gemerkt. Er kaute auf Zahnstochern, aber das kann man auch einfach zum Spaß machen. Er hatte eine hervorragende Kommunikationskompetenz.«

»Der Brief war nicht schlecht geschrieben«, ergänzt Ed und öffnet das Wagenfenster.

»Stimmt«, erwidert Kadoke. »Nicht schlecht geschrieben.«

Der Psychiater hat zu viele Abschiedsbriefe gelesen. Je weniger er liest, desto besser, ist seine Devise.

Auf seinem Handy sieht er, dass der Krisendienst angerufen hat.

»Ich glaube, wir können gleich weiter zum Nächsten. Es wird ein anstrengender Tag«, sagt er.

Ed reibt sich über den Bart. »Es muss an dem Wetter liegen. Die Hitze macht die Leute verrückt.«

3

Es ist Abend und immer noch drückend. Das Thermometer an der Haustür seiner Mutter zeigt 28 Grad. Im Schatten. Er sehnt sich nach dem Sonnenuntergang.

Wie versprochen, ist Kadoke nach der Arbeit zu seiner Mutter gefahren. Er hatte erwartet, sie würde draußen sitzen und die Luft im Garten genießen, doch offensichtlich findet selbst sie es zu heiß.

Sein Jackett hat er auf dem Rücksitz seines Autos gelassen, er versteht nicht, warum er es am Morgen überhaupt angezogen hat.

Nach Gerstenfeld hatten Kadoke und Ed noch drei Notfälle, darunter einen Jugendlichen. Ein schwerer Fall. Ed hatte recht: Die Hitze macht die Leute verrückt.

Der Rasen sieht hoffnungslos aus. Kadoke zündet sich eine Zigarette an. Warum unbedingt auch noch das Gras zugrunde gehen muss, will ihm nicht in den Kopf. Dieses sinnlose Sterben irritiert ihn. Gerade am Abend, wenn die Sonne nicht mehr so brennt, müsste man hier sprengen. Das wäre für Rose doch ein Leichtes.

Mutter sitzt wohl im Haus und sieht fern, er hört die vertraute Stimme von Dr. Phil durchs Wohnzimmer schallen. Jetzt müsste Rose dem Garten zu trinken geben. Wenn Mutter Dr. Phils Ratschlägen lauscht, braucht sie Rose nicht. Früher machte sie im Garten alles allein, ein Gärtner kam für sie nicht infrage, doch dazu fehlt ihr jetzt die Kraft. Ihren Kampf gegen Gärtner hat sie aufgegeben.

Entgegen seinen Grundsätzen regt er sich nun doch auf. Er ist ein Mann, der Effizienz liebt, dabei voller Verständnis für menschliche Schwächen, er besitzt die Ruhe, die ein Arzt braucht. Man stelle sich vor: ein Doktor, der in Panik gerät angesichts des Todes oder der Verzweiflung Betroffener bei einer schwerwiegenden Diagnose. So ein Arzt hat von Anfang an schon verloren. Der sterbende Garten jedoch ärgert Kadoke von Tag zu Tag mehr.

Er sieht schwarze Pünktchen an einem kleinen, verdorrenden Baum, den noch sein Vater gepflanzt hat. Läuse. Ob die durch die Trockenheit kommen, oder waren sie vorher schon da? So schwer kann es doch nicht sein, etwas gegen die Läuse zu unternehmen – auf keinen Fall schwerer als gegen Läuse auf dem Kopf eines Kindes!?

Kadoke nimmt den Gartenschlauch. Wie gern würde er sich jetzt auf das Sofa im Wohnzimmer legen, ein Nickerchen machen und sich danach um die Post kümmern. Die Umschläge öffnet Mutter zwar noch, aus unerfindlichen Gründen denkt sie, ihr Sohn sei dazu nicht fähig (er reißt die Umschläge auf, sie benutzt eine Schere), aber sie interessiert sich nicht mehr dafür, was in den Umschlägen drin ist. »Für Otto«, schreibt sie darauf. Ihr Sohn, der Psychiater, soll sich für sie mit der Außenwelt herumschlagen. Wie eine Wand steht er zwischen ihr und der Welt.

Die Zigarette im Mund, beginnt er den Garten zu sprengen, doch schon bald macht ihn das kribblig. Das ist nicht seine Aufgabe. Der Psychiater dreht den Hahn zu, wirft die Kippe weg und klingelt.

Die Tür bleibt geschlossen, nichts rührt sich. Er klingelt noch einmal. Lauter, wütender. Dem selbst gewählten Tod gegenüber bleibt er gelassen, doch das Absterben von Gras lässt ihn vor Wut zittern. Er wankt, schenkt dem aber keine Beachtung, dazu kennt er sich selber zu gut: Leben ist Wanken, das weiß er, so wie kein anderer, er hat Erfahrung darin. Vielleicht ist das Wanken jetzt stärker als sonst. Das beunruhigt ihn aber nicht, die Hitze hält auch Beschäftigte in Helferberufen im Griff.

Ein drittes Mal klingelt er, lang und laut, als hätte er einen Durchsuchungsbeschluss. Wenn Rose gerade zu tun hat, kann Mutter doch öffnen? Oder hört sie ihn nicht? Übertönt Dr. Phil jetzt sogar noch die Klingel?

Endlich öffnet sich die Tür. Rose steht in der Öffnung, nur mit einem Handtuch bekleidet. Ein altes, verwaschenes Ding.

Rose. Wahrscheinlich heißt sie nicht wirklich so, genau wie er nicht wirklich Oscar, aber was spielt das für eine Rolle? Menschen gehen in ein anderes Land und wählen einen anderen Namen, einen, der zu ihnen passt oder zu dem Land, so wie sie sich das Schicksal aussuchen, das sie gerade noch ertragen. Sie wählen sich einen Namen wie ein Kleidungsstück, ziehen es an und sagen: »Ja, dieses Schicksal passt zu meinem Teint – auch zu meinen Augen, findest du nicht?« Manchmal greifen sie daneben und drohen, an ihrem gewählten Schicksal unterzugehen, aber dann kommt Kadoke.

»I was taking a shower, excuse me«, sagt Rose.

Mit dem Handtuch hat er sich schon als kleiner Junge abgetrocknet. Nichts in diesem Haus wird erneuert, alles bleibt, wie es ist. Jede Ausgabe wird kategorisch verboten mit der Begründung, man sterbe ja doch bald. Der Tod mahnt zu Abwarten und Sparsamkeit. Warum Geld ausgeben, wenn man die Früchte der Ausgabe nicht mehr lang wird genießen können?

Der Vorgarten. Kadokes Gedanken kehren zum sterbenden Rasen zurück, der sich den Tod nicht selbst ausgesucht hat. Er packt das Mädchen beim Oberarm, sanft, liebevoll, doch energisch. Normalerweise tut er das nicht, er behandelt die Mädchen nicht grob, berührt sie höchstens verständnisvoll, väterlich. Der Psychiater hält gemessenen Abstand.

Rose erschrickt nicht, sie vertraut ihm. Geduldig, wie eine Patientin, lässt sie sich zum Rasen führen. Sie ist barfuß, im Haus trägt sie immer Flip-Flops, selbst im Winter.

Eigentlich ist er zu höflich für die strenge Methode, aber er, der immer gewankt hat, wankt jetzt auf eine Weise, die neu für ihn ist. Wie ein Vermessener, Übermütiger, wie jemand, den er nicht kennt.

»The garden needs a shower«, sagt er, auf die verdorrten Stellen im Gras zeigend, die sich wie ein Ausschlag über den Rasen verbreitet haben. Wie ein Ekzem. Neurodermitis. Akne. Wenn die Haut der Spiegel der Seele ist, braucht die Seele dieses Gartens eindeutig Hilfe.

Sie stehen auf der Grasfläche. Er zeigt um sich, überall vertrocknete Stellen, Verfall.

»I need to put on my clothes«, sagt Rose. »I need to take care of mother.«

Sie reißt sich los, rennt, nein, hüpft ins Haus, er bleibt einen Moment neben dem verdorrten Baum stehen, verblüfft über sein eigenes Verhalten, und trotzdem unfähig, jetzt einfach aufzuhören. Wie eine Maschine ist er angelaufen, er will sich nicht mehr ausschalten lassen.

Im Wohnzimmer gibt Dr. Phil einem Studiogast gerade wertvolle Ratschläge, doch niemand schaut auf den Bildschirm, Mutter ist offenbar irgendwo anders. Er folgt Rose ins Haus, die Treppe hinauf, und drückt die Tür zum Bad auf. Das Zimmer lässt sich nicht abschließen, das Schloss wurde unbrauchbar gemacht, Unfälle können geschehen, wenn Hilfebedürftige sich aus Versehen einschließen. Das Pflegepersonal muss die Hilfebedürftigen jederzeit erreichen können, der hilfebedürftige Mensch hat rund um die Uhr geöffnet.

Rose erschrickt, hält das Handtuch vor sich wie ein Schild, doch Erschrecken ist überflüssig, er ist zum Reden gekommen, wie lange kennen sie sich jetzt schon? Kadoke liebt sie, weil sie seine Mutter so liebevoll pflegt. Sie lieben sich, Rose und er, vermittelt durch seine Mutter. Wenn sie seine Mutter jeden Tag nackt sieht, braucht ihre *halbe* Nacktheit ihm doch nicht peinlich zu sein: Was ist Nacktheit für einen Arzt?

»We need to talk, Rose.«

In seiner Hosentasche stecken die Zigaretten. Im Haus seiner Mutter verbietet er sich das Rauchen, schließlich weiß sie nichts von seinem Laster. Das wusste sie nie, sie wird es auch nie erfahren. Vielleicht hat sie ihr Nichtwissen früher gespielt und ab und zu doch etwas gerochen; heute braucht sie nicht mal mehr so zu tun, sie riecht ohnehin nichts mehr. In der Lüge verbirgt sich die Liebe, vor allem dort.

»Mother is not feeling well«, erwidert Rose. »I tried to call you earlier.«

Nachdem sie das gesagt hat, tut sie etwas Merkwürdiges: Sie lässt das Handtuch an sich hinabgleiten, verursacht mehr durch die Schwerkraft als durch ihren Willen. Jetzt steht sie nackt vor ihm, sie, die Fürsorge gibt, rund um die Uhr, vier Tage die Woche.

In Gedanken wiederholt er ihre Worte, er schüttelt den Kopf. Heute Morgen hat er mit Mutter telefoniert, sie klang ausgezeichnet. Klare Stimme. An einer Stimme hört man alles: nahenden Tod, Krankheit, doch ebenso Verliebtheit – auch eine Krankheit, gutartig, meist jedenfalls.

»The physician has seen my mother recently«, sagt er. »He was perfectly happy, he told me that mother was in good shape, I spoke to him on the phone. She is in good shape.«

Den letzten Satz spricht er mit Nachdruck, wie ein Arzt

dem Patienten andauernde Bewegung empfiehlt; nicht aufgeben, einfach weiterleben ist die beste Medizin gegen den Tod. Lebensmüdigkeit liegt überall auf der Lauer, man muss über sie hinwegspringen, wie über Regenpfützen.

Kadoke macht einen Schritt auf Rose zu. Ohne zu blinzeln steht sie da. Als gehöre das zu ihren Aufgaben: Auch das hier ist Betreuung. Einladend schaut sie ihn an, oder ist es eher abwartend? Lädt man so in Nepal jemanden ein? Ist diese Nacktheit ein Angebot oder eher ein Versehen? Ein zufälliges Zusammentreffen von Umständen?

Merkwürdigerweise sieht er plötzlich Gerstenfeld vor sich: Gerstenfeld mit einem Zahnstocher im Mund. Kauend, sich die Zähne reinigend, als seien die Zähne das Einzige an ihm, das sich noch reinigen lässt.

Einen Zahnstocher hätte Kadoke jetzt auch gern. Oder eine Zigarette.

»Mother is not feeling well«, sagt Rose. »I tried to call you. You didn't pick up the phone. I know you are busy with the patients. I know you work hard.«

Noch einen Schritt tut er in ihre Richtung. Sie weicht nicht zurück. »She is not eating«, sagt sie. »A few spoons of the tomato soup. That's all. She was really difficult tonight. No soup, no food.«

»She doesn't like tomato soup, you know that she cannot stand tomato soup.«

Dieser Unwille zu essen ist ein Problem. Ein größeres Problem als der Garten. Man muss die Menschen zum Essen verführen, so wie zur Liebe, und der Unterschied zwischen Zwang und Verführung ist oft nicht ganz eindeutig. Nur nicht mit Tomatensuppe, damit verführt man seine Mutter nicht.

Er legt ihr die Hände auf die nackten Schultern, seine warmen, klebrigen Hände, als wolle er Rose segnen oder untersuchen.

Gleich wird er nach seiner Mutter sehen, doch jetzt gibt er sich hin. Diesen Moment kann er nicht ungestraft vorübergehen lassen. Er liebt diese Frau. Wenn es noch einen Menschen gibt, den er außer seiner Mutter lieben könnte, dann diesen Engel, der seine Mutter am Leben erhält.

Der Psychiater beginnt, Rose zu küssen. Er küsst sie, als küsse er zum letzten Mal, als liege er selber im Sterben und die Lebenslust bäume sich noch einmal auf, betrete noch einmal die Bühne zu einem grandiosen Finale.

Sie erwidert seinen Kuss. Gierig und zärtlich, drückt ihn sanft gegen das Waschbecken. Sie schmeckt nach Kaugummi. Offenbar küssen Betreuerinnen so: gierig und zärtlich, doch die Betonung liegt auf der Gier. Sie küssen, wie sie betreuen. Aus dem Erdgeschoss kommt das Geräusch des laufenden Fernsehers.

Immer tiefer zwängt er die Zunge in ihren Mund, als sei dort etwas zu finden. Und während er sie weiterküsst, wandern seine Hände über ihren Körper. Jede Stelle berührt er, jede Vertiefung, jede Unebenheit wird befühlt. Auch Rose hat solche Stellen, wie er.

»Why didn't you water the garden?«, flüstert er ihr ins Ohr. Er schwitzt.

Das hier ist Fürsorge. Dieser Engel pflegt die fast hoffnungslosen Fälle und muss jetzt in ihm einen solchen erkannt haben. Den Garten hatte sie vergessen, aber ihn nicht, der Garten war ihr nicht hoffnungslos genug. Das ist der Grund.

Eine Hand auf ihrer Schulter, reibt er mit der anderen über ihren Schenkel, bis er bei ihrem Geschlecht angekommen ist. Er streichelt es, sich verlierend, denn das hier ist Leben, vielleicht dessen letzter Akt, aber dafür lebendiger als all die Akte zuvor. Hier wird die Lebensmüdigkeit ein für alle Mal besiegt.

Kadoke meint, sie stöhnen zu hören, keuchen wie er, aber

sie sagt etwas, flüstert ihm etwas ins Ohr. Er spürt ihre Hände auf seinem Rücken, und er verliert die letzte Hemmung.

»I watered the garden«, sagt sie. »Every evening I water the garden.«

Ein Wort fährt ihm durch den Kopf wie ein Dolchstoß: Kolonialismus. Das hier ist Kolonialherrenverhalten oder was davon übrig ist: Postkolonialismus. Er, der die menschliche Schwäche akzeptiert hat, in bescheidenem Rahmen, aber immerhin: danach gestrebt hat, die Gesellschaft zu reformieren, damit die Menschen versagen können, ohne allzu viel Schaden anzurichten, steht jetzt in Mutters Bad wie ein Arzt in den Tropen, ein Kolonialherr im eigenen Land, der sich nimmt, was er braucht – die einzig zutreffende Definition von Kolonialismus vielleicht: sich einfach nehmen, was man braucht.

Kadoke knöpft sich das Oberhemd auf. Ein Knopf fällt zu Boden, aber wenn dies hier der letzte Akt ist, sind ab jetzt keine Knöpfe und Oberhemden mehr nötig.

»You are gorgeous«, sagt er. »You are an angel. I love you.«

Er meint es ernst. Endlich sieht er, wer Rose wirklich ist: nicht bloß eine Altenpflegerin, eine Frau aus Nepal auf der Flucht vor Armut, nein, sie ist die Frau, der er sein Herz öffnen will. Er wüsste nicht, wie er es anders ausdrücken sollte, darum möchte er es ihr genau so ins Ohr flüstern: dass er ihr sein Herz öffnen will, ihr und niemandem sonst. Jetzt und für immer.

Mittlerweile ist das Oberhemd ausgezogen, er wirft es in die Wanne. Er kniet sich auf den Boden und beginnt, die Innenseite ihrer Schenkel zu lecken. Er leckt das Geschlecht eines Engels, und für einen Moment ist ihm, als rieche er Nepal. Katmandu, dort riecht es nach Feuer.

Gleich wird er sich um seine Mutter kümmern, ihr in der Küche Gemüsesuppe aufwärmen und eine Knackwurst.

Selbst wenn die Lebenslust sie zu verlassen droht, mit einer koscheren Knackwurst kann man sie immer verführen. Er wird ihr alles ihm Mögliche geben, aber zuerst muss er sich ihrer Betreuerin hingeben.

»We need to see mother«, sagt Rose, die Hand auf seinem Kopf, seinem Haar. Er ist stolz auf sein Haar, es ist immer noch schön, schwellend. Wo der Verfall auch immer beginnt, es geschieht weder in noch auf seinem Kopf.

»Yes«, antwortet Kadoke, doch er leckt weiter, schiebt seine Zunge tief in sie, als ließe das Leben nur so sich verlängern, das Schicksal nur so sich gnädig stimmen.

Dann richtet er sich wieder auf. Gehetzt streift er sich die Schuhe von den Füßen. Slipper, ab Mitte Mai trägt er prinzipiell Slipper, der Sommer muss sich nach seiner Schuhmode richten, nicht umgekehrt.

Er zieht sich die Hose aus, hastig und unelegant. »You didn't water the garden«, sagt er. »You didn't. But you are taking care of mother. Thank you for keeping mother alive, thank you for everything, Rose.«

»It's just my job«, antwortet sie. »It's my job, but thank you, thank you for your trust.«

In der Hosentasche sucht er nach einem Kondom. Er ist ein verantwortungsbewusster Mann, trotz allem hat er immer Kondome dabei – das Unglück wohnt im kleinsten Versehen.

»Angel«, sagt er, während er sich das Kondom überstreift, »you give my mother such good care, you are such a lovely caregiver, but my mother doesn't like tomato soup, she must have told you this already twenty times. I have told you this at least fifty times.«

»No«, sagt sie. »Usually mother likes tomato soup. Every week she eats it.«

Auf der Straße spielen Kinder, das Badezimmerfenster steht offen. Er hört sie schreien.

Sanft drängt er Rose gegen die Kommode. Sie stützt sich ab mit den Händen, das Shampoo seiner Mutter fällt auf den Boden, ihr Föhn.

Er drückt sein Geschlecht an den Körper des Engels, der seine Mutter am Leben erhält. Er zweifelt nicht mehr daran: Menschliche Sexualität ist Kolonialismus, und doch liegt hier mehr vor als nur nackte Lust, es sind Emotionen im Spiel, absurde Emotionen. Eine Liebe im August, der Sommer ist fast vorüber, doch Kadoke ist verliebt.

»Do you love me?«, fragt er. »Do you love me, Rose? Because I love you. I know I should have told you this earlier, I know this is not the appropriate time for declarations of love, but what's a good time for these declarations?«

Die Tages- und die Nachtcreme seiner Mutter fallen zu Boden. Gern hätte er diesen Engel noch länger geleckt, stundenlang, denn so stimmt man die Götter gnädig, indem man ihre Engel leckt, unermüdlich, mit der zielstrebigen Zärtlichkeit, die die Götter so lieben, aber er muss noch Suppe für Mutter aufwärmen, darum schiebt er sich jetzt in den Engel.

Sie seufzt, stöhnt und sagt: »You've always been good to me, Oscar, and I love your mother, but I cannot love you the way you want me to love you, we are not compatible. We don't understand each other.«

So also endet das Leben: in einem Badezimmer, die Betreuerin der Mutter im Arm, die erklärt, man sei nicht füreinander geschaffen. Aber für wen sind Menschen dann überhaupt geschaffen? Menschen wie er, die Wankenden, für wen sind die geschaffen?

»You will see«, sagt er, »we are compatible, we are going to understand each other, we belong together, we can stay together, we have mother together«, und er küsst sie, küsst sie auf den Mund, die Schultern, die Unebenheiten, die Pickel, er küsst alles.

Er stößt in sie. Die Götter werden gnädig gestimmt werden, das hier wird die Götter nicht unberührt lassen, diese Lebenslust, diese Hingabe.

Dann hört er seinen Namen, nein, nicht nur den, er hört ihre Stimme. Sie ruft ihn. Kräftig klingt sie, aber auch verärgert.

Er lässt den Engel los, schaut sich um.

Seine Mutter ist bleich, aber sie steht im Flur vor der offenen Tür, im weißen Nachthemd, einen Stock in der Hand. Etwas läuft an ihrem Bein hinunter, Blut, wie es aussieht.

»Setz dich hin, Mama«, sagt er.

Er löst sich aus der Verstrickung und bringt Mutter zu dem Stuhl, der vor dem Badezimmer parat steht, für den Fall, dass ihr der Weg bis ins Bad einmal zu lang werden sollte.

Er lässt seine Mutter sich setzen, kniet sich vor sie hin und wischt mit der bloßen Hand das Blut von ihrem Bein. Langsam, mit langen Bewegungen, wie Striche mit einem Pinsel. Ein knochiges Bein. Viel Blut ist es zum Glück nicht. Die Haut ist dünn, vielleicht hat sie sich gekratzt.

Sie atmet schwer, keucht, hat aber noch Kraft zum Sprechen. »Was hast du da mit Rose angestellt?«, will sie wissen. »Was hast du mit dem Mädchen gemacht? Du weißt, sie gehört mir.«

Kadoke sieht seiner Mutter ins Gesicht, und was er dort sieht, überrascht und beruhigt ihn zugleich: Eifersucht, unverhohlene Eifersucht. Alles wird wieder gut.

Er antwortet nicht, streichelt weiter ihr Bein.

Rose steht jetzt neben ihm. Sie trägt eine kurze, abgeschnittene Jeans und ein T-Shirt, die Füße in grünen Flip-Flops. Blitzschnell muss sie sich angezogen haben. Als sei sie Expertin darin. Als habe sie Jahre hierfür geübt.

»We will call the ärztliche Notdienst«, sagt er zu Rose.

»Yes, please«, antwortet sie. »And have you called the dermatologist? About your back. Have you?«

»Yes«, sagt er. »Don't worry about me. It's mother who needs care, we are here for mother.«

Sie geht hinunter ins Erdgeschoss. Fast geräuschlos, wie Engel sich fortbewegen. Nicht so, wie Sterbliche gehen.

»Zieh dir aber erst was an«, sagt seine Mutter. »Du erkältest dich noch. Und ich brauch keinen Notdienst, ich brauch niemanden. Ich komm hervorragend alleine zurecht.«

Doch sie klingt ängstlich.

»Warum sitzt du nicht unten vor Dr. Phil? Wie jeden Abend?«

»Weil ich mich nicht gut fühlte. Aber jetzt fühle ich mich wieder prima. Dafür bist du nicht richtig bei Trost.«

Da erst, vor seiner Mutter kniend, bemerkt er, dass er das Kondom noch umhat. Er zieht es ab, ein gelbes, wahrscheinlich mit irgendeinem Geschmack, Ananas, Vanille vielleicht. Er weiß nicht, wo er es lassen soll, und legt es unter den Stuhl, direkt hinter ihre Füße, die Schuhe, sollte er sagen. Auch für die kleine Entfernung vom Schlafzimmer ins Bad schlüpft sie in ihre Schuhe. Ohne Schuhe tut sie keinen Schritt.

»Bleib hier«, flüstert der Sohn seiner Mutter ins Ohr. »Rühr dich nicht. Ich bin gleich wieder da.«

Aus dem Schlafzimmer ruft er den ärztlichen Notdienst. Sie versprechen, noch heute vorbeizukommen, innerhalb von zwei Stunden.

Kadokes Kleidung liegt noch im Bad, doch bevor er sich anzieht, schickt er Rose, die in der Küche zugange ist, eine WhatsApp: »I love you«, schreibt er. »I know that it may be inappropriate because you are mother's caregiver. But I can't help it. I love you.«

4

Am nächsten Tag geht Kadoke nach der Arbeit – er hat die ganze Woche keinen Nachtdienst – direkt zu seiner Mutter. Am Abend zuvor ist nach einigem Warten die Notärztin gekommen, eine freundliche Frau mit einem Sanitäter, die hin und her überlegte und zu guter Letzt beschloss, den telefonischen Rat eines Kardiologen einzuholen.

Das Blut auf dem Bein hatte nichts zu bedeuten, altersbedingt war einfach ein Äderchen geplatzt. Gemeinsam waren Ärztin, Kardiologe und Kadoke zu dem Schluss gekommen, dass eine Einlieferung ins Krankenhaus unnötig sei. Seine Mutter hatte dauernd gejammert: »Ich will nicht ins Krankenhaus, das muss wirklich nicht sein.« Er jedoch hatte der Ärztin ins Ohr geflüstert, dass seine Mutter dazu neigt, den Ernst jeder Situation herunterzuspielen, mit bisweilen desaströsen Folgen. »Eine Angststörung«, hatte er hinzugefügt, und er nannte den Namen des Medikaments, das sie gegen ihre Angst schluckt. Ob das Medikament hilft, ist noch die Frage, aber wahrscheinlich ist es besser als nichts. Sie fürchtet den Tod, doch insgeheim fürchtet sie alles.

In Absprache mit dem Kardiologen wurde beschlossen, Kadokes Mutter eine Woche lang jeden Tag eine zusätzliche Entwässerungstablette zu geben. Wie viel Entwässerungstabletten kann ein Mensch schlucken? Die Flexibilität des Körpers erstaunt Kadoke immer wieder, doch er weiß auch, wie schnell es damit zu Ende sein kann. Der Körper erholt sich blitzschnell, aber noch schneller bricht er zusammen.

Die Ärztin hatte seine Bemerkung »die Umstände sind nicht grade rosig, aber die Zusammenarbeit mit dir ist jedes Mal ein Vergnügen« komplett ignoriert, und war kurz darauf zusammen mit dem Sanitäter gegangen.« Das Behandlungsgespräch ist beendet«, hatte sie gesagt. Behandlungsgespräch, keine Freundschaft, nicht einmal Freundschaft unter Kollegen.

Kadoke ist nicht der Typ für frivole Bemerkungen. Auslöser muss das Wanken gewesen sein, die Liebe zu Rose, die ihn so plötzlich überkommen hatte, die Verzweiflung, soweit Liebe und Verzweiflung überhaupt voneinander zu unterscheiden sind. Sein Leben lang hat er versucht, Gefühle zu analysieren und zu erklären, aber dieses Gefühl hat ihn überwältigt, noch dazu im Badezimmer seiner Mutter. Es war bestimmt kein Zufall. Wer Bedeutung sucht, wird Bedeutung finden. Er ist ein Mann, der sich jahrelang an Bedeutungslosigkeit berauscht hat und sich jetzt nach Bedeutung sehnt, obwohl ihm klar ist, dass Bedeutung aus dem sumpfigen Boden des Zufalls erwächst. Sein Körper schreit nach Bedeutung, Sex war nur der glitschige Pfad dorthin. Einer der vielen glitschigen Pfade.

In seiner Tasche sucht er nach Zigaretten.

Das Gewinnen von Selbsterkenntnis ist ein immerwährendes Projekt, ständig kommt etwas Neues hinzu, selten ist das Bild komplett. Doch zahllose weiße Flecke bleiben. Es war einmal ein Psychiater, der sich eines Abends im Sommer in die Betreuerin seiner Mutter verliebte … ein gutes Beispiel für einen weißen Fleck. Jahrelang sah dieser Mann nur eine Pflegekraft, und eines Abends sieht er auf einmal etwas ganz anderes: eine Geliebte, eine Frau, die die seine werden könnte.

Er hatte Rose noch erklärt, dass die zusätzliche Entwässerungstablette in den Tagesblistern aus der Apotheke nicht enthalten sei, dass die Tablette am besten jeden Abend verabreicht würde und die Apotheke morgen zusätzliche Tabletten vorbeibringen werde. Dann hatte er seiner Mutter eine halbe Tasse Gemüsesuppe gegeben, er hatte sie gestreichelt und geküsst und war zu guter Letzt nach Hause gegangen.

Jetzt steht er in der Straße seiner Mutter und raucht schnell noch eine Zigarette. Die von der Wettervorhersage versprochene Abkühlung ist noch nicht gekommen.

Als er gerade zur Hälfte aufgeraucht hat, tritt er die Kippe aus, er ist unruhig. Rose hat sich nicht mehr gemeldet, das ist eigentlich ein gutes Zeichen. Dafür hat seine Mutter zweimal angerufen, um sich über die Nachbarn zu beschweren, auch das ist im Grunde ein gutes Zeichen. Trotzdem macht ihr Gesundheitszustand Kadoke nervös, wie Spieler im Kasino nervös werden. Seine Mutter ist das Kasino, ihre Gesundheit der Roulettetisch, er der unverbesserliche Spieler. Man weiß nie, was das Schicksal für einen bereithält. Immer aufs Neue muss man es herausfordern, jeden Tag wieder bereit sein, alles zu verlieren.

Der Sohn klingelt. Der Regen wird dem Garten guttun, die gelben Flecken im Rasen ärgern ihn nach wie vor.

Ein Mann öffnet ihm die Tür. Es ist Darko, Roses Freund. Er stammt auch aus Nepal, und wahrscheinlich trägt auch er in Wirklichkeit einen anderen Namen. Doch was spielt das für eine Rolle? Darko mag Mutter. Er nennt sie auch so (»Mother«), und manchmal kommt er vorbei, um seine Freundin zu besuchen. Fast immer bringt er Blumen für Mutter mit, obwohl ihr nicht viel daran liegt. Die meisten Blumen finden vor ihr keine Gnade. Sonnenblumen zum Beispiel findet sie grässlich. »Toten legt man Sonnenblumen aufs

Grab, die Lebenden sollte man damit besser verschonen«, hat sie mal eine Nachbarin abgekanzelt, die mit einem Strauß Sonnenblumen vor der Tür stand.

»Hi, Darko«, begrüßt ihn Kadoke.

Von Zeit zu Zeit erledigt Darko Gärtnerarbeiten für Mutter, letzten Sommer hat er sich im Bäumeschneiden versucht. Besonders gut darin war er nicht, aber dem Freund der Betreuerin seiner Mutter muss man helfen. Wenn die Betreuerin unglücklich ist, ist Mutter unglücklich. Unglück anderer Menschen kann sie nicht ertragen, sie will die Einzige sein, die unglücklich ist, die Schrulle muss man ihr lassen.

»How are you?«, fragt Kadoke. »Where is Rose?«

Er betritt die Wohnung. Als er seine Tasche unter die Garderobe gestellt hat und weitergehen will, schlägt Darko ihm mit der Faust in den Magen.

Instinktiv krümmt sich Kadoke zusammen. Mehr noch als Schmerz empfindet er ungläubiges Staunen. »Darko«, stammelt er.

Ein zweiter Schlag trifft ihn ins Gesicht. Er bückt sich, greift in einem Reflex die Tasche mit seinem Laptop und Medikamenten, eine etwas zerschlissene Tasche, und hält sie sich vors Gesicht, er geht in die Knie und macht sich so klein wie möglich, vor dem Zählerkasten im Flur.

Für einen Moment schließt er die Augen, öffnet sie aber gleich wieder. Er sieht, dass ihm jetzt auch noch Tritte bevorstehen, wie Darko ausholt, als sei sein Gegenüber ein Fußball. Merkwürdigerweise spürt Kadoke keinen Schmerz. Auch der Schmerz ist ein weißer Fleck.

»Darko«, kann er zwischen zwei Schlägen hervorstoßen, »what's going on? Why are you doing this?«

Er will nicht schreien, er will Mutter nicht aufschrecken. So gut es geht, versucht er ein paar Mal, sich aufzurichten, doch bei jedem Versuch nimmt das Schlagen und Treten an

Intensität zu, und zu guter Letzt gibt er es auf, lässt die Hoffnung auf Menschlichkeit fahren, wie ein Wurm wird er sich über den Boden winden.

Ist das der Preis, den er für seine Liebe bezahlt? Jede Liebe hat einen Preis, aber der hier ist wirklich sehr hoch. Das hat er nicht verdient. Darko hätte versuchen können, erst mit ihm zu reden, die Frau ist doch nicht die Leibeigene des Mannes!

Als die Schläge und Tritte nachlassen und zuletzt ganz aufhören, nutzt er die Gelegenheit, auf Händen und Füßen – die Tasche immer noch hinter sich herziehend, Krankendaten darf er nicht verlieren, sie enthalten sensibles Material – ins Wohnzimmer zu kriechen.

Er will Mutter nicht beunruhigen, er muss sie begrüßen, ihretwegen ist er hier. Aber so sehen soll sie ihn schon. Auch dieser Wurm ist ihr Sohn. Er, der seinen Eltern ein Leben lang mit Selbstzensur begegnete, hat jetzt das Bedürfnis, alle Selbstzensur fahren zu lassen. Als wolle er zu Mutter sagen: Schau her, so werden Menschen für ihre Liebe bestraft.

»Was machst du für einen Blödsinn?«, ruft Mutter von ihrem festen Platz aus am Esstisch.

Auch Rose sitzt am Tisch, mit dem Rücken zu ihm.

»Hallo, liebe Mama«, sagt er, ziemlich gequält. Er spürt einen leichten Schmerz in der Mundgegend.

Keine Selbstzensur, das ist das Ideal, aber jetzt bereut er es doch wieder, findet, man solle besser so tun, als sei nichts geschehen. Seine Mutter ist schon labil genug. Sie hat ein Recht, höflich belogen zu werden, Recht auf eine verbesserte Version ihres Sohns, auch wenn die nicht mit der Realität übereinstimmt.

Kadoke merkt, dass er nicht nur leichten Schmerz verspürt, sondern auch um den Mund herum blutet, er wischt sich mit der Hand über die Lippen. Das Blut bleibt auf seinem Handrücken kleben, er ist sich nicht sicher, ob es aus seinem Mund stammt oder von den Lippen.

Darko stellt sich neben ihn. Er hat die Tasche von Rose in der Hand, und endlich richtet er doch noch das Wort an Kadoke. Endlich wird nicht mehr geschlagen und getreten, sondern geredet. Die Konversation liegt Kadoke mehr als der Kampf. »You think we are your slaves, you think you can do with us whatever you want.«

»No, no«, sagt Kadoke, »not at all.«

Er will sich wieder aufrichten, als Wurm ist man doch immer irgendwie unterlegen, selbst in einem Gespräch, aber sofort bekommt er noch einen Tritt ins Gesicht. Er spürt noch mehr Blut. Das Blut ist in seinem Mund. Es kommt nicht aus der Lippe, sondern von innen, ganz tief. Aus dem Rachen womöglich.

Versteinert sitzt Mutter da, als ginge es sie alles nichts an, als wäre er nicht ihr Sohn und dies nicht ihr Haus. Sie sagt nur: »Junge, sieh dich doch vor!«

Die Angststörung macht ihr natürlich wieder zu schaffen. Sie braucht eine zusätzliche Pille. »Rose, give her some tranquillizers«, sagt Kadoke, den Mund voller Blut. »You know this is not good for mother.«

Rose aber bleibt sitzen. Sie dreht sich nur um, schaut ihn kurz an, nicht einmal unversöhnlich, nicht kalt, eher, als könnte sie sich nicht mehr erinnern, wer er ist. Als *wollte* sie sich nicht mehr erinnern – wer er war, wer er immer noch ist. Der wankende Psychiater. Der liebende Psychiater. Der ergebene Sohn. Der Liebhaber von Mutters Betreuerin.

Kadoke liegt immer noch auf dem Boden, auf dem Perserteppich, den sein Vater einmal gekauft hat.

Darko bückt sich. Kadoke befürchtet, wieder geschlagen zu werden, und hält sich die Arzttasche wie einen Schild vors Gesicht, doch Darko brüllt ihm ins Ohr: »You think you can get away with everything, you white Dutch people think you can do whatever you want.«

Danach noch ein Tritt, doch diesmal schwächer. Die Wut ist verraucht.

»We are not Dutch«, sagt Kadoke, »and we are not white.«

Rose sagt auf Nepalesisch etwas zu ihrem Freund. Kadoke fragt sich, was es wohl war. Ihre Stimme klang lieblich, vielleicht hat sie ihren Freund um Erbarmen gebeten. Um Mitgefühl. Rose hat viel Mitgefühl. All die Jahre, die sie für Mutter arbeitet, hat er das gespürt. Das Mitgefühl und die Hingabe eines Engels. Daher kamen auch die unerwarteten Emotionen, die ihn gestern Abend wie wilde Pferde davongerissen hatten, als er eigentlich den ärztlichen Notdienst anrufen wollte. Roses Mitgefühl hatte die Emotionen hervorgerufen, ihre Empathie, ihre Zuwendung, Fürsorge. Wie sich nicht verlieben in einen Engel, der deine Mutter mit Liebe umgibt? In die Frau, die Mutter am Leben erhält?

»What did you do with Rose?«, fragt Darko. »What did you do with my girlfriend? I saw your WhatsApp. I saw it. I read it. You call yourself a psychiatrist? You are a pervert.«

Rose steht auf. Kadoke sieht, wie sie im Medikamentenkästchen kramt. »I will give mother a sleeping pill«, sagt sie.

»Yes«, antwortet Kadoke, »please do. She is trembling, it's her anxiety disorder, she should not witness this. Please. This is not good for her.«

Seiner Mutter ruft er zu: »Mama, du musst dich kurz hinlegen. Ich bin gleich bei dir. Es ist alles in Ordnung. Alles im grünen Bereich.«

Mutter starrt ihn an, als drängen seine Worte nicht zu ihr durch. Sie ist nicht mehr hier, sie ist irgendwo anders, in einer anderen Welt, einer anderen Zeit.

Die WhatsApp war der Fehler. Er hätte Rose seine Liebe nicht schriftlich gestehen dürfen.

Jetzt wendet er sich an Darko, er wagt nicht, sich zu bewegen, aber er kann plädieren. Nicht so sehr für sich selbst, sondern für Mutter.

»I didn't do anything with Rose«, sagt er. »Believe me, I have to admit that my WhatsApp was inappropriate, it is something I regret. But please, forgive me. For mother's sake, for the sake of her health, for the sake of all those years that Rose has been working here, forgive me.«

Darko öffnet den Mund, aber nicht, um zu sprechen. Er lässt Spucke herauslaufen, die auf Kadokes Gesicht landet. Die Zeit der Vergebung ist noch nicht gekommen, erst muss noch gespuckt, das Gleichgewicht wiederhergestellt werden. Kadoke begreift das, nur schade, dass es so lang dauert und auch so wehtut. Sein Mund fühlt sich an wie ein Schlachtfeld.

»You didn't do much?«, fragt Darko. »That's what you call it, not much?«

Was weiß er? Hat Rose ihm etwas erzählt? Oder *glaubt* er nur, etwas zu wissen? Aufgrund der WhatsApp? War die ihm genug? Eine einzige Nachricht. Genug, rot zu sehen, die Fantasie mit ihm durchgehen zu lassen?

Kadoke sieht, wie Rose Mutters Stock nimmt, wie Mutter aufsteht und langsam Richtung Sofa schlurft; steif, steifer als sonst. Als sie an ihm vorbeikommt, legt sie ihm beinahe unmerklich die Hand auf den Kopf, als sei das eigentlich verboten, doch als wolle sie zeigen, dass sie zusammengehören. Insgeheim.

Nein, das hier ist für Mutter nicht gut. Das ist das Letzte, was sie braucht, noch dazu in ihrem Wohnzimmer. Alte Traumata kommen davon wieder hoch.

Er sieht, wie seine Mutter sich aufs Sofa setzt, ihren Stock abstellt, wie Rose ihn ihr liebevoll abnimmt, wie Mutter sich vorbeugt und sich die Schuhe auszieht. Und wie sie sich dann hinlegt, die Knie angezogen, sie trägt ein lachsrosa Kleid. Er kann ihren Schlüpfer sehen.

»We go now«, sagt Darko. »We will never come back. I'm sorry for mother, but you are her son after all. You don't deserve us, you Jew. You should have known better, you suffered enough, and what do you do? You make other people suffer. That's all you do. You make the world such an ugly place.«

Kadoke schüttelt den Kopf. Was soll das – die Juden mal wieder? Auch das noch.

»No«, sagt er erst leise, dann etwas lauter: »Let's not talk about the world. Let's talk about this family. Let's talk about mother. She is important. I'm not important. I may be a sinner.«

Jetzt richtet er sich halb auf. »Sünde« und »Sünder«, das wird der Nepalese begreifen. Ob er wirklich so sündig ist, ist nicht wichtig. Wenn es Mutter hilft, wird er diese Rolle übernehmen, wenn nötig, für immer. Er wird als Sünder durchs Leben gehen, es wird ihn wenig Mühe kosten. Die Rolle des Heiligen liegt ihm weniger, aber der Sünder ist ein potenzieller Heiliger.

»A sinner?« Er hört Hohn in Darkos Stimme, Ekel. »You touched my girlfriend, you kissed her, you made yourself available to her, you tried to seduce her, and then you call yourself a sinner. And now you would like us to act as if nothing happened?«

Touched, kissed, das klingt nicht so schlimm. Dann weiß er möglicherweise nicht alles, dann lässt sich vielleicht noch verhandeln.

In einem Reflex packt Kadoke Darkos Bein, das kräftige Bein eines Jungen – er ist noch ein Junge. Er spielt Basketball. Putzt bei Leuten in der Innenstadt. Es ist Eifersucht. Unsicherheit. Ohnmacht. Darum hat die Eifersucht ihn im Griff, weil er noch so jung ist. Unbekannt mit dem Leben. Selbsterkenntnis ist ihm noch unerforschtes Gebiet.

»It was affectionate«, sagt Kadoke leise. »I didn't really touch her. She is mother's caregiver, I wanted to thank her. One evening I came home, mother wasn't feeling well and she stood there, your beloved one, your future wife, your angel, she stood there, and I couldn't help myself. I couldn't.«

Rose steht jetzt neben ihrem Freund. Sie schaut nach unten, mit traurigem Blick, sie hat geweint.

»Rose«, sagt er, »please, explain to Darko what happened.«

Sie will etwas sagen, und er wartet darauf, was es sein wird, so wie er selten auf etwas gewartet hat, doch als sie endlich den Mund aufmacht, sagt sie nur: »It's too late.«

Er schüttelt den Kopf. Mutter darf nicht allein bleiben, Mutter braucht Pflege. Sie kann nicht allein duschen, sie weiß nicht, wann sie ihre Medikamente nehmen soll, sie muss bekocht werden. Sie droht schon mit Selbstmord, sobald jemand die Wörter »betreutes Wohnen« oder »Seniorenheim« in ihrer Nähe auch nur in den Mund nimmt.

Er umklammert Darkos Bein noch fester. »I will repent«, sagt er. »I will give you passports, I know people, I have connections, I will make up for my sins. You will become legal citizens in this country, the two of you. Darko, you will have children, legal children, Dutch children, white children, please, Darko, you have known me for four years now, it was a mistake, but give me the opportunity to ask you for forgiveness. To repent. Forgive me. Please, Darko, if you cannot forgive me, forgive me for mother's sake, I ask you, I beg you, please find kindness in your heart.«

Freundlichkeit, steckt die im Herzen? Und erfleht er das wirklich: Freundlichkeit? Milde? Er weiß selbst eigentlich nicht mehr genau, worum er bittet, aber er will nicht, dass Rose geht, er will, dass sie hier bleibt, bei Mutter.

Der Junge reißt sich los, geht aus dem Zimmer, Kadoke hört ihn die Treppe hinaufgehen. Was hat er da oben vor?

Roses restliche Sachen einpacken? Was kann da noch liegen? Shampoo? Deodorant? Ein paar Zeitschriften? Eine Bibel vielleicht.

Wovon wollen sie leben, wenn sie hier weggehen? Es ist gegenseitige Abhängigkeit. Sie können ohne einander nicht auskommen, die Kadokes und Rose. Die Kadokes und Darko, Roses Freund, ihr Beschützer. Roh, ungehobelt und undiplomatisch.

Kadoke richtet sich auf. Er stellt sich Rose gegenüber, malträtiert und blutig, eine Enttäuschung, er legt ihr die Hand auf die Schulter.

Sie lässt ihn gewähren, schaut ihn mit tränenerfülltem Blick an. Er hofft, dass die Schlaftablette gewirkt hat und Mutter jetzt schläft, so wie sie öfter mitten am Tag auf dem Sofa ein Nickerchen macht. Das Leben hat sie erschöpft, das Kämpfen sie ermüdet.

»Why did you tell him about us?«, fragt er leise.

Er kann es nicht begreifen. Es war absolut überflüssig. So ruchlos hatte er Rose nicht eingeschätzt.

»Why?« Kadoke insistiert.

»I didn't say anything. He looked in my phone. He is anxious. He understood everything, immediately. You should not have sent me these words. You should not have done that.«

Sie fängt an zu weinen. Er hat schon viele Menschen weinen sehen, Patienten vor allem, er weiß, wie er damit umgehen muss. Die Tränen anderer bedrücken ihn kaum, aber das hier ist anders.

Fast vier Jahre ist sie jetzt hier, sie gehört zu diesem Haus wie der Perserteppich. Er kann einfach nicht glauben, dass sie jetzt geht, dass sie so impulsiv handelt. Kadoke hatte ein hervorragendes Verhältnis zu ihr, fast so etwas wie Freundschaft – nein: unmerklich war es Liebe geworden. Eines Abends im

Sommer konnten sie beide es nicht mehr verhehlen. Aber ein einziger Abend kann doch das alles nicht auslöschen: all die Jahre, die Fürsorge. Eine Verwirrung der Gefühle kann doch vier Jahre nicht ungeschehen machen. Und es ist mehr als nur eine Verirrung, da ist er sich sicher. Würde sie jetzt zu ihm sagen: »Nimm mich zur Frau«, würde er es tun. Er würde bei ihr bleiben, ihr ein Kind machen, vielleicht sogar mehrere.

Warum muss ausgerechnet er, ein Mann von zweiundvierzig Jahren, jemand, der das menschliche Seelenleben studiert hat, auf Suizidprävention spezialisiert, so spät noch, in den besten Jahren quasi, von solch einer schrecklichen Verliebtheit geplagt werden? Welcher Teufel hat da seine Finger im Spiel?

Kadoke umarmt Rose. Er drückt sie an sich. Er riecht sie, wird erneut von Emotionen übermannt, er will es wiedergutmachen, das Unwiderrufliche zurückdrehen. Die Unwiderruflichkeit empört ihn. Auf A folgt B, auf A kann aber auch C folgen. Die Geschichte ist keine mathematische Gleichung. Nichts sollte unwiderruflich sein, alles sich zurückdrehen lassen.

»I'm sorry«, sagt er. »I'm so sorry.«

Er verspürt keine Lust, höchstens deren Echo; was er spürt, ist vor allem ein ungesundes Verlangen nach Bedeutung. Er weiß nicht, wie er es anders nennen soll: Dieses Verlangen ist ungesund.

Als er Darko auf der Treppe hört, lässt er Rose sofort los.

Wie Kadoke sich dachte, hat Darko die letzten Habseligkeiten seiner Freundin in zwei Plastiktüten gestopft. Er ist wild entschlossen. Eifersucht ist eine bewusste Entscheidung. Oder zumindest eine Erkrankung, gegen die sich leicht etwas unternehmen ließe und unter der man nicht zusammenbrechen muss, so wie die meisten Leute heute auch nicht mehr an einer Lungenentzündung sterben. Es ist so bürgerlichaltmodisch, diese Eifersucht, das geht Kadoke so gegen den Strich. Wann kommen diese Leute endlich in der Gegenwart an?

»We don't want your passports«, sagt Darko, »we don't want your crumbs. We don't need you and your patronizing smiles and your patronizing gifts.«

»We are not white, Darko«, wiederholt Kadoke, »we are not white, we are something else. And this has nothing to do with the fact that you and Rose were born in Nepal. This is attraction, this is a clear-cut case of mutual attraction. I'm sorry to say this, but it wasn't frivolous. It was mutual affection. Nothing else, mutual affection, but I'll keep asking you for forgiveness. I should have respected your relationship with Rose, I should have reminded myself of your love, but I was afraid.«

Afraid. Zum ersten Mal spürt er, dass er sich der Wahrheit nähert, dass er sagt, was er eigentlich ausdrücken möchte, gegen seinen Willen, trotz seiner Liebe und all seiner klugen Selbstreflexion. Solche Angst hatte er gehabt, Mutter könnte an dem Abend sterben, dass er sich an ihrer Betreuerin vergriff. Die Angst hatte die Erektion bei ihm ausgelöst, ihm ins Ohr geflüstert: »Du liebst sie, du kannst mit ihr zusammenbleiben, zusammen könntet ihr Mutter pflegen, für immer.« Die Angst war es, die ihn verrückt gemacht hatte vor Geilheit. Denn stärker als Lust ist die Angst, stärker als die Liebe, dieses wahnsinnige Tier, das die Menschen als Göttin verehren.

»You are the boss«, sagt Darko. »You pay, you take. You touch. No affection, boss. No affection.«

Diese Menschen sind so stolz. Unnötig stolz. Wären sie etwas weniger stolz, würden sie auch nicht so früh sterben.

Wie kann er sie überzeugen, was für Argumente noch vorbringen? Rationale Argumente nutzen nichts mehr. Er hat ihnen Papiere in Aussicht gestellt, das beeindruckt sie nicht, sie wischen das Angebot beiseite, als wüchsen Papiere an den Bäumen. Darko denkt nicht rational, Kadoke hätte die Polizei rufen können. Selbsterhaltung interessiert ihn nicht mehr, ein primitives Bedürfnis nach Rache hat ihn ergriffen, wo Kadoke doch nicht die geringste Bedrohung für ihn darstellt. Er wollte Darkos Platz gar nicht einnehmen, den Status quo nicht ändern, höchstens hatte er sich einmal genommen, was er brauchte. Er war ein Mann, der glaubte, ohne allzu viel Liebe auskommen zu können, und eines Abends im Spätsommer wurde er plötzlich von diesem grässlichen Bedürfnis übermannt. Er hatte gemeint, die Betreuerin seiner Mutter hätte ihm ein Angebot gemacht, das er nicht ausschlagen könne. Kann Liebe ein Irrtum sein? Ungebührlich vielleicht, aber ist ungebührliche Liebe ein Irrtum?

Kadoke fängt an zu beten. Nicht, dass er gläubig wäre, aber diese Leute, die nichts haben, keine Papiere, keine Bankverbindung, kein Zuhause, haben oft eine Beziehung zu Gott, darum betet er, um zu zeigen, dass Gott auch ihm etwas bedeutet, dass er Engel und Sterbliche sehr wohl zu unterscheiden weiß.

Er kniet, umklammert Darkos kräftiges Bein, als sei er im Grunde in Darko verliebt und habe sich nur darum an dessen Freundin vergriffen, weil er sich an ihn nicht herantraute. »Schma Israel«, ruft er, »Adonaj elohejnu, Adonaj echad.« Er räuspert sich, vom Blut im Rachen ist er heiser geworden. »Stay here, don't leave us! Mother needs Rose, mother doesn't trust most people, you know her, she is very suspicious of human beings, I beg you, in the name of mother, in the name of your God, stay with mother, you won't see me. I will come only when Rose is not there. But please, stay. You may not need us but we need you.«

Das Beten macht wenig Eindruck, vielleicht hätte Kadoke es mit mehr Überzeugungskraft bringen sollen, vielleicht spürten sie, dass Gott für ihn höchstens eine Notlösung war: Eine Geschichte, aber so erzählt, dass jedem klar ist, dass andere Geschichten genauso gut möglich sind.

Darko schaut ihn nur an. Sein Blick sagt alles. Es ist zu spät, und das wird es auch bleiben, für immer.

Der Psychiater ist panisch, und das stört ihn. Wanken ist gerade noch hinnehmbar, aber Panik ist überflüssig. Es gibt immer Alternativen. Warum hat Kadoke solch eine Angst? Er ist doch nicht seine Mutter. Er stemmt sich gegen die Angst, hat normalerweise keine Probleme damit. Wo bleibt seine Würde? Ist er nichts anderes als ein erbärmlicher Bettler?

»We go now«, sagt Darko, »and we will never come back.«

Rose geht zu Mutter, streichelt ihr kurz übers Haar, flüstert ihr etwas ins Ohr. Mutter reagiert nicht. Liegt das an der Schlaftablette? Schläft sie? Meistens ist eine Pille für sie nicht genug.

So also verabschiedet Rose sich von seiner Mutter. So flüchtig, so nebenher, als sei sie nächste Woche wieder zurück. Nach all den Jahren ist dieser theatralische und überflüssige Weggang unerträglich.

Rose und Darko machen sich auf, Kadoke geht hinter ihnen her. Als würde er noch schnell die Gäste zur Tür bringen. Aus seinem Portemonnaie holt er alle Scheine und drückt sie Rose in die Hand. Erst sträubt sie sich, sie will es nicht annehmen, er aber schließt ihre Hand um das Geld. »Take it«, flüstert er. »You will need it.«

Dann gehen sie zur Straße, durch den Vorgarten. Darko trägt die Tasche, Rose die zwei Plastiktüten. Der Junge schaut sich nicht mehr um. Er ist wirklich noch ein Junge, er könnte Schüler sein. Am Gartenzaun bleibt Rose noch kurz stehen, wendet sich um. Kadoke winkt, dann ruft er: »How are we going to survive without you? How are you going to survive without us? We need each other!«

Doch sie gehen weiter, antworten nicht. Sie drehen sich nicht um, die Frage scheint sie nicht zu interessieren.

Für einen Moment starrt Kadoke auf das halb verbrannte Gras, als hoffe er, sie könnten es sich noch einmal anders überlegen, doch als das nicht geschieht, schließt er die Tür, kehrt ins Wohnzimmer zurück und setzt sich aufs Sofa, neben Mutter, oder genauer: neben ihre Füße.

Sie öffnet die Augen.

»Hast du geschlafen?«, fragt Kadoke.

»Wie soll ich denn schlafen bei all dem Lärm? Bist du nicht gescheit?«

Sie setzt sich auf, schlüpft in ihre Schuhe.

»Du hast dich nicht wehren können«, sagt sie. »Du hast dich wieder nicht wehren können: Jetzt schau dir nur dein Gesicht an!«

Er stellt sich vor den Spiegel im Flur. Ein blaues Auge, eine Wange geschwollen, alle Zähne offenbar noch fest, doch damit ist alles Positive über seinen Mund auch gesagt.

»Du musst zum Arzt«, ruft Mutter aus dem Wohnzimmer. »Soll ich den ärztlichen Notdienst anrufen? Vielleicht kann ich bei der Nachbarschaftsfürsorge noch wen erreichen. Für mich kommen sie immer, die können das auch mal für dich tun. Das machen sie gern.«

»Ich fahre ins Krankenhaus«, sagt Kadoke. »In die Notaufnahme, das ist besser.«

Seine Mutter steht auf, packt ihren Stock, geht ziemlich mühsam zum Esstisch, nimmt ihren Notizkalender und trägt etwas ein.

»Was machst du da?«, fragt Kadoke.

»Ich schreib mir was auf.«

»Was denn?«

»Dass du zusammengeschlagen worden bist.«

Er stellt sich hinter sie. Dort steht es, 26. August, selbst die Uhrzeit hat sie in ihrer akkuraten, wenn auch etwas zittrigen Handschrift danebengeschrieben: »19.15 h. Otto zu Hause zusammengeschlagen.«

»Warum machst du das?«, fragt er.

»Wichtige Dinge schreibe ich mir auf, damit ich sie nicht vergesse.«

Sie blättert hektisch durch den Kalender, fast panisch.

»Was suchst du?«

»Ich will nachsehen, ob du dieses Jahr schon mal zusammengeschlagen worden bist.«

»Nein«, sagt er und streichelt ihr über den Kopf, »das war das erste Mal dieses Jahr, seit langer Zeit eigentlich. An die letzte Gelegenheit kann ich mich nicht mehr erinnern. Es muss sehr lange her sein.«

Sie schlägt den Kalender zu.

»Fast fünfzig bist du«, sagt sie, »und immer noch lässt du dir alles bieten. Vielleicht solltest du Kampfsport machen. Das würde dir guttun. Ein bisschen Bewegung.«

»Zweiundvierzig.«

»Wie soll ich sterben, wenn du nicht imstande bist, dich zu wehren?«

»Willst du denn sterben?«

»Solang du dich nicht wehren kannst«, sagt sie, »solange du dir das letzte Stück Brot stehlen lässt, kann ich nicht sterben. Das ist keine Frage des Wollens. Es ist einfach unmöglich. Ich kann dich doch so nicht alleinlassen. Das wäre unmenschlich.« Sie dreht sich zu ihm um, drückt kurz seine Hand.

Dann öffnet sie ihren Kalender und liest sich noch einmal durch, was sie soeben geschrieben hat.

Sie steht auf, mustert den Teppich. »Den teuren Perser können wir auch wegwerfen, der ist voller Blut, das geht nie wieder raus. Aber, na ja, du lebst noch, das ist das Wichtigste.« Sie geht Richtung Toilette.

»Ich fahr kurz ins Krankenhaus«, ruft Kadoke, »und wenn ich wieder da bin, kümmern wir uns um deine Betreuung.«

»Da gibt's nichts zu kümmern«, ruft Mutter aus der Toilette. »Man wird doch nur von vorn bis hinten bestohlen. Sie nennen es Betreuung, aber in Wirklichkeit ist es Diebstahl, und wenn sie nächstes Mal kommen, um mich zu ›betreuen‹, rufe ich die Polizei!«

5

In der Notaufnahme des Krankenhauses ist wenig Betrieb, trotzdem beginnt das Warten Kadoke schon nach kaum fünfzehn Minuten zu nerven. Geduld ist nicht seine Stärke. Geduld hat er nur mit Patienten. Ein Kind und seine Mutter schreien sich an. Es ist unklar, wer von beiden die Hilfe benötigt, vielleicht beide. Für einen Augenblick spürt er die Versuchung, zu ihnen zu gehen und ein Gespräch anzufangen, aber er ist jetzt nicht als Arzt hier, er ist hier als Patient, und die Rolle eines Patienten ist eher untertänig und passiv. Er muss sich für den Moment damit abfinden.

Neben dem Anmeldungstresen hängt ein Zettel mit der Aufschrift: KEINE BEZAHLUNG, KEINE BEHANDLUNG. Die Mitteilung erstaunt ihn. Werden Unversicherte hier ohne medizinische Hilfe wieder nach Hause geschickt? Wenn Darko hier säße, würde man ihn dann mit der Aufforderung abwimmeln: »Holen Sie sich erst mal Geld!«? Zum Glück hat Kadoke daran gedacht, seinen Personalausweis mitzunehmen, Tasche und Laptop hat er bei Mutter gelassen. Jetzt sitzt er im Wartezimmer und hat nichts zu lesen, keine Zeitung, keine Fachzeitschrift, keinen Dienstbericht. Das Gesundheitswesen wird jeden Tag mehr von Dokumentationspflichten überwuchert: das endlose Ausfüllen von Papieren wurde zum Selbstzweck. Was einmal zur Fehlervermeidung und Schaffung von Transparenz gedacht war, ist zur

Hauptaufgabe geworden. Das hat ihn nie wirklich gestört, doch hier im Wartezimmer ertappt er sich bei dem düsteren Gedanken, dass er Teil eines Systems ist, in dem er sich nicht mehr zu Hause fühlt.

Als er endlich an der Reihe ist, wird er von einer älteren, resoluten Frau abgeholt, die die Behandlungsvorbereitungen durchführt. Sie misst seinen Blutdruck. Das Ergebnis behält sie für sich, doch wie er sieht, ist alles in Ordnung. Dann fragt sie ihn, ob er raucht, und intuitiv will er »Nein« antworten, besinnt sich aber eines Besseren und sagt: »Ja, zehn bis fünfzehn Zigaretten pro Tag. Manchmal auch etwas mehr.«

Sie nickt, als hätte sie nichts anderes erwartet. Dann fragt sie, ein klein wenig streng: »Möchten Sie Anzeige erstatten?«

»Nein«, antwortet er.

»Unsere Vorschrift besagt, dass bei Gewaltdelikten, egal, ob nun Anzeige erstattet wird oder nicht, ein Psychologe oder Sozialarbeiter mit dem Opfer sprechen muss. Dass Sie das schon mal wissen.«

Aha, er ist also nicht nur Patient, er ist auch noch Opfer. Er fragt sich, was Rose und Darko dazu sagen würden und was für einen Kommentar seine Mutter dazu parat hätte. Darko sah keine Liebe, Darko sah Kolonialismus, und jetzt sitzt Kadoke hier als Opfer.

»Okay«, sagt er schroff. »Nichts dagegen. Wenn es nur nicht zu lang dauert, meine Mutter ist allein zu Hause und muss versorgt werden.«

»Wenn sie nicht allein zu Haus bleiben kann«, antwortet die Frau, nicht einmal unfreundlich, »sollte sie vielleicht in ein Altersheim ziehen. Setzen Sie sich noch einen Moment raus, Sie werden gleich aufgerufen.«

Sie legt ihm ein Armband mit seinem Geburtsdatum und seinem Namen um. »Das bekommt jeder hier«, sagt sie. »Das ist keine Krankenhausaufnahme. Bloß Verfahrensvorschrift.«

Verfahrensvorschrift, das Zauberwort des Gesundheitswesens. Alles ist Vorschrift, womit eigentlich gesagt wird: Alles ist Angst, Fehler zu machen.

Er geht ins Wartezimmer zurück, wo Mutter und Kind immer noch sitzen. Beide schauen ihn an, als erwarteten sie etwas von ihm, ein Zeichen der Solidarität, des Einvernehmens unter Patienten, die einer wie der andere dem Betrieb ausgeliefert sind und das auch wissen. Das erlösende Wort muss vom Arzt kommen, der aber selten über solche Worte verfügt.

Weil ihn das Starren von Mutter und Kind stört, geht er gespielt lässig zum Kaffeeautomaten. Erst kurz davor fällt ihm ein, dass er kein Geld dabeihat.

Eine junge Ärztin fragt ihn: »Warten Sie auf irgendetwas?«

Sie zieht sich eine Suppe.

Während er der Frau zusieht, wandern seine Gedanken zu seinem Liebesleben, der stürmischen Phase nach seiner Scheidung: Verschiedene Assistenzärztinnen passieren Revue. Allmählich entwickelte es sich danach wieder auf Sparflamme zurück. Das störte ihn nicht, weil schon vor der Scheidung das Feuer kaum noch loderte. Trotzdem hat er immer Kondome dabei. Er hält sich alle Optionen offen, zumindest theoretisch.

Den Mangel an Leidenschaft in seinem Leben findet er nicht problematisch. Er hat genug Leidenschaften erlebt: Liebeleien, Affären, eine Ehe. Auch in seinem Beruf begegnet er viel Leidenschaft, vor allem deren fatalen Folgen, und ist seine Liebe zu Mutter nicht letztendlich auch eine Passion? Manchmal geht er in die Oper, um Emotionen zu sehen und ihnen zu lauschen, die ihm nicht völlig fremd sind, die er jedoch am eigenen Leib nicht mehr erfährt. Die totale Verzweiflung, an die er sich aus seiner Pubertät erinnert, hat ihn verlassen, und das bedauert er nicht: Überall um sich herum sieht er täglich Verzweiflung.

Bis gestern, als die sommerliche Verliebtheit zuschlug. Vielleicht sollte er sagen: Es war Verzweiflung, die sich als Verliebtheit maskiert hatte.

Kadoke geht vor das Gebäude und raucht eine Zigarette. Im Rauchen findet er eine Entspannung, die ihn entfernt an Liebe erinnert. Zehn bis fünfzehn Mal pro Tag betrügt er seine Mutter mit einer Zigarette. Dieser Betrug ist kein Makel, vielmehr bringt er das innerste Wesen ihrer Beziehung zum Ausdruck: Er liebt seine Mutter so sehr, dass er sie vor der Wahrheit beschützen möchte, ohne übrigens sagen zu können, worin diese Wahrheit besteht, höchstens, dass er nicht der Mensch ist, für den seine Mutter ihn hält, der er für sie aber sein möchte.

Die Wahrheit ist die, dass er raucht, die Wahrheit ist eine Zigarette. Er will Gesundheit und Überleben nicht um jeden Preis, das ist die für Mutter unerträgliche Wahrheit. Übrigens rauchen in seinem Beruf die meisten, die psychischen Krankheiten anderer zwingen einen zum Rauchen.

Der Betrug ist eine Art Assimilierung, er passt sich an, aber nie ganz. Das Doppelleben ist für ihn nicht der Ausnahmezustand, die Folge eines jähen, etwas prekären Zusammentreffens von Umständen, nein, vielmehr ist es die Normalität, die in der konsequenten Erfüllung widerstreitender Sehnsüchte und Wünsche besteht. Wer er wirklich ist, kann er nicht sagen, und soweit ihn das irgendwann interessierte, hat er dieses Interesse seit Langem verloren.

Das Doppelleben ist die Regel, nicht die Ausnahme. Jetzt, vor dem Krankenhauseingang mit Aussicht auf ein Parkhaus, ist er sich da sicher. Die Wünsche anderer konfrontieren ihn mit seinem Versagen, das letztlich der Kern der menschlichen

Existenz ist. In Anwesenheit von Kollegen würde er das nie so laut sagen, es klänge zu philosophisch, aber genau das ist sein größter Einwand gegen Selbstmord: Der Selbstmord beendet jedwede Möglichkeit zu versagen.

Man führt ein Doppelleben, weil man sich insgeheim zum eigenen Versagen verhalten muss.

Ein Mann in seinem Alter steigt aus einem Taxi, seine Hand blutet. Er bleibt vor Kadoke stehen und zeigt auf dessen Auge.

»Auch eine Schlägerei?«, fragt er.

Kadoke betrachtet den Mann, er riecht nach Schweiß, sieht ziemlich ungepflegt aus und hat Übergewicht. Eine »Berufskrankheit«, dieses Beobachten, Ordnen. Überall sieht Kadoke Patienten, das ist nicht schlimm, solang diese Patienten kein unerwünschtes Verhalten an den Tag legen. Letztlich bezahlt ihn die Gesellschaft dafür, dass er dem unerwünschten Verhalten Einhalt gebietet.

»Ich habe mich nicht gewehrt«, sagt Kadoke gelassen. »Eine richtige Schlägerei kann man es also nicht nennen.«

»Hast du 'ne Kippe für mich?«, fragt der Mann.

Kadoke gibt ihm eine. Fast keuchend steht der Mann neben ihm und raucht. Der Psychiater vermutet ein Herzproblem. »Schon das zweite Mal diesen Monat«, sagt der Mann. »Aber ich kann mir doch nicht dauernd auf der Nase herumtanzen lassen?«

Kadoke nickt.

»Ist es schon etwas kühler geworden? Ich merk nichts. Gehen die Temperaturen schon runter?«

»Im Vergleich zu gestern ist es ein ganzes Stück kühler«, antwortet Kadoke. Er tritt die Zigarette aus, geht zurück ins Gebäude und hört fast sofort seinen Namen. Eine junge Ärztin ruft ihn aufgeregt aus.

Schnell und ein wenig untertänig geht er zu ihr. »Ja«, sagt

er, »Kadoke, das bin ich.« Worauf sie antwortet: »Ich rufe Sie schon eine ganze Weile.« Er entschuldigt sich und folgt ihr in ein Behandlungszimmer.

Dort stellt sie sich als Petra vor, sie sei noch Assistenzärztin, werde sich aber gleich mit ihrem Supervisor besprechen, er brauche sich keine Sorgen zu machen.

»Das ist eine Uniklinik, ich hatte nichts anderes erwartet – als eine Assistenzärztin, meine ich. Und ich mache mir keine Sorgen. Das tue ich selten. So wenig wie möglich. Man hat es nicht in der Hand.«

Petra geht auf die Bemerkung nicht ein, sie fragt nicht, was »es« ist. Sie untersucht Kadokes Wunden, reinigt sie, fragt für seinen Geschmack etwas zu uninteressiert nach seiner medizinischen Vorgeschichte. Man muss Abstand zum Patienten bewahren, aber ihm das Vertrauen vermitteln, dass er sein Leben in jemandes Hände legt, der diesem Leben auch eine gewisse Bedeutung beimisst.

Kadoke antwortet, dass er zwar rauche, aber trotzdem keine Beschwerden habe, keine nennenswerte medizinische Vorgeschichte. Die Ärztin kneift ihm in die Wange und will wissen, wie sehr das auf einer Skala von null bis zehn wehtue. »Drei«, antwortet er.

Sicherheitshalber möchte sie ihm noch schnell die Lungen abhören.

Dann erklärt sie: »Ich werde mich jetzt mit meinem Supervisor besprechen, in der Zwischenzeit wird sich ein Sozialarbeiter um Sie kümmern.«

Kadoke bleibt im Behandlungszimmer zurück. Die Tür hat die Ärztin halb offen gelassen. Er sieht meist junge Ärzte vorbeikommen, manche werfen einen neugierigen Blick hinein. Morgen bei der Arbeit wird er sein blaues Auge erklären müssen, aber das ist kein Problem, er muss die Wahrheit dazu nicht allzu schrecklich verbiegen. Weil der Sozialarbeiter auf sich warten lässt, ruft er seine Mutter an, die ihm rät, im Krankenhaus zu bleiben und sich kurieren zu lassen. Sie fügt hinzu, sie könne es gut einen Tag ohne ihn oder irgendwen sonst aushalten, aber er antwortet, dass seine Wunden gereinigt sind, dass nichts genäht werden muss, nichts gebrochen ist und er so schnell wie möglich nach Hause kommt, um das Abendessen vorzubereiten.

Noch bevor das Gespräch beendet ist, kommt der Sozialarbeiter herein, ein junger Mann mit bereits ziemlich dünnem Haar. Er scheint Bodybuilding zu machen, er hat beeindruckende Bizepse.

Der Sozialarbeiter stellt sich vor, erklärt, warum er gekommen ist, und fragt dann: »Ist das Ihre erste Begegnung mit häuslicher Gewalt?«

»Häuslicher Gewalt?« Kadoke zieht die Augenbrauen hoch. »Woher wissen Sie, dass es häusliche Gewalt war?«

Der junge Mann blinzelt nervös. »Das *weiß* ich nicht«, antwortet er, »das entnehme ich den Informationen, die ich bekommen habe. Wenn es also keine häusliche Gewalt war, wie würden Sie die Gewalt dann beschreiben?«

Kadoke sehnt sich nach einer Zigarette, und zum ersten Mal seit Urzeiten – nein: seit gestern Abend, hat er Lust auf Sex. Als hätten die Bizepse des Sozialarbeiters etwas in ihm in Bewegung gesetzt. Seit Monaten hatte er kein Bedürfnis nach Sex, die Lust überfiel ihn nicht mehr, bis gestern Abend, bis die Betreuerin seiner Mutter ihm, nur mit einem Handtuch bekleidet, die Tür öffnete. Rose, in der er unversehens einen Engel erkannt hatte, mit dem er sein Leben teilen wollte. Er möchte sie küssen, auch jetzt noch. Der Sex war ihm eingeschlafen, so wie die Leidenschaft fürs Gitarrespielen einem einschlafen kann: Eine Weile lang spielt man täglich, bis man eines Abends zu seinem Erstaunen bemerkt, dass das Instrument seit Monaten unbenutzt in der Ecke hängt.

Dieser Sozialarbeiter ruft Abneigung in Kadoke hervor, er hätte lieber eine Psychologin gehabt, mit der er hätte flirten können. Obwohl er auch für Psychologen im Allgemeinen kein gutes Wort übrig hat, für ihre Methoden, Therapien, ihre Sichtweise auf die Patienten, die in der Regel mit ihrer Weltsicht zusammenfällt.

Kadoke muss jedoch zugeben, dass auch er die Neigung zum Immer-und-überall-Diagnostizieren nicht unterdrücken kann. Mit professioneller Distanz, doch treu seinem Eid, den er einmal geschworen hat.

Kadoke toleriert den Sozialarbeiter, wie er Psychologen in seinem Team toleriert: solange sie ihre Arbeit tun und ihn mit ihren Ansichten und Meinungen verschonen.

»Ich möchte die Gewalt nicht näher beschreiben«, sagt er, »nicht mit überflüssigen Adjektiven schmücken. Ich möchte es einfach Gewalt nennen. Übrigens fand es bei meiner Mutter zu Hause statt, in dem Sinn war es in der Tat ›häuslich‹.«

Der Sozialarbeiter macht sich eine Notiz.

»War die Person, die die Gewalt verübt hat, jemand, den Sie gut kannten? Gehört er zur Familie?«

»Er gehört nicht zur Familie, ich kenne ihn nicht näher.«

»Haben Sie Grund zu der Annahme, dass dieser Vorfall sich wiederholen könnte?«

»Ich habe keinen Grund zu der Annahme, dieser Vorfall könnte sich wiederholen.«

»Sie haben keine Angst?«

»Jeder Mensch hat Angst, aber vor dieser Person, denn nähere Informationen zu ihrem Geschlecht möchte ich Ihnen nicht geben, habe ich keine. Es war ein einmaliger Vorfall.«

Der Sozialarbeiter schweigt einen Moment. Dann wiederholt er, fast murmelnd, das Wort »einmalig«, als wisse er nicht, was er mit dem Wort anfangen soll. »Und warum sind Sie so sicher, dass dies ein einmaliger Vorfall war?«

»Weil ich es nicht mehr geschehen lassen werde.«

Kadoke zwingt sich, Sympathie für den Sozialarbeiter aufzubringen. Der Junge sitzt auch nur hier, weil die Verfahrensvorschriften ihn dazu zwingen, weil man ihn hergeschickt hat.

»Gibt es noch irgendetwas, das ich wissen sollte«, fragt der junge Mann, »etwas, das Sie mir sagen wollen?«

Kadoke schaut an die Decke: überall Risse.

»Dass die psychische Gesundheitsversorgung in diesem Land auf ihren moralischen und praktischen Bankrott zusteuert. Wenn ich Sie wäre, würde ich mir einen anderen Beruf suchen.«

Das war kein besonderes Zeichen von Empathie, von Sympathie ganz zu schweigen, aber er dachte gerade an Rose, wie sie in der Türöffnung gestanden, ihm an dem Morgen gezeigt hatte, dass sie um sein Leben besorgt war, wie sie seinen unteren Rücken befühlt hatte, die Angst in ihren Augen. Wie er sich in der Fantasie mit ihr verbunden hatte. Er konnte sich nicht dagegen wehren.

Wieder ist der Sozialarbeiter für einen Moment still. »Ich bin nicht hier, um den Zustand der psychischen Gesundheitsversorgung mit Ihnen zu diskutieren, das wissen Sie.«

»Tut mir leid«, antwortet Kadoke. »Bevor wir das Gespräch fortsetzen, würde ich gern eine rauchen, wäre das möglich?«

»Ist es dringend?«

»Wenn es nicht dringend wäre, würde ich es nicht fragen.«

Der Sozialarbeiter senkt den Kopf, und Kadoke beschließt, das als Zustimmung zu nehmen. Er geht nach draußen, wo schon ein Polizist steht und raucht. Sie mustern sich kurz, doch zu einem Gespräch kommt es nicht.

Im Rahmen seiner Arbeit hat Kadoke viel mit der Polizei zu tun. Zwischen Kriminalisierung und Medikalisierung unerwünschten Verhaltens existiert eine Grauzone, und man könnte sagen, diese Zone ist Kadokes Spezialgebiet, auch wenn er eher zufällig dort landete. Zunächst interessierte er sich mehr für die Frühprävention von Psychosen bei Adoleszenten, doch nach einem Konflikt beschloss er, sich eine andere Spezialisierung zu suchen, und so wurde es die Suizidprävention. Ist das nicht der Kern der Psychiatrie, dass man Patienten zum Leben verführt, und sei es nur darum, weil Psychiater sonst überflüssig würden? Jede Berufsgruppe erzeugt ihr eigenes Perpetuum mobile.

Ein Kollege sagte vor einiger Zeit mal zu ihm: »Ich finde, du hast einen etwas autistischen Humor.«

»Nein«, hatte Kadoke geantwortet, »autistisch würde ich ihn nicht nennen. Jüdisch auch nicht. Wenn ich ihm einen Namen geben sollte, würde ich sagen: ›trocken‹, aber wenn du willst, kann ich den Humor auch unterdrücken. Alles lässt sich unterdrücken, auch Humor.«

»Unterdrück bloß nichts wegen mir«, hatte der Kollege geantwortet.

Kurz darauf hatte sich der andere an ein Krankenhaus in Den Haag beworben, und niemand im Team, in dem Kadoke jetzt arbeitet, beklagt sich mehr über ihn. Er wird respektiert und geschätzt.

Er geht ins Behandlungszimmer zurück, das er nur mühsam wiederfindet. Alle Behandlungszimmer sehen gleich aus. Der Sozialarbeiter spielt mit seinem Kuli und hört erst damit auf, als Kadoke sich wieder gesetzt und zu erkennen gegeben hat, dass das Gespräch von ihm aus fortgesetzt werden kann. »Ich habe mich mit meinem Supervisor beraten«, sagt der Sozialarbeiter zuletzt, »wenn Sie sonst nichts mit mir zu besprechen haben, wenn Sie wirklich nichts loswerden möchten, würde ich es hierbei belassen. Gleich kommt die Ärztin noch einmal, um den somatischen, den körperlichen, Teil mit Ihnen zu besprechen.«

»Ich weiß, was ›somatisch‹ bedeutet«, sagt Kadoke schroff, und auch das bereut er sofort.

Der Sozialarbeiter ignoriert Kadokes Sarkasmus mit einer Professionalität, die Kadoke nun doch einigen Respekt abnötigt. »Die eine Frage muss ich Ihnen noch stellen: Sie sind sich ganz sicher, dass Sie keine Anzeige erstatten möchten?«

»Da bin ich mir ganz sicher.«

»Alles Gute«, sagt der junge Mann mit dem dünnen Haar. »Alles Gute bei allem.«

Kadoke verachtet seine Härte, seine Unnachsichtigkeit. Er *kann* austeilen, aber er tut es in den falschen Momenten. Derart schuldbewusst wartet er auf das somatische Abschlussgespräch.

Vermutlich sind seine Härte und Fühllosigkeit unvermeidlich, schließt er seine selbstkritischen Reflexionen. In seinen schwächsten Momenten muss sich der Mensch selber verzeihen, denn sonst tut es niemand.

Wer Tag für Tag mit dem Leiden anderer konfrontiert ist, oder besser gesagt: deren Wunsch zu sterben, muss hart werden und eine gewisse Fühllosigkeit entwickeln, will er von der Verzweiflung nicht mitgerissen werden. Dabei sollte man die Gefahr des Narzissmus nie unterschätzen. Wenn es etwas gibt, dem sich der Ausübende eines Helferberufs stellen muss, dann seinem Unvermögen, der eigenen Machtlosigkeit. Er muss sich klarmachen, dass er nicht viel tun kann, eine Situation durch seine Anwesenheit bisweilen noch verschlimmert, anstatt sie zu verbessern, dass er sich dann zurückziehen und den narzisstischen Wunsch zu helfen unterdrücken muss.

Assistenzärztin Petra kommt ins Zimmer zurück, schließt die Tür und nimmt ihm gegenüber Platz. Sie macht ein Gesicht, als hätte sie eine schwerwiegende Mitteilung zu machen. »Ich habe alles mit dem Supervisor besprochen«, sagt sie. »Sie können nach Hause. Wenn Ihnen die Wange oder

Ihr Auge sehr wehtun, können Sie Eis in eine Tüte oder ein Tuch wickeln und das dagegendrücken.«

Er dankt ihr für den Rat, ein ziemlich magerer Rat, angesichts all der Zeit, die er in diesen Besuch investiert hat. »Viel Erfolg beim Rest Ihrer Ausbildung«, sagt er zum Abschied.

Kadoke nimmt ein Taxi zu seiner Mutter, den Schlüssel hat er diesmal sicherheitshalber mitgenommen. Es gibt keine Rose, die ihm die Tür öffnen könnte, und Mutter will er nicht unnötig bemühen.

So geräuschlos wie möglich schleicht der Sohn sich ins Haus, er will wissen, wie seine Mutter da sitzt oder liegt, wenn sie sich unbeobachtet fühlt. Nicht, um sie bei etwas Unmoralischem zu ertappen, sondern um zu sehen, wie es wirklich um sie bestellt ist.

Sie sitzt auf ihrem Bürostuhl am Esstisch und schläft, den Kopf in den Händen. Als sie die Augen öffnet, schaut sie ihn an, als sei er überhaupt nicht fort gewesen, als habe er all die Zeit vor ihr gestanden. Kritisch mustert sie seine Wange und sein Auge. »Sieht immer noch nicht gut aus«, sagt sie. »Dein Gesicht ist geschwollen.«

Sie schlägt ihren Notizkalender auf und klappt ihn gleich wieder zu. Das geschwollene Gesicht ihres Sohnes macht sie nervös. Sie konnte nie gut mit Krankheiten umgehen. Selbst in einer Erkältung sah sie den Tod.

»Schon als Knirps konntest du nicht für dich eintreten«, sagt sie, mehr zu sich selbst als zu ihrem Kind, »und all die Jahre danach hat sich nichts daran geändert, überhaupt nichts.«

»Ich werd mich zum Kampfsport anmelden«, sagt er. »Ich werde was unternehmen.«

»Das ist spät. In deinem Alter noch Kampfsport. Sehr spät. Aber du hast schönes Haar, das macht dich jünger. Lass dir nie einreden, du wärest alt.«

In der Küche wärmt er die Linsensuppe auf, die Rose noch gekocht hat, dann setzt er sich neben Mutter und schaut zu, wie sie isst. Sie isst mit Appetit, was ein gutes Zeichen ist, aber das kann auch täuschen. Seine Mutter ist ein unberechenbares Wesen. Während sie noch ihre Suppe löffelt, geht er in die Küche und ruft das Mädchen an, das immer am Wochenende kommt: June.

»June«, sagt er, »it's me. Rose left us unexpectedly. I will explain later why. Could you work a few more days for the time being?«

»No«, sagt June. »I know what happened. And I will never come back to your house. Do not count on the Nepalese community, we know who you are. I'm sorry for mother, but you will never see me again. There is something broken and I cannot fix it. I will pray for mother and you.«

Sie legt auf.

Er würde am liebsten zurückrufen und sagen, wenn sie schon für Mutter betet, könne sie sie vielleicht auch betreuen, das sei effektiver, aber ihm ist klar, dass diese Bemerkung nicht auf fruchtbaren Boden fallen würde.

Die nepalesische Gemeinschaft weiß, wer er ist. Was wissen sie eigentlich? Was meinen sie damit – dass er entlarvt ist, dass er sich selber entlarvt hat? Sie wissen, wer er ist, und darum wollen sie nichts mehr mit ihm zu tun haben.

Er geht zu Mutter zurück. Sie schläft wieder.

»Mama«, sagt er, »June will auch nicht mehr bei uns arbeiten. Ich nehme die Schuld auf mich. Wir finden bestimmt neue Mädchen. Aber heute Nacht schlafe ich erst mal hier.«

Sie öffnet die Augen und erklärt prompt: »Ich habe dir immer gesagt, dieses Haus ist auch dein Haus. Ich hab nie verstanden, warum du ausgezogen bist. Dein Klappbett stand immer bereit. Jedes Mal hab ich zu den Mädchen gesagt: ›Vielleicht schläft er hier.‹ Aber das hast du nie gemacht – ja, jetzt, wo die Mädchen fort sind, da traust du dich auf einmal. Du hast immer Angst vor Menschen gehabt, du bist immer ein Muttersöhnchen gewesen.«

»Mit ›sich trauen‹ hat das nichts zu tun, Mama«, sagt er, »ich bin ein erwachsener Mann, ich habe eine Wohnung, ich hatte eine Frau. Und auf meinem Klappbett haben die Mädchen geschlafen. Mein Klappbett …«

»Ja, du hattest eine Frau«, unterbricht ihn die Mutter, mit giftiger Betonung auf dem Wort »hattest«. »Das war auch eine Katastrophe! Gut, dass du die wieder los bist! Sie war ein Nagel an meinem Sarg, und auch an deinem. Wie oft habe ich sie sagen hören, du sähest schlecht aus. Einmal meinte sie sogar, du hättest eine Hühnerbrust. Das sagt man doch nicht zu seinem Mann? Hühnerbrust!«

»Sie hat's gut gemeint, Mama.«

All die Zeit hat seine Mutter also gewartet, dass er wieder einzieht? Er hatte das Klappbett in seinem Zimmer nie beachtet, dass es immer aufgeklappt und gemacht blieb, dass immer ein frisches Handtuch auf dem Kopfkissen lag. Bis die Mädchen bei Mutter einzogen und das Bett wieder genutzt wurde. Er hatte gedacht, seine Mutter würde ab und zu selbst in sein Bett kriechen, weil sie ruhelos war, weil sie nicht schlafen konnte, weil sie nervös war, vor allem nachts, und sich dann in andere Betten legte. Vielleicht erklärte das nicht das Handtuch, doch in den Augen von Fremden folgt seine Mutter ohnehin merkwürdigen Ritualen. Rituale, die er Freunden gegenüber früher immer zu erklären oder zu beschönigen versucht hatte. Jetzt ist das nicht mehr nötig. Mutter lebt im Verborgenen.

Aber sie hat also auf ihn gewartet, das Handtuch war mehr als ein Ritual, wo sie doch eigentlich wissen müsste, dass Kinder aus dem Haus gehen, um nie mehr wiederzukommen. Aber seine Mutter lebte in einer Fantasiewelt, und in der kehrte ihr Sohn nach Hause zurück und wohnte bei ihr. Darum legten die Mädchen Woche für Woche ein frisches Handtuch für ihn ins Bad. Auch wenn das alte noch nicht benutzt war. Weil seine Mutter auf ein Wunder hoffte.

Am liebsten würde er ihr raten: »Hoffe nicht auf Wunder, das sollte kein Mensch sich antun.« Doch stattdessen sagt er: »Gleich bring ich dich nach oben. Alles wird gut. Hab keine Angst.«

Er stellt sich hinter sie und massiert ihr die Schultern. Er fragt sich, wo er so schnell eine Vertretung für die Mädchen auftreiben soll, die all die Jahre für seine Mutter gesorgt haben, ob das hier sein verdienter Lohn ist oder ihre Reaktion nicht vielleicht doch überzogen und eine gewisse Herzlosigkeit verrät.

Wie schuldig ist er? Die Verliebtheit war über ihn gekommen, mit einer Gewalt und einer Verzweiflung, die nicht zu seinem Alter passten. Gefühle hatten ihn überwältigt. Ob sie erlaubt waren, konnte er sich in dem Moment nicht fragen. Es ist schwer, vielleicht gar unmöglich, von Gefühlen überwältigt zu werden und sie zugleich als Fehler zu erkennen, etwas, wovon man sich distanzieren muss. Seine Verliebtheit war ein Fehler, wie vermutlich sein ganzes Leben.

Kadoke hatte gedacht, die totale Verzweiflung hätte ihn am Ende der Pubertät verlassen, doch jetzt muss er zugeben, dass dem nicht so ist, dass die Verzweiflung immer vorhanden war und ihn auch nie mehr verlassen wird, er sie nur nie hatte sehen wollen, blind für sie gewesen war.

»Aua!«, ruft seine Mutter. »Ich bin doch kein Holzklotz!«

Er hat sie sanft in den Hals gebissen. Das tut er öfter, um sie zum Lachen zu bringen. Lachen tut sie heute nicht. Aber morgen ist auch wieder ein Tag.

»Ich schlafe heute Nacht hier, weil die Mädchen nicht da sind und nicht auf dich aufpassen können, aber ich hab eine

Wohnung, Mama, ich war ein verheirateter Mann. Dass du sie abscheulich fandest, weiß ich, aber du hättest jede Frau abscheulich gefunden, genau genommen fandest du jede Frau, die ich mit nach Haus brachte, abscheulich. Erst wenn sie nicht mehr aktuell waren, hast du sie hin und wieder akzeptiert.«

»Weil du keinen Geschmack hast«, erwidert seine Mutter. »Bei Frauen hattest du nie guten Geschmack. Weil du dir immer Frauen ausgesucht hast, die dir auf der Nase herumgetanzt und dich ausgenutzt haben. Du hast kein Rückgrat. Du warst ein Junge ohne Rückgrat, und jetzt bist du ein Mann ohne Rückgrat. Und solange du kein Rückgrat hast, kann ich nicht sterben.«

Das Wort »ausnutzen« hat ihn getroffen. »Sie haben mich nicht ausgenutzt«, murmelt er. »Ich bin nicht ausgenutzt worden.«

In der Küche nimmt er das Armband ab, das sie ihm im Krankenhaus angelegt haben. Einen Moment starrt er auf sein Geburtsdatum und seinen Namen, als gehörten sie nicht zu ihm; dann wirft er das Band weg.

Er ist jetzt kein Patient mehr, er ist wieder Psychiater.

6

Über eine Kollegin hat er eine niederländische Altenpflegerin gefunden, die Senioren betreut und nach dem Tod ihrer letzten Schutzbefohlenen eine neue Stelle sucht. Sie ist teurer als die illegalen Nepalesinnen, aber das ist eben nicht zu ändern. Es gehört bestimmt zu der Strafe, die er auf sich herabbeschworen hat.

Beim Hereinkommen sagt sie: »Bitte nennen Sie mich Betty.« Was den Ton für das gesamte weitere Gespräch vorgibt. Sie hätte auch einfach sagen können: »Mein Name ist Betty«, aber nein, sie gibt als Wunsch getarnte Befehle.

Sie trägt einen beigen Trenchcoat und darunter einen grellgelben Pulli. Erst auf Kadokes wiederholtes Bitten ist sie bereit, den Mantel abzulegen. Sie schaut sich um, als sei sie nicht als Bewerberin um eine Stelle, sondern als mögliche Käuferin des Hauses gekommen.

Altenpflegerin und Sohn setzen sich ins Wohnzimmer, während Mutter am Esstisch nach und nach eindöst. Vor sich ein Schälchen Erdbeeren, das Kadoke ihr nach dem Mittagessen (ein Knackwürstchen und ein Apfel) als Dessert hingestellt hat. Er ist ein ungeschickter, doch potenziell begabter Betreuer, er lernt schnell.

Kaffee möchte Betty keinen, auch keinen Tee, ein Glas Wasser schlägt sie ebenfalls aus. »Kommen wir zur Sache«, sagt sie. »Was für ein Mensch ist Ihre Mutter? Ich habe mit den unterschiedlichsten Senioren gearbeitet, viel Erfahrung mit Demenzkranken, Demenz ist, darf ich wohl sagen, mein Spezialgebiet. Durch Musik kann man demente Menschen erreichen. Ich singe, müssen Sie wissen, sobald ich also etwas von Demenz bemerke, singe ich für die Senioren, und meist hat das einen hervorragenden Effekt.«

»Meine Mutter ist absolut nicht dement«, erwidert Kadoke, mit einem Blick zu Mutter. Gesang im Haus scheint ihm keine gute Idee, aber eine Betreuerin, die seine Mutter wie eine Demenzkranke behandelt, ist erst recht eine Katastrophe. Seine Mutter hat einen speziellen Humor und kann bisweilen aggressiv reagieren, aber das ist noch keine Demenz.

Er findet es unangenehm, über seine Mutter zu sprechen, während sie ein paar Meter weiter danebensitzt, aber jetzt geht es nicht anders. Dies ist eine Notsituation, die Kadokes haben keine Betreuerinnen mehr, und auf Dauer kann er nicht alles allein machen. Seit drei Tagen hat sie nicht mehr geduscht, Mutter will nicht, dass er ihr unter die Dusche hilft, und wenn er sie drängt, antwortet sie: »Einmal pro Woche ist mehr als genug, so warm ist es nicht mehr.«

Mutter scheint nicht zu bemerken, dass sie zu einem Fall geworden ist. Nicht mehr länger ein Mensch, der für sich selbst spricht, sondern jemand, über den gesprochen wird. Sie ist aufgewacht und versucht, mit schier übermenschlicher Konzentration das Grüne von einer Erdbeere zu entfernen.

»Meine Mutter ist einfach im Umgang«, sagt er. »Sie müssten für sie kochen und ihr beim Duschen helfen, vor allem beim Einstieg in die Wanne. Manchmal kann sie allein auf die Toilette, manchmal braucht sie Hilfe, sie trägt Pants.«

»Windeln.«

»Pants. Und Sie müssten mit ihr spazieren gehen.«

»Spazieren gehe ich gern. Auch bei weniger schönem Wetter. Ich finde, Senioren müssen so oft wie möglich an die frische Luft. Das Schlimmste, was einem älteren Menschen passieren kann, ist, den ganzen Tag lang auf seinem Stuhl vor sich hin zu dösen.«

Der nassforsche Ton, in dem Betty über Ältere spricht, missfällt Kadoke, aber das kann auch eine Berufskrankheit der Altenpflegerin sein. Möglicherweise redet auch er ab und zu so über psychiatrische Patienten. Mutter ist inzwischen auf ihrem Stuhl wieder eingenickt, Kinn auf der Brust, Mund halb geöffnet. Eine einzige Erdbeere hat sie gegessen. Sollte Bettys Bemerkung ein versteckter Vorwurf sein? Ist die Pflege, die er Mutter angedeihen lässt, verkappte Vernachlässigung? Gleichgültigkeit womöglich? Aber dann wäre fast jede Fürsorge verkappte Vernachlässigung.

»Mutter geht einmal am Tag vor die Tür, wenn das Wetter es zulässt. Manchmal hat sie keine Lust, dann muss man sie ein bisschen stimulieren.« Er redet leise, als habe er Geheimnisse vor Mutter. Irgendwie ist das auch so. Dass er über sie redet, ist das Geheimnis. Seine von vornherein unzureichende und unvollkommene Pflege.

»Stimulieren finde ich das Allerwichtigste in der Seniorenbetreuung. Ich sag immer: Einen Senioren betreuen ist keine Kunst. Worum es geht, ist, ihn zu stimulieren. Einen alten Menschen vor den Fernseher setzen kann jeder, das ist genauso, wie wenn man einem Kleinkind einen iPad in die Hand drückt. Man muss aber stattdessen dem alten Menschen etwas anbieten, was seine Entwicklung stimuliert. Es gibt immer etwas Neues zu entdecken, egal wie alt man ist.«

Er beginnt sich zu fragen, ob Betty und seine Mutter wirklich zueinanderpassen. Er schätzt seine Mutter nicht als jemanden ein, der stimuliert werden will oder in seinem Alter noch etwas Neues entdecken. Sie hat genug Stimulierendes in ihrem Leben erlebt und vermutlich schon lange kein

Bedürfnis mehr nach irgendwelcher Stimulierung, sie fände es sogar ausgesprochen unangenehm. Ob er und Betty miteinander auskommen könnten, fragt er sich auch, doch das ist Nebensache, es geht um Mutter und Betty. Sie wirkt auf ihn wie eine Frau, die es vor allem liebt, Männer herumzukommandieren. Doch er wird sich fügen. Rose wird ihm fehlen, sie fehlt ihm schon jetzt, dieses Verlangen, dieser äußerst diskrete, doch ständig lauernde Sog des Begehrens, wodurch ein Besuch bei seiner Mutter stets mehr war als nur ein Besuch bei einem überlebenden Elternteil. Immer war es zugleich auch ein Besuch bei der Frau, auf die – ohne dass er selber es wusste – sein Verlangen sich richtete, eine absurde Hoffnung, die Frau, die für seine Mutter sorgte, der Engel: Er wird sich der neuen Situation und der neuen Betreuerin anpassen. Kein Engel oder jedenfalls einer der ganz anderen Sorte. Keine Liebe. Keine Hoffnung. Nicht mal Erotik. Professionelle Pflege. Aufschub der Hinrichtung. Gnadenfrist. Höchstens.

»Ich werde nur nicht hier schlafen«, erklärt Betty, »schlafen tue ich in meinem eigenen Bett.«

»Das verstehe ich. Das erwarte ich auch nicht. Wir suchen noch jemanden für die Nacht. Die Mädchen, die bisher hier gearbeitet haben, haben auch hier geschlafen, aber so viel Entgegenkommen kann man nicht von jedem verlangen.«

Vor allem nicht von jemandem mit einem gültigen niederländischen Pass, möchte er hinzufügen, doch das behält er für sich.

Er sieht Betty da liegen, in ihrem eigenen, freudlosen Bett, ein Bett der sexuellen Misere. Kann man sagen: Sexuell gesehen ist mein Leben ein Elend, aber bei der Arbeit läuft es hervorragend? Stimmt, was man sagt – und was er vor langer Zeit selbst einem Patienten erzählt hat –, dass Sexualität überschätzt wird? Oder ist das nur ein Versuch des in einem fort sterbenden Menschen, sich mit dem Unabänderlichen zu versöhnen?

»Schläft Ihre Mutter gut?«, fragt Betty.

»Sie nimmt Tabletten.«

»Sie schläft also schlecht.« Betty sagt es in einem Ton, als ob sie Punkte auf einer Liste abhakt. Keine Demenz, dafür Schlafstörungen. »Wenn sie Schlaftabletten nimmt, ist sie morgens bestimmt oft noch benommen. Ich kenne das von der vorigen Dame, die ich gepflegt habe, fast acht Jahre lang. Ihr Tod ging mir sehr nahe, es ist doch immer, als würde man einen Verwandten verlieren. Man konzentriert sich auf jemanden, Monat für Monat, jahrein, jahraus, und dann, von einer Sekunde zur anderen, ist er nicht mehr da. Na ja, das gehört zu meinem Beruf. Ich werde mich also drauf einstellen, dass Ihre Mutter, wenn ich morgens hierherkomme, wahrscheinlich noch etwas benommen ist. Und was hat sie für Interessen?«

Interessen. Schwer zu sagen. Hat seine Mutter noch echte Interessen? Ihre Welt ist klein geworden, aber er würde sagen, das war sie schon immer. »Meine Mutter hat die Lager überlebt, und manchmal erzählt oder träumt sie davon, aber es gibt Tage, manchmal auch Wochen, in denen die Soaps im Fernsehen sie mehr umtreiben als die Lager. Ach ja, und sie guckt Dr. Phil.«

»Welche Lager hat Ihre Mutter überlebt, wenn ich fragen darf?«

»Ein paar«, sagt Kadoke. Er findet es unnötig, darüber jetzt ins Detail zu gehen.

»Ich war vor ein paar Jahren in Dachau, zusammen mit meinem Partner, der damals noch lebte. Beeindruckend. War Ihre Mutter zufällig in Dachau?«

»Nein«, sagt er. »Zufällig nicht.«

Betty schaut ihn enttäuscht an. Hätte Mutter ihr nicht den

Gefallen tun können, auch in Dachau gewesen zu sein? Es wäre doch nur eine kleine Mühe gewesen. Er versteht Bettys Enttäuschung. Dachau kennt sie. Unter den anderen Lagern kann sie sich wahrscheinlich nichts vorstellen, die sind für sie abstrakt. Dachau nicht. Da ist sie selber gewesen.

In dem Moment steht Mutter auf, nimmt ihren Stock und geht Richtung Toilette.

»Wohin geht sie?«, fragt Betty.

»Auf die Toilette, nehme ich an.«

»Ich werde ihr helfen.«

Betty springt auf und begleitet Mutter zur Toilette. Von dort hört er Geräusche, die an ein Handgemenge erinnern, aber er findet, es ist nicht seine Aufgabe, sich einzumischen. »Ich brauche kein Licht!«, hört er Mutter rufen. Kadoke bleibt ungerührt sitzen. Betty ist eine erfahrene Altenpflegerin, sie wird wissen, was sie tut.

Dann hört er einen grauenerregenden Schrei, der ihm durch Mark und Bein gehen würde, wenn er irgendwelches Mitgefühl für Betty aufbringen könnte, doch bei welchen Gefühlen ihr gegenüber er sich auch immer ertappt, Mitgefühl ist nicht darunter.

Noch einmal kreischt sie und kommt ins Zimmer gelaufen.

»Ihre Mutter …«, sagt sie und schluckt. Sie kämpft damit, was sie gleich wird sagen müssen, als wolle sie ein Bekenntnis ablegen, vor dem sie sich enorm fürchtet. Noch einmal schluckt sie, wedelt mit der Hand, nach einem Wort suchend, wie es scheint, aber es könnte auch sein, dass sie jemanden schlagen will und ihre Aggression mangels geeigneten menschlichen Objekts an der Luft auslässt. Oder ist ihr schwindlig? Will sie sich an etwas festhalten?

»Ihre Mutter …«, sagt sie. Einen Moment ist sie still. Kadoke schaut Betty verwundert, aber auch ziemlich abgestoßen an. Er findet sie so unprofessionell, so mit sich selber beschäftigt, wo sie als Altenpflegerin sich doch vor allem den anderen zuwenden müsste. Er mag dieses Theater nicht. Er mag Ruhe, Ruhe will er. Gleichzeitig geht ihm durch den Sinn, dass er vorläufig zu Betty keine Alternative hat. An die nepalesische Gemeinschaft braucht er sich nicht mehr zu wenden, andere Altenpflegerinnen kennt er nicht. Es wäre schön, wenn Betty die Stelle, und sei es vorübergehend, annehmen würde. Mehr als schön, es wäre dringend erforderlich. Dann sagt sie: »Ihre Mutter hat einen Pimmel!«

Das Wort »Pimmel« gellt durch den Raum, als sei es ein Synonym für »Faschist«, als seien Menschen mit Pimmeln per definitionem Faschisten, auch wenn es für manche sicherlich mildernde Umstände gibt. Etwas an Bettys Intonation lässt diese Möglichkeit offen: Mitleid mit dem, was an dem Pimmel dranhängt, ist nicht von vornherein ausgeschlossen.

Ja, er war noch nicht dazu gekommen, doch Betty hatte ihm auch kaum Gelegenheit zu einer Erklärung gegeben.

»Setzen Sie sich«, sagt Kadoke.

»Ich bleibe lieber stehen.«

Sie klingt aggressiv und ängstlich zugleich.

»Wie Sie möchten.«

Kadoke selber bleibt sitzen, das erscheint ihm jetzt als das Beste.

»Können Sie mir erklären, was hier los ist, was in diesem Haus eigentlich vorgeht?«

Der Sohn presst die Hände zusammen, er hat Lust auf eine Zigarette, aber erst muss er das hier zu Ende bringen. Er wollte, er könnte Bettys Frage beantworten, ihr ruhig in ein paar Worten erläutern, was in diesem Haus vorgeht, doch er hat das Gefühl, dass er das selber nicht weiß. »Nach dem Tod meiner Mutter verfiel mein Vater in eine tiefe Depression«, erklärt er, »und er kam nicht wieder heraus, auch nicht mehr aus dem Bett, bis er nach Wochen, Monaten, plötzlich begann, sich die Kleider meiner Mutter anzuziehen, er wurde gewissermaßen zu seiner Frau. Er warf seine Anzüge weg, begann, anders zu reden, machte sich ihre Geschichte zu eigen, er verwandelte sich in seine tote Frau.«

Er erläutert es freundlich und taktvoll. Kadoke weiß, dass dies eine heikle Situation ist, eine Situation, in der Leute nur allzu leicht erschrecken, darum ist er gerne bereit, alles geduldig auseinanderzusetzen. Allmählich wird er wieder zum Helfer, der er berufshalber nun einmal ist, immer bereit zu geduldigen Erklärungen und Ermahnungen zur Ruhe, der Psychiater, der sich von nichts und niemandem aus dem Konzept bringen lässt.

»Das ist nicht normal«, sagt Betty, immer noch leichenblass.

Sie setzt sich. Ein gutes Zeichen. Vielleicht kann er sie doch noch herumkriegen, wenigstens für ein paar Wochen hier zu arbeiten. Betty ist alles andere als ideal, aber er kann jetzt nicht wählerisch sein, und nach einiger Zeit gewöhnt der Mensch sich an alles, auch an das Ungewöhnliche. Wenn dann noch etwas Zeit ins Land geht, wird das Ungewöhnliche außergewöhnlich gewöhnlich. Man hat sich abgefunden mit dem, was zuerst unakzeptabel erschien.

»Ich kann ihre Verwirrung verstehen«, sagt Kadoke, »aber Sie müssen wissen, dass wir alles versucht haben, dass mein Vater, wie gesagt, nicht mehr aus dem Bett kam, auf keine Medizin und keine Therapie reagierte, es war ein psychisches Problem, sein körperlicher Zustand war ausgezeichnet. Es ging ihm erst wieder besser, als er eines Morgens ein Kleid seiner verstorbenen Frau, meiner Mutter, anzog. In meinen Augen ist das eine kreative Art, mit einer schwerwiegenden Depression umzugehen. Mein Vater identifiziert sich vollkommen mit seiner neuen Rolle, er ist buchstäblich meine Mutter geworden.«

Die Altenpflegerin ächzt.

»Ich finde das nicht normal«, sagt sie. »Tut mir leid, aber ich finde das abnormal.«

»Haben Sie etwas gegen Transsexualität?«, fragt Kadoke vorsichtig. Um die Situation zu einem guten Abschluss zu bringen, muss er wissen, was die Altenpflegerin genau abnormal findet.

»Überhaupt nicht!« Sie erwidert es mit einer Entschiedenheit, die ihn verblüfft. »Ich diskriminiere niemanden. Auf der Gay Parade mag ich die Transvestiten immer am liebsten, aber nicht mehr in diesem Alter. Verstehen Sie?«

Ob Mutter Hilfe braucht? Sie sitzt immer noch auf der Toilette.

»Nicht mehr in diesem Alter, aha. Und womit«, fragt Kadoke, während er sich nach einer Zigarette sehnt, »kann ich Sie dazu verführen, eventuell doch hier zu arbeiten? Und wäre es nur zur Überbrückung in dieser schwierigen Situation. Was kann ich Ihnen anbieten, was kann ich für Sie tun, damit Sie sich hier bei uns zu Hause fühlen? Damit Sie meine Mutter akzeptieren, so wie sie ist. Eine unvollkommene Mutter. Eine Mutter, die einmal Vater war. Die eine tiefe Depression auf für alle Beteiligten verblüffende Weise überwunden hat.«

Vermutlich ist Bettys Verständnis für Transsexualität an ein bestimmtes Alter gebunden, so wie auch Sexualität insgesamt. Ab einem bestimmten Alter gibt der Mensch sich nicht mehr mit Sexualität ab, wo einmal sexuelles Elend war, ist dann nichts mehr, höchstens ein unbestimmtes Gefühl der Erleichterung, die beglückende Erkenntnis, dass Prostata- oder Brustkrebs einem bisher erspart geblieben sind. Kein Sex mehr und noch kein Krebs oder andere tödliche Krankheiten, eine glückliche Übergangsphase.

»Womit kann man Sie verführen, hier bei uns zu arbeiten?«

Sie hat noch nicht geantwortet, darum insistiert er. Schweigen lässt die Hoffnung blühen. Er versucht, sie charmant, vielleicht sogar begehrenswert anzusehen.

Eine gewisse Milde erscheint in Bettys Gesicht. Sollte allein das Wort »verführen« schon Wunder bewirken?

»Trägt sie eine Perücke?«

»Meine Mutter. Ja, das ist eine Perücke. Modelliert nach der Frisur der Verstorbenen. Seiner Frau, meiner Mutter. Die hat mein Vater so machen lassen. Als er noch mein Vater war.«

Betty nickt.

Sie schaut sich um, zeigt auf ein Gemälde.

»Sind Sie das?«

»Ja, als ich noch ein Kind war.«

Sie nickt wieder, steht auf, stellt sich vor das Gemälde, das schon Jahrzehnte dort hängt. »Eigentlich haben Sie also keinen Vater mehr?«, sagt sie nach einer kurzen, konzentrierten Pause, als sei dies kein Bewerbungsgespräch, sondern ein Museumsbesuch. Ein merkwürdiger Museumsbesuch allerdings, bei dem Besucherin und Aufseher sich zueinander verhalten wie Kundin und Verkäufer, obwohl Kadoke mehr und mehr den Eindruck gewinnt, als seien die Rollen vertauscht. Er will etwas von ihr, und das wird ihm auch unter die Nase gerieben.

Er nickt. »Man könnte sagen, dass ich meinen Vater in diesem Prozess verloren habe. Er hat sich aufgelöst, gewissermaßen, aber ich habe auch etwas dafür bekommen. Mein Vater hat spezifische Ausdrücke meiner Mutter übernommen, sogar ihre Handschrift, er ist in eine Rolle geschlüpft und zu guter Letzt vollkommen eins mit ihr geworden. Wie ein Baum, mit etwas Glück, auch in neuer Erde gedeiht, so hat mein Vater in seiner toten Frau Wurzeln geschlagen. Er ist seine tote Frau geworden, ich kann es nicht anders sagen, er hat vergessen, wer er war, und das war seine Rettung. – Darum:

Ja, sie hat noch einen Pimmel, aber das spielt keine Rolle. Die Mädchen, die sie bisher gepflegt haben, haben sich daran nicht gestört. Eigentlich weiß ich selbst schon nicht mehr, dass Mutter einmal mein Vater war. Ich habe ihren Pimmel völlig vergessen.«

Er findet, er hat gut gesprochen. Eine Krankengeschichte reduziert auf ihren Kern: die unkonventionelle Genesung. Vielleicht ist das ausnahmsweise einmal mehr als Stabilisieren, vielleicht ist das hier zaghafte Heilung.

Er muss an seine echte Mutter denken. Sie hatte einen Prolaps, einen Gebärmuttervorfall. Einmal hatte er unabsichtlich ihre Gebärmutter aus der Vagina hängen sehen. Was er dort sah, erinnerte ihn an einen Penis, einen verkrüppelten Penis. Kurz darauf starb sie.

Betty zögert. Sie nimmt ein Papiertaschentuch aus ihrer Hosentasche, reibt sich damit über die Augen. Weint sie? Sind in dieser scheinbar so kühlen Frau plötzlich Emotionen freigekommen?

»Mama!«, ruft Kadoke. »Alles in Ordnung bei dir?«

»Alles in Ordnung«, antwortet sie von der Toilette.

Betty steht immer noch vor dem Gemälde, ein zerknülltes Papiertaschentuch in der Hand. Ist sie gegen irgendetwas allergisch? Oder erkennt sie etwas in dem jungen Kadoke? Etwas, das er immer übersehen hat? Findet sie kein Verhältnis zu dem erwachsenen Mann, wohl aber zu dem Jungen, der er einmal war?

»Ich kann es nicht«, erklärt sie, das Gemälde anstarrend. »Es tut mir leid. Ich kann es nicht.«

Kadoke denkt nach; unschlüssig, was er sagen soll, um sie zu überzeugen. Er versucht es so: »Dass Menschen ihre Identität auf Biegen und Brechen festhalten müssen, ist ein altmodisches, um nicht zu sagen: überholtes Konzept. Meine Mutter, oder vielmehr mein Vater, spricht genau so, wie meine Mutter es tat, er hat sie bis ins Detail imitiert. So hat er sich gerettet. Ich habe nichts gegen Rettung, schon von Berufs wegen nicht, und schon gar nicht gegen kreative Methoden der Selbstrettung. Ich habe diesen Prozess sogar unterstützt, weil ich sah, wie heilend er war. Auch merkwürdige Heilungen sind Heilungen. Es geht ums Ergebnis, der Weg dorthin spielt meiner Meinung nach keine so große Rolle. Sie sollten dem Verständnis entgegenbringen, vielleicht sogar Respekt.«

Betty atmet schwer. Sie starrt unausgesetzt auf das Gemälde, sie redet nicht mehr mit ihm, sondern mit dem achtjährigen Jungen, der er einmal war, wie er von einer Nachbarin verewigt wurde, der er vier Samstagnachmittage lang Modell gestanden hatte. Kurz darauf bekam die Frau Krebs.

»Ich kann hier nicht arbeiten, das verstehen Sie vielleicht. Oder auch nicht, es spielt keine Rolle. Ich betreue nur Frauen, keine Männer. Als Sie anriefen, sprachen Sie von Ihrer Mutter, einer alleinstehenden Frau. Ich dachte, das geht, das kann ich machen. Aber jetzt soll ich mich hier mit einem Mann herumschlagen, auch wenn er wie eine Frau aussieht, von Weitem und im Halbdunkeln, wenn er sich wie eine Frau kleidet und auch so redet – wenn man ihn auf der Toilette sieht, ist es ein Mann mit allem Drum und Dran.« Sie starrt immer noch auf das Gemälde.

Kadoke steht auf. Es hat keinen Sinn. Diese Frau pflegt nichts, was Mann ist oder je ein Mann war. Sie hat dafür bestimmt ihre Gründe, er darf sie nicht weiter drängen.

Er geht in den Flur und nimmt ihren Mantel. Unterwegs ruft er Mutter zu: »Ich komme gleich zu dir.«

»Lass mich noch einen Moment«, antwortet sie.

Er hilft Betty in ihren Trenchcoat.

»Es tut mir leid«, sagt sie.

Kadoke nimmt ihre Hand, alt, aber doch noch vital. Sie

reißt sich nicht los, scheint seine Berührung sogar angenehm zu finden. Wie lange wird es noch dauern, bis sie selbst Hilfe braucht? Bettys Hand ist eiskalt, als habe sie im Gefrierfach gelegen, und so, ihre Hand in seiner, begleitet er sie behutsam nach draußen. Männer pflegt sie nicht, doch Kadokes Berührung findet sie offenbar angenehm.

Als sie im Vorgarten stehen, lässt er sie los, und erst hier hört ihr merkwürdiger, vielleicht sogar ungesunder Trancezustand auf. Sie sieht nicht mehr das Gemälde, sie sieht Kadoke, den Mann, der er geworden ist. Wie jemand, der mal zu ihm sagte: »Hast du dich aber rausgemacht!« Ob sie das auch findet, wagt er zu bezweifeln.

»Ich werde mit niemandem hierüber reden«, sagt sie, »mehr können Sie von mir nicht verlangen. Ich werde es geheim halten.«

»In Ordnung«, sagt er, obwohl ihm nicht klar ist, was hier geheim gehalten werden soll. Es ist kein Geheimnis.

Er zündet sich eine Zigarette an. Der Nachsommer ist dieses Jahr ausgefallen. Die tropische Hitze ist unmittelbar in herbstliche Kälte und Nässe übergegangen. Rose mochte die Kälte nicht, obwohl es auch in Nepal kalt werden kann, nicht aber, wo sie wohnte. Rose kam aus einer Gegend ewigen Sommers, wo sie aber trotzdem nicht bleiben wollte, weil es dort keine Zukunft gab. Hatte sie hier eine Zukunft gefunden? – Alte betreuen? Immer in Angst, ausgewiesen zu werden? Abhängig vom Entgegenkommen von Leuten, die im Tausch dafür manchmal auch selbst ein Entgegenkommen erwarteten? Und da – wieder dieser Gedanke, ständig liegt er auf der Lauer: War er selbst nicht auch so jemand gewesen, der ein Entgegenkommen gegen ein anderes hatte eintauschen wollen? Hatte er sich nicht einfach genommen, was er aus irgendeinem Grund bisher nicht bekommen hatte? Und war der Auslöser in der Tat Angst gewesen,

Angst vor der allumfassenden Niederlage, vor Mutters Tod? Oder war es doch Liebe, wie er an dem Abend dachte, Liebe, die aus ihm herausmusste, die es in seinem mageren Körper nicht mehr aushielt?

Nein, es war eine Verliebtheit im Spätsommer gewesen. Er vermisst Rose, ihre Flip-Flops, ihre kurzen Hosen, ihre Ratschläge, ihr Lachen. Es ist ein schmerzhaftes, brennendes Sehnen. Das ist das Problem von richtigem Schmerz, dass man zu guter Letzt völlig eins mit ihm wird. Doch Kadoke wird sich an diesen neuen Zustand gewöhnen. Der Schmerz wird nachlassen, in der Kategorie »kleine Unfälle« landen. Unter normalen Umständen landet dort irgendwann jeder Schmerz.

Betty schaut ihn entsetzt an. »Du rauchst!«, ruft sie. Vorwurfsvoll, doch auch enttäuscht. Die Mutter ist ein Mann, und der Sohn raucht. Die Frau, die als Siegerin kam, als Fachpflegekraft, die weiß, was Senioren benötigen, verlässt dieses Haus als ein Mensch, der gesehen hat, was er nie sehen wollte. Im Grunde hat er Mitleid mit ihr. Sie lässt ihn im Stich, aber er sieht ihr Bett vor sich, riecht ihre Einsamkeit. Die meisten Menschen riechen nach Einsamkeit, jedenfalls die, denen er regelmäßig begegnet.

»Was ist eigentlich mit deinem Auge passiert?«

Sie hat den formellen Ton fahren lassen. Jetzt sagt sie »du« und »deinem«, auf das Entsetzen folgt offenbar das Duzen. Auf die Abscheu die Intimität.

»Ein kleiner Unfall.«

»Eis«, sagt sie, »es hätte sofort Eis drauf gemusst, dann sähe es jetzt nicht so aus.«

»Für Eis hatte ich keine Zeit.«

Offenbar will sie für Kadoke nun doch etwas tun. Seine Mutter pflegen ging leider nicht, aber zu Ratschlägen zur Behandlung eines blauen Auges ist sie gerne bereit.

Er möchte ihr helfen, weiß aber nicht, wie, und ihm wird

klar, dass er sich mit dem Unvermeidlichen abfinden muss. Sie wird seine Mutter nicht pflegen, er kann ihr nicht helfen, er muss die Altenpflegerin ziehen lassen, so wie sie ist, verloren und einsam.

»Ich geh wieder rein«, sagt er. »Mutter wartet auf mich.«

»Du musst deinem Vater helfen«, erwidert sie. »So kann er nicht leben. Das ist Wahnsinn. Dieser Wahnsinn muss aufhören, und du musst aufhören zu rauchen, ihr macht euch gegenseitig verrückt.«

»Ich bin Psychiater«, sagt er, »die meisten meiner Kollegen rauchen. Die meisten Patienten übrigens auch. Das haben Patient und Psychiater gemeinsam, wenn es nicht noch mehr Dinge sind. Rauch ist wie eine Wand, die die Außenwelt abhalten soll. Wir können nicht allzu mitfühlend sein, sonst sind wir zu gar nichts mehr fähig. Übrigens teile ich Ihre Meinung zu meiner Mutter nicht. Aber das wissen Sie, wir brauchen kein Wort mehr daran zu verschwenden.« Er ist wieder förmlich, zurück in seiner alten Rolle. Sein Mitgefühl distanziert, professionell, aber nicht warmherzig.

»Deine Mutter«, sagt sie, »oder vielmehr dein Vater, träumt und redet also von Lagern, in denen sie niemals gewesen ist?«

Er hat sich schon von ihr entfernt, unterwegs zu der grünen Mülltonne, die einmal zum Sammeln von Kompost diente. Er hatte seine Zigarette darin ausdrücken wollen, doch jetzt geht er zu der Frau zurück, die für seine Mutter nicht sorgen will.

»Meine Mutter ist gestorben«, sagt er. »Mein Vater hat ihre Rolle übernommen, wie alles von ihr, also auch ihre Traumata. Er setzt ihre Traumata fort, und in gewisser Weise hat er so seine eigenen vergessen, besiegt. Wir sind alle die Fortsetzung von Traumata anderer Leute, Sie, ich – wir sollten aufhören zu glauben, dass es unsere eigenen sind, die uns in unerwarteten Momenten heimsuchen wie Geister, wie Stimmen, Dämonen.« Er verbrennt sich die Finger, wirft seine Zigarette auf den Boden, tritt sie aus, hebt sie auf und geht dann zurück Richtung Haus seiner Mutter.

Er schließt die Tür. Den Drang, Betty gehörig Kontra zu geben, noch gehöriger, ihr zu erklären, dass die Transformation gelungen, kein Mummenschanz ist, dass es keinen Vater mehr gibt, nur noch eine Mutter, wenn auch eine mit Pimmel, unterdrückt er. Keine sinnlosen Diskussionen mehr, nicht jetzt, nicht hier.

Betty steht immer noch im Garten, sieht er durchs Fenster. Unschlüssig, wie versteinert. Aber er kann nicht mehr auf sie warten, er kann sie nicht überzeugen. Sie müssen ohne einander auskommen.

»Mama«, ruft er, »du bist seit einer Viertelstunde auf der Toilette. Vielleicht auch schon länger. Bist du eingeschlafen?«

Er öffnet die Tür einen Spaltbreit, ihr Kopf lehnt an den Fliesen.

»Du bist eingeschlafen«, sagt er. »Das ist gefährlich. Die Toilette ist kein Ort zum Schlafen.«

»Ich brauche noch Zeit!«, ruft sie zurück. »Lass mich.«

Sie klingt wütend, als würde er sie drängen. Er schließt die Tür.

Im Wohnzimmer setzt er sich auf den Stuhl, auf dem seine Mutter immer fernsieht.

Betty steht immer noch vor dem Haus, doch das ist ihm egal, soll sie dort stehen bleiben, solange sie will. Vielleicht ist sie sich unschlüssig, will vielleicht doch auf sein Angebot eingehen. Aber er will nicht mehr, er weiß genug. Mutter macht ihr Angst, und er macht sie wütend. Kadoke vertraut auf seine Intuition: Betty kann diese Situation nicht akzeptieren, jetzt nicht, und auch nicht in Zukunft, dieser Heilungsprozess geht über ihren Horizont. Was in ihrer Welt nicht existiert, darf es nicht geben. Selbst wenn sie in der Lage wäre, sich über ihre anfänglichen Widerstände hinwegzusetzen, würde eine unhaltbare Situation entstehen.

Wahrscheinich hätte er nicht von Transsexualität anfangen dürfen. Das Wort ruft Missverständnisse hervor und manchmal Ärger. Doch jetzt ist es zu spät, die Worte ungeschehen zu machen. Worte sind Taten.

Es kann aber auch sein, dass er die Transformation seines Vaters nicht richtig erklärt hat, er hat sich als ungeschickter Anwalt erwiesen. Kadoke hätte es wissen müssen, Darko gegenüber hatte er seine Sache auch nur mäßig vertreten.

Ist es so schwer zu verstehen, dass wir nicht weiterleben wollen als der, der wir durch Unglück geworden sind, sondern als derjenige, den wir schmerzhaft vermissen? Die Transformation seines Vaters, vor sechs Jahren inzwischen, betrachteten die meisten in seiner Umgebung als eine Erlösung. Der Hausarzt, der Kardiologe, die Ärzte vom Notdienst, man hatte es nicht nur akzeptiert, man war sogar froh, dass die tiefe Depression gebannt schien. Der Psychiater, der Kadokes Vater behandelt hatte, fand es insgesamt eine hervorragende, auf jeden Fall eine humane Lösung, diesen Ausdruck hatte er wörtlich benutzt, obwohl »human« natürlich etwas anderes ist als »hervorragend«: hinter dem Wort »human« verbirgt sich in der Regel etwas Grauenhaftes, auf jeden Fall ein großes Unbehagen.

Kadoke hat Nachtdienst. Er kann noch ein paar Stunden bleiben, ein paar Stunden, um über Mutters Betreuungsproblem nachzudenken, jetzt, wo Betty abgesprungen ist.

Mutter kommt aus der Toilette. »Ich leg mich aufs Sofa«, sagt sie. Sie schaut ihn nicht an.

Sie hat sich die Trainingshose zu weit hochgezogen, er will sie ihr richten, aber sie sagt: »Lass das!«

»Musst du dir nicht die Hände waschen?«, fragt er.

»Nein«, antwortet sie, »in meinem Alter ist das nicht mehr nötig.«

Sie zieht sich die Schuhe aus und legt sich aufs Sofa. Für einen Moment schließt sie die Augen, öffnet sie aber gleich wieder. »Die Mädchen konnten besser kochen als du«, sagt sie.

Er nickt. Eis. Betty meinte, es hätte Eis auf die Wunde gemusst. Er holt ein paar Eiswürfel aus dem Gefrierfach und drückt sie gegen sein linkes Auge, das in der Tat immer noch blau unterlaufen ist.

Vor dem Spiegel im Flur, von wo er auch Mutter beobachten kann, denkt er wieder an Rose. Es scheint ewig her, dass sie hier gearbeitet hat. Was war in ihn gefahren, sie zu lieben, oder besser gesagt: was hatte ihn geritten zu glauben, dass er sie liebte? Diese Fragen lassen ihn nicht los. Wie konnte er, ausgerechnet er, so von Gefühlen übermannt werden?

Mit den Eiswürfeln auf dem Auge wird ihm klar: Er sehnt sich immer noch nach Bedeutung. Wenn er die Aufgabe hier erfüllen will, die zu erfüllen schon die Moral von ihm verlangt, braucht er unbedingt eine Illusion.

7

Jeden Donnerstagmorgen haben sie Kasuistik, das heißt, die Fälle der vergangenen Woche werden besprochen. In einem kleinen Konferenzraum in zweiten Stock sitzen die Psychiater, die psychosozialen Mitarbeiter, die Assistenzärzte, die Psychologen und der Direktor zusammen. Die Besprechung der Fälle geschieht locker, aber respektvoll. Meist gibt es nicht viel zu sagen, es ist klar: Angesichts der Umstände hat man richtig gehandelt.

Seit einer Woche wohnt Kadoke jetzt wieder bei seiner Mutter. Die Hoffnung, schnell Ersatz für die zwei nepalesischen Mädchen zu finden, hat er aufgegeben. Er hat sogar noch erwogen, bei Rose vorbeizugehen, doch er befürchtete neue Gewalt. Und als sie auch nicht auf eine WhatsApp reagierte, in der er geschrieben hatte: »This is not how it should end, mother needs you and to be honest: I need you as well«, fühlte er sich so entmutigt, dass er weitere Versuche ganz sein ließ. Vor allem, dass er nicht wusste, wo sie wohnte – irgendwo in Amsterdam-West, meinte er sich zu erinnern –, machte ihn trübsinnig. Kein Kontakt. Vorläufig nicht, vielleicht nie mehr.

Jetzt muss er also alles selbst machen, das heißt, Mutter ist große Teile des Tages allein, aber das lässt sich nun mal nicht ändern. Es ist vorübergehend. Er wird eine richtige Pflegekraft finden. Ein Mann wäre von ihm aus auch akzeptabel, obwohl seine Mutter das lieber nicht möchte.

Zu seinem eigenen Erstaunen schläft er gut auf dem Klappbett, das seine halbe Jugend begleitete, doch es gibt Nächte, in denen Mutter durchs Haus wandert, Schränke öffnet, in Schubkästen herumkramt. Die Schlaftabletten sind nicht stark genug. Wenn er Mutter durchs Haus geistern hört, wird er wach, und dann kann er nicht mehr einschlafen aus Angst, sie könnte stürzen. Er versucht stets, sie ins Bett zurückzubringen, was nicht immer sofort gelingt. Manchmal wühlt sie tief in den Schränken. Nach Schabbatleuchtern zum Beispiel. Einmal fand er sie mitten in der Nacht im Schlafzimmer, umgeben von Stapeln von Handtüchern.

»Was machst du da?«, fragte er.

»Ich zähle die Handtücher.«

»Die brauchen nicht gezählt zu werden.«

»Doch«, sagte sie, »die Mädchen haben zwei von meinen Handtüchern gestohlen. Ich hab alles dreimal gezählt. Ich gehe zur Polizei. Soll ich anrufen oder machst du das?«

»Nein«, antwortete er, »wir gehen jetzt schlafen. Schlaf ist wichtiger als Handtücher. Deine Gesundheit ist wichtiger als alle Handtücher der Welt.«

Er nahm die Handtücher und legte sie zurück in den Schrank. Dann versuchte er, seine Mutter ins Bett zu geleiten, doch als er sie am Arm nehmen wollte, schlug sie ihm auf die Finger. »An dir hat man auch keine Hilfe«, sagte sie. »Du behandelst mich wie ein kleines Kind. Nichts findest du wirklich wichtig, nichts nimmst du richtig ernst.« Er versuchte nicht, sie vom Gegenteil zu überzeugen, er streichelte ihr nur über den Rücken. Vielleicht war das herablassend, dieses Gestreichel, versuchte er so, ein richtiges Gespräch zu vermeiden, aber sie schien es nicht unangenehm zu finden. Die Welt war auf körperlichen Kontakt reduziert, auf Kosenamen. Mädchen. Mein Alles. Allerliebste. Allerschönste. Liebchen. Mädele. Am liebsten reduzierte er seine Mutter zum Mädele.

Doch war »reduziert« wirklich das richtige Wort? Wurde das dem realen Kontakt gerecht, den zärtlichen Berührungen, den Kosenamen, den kleinen Ritualen? War ein richtiges Gespräch wirklich besser und wertvoller als eine zärtliche Berührung? Worüber sollte er ein richtiges Gespräch führen? Was sind »richtige Gespräche«? Er hatte gesagt, ihre Gesundheit sei wichtiger als alle Handtücher der Welt. Wenn das sie nicht überzeugte, wusste er es auch nicht. Die zärtlichen Berührungen waren Kontakt, sie ersetzten nicht nur ein gutes Gespräch, sie waren weitaus besser.

Kadoke rührt in seinem Kaffee, obwohl er ihn schwarz und ohne Zucker trinkt. Auf irgendeine Weise hat sich ein Rührstäbchen in seinen Kaffee verirrt.

Kollegen hat er erzählt, er sei im Badezimmer ausgerutscht. Er versucht, sich auf die Fallbesprechung zu konzentrieren, doch ab und zu schweifen seine Gedanken zu Mutter und dann zu Rose, zu sich selbst auf seinem alten Klappbett, auf dem er durch Umstände gezwungen wieder gelandet ist, seine Verliebtheit im August.

Seiner Mutter zufolge ist er ein Mann, der nichts ernst nimmt. Vielleicht schläft er darum wieder auf dem Klappbett, von dem er geglaubt hatte, es ein für alle Mal hinter sich gelassen zu haben: als Strafmaßnahme.

Kadoke, gestraft für einen chronischen Mangel an Ernst. Hätte er das Leben ernster genommen, wäre ihm das hier nie passiert. Seine Arbeit war eine ernste Angelegenheit, das Leid anderer Menschen. Der Tod war eine ernste Sache, der Tod der anderen, doch das Leben? Sein Leben?

»Gerstenfeld«, sagt der Direktor. »Oscar, das war dein Fall.«

»Ja«, sagt Kadoke, er blättert in seinen Unterlagen.

Die Nachricht kam vor zwei Tagen. Sie hat viele Gedanken an Rose verdrängt.

»Ich habe mit dem Hausarzt telefoniert«, sagt Kadoke und

blättert weiter. »Gerstenfeld war Ende fünfzig, und erst vor Kurzem in die Niederlande zurückgekommen. Zuvor hatte er lange in Südamerika gelebt. Seine Frau war und ist noch dort. Nachdem er einen Abschiedsbrief geschrieben und mit Freunden darüber gesprochen hatte, alarmierten die seinen Hausarzt. Der meinte nach einem Gespräch, dass vielleicht eine ZE angebracht wäre. Wir fanden einen gepflegten Mann vor, kein Übergewicht, keine Suchtproblematik. Er besaß eine – muss ich sagen – hervorragende Krankheitseinsicht, soweit man von Krankheit sprechen konnte. Er bereute seinen Brief, ein somatisches Problem hatte ihn deprimiert, eine Verletzung am Fuß, die sich entzündet hatte und große Schmerzen bereitete, aber nochmals, der Mann bereute seinen Brief sowie die Aufregung, die er damit verursacht hatte. Er sagte, es sei ein Fehler gewesen, er habe sich von einer melancholischen Stimmung hinreißen lassen und überlege, zu seiner Frau in Südamerika zurückzukehren. Er wollte sich vorher noch weiter am Fuß behandeln lassen. Bis auf den Fuß lagen über den Mann keinerlei Patientenakten vor, er nahm keine Medikamente, nur ein paar Entzündungshemmer und Schmerzmittel. Ich sah nicht den geringsten Grund für eine ZE. Schade, dass Ed nicht hier ist.«

Er schaut in die Runde.

»Nein, Ed ist nicht da«, sagt der Direktor.

»Genau. Ed ist nicht da, aber wir waren beide der Ansicht, es gebe keinen Grund, den Mann einweisen zu lassen. Er war emotional stabil, zeigte hervorragende Kommunikationskompetenz – und nochmals: ebenso hervorragende Krankheitseinsicht, und brachte deutlich zu Ausdruck, dass er im Fall erneuter Suizidgedanken Hilfe suchen würde.«

Er kontrolliert noch mal seine Unterlagen und blickt dann abermals in die Runde. Er sieht freundliche Gesichter, die ihn zu ermuntern scheinen, weiterzureden, doch seine Gedanken schweifen wieder ab. Er wankt, wie an dem warmen Abend, als seiner Mutter, vielleicht durch die Hitze, schlecht geworden war und ihr Herz zu versagen drohte. An dem Abend war die Ursache Liebe gewesen, Liebe lässt einen wanken. Doch was ist es jetzt?

»Aber ein paar Tage später …«, beginnt der Direktor.

»Drei Tage später«, nimmt Kadoke seine Ausführung wieder auf, »drei Tage nach unserem Besuch legt dieser Herr einen erfolgreichen Suizid hin. Ich habe gestern mit seinem Hausarzt telefoniert. Zwischen unserem Besuch und dem Suizid hat der Patient, soweit bekannt, keinerlei Kontakt zu irgendwelchen Hilfeinstanzen aufgenommen. Der Hausarzt hat jedenfalls nichts mehr von ihm gehört.«

Kadoke nimmt einen Schluck von seinem inzwischen kalt gewordenen Kaffee. Er trinkt auch kalten Kaffee, gern sogar, wenn er danach nur rauchen darf.

»Vielleicht lagen keine Patientenakten über ihn vor, weil er im Ausland lebte«, sagt ein Kollege mit Bart. Der Bart ist neu. Er hat ihn erst seit ein paar Monaten. Davor hatte er keinen. Ansonsten ist er genauso wie immer. »Nach Lage der Fakten und dem Ergebnis hat dieser Mann mit seiner Wortgewalt dich ganz schön hereingelegt«, fährt der Kollege mit dem Bart fort.

»Manchmal werden wir hereingelegt«, entgegnet Kadoke, gereizter, als er eigentlich möchte, »daran lässt sich nichts ändern, das weißt du genauso wie ich. Wenn wir jeden, der einen Suizidversuch unternimmt oder einen Abschiedsbrief schreibt, zwangseinweisen lassen würden, könnten wir noch ein paar Dutzend Einrichtungen dazubauen. Ganz abgesehen davon, ob das human wäre oder ob die Gesellschaft uns dafür bezahlt.«

Seine Konzentration ist wieder da, seine Gedanken schweifen nicht mehr ab, er ist nicht mehr irgendwo anders, nur noch hier, im zweiten Stock einer Einrichtung, die psychiatrische Hilfe in Notfällen anbietet, dem Krisendienst. Er wankt nicht mehr, nicht jetzt jedenfalls.

»Wofür bezahlt uns denn die Gesellschaft?«, fragt eine ältere Kollegin. Noch ein paar Jahre, dann darf sie in Pension. Sie trägt ihr Haar am liebsten in einem Pferdeschwanz, was ihr ein jugendliches Aussehen verleiht, das nicht zu ihrem Ernst passt. Sie hat ihm Betty empfohlen. Er hat ihr gedankt und gesagt, dass es leider nicht geklappt hätte. Davon, dass seine Mutter einmal sein Vater war und darum noch über einen Pimmel verfügt, ein Relikt der Vergangenheit, von der man sich ansonsten streng distanziert, hat er seinen Kollegen nie etwas erzählt. Von bestimmten Dingen spricht man nicht. Schließlich gibt es über sie nichts zu sagen, und eigentlich gehen sie auch niemanden was an.

»Dafür, verwirrte Menschen vor sich selber zu schützen«, erwidert Kadoke, »und die Gesellschaft vor ihnen, dafür, für sie eine humane Lösung zu finden.« Bei dem Wörtchen »human« huscht ein feines Lächeln über sein Gesicht.

»Aber, Oscar«, sagt der Psychiater mit dem Bart, »und ich sage das nicht nur zu dir, ich sag das schon länger, nämlich, dass wir hier im Grunde einem soziologischen Problem gegenüberstehen. Wir haben Erfolg bei Patienten mit niedriger Schulbildung, Leuten aus den unteren Schichten, aber sobald es um höher gebildete Patienten geht, und das heißt häufig: Patienten, die sich gut ausdrücken können, machen wir systematisch Fehler. Gerade weil wir uns so gut mit ihnen identifizieren können, denken wir, dass es mit ihnen so schlimm schon nicht kommt. Wir verwechseln Bildung, Intelligenz und sozialen Status mit geistiger Gesundheit.«

»Das ist doch Unsinn«, sagt Kadoke. »Das glaubst du doch selbst nicht. Außerdem *beruht* geistige Gesundheit zum Teil auch auf Bildung, Intelligenz und sozialem Status.«

Er gibt sich keine Mühe mehr, seine Gereiztheit zu verbergen.

»Ich kann Hayos Bemerkung durchaus verstehen«, erklärt die Psychiaterin mit dem Pferdeschwanz, »ich glaube aber vielmehr, dass wir gerade bei Patienten aus der *Unterschicht* scheitern. Die haben oft ein Sprachproblem, eine Geschichte, die wir nicht verifizieren und nachvollziehen können, und genau da machen wir, meiner Einschätzung nach, die meisten Fehler. Wir greifen ein, wo wir besser nicht eingegriffen hätten, lassen Dinge durchgehen, die wir nicht hätten durchgehen lassen dürfen. Manchmal frage ich mich: Wie müssten unsere Gespräche mit Patienten aus bildungsfernen Schichten eigentlich aussehen?«

Kadoke schlägt mit der Hand auf den Tisch. Nicht laut, aber trotzdem. Das hätte er nicht tun sollen. Es erinnert ihn an seinen Vater, der schlug auch immer mit der Hand auf den Tisch. Ein stiller Mann, aber manchmal, ohne jedweden Anlass, schlug er mit der flachen Hand auf den Tisch, zum Beispiel, wenn er Radio hörte. Und wenn man ihn dann fragte, was los war, antwortete er: »Nichts.«

»Bei deinen Patienten aus bildungsfernen Schichten würd ich's zunächst mal ganz einfach mit Reden versuchen«, erwidert Kadoke. »Wenn das nichts bringt, kannst du immer noch Papier und Malstifte dazuholen. Außerdem sind wir nicht das Amt für Einwanderung und Einbürgerung, wir brauchen keine Geschichten zu ›verifizieren‹. Und wir haben Kollegen, die Türkisch oder Marokkanisch können.« Wieder schaut er kurz in die Runde, aber die betreffenden Kollegen sind heute nicht da. »Jedenfalls braucht Sprache kein Problem zu sein, und wenn's wirklich nicht anders geht, rufen wir bei der Dolmetscherhotline an.«

»Ach, Oscar«, sagt die Frau mit dem Pferdeschwanz, »du weißt doch selbst, dass das mit der Dolmetscherhotline so gut wie nie funktioniert. Wenn ich die anrufen muss, habe ich alle Hoffnung eigentlich schon aufgegeben. Manchmal erwischt man einen ganz guten, aber noch öfter meint man, man hätte's mit Schwindlern zu tun, die keine einzige Sprache richtig sprechen und aus irgendwelchen obskuren Gründen bei der Dolmetscherhotline gelandet sind.«

»Als Notlösung, Susanne, funktioniert die Dolmetscherhotline ganz gut. Und noch kurz zu dem ›Eingreifen‹: Wir greifen nicht ein, wir sind keine Halbgötter, die ins menschliche Schicksal eingreifen, wenn auch in bester Absicht. So sehe ich unsere Aufgabe nicht, und so sehe ich auch uns nicht. Wir sind professionelle Helfer, einfach Menschen, und damit fehlbar, wir gehen Risiken ein, weil es nicht anders geht, weil wir eben in der Tat keine Halbgötter sind, nicht in die Zukunft sehen können. Wir nehmen lediglich Einschätzungen vor, von Situationen, so gut wir das können.«

Eine gespannte Stille tritt ein. Normalerweise geht es hier freundlicher zu. Vielleicht ist es die Anspannung, die Kadoke so aggressiv macht, weil er jetzt allein für Mutter sorgen muss, Unbehagen, wieder auf seinem Klappbett zu schlafen, das unbestimmte Gefühl, ein Versager zu sein. Rose. Gerstenfeld. Er weiß, dass das nicht so ist, er steht über den Urteilen der Gesellschaft. Sich diese Urteile zu Herzen zu nehmen, ist er zu intelligent, und sei es nur darum, weil die in der Regel bloß Vorurteile sind, Vorurteile und Angst, und trotzdem hat er, wie er befürchtet, sich einige von diesen Urteilen zu eigen gemacht. Er ist ein Mann Anfang vierzig, der im Haus seiner Mutter auf einem Klappbett logiert. Und das, obwohl er seine eigene Wohnung hat, gestern Abend war er noch dort, um ein paar Sachen zu holen. Es fühlte sich kaum mehr wie ein Zuhause an, er lief durch sein Schlafzimmer wie in einem Hotel.

»Oscar«, sagt der Kollege mit dem Bart, »man *erwartet* von

uns, dass wir in die Zukunft sehen können. Das verlangt die Polizei, das verlangt die Justiz, und nicht nur die …«

»Vielleicht«, unterbricht ihn Kadoke, »sollte jemand mit denen mal reden und ihnen erklären, dass wir das nicht können. Wir sind keine Wahrsager mit Glaskugel, die auf die Kirmes gehören. Wir liefern Einschätzungen auf Grundlage erworbener Kenntnisse und Intuition, und diese Einschätzungen funktionieren mal gut, mal weniger gut. Vielleicht sollte jemand *das* der Polizei und der Justiz mal erklären. Dass wir Psychiater sind und keine Tarotkartenleger. Dass sie sich so wen auf der Kirmes suchen müssen.«

Er will einen Schluck Kaffee nehmen, doch sein Becher ist leer.

»Wir schweifen ab«, sagt der Mann mit dem Bart. »Ich wollte nur sagen, dass, wenn wir entscheiden, jemanden nicht einweisen zu lassen, und dieser jemand legt drei Tage später einen Suizid hin, dass es dann zu simpel ist, den Suizid einfach mit der Bemerkung abzutun: ›Jede Einschätzung enthält nun mal Risiken.‹ Vielleicht sollten wir dann überprüfen, ob ein Fehler gemacht worden ist, und ich würde sagen: Ein erfolgreicher Suizid drei Tage nach unserem Besuch weist eindeutig auf eine Fehlbeurteilung unsererseits hin.«

Kadoke schüttelt den Kopf. »Ich bleibe bei meiner Einschätzung. Als ich bei diesem Mann war, gab es nicht den geringsten Grund, ihn einweisen zu lassen, nichts wies auf eine ZE hin, nichts.«

»Der Abschiedsbrief«, gibt der Mann mit dem Bart zu bedenken. »Die Tatsache, dass der Hausarzt und die Freunde meinten, nach diesem Brief in Aktion treten zu müssen. Die Freunde haben den Hausarzt ja nicht zum Spaß kontaktiert, der Hausarzt hat nicht umsonst Kontakt zu uns aufgenommen.«

Kadoke lächelt, er schüttelt den Kopf, unschlüssig, ob er

etwas sagen soll, dann tut er es doch: »Du weißt, wie Hausärzte sind: überarbeitet und ängstlich. Ihr größter Ehrgeiz, vielleicht ihr einziger, ist, keine Entscheidungen treffen zu müssen, alles an Spezialisten weiterzureichen, außer vielleicht noch einen Hustensaft zu verschreiben. Die Tatsache, dass ein Hausarzt uns kontaktiert, weil er meint, dass vielleicht eine ZE angebracht wäre, ist für mich erst mal ein Anzeichen für gar nichts, höchstens dafür, dass der betreffende Hausarzt keine Lust hat zu arbeiten. Es gab keinen Hinweis für eine ZE. Ein einziger Abschiedsbrief ist dafür kein hinreichender Grund, das wisst ihr genauso wie ich.«

»Du übertreibst, Oscar«, sagt die Kollegin mit dem Pferdeschwanz. »Früher warst du nuancierter. Früher warst du auch nicht so aggressiv. Hast du schlecht geschlafen oder so?«

Bevor er antworten kann, erklärt der Direktor: »Gut, wir belassen's dabei. Wir schließen den Fall. Und diese Sitzung.«

Die Psychiater und die psychosozialen Mitarbeiter, die Assistenzärzte, die Psychologen und der Direktor verlassen schweigend den Raum. Die Kollegin mit dem Pferdeschwanz räumt die Becher, die die anderen haben stehen lassen, weg. Kadoke wirft ihr einen verschwörerischen Blick zu, doch das Lächeln, mit dem sie ihm antwortet, kommt nicht von Herzen. Hat sie von Betty gehört, dass seine Mutter einen Pimmel hat, und maßt sich jetzt auch darüber noch ein Urteil an? Er kann sich das von einer Psychiaterin nicht vorstellen, schon gar nicht von ihr. Vielleicht war er in der Tat zu aggressiv, nahm den Selbstmord doch zu persönlich. Ein Anfängerfehler: Die Selbstmorde von Patienten darf man nie persönlich nehmen, sonst geht man kaputt. Oder konnte er heute einfach nicht mit Kritik umgehen? Bäumte sich ein letzter Rest Eitelkeit in ihm auf? Hatte er sich angegriffen gefühlt und darum so hitzköpfig reagiert? Wie auch immer, der Fall Gerstenfeld ist geschlossen. Der Mann ist tot. Und wenn er wirklich sterben wollte, hätte eine ZE ihm auch nichts genützt, ist Kadokes vielleicht etwas fatalistische Überzeugung: Wer seinen Tod wirklich will, findet immer einen Weg. Kadoke kann eigentlich nur die Zweifler beschützen, die Unschlüssigen, die bereit sind, es sich noch mal zu überlegen, für die die schlimmste Verzweiflung nicht mehr ist als eine Phase.

8

Kadoke geht zu dem kleinen Parkplatz hinter dem Gebäude und raucht in der leicht nebligen Morgenluft eine Zigarette. Der Direktor, obwohl selbst Psychiater, ist doch vor allem ein Manager geworden und somit für Kadoke ein Feind der Psychiatrie. Alle Fälle müssen im Schweinsgalopp abgeschlossen werden, es geht nur noch darum, die gewünschte Zahl Face-to-Face-Kontakte pro Jahr zu erreichen und zu einem guten Ende zu bringen: Der Patient soll sich im erwünschten Rahmen verhalten, das heißt, weder sich noch andere gefährden. Eine andere, zuverlässige Art der Evaluierung existiert nicht. Wenn der Begriff »Face-to-Face-Kontakt« in Besprechungen fällt, überkommt ihn immer eine gewisse Trauer – vielleicht nichts als unbestimmte Nostalgie, aber trotzdem – angesichts des klaffenden Abgrunds zwischen seinen Erwartungen als Student und der alltäglichen Praxis seines Berufs.

Eine Assistenzärztin stellt sich zu ihm. Sie ist erst seit Kurzem bei ihnen, Dekha heißt sie. Sie stammt aus Afrika – oder ihre Eltern, das weiß er nicht mehr so genau. Er hat nie länger mit ihr gesprochen.

»Wir arbeiten heute zusammen«, sagt sie. Sie lächelt.

»Wir sind heute ein Team«, erwidert er. »Bist du mit dem Auto?«

»Ich habe keins, ich bin mit dem Fahrrad.«

»Dann fahren wir mit meinem.«

Sie warten auf den ersten Notfall. Lange dauert das nie. Kadoke hat das Gefühl, dass die Zahl psychiatrischer Notfälle immer mehr zunimmt, obwohl er keinen Beweis dafür hat. Grund kann natürlich auch sein, dass der Krisendienst seit Kurzem intensiver mit der Polizei zusammenarbeitet. So braucht die Polizei bei Störungen der öffentlichen Ordnung psychiatrische Notfälle nicht mehr in eine Zelle zu sperren, sondern ruft den Krisendienst, um festzustellen, ob es sich bei der betreffenden Person um einen gewöhnlichen Störenfried oder Kriminellen oder eben um einen tatsächlich psychisch Kranken handelt. Das ist ein Fortschritt. Ein Zimmer in einer Klinik, selbst in der geschlossenen Abteilung, ist besser als eine Zelle. Und dennoch, wenn er auf dem Polizeirevier Patienten beurteilt, beschleicht ihn immer wieder das Gefühl, sich einer Art Kollaboration schuldig zu machen. Er funktioniert in einem System, dem er eigentlich kritisch gegenübersteht: Er trennt das Erwünschte vom Unerwünschten, das Krankhafte vom Kriminellen und umgekehrt, ohne die Konsequenzen seiner Beurteilung stets überblicken zu können oder zu wollen.

Dekha bleibt neben ihm stehen. Er bietet ihr eine Zigarette an, doch sie antwortet: »Ich rauche nicht.«

»Du bist die erste Assistenzärztin seit Jahren, die nicht raucht.«

Sie schweigt. Über das Rauchen hat sie nichts zu berichten. Nicht, ob sie je geraucht hat, noch ob sie vorhat, damit anzufangen, nichts.

»Ich bin keine weiße Assistenzärztin«, sagt sie schließlich. »Und wahrscheinlich bist du auch noch nicht so vielen Assistenzärztinnen begegnet.«

»Kann schon sein, aber das hat nichts mit dem Rauchen zu tun. Rauchen ist, soweit ich sehe, keine Frage der Herkunft.«

Sie murmelt etwas, doch dann erinnert das Murmeln

Kadoke an Summen. Es könnte auch sein, dass sie leise singt. Assistenzärzte sind oft verlegen, und verlegene Menschen tun seltsame Dinge. Er lässt die Themen auf sich beruhen, die Frage der Herkunft, das Rauchen. Er hat heute schon genug Spannungen verursacht.

Dennoch bleibt sie neben ihm stehen. Drinnen im Gebäude hat sie einen Schreibtisch, sie könnte auch dort auf den Notfall warten, doch offensichtlich bevorzugt sie den Parkplatz.

»Willst du dich auf Psychiatrie spezialisieren?«, fragt er nach einer Weile.

»Ich hatte es vor, darum habe ich mich hierher beworben, aber jetzt bin ich mir nicht mehr so sicher.«

»Warum?«

»Ich möchte schon gern, aber ich weiß nicht, ob ich es kann. Ob ich es aushalte. Warum bist du Psychiater geworden?«

Ein psychosozialer Mitarbeiter kommt zu ihnen und bittet um eine Zigarette. Für einen kurzen Moment scheint es, als wolle er mit ihnen plaudern, aber er sagt: »Ich muss dringend telefonieren«, und stellt sich etwas entfernt unter einen Baum.

»Warum bin ich Psychiater geworden?« Kadoke überlegt, die Geschichte zu erzählen, die er meistens erzählt: Er sei Psychiater geworden, um zu erkunden, was er mit den Patienten gemeinsam hat. »Ich wollte herausfinden, was geistige Gesundheit ist, die Grauzonen des Normalen ausloten«, hat er oft erklärt. Damit waren die meisten Gesprächspartner zufrieden. Doch irgendwie hat er heute keine Lust auf diese Geschichte. Er hat sie zu oft erzählt.

»Ich bin Psychiater geworden«, sagt er jetzt, »weil meine Eltern das von mir wollten. Schon als ich ein kleiner Junge war, sagten sie immer: ›Du bist unser kleiner Psychiater.‹ Ich habe getan, was man von mir erwartete, aber ich bereue es nicht. Auch das, was von einem erwartet wird, kann nach einiger Zeit zur Leidenschaft werden, oder war es das vielleicht schon immer. Krankheit langweilt nicht so schnell wie Gesundheit. Natürlich kennt auch die Krankheit Routine, oft folgt sie bestimmten Mustern, aber trotzdem fasziniert sie mich nach all den Jahren nach wie vor. Gesundheit ist Konvention, Krankheit ist das, was nicht in die Konvention hineinpasst, aus gutem Grund meistens, trotzdem haben meine Eltern und ihr Ehrgeiz letztlich den Ausschlag gegeben …«

Er will noch etwas sagen, kann den Gedanken aber nicht mehr in eine klare Form bringen.

Sie schaut ihn an. Nicht erstaunt, eher argwöhnisch, als spiele er ihr etwas vor, erzähle ihr nicht die Wahrheit. »Und warum …?«

»Warum was?«

Er würde gern noch eine rauchen. Sie hat einen brennenden Blick, sieht nicht aus wie jemand, der sich mit Standardantworten und Standardgesprächen zufriedengibt.

»Warum fasziniert dich die Krankheit?«

Er kratzt sich etwas von den Lippen. Tabak kann es nicht sein. Er raucht Filterzigaretten. Er betrachtet, was am Finger hängen geblieben ist. Es sieht aus wie das Weiße einer Orange.

»Entschuldigung«, sagt er. »Hoffentlich fandest du das jetzt nicht eklig. – Weil die Krankheit uns der Wahrheit näherbringt, in manchen Fällen vielleicht sogar die Wahrheit ist.«

Sie schüttelt den Kopf. »Warum sollen dann Patienten gesund werden? Wenn Krankheit die Wahrheit ist, warum heilen? Ist Heilung eine Lüge?«

»Sie *sollen* nicht, sie *dürfen,* oder jedenfalls in der Theorie. Weil die Wahrheit der Krankheit unerträglich ist, in vielen Fällen zumindest, machen wir ein Heilangebot. Und eine Lüge möchte ich die Heilung nicht nennen, wohl aber oft eine Unmöglichkeit. Wir stellen etwas in Aussicht, das wir nur selten verwirklichen können. Ein weiterer Grund, warum wir heilen oder es versuchen – behaupten, es zu versuchen –, ist der, dass die Gesellschaft uns fürs Stabilisieren bezahlt sowie dafür, dem Patienten mögliche Heilungschancen zu vermitteln. Das ist keine individuelle, das ist eine gesellschaftliche Aufgabe. Die Gesellschaft kann sich Selbstmord nicht leisten. Stell dir vor, Suizid würde alltäglich, das würde die Gesellschaft unterminieren, es würde alles ins Chaos stürzen. Auch uns.«

Sie schüttelt den Kopf. »Für mich ist Krankheit einfach nur Krankheit, und es ist besser, gesund zu sein, nicht krank jedenfalls. Leben ist besser als sterben – außer man ist sterbenskrank, vielleicht will man dann sterben, aber dafür gibt es Euthanasie.«

»Es geht nicht immer darum, was besser ist, das ist ein ziemlich beschränkter Standpunkt, vielleicht wäre es besser, nie geboren zu sein. Die Frage ist, was etwas bedeutet. Mein Eindruck ist gar nicht, dass Patienten in erster Linie geheilt werden wollen, sie wollen vielmehr mit etwas *leben* können, aber das ist etwas anderes als Heilung. Krankheit ist auch Identität, sie wollen wissen, was es bedeutet, dass sie diese Krankheit bekommen haben und keine andere.«

»Aber die Patienten leiden«, sagt Dekha. »Und darum wollte ich Psychiaterin werden, weil ich dachte: Ich will etwas gegen das Leiden unternehmen. Ich will es lindern, ich will es beenden.«

Nun zündet Kadoke sich doch noch eine Zigarette an. Unter dem Baum steht der psychosoziale Mitarbeiter noch immer und telefoniert. Auch er wartet auf einen Notfall.

»Sie leiden«, sagt Kadoke bedächtig, »das stimmt. Nicht immer, aber meistens. Und wir sollen das Leiden dann abtransportieren, wie die Müllabfuhr? Schritt für Schritt ihren Schmerz lindern? Nach einem vom Versicherer genehmigten

Therapieplan? Eigentlich sind wir also Kopfschmerztabletten in Menschengestalt? Ich weiß nicht, ob ich dazu da bin, das Leiden zu lindern, ich weiß nicht, ob ich das kann. Ich bin dazu da, um Dinge zu verhindern, soweit möglich. Selbstzerstörung zum Beispiel.«

Dekha ist eine schöne Frau. Stämmig, aber schön.

»Wir bekämpfen auch Ursachen, wir sind mehr als Kopfschmerztabletten.«

»Ursachen?« Er inhaliert, hustet, Kadoke hat einen trockenen Hals. »Meiner Meinung nach ist die Psychiatrie schon seit Langem nur noch Symptombekämpfung. Was wissen wir über Ursachen? Selbst wenn wir sagen könnten: ›Die und die Menschen haben eine höhere Wahrscheinlichkeit, diese oder jene Krankheit zu entwickeln‹, wissen wir dann wirklich etwas über die Ursachen? Wir bekämpfen bestenfalls Symptome. Oder hab ich dich damit entmutigt? Hattest du etwas anderes erwartet? Du kannst immer noch Theologie oder Religionswissenschaften studieren – das meine ich nicht sarkastisch. Ob Menschen bei einem Psychologen beichten oder bei einem Priester, macht letztlich nicht so viel aus. Es geht um das Gefühl, ungehemmt sprechen zu können, dass sie ihren Schmerz eingrenzen können, indem sie ihn benennen.«

»Was bist du paternalistisch!«

Sie sagt es streng, doch ihre Augen lachen. Sie will ihn necken. So sieht er es. Er wird geneckt. Sie findet ihn nicht wirklich paternalistisch, sie spielt es nur, und er spielt mit. Die Rollenverteilung ist ein Ritual, ein Kennenlernritual vielleicht.

»Wenn du meine wahre Meinung wissen willst: Wir sind vor allem dazu da, um zu verhindern, dass bestimmte Verhaltensweisen kriminalisiert werden. Wir helfen der Polizei und damit auch unseren Patienten. Wir bewahren sie in vielen Fällen vor der Justiz. Und der Feuerwehr helfen wir natürlich auch, sonst müssten die ständig ausrücken, weil wieder wer auf einem Dach steht. Wir haben vor allem gesellschaftliche Aufgaben, wir bringen das Leiden nicht zum Verschwinden; wir sind das Schmieröl der Gesellschaft, entfernen, wo nötig, Schrauben aus den Maschinen, wir setzen festgefressene Motoren wieder in Gang. Vielleicht ist das eine etwas altmodische, mechanistische Metapher, aber der Mensch ist ein viel mechanischeres Wesen, als man so denkt. Er vergleicht sich gern mit einem Computer, aber eigentlich ist er eine Dampflokomotive. Natürlich erledigt die Polizei ähnliche Aufgaben, aber wir machen es besser, glaube ich, menschlicher, *das* ist es, was wir hier tun.«

»Gib mir jetzt doch mal eine Zigarette«, sagt sie.

Sie rauchen zusammen, schweigend.

»Ich hab mir schon Sorgen gemacht«, sagt er, nachdem sie zur Hälfte aufgeraucht hat. »Eine Assistenzärztin, die nicht raucht, aber zum Glück ist noch nicht alles verloren. Wenn du in der Psychiatrie weiterarbeiten willst, würde ich an deiner Stelle mit den Zigaretten anfangen.«

Dekha lacht nicht. »Ich rauche fast nie«, sagt sie, »ich tue es dir zuliebe. Du siehst mir aus wie jemand, der eine Mitraucherin brauchen kann. Ich selbst rauche nur auf Partys. Bist du wirklich so enttäuscht von deinem Beruf, oder ist das nur eine Pose, die du jungen Ärztinnen gegenüber einnimmst? Denkst du, wir finden das sexy? Die sanfte Verbitterung des kettenrauchenden Psychiaters?«

Er will etwas antworten, ihr erklären, dass es keine Pose ist, er höchstens etwas große Worte gewählt hat. Tut man das nicht, wenn man jemanden kennenlernt? Man versucht, zu beeindrucken, und sei es nur darum, um vor den Augen des anderen nicht auseinanderzubröseln. Um seine Identität, seinen Ruf zu verteidigen. Kadoke ist noch keine fünfundvierzig, aber beim Krisendienst schon ein Veteran.

Sie werden gerufen. Ein Notfall. Endlich, mancher Notfall hat ihm schon unangenehme Konversationen erspart. Bekenntnisse, die er Kollegen beinahe gemacht und hinterher bestimmt schrecklich bereut hätte. Ein Notfall kam der Katastrophe zuvor. So wie möglicherweise auch jetzt.

Es stimmt nicht, dass der Patient vor allem den Helfenden braucht, der Hilfebedürftige nicht ohne Helfenden auskommt. Das Umgekehrte ist ebenfalls zutreffend: Der Helfer braucht den Hilfebedürftigen oft ebenso sehr. Wenn es keine Geisteskrankheiten gäbe, müssten die Psychiater sie erfinden. Kadoke ist abhängig von den Notfällen. Der Krisendienst ist mehr als sein Arbeitgeber, er ist ein erheblicher Teil seines Lebens; in den Krisen anderer Leute liegt seine Daseinsberechtigung.

Die Telefonistin gibt ihnen ein paar Informationen zu der Patientin. Sie bestimmt, ob ein Notfall ein Notfall ist, sie ist die erste Hürde, die die Hilfesuchenden überwinden müssen.

Kadoke nimmt seine Tasche und geht zusammen mit Dekha zum Auto.

»Entschuldigung schon mal im Voraus für das Chaos«, sagt er. »Ich räume überall immer gern auf, aber zum Autoaufräumen komme ich nur selten.«

Sie steigen ein. »Das Chaos stört mich weniger«, sagt Dekha, »es ist mehr der Gestank. Könntest du wenigstens kurz lüften, oder rauchst du immer im Auto?«

»Ich rauche überall, fast überall, auch im Auto. Als ich noch verheiratet war, habe ich auf dem Balkon geraucht. Seit der Scheidung rauche ich auch im Schlafzimmer. Mir macht es nichts aus.

»Im Schlafzimmer? Igitt!«

Er trägt die Adresse in sein Smartphone ein. Sie müssen zu einer Gracht in der Nähe der Kinkerstraat. Er startet den Wagen.

Während der Fahrt rekapituliert Dekha, was die Telefonistin ihnen zu der Patientin notiert hat. »Siebenundzwanzigjährige Frau. Lange Vorgeschichte. Erst diagnostiziert als Borderlinerin. Dann Depressionen mit schweren Angststörungen. Dann wieder Borderline, zuletzt drei Monate in der Geschlossenen, in der sie schon mehrfach war. Seit vier Monaten wieder draußen. Bekommt zweimal die Woche Besuch vom sozialpsychiatrischen Dienst. Nach drei Monaten stabilen Zustands wieder selbstverletzendes Verhalten, laut ambulanter Pflegekraft auch paranoide Schübe. Ambulanter Pfleger schlug vor, sie solle sich einweisen lassen, was Frau verweigerte. Pfleger wartete zwei Tage, hatte den Eindruck, dass Situation sich verschlimmerte, und nach Besuch heute Morgen nahm er Kontakt zu uns auf, weil er es nicht mehr verantworten könne, die Frau noch länger zu Hause zu lassen.«

»Okay«, sagt Kadoke.

Er versucht, sich die Vorinformationen zu merken, will sich aber nicht zu sehr von ihnen beeinflussen lassen. Seine Einschätzung soll sich vor allem darauf beziehen, was er vor Ort antrifft, zu viel Vorwissen kann die Beobachtung stören. Er will wahrnehmen, zuhören, erfahren. Riechen, auch das.

Alle naselang bleibt das Auto im Stadtverkehr stehen.

»Wir bräuchten Sirenen«, sagt Dekha.

»Ich glaube nicht, dass wir je welche kriegen, dazu sind unsere Patienten zu unwichtig. Wenn du Sirenen willst, musst du auf einen Notarztwagen.« Er wirft Dekha einen kurzen Blick zu. »Du hast schönes Haar«, sagt er.

»Das darf ein Weißer nicht zu mir sagen. Ich bin mehr als meine Frisur.«

Wieder stehen sie still. Er ärgert sich nicht, in seinem Auto ist er Buddhist, es ist noch nie vorgekommen, dass er irgendwo ankam und der Patient war schon tot. Sehr wohl ist es öfter geschehen, dass er klingelte und der Patient war davongelaufen. Auch unangenehm, manchmal muss dann die Polizei kommen, aber tödlich braucht selbst so ein Fluchtversuch nicht zu sein. Wer davonläuft, um der Psychiatrie zu entgehen, verfügt in der Regel über genug Lebenswillen, seinen Selbstmord noch ein Weilchen aufzuschieben. Dafür sind diese Psychiatrieflüchtlinge oft eine Gefahr für Dritte, und einmal hat er es erlebt, dass ein Geflüchteter in seiner Panik einen Verkehrsunfall auslöste. Die Panik, damit fängt das Unheil oft an. Wem klar wird, dass er noch nicht tot ist, dass er lebt, sollte tatsächlich in Panik geraten.

»Ich bin nicht weiß«, sagt er, während sein Blick zu einem Heringsstand geht. »Ein Mann – gut und schön, wenn's sein muss. Aber nicht weiß.«

»Was bist du denn dann? Du bist so weiß, wie's nur geht. Oder für was hältst *du* dich?«

»Jedenfalls nicht für weiß.«

Sie fahren ein Stück weiter und kommen wieder zum Stehen.

Dekha schaut ihn forschend an, sie scheint seine Haut zu studieren. Fragt sie sich, ob er sie auf den Arm nimmt, Dinge sagt, die er nicht ernst meint? Er meint alles ernst, jedes Wort.

»Du bist weiß«, sagt sie. »Oder wie soll ich das auffassen?! Entschuldige, wenn ich dich beleidigt haben sollte, aber du bist weiß.«

»Meine weiße Hautfarbe ist eine Verkleidung.«

Wieder fahren sie zehn Meter.

»Eine Verkleidung? Und was bin ich dann, schwarz maskiert?«, fragt Dekha.

»Was du bist, musst du selbst wissen, deine Identität unterliegt nicht meiner Verantwortung. Lassen wir das Thema. Wir kennen die Empfindlichkeiten des anderen jetzt etwas besser, das ist eine gute Basis für die weitere Zusammenarbeit.«

Dekha antwortet nicht. Sie brauchen eine Viertelstunde für höchstens vierhundert Meter und dann noch eine, um einen Parkplatz zu finden.

Die ganze Zeit hat Dekha nichts mehr gesagt, doch als sie vom Auto zur Wohnung der Notfallpatientin gehen, fragt sie: »Du willst also nicht ›weiß‹ genannt werden. Bist du sonst noch irgendwo empfindlich?«

Kadoke schüttelt den Kopf. »Nein, ich glaube, das war's. Ansonsten bin ich ein ziemlich abgehärteter Typ, wie die meisten Psychiater. Und du, bis auf dein Haar, bist du noch mit irgendetwas empfindlich?«

Sie schüttelt den Kopf. »Mir wäre es lieber, du würdest nicht mit mir flirten. Ansonsten bin auch ich ziemlich schmerzlos.«

»Ich hab nicht mit dir geflirtet«, verbessert Kadoke. »Ich habe dir ein Kompliment gemacht. Ein kleiner, aber feiner Unterschied. Wie heißt die Patientin eigentlich?«

Dekha schaut in ihre Unterlagen. »Michette. Michette Dubois.«

»Französischer Name. Sprichst du Französisch?«

»Ich kann im Restaurant Essen bestellen.«

»Das ist doch schon was. Wenn du mal in Frankreich bist.«

Vor einer Erdgeschosswohnung bleiben sie stehen. Kadoke klingelt. An der Tür ist kein Name.

Sie warten. Er sieht Dekha an, klingelt noch einmal, dann öffnet sich die Tür. Eine Frau im schwarzen Morgenmantel mit Schmetterlingsmuster steht vor ihnen. Ihr Haar ist zerzaust, ansonsten wirkt sie verhältnismäßig gepflegt. Sie geht barfuß, ihre Zehennägel wurden vor Kurzem lackiert.

Kadoke erklärt, warum sie gekommen sind, doch mittendrin unterbricht ihn die Frau. »Ich weiß, warum ihr hier seid.«

»Dürfen wir reinkommen?«, fragt er.

Sie nickt, wartet, bis sie im Flur stehen, und schließt dann mit einer lässigen, fast jovialen Geste die Tür. Sie führt den Psychiater und die Assistenzärztin ins Wohnzimmer.

Die Wohnung ist ein langer Schlauch, peinlich aufgeräumt, bis zum Manischen. Im Zimmer ein schwarzes Sofa, auf dem Kadoke und Dekha Platz nehmen.

Die junge Frau bleibt zuerst stehen, zögernd, fast schüchtern, setzt sich dann aber doch ihnen gegenüber auf einen schwarzen Stuhl. Sie schaut an Kadoke vorbei, jetzt nicht mehr verlegen, vielmehr herausfordernd. Zwischen ihnen etwas, das ein Couchtisch sein könnte, ebenso gut jedoch ein sorgfältig bearbeiteter Holzklotz.

Erst als sie vor ihm sitzt, sieht Kadoke auf der Innenseite ihres linken Unterarms ein großes Pflaster, an anderen Stellen mehrere Narben. Knapp über dem Knöchel hat sie ein Tattoo. Er kann nicht sehen, was es darstellen soll. Stellt es überhaupt etwas dar?

Verschiedene Pflanzen stehen in der Wohnung. Es ist, als hätte jemand versucht, sie mit Stumpf und Stiel aus der Erde zu reißen.

Er ergreift das Wort. »Ich bin Psychiater Kadoke, und das ist Assistenzärztin Dekha. Wir sind vom Krisendienst. Der Mann vom sozialpsychiatrischen Dienst, der zweimal die Woche kommt, macht sich Sorgen um Sie. Er meint, es sei besser, wenn Sie eine Weile in die psychiatrische Einrichtung zurückgehen, wo Sie schon einmal waren. Darum sind wir hier. Um herauszufinden, was momentan die beste Lösung für Sie ist.«

»Ich weiß«, sagt Michette. »Aber ich will nicht.«

Sie schaut an Kadoke vorbei, ignoriert ihn, mit gespielter Gleichgültigkeit.

»Was wollen Sie nicht?«

»Zurück in die Klinik.«

»Und warum nicht?«, fragt er.

»Ich kann mit den Leuten da nichts anfangen. Ich kann mit ihnen nicht reden. Das sind alles Borderliner. Ich bin aber keiner. Ihr denkt, dass ich einer bin, aber das stimmt nicht. Jedes Mal, wenn ich das Wort ›Borderline‹ höre, gehe ich an die Decke. Als würd mir ein Messer im Bauch rumgedreht. Eure Diagnose macht mich verrückt. Eure Diagnose macht mich krank.«

Für einen Moment ist es still.

»Dieses Pflaster an Ihrem Unterarm«, sagt er, »haben Sie sich Schmerzen zugefügt?«

Michette nickt. Sie hat braune Augen, kräftige Brauen, ein schmales Gesicht.

»Wann haben Sie das getan?«

»Heute Morgen.«

»Und warum?«

»Weil ich wieder in die Klinik zurücksoll, und da will ich nicht hin. Hab ich doch gesagt. Ich will da nicht hin.«

Eine erneute Pause entsteht. Er schaut Dekha an, ob sie etwas fragen will, aber sie schweigt.

»Tun Sie das öfter?«, fragt er. »Sich Schmerzen zufügen?«

»Manchmal. Meist mache ich es anders. In letzter Zeit.«

»Was machen Sie dann?«

Sie wirkt ruhig, doch an kleinen Zuckungen merkt er ihre Nervosität. Sie hat die Beine übereinandergeschlagen und wippt mit dem Fuß, als höre sie Musik. Immer noch schaut sie an ihm vorbei, suchend, man könnte meinen, hinter ihm gäbe es etwas zu sehen.

»Ich trinke«, sagt Michette, »Putzmittel. Chlorreiniger. Oder dieses Zeug, womit man Fenster putzt. Bis ich kotzen muss. Manchmal noch länger.«

Kadoke nickt, als hätte sie gesagt, sie trinke zum Abendessen ab und zu ein Glas Wein. Aber das tut er immer, in der Welt der Psychiatrie gibt es keine Verblüffung, kein Entsetzen. Jedes menschliche Verhalten ist einkalkuliert, nichts überrascht. Zumindest täuscht der Psychiater das fachkundig vor.

»Wissen Sie, wann genau Sie sich Schmerzen zufügen? Wissen Sie, warum Sie das machen?«

Erneute Stille. Sie betrachtet ihren Arm, als versuche sie, sich zu erinnern, warum sie sich geritzt hat. Als würde der Arm nicht zu ihr gehören.

Wie viele dieser Gespräche hat er schon geführt? Tausend? Wahrscheinlich mehr. Nein, es langweilt ihn nicht, und doch beunruhigt ihn, dass ihm dieser Gedanke jetzt zum ersten Mal kommt. Er ist nicht er selbst. Und wieder dieser Gedanke: Wie viele potenzielle Selbstzerstörer hat er schon von der Selbstzerstörung abzuhalten versucht?

Dann antwortet sie: »Anspannung. Wenn ich Angst habe. Um mich abzulenken.«

Sie bemerkt, dass Kadoke auf ihren Fuß starrt, und hört auf zu wippen. Sie schaut wieder zur Wand hinter Kadoke und Dekha.

»Haben Sie vor etwas Speziellem Angst?«

Die junge Frau schüttelt den Kopf. »Nein, nichts Spezielles. Ich habe oft Angst. Punkt. Ich möchte nicht darüber sprechen.«

Kadoke sitzt halb vornübergebeugt da, den Oberkörper in ihre Richtung, man könnte meinen, er wolle in die ängstliche Frau hineinkriechen, aber es ist notwendig, sie redet so leise, ein passiv-aggressives Verhalten, er kann sie nur mit Mühe verstehen. Sie zwingt ihn, näher zu kommen.

Er wendet sich an Dekha. »Hast du noch Fragen?«

Dekha setzt sich anders hin, er erwartet die Antwort: »Nein, keine«, aber sie sagt: »Ja, ich habe noch ein paar Fragen. Wohnen Sie allein hier?«

»Jetzt schon.«

»Und davor?«

»Mit meinem Freund.«

»Und wo ist der Freund jetzt?«

Kadoke beobachtet Dekha. Er lässt Assistenzärzten gern freie Hand. Auch um scheinbar überflüssige Fragen zu stellen. Bisweilen hört man etwas, was man sonst nicht erfahren hätte und was sich hinterher als wesentliche Information herausstellt. Dekha sitzt routiniert da, sie macht einen guten Eindruck auf ihn.

»Ich wollte ihn rauswerfen«, sagt die junge Frau. »Aber ich habe mich nicht getraut. Er war krankhaft eifersüchtig. Er sagte, ich wäre eine Hure. Weil ich mit Männern simse. Ist das typisch für Huren? Simsen? Bevor er hier abgehauen ist, hat er alle Pflanzen vernichtet. Ich hatte Angst, er würde gewalttätig werden, darum traute ich mich nicht, ihn aus der Wohnung zu werfen. Zu guter Letzt hat er sich nur an den Pflanzen vergriffen und ein paar Mal gegen die Tür getreten. Insgesamt war's noch auszuhalten.«

Kadoke betrachtet die Pflanzen. Kein Stängel mehr heil. Sorgfältig abgeknickt. Nicht in panischer Wut, nein, in aller Ruhe, systematisch, einen Stängel nach dem anderen.

Für einen Moment sieht er Darko vor sich und daneben sich selbst, auf dem Boden liegend, der Psychiater als Fußball, dann wirft er einen Blick auf die Tür. Dellen, abgeblätterte Farbe.

Dekha schweigt. Er nimmt ihren Geruch wahr, nicht unangenehm. Besser als die meisten Deodorants.

»Wann ist Ihr Freund denn ›abgehauen‹, wie Sie sagen?«

»Vor ein paar Tagen. Aber ›abhauen‹ ist nicht das richtige Wort, finde ich. Er ist gegangen und hat gesagt, er kommt wieder. Aber ich glaub nicht, dass er das tut.«

Kadoke nickt. »Schlafen Sie gut?«

»Ich grüble.«

»Sie schlafen also schlecht?«

»Ich grüble. Erst grübelte ich darüber nach, wie ich meinen Freund loswerden könnte, wie ich ihn rauswerfe, ohne dass er alles kurz und klein schlägt. Jetzt grüble ich darüber nach, wie ich euch loswerde. Ich bin nämlich kein Borderliner. Wie schon gesagt: Eure Diagnose macht mich krank. Darum schlafe ich nicht. Aber ich komm gut mit wenig Schlaf aus. Das bin ich gewöhnt. Ich habe immer gegrübelt.«

Endlich schaut sie ihn an. Hass und Abscheu im Blick. Er kennt diesen Blick, er versteht ihn, irgendwie hat er dem Hass der Leute, denen er helfen muss, innerlich sogar eine Funktion gegeben. Solange dieser Hass da ist, ist Hoffnung. Erst, wenn der Notfallpatient ihm mit Gleichgültigkeit begegnet oder gar einer Art Freundschaft, macht er sich Sorgen. Und trotzdem, angesichts der geknickten Pflanzen, mit dem Gefühl, seine Entscheidung schon getroffen zu haben, verspürt er in sich zugleich das Verlangen, diesen Hass nicht mehr empfinden zu müssen.

Diese Frau muss in eine psychiatrische Klinik, ob sie will oder nicht, das ist das Wichtigste, sie kann hier nicht bleiben. Nicht allein, nicht in diesem Zustand.

»Wir beraten uns im Flur«, sagt er. »Wir sind gleich wieder da.«

Er schließt die Zwischentür und stellt sich mit Dekha in den kleinen Vorraum, wo auch ein paar Jacken, davon eine aus Jeansstoff, und ein Trenchcoat an einer Garderobe hängen.

»Ich denke, das wird eine ZE«, sagt Kadoke leise. »Sie zeigt wieder selbstverletzendes Verhalten, spricht von Schlafstörungen. Der Weggang ihres Freundes hat die Krise vermutlich verschärft.«

Deka schüttelt den Kopf. »Aber Oscar, das ist doch keine Selbstschädigung mit suizidaler Absicht? Vielleicht ist der Weggang des Mannes ja sogar eine Erleichterung. Sie hat deutlich zum Ausdruck gebracht, dass sie ihn loswerden wollte. Ich finde, wir sollten ihr eine Chance geben.«

»Eine Chance, Dekha? Eine Chance wozu? Die Chance, sich umzubringen? Für mich ist das Trinken von Chlorreiniger eindeutig selbstschädigendes Verhalten in Einheit mit Suizidalität: Wir wissen nicht, was für Mengen sie in sich reinschüttet. Ich finde es ein zu großes Risiko, sie hier allein zu lassen. Die meisten Kollegen nennen mich übrigens Kadoke.«

Um den gewünschten Effekt zu erreichen, muss der autoaggressive Patient immer weiter gehen, immer tiefer schneiden, um das Gleiche zu spüren. Wenn es lang genug dauert, endet alles selbstverletzende Verhalten im Suizid, so hat Kadoke es gelernt, und die Erfahrung gibt der Theorie recht.

Er spürt Unbehagen bei Dekha. Er drückt eine Entscheidung durch, aber die Autorität hier ist er, jemand muss die Entscheidung treffen. Die Frau will nicht in die Einrichtung. Man könnte Mitleid mit ihr bekommen, aber in seinem Beruf ist das oft nichts anderes als Gleichgültigkeit.

»Sie hat mehrmals betont, dass sie sich dort unverstanden fühlt«, wirft Dekha ein. »Wir sollten sie wenigstens fragen, ob sie glaubt, mit dem Selbstverletzen aufhören zu können. Wenn sie das verspricht, kann sie doch hier bleiben?«

»Nein«, sagt Kadoke. »Mit Borderlinern kann man nichts absprechen. Damit habe ich schlechte Erfahrungen. Borderliner sind Meister im Manipulieren. Der einzige Rat, den ich dir geben kann, ist: Lass einen Borderliner nie zu nah an dich ran. Ich halte es für ein untragbares Risiko, sie hier allein zu lassen. Und ›unverstanden‹ – wer geht in eine psychiatrische Klinik, um sich verstanden zu fühlen? Suizidprävention dreht sich nicht ums Verstandenwerden, wir sind nicht dazu da, die Leute zu verstehen. Wir sind dazu da, etwas zu verhindern.«

Dekha zuckt mit den Schultern, er hat sie offensichtlich nicht überzeugt, aber sie kann keine Argumente mehr gegen ihn ins Feld führen. Keine Argumente und nicht das Dienstalter. Und er weiß, dass er recht hat, er zweifelt selten an seinen Entscheidungen. Gerstenfeld war eine Ausnahme. Er ist schon so lange in diesem Beruf, er weiß, was er tut.

Kadoke wird bei der Stadtverwaltung anrufen. Er wird dem Bürgermeister, und wenn der abwesend ist, einem Stellvertreter, raten, eine ZE auszufertigen. Es gibt keine andere Lösung.

Der Psychiater und die Assistenzärztin gehen wieder hinein und setzen sich genauso hin wie zuvor. Die junge Frau starrt immer noch an die Wand.

»Wir fürchten, dass Sie sich wieder Schmerzen zufügen, wenn Sie hier allein bleiben«, erklärt Kadoke, »dass Sie Dinge trinken, die schlecht für Sie sind, und das wollen wir nicht. Darum wäre es eine gute Idee, wenn Sie für eine Weile in die psychiatrische Klinik zurückgingen. Sind Sie dazu bereit?«

»Nein.« Sie schaut ihn noch immer nicht an, stattdessen mustert sie ihre Hände, die Handgelenke, dünne, zerbrechliche Gelenke. Bleiche Haut, ungesund bleich. Der Blick angespannt. Ängstlich.

»Wenn Sie dazu nicht bereit sind, muss ich eine Zwangseinweisung beantragen. Das bedeutet, dass Sie drei Wochen in die Einrichtung müssen, oder kürzer, wenn die Ärzte den Eindruck gewinnen, dass Sie sich erholt haben. Sie bekommen einen Anwalt, und morgen oder übermorgen gibt es in der Klinik eine Verhandlung, zusammen mit ihm.«

Die Frau tritt gegen den Couchtisch. »Arschloch«, sagt sie. »Ich wusste's, ich wusste's, als du hereinkamst: Das ist ein Arschloch. Ich habe es sofort gesehen. Arschlöcher rieche ich zehn Meilen gegen den Wind. Denkst du, du bist der erste Psychiater, der mich wie eine Kriminelle behandelt?«

»Glauben Sie mir«, sagt Kadoke leise, fast flüsternd, »ich finde es schrecklich, das hier tun zu müssen.«

»Arschloch«, ruft sie und tritt nochmals gegen den Tisch. Sie fängt an zu weinen. Sie steht auf, macht Anstalten, auf Kadoke loszugehen, und er sagt: »Wenn Sie sich nicht beruhigen, muss ich die Polizei bitten, den Rettungswagen zu begleiten. Ich hoffe, die Kollegen können Sie ohne Polizeibegleitung in die Klinik bringen.«

Seine Worte machen sichtlich keinen Eindruck auf sie, aber sie beruhigt sich. Sie setzt sich wieder hin und sagt: »Ich kann mir überall wehtun, wenn ich das will. Denkst du, in der Klinik schaff ich das nicht? Denkst du das?«

»Ich weiß«, sagt Kadoke. »Aber in der Klinik gibt es Menschen, die Sie vor den Schmerzen beschützen können, vor ihrem Bedürfnis nach Schmerz.«

Er flüstert Dekha ins Ohr: »Wir gehen noch mal in den Flur.«

Dekha steht auf, folgt ihm. Im Flur stellt sie sich herausfordernd vor ihn, doch in ihren Augen sieht er den Blick eines Lamms. Folgsam. Erst war sie tough, jetzt wirkt sie ängstlich. »Wir bitten die Polizei, die Sanitäter zu begleiten«, sagt er. »Sie bekommen sie allein nicht in den Wagen. Sie wird sich wehren.«

»Wie du meinst«, sagt Dekha, ihre Stimme klingt steif, beinahe abfällig.

Für einen kurzen Moment ist er woanders, muss er an Rose denken, den Sommerabend, seine unbesonnene Liebeserklärung. Ist er das wirklich? Ein unbesonnener Mann? Meinte seine Mutter das, als sie sagte, er nehme nichts ernst?

Er mustert seine Schuhe. Sind das die Slipper eines Mannes, der das Leben nicht ernst nimmt? Das Leben anderer schon, nicht aber sein eigenes?

Das Jackett flattert lose um seinen Körper. Wenn man beim Krisendienst arbeitet, darf man nicht zu geschniegelt bei den Leuten erscheinen, den Notfällen, den Verwirrten, denjenigen, die Stimmen hören, die nicht mehr leben wollen.

»Du siehst, wie sie zuletzt ruhig geworden ist«, sagt er leise. »Die Patienten sträuben sich zwar zuerst immer, aber hat man die ZE einmal beschlossen, sind sie oft merkwürdig erleichtert. Sie wollen von der freien Wahl erlöst werden, die ist häufig der Grund, dass sie leiden. Die Angst, eine falsche Wahl zu treffen, macht die Leute verrückt. Aber bei ihr will ich kein Risiko eingehen, darum rufe ich die Polizei.«

»Ich wusste nicht, dass es unsere Aufgabe ist, Menschen ihren freien Willen zu rauben.«

Am liebsten würde er Dekha über die Wange streicheln, er sieht, dass auch sie leidet, er möchte ihr sagen, dass sie sich mit den Möglichkeiten und Grenzen des Krisendiensts abfinden muss, dass diese Grenzen tragisch sind, aber nicht zu vermeiden. Die Psychiatrie selbst befindet sich in einer Krise, möchte er ihr sagen, doch stattdessen ruft er bei Stadtverwaltung und Polizei an, geht danach wieder mit Dekha ins Zimmer und sagt zu der jungen Frau: »Gleich kommen Leute und bringen Sie in die Klinik. Bis dahin bleiben wir hier. Gibt es noch etwas, das Sie mitnehmen wollen? Etwas, das Sie einpacken möchten? Vielleicht wäre es gut, ein paar Sachen einzupacken.«

Michette schaut ihm direkt in die Augen, in ihrem intelligenten, kalten Blick eine Wahrheit, die noch kälter ist als der Blick: dass sie alle Hilfeversuche durchschaut, dass sie weiß, dass die Helfer nicht helfen können. Niemand kann etwas für sie tun, nicht in der Klinik und auch nicht draußen.

9

Obwohl er nicht gläubig ist und es eigentlich auch nie war, nimmt Otto Kadoke an einem Samstagmorgen die Straßenbahn Richtung Innenstadt und geht in eine kleine Synagoge, die er als kleiner Junge, ein noch kleiner Psychiater, ein Kinderpsychiater gewissermaßen, mit seiner Mutter regelmäßig besuchte. Er wurde in den Ritualen der jüdischen Religion erzogen, doch wirklicher Glaube wurde von ihm nie erwartet. Bestimmte Bräuche mussten erfüllt werden, das war alles.

Als er eingetreten ist, setzt er hastig und mit einem gewissen Widerwillen seine Kippa auf und nimmt in einer der hintersten Reihen Platz. Er öffnet ein Gebetbuch und blättert darin, während er dem Vorsänger zuhört, mehr als Konzentrationsübung denn aus wirklichem Interesse.

In der Synagoge stinkt es nach dem Schweiß alter Männer. Als Kind fand er, es rieche nach Tod, und jetzt, wo er wieder hier ist, merkt er, dass sich an dem Geruch wenig geändert hat, nicht zum Guten jedenfalls.

Doch Kadoke ist nicht zum Beten gekommen, er ist hier wegen seiner Ex, er will mit ihr sprechen, und nach dem Gottesdienst schien ihm dafür der geeignete Moment. Er fand die Sache zu heikel, um sie per SMS oder WhatsApp zu behandeln, und telefonieren mit seiner Ex tut er lieber nicht, am Telefon bekommen sie immer schnell Streit.

Ein älterer Mann kommt zu ihm und fragt, wie es seinem Vater geht. Eine Frage, die ihn leicht irritiert, er hat keinen Vater mehr, doch in der Synagoge haben sie das noch nicht akzeptiert. Sie weigern sich, die Transformation anzuerkennen.

»Sehr gut«, flüstert Kadoke so unhörbar wie möglich.

Dann wird er gefragt, ob er aufgerufen werden möchte, doch er will nicht neben dem Vorbeter stehen, und nach dem Sprechen der Segensformeln verspürt er erst recht kein Bedürfnis. Er ist wegen seiner Ex hier, nicht wegen Gott, auch nicht wegen der Thora oder dem Vorbeter.

Etwas entfernt sieht er den neuen Mann seiner Ex sitzen. Sie haben sich zugenickt, und dabei belässt der neue Mann es zum Glück. Nicht, dass Kadoke etwas gegen ihn hätte, aber er weiß nie, was er mit dem Mann reden soll. Sie haben wenig gemeinsam, höchstens die Frau, und für ein tiefergehendes Gespräch ist das zu wenig.

Seine abwehrende Haltung hat den gewünschten Erfolg. Kadoke wird von nun an in Ruhe gelassen, niemand kommt zu ihm, niemand stellt Fragen. Reglos sitzt er auf einer der hintersten Bänke und atmet den Geruch des Todes. Während er das tut, erinnert er sich an die Schabbatvormittage, die er hier mit seiner Mutter verbrachte, und wie eine unbestimmte Angst ihn immer stärker ergriff. Nicht den Tod fürchtete er, sondern den Mangel an Leben, das Halbtotsein. Halb tot war kein Leben, fand er damals noch, er fürchtete, für immer halb tot zu bleiben, und ansonsten die wahrhaft Lebenden, oder besser gesagt: die meisten Nichtjuden, vermutlich aus Neid.

Während die Gebete gesprochen werden, rhythmisch, fast heruntergeleiert, der Vorsänger scheint es eilig zu haben, wird ihm klar, dass sich die Wahrheit subjektiver Erfahrungen in Worten unmöglich vermitteln lässt, obwohl er selbst oft versucht hat, Patienten davon zu überzeugen, ihre Erfahrungen seien nicht real und darum nicht wahr. Doch wann sind Erfahrungen real? Welche Erfahrungen hat er in dieser Synagoge gemacht? Was weiß er von den Erfahrungen seiner Patienten, außer, dass die sie vermutlich krank gemacht haben? Dabei weniger die Erfahrungen selbst als vielmehr die Interpretationen, die sie mit diesen Erfahrungen verknüpften.

Vor diesen Erfahrungen und Interpretationen steht Kadoke wie ein Bergmann vor einem eingestürzten Stollen: Der Zugang ist verschüttet, graben ist gefährlich und verspricht wenig Erfolg.

Und seine Interpretation der eigenen Erfahrungen? Er hatte Angst. Keine alles beherrschende, doch eine ungreifbare Angst. Kadoke sehnte sich nach einem Leben, das ihm die Emotionen bescherte, von denen er in Büchern gelesen, die er in Filmen gesehen und in der Realität beobachtet hatte, wenn er ab und zu in der Innenstadt Kneipen besuchte. Was für Emotionen das sein sollten, könnte er nicht einmal mehr sagen. Das Gefühl, nicht länger halb tot zu sein, Liebe kam in seinen Fantasien auch immer vor, auch wenn die Liebe für ihn nicht mehr war als ein Gerücht. Und das, obwohl seine Eltern ihn allem Anschein nach innig und bedingungslos liebten. Er jedoch erfuhr ihre Zuneigung und Wärme, ihre unablässige Fürsorge als Strafe – und eine Warnung vor jenen Strafen, die ihm in Zukunft von anderen Leuten bevorstanden, Menschen mit weniger Mitgefühl als seine Eltern.

Oberflächlich war sein Verlangen gewesen, vom heutigen Standpunkt betrachtet; peinlich. Wonach er sich sehnte, eine Karriere in der Psychiatrie, Frauen, stolze Eltern, kommt ihm jetzt nichtssagend vor. Vor allem im Vergleich zum Verlangen seiner Mutter, zu ihren Wünschen, die so viel tiefer und größer gewesen sein müssen. Die Geschichte seines eigenen Lebens erscheint ihm willkürlich. Er kann sich darin wiedererkennen, die Erinnerungen sortieren, doch was die Geschichte bedeuten soll, ist ihm ein Rätsel. Er kann die Sehnsüchte ordnen – erfüllt, unerfüllt, halb erfüllt –, und doch hat er das Gefühl, dass all die kleinen und großen Wünsche ihn vor allem hierhergebracht haben, zu dem gemacht, was er jetzt ist und einst hoffte, niemals zu werden: ein erwachsener Mann, der den Tod seiner Mutter fürchtet.

Der Verdacht, sein Leben könne trotz einiger Höhepunkte, Momente der Euphorie, nichts anderes gewesen sein als ein Holzweg, begleitet ihn ständig. Er hat auf die Sehnsucht gewettet, denn etwas anderes bleibt dem Menschen nicht übrig, der sich von höheren Mächten losgesagt hat, und er wird den Eindruck nicht los: Die Sehnsucht hat ihn verraten. Vielleicht sehnt er sich darum so sehr nach einer Illusion.

Nach dem Gottesdienst wird in einem kleinen Nebenraum der Segen über den Wein gesprochen und dazu immer etwas Kuchen gereicht. Er will seine Exfrau mit drei Küssen begrüßen, doch ihm wird klar, dass das an diesem Ort wahrscheinlich unpassend ist. Er gibt ihr die Hand und klopft ihr vorsichtig, fast beiläufig auf die Schulter. Sie ist im fünften oder sechsten Monat, schon ziemlich rund und sieht doch strahlend aus. Dann schüttelt er ihrem neuen Mann die Hand, einem Mathematiklehrer, und flüstert ihr zu: »Kann ich dich gleich mal für einen Moment sprechen?«

»Jetzt?«, erwidert sie, ebenfalls flüsternd. »Hier?«

Sie klingt erstaunt, aber auch empört. Ist die Synagoge für solch ein Gespräch nicht der richtige Ort? Hätte er sie zu Hause belästigen sollen?

Seine Ex ist zum Judentum übergetreten. Ihm zuliebe. Von ihm aus wäre das nicht nötig gewesen, aber sie hat es getan. Seine Mutter hatte darauf gedrungen, ja, seine Mutter wusste und weiß, wie man Menschen zu etwas bringt.

Zum Dank für diesen etwas wahnwitzigen Schritt hat

Kadoke seine Frau verlassen, oder besser gesagt, haben sie einander verlassen. Über die Konversion seiner Frau denkt er lieber nicht nach. Wenn er es könnte, würde er sie rückgängig machen. Als die Scheidung definitiv war, wollte er zu ihr sagen: »Kehre zu dem zurück, was du warst, bevor du mich kennengelernt hast. Dein Übertritt war ein Irrtum, du bist umsonst Jüdin geworden.« Aber das sagte er nicht, erst viel später, und dafür schämte er sich auch sofort, meinte er einmal: »Vielleicht solltest du zu der zurückkonvertieren, die du warst, bevor du mich kanntest.«

»Wer war ich denn damals«, fragte sie, »wie war ich denn?«

Er hatte die Frage unbeantwortet gelassen; keine Ahnung, wie sie damals war: Unbeschwert, fröhlich? Fröhlicher als heute zumindest, das könnte sein. Jedenfalls wagte er nicht, ihr zu antworten. Ungefähr zwei Jahre nach ihrer Scheidung fand seine Ex einen relativ gläubigen Juden, der bereit war, zu tun, was Kadoke nicht gewollt oder gekonnt hatte: sie schwängern. Kadokes Arbeit beim Krisendienst ließ die Kombination mit Kindern nicht zu. Er lebte für den Krisendienst, vor allem damals. Beim Gedanken an Nachwuchs überfiel ihn die Furcht, sein Kind könnte ein Patient werden, jemand, den er behandeln müsste, der nicht würde leben wollen. Wenn er an sein hypothetisches Kind dachte, dachte er an ein sich verstümmelndes Wesen.

Trotzdem war die Scheidung nicht darum erfolgt, sondern weil er Liebe und Nähe auf lange Sicht nicht ertrug. Unerträglich war die Nähe des anderen, unerträglich seine Liebe und am allerunerträglichsten sein seelischer Schmerz. Er hätte dagegen ankämpfen müssen, und das hatte er auch, lange genug, doch zu guter Letzt hatte er verloren. Er hatte sich vom Strom mitreißen lassen, vermutlich ein Akt verspäteter Pubertät. In den letzten Monaten seiner Ehe sehnte er sich nach seinen Patienten, weil er bei ihnen für einen Moment Ruhe bekam. Sie boten ihm die beruhigende Gewissheit des Untergangs.

»Es geht um Mutter«, sagt er leise.

Sie schaut ihn besorgt an. »Ist sie krank?«

»Nicht viel kränker als sonst, ich erklär es dir gleich.«

Der Segen über den Wein wird gesprochen, danach erfolgt eine kleine Ansprache. Einer der Vorsteher der Synagoge begrüßt die Gemeindemitglieder, und zu seinem Unmut wird auch Kadoke namentlich begrüßt. Den »Psychiater Kadoke« nennt man ihn hier, als gebe es noch andere Kadokes. Man behandelt ihn wie einen verlorenen Sohn, der er nicht ist und auch nicht sein will. Er nickt freundlich und sagt, gerade noch laut genug: »Danke.«

Als die Formalitäten beendet sind und die Gemeindemitglieder noch etwas dableiben, um ihren Kaffee zu trinken und Kuchen zu essen, gelingt es ihm, seine Ex in den Flur zu lotsen, wo es zwar kalt ist, aber immerhin nicht nach Tod riecht, dafür aber nach tropfenden Rohren, die kein Klempner je reparieren konnte.

Kadoke stellt seiner Ex ein paar Fragen zu ihrer Schwangerschaft, doch obwohl es ihn aufrichtig interessiert, will er so schnell wie möglich zur Sache kommen, darum leiert er seine Fragen herunter wie ein Gebet, an das der Gläubige selbst nicht mehr glaubt.

Über die Schulter seiner Ex hinweg sieht er, wie ihr Mann sie beide anstarrt. Ob er Kadoke misstraut? Manche Leute gönnen ihrem Partner nicht den kleinsten Fitzel Vergangenheit. Jungfräulich wollen sie ihn vorfinden, im Gedanken, der Hoffnung, dem Glauben, sie seien die Ersten, die Ersten und Einzigen. Von einem Mathematiklehrer hätte er eigentlich mehr Zurückhaltung erwartet, eine gewisse Nüchternheit, aber der Mann starrt sie in einem fort an, während er mit einer alten Frau spricht, die Kadoke seit Jahren kennt und bei der er, wenn er sich recht erinnert, noch auf dem Schoß gesessen hat. Als Kind saß er oft auf dem Schoß alter Leute. Aus ihrem Mund kam der Tod, aus ihren Ohren, der Nase, aus jeder einzelnen Pore.

Kadokes Ex erzählt von dem zarten Leben in ihrem Bauch, sie weiß nicht, ob es ein Junge wird oder ein Mädchen, orthodoxe Juden wollen das nicht wissen. Sie wollen Gottes Geschenke als Überraschung empfangen, die Wissenschaft darf sich nicht dazwischendrängen, die Überraschungen Gottes sollen wahrlich Überraschungen bleiben.

»Ich habe eine Bitte«, sagt Kadoke, während seine Ex sich noch über eine Krankenhausuntersuchung verbreitet, nicht dass es ihn nicht interessiert, aber er kann einfach nicht mehr warten, er hält es nicht mehr aus. Seine Ungeduld ist stärker als der Wunsch, liebe- und verständnisvoll zu sein. »Mutter hat schon eine ganze Weile nicht mehr geduscht. Zuerst waren es Tage, dann Wochen. Wenn wir jetzt nichts unternehmen, werden es Monate.«

Seine Ex runzelt die Stirn. Sie hat sich Mutter stets sehr verbunden gefühlt, aber seit ihrer Heirat mit dem Mathematiklehrer ist diese Bindung schwächer geworden, weil der Mathematiklehrer fand, dass auch seine Eltern Aufmerksamkeit verdienten.

»Wo sind die Mädchen?«, fragt sie. »Streiken die? Und was ist mit deinem Auge passiert?«

»Im Bad ausgerutscht. Ich dachte, es wäre schon nicht mehr zu sehen. Sieht man es echt noch so gut? Nein, sie streiken nicht, ich hab noch nie von Illegalen gehört, die streiken, aber man soll ja nichts ausschließen. Vielleicht steht uns auch das noch bevor. Wäre immerhin ein Fortschritt. Sie haben gekündigt, sie arbeiten nicht mehr für uns.«

»Gekündigt? Wieso gekündigt?«

Ihre Stimme wird schrill, sie hat damals geholfen, die Mädchen zu finden, das war nicht einfach. Sie will nicht, dass das, was sie so mühevoll aufgebaut hat, in ihrer Abwesenheit wieder zerstört wird.

Kadoke kann ihre Reizbarkeit nicht leiden, ihre Wut, er mag ganz allgemein keine Wut, nur bei seinen Patienten kann er die ertragen, bei ihnen überrascht sie ihn nicht. Ihre Wut ist für ihn ein gutes Zeichen.

»Sie haben es nicht mehr ausgehalten«, sagt er, während Unbekannte ihm die Hand schütteln. Man geht nach Hause, der Gottesdienst ist jetzt wirklich zu Ende.

»Was haben sie nicht mehr ausgehalten?«

Er weiß nicht, wie er antworten soll, mit der Wahrheit oder mit Lügen, die ihn womöglich noch lange verfolgen.

»Mich.«

»Dich?«

»Zwischen Rose und mir ist etwas vorgefallen, und ihr Freund ist ausgerastet. Muss an der nepalesischen Kultur liegen. Nicht wirklich offen. Misstrauisch bis zum Paranoiden.« Er spricht jetzt noch leiser als zuvor.

Rose, er kann den Namen nicht aussprechen, ohne die Verliebtheit im August wieder vor sich zu sehen, wie ein Foto, das er zu oft betrachtet hat. Rose, die ihm, nur mit einem Handtuch bekleidet, die Tür öffnet.

»Was ist vorgefallen?«

Ihre Stimme klingt scharf. Er hört die unterdrückte Wut jetzt ganz deutlich. Wenn er an seine Beziehungen zu Frauen zurückdenkt, kommt es ihm vor, als hätten die hauptsächlich aus unterdrückter Wut bestanden. Momente der Verliebtheit und dann jahrelang unterdrückte Wut. Er beklagt sich nicht. Vielleicht ist die unvermeidliche Folge aller Verliebtheit Enttäuschung, und manche Enttäuschung macht rasend. Oder liegt es an ihm, Oscar Kadoke, dem Mann, der früher oder später Wut und Enttäuschung hervorruft, bei Leuten, die er zu lieben glaubte und die glaubten, auch ihn zu lieben? Und die eines Tages zu ihm sagten: »Ich habe mich in einen anderen verliebt, nicht diesen Oscar Kadoke. Der wäre niemals mein Geliebter geworden.« Worauf er nur antworten konnte: »Aber ich hab dir doch nie etwas vorgespielt, so wie jetzt war ich schon immer.« Doch offenbar gab es mehrere Kadokes. Er verwandelte sich vom einen in den anderen, ohne es selber zu merken.

»Das spielt jetzt keine Rolle«, sagt er zu seiner Ex, »was vorgefallen ist oder was nicht, es spielt keine Rolle, glaub mir.« Unwillkürlich nimmt er ihre Hand, er denkt an den Sommerabend, das verdorrte Gras, die Liebeserklärung per WhatsApp, seine Begierde, die Hoffnung. Warum machen Leute einem die Tür auf, wenn sie nur ein Handtuch umhaben? Im Vorgarten seiner Mutter hätte er sich niemals verliebt. Es war absurd, ein boshafter Streich höherer Mächte. Boshaft, vor allem das.

Seine Ex reißt sich los. »Was soll das?«, zischt sie. »Willst du meinen Mann und mich in Verlegenheit bringen?«

»Ganz und gar nicht«, sagt er und reibt sich die Hand, als hätte er sich verletzt. »Entschuldigung, ich will niemanden in Verlegenheit bringen. Es geht darum: Mutter will sich von mir nicht duschen lassen. Ich hatte die Leute von der Nachbarschaftsfürsorge gebeten, aber die sagen: ›Wir messen den Blutdruck, wir überwachen die Tabletteneinnahme, aber wir können Ihre Mutter nicht duschen, das müssen Sie selbst tun.‹ Ich habe keine Ersatzbetreuerinnen gefunden, eine Frau schien geeignet, aber die hatte Angst vor Mutters Pimmel. Die Homoehe ist akzeptiert, aber dass Mutter einen Pimmel hat, können die Leute offenbar immer noch nicht verknusen. Vielleicht könntest du ihr einmal helfen? Du hast Erfahrung damit, du hast das öfter getan, dir vertraut sie. Auf ihre Weise.«

Entsetzt starrt seine Ex ihn an. Hat er ihr einen unsittlichen Antrag gemacht? Fasst sie es so auf?

»Ich bin ungefähr im sechsten Monat«, sagt sie. Sie hält sich den Bauch. »Wie denkst du dir das? Was erwartest du von mir? Und was hast du mit Rose angestellt? Rose macht sich doch nicht einfach so aus dem Staub?«

»Du brauchst Mutter nicht zu tragen, du musst sie nur begleiten und dafür sorgen, dass sie nicht stürzt. Ich bleibe in der Nähe, falls etwas passiert. Und ich habe mit Rose nichts ›angestellt‹, vielmehr wäre die Frage, was sie mit mir angestellt hat.«

»Konntest du dich wieder mal nicht beherrschen? Brauchte dein Ego eine Frischzellenkur? Jemanden, der dir sagt, wie toll du bist? Im Bett und auch sonst?«

»Beherrschen? Ob ich mich nicht beherrschen konnte? So würde ich das eigentlich nicht nennen, aber wo du mich schon direkt fragst: Nein, ich habe mich nicht beherrscht. Und sie sich auch nicht. Wir haben uns beide nicht beherrscht. Geht es darum im Leben, am Schluss sagen zu können: Ich hab mich beherrscht, keinen Moment habe ich nachgegeben, ich habe es geschafft! Ist das das gute Leben? Willst du mir das sagen?«

»Ich bestimme schon lange nicht mehr, was für dich gutes Leben ist. Wir sind auseinander, wir leben jeder für sich. Du hast deine Entscheidungen getroffen. Ich schreib dir nichts vor, ich belehre dich nicht, ich hab inzwischen begriffen, dass du jeden gut gemeinten Rat als Anschlag auf deine Freiheit auffasst. Du kommst her, obwohl du dich hier sonst nie blicken lässt, und du belästigst mich. Das ist der Punkt.«

Am liebsten würde er wieder ihre Hand nehmen, aber er lässt es. »Entscheidungen«, sagt er, »das klingt so rational, so wohlüberlegt. Es fühlt sich nicht an, als hätte ich mich irgendwann für etwas entschieden. Nenn mich ruhig feige, aber ich kann in dem Ganzen keinen freien Willen erkennen. Ich nenne das Schicksal, aber die Diskussion hatten wir schon. Ich habe nur eine Bitte, darum bin ich in die Synagoge gekommen, ein kleines Anliegen, das ich an dich richte, aus Respekt vor der, die du mir einmal warst, vor uns als ehemaligem Paar: Kannst du mir helfen, Mutter zu duschen?«

»Gibt es niemanden sonst, den du fragen kannst, Oscar? Keine Assistenzärztinnen, die das liebend gern für dich erledigen? Für Oscar Kadoke, den großen Guru der Suizidprävention?«

Er schaut seine Ex an, ihr Gesicht, die Fältchen, das Haar. Kann er in ihr die Frau noch erkennen, in die er sich einmal verliebt hat? Oder ist deren Bild verblasst, und sieht er nur, was sie jetzt ist: die schwangere Frau des Mathematiklehrers, voll unverarbeitetem Schmerz, den er in ihr wachküsst? Ungewollt, aber trotzdem, er küsst den Schmerz wach, er beschwört die Vergangenheit herauf. Pflaster werden von Wunden gerissen, Narben mit dem Skalpell aufgeschlitzt. Seine bloße Existenz erinnert sie an eine Vergangenheit, die sie zum Teil höchstwahrscheinlich vergessen möchte, die sich aber als beängstigend lebendig erweist. Das erklärt den Hohn in ihrer Stimme, ihren Sarkasmus.

Für ihn, den Agnostiker, ist sie Jüdin geworden. Ein fürchterlicher Gedanke, ein Gräuel. Das darf man von keinem Menschen verlangen. Man gehört zu einer Minderheit und versucht, sich allmählich zur Mehrheit vorzuarbeiten. *Das* ist der Weg, den man einschlagen muss, nicht umgekehrt. Warum hat er das zugelassen, sie nicht abgehalten? Wollte er seiner Mutter einen Gefallen tun? Eine fatale Strategie, wie er jetzt findet: Eltern und geliebten Menschen gefallen zu wollen. Er steht in ihrer Schuld. Ihr Judentum macht ihn schuldig, ihr Übertritt ist sein Verbrechen.

»Es gibt niemanden sonst«, sagt er leise, »den ich das fragen könnte. Die Assistenzärztinnen heute haben was Besseres zu tun.«

Sein Bekenntnis macht ihn nervös. Schwach. Er will nicht als ein vereinsamter Mann vor seiner Ex stehen, denn das ist er nicht. Er ist nicht vereinsamt, manche Assistenzärztin hat mit ihm geflirtet, seine Ex hat sich richtig erinnert, mehr noch, fast alle beim Krisendienst haben mit ihm geflirtet, Assistenzärztinnen und selbst manche ihrer männlichen Kollegen, und ab und zu hat er das Flirten erwidert, eine kleine Affäre begonnen. Beim Krisendienst galt er mit seinem wilden Haarschopf als schnuckliger Typ, außerhalb wirkt er vielleicht anders. Dort kennt man seine Veröffentlichungen zur Suizidprävention nicht, sein Engagement. Beim Krisendienst ist er jemand, und mit einiger Wehmut denkt er an seine Affären. Vermutlich ist das die Kehrseite der kurzen, leidenschaftlichen Flirts, der Flirts um ihrer selbst willen, nicht einmal mit dem Ziel Sex, Sex erschien ihm höchstens als Beifang, ein Nebenprodukt des Flirtens, mögliche Folge, jedoch keine Bedingung.

Man kann ja von jemandem, mit dem man ein paar Monate geflirtet hat, vielleicht zweimal im Bett war plus eventuell noch ein Quickie im Auto – von dem nicht verlangen, dass er deine Mutter duscht. Der romantische Flirt und die prosaische Fürsorge schließen einander prinzipiell aus. Der Flirt hat keine Vergangenheit und nur eine sehr kurze Zukunft. Mütter, die geduscht werden müssen, haben darin keinen Platz.

»Ich habe einen Mann, und ich bekomme ein Kind«, sagt seine Ex, und er sieht Trauer in ihrem Blick, nicht die freudige Erwartung der Zukunft, sondern die Erinnerung an vergangenes Leid. »Ich kann dich und deine Mutter nicht auch noch betreuen. Die Zeit ist vorbei, Oscar. Jetzt geht es um meinen Mann und mein Kind, und ich hab auch noch Schwiegereltern und eigene Eltern. Alle möglichen Leute wollen von mir versorgt werden.«

»Du brauchst meine Mutter nicht zu versorgen, du sollst sie duschen, mehr nicht. Das ist doch nicht viel verlangt?«

Seine Ex seufzt, sie schüttelt den Kopf, sie fühlt sich im Zwiespalt und doch wieder nicht, er sieht es, sie hat ihre Entscheidung längst schon getroffen, er kennt sie.

»Morgen gegen Abend«, sagt sie. »Und nur *ein* Mal. Ausnahmsweise. Ich bin schwanger, ich muss mich jetzt darauf konzentrieren, ich kann mir deine Probleme nicht auch noch aufhalsen. Das ist nun mal so. Deine Probleme sind nicht mehr meine.«

»Konzentrier dich, ganz ruhig«, sagt Kadoke. »Es sind keine echten Probleme, es sind kleine, vorübergehende Kalamitäten, im Moment ist eben keine Betreuerin zu finden, ich übernehme die Pflege jetzt selbst und brauche hier und da etwas Hilfe. Das ist kein Problem. Ich bin froh, dass Mutter noch da ist und ich sie pflegen darf.«

Hat er das Duschen von Mutter richtig erklärt? Hat er dieses Mal gut gesprochen? Die Fehler aus dem Gespräch mit Betty vermieden? Der Mathematiklehrer macht Anstalten, sich zu ihnen zu stellen.

»Gott wird dich segnen«, flüstert Kadoke seiner Ex noch kurz zu.

»Behalt deinen Zynismus für dich.«

»Du willst doch lieber Gottes Segen als meinen?«

Dann spürt Kadoke die Hand des Mathematiklehrers auf seiner Schulter.

»Schön, dich mal wieder bei uns zu sehen«, sagt der neue Mann, »hier gehört ein Jude hin.«

»Da bin ich anderer Meinung«, antwortet Kadoke.

»Bist du nun Jude oder nicht?«, entgegnet der neue Mann. »Auch die nichtreligiösen Juden bleiben Juden, du entkommst deinem Judentum nicht, Oscar. Wir gehören zusammen. Das hier ist deine Gemeinde.«

»Das Judentum wird auch mir nicht entkommen«, will Kadoke erwidern. Doch er beherrscht sich, er will Diskussionen vermeiden, vor allem heute. »Ich bin gut verkleidet als weißer Niederländer«, sagt er stattdessen, »niemand sieht, dass ich nicht weiß bin. Das bin ich, das will ich sein: hervorragend verkleidet.«

Der Mathematiklehrer ist sichtlich verwirrt. Immerhin etwas. Ansonsten riecht er unangenehm aus dem Mund, aber okay, wenn die Liebe stark genug ist, riecht man das offenbar nicht mehr.

»Wir gehen nach Hause«, sagt der neue Mann, »begleitest du uns noch ein Stück, oder möchtest du mitessen? Es gibt heute Lachs.«

Diese Freundlichkeit, die vielleicht nicht mal gespielt ist, findet Kadoke abscheulich. Außerdem hat er auf Lachs keinen Appetit. Er hat keinen Hunger. »Ich muss in die andere Richtung«, sagt er. »Ein andermal gern.«

Wieder überlegt er, ob er seiner Ex einen keuschen Kuss geben soll oder noch besser einen unkeuschen, um seine Autonomie und leichte Abneigung gegen die jüdische Religion zu betonen, oder ob er ihr einfach die Hand schütteln soll. Zu guter Letzt tut er nichts von alldem. Er tritt ein paar Schritte zurück. Er wird zur Toilette gehen, bevor er die Synagoge unauffällig verlässt. Aus geziemendem Abstand winkt er seiner Ex und ihrem neuen Mann zu. Mehr ist nicht nötig. Das ist Abschied genug. Im Blick seiner Ex sieht er Verärgerung, sie scheint noch etwas sagen zu wollen, doch das muss nun bis morgen warten.

Auf der kleinen Toilette, wo es wiederum stark nach Tod riecht, nimmt er ein Blatt Klopapier, fasst damit den Deckel an, klappt ihn herunter und setzt sich. Er überdenkt die Ereignisse der vergangenen Wochen. Das Klappbett, auf dem er wieder schläft, die Betreuerinnen, die sich davongemacht haben, aber die schlimmsten Katastrophen sind ausgeblieben. Soweit die schlimmste Katastrophe der Tod ist. Mutter lebt, Kadoke lebt auch noch. Er pendelt zwischen Krisendienst und Mutter, wird darin aber immer versierter. Seine Mutter klagt jeden Tag weniger über das Essen, das er ihr vorsetzt. Er denkt an die Kasuistiksitzung, an Gerstenfeld, die Bemerkungen seiner Kollegen, die er als Angriff erlebt hat. Dann muss er an Michette Dubois denken, wie ein Vögelchen flattert sie in seine Überlegungen.

War die Rosskur, die er ihr verordnet hat, wirklich nötig? Musste er sie von der Polizei in die Klinik eskortieren lassen? Hätte er nicht auf Dekha hören sollen? Jetzt, auf der Toilette der Synagoge, kommen ihm plötzlich Zweifel, und ihm geht auf: Wanken ist nichts als extreme Unsicherheit. Er wankte nicht, weil er Rose liebte, sondern weil er sich dieser Liebe nicht sicher war. Normalerweise wankte er in seinen Entscheidungen nicht, etwas musste ihn unsicher gemacht haben. Hätte er Michette in ihrer Wohnung lassen können, wie sie so gerne wollte? Zu Hause mit Tod und Zerstörung in greifbarer Nähe: Chlorreiniger, Putzmittel, Rasierklingen, normale Messer, Nagelscheren, eine Feile, Farben, Nagellackentferner? Alles hat er in den Jahren beim Krisendienst schon erlebt. Er schiebt die Unsicherheit von sich, er hat richtig gehandelt, sie war eine Gefahr für sich selbst, er hatte keine Wahl. So wie er auch keine Wahl hatte bei Rose, es überkam ihn, Rose war nichts anderes als Schicksal, ein nepalesisches Schicksal, er hat sich nichts vorzuwerfen.

Kadoke öffnet die Tür und verlässt die Toilette.

Im Flur wartet immer noch seine Ex.

»Du bist noch da?«, fragt er.

»Du riechst schrecklich nach Rauch«, flüstert sie, als er stehen bleibt, um sie ein zweites Mal zu begrüßen und sich sofort wieder von ihr zu verabschieden. »Du wolltest doch aufhören!«

»Warum flüsterst du? Ich bin Psychiater, wir rauchen, weil wir sonst verrückt würden und so wenigstens etwas mit den meisten Patienten gemeinsam haben: die Zigarette.«

»Ich flüstere, weil ich dich nicht bloßstellen will. Immer dieselben Phrasen, dieselben Ausreden. Wie kannst du Leute vom Selbstmord abhalten, wenn du ihn selber betreibst?«

»Das ist ein Paradox«, sagt Kadoke, »stimmt. Aber zur geistigen Gesundheit gehört, dass man diese Paradoxe aushält, dass man lernt, mit ihnen zu leben, mit dem Unvollkommenen: Ja, derjenige, der sie von der Selbstzerstörung abhalten will, raucht, ist das nun so schlimm?«

Schweigend verlassen sie die Synagoge. Er sieht, dass ihr neuer Mann an der Straßenecke auf sie wartet. »Bis morgen«, sagt er und geht in die andere Richtung. Er reißt sich die Kippa vom Kopf und stopft sie sich in die Tasche. Er ist froh, dass er nicht mehr zu dieser Gemeinschaft gehört, nur noch zum Krisendienst, soweit man den eine Gemeinschaft nennen kann.

Er spaziert weiter, an der Straßenbahnhaltestelle vorbei, und bleibt an einer Gracht stehen, wo er zwei Zigaretten hintereinander raucht. Er schaut auf sein Handy, niemand hat ihm eine SMS oder WhatsApp geschickt, nur seine Mutter hat zwei Mal angerufen. Hastig zündet er sich eine dritte Zigarette an, wirft sie aber halb aufgeraucht in die Gracht und ruft sich ein Taxi. Der Psychiater genießt sein Wochenende. Einen Moment überlegt er, Rose noch eine letzte WhatsApp zu schicken, ein letzter Versuch, den Kontakt wiederherzustellen, vielleicht tun die Worte »give me one more chance, give mother a chance« ja ein Wunder, vielleicht ist genug Zeit vergangen und sie sieht jetzt alles in einem anderen Licht. Während er diesen Gedanken nachhängt, muss er an den Rat seiner Mutter denken. Er muss sich einen Kampfsport suchen. Er ist zweiundvierzig, die Zeit für einen Kampfsport ist reif. Er muss sich nur noch entscheiden, für welchen.

Kadoke steigt in sein Taxi und nennt die Adresse seiner Mutter.

Die sitzt zu Hause an ihrem festen Platz, vor sich auf dem Tisch eine Gießkanne.

»Ich war gerade dabei, die Pflanzen zu gießen«, erklärt sie, »aber hab mich einen Moment hingesetzt. Wo warst du?«

»In der Schul«, sagt er und stellt die Gießkanne neben die Pflanzen an ihren festen Platz auf der Fensterbank.

»Du? In der Schul?«

»Ja, ich.«

Die Überraschung seiner Mutter ist von Wut kaum zu unterscheiden. Erst hat sie jahrelang gefleht, er solle doch einmal in die Synagoge gehen, und jetzt, wo er es endlich getan hat, ist es auch wieder nicht richtig.

»War dieser schreckliche Rabbiner wieder da?«, will sie wissen.

»Ich glaub schon«, antwortet er, »aber ich hab mit keinem Rabbiner gesprochen.«

»Hast du Kaddisch gesagt?«, fragt sie. »Hast du das Kaddisch für die Toten gesprochen?«

»Nein, ich habe kein Kaddisch gesprochen, das überlasse ich dir, das weißt du. Ich spreche kein Kaddisch, ich bin nicht gläubig. Ich glaube, die Toten kommen hervorragend ohne Kaddisch aus.«

»Man braucht nicht gläubig zu sein, um es zu sprechen.«

»Ich finde schon, sonst würde ich heucheln.«

Er streichelt ihr übers Haar; die Perücke, die sie seit ihrer

Transformation vom Vater zur Mutter trägt, ist aus weichem Menschenhaar. Er drückt das Gesicht in die weichen Haare.

»Dann heuchle für mich«, sagt sie, »bitte, heuchle für mich.«

Er hört sie leise weinen. Der Kummer ist wieder da. Wie ein Stalker steht er vor der Tür, jedes Mal, wenn man denkt: »Er ist endgültig weg«, kommt er zurück.

»Ich mache uns Mittagessen«, sagt er.

»Ich hab keinen Hunger.« Doch das antwortet sie immer. Früher hatte sie Hunger, jetzt nicht mehr. Er wird ihren Appetit anregen, sein gesamtes therapeutisches Repertoire auf sie loslassen. Er hat auch keinen Hunger, sie beide nicht, trotzdem werden sie essen, denn essen ist Leben.

Den Kartoffelsalat hat er am vorigen Abend gemacht, jetzt stellt er zwei Knackwürstchen auf den Herd. Einen Moment zögert er, dann tut er noch ein drittes dazu. Obwohl er absolut keinen Hunger hat, wird auch er ein bis anderthalb Knackwürstchen essen, je nach Appetit seiner Mutter. Aus Solidarität.

Als die Würstchen mehr oder weniger heiß sind, serviert er Mutter das Essen und setzt sich dazu. Sie verzehren es schweigend, jeder anderthalb Knackwürstchen und etwas Kartoffelsalat.

Manchmal will seine Mutter aufhören zu essen, doch dann nimmt er ihre Gabel und sagt: »Nimm noch einen Bissen, tu es für mich.«

Er wartet, bis Mutter zu Ende diniert hat und ihr Teller fast leer ist, bis auf einen Rest Kartoffelsalat, dann sagt er: »Morgen kommt Deborah und hilft dir beim Duschen.«

Seit ihrem Übertritt zum Judentum nennt seine Ex sich Deborah. Für ihn heißt sie nicht so, sie hat auch nie so geheißen. Vielleicht ist es durch den neuen Namen schiefgegangen, obwohl er in der Regel die Namen akzeptiert, die die

Leute in seiner Umgebung sich aneignen, sie müssen selbst wissen, mit welchen Namen sie sich gegen die Schrecken des Schicksals zur Wehr setzen.

»Ich will nicht geduscht werden und schon gar nicht von diesem grässlichen Weibsstück, das dich verlassen hat.«

»Sie hat mich nicht verlassen, ich habe sie verlassen.«

»Sie hat dich verlassen«, wiederholt Mutter streng. »Erst hat sie dir auf der Nase herumgetanzt, dann hat sie dich verlassen, weil du dich nicht wehren konntest. Du hast es nie gelernt.«

Sie kneift ihm in den Arm, als könne sie ihm so doch noch eine wehrhafte Haltung beibringen.

Er legt seine Hand auf ihre. »Du brauchst mich nicht zu kneifen«, sagt er. »Ich kann mich besser wehren, als du denkst. Hab keine Angst. Ich bin stärker als die meisten.«

»Das glaubst du doch selber nicht, Jungchen«, antwortet sie. »Du weißt, dass das nicht so ist.«

Er räumt ab und serviert ihr frische Ananas als Dessert. Mutter hasst Ananas aus der Dose, wie die meisten Dosenmahlzeiten.

Schweigend sitzen sie wieder nebeneinander. Hin und wieder wirft er ihr einen Blick zu und sie ihm. Ist das von all seiner Sehnsucht nach Liebe und Abenteuer geblieben?

»Du musst nicht nur gut essen«, sagt er, »du musst auch unter die Dusche. Es ist wirklich wichtig. Du kannst doch nicht den Rest deines Lebens ungeduscht bleiben? Du musst geschrubbt werden, auch untenrum. Deborah wird dich gut schrubben.«

»Was wollt ihr nur alle von mir?«, fragt seine Mutter. Es ist eine rhetorische Frage, er braucht sie nicht zu beantworten. Nach ein paar Bissen schiebt sie die Ananas aggressiv von sich, als sei die schuld daran, dass sie morgen unter die Dusche muss.

Dann fallen ihr die Augen zu. »Ich leg mich aufs Sofa«, sagt sie, nachdem sie ein Weilchen mit geschlossenen Augen auf ihrem Stuhl gesessen hat.

Sie steht auf, geht quälend langsam zum Sofa. Vor einer Woche ging sie noch schneller, das beunruhigt ihn. Er behält seine Mutter im Auge, als sei sie die letzte Überlebende einer seltenen Spezies.

Noch langsamer zieht sie sich die Schuhe aus. Dann legt sie sich hin. Sie zieht die Knie an. Er bleibt am Tisch sitzen und geht die Post durch, die Mutter ihm hingelegt hat.

Er hört seine Mutter leise schnarchen. Dann wird es still, und während er die Bankauszüge abheftet, ruft sie, überraschend, aus einer tiefen, quasi dröhnenden Stille: »Du hättest die Finger von Rose lassen sollen, die Mädchen mögen das nicht. Mich fanden sie nett. Sie haben mich auch immer herrlich massiert, aber vor dir haben sie sich immer ein bisschen gefürchtet.«

Einen Bankauszug in der Hand, geht er zum Sofa. Sie hat die Augen weit offen. »All die Probleme wären uns erspart geblieben«, fährt sie fort, »wenn du sie nicht angegrapscht hättest. Wenn du eine gute, zärtliche Frau hättest, die dich liebt. Keine der Frauen, die du über die Jahre nach Hause gebracht hast, hat dich wirklich geliebt. Ich hab drüber nachgedacht: Darum hast du die Mädchen angegrapscht.«

Er kniet sich hin.

»Du bist die Allerschönste der Welt«, sagt er. »Aber ich habe die Mädchen nicht angegrapscht.«

»Ich hab es doch selber gesehen!«, ruft seine Mutter. »Ich war dabei. Du hast dir nicht mal Mühe gegeben, es zu verstecken, fast hatte ich das Gefühl, du wolltest, dass ich es sehe.«

Er streichelt seiner Mutter über die Stirn.

»Rose habe ich angefasst, ein einziges Mal. Und sie mich. Es war gegenseitige Anziehung, die hat uns überwältigt. Ein einziges Mal. Ein einziger Abend. Ich war verliebt. Dir ging's an dem Abend nicht gut, weißt du noch? Ich musste den Notdienst rufen.«

Seine Mutter räuspert sich, hustet. Der Hustenanfall dauert gut zehn Minuten, die Hustenanfälle seiner Mutter werden immer länger. In letzter Zeit ist ein Anfall von einer Viertelstunde keine Seltenheit mehr. Nachdem das Husten abgeebbt ist, sie röchelt und hüstelt noch etwas, aber nur noch ein bisschen, sagt sie: »Verliebt? Hör doch auf mit dem Blödsinn! Rose fand dich nicht anziehend, mich fand sie interessant. Das hast du nie verstanden.«

Kadoke weiß nicht, wie er auf diese Mitteilung reagieren soll. Rose fand sie interessant. Wenn sie das so sehen will, muss sie das tun. Er fragt: »Möchtest du keine Decke? Wird dir nicht kalt?«

»Ich liege hier prima«, sagt seine Mutter. »Auch ohne Decke.«

Er küsst sie auf die Perücke und setzt dann das Abheften der Bankauszüge und anderen Korrespondenz fort.

Der Sohn lässt die Mutter bis ungefähr vier schlafen, dann weckt er sie; ein paar Minuten später sitzen beide, in Jacken gemummelt, auf verschlissenen Gartenstühlen unter einer blassen Sonne im Vorgarten. Er starrt auf das immer noch halb verdorrte Gras. Es ist nicht mehr zu retten. Jetzt kann man es auch ganz verdorren lassen, das ist das Beste, und im Frühjahr wieder neu aussäen.

Seine Gedanken schweifen weiter ab, erst als er seine Mutter singen hört, ist er wieder im Hier und Jetzt: »Worauf hast du Appetit?«, fragt er. »Chips oder Eis?«

All die Fragen, die früher die Mädchen stellten, muss jetzt er übernehmen. Er ist eine Art Nepalese geworden.

Obwohl die Sonne immer noch blass ist, entscheidet sie sich für die kalte Variante. Zusammen essen sie ein Wassereis.

Früher hätte Mutter das eklig gefunden, doch in den vergangenen Jahren haben sich ihre Wünsche geändert und richten sich jetzt auf erreichbare Dinge, ein Wassereis zum Beispiel. Und offenbar auch auf Rose, die die Mutter mehr mochte als den Sohn. Es kann sein. Von der Seite hat er es nie betrachtet, doch jeder Mensch hat seine eigenen blinden Flecken.

»Du denkst also, dass Rose dich mehr mochte als mich?« Er kann es nicht lassen. Es ist Schwäche, nichts anderes, dass er dies sagt, doch die Freude an der kleinen Konfrontation ist stärker als die Einsicht in seine Schwäche und dass er eigentlich über dieser Sache stehen müsste. Seine Mutter ist eine alte, gebrechliche Frau, er braucht sie nicht zu übertrumpfen, aber wenn es drauf ankommt, kann er das Triumphieren nicht lassen. Wie seine Mutter.

»Ja«, sagt Mutter nach kurzem Schweigen. »Mich liebte Rose wirklich. Dich nicht. Sie hat höchstens so getan, weil du sie bezahlt hast.« Mutter schaut ihn an mit einem traurigen Blick, als hätte sie ihrem Sohn diese Wahrheit lieber erspart.

Kadoke geht in die Küche. Absurd, sich mit seiner Mutter um eine nepalesische Altenbetreuerin zu streiten, die sie beide auch noch im Stich gelassen hat. Er müsste über dem stehen, seiner Mutter die Illusion gönnen, die Illusion von Liebe und Jugend, und er beschließt, das denn auch zu tun.

Er nimmt zwei Eis aus dem Gefrierfach und geht in den Garten zurück. »Hier«, sagt er zu seiner Mutter. »Wir nehmen noch eins.«

Sie schaut ihn spitzbübisch an. »Hast du was gutzumachen?«

Er antwortet nicht, holt nur das Eis aus der Verpackung, drückt es ihr in die Hand.

»Wenn du das aufgegessen hast«, sagt er, »gehen wir hinein.«

10

Am späten Sonntagvormittag, nachdem Mutter ihre Medikamente genommen hat und mühsam die Treppe vom Schlafzimmer auf der ersten Etage runter ins Wohnzimmer gestiegen ist, setzt er sie in einen Sessel neben den Fernseher. Er hat ein warmes Fußbad für sie gemacht. Danach wird er ihre Beine einseifen und anschließend vorsichtig rasieren.

»Heute gehst du endlich wieder mal unter die Dusche«, sagt Kadoke, »du sollst doch ein hübsches und fruchtiges Mädchen sein.« Er hatte mal eine Affäre mit einer Assistenzärztin, die immer, wenn sie aus der Dusche kam, zu sagen pflegte: »Jetzt bin ich wieder frisch und fruchtig.« Erst fand er diese Gewohnheit rührend, später ging sie ihm zusehends auf die Nerven. Jetzt wünscht er sich, seine Mutter würde so etwas sagen, mit derselben Lebenslust, die diese Frau damals ausstrahlte, wenn sie aus der Dusche kam.

Seine Mutter erwidert nichts, ihr Blick ist weiterhin starr auf den Fernseher gerichtet. Dr. Phil, heute mit dem Thema Beziehungsprobleme. Sie sieht nie richtig lange fern – jeden Tag ein Stündchen –, aber wenn sie vor dem Fernseher sitzt, kriecht sie am liebsten in ihn hinein, dabei hat sie noch immer gute Augen. Er verteilt den Rasierschaum gleichmäßig auf ihren Beinen, knochig sind sie, die Haut ist straff gespannt. Narben, blaue Flecken, Adern, das Alter ist sichtbar, oder muss er es Verfall nennen? Diese Beine?

»Du solltest ein hübsches Mädchen in deinem Alter finden«, sagt Mutter, den Blick immer noch auf den Fernseher geheftet, »ich bin zu alt für dich.«

»Schade«, antwortet Kadoke, während er nach dem Rasiermesser greift, »schade, dass du ein Quäntchen zu alt für mich bist.«

Mutter seufzt. »Aber ich bin doch auch deine Mutter«, sagt sie dann. »Auch, wenn ich nicht ein Quäntchen zu alt für dich wäre, könnte ich dich nicht heiraten. Sag nicht so einen Blödsinn.«

Er schaut auf den Rasierschaum auf ihren Beinen. Ob die Mädchen die auch so eingeseift haben? Anfangs schien es, als wäre ihnen Mutters Transformation unangenehm. Rose hatte gefragt: »Ist das in Holland üblich?« »Nicht so ganz«, hatte er geantwortet, »aber es kommt vor. Nicht oft. Manchmal. Immer öfter.« Schon bald hatten sich die Mädchen daran gewöhnt, für sie war Mutter immer Mutter gewesen, und dass an Mutter noch ein männliches Geschlechtsteil baumelte, nahmen sie nicht sonderlich schwer. Es war eine Laune des Schicksals, so wie sie illegal hier waren, so hing an Mutter ein Pimmel. Zwar war das in ihren Augen ein wenig tragisch, aber man konnte damit leben. Mit ein wenig Glück konnte man damit sogar alt werden.

Mutters auch für ihn anfänglich rätselhafte Metamorphose ging mit dem Verlangen einher, auf ganz eigene Weise eine schöne Frau zu sein. Alt, aber gepflegt. Die seelische Transformation war komplett und die körperliche Transformation hinkte zwar ein wenig hinterher, aber Kadoke tat sein Bestes, Mutter eine Frau werden zu lassen, so gut es nur ging, ohne Operationen und Hormonbehandlungen, die in ihrem Alter und ihrem Gesundheitszustand zu riskant waren.

Kadokes Vater hatte sich von seinem alten Sein, seinem Vater-Sein, seinem Mann-Sein, seinem Witwer-Sein, losgesagt, wie man sich von einer schlechten Gewohnheit lossagt. Nie mehr sprach er über sein altes Ich, er sprach nur noch in der dritten Person über sich. »Mein Mann«, sagte Mutter ab und zu, »war schwierig. Difficile.« Sie benutzte das französische Wort, als würde schwierig auf Französisch etwas anderes bedeuten als auf Niederländisch. Aber wenn Kadoke sie über seinen Vater sprechen hörte, fragte er sich, ob sie noch wusste, wer sie einmal gewesen war, oder hatte sie das verdrängt? Hatte sie sich von einem ganzen Leben losgesagt oder ging es hier wirklich um jemand anderen? Ein anderer war Vater gewesen, ein anderer hatte seine Frau sterben sehen, ein anderer war ein schwieriger Ehemann gewesen, difficile.

Behutsam rasiert er ihre Beine. Nur ab und zu sagt Mutter, ohne den Blick vom Fernseher abzuwenden: »Du tust mir weh.«

Er tupft eine kleine Wunde mit einem in Alkohol getränkten Wattebausch ab, er küsst ihre Knie. Ob das alle Liebe ist, die ihm zuteilwird? Auch dann wird er damit zufrieden sein. Die Assistenzärztinnen, das ist eine andere Geschichte, eine Geschichte über Spannung und Verlangen. Er näherte sich, verschwand aber wieder, und die Assistenzärztin verschwand auch, er streifte die Leben der Menschen nur. Was genau die Aufgabe eines Psychiaters ist, vor allem, wenn er beim Krisendienst arbeitet. Er bleibt nicht lange bei den Patienten, die Folgebehandlung, sofern erforderlich, werden andere begleiten. Er kommt, listet die Probleme auf und geht wieder. Der Face-to-Face-Kontakt dauert selten mehr als neunzig Minuten. Seine Face-to-Face-Kontakte mit verschiedenen Assistenzärztinnen dauerten länger, das schon, aber das Prinzip war ähnlich; er strich dicht über die Menschen hinweg.

Im Schneidersitz auf dem Fußboden vor den Beinen seiner Mutter kommt es ihm vor, als habe Liebe nichts mit Verlangen zu tun, sondern gerade mit sich fügen. Es gilt, im Schicksal die Liebe zu erkennen. Hingabe bedeutet Fügung mit ein klein wenig Feuer. Das ist sein Schicksal, das Verschwinden der nepalesischen Mädchen, dass er Rose vermisst, entgegen jeglicher Logik, die Weigerung der niederländischen Altenpflegerin, sich um Mutter zu kümmern, seine Entscheidung, das selbst zu tun, vorübergehend, aber was ist vorübergehend? Alles ist Schicksal, und das Feuer steckt in der Hingabe, mit der er die Beine seiner Mutter rasiert.

»Willst du mir die Haut aufschürfen?«, fragt Mutter.

Bestimmt haben die Mädchen das geschickter, routinierter gemacht, die Mädchen kannten jeden Hubbel auf ihren Beinen, jede Unebenheit. Sie ist eindeutig noch nicht zufrieden mit seinen Rasierkünsten. Er gibt sich Mühe, aber er muss reinkommen, er muss es noch lernen.

Als er mit dem Rasieren fertig ist, reibt er ihre Beine mit Bodylotion ein. »Du hast kalte Hände«, sagt sie. »Die Mädchen hatten warme Hände.«

»Aber weich sind sie schon, oder?«, fragt er. Die Frauen, mit denen er flüchtig oder weniger flüchtig das Bett geteilt hatte, hatten nahezu ausnahmslos seine weichen Hände gerühmt. Er fände es schade, wenn ausgerechnet seine Mutter als Einzige in dieser Reihe einer anderen Meinung zuneigen würde.

»Weich sind sie schon«, sagt Mutter, »aber kalt. Du hast keine gute Durchblutung, vielleicht solltest du mal zum Arzt gehen.«

Er legt sich die Hand auf die Brust und sagt, auch um seine Mutter günstig zu stimmen: »In meinem Herzen wohnst du, Allerliebste, Durchblutung ist Nebensache, es geht darum, dass du in meinem Herzen wohnst.«

Dann schaut sie ihn an. Ihr Gesicht wird weich, ihre Augen lachen. »Du wohnst auch in meinem Herzen«, antwortet sie. So viel steht fest: sie wohnen einer im Herzen des anderen.

Kadoke hebt ihre Füße aus der Schüssel, trocknet sie sorgfältig ab. Einer ihrer großen Zehen wirkt gefühllos und ein wenig abgestorben, aber als er fest in ihn kneift, ruft seine Mutter: »Au!« Die feinen Kniffe der Altenpflege muss er noch in den Griff bekommen. Ungeschickt zieht er ihr Socken und Schuhe an. Mutter löst die Schuhriemen wieder, er hatte sie zu fest angezogen. Sie nimmt ihm nichts übel, sagt sie, im Gegensatz zu ihm. Lange hat er gebraucht, sich selbst nichts oder fast nichts mehr übel zu nehmen, aber seit er eines Abends seine Liebe nicht unterdrücken konnte, gewinnt seine alte Schwäche wieder Oberhand; Kadoke nimmt sich seine eigene Existenz übel, als hätte er sich selbst erschaffen, er ist unzufrieden mit seiner Schöpfung. Gerade ihr muss er entfliehen, der eigenen Schöpfung, dem eigenen Ich.

Er müsse sich noch an seine neuen Aufgaben gewöhnen, sagt er zu Mutter. Irgendwie ist es schon etwas anderes als Suizidprävention. Letzteres sagt er nicht. Sein Spezialgebiet hatte Mutters Billigung nicht finden können. Früher sagte sie regelmäßig: »Hättest du nichts mit Kindern und Psychiatrie machen können?« Nur ungern hat sie sich mit der Suizidprävention abgefunden. Jedenfalls hat sie sich nie aktiv dagegen gewehrt. Es hätte, das war auch ihr klar, schlimmer kommen können.

Kadoke räumt die Schüssel und das Rasierzeug weg und fragt seine Mutter, was sie zu Mittag essen möchte.

Sie zuckt mit den Schultern. »Nur Knackwürstchen«, antwortet sie nach einer langen Pause, sie klingt schuldbewusst. Sie weiß, dass eine andere Antwort von ihr erwartet wird, dass Roastbeef und Hühnchen im Kühlschrank auf sie warten.

»Willst du wirklich nichts anderes?«, fragt er. »Werden die Würstchen nicht zu eintönig?« Sie schüttelt den Kopf.

»Knackwürstchen sind eigentlich das Einzige, worauf ich noch ein bisschen Appetit habe.«

Mutter lebt von Wassereis, Knackwürstchen und Kartoffelsalat; höchstens zum Frühstück zwingt sie sich zu ein wenig Obst. Es ist eine merkwürdige Ernährungsweise, aber es geht. Sogar so kann man überleben.

Eintönigkeit ist eine Form der Sicherheit, mit Eintönigkeit kann man Angst bannen.

Er bereitet das Mittagessen zu. Sie essen schweigend, während sie auf den koscheren Knackwürstchen kauen, zerzausen sie sich gegenseitig ein wenig die Haare. Danach liest er ein bisschen, seine Mutter sitzt in ihrem Drehstuhl am Esstisch. Nur ab und an löst sie sich aus ihrer starren Haltung und blättert in ihrem Notizkalender. Mutter sucht etwas, aber er fragt lieber nicht, was. Wenn sie ihm etwas erzählen möchte, wird sie es schon sagen. Sie ruft ein paar Leute an, erreicht aber niemanden.

»Soll ich dir was vorlesen?«, fragt er, nachdem sie den Teller von sich geschoben hat.

»Nein«, sagt Mutter, »heute bin ich zu müde.«

Sie greift wieder nach ihrem Kalender. »Welcher Tag war das noch mal, als du zusammengeschlagen worden bist?«

»Wieso?«

»Ich möchte es gern wissen. Es ist doch kein Geheimnis?«

»Es ist kein Geheimnis«, sagt Kadoke. »Vor ein oder zwei Wochen. Aber das hast du schon aufgeschrieben.«

Sie blättert eine Seite in ihrem Kalender um. »War es ein Freitag?«, erkundigt sie sich.

»Könnte sein.«

Er schaut, was sie aufschreibt, sie unterstreicht die Notiz, dass ihr Sohn zusammengeschlagen wurde, mit Rotstift, benutzt dabei einen dicken Umschlag als Lineal. Die Tracht Prügel, die Kadoke bekommen hat, war ein wichtiges Ereignis in Mutters Leben. Dabei sind seine Wunden gut verheilt, insgesamt war es eine läppische Tracht Prügel. Der Schrecken war schlimmer als die Schläge. Er will was darüber sagen, aber er tut es nicht.

So warten sie gemeinsam auf das Eintreffen seiner Ex, die heute als Altenpflegerin fungiert. Sie kommt am Spätnachmittag mit einer Plastiktüte voller Badesachen. Shampoo, Conditioner, Badeschaum, Bodylotion, Totes Meer Badesalz. »Ich weiß ja nicht, was alles im Haus ist«, sagt sie. »Also dachte ich, ich bring einfach ein paar Sachen mit.«

Sie begrüßt Mutter mit den Worten: »Guten Tag, Frau Kadoke. Wie geht es Ihnen? Wissen Sie noch, wer ich bin?«

»Natürlich weiß ich noch, wer Sie sind«, sagt Mutter. »Glauben Sie, ich bin verrückt oder dement oder so?«

Die Ex zieht sich die Jacke aus und nimmt Platz, Kadoke ignoriert sie. Als wäre er nicht wirklich da, oder bloß die neue Haushaltshilfe. In diese Rolle fügt er sich, darum geht er in die Küche und schenkt seiner Ex Tee ein. Für Rebellion ist hier kein Platz. Seine Mutter hat nicht überlebt, weil sie rebelliert hat, sondern weil sie das verweigert hat, sofern es etwas zu verweigern gab, das Überleben selbst war Rebellion.

»Und wie geht es Ihnen, Frau Kadoke?«, fragt die Ex, als sie ihren Tee bekommen hat. »Wir haben uns ja eine ganze Weile nicht gesehen.«

Kadoke setzt sich neben seine Mutter. Er mustert die Ex, die einmal seine Frau war. Jetzt hilft sie Mutter beim Duschen. So viel hat sich also nicht verändert. Die Schwangerschaft tut ihr gut.

»Es geht abwärts«, sagt Mutter so heftig, wie Kadoke es nicht mehr von ihr gewohnt ist, »es geht allmählich abwärts. Sehen Sie das? Sie müssen es ehrlich sagen. Sehen Sie, wie es abwärts mit mir geht?«

Mutter will Zeugen für ihren Niedergang. Sie klagt das

Universum an und dabei braucht sie Zeugen. Er mag diese Anklage nicht.

Die Ex schaut, sie schaut wirklich, er sieht es, sie nimmt Mutter wahr.

»Ich sehe es nicht«, sagt die Ex, »Sie sehen munter aus. Ihre Augen sind klar.«

Und Kadoke fügt hinzu: »Du siehst besser aus als gestern.«

Das sagt er oft zu Mutter: »Du siehst besser aus als gestern.« Oder: »Du siehst besser aus als heute Morgen.« Wenn es nur besser geht. Solange Fortschritt da ist, gibt es Hoffnung. Er beschwört die Zukunft mit Worten. Psychiatrie ist letztendlich ein einziges großes Beschwörungsritual, mit Medikamenten oder ohne, aber Sprache spielt ebenfalls eine Rolle. Sprache ist der Krankmacher schlechthin, aber auch der große Heiler.

Mutter lebt von den Worten seiner Ex auf, sie glaubt ihr eher als ihrem eigenen Sohn. Die Vermutung, der Sohn sei ein Charmeur, der nicht meint, was er sagt, hat Mutter nie ganz verlassen, denn auf seine Ausrufe, seine Liebeserklärungen, seine Kosenamen, reagiert sie häufig mit den Worten: »Ich weiß, du meinst es ernst.«

Er weiß, was das bedeutet: Angst, er könne es nicht ernst meinen. Die Befürchtung, seine Worte seien charmante kleine Lügen, Betrug.

»Der Rabbiner lässt Sie herzlich grüßen«, sagt die Ex.

»Kotzbrocken«, antwortet die Mutter.

»Wie bitte?«, fragt die Ex.

»Der Rabbiner ist ein Kotzbrocken.«

Mutter spricht den Satz laut und klar aus, als würde sie ihn diktieren.

»Er ist Rabbiner«, sagt die Ex. Womit sie impliziert, dass Rabbiner grundsätzlich keine Kotzbrocken sein können. Für seine Ex sind Rabbiner Autoritäten. Das Blatt kann sich wenden. Als er sie kennenlernte, war sie ein ganz normales atheistisches Mädchen. Vielleicht wollte sie Kadoke bestrafen, indem sie einen orthodoxen Juden zum zweiten Ehemann nahm, indem sie mit ihm sogar ein Kind machte. Vielleicht wollte sie sagen: Sieh nur, Kadoke, was du aus mir gemacht hast: eine Jüdin. Du bist schuld an meinem Jüdischsein, das ist das Opfer, das ich für deine Liebe erbracht habe, und du hast mich verraten. Das war dein Dank für mein Opfer.

Sie weiß, wie er Jüdischsein definiert: etwas, das man nicht aus Menschen machen wollen sollte.

»Er möchte Sie bald mal besuchen«, sagt die Ex. »Der Rabbiner fragt immer nach Ihnen.«

Kadoke will sagen: Der Rabbiner fragt nach Vater, der Rabbiner akzeptiert Mutters Auferstehung nicht. Für den Rabbiner gibt es keine Mutter mehr. Aber er schweigt, der Sohn will kein Öl aufs Feuer gießen.

»Mir ist lieber, er kommt nicht, die Aufregung vertrage ich nicht mehr. Dafür bin ich zu alt«, sagt Mutter. »Richten Sie ihm das nur aus. Dass ich zu alt und zu krank bin. Er hätte eher kommen sollen. Jetzt ist es zu spät. Zu Rosch Haschana darf er mich mit dem Schofar besuchen.«

Kadoke kann es nicht leiden, wenn Mutter so über sich spricht. Jetzt ist es zu spät, solche Worte stoßen ihn ab. Darum verkündet er wie ein Schulmeister: »Wir gehen nach oben, es ist höchste Zeit zum Duschen. Wir schrubben dich schön sauber.«

»Ich brauche nicht schön sauber geschrubbt zu werden«, sagt Mutter, »ich bin kein kleines Kind. Behandle mich nicht so. Wenn es wirklich sein muss, kann ich mich sehr gut selbst sauber schrubben.«

Trotzdem steht sie auf. Mit unerwartetem Schwung verlässt sie ihren Drehstuhl, nimmt ihren Stock und durchquert das Wohnzimmer, am Fernseher vorbei, Richtung Treppe, ohne zu zögern, ohne ein weiteres Wort, ohne auf jemanden zu warten. Als hätte auch sie ihr Los akzeptiert, als wüsste sie, dass Widerstand sinnlos ist. Kadokes Ex ist da und gegen die kommt sie nicht an.

Deborah und er folgen ihr, sie samt der Plastiktüte mit all den Sachen, die sie aus ihrem eigenen Badezimmer mitgebracht hat. Ob der Mathematiklehrer weiß, dass sie hier ist? Gilt das hier schon als eine Art Fremdgehen?

»Habt ihr einen Schwamm?«, fragt die Ex leise. »Mutter mochte es immer gern, wenn man ihr den Rücken schrubbt.«

»Ich glaub schon«, antwortet Kadoke leise. »Die liegen bestimmt im Bad.« Er kann sich gerade an keinen Schwamm erinnern. Seit er wieder hier ist, hatte er andere Dinge im Kopf.

Mutter erklimmt die ersten Treppenstufen mit einer aggressiven Vitalität, die er lange nicht an ihr gesehen hat. Seit Monaten, Jahren. Der abendliche Gang ins Bett, zu den Schlaftabletten und dem Baldrian, die sie oben erwarten, läuft langsamer, mühsamer, erinnert ihn immer an einen halben Todeskampf. Mutter schleppt sich nach oben, aber Hilfe will sie nicht und die Nacht unten verbringen schon mal gar nicht, lieber noch stirbt sie, sagt sie dann. Aber jetzt will sie triumphieren, über den Tod, über ihre Krankheit, ihr eigenes Gewicht, das kaum der Rede wert ist, mager ist sie, so mager, dass sie ab und zu Astronautennahrung aus der Tube bekommt, weil die notwendigen Nährstoffe nicht in Knackwurst und Wassereis enthalten sind. Weil die kritische Grenze erreicht ist. In letzter Zeit ging es ohne Astronautennahrung, was nur gut ist, denn die ist ihr verhasst.

Jetzt, an diesem grauen Sonntagnachmittag, bewältigt sie die Treppe in einem für sie schwindelerregenden Tempo, aber auf halber Strecke hält sie an, setzt sich hin, nein, sie sinkt nieder. »Ich kann nicht mehr«, flüstert sie.

Ein paar Stufen tiefer stehen Kadoke und seine Ex.

Sie warten, eine Minute, zwei Minuten. Mutter sitzt mitten auf der Treppe und scheint nicht vorzuhaben, jemals noch in Bewegung zu geraten. »Ich hab ihr heute Morgen die Beine rasiert«, sagt Kadoke leise. »Daher die Blutflecken auf ihren Schienbeinen. Ich kann das noch nicht so gut.«

Die Ex schweigt. Sie inspiziert Mutters Unterschenkel, wie man im Supermarkt Äpfel inspiziert. Welche halten der kritischen Prüfung stand und werden gekauft, um gegessen zu werden, welche nicht?

Mutter atmet schwer. Dann sagt Kadoke: »Du kannst hier nicht sitzen bleiben. Du musst entweder nach oben oder nach unten. Aber hier mitten auf der Treppe kannst du nicht bleiben.«

Mutter schüttelt den Kopf. »Ich kann nicht mehr.«

Kadoke schaut seine Ex an. Sieht sie die Verzweiflung in seinem Gesicht? Ist das die Erklärung für den Kummer in ihren Augen?

»Wir hieven dich hoch«, sagt Kadoke. »Wir hieven dich langsam hoch, und dann gehst du schön unter die Dusche.«

Er quetscht sich an ihr vorbei, greift nach ihren Händen, versucht sie hochzuziehen, aber die Ex sagt: »Nicht so, du willst Arzt sein?«

»Ich bin Psychiater«, antwortet Kadoke.

»Psychiater sind auch Ärzte.«

Die Ex umfasst Mutters Taille und versucht, sie hochzuziehen, aber Mutter stemmt sich dagegen. Sie weigert sich, hochgezogen zu werden.

»Ich bin kein Krankenpfleger«, sagt Kadoke, »ich bin Psychiater und somit Arzt, aber ich ziehe keine Patienten hoch, dafür sind andere Leute verantwortlich. Und du in deinem Zustand solltest das schon mal gar nicht machen. Denk an dein Kind.«

»Wir sind fast oben«, sagt die Ex keuchend zu Mutter.

»Wenn Sie kurz mitmachen, können Sie sich oben auf einen Stuhl setzen.« Dann flüstert sie: »Denk du an deine Mutter, und ich denke an mein Kind. Wollen wir das verabreden? Ist das eine klare Rollenverteilung?«

Kadoke nickt. Selbstverständlich ist das hier wohl seine Aufgabe, das ist seine eigentliche Aufgabe: Mutter die Treppe raufhieven, Mutter sauber schrubben.

»Ich geb mir ja Mühe«, antwortet Mutter, »aber ich kann nicht mehr und mir ist schlecht.«

Sie warten wieder einen Moment. Leise sagt Kadoke: »Sie war wirklich ganz rot im Gesicht, das kann ein Zeichen für Herzversagen sein.«

»Sie war schon rot im Gesicht, als ich reinkam«, flüstert die Ex. Und lauter fügt sie hinzu: »Ich ziehe Sie jetzt zusammen mit Ihrem Sohn hoch. Sind Sie bereit?«

»Nein«, sagt Mutter. Ihre Stimme klingt jetzt nicht schwach, sondern klar und deutlich. »Ich will nicht hochgezogen werden, und schon gar nicht von meinem Sohn, der lässt mich nämlich fallen. Schon als Kind hat er immer alles fallen lassen. Kaum gab man ihm ein Glas Saft oder eine Tasse Tee, ließ er sie fallen, weil er solche grässlichen Zitterhände hat.«

Einen Moment schweigt die Ex.

»Oscar hat jetzt keine Zitterhände mehr, er ist ein sehr kräftiger Mann.«

Man spricht über ihn, nicht mit ihm. Sein Vater, dem Religion auch nichts sagte, hätte das niemals getan, aber nicht so Mutter. Man geht Bindungen mit Menschen ein, weil man von ihnen verraten werden will, man zeugt Kinder in der Hoffnung, dass sie einen verraten und man selbst sie verraten kann. Zitterhände.

Mutter ist eindeutig nicht überzeugt. Sie sieht ihren Sohn an, scheint kurz erleichtert, atmet dann doch wieder schwer.

»Er müsste mehr Sport treiben«, flüstert sie. »Und er heißt nicht Oscar. Den Namen, den wir ihm gegeben haben, hat er abgelehnt, so was macht man doch nicht? Man lehnt doch nicht den Namen ab, den die eigenen Eltern für einen ausgesucht haben? Wie kann man das nur tun? Lehnt man dann nicht seine Eltern ab?«

Sie keucht. Ob der Todeskampf angefangen hat? Aber dann sagt man andere Sachen, man sagt nicht, der Sohn solle mehr Sport treiben. Er kann sich das nicht vorstellen, wenn sich der Tod nähert, denkt man nicht: Was will ich noch sagen? Dass mein Sohn öfter ins Fitnessstudio gehen sollte. Oder was heißt hier öfter? Dass er überhaupt mal ins Fitnessstudio gehen soll. Nein, das ist unlogisch und unpassend, so tritt niemand dem Tod entgegen.

Er hat den Tod gesehen, den Tod von Patienten, er erinnert sich an Abschiedsbriefe, oftmals pathetisch, aber der Tod macht jeden Menschen pathetisch, vor allem der selbst gewählte Tod, der Hilferuf, der zu sein der Freitod in vielen Fällen bezweckt. Sein halbes Leben hat er sich um die Notschreie anderer gekümmert, seine Existenz war genau genommen nichts anderes als die Verkörperung eines Notschreis, nur nicht seines eigenen. Was von ihm übrig bleiben wird, ist der Notschrei anderer Leute.

Vielleicht ist er darum allmählich gegen Notschreie in seiner direkten Umgebung immun geworden, von seiner Ex, Assistenzärztinnen, mit denen er eine Affäre hatte, seinen Eltern, gezwungenermaßen, wie ein Alkoholiker immun wird gegen Alkohol.

Kadoke geht die Treppe hinunter. Er erträgt es nicht mehr, er muss sich kurz, sei es nur für ein paar Minuten, der Situation entziehen. In der Küche trinkt er Leitungswasser, geht dann in den Garten und zündet sich eine Zigarette an. Der Garten hinten ist weniger gut gepflegt als der Vorgarten. Halb tote Bäume hängen über dem Rasen, der dadurch fast vollständig verschwunden ist. Ein paar wilde Rosen stehen noch da. Zwei Tannen, die Kadoke mitgebracht hat, als er ein Mal mit seiner Mutter in Süddeutschland im Urlaub war. Sie hatten die jungen Tannenbäume ausgegraben und in zwei Eimern nach Amsterdam mitgenommen. Mutter liebte Tannen.

Er tritt die Kippe in der Erde neben den wilden Rosen aus. Dann geht er zurück. Aus dem Psychiater ist jetzt ein Altenpfleger geworden.

Mutter sitzt noch immer mitten auf der Treppe, zusammengeduckt, ängstlich. Ein banges Mäuschen.

»Warum bist du plötzlich weggegangen?«, fragt die Ex. »Du kannst mich doch nicht einfach so mit deiner Mutter allein lassen?«

Verärgert von dem vorwurfsvollen Ton seiner Ex sagt er zu Mutter: »Ob du's nun willst oder nicht, wir hieven dich jetzt hoch. Du kannst nicht mitten auf der Treppe sitzen bleiben, das geht nicht. Wenn du weiterhin so rebellierst, musst du in ein Pflegeheim, dann können wir dich nicht hierbehalten.«

Die Ex sieht ihn wütend an. »Sag etwas, was ihr Mut macht«, flüstert sie. »Muntere sie auf.«

Sie weiß, was er weiß. Dass Mutter mehrmals gedroht hat, sich das Leben zu nehmen, wenn sie in ein Pflegeheim müsste.

Bevor Mutter hochgehievt werden kann, wird sie selbst aktiv. Sie dreht sich um und klettert auf Händen und Knien ohne allzu große sichtbare Mühe nach oben, als wäre sie ein junger Hund, der das Treppensteigen noch nicht richtig beherrscht.

Aber auch als sie oben ist, steht sie nicht auf, sie läuft weiter auf Händen und Knien.

»Mutter, du bist kein Hund«, sagt Kadoke. »Komm hoch. Es reicht jetzt.«

Mutter kriecht auf Händen und Knien Richtung Bett.

»Frau Kadoke«, sagt die Ex und kniet sich neben Mutter. »Finden Sie es angenehm, auf Händen und Knien durch Ihr eigenes Haus zu gehen?«

»Ja«, erwidert Mutter, »das finde ich sehr angenehm, damit hätte ich viel früher anfangen sollen.«

»Ihren Sohn macht das nervös. Er mag es nicht, wenn Sie so durch Ihr Haus gehen. Er möchte, dass Sie sich auf zwei Beinen durch die Zimmer bewegen. Verstehen Sie das?«

»Mein Sohn«, sagt Mutter, und Kadoke hört, wie höhnisch ihre Stimme klingt, »er ist so konventionell. Er ist langweilig. Ich kann mir nicht vorstellen, dass ich so einen Langeweiler zur Welt gebracht habe, denn selbst bin ich überhaupt nicht langweilig.«

Sie macht noch ein paar Schritte als Hund, und als sie am Schreibtisch angekommen ist, wo sie morgens immer frühstückt, sieht es aus, als würde Mutter ihr Beinchen heben, um dagegenzupinkeln. Aber vielleicht bildet Kadoke sich das auch nur ein.

»Steh auf«, ruft er, »es reicht jetzt. Wenn du dich so benimmst, kannst du selbst zusehen, wie du zurechtkommst.«

»Ich bin rebellisch«, sagt Mutter, während sie immer noch kriecht. »Nie konnte ich rebellisch sein. Jetzt kann ich es. Ich hab was nachzuholen.«

»Gegen mich brauchst du nicht zu rebellieren«, ruft Kadoke, »gegen mich nicht, nicht gegen deinen eigenen Sohn.« Und mit seiner ganzen Kraft zieht er Mutter hoch. Sie hängt in seinen Armen wie eine Tanzpartnerin, eine unwillige Tanzpartnerin, die dazu noch betrunken ist.

»Ich ziehe Sie jetzt aus«, sagt die Ex, als wäre nichts geschehen, »und dann helfe ich Ihnen beim Duschen und wenn Sie danach als Hund durchs Haus spazieren wollen, habe ich nichts dagegen. Es ist Ihr Haus, Sie dürfen hier rumlaufen, wie Sie wollen. Ich werde es mit Ihrem Sohn besprechen und bestimmt wird er sich an Ihre unkonventionelle Art der Fortbewegung gewöhnen, ihm bleibt nichts anderes übrig, Frau Kadoke. Einverstanden?«

»Einverstanden«, sagt Mutter.

Noch immer an ihren Sohn gelehnt, hebt sie die Arme, ihr lachsrosa Kleid wird ihr jetzt ausgezogen.

Konzentriert und nicht ohne Anstrengung zieht die Ex Mutter das Kleid aus und danach auch das Unterhemd, das sie darunter trägt.

Mutter hat fast keine Brüste.

Kadoke traut sich nicht, sie loszulassen, er hat Angst, sie könnte fallen. Sie wird nicht umsonst wie ein Hund durchs Haus gekrochen sein. Vermutlicherweise ist ihr schwindlig. Niedriger Blutdruck.

»Geht's?«, fragt er.

»Was meinst du?« antwortet Mutter. »Wie soll es wohl gehen?«

Die Ex zieht die Pants aus, die Mutter gegen leichte Inkontinenz trägt, und zum ersten Mal seit Langem sieht Kadoke das Geschlechtsteil seiner Mutter, den Pimmel, die Hoden. Der Pimmel eines alten Mannes, die Hoden eines alten Mannes. So nackt, nur mit Schuhen und Socken bekleidet, ist Mutter weniger Mutter und doch mehr Vater oder besser gesagt: ein hybrides Wesen irgendwo zwischen Vater und Mutter, ein Wesen, das nicht mehr von dieser Welt ist. Vielleicht nicht gerade der neue Mensch, sondern der alte, einer, den es eigentlich nicht hätte geben sollen. Prähistorisch. Kadoke fällt der Gebärmuttervorfall seiner verstorbenen Mutter ein. Der Unterschied zwischen einer Gebärmutter, die aus dem Körper hängt, und einem Pimmel ist eigentlich nicht so groß.

»Ich stell die Dusche schon mal an«, sagt die Ex. »Bringst du sie ins Bad?«

Im Schlafzimmer steht Kadoke mit seiner fast nackten Mutter im Arm.

»Sie ist schwanger«, sagt Mutter mit Flüsterstimme, »hast du das gesehen? Sie ist schwanger. Auch das noch. Wer mag der Vater sein?«

»Ein Mathematiklehrer. Ein frommer Jude. Das habe ich dir doch erzählt? Komm, wir gehen duschen.«

Er nimmt Mutter bei der Hand und langsam schlurfen sie Richtung Tür, Schritt für Schritt nähern sie sich dem Badezimmer.

»Bitte lauf nicht mehr als Hund durchs Haus«, sagt er leise. »Bitte tu das nicht mehr, das macht mich traurig.«

Mutter schweigt. Wenn ihr eine Bemerkung oder eine Frage nicht gefällt, geht sie einfach nicht darauf ein.

Auf der Schwelle zum Schlafzimmer bleibt sie stehen. Sie hält sich fest. Ohne es zu wollen, schaut Kadoke nach unten, und wieder sieht er den Pimmel seiner Mutter, der ihn an seinen eigenen Pimmel erinnert. Ist das seine Zukunft? Kann er damit leben, wenn das seine Zukunft ist? Aus ihm wird ein hybrides Wesen werden, er wird sich an Lust und Liebe erinnern oder vielleicht auch nicht, er wird von Erinnerungen und Angst zehren. Was ihn ans Leben binden wird, ist Angst vor dem Tod. Kann man von Angst zehren? Ist das der Motor?

Das graue Schamhaar um den Pimmel seiner Mutter macht ihn schwindlig. Vielleicht muss es geschnitten werden, rasiert.

Kadoke hat nie danach gefragt, er hat es nie fragen wollen, er hatte Angst vor der Antwort, Angst, die Depression käme zurück, wenn der magische Kreis der Transformation mit allzu vielen rationalen Fragen und Antworten durchbrochen würde, aber jetzt entwischt ihm die Frage, als wäre auch er betrunken, als hätte er jegliche Kontrolle verloren. »Warum bist du eigentlich Mutter geworden?«, fragt er. »Warum bist du nicht geblieben, wer du warst?«

Mutter greift nach ihm. Einen Moment denkt er, sie klammert sich an ihn, weil sie Angst hat zu fallen, dann aber wird ihm klar, dass sie ihn umarmt. Sie drückt ihn an sich, sie gibt ihm Liebe. Sie flüstert ihm ins Ohr: »Weil du mich brauchtest. Weil ich es wusste und immer gewusst habe. Niemand kann dich lieben, niemand, nur deine Mutter. Weil du es ohne mich nicht schaffen würdest.«

Kadoke will etwas sagen, er möchte sagen, das sei nicht nötig gewesen, er hätte es auch ohne sie geschafft, er würde es immer schaffen, sie war nicht unentbehrlich. Für ihn hätte sie das nicht zu tun brauchen. Aber Mutter klammert sich noch fester an ihn, wie ein Affe, als wollte sie in ihn hineinklettern. »Als du achtzehn oder neunzehn warst, wachte ich eines Nachts auf. Ich ging zur Toilette, an deinem Zimmer vorbei«, sagt sie. »Ich hörte dich herzzerreißend weinen. Minutenlang bin ich vor deinem Zimmer stehen geblieben und wusste nicht, was ich tun sollte. Ich habe gewartet, dass du aufhören würdest zu weinen, aber du hast nicht aufgehört. Du weigertest dich, aufzuhören, und ich stand an der anderen Seite der Tür. Da bin ich wieder ins Bett gegangen. Immer, wenn ich dich sehe, muss ich daran denken, und wenn ich dich reden höre, höre ich dich wieder weinen. Darum beschloss ich, deine Mutter zu werden, als sie nicht mehr da war. Weil ich wusste, dass niemand sonst dich lieben konnte, nur sie. Du kannst nicht von den Menschen erwarten, dich zu lieben, das ist zu viel verlangt. Nur von deiner Mutter darfst du das erwarten.«

Er hält seine Mutter fest, er muss an heute Morgen denken, als er ihre Beine rasierte. Lange her ist das nicht, und dennoch kommt es ihm wie ein anderes Leben vor, er war ein anderer Mann, als er ihre Beine rasierte. Er hätte den Mund halten sollen. Er hätte Mutter nicht fragen sollen, warum sie

Mutter wurde und warum sie nicht bleiben wollte, wer sie war.

Jetzt, da die Worte ausgesprochen worden sind, gehen sie nicht mehr weg. Man kann nicht versuchen, etwas zu vergessen, denn je mehr man es versucht, desto besser merkt man es sich. Er muss mit ihren Bekenntnissen leben.

»Du darfst mich nicht auf einen Abend vor fast fünfundzwanzig Jahren reduzieren«, sagt er trotzdem. »Es ist Menschen gelungen, mich zu lieben, und mir ist es gelungen, Menschen zu lieben. Du darfst mich nicht in diese Fantasie hineinziehen.«

Mutter schüttelt den Kopf. »Ich ziehe dich nirgends hinein«, sagt sie. »Ich kenne meinen Sohn. Besser als irgendjemand sonst. Ich kenne meinen Jungen.«

Schweigend gehen sie weiter zum Badezimmer. Dort steht die Ex schon bereit. »Du musst die Perücke vor dem Duschen absetzen, das ist besser«, flüstert er noch. Dann übernimmt die Ex Mutter von ihm und Kadoke geht nach hinten in den Garten auf eine schnelle Zigarette.

Wer ist Mutter, um zu bestimmen, dass niemand ihn lieben könnte? Wer ist sie, ihn zu der monogamsten Liebesbeziehung verführen zu wollen, die es auf der Welt je gegeben hat?

Sie mag alt und krank sein, trotzdem muss er ihr beweisen, dass sie im Unrecht ist. Haben die Assistenzärztinnen ihn nicht geliebt? Haben sie ihre Sehnsüchte nicht auf ihn projiziert? Vorübergehend vielleicht, manchmal nur einen Tag, aber Liebe ist nicht nur eine Frage der Dauer. Und seine Ex? Hat sie ihn nicht geliebt? Mutter fordert Opfer und bringt Opfer, die man nach menschlichem Ermessen niemandem zumuten dürfte.

Kadoke raucht eine zweite Zigarette, dann geht er wieder nach oben.

Mutter ist noch unter der Dusche. Die Ex steht daneben und wäscht Mutters Schädel. Es wurde Zeit.

»Wer ist da?«, ruft Mutter.

»Ich bin's«, sagt Kadoke.

»Mach die Tür zu«, ruft Mutter. »Es zieht. Willst du, dass ich krank werde?«

Er schließt die Tür. Ohne den Duschvorhang aufzuziehen, sagt der Sohn: »Nein, Mutter, ich will dich nicht krank machen, ich will dich nicht krank machen, ich will, dass du lebst. Ich will nichts anderes, als dass du lebst.«

11

Er sitzt am Schreibtisch und liest noch mal die Berichte, die er vergangene Woche über seine Face-to-Face-Kontakte geschrieben hat. Kadoke ist nicht unzufrieden damit, er hält es kurz und prägnant, anders als viele seiner Kollegen.

Mit Mutter hat er nicht mehr über ihre Bekenntnisse gesprochen, er wartet auf den richtigen Moment und ist zu der erwachsenen Einsicht gelangt, dass er ihr als 42-jähriger Mann nichts mehr zu beweisen braucht. Wenn sie meint, niemand könne ihn lieben, nur sie, dann sollte er ihr das gönnen. Vielleicht gibt es ihr Kraft, vermutlich ist diese Vorstellung die beste Medizin gegen das Gefühl, überflüssig zu sein, das sie in der Vergangenheit gequält hat. Er wird schon noch auf ihre Äußerung zurückkommen, aber erst später, im rechten Moment, nicht jetzt. Ohne Vorwürfe, ohne Wut, verständnisvoll, von ihren Bedürfnissen ausgehend, mit der empathischen Distanz, die er nicht nur gegenüber seinen Patienten, sondern gegenüber der ganzen Welt zu wahren versucht. »Ist es dir wichtig, dass du die Einzige bist, die mich lieben kann?«, wird er fragen, und noch während er diese Frage in Gedanken formuliert, wird ihm klar, wie unsinnig sie ist. Genau das denken alle, die zu lieben meinen: Mir ist es gelungen, nur ich bin hierzu fähig, niemand wird dich je mehr lieben, niemand kann das, niemand sieht dich so, wie ich dich sehe.

Beim Durchblättern der Berichte stößt er auf die Zusammenfassung seines Face-to-Face-Gesprächs mit Michette Dubois. Er liest den Bericht und ist zufrieden damit. Alles, was darin stehen sollte, steht darin, alles führt zu der traurigen, jedoch unvermeidlichen Schlussfolgerung: Diese Frau muss eingewiesen werden.

Obwohl es nicht nötig ist, jedenfalls nicht unbedingt, ruft er die Klinik an, die Platz für Michette Dubois hatte. Es dauert eine Weile, aber dann hat er ihren behandelnden Arzt an der Strippe. Er kennt ihn nicht, der Stimme nach ein noch junger Mann, der sagt: »Michette Dubois, natürlich weiß ich, wer das ist, ich habe sie heute Morgen entlassen.«

»Warum?«, fragt Kadoke.

»Weil sie nicht hier sein wollte. Weil ich stark den Eindruck hatte, sie wäre zu Hause besser aufgehoben als hier bei uns. Weil ich nichts für sie tun konnte. Sind Sie der Arzt, der sie per ZE an uns überwiesen hat?«

»Der bin ich«, sagt Kadoke.

Es bleibt still.

»Hallo«, sagt Kadoke. »Sind Sie noch da?«

»Ja«, sagt der behandelnde Arzt, »ich bin noch da. Ich möchte Ihre Fachkompetenz nicht in Zweifel ziehen, und natürlich war ich nicht bei dem Gespräch dabei, das Sie mit ihr geführt haben, aber ich habe das Gefühl, es war eine falsche Entscheidung.«

»Sie hat sich selbst verletzt«, sagt Kadoke. »Die ambulante Pflegekraft hat paranoide Wahnvorstellungen festgestellt. Ich kann jemanden mit so einer Vorgeschichte, der dermaßen autoaggressiv ist, nicht zu Hause lassen, das ist unverantwortlich. Ich lasse niemanden mit autoaggressivem und suizidalem Verhalten allein zu Hause.«

Wieder bleibt es still.

»Hallo.«

»Ich weiß nicht, ob diese Diskussion überhaupt geführt

werden sollte«, sagt der ehemalige behandelnde Arzt von Michette Dubois, »aber ich hatte den Eindruck, ihre Selbstschädigung ließe sich auf den Stress zurückführen, dass sie wieder in die Klinik musste. Ganz zu schweigen von der Frage, ob tatsächlich suizidales Verhalten vorlag. Entscheidend ist, dass ich nichts für sie tun konnte, ihr ging es ohne uns besser.«

Jetzt ist es Kadoke, der still bleibt. Er sucht in seiner Jackentasche nach Zigaretten, steckt sich eine in den Mund, nimmt sie dann wieder heraus.

»Wir sind nicht dazu da, unseren Patienten zu erzählen, wir könnten nichts für sie tun«, sagt er, »ich glaube nicht, dass es das ist, was sie von uns erwarten.«

Spricht er so? Ist das Kadoke? Sind dies seine Überzeugungen oder macht er lediglich seiner Ohnmacht Luft? Sind seine Überzeugungen lediglich Theorien, die er nicht in die Praxis umsetzen kann oder will? Immer hat er die Grenzen der Psychiatrie betont, die Ohnmacht der Behandler, und jetzt will er nichts davon wissen. Wann muss man jemanden aufgeben? Ist es das, was er nicht kann? Ist das seine Schwäche? Das Unvermögen, jemanden wirklich aufzugeben, das Unvermögen, diese Entscheidung zu treffen und dem Patienten in die Augen zu sehen, während man seine Entscheidung erläutert: »Ich gebe dich auf. Die Psychiatrie gibt dich auf, aber vielleicht gibt es anderswo Möglichkeiten für dich, vielleicht gibt es andere Leute, die etwas für dich tun können.«

»Manchmal können wir unseren Patienten nicht helfen«, sagt der Arzt. »Es ist zwar bedauerlich, aber die Wahrheit.«

»Sagen Sie das Ihren Patienten so?«

»Das sage ich schon mal. Leider, ja.«

»Und der Familie sagen Sie das auch?«

»Natürlich sage ich das auch der Familie.« Der Mann seufzt, laut und ungeniert. Wegen Kadokes Fragen oder der Erinnerungen an Gespräche mit den Angehörigen?

»Dann weiß ich Bescheid«, sagt Kadoke.

Er will das Gespräch beenden, aber der andere Psychiater kommt ihm zuvor. »Hören Sie«, sagt er, »nehmen Sie's nicht persönlich, vielleicht ist es einfach ein Generationsunterschied.«

»Ein Generationsunterschied? Ich weiß nicht, für wie alt Sie mich halten.«

»Ich will es nicht persönlicher machen, als es ohnehin schon ist«, sagt der Arzt. »Es geht nicht um Ihr Alter, ich habe die Patientin entlassen, weil ich stark den Eindruck hatte, ich würde zur Krise beitragen, statt sie zu lindern. Wollen wir die Unterhaltung hiermit beenden?«

»In Ordnung«, sagt Kadoke. »Beenden wir die Unterhaltung.«

Er legt auf, liest sich seinen Bericht noch mal durch, geht nach unten, zieht einen Espresso aus dem Automaten und raucht eine Zigarette auf dem Parkplatz.

Er sieht, wie Dekha ihr Fahrrad abschließt.

Sie begrüßt ihn mit den Worten: »Auch mal wieder draußen?«

»Wie du siehst.«

Er bietet ihr keine Zigarette an, sagt stattdessen: »Kannst du dich an Michette Dubois erinnern? Die Borderlinerin? Ich hab die Klinik angerufen, sie haben sie entlassen.«

Ein schwaches Lächeln erscheint auf Dekhas Gesicht. Sie schaut ihn nicht triumphierend an, eher verständnisvoll, aber dennoch spürt Kadoke, wie Dekha triumphiert, wie sie den Sieg davonträgt, über ihn, seine Erfahrung, sein Wissen. Sie hat Dinge gesehen, die er nicht gesehen hatte. »Es war keine ZE«, sagt sie. »Du hast dich mitreißen lassen, glaube ich.«

»Wovon?«

»Von Gefühlen.«

»Nein, die reißen mich nicht mit.«

»Dann weiß ich nicht, was dich mitgerissen hat.«

Sie will noch etwas sagen, verkneift es sich aber. »Ich geh rein«, sagt sie. »Es ist kalt.« Sie legt ihm kurz die Hand auf die Schulter. Vielleicht will sie ihn trösten, vielleicht sucht sie Nähe. Überall wird Nähe gesucht, beim Krisendienst und anderswo, und Kadokes Antwort lautet unerschütterlich: empathische Distanz. Bis zu jenem Sommerabend, als Rose mit einem Handtuch um die Hüften die Tür öffnete. Da war von Distanz nichts zu merken, und von Empathie wahrscheinlich auch wenig.

Er bleibt stehen, um noch eine Zigarette zu rauchen. Unruhe hatte sich seiner bemächtigt. Etwas hatte ihn mitgerissen. Emotionen können es nicht gewesen sein, die hat er unter Kontrolle. Besonders bei der Arbeit.

Er erledigt noch zwei Notfälle, routiniert, aber fachkundig wie immer. Zwischendurch führt er ein kurzes Gespräch mit einem Kollegen über psychotische Adoleszenten. Als er den Krisendienst um kurz nach fünf verlässt, ruft er vom Auto aus seine Mutter an und sagt ihr, er würde sich ein wenig verspäten, um sich gleich darauf zu erkundigen, ob sie das schlimm findet. »Überhaupt nicht«, antwortet sie. »Es läuft gut hier. Eigentlich brauche ich überhaupt niemanden.« Auch in ihrer Stimme hört er etwas Triumphierendes. Der junge Arzt, Dekha, seine Mutter, heute triumphieren alle über ihn. Er startet das Auto und fährt nach Amsterdam-West, das Radio ist eingeschaltet, er summt ein Lied mit, das er kaum kennt. Fröhlich ist er nicht, wohl aber auf eigenartige Weise ausgelassen, wie an jenem Tag, als er im Garten seiner Mutter stand und die trockenen Stellen sah. Der verdorrte Rasen. Ein wenig erbost und auf eigenartige Weise dennoch ausgelassen, weil er im Begriff war, sich zu verlieben.

Kadoke parkt und geht zu der Gracht, wo er einige Tage zuvor mit Dekha gewesen ist. Er muss suchen, findet die Wohnung nicht so leicht, wie er gedacht hatte. Es fängt an zu regnen, er hat keinen Schirm dabei, aber das stört ihn nicht, er spürt den Regen nicht, dazu ist er zu angespannt. Nach etwa fünf Minuten steht er vor ihrer Tür. Er klingelt. Sie macht auf, bekleidet mit Jeans und dunkelblauem Pullover. Sie ist barfuß.

»Ich bin Kadoke«, sagt er, »Psychiater beim Krisendienst.«

»Das weiß ich.«

»Vor ein paar Tagen war ich mit einer Kollegin hier.«

»Das weiß ich.«

»Kann ich kurz reinkommen?«

»Willst du mich wieder einweisen lassen? Sie haben mich gerade entlassen.«

»Ich will Sie nicht einweisen lassen. Und ich weiß, dass man Sie gerade entlassen hat.«

Sie schaut ihn prüfend an, als wäre dies eine Falle, als läge seine Daseinsberechtigung ausschließlich darin, Menschen gegen ihren Willen in eine Klinik zu sperren.

Dann sagt sie: »Komm rein.«

Sie geht ihm voran in das kleine Wohnzimmer.

»Kann ich meine Jacke irgendwo aufhängen?«, fragt er.

Sie nimmt seine nasse Regenjacke an, die genauso verschlissen ist wie seine Tasche, und geht damit in den Flur. Er bleibt stehen, routiniert und dennoch unsicher, denn das hier ist kein durchschnittlicher Notfall, das ist ein Fehltritt. Er weiß es, er zweifelt nicht mehr daran, er weiß wieder, was er tut, dieser Besuch ist ein Irrtum, aber er konnte nicht anders. Sofern er Mensch ist, sofern sein Menschsein eine Bedeutung hat, muss er seine Entscheidung erklären. Kadoke kann sich nicht länger hinter professioneller Distanz und Statistiken verschanzen, hinter Betrachtungen über Tarotkarten und Psychiatrie. Sein ganzes Leben lang hat er den fatalen Fehler gefürchtet, jetzt muss er alle Angst hinter sich lassen, den Fehltritt endlich begehen.

Dieses Mal setzt sie sich an einen Tisch, ganz hinten, im dunkelsten Teil der Wohnung. Der Tisch ist leer. Sie sagt: »Ich trinke Whisky, kann ich dir was anbieten?«

»Nein«, sagt er. »Nichts, danke.«

Die abgeknickten Pflanzen stehen noch immer da. Während er sie betrachtet, erinnert er sich an die Worte der Patientin. Ein Mann, ein Freund, ein Geliebter, der in blinder Wut Pflanzen abknickt, weil er verlassen wird, weil es für ihn keinen Platz mehr gibt, nicht in dieser Wohnung. Man braucht sich nicht auf den Tod vorzubereiten, darauf kann man sich nicht vorbereiten, man muss sich vorbereiten, verlassen zu werden, darauf läuft das Leben letztendlich hinaus. Auf mehr nicht. Man wird verlassen, tu nicht, als hättest du das nicht gewusst. Tu nicht, als seist du sehend blind gewesen. Verlassen und Verlassen werden sind die Daseinsberechtigung der Intimität.

Sie trinkt ihren Whisky aus einem Wasserglas, Eiswürfel schwimmen darin. Auf ihrem Unterarm klebt ein frisches Pflaster. Die Neigung zu fragen, ob sie sich wieder selbst verletzt hat, unterdrückt Kadoke.

Er, der den Fehltritt begangen hat, muss seine routinierten Fragen unterlassen, er muss sich auf seinen eigenen Fehltritt konzentrieren.

»Ich bin hier«, sagt er, »um meine Entscheidung zu erläutern, meine Entscheidung von letzter Woche. Haben Sie ein Bedürfnis danach?«

»Ein Bedürfnis? Meinst du das ernst? Erst lässt du mich von der Polizei und zwei stinkenden Rettungssanitätern in eine Klinik verschleppen und ein paar Tage später stehst du hier und fragst, ob ich ein Bedürfnis nach einer Erläuterung habe?«

»Ich würde Ihnen gern meine Beweggründe für die Einweisung darlegen, für die Einweisung gegen Ihren Willen.«

»Ich heiße Michette. Wollen wir damit anfangen? Dieses

Gesieze geht mir auf die Nerven. Sogar in der Klinik geht es nicht so steif zu.«

»Kein Problem. Meine Entscheidung, dich einweisen zu lassen, da waren wir stehen geblieben. Eine Zwangseinweisung anzuordnen, und auch die Polizei einzuschalten, weil ich befürchtete, du könntest eine Gefahr für dich und deine Umgebung werden. Professionell gesehen dürfte ich nicht hier sein, aber ich glaube, du hast Anspruch auf eine Erklärung, jedenfalls, wenn dir damit gedient ist.«

Er steht. Sie sitzt. Er stellt seine Tasche ab.

Michette nickt wohlwollend. Das kann alles Mögliche bedeuten: dass ihr mit einer Erklärung gedient ist oder auch nicht. Dass sie ihn duldet, wie sie zuvor andere Behandler und Therapeuten geduldet hat. Ist er nicht bloß der zigste Behandler, der ihr ein Ohr abquatscht? Der Zwanzigste in Folge? Die besten Absichten lassen sich kaum von dem hinter Vorschriften verstecktem Zynismus unterscheiden.

Er räuspert sich, gern würde er rauchen. Bestimmt dürfte man hier auch rauchen, aber er beherrscht sich. Er will nicht länger der Kolonialherr sein, der sich nimmt, was er braucht, er will geben, was der andere braucht. Aber ihm ist klar, wie problematisch diese Position ist. Ist dieser jungen Frau mit einer Erklärung gedient? Wird hier auf Umwegen nicht abermals sein Bedürfnis befriedigt? Wie auch immer, es gibt keinen Weg zurück, er ist hergekommen, um sich zu erklären, und er wird sich erklären. Er wird sie ernst nehmen, das heißt: endlich das Leben ernst nehmen.

»Im Nachhinein habe ich den Eindruck«, sagt er, »dass ich eine falsche Entscheidung getroffen habe. Ich hätte dich nicht gegen deinen Willen einweisen lassen sollen. Das habe ich in diesem Moment aber nicht erkannt. Darum bin ich zurückgekommen, um dir das zu sagen. Das war's eigentlich.«

Sie steht auf, schenkt sich ihr Glas wieder halb voll. Alkoholproblematik, davon hat keiner gesprochen, weder sie noch der Überweiser. Er hatte nichts gesehen oder gerochen, was in diese Richtung wies, aber er ist nicht hier, um Patientenprobleme aufzulisten, er ist nur hier, um sich zu entschuldigen. Mehr braucht er nicht zu tun, und mehr wird er auch nicht tun. Danach wird er verschwinden, um die Folgen seines Fehltritts auf ein Minimum zu reduzieren.

Er räuspert sich zum zweiten Mal und setzt sich doch kurz ihr gegenüber an den Tisch, während sie Whisky trinkt, als wäre es Wasser. »Ich möchte mich entschuldigen. Ich habe eine falsche Entscheidung getroffen, obwohl ich davon überzeugt bin, dass es auch eine falsche Entscheidung gewesen wäre, dich hier zurückzulassen. Von zwei falschen Entscheidungen habe ich die falschere getroffen, und dafür möchte ich mich entschuldigen.«

So, er ist fertig, er bedauert, dass er hergekommen ist, und eigentlich bedauert er auch den Ausdruck seines Bedauerns, aber er hat den Schaden begrenzt. Jetzt kann er gehen und Michette vergessen.

»Warum?«, fragt sie mit klaren, vielleicht sogar ein wenig lachenden Augen. »Warum hast du die falschere Entscheidung getroffen?«

Kadoke will aufstehen, aber offensichtlich schuldet er ihr mehr als lediglich eine Pro-forma-Entschuldigung.

»Darüber habe ich heute auch nachgedacht«, sagt er. »Verschiedene Antworten sind möglich. Ich habe mehrere Theorien.«

Sie steckt sich einen Eiswürfel in den Mund und kaut darauf herum. »Welche Theorie ist die wahrscheinlichste?«

Kadoke legt die Hände auf den Tisch. Wie viel von sich muss er preisgeben? Was kann er verantworten? Er betrachtet seine Hände und denkt an seine Mutter, die ihn kalter Hände bezichtigte.

»Ich hatte Angst, du würdest sterben«, sagt er. »Ich konnte deinen Tod nicht auch noch auf mich nehmen. Meine Angst war unbegründet und auch nicht professionell. Wir Behandler sollen den Tod unserer Patienten nicht befürchten, wir sollen diesen Tod verhindern, sofern möglich jedenfalls.«

Sie nickt, steht auf, geht zu einer der Pflanzen und nimmt etwas aus der Erde, legt es vor Kadoke auf den Tisch.

»Schön, was?«, fragt sie, während sie neben ihm stehen bleibt.

Vor ihm liegt ein toter Käfer. Er weiß nicht, was für einer es ist, in der Welt der Käfer kennt er sich nicht aus. Hält sie ihn zum Narren? Macht sie ihn lächerlich? Seine Angst, seine Entschuldigung, seinen Fehltritt? Er schaut schräg zu ihr hoch, direkt in ihr Gesicht. Nein, sie findet den Käfer wirklich schön.

»Du darfst ihn haben«, sagt sie.

Sie setzt sich wieder hin, trinkt den letzten Rest Whisky.

»Ich sammle keine toten Käfer«, bemerkt Kadoke.

»Das ist kein toter Käfer, das ist ein schönes Objekt.«

Sie kramt in einem Schrank und kommt mit einem Umschlag zurück, in den sie den toten Käfer steckt.

»Ich muss gehen«, sagt Kadoke, »ich werde erwartet. Dies hier war natürlich kein echtes Behandlungsgespräch, aber ich erkläre das Behandlungsgespräch hiermit für beendet. Zweifelsohne hast du Kontakt mit deinem zuständigen Arzt, um einen Plan zu erstellen. Ich hoffe, es findet sich eine Lösung.«

Er steht auf.

»Nimm den Käfer mit«, sagt sie.

»Ich nehme keine Geschenke von Patienten an.«

Sie trägt die Haare in einem Zopf, einem sorgfältig geflochtenen Zopf.

»Das ist kein Geschenk«, sagt sie, »das ist ein toter Käfer.

Das hast du selbst gesagt. Wie kann so etwas ein Geschenk sein?«

Er starrt auf den Umschlag auf dem Tisch, das Wasserglas, in dem sich Whisky befand. Dann schaut er zu der Patientin, er sieht die Narben auf ihrem Arm, kleine und größere, die Farbe ihrer Zähne, ihre Augen, etwas, das bestimmt Lidschatten ist.

Abwesend nimmt er den Umschlag an sich, faltet ihn zusammen und schiebt ihn in die Hosentasche.

»Du bist bestimmt froh, wieder zu Hause zu sein?«

Sie nickt. »In der Klinik werde ich verrückt. Die Leute dort sagen mir nichts. Ich kann nicht mit ihnen reden. Und was kann man da schon machen? Ein wenig Tischtennis spielen.«

Er steckt die Hand in die Hosentasche, tastet nach seinen Autoschlüsseln. Er muss weg, Kadoke ist hier lange genug gewesen. »Hängt meine Jacke im Flur?«, fragt er. »Tischtennis spielen kann sehr angenehm sein, das ist eine Konzentrationsübung.«

Sie geht in den Flur, nimmt seine Regenjacke, die immer noch nass ist, und reicht sie ihm, als wäre er ein Schuljunge.

»Und dafür bist du hergekommen?«, fragt sie. »War das wirklich alles? Hast du dir dafür die ganze Mühe gemacht? Um mir zu erzählen, dass Tischtennis spielen in einer Klinik ganz okay ist? Meinst du, das wüsste ich nicht? Dass ich es nicht versucht hätte? Dass ich nicht tagelang, wochenlang, monatelang Tischtennis gespielt hätte? Bis es mich verrückt gemacht hat. Ihr habt mich monatelang mit kranken Leuten Tischtennis spielen lassen und das nennt ihr Therapie.«

Er steht auf, zieht seine Jacke an, schüttelt sich, als er spürt, wie feucht sie auch von innen noch immer ist. Kadoke greift nach seiner Tasche.

»Mehr habe ich dir nicht zu bieten«, sagt er. »Das war alles. Professionell gesehen war es eigentlich schon zu viel.«

Sie riecht nach Whisky, so wie er vermutlich nach Rauch riecht. »Und wie soll es mit mir jetzt weitergehen?«, fragt sie.

Wieder starrt er auf die Pflanzen. Warum lässt sie die hier stehen? Wirf sie in den Müll. Vergiss den Ex. Such dir ein besseres Liebesobjekt.

»Zweifelsohne wird ein neuer Therapieplan erstellt, aber dafür bin ich nicht zuständig.«

»Ich will keinen neuen Therapieplan, ich will wissen, wie es mit mir weitergeht. Was soll ich mit einem Therapieplan? Weißt du, wie viele Therapiepläne ich schon gehabt habe?«

Nein, er hätte nicht kommen sollen. Kaum etwas ist ihm verhasster als solche Diskussionen, vor allem mit Patienten.

»Wie es mit dir weitergeht«, sagt er leise und ohne allzu viel Betonung, als wäre er eine Maschine, die einen Text vorliest, »ist etwas, das du auch selbst in der Hand hast. Niemand kann dein Leben für dich führen, das musst du selbst tun.«

Sie schüttelt den Kopf. »Ich möchte gern, dass andere es tun, ich möchte gern, dass andere mein Leben für mich führen, ich will es nicht selbst tun, ich kann es nicht selbst. Das weiß ich. Das weiß ich schon sehr lange. Seit Jahren schon sage ich das, aber keiner glaubt mir. Ich kann es nicht. Ich schaffe es nicht.«

Sie spricht nachdrücklich, anders als eben, nahezu aggressiv.

Kadoke reibt sich den Kopf und spürt eine kleine Schwellung. Ein Mückenstich? Oder hat er sich gestoßen?

»Das verstehe ich«, sagt er, »aber das solltest du nicht mit mir besprechen. Ich bin nicht dein behandelnder Arzt, ich bin ein Passant vom Krisendienst.«

Er muss nun wirklich zusehen, dass er hier wegkommt, er muss klarmachen, dass das Gespräch beendet ist, darum geht er ein paar Schritte Richtung Flur. Sie folgt ihm nicht. Vielleicht sollte er aussprechen, was er niemals hat sagen wollen, nur zu Kollegen, vielleicht bringt die Wahrheit letztendlich Heilung. »Ich kann nichts für dich tun«, sagt er. »Ich gehe jetzt. Es tut mir leid.«

Er macht noch einen Schritt. Er steht nun im Flur und sie noch immer im Wohnzimmer. Warum zögert er? Er hat gesagt, was er sagen wollte, sein Bedauern zum Ausdruck gebracht und ein Urteil gefällt, so lässt sich dieser Besuch zusammenfassen.

»Darf ich dich anrufen?«, fragt sie.

Er stellt seine Tasche ab, knöpft sich die Jacke zu.

»Warum solltest du jemanden anrufen, der nichts für dich tun kann?«

»Du kannst mich einweisen lassen. Das hast du schon mal gemacht. Warum also solltest du das nicht noch ein Mal machen? Du kannst das. Niemand kann das besser als du.«

»Das kann ich«, flüstert er, »aber wenn du eingewiesen werden möchtest, brauchst du mich und meine Rosskur nicht, du kannst einfach selbst in die Klinik gehen. Du kennst das Prozedere.«

Er hat das Gefühl, dass sie die professionelle Seite seiner Existenz durchschaut, dass sie weiß, was er tun kann und darf. Leute einweisen lassen. Gibt es über ihn viel mehr zu berichten als das? Was ist Kadoke außer seiner Arbeit? Seine Mutter.

»Hat es dir Spaß gemacht, mich einweisen zu lassen?«, fragt sie. »Hat dich deine Macht erregt? Die Polizei anrufen. War das ein Kick? Dich so über mich stellen zu können? Brauchst du das, um dich normal und gesund zu fühlen? Andere einweisen lassen?«

Er sehnt sich nach einer Zigarette. Er räuspert sich und erklärt mit heiserer Stimme: »Es hat nicht geholfen. Das ist alles, was ich darüber sagen kann. Es war ein Irrtum, und deshalb bin ich ja hergekommen, um dir das zu sagen. Vielleicht war auch das ein Irrtum. Dann habe ich zwei Irrtümer begangen, die einander leider nicht aufheben.«

Der Psychiater nimmt seinen Autoschlüssel, er hält ihn in der Hand wie Mutter ihren Stock, halb als Waffe, halb als unentbehrliche Stütze.

»Wenn ich merke, dass es nicht anders geht, wenn ich meine, nur eine Einweisung kann meinen Tod noch verhindern«, sagt Michette und sie klingt munter, sie scheint sich darauf zu freuen, auf die Einweisung, den Tod, »wenn ich sicher bin, dass ich sterben will, so sicher, dass es eigentlich keinen Zweifel mehr gibt, wenn ich wirklich nicht mehr weiterweiß, darf ich dich dann anrufen? Du gehst schon ran, oder?«

Er kratzt an der Beule auf seinem Kopf. Sie scheint sich auf die nächste Krise zu freuen, sie kann es kaum erwarten. Vielleicht bedeutet das für sie Leben. Die Krise, der Schmerz, die Intensität des Schmerzes, die das Alltagsleben so schnöde entbehrt.

»Wenn es so weit ist, rufst du deinen Arzt an. Du weißt genau, was du in dieser Situation tun musst. Du hast mir nicht umsonst erzählt, wie viele Therapiepläne du schon hinter dir hast. Ich gehe jetzt.«

»Ich möchte dich anrufen. Ich will, dass du es bist, der mich einweist. Ich will, dass du mich in die Klinik schickst. Das bist du mir schuldig.«

Sie geht zu ihm, stellt sich dicht vor ihn, als wolle sie ihn schlagen, als wolle sie wieder auf ihn losgehen, wie an dem Tag, als er mit Dekha in dieser Wohnung war. Professionell, empathisch und flüchtig, ganz genau, wie es sich gehört. Die Flüchtigkeit ist Teil seiner Identität, über die Menschen hinwegstreichen, alles sehen, aber nie lange bleiben, immer wieder weggehen, weil der nächste Notfall ruft.

Michette greift nach dem Kragen seiner nassen Jacke, sie reibt darüber, als wolle sie einen Flecken entfernen. »Du musst mich einweisen«, sagt sie mit der Überzeugungskraft einer Person, die weiß, dass man ihre Bitte erfüllen wird. »Du kannst es. Du willst es.«

Kadoke ist ihr nichts schuldig. Der Psychiater weiß, dass sie eine Patientin ist, eine von vielen, die Erfahrung hat ihn gelehrt, wie gut manche Patienten manipulieren können, obwohl es auch genügend Nicht-Patienten gibt, die das hervorragend können, aber dennoch zieht er einen Stift aus seinem Mantel. Wie viele Fehltritte kann ein Mensch an einem Tag begehen? Warum ist dieser Fehltritt so verlockend? So viel begehrenswerter als die Verfahrensvorschriften, der gebahnte Weg.

Den Stift in der einen und die Autoschlüssel in der anderen Hand, fragt er sich, ob er sich auf die Bürokratie der Gesundheitspflege verlassen soll. Die Vorschriften. Ist er dafür nicht zu intelligent? Der Versuch zu heilen bedeutet improvisieren. Er wird improvisieren.

Die Improvisation ist die Wahrheit der Psychiatrie, wenn er überhaupt noch an irgendwas glaubt, dann ist es die Improvisation.

»Gib mir einen Zettel«, sagt er.

Sie zieht eine Visitenkarte aus der Hosentasche, auf die Rückseite schreibt er seine Telefonnummer. Er hat das Gefühl, sein Todesurteil zu unterschreiben, aber er unterschreibt es mit so viel Erleichterung, mit der Bravour eines Draufgängers, mit dem Stolz seiner Mutter. Erst, als er die Visitenkarte aus Neugier umdreht, bemerkt er, dass es ihre ist.

»Du hast Visitenkarten?«, fragt er.

Sie muss die Verwunderung in seiner Stimme gehört haben, denn sie antwortet: »Ja, hab ich. Ich hab auch Arbeit. Ich bin eine Patientin mit Arbeit. Ich bin mehr als das hier.« Sie zeigt ihm ihre vernarbten Arme. »Ich bin mehr als meine Krankheit. Ist das so merkwürdig? Ungewöhnlich? Dürfen

Patienten nur noch ihre Krankheit sein? Und was bist du dann? Der Nicht-Kranke, der Geneser, der Menschen heilt, die sich gar keine Heilung wünschen?«

»Nein«, sagt er, »das ist überhaupt nicht merkwürdig oder ungewöhnlich. Die meisten Patienten bleiben unsichtbar und vielleicht ist das auch unsere Aufgabe. Dafür zu sorgen, dass der Patient unsichtbar bleibt, für sich selbst und für andere. Ruf mich nur im Notfall an.«

Und während er diesen Satz ausspricht, wird ihm klar, dass das Leben dieser jungen Frau nichts anderes ist als eine Aneinanderreihung von Notfällen. Jede Begegnung ein Notfall, jeder Tag eine Krise.

»Wie heißt du eigentlich? Du hast mir deinen Namen gesagt, aber ich hab ihn vergessen.«

»Kadoke, Psychiater Kadoke.«

»Kein Vorname? Oder ist das ein Vorname, Kadoke?«

»Kadoke reicht.«

Er gibt ihr die Hand, sie schüttelt sie. Er erwartet, dass sie noch etwas sagt, einen Versuch unternimmt, das Gespräch in die Länge zu ziehen, aber sie lässt ihn gehen.

So verlässt er ihre Wohnung, im Wissen, dass er einen Fehltritt begangen hat, gleichzeitig aber hält er die Möglichkeit offen, dass es kein echter ist, dass er improvisiert hat, und zwar mit dem alleinigen Ziel zu stabilisieren.

Es regnet noch immer. Er geht die Gracht entlang wie ein Mann, der aus einer illegalen Spielhölle kommt, erleichtert, dass er alles, was er bei sich hatte, verloren hat.

12

Im Haus seiner Mutter, das jetzt auch sein Haus ist – er ist auf unbestimmte Zeit zurückgekehrt und das heißt, vielleicht für immer –, wärmt er Knackwürstchen auf.

Seine Mutter sitzt an ihrem Stammplatz. Sie ruft: »Du hast gesagt, du würdest ein bisschen später kommen, das ist nicht ein bisschen später, das ist viel später! Man kann sich nicht auf dich verlassen.«

Er geht von der Küche ins Wohnzimmer, in der Hand einen Topflappen, den seine Mutter mal selbst gestrickt hat.

»Tut mir leid«, sagt er. »Ich war bei einer Patientin.«

»Für deine Patienten hast du mehr übrig als für deine eigene Mutter.«

Etwas später serviert er ihr Knackwürstchen. Für Kartoffeln hatte er keine Zeit, aber es sind Chips da, und die streut er noch über ihre beiden Teller. Seine Mutter mustert das Essen missbilligend, aber seine Unzuverlässigkeit scheint sie schon wieder vergessen zu haben. »Zum Glück habe ich nie mehr Hunger«, sagt sie. Dann überkommt sie ein Gefühl, er sieht es ihrem Gesicht an, sie fasst ihn am Arm und erklärt mit lauter Stimme: »Du solltest auch nicht kochen. Erstens kannst du es nicht, zweitens bist du zu intelligent dafür. Du solltest dich mit anderen Dingen beschäftigen. Wichtigeren Dingen.«

»Womit denn?«, fragt er, während er auf seinem Knackwürstchen kaut.

Kadoke nimmt den Geschmack der Wurst nicht mehr wahr. Es wird Zeit für einen anderen Speiseplan, aber wie kann er seine Mutter zu anderer, besserer Nahrung verführen? Vielleicht sollte mal eine Ernährungsberaterin nach ihr sehen.

Mutter zuckt mit den Schultern. Das Gefühl, das sie soeben beherrscht hat, ist vorbei.

»Mir fällt gerade nichts ein. Mit deiner Arbeit, glaube ich. Du bist ein erwachsener Mann, du kannst dir selbst was suchen, womit du dich beschäftigst. Als Kind hast du dich nur mit mir beschäftigt. Du hast mich nicht aus den Augen gelassen. Andere Kinder haben gespielt. Du hast neben mir gesessen und mich beobachtet.«

»Ja, ich hab neben dir gesessen und dich im Auge behalten«, sagt er. »Weil ich Angst hatte, du würdest weglaufen. Ich hab auf dich aufgepasst.«

Sie nickt, aber er sieht, dass sie schon wieder an etwas anderes denkt.

Mutter nimmt ihren Kalender und fängt an, wild darin zu blättern. Sie schreit auf. »Jetzt hab ich es völlig vergessen! Und du hast auch nicht daran gedacht. Heute ist Rosch Haschana.«

Jüdisches Neujahr, er hat wirklich nicht daran gedacht, soll er auch noch daran denken? Zwischen all den Notfällen? Aber alles, was jüdisch ist, ist natürlich auch ein Notfall, vor allem Rosch Haschana.

»Sag mir nur, was ich tun soll!«

»Hol die Kerzenleuchter. Noch ist es nicht zu spät.«

Kadoke geht nach oben und holt die Silberleuchter, die noch den Eltern seiner Mutter gehört haben, Leuchter, die auf geheimnisvolle Weise den Krieg überlebt haben und die sie aus Gründen, die er nie richtig nachvollziehen konnte, in ihrem Schrank unter dem Bettzeug versteckt. Als würden Diebe sie dort nicht suchen.

In der Küche findet er Kerzen.

Er lässt Mutter die Kerzen in den Leuchter stecken. Sie zündet sie an und spricht im Stehen den Segensspruch, während die Hälfte ihrer Knackwurst auf ihrem Teller kalt wird. Kadoke geht zurück in die Küche, auf der Suche nach einem Apfel und Honig, denn Apfel und Honig isst man zum Jüdischen Neujahr. Vieles hat er vergessen, das nicht. Honig findet er in einem Schrank neben den Bouillonwürfeln, Äpfel im Schrank auf der Terrasse.

Die Anweisungen für die Mädchen auf einem der Küchenschränke hat er vor ein paar Tagen abgerissen. Er selbst braucht keine Anweisungen, und die Hoffnung auf neue Mädchen, für die sie sinnvoll sein könnten, ist verschwunden. Aber man sieht noch immer, wo das Papier mit Tipps, Ratschlägen und als Vorschläge verkappten Befehlen hing. Für einen Moment starrt er auf die verfärbte Stelle auf dem Schrank, dann reißt er sich zusammen. Gemeinsam mit Mutter muss er einige Rituale vollbringen. Das will sie, das ist wichtig für sie. Ob es wichtig für ihn ist, bezweifelt er. Er ist ein Mann, der nicht mehr weiß, was wichtig für ihn ist, und das vermutlich auch nicht wissen will.

Erleichtert, dass er alles hat finden können, was er für die Rituale braucht, geht er mit Apfel, Messer, Teller und Honig ins Wohnzimmer. Er zerteilt den Apfel sorgfältig, taucht ein Viertel in den Honig und reicht es Mutter. Sie mustert den Apfelschnitz gründlich.

»Beim nächsten Mal schälst du ihn«, sagt sie und fängt an zu kauen.

»Auf ein süßes Jahr«, flüstert Kadoke ihr ins Ohr. »Möge dein Name im Buch des Lebens eingeschrieben sein.«

»Deiner auch«, antwortet Mutter. »Vor allem deiner. Ich bin alt. Für mich ist es nicht mehr so wichtig. Obwohl ich nicht so recht an das Paradies glaube. Ehrlich gesagt fürchte ich mich ein wenig davor.«

Sie essen noch ein Stück Apfel und noch eins, so essen sie den ganzen Apfel. Die Rituale sind fast vollbracht, Mutter wird gleich ruhig schlafen können. Sie hat nur die Hälfte ihrer Mahlzeit gegessen, aber morgen kommt der Pflegedienst und wird sie auch wiegen. Wenn sie wirklich abgenommen hat, wird er ihr Zusatznahrung geben. Er wird sie mästen wie eine Gans. Kadoke greift nach dem Pflegebericht, der immer auf dem Tisch liegt, und blättert darin. Letzte Woche wog sie 54,5 Kilo, die Woche davor 55. Sie war auch schon mal bei 56, der Höhepunkt der vergangenen Jahre war 57. Das waren sorglose Wochen.

Während er das Gewicht seiner Mutter durchgeht, als hätten die Zahlen eine mystische Bedeutung, sagt er halb in Gedanken, eher als Beschwörung: »Ich hoffe, du wirst 120.«

»Ich hoffe, ich schaffe das nächste Jahr«, sagt Mutter, »ich gebe mir Mühe. Weil ich weiß, dass du mich brauchst, aber ich habe meine Zweifel. Ich weiß, du willst es nicht hören, aber es geht abwärts mit mir.«

»Man geht sein ganzes Leben abwärts, das gehört zum Leben dazu.«

»Oh nein«, sagt Mutter, »mit mir ist es sehr lange aufwärtsgegangen. Dann kam der Rückschritt. Das fing mit deiner Geburt an. Dennoch habe ich dich immer sehr geliebt, trotz allem. Ich habe auf dich gewartet, musst du wissen. Ich habe jahrelang auf dich gewartet.«

»Es ist ein Glück, dass wir uns getroffen haben«, sagt Kadoke. »Stell dir vor, wir hätten uns verpasst.«

Er umarmt seine Mutter, drückt sie an sich. Auch ein Ritual. Sein Ritual. Dann räumt er den Tisch ab.

Es ist schon fast dunkel, aber er geht noch schnell in den Vorgarten, wo er raucht und mit einer Heckenschere ein Stück Hecke stutzt. Das ist zwar nicht der beste Moment dafür, aber wann sonst soll es gemacht werden? Früher kümmerten sich die Mädchen darum. Jetzt muss jemand anderes den Garten pflegen. Der Sohn, er muss das machen.

Dann sieht er Mutter in der Haustür stehen, mit Stock.

»Komm rein«, ruft sie. »An Rosch Haschana schneidet man nicht die Hecke. Das macht man nicht.«

Er geht ins Haus, die Kerzen brennen noch. Sie setzen sich wieder an den Tisch. In seiner Jackentasche findet er den Umschlag, legt ihn vor sich und schüttelt den Käfer heraus.

»Was ist das?«, fragt Mutter.

»Ein Käfer.«

»Tot?«

»Tot«, sagt Kadoke. »Mausetot.«

Kadoke schaut zu den Kerzen, Mutter zu dem Käfer.

»Igitt«, sagt sie.

Sie schiebt den Käfer auf den Umschlag, öffnet die Gartentür und wirft das Insekt ins Freie. Dann setzt sie sich wieder.

»Ich will keine toten Käfer im Haus«, erklärt sie. »Woher hast du den eigentlich?«

»Geschenk von einer Patientin.«

Mutter schüttelt den Kopf. »Sind die nicht ganz bei Trost, deine Patienten? Du tust alles für sie, und dann speisen sie dich mit einem toten Käfer ab. Alle tanzen dir auf der Nase herum, wirklich alle.« Sie sehen sich nun beide die Kerzen an, sie schweigen. Mutter blättert wieder in ihrem Kalender. Eine Beschwörung. Oder sucht sie wirklich etwas? Einen Namen, den sie vergessen hat? Eine Telefonnummer?

»Meine Patienten sind nicht ganz bei Trost«, sagt Kadoke. »Darum sind sie ja Patienten. Ich glaube, der Käfer bedeutete ihr viel, aber ich weiß nicht, was.«

»So ein Humbug«, sagt Mutter, »diese Patienten wissen ganz genau, was sie dir schenken. Sie speisen dich mit wertlosem Kram ab. Und ich sage es zum letzten Mal: Ich will keine toten Käfer im Haus.«

13

Am ersten Tag des jüdischen Neujahrs hat Kadoke Nachtdienst. Morgens wäscht er den Oberkörper seiner Mutter mit einem Waschlappen. Mehr Körperpflege brauche sie nicht, sagt sie. Dann isst er am Schreibtisch neben ihrem Bett gemeinsam mit ihr einen Apfel und eine Apfelsine und gibt ihr ihre Medikamente. Sie sitzen an einem Schreibtisch, an dem nie jemand geschrieben oder gearbeitet hat. Der Schreibtisch ist weiß und sachlich. Eine Anschaffung von Kadokes Vater, der Sachlichkeit mochte, auch im Schlafzimmer. Aber er hat nie an diesem Schreibtisch gesessen, der auf ihn wartete und wartete, jedoch unbenutzt blieb. Erst als Mutter krank wurde, haben sie ihn in Gebrauch genommen. Als Frühstückstisch zwar, aber immerhin.

Sie reden nicht. Morgens ist Mutter nicht so gesprächig, die Schlaftabletten wirken dann noch nach. Ab und zu drückt Kadoke den Kopf gegen Mutters Oberarm, um Kontakt mit ihr zu bekommen, aber auch, um sie zu ermutigen, weiterzuessen, nicht wieder einzuschlafen. Nachts liegt sie wach im Bett, tagsüber schläft sie, das geht nicht. Sie kann nicht den Tag zur Nacht machen und umgekehrt.

Er nimmt einen Apfelsinenschnitz und schiebt ihn ihr vorsichtig in den Mund.

Mutter schläft genau wir ihr Sohn auf einem Klappbett. Alle in der Familie Kadoke schlafen auf Klappbetten, um

Platz zu sparen; ein Relikt aus der Zeit, da sie noch auf engem Raum wohnten. Der Unterschied zu früher ist, dass die Klappbetten nicht mehr zusammengeklappt werden müssen.

Als sie fertig gefrühstückt hat, sagt sie: »Ich hoffe, der Rabbiner hat mich nicht vergessen und kommt gleich, um den Schofar zu blasen, aber dieses Ekelpaket denkt bestimmt wieder nicht an mich.«

Der Rabbiner kann ihr gestohlen bleiben, aber Mutter will an diesem Tag gern das Widderhorn hören, und das darf man ihr nicht verwehren. Es ist zu spät, den Rabbiner anzurufen, der geht am jüdischen Neujahr nicht ans Telefon, aber vielleicht hat er ja selbst daran gedacht, Zeit für Mutter einzuplanen, die er konsequent weiterhin Vater nennt. Vielleicht kann er sich an diesem wichtigen Tag über seine Einwände gegen ihre Transformation hinwegsetzen?

Der Rabbiner könnte am Spätvormittag kommen, der Gottesdienst in der Synagoge ist dann vorbei. Mutter und Sohn sitzen unten am Esstisch und warten auf ihn. Sie lesen, starren vor sich hin, nicken ein, schlafen, tätscheln sich die Arme, aber der Rabbiner kommt nicht.

Stattdessen steht die Frau von der Nachbarschaftsfürsorge vor der Tür. Kadoke hatte ihren Besuch vergessen, die Termine der Nachbarschaftsfürsorge hat er noch nicht so im Kopf.

Eine Frau schwer zu schätzenden Alters zieht sich den Mantel aus. Lotte. Zwei Mal die Woche kommt sie vorbei, manchmal auch eine Kollegin. Sie wirkt immer ein wenig verloren, wie eine Vertreterin, die ein Produkt im Angebot hat, an das sie selbst nicht recht glaubt. Sie könnte Ende fünfzig sein, aber auch Ende dreißig. Ihre Haare sind dunkelrot gefärbt und immer ist sie mit einer Einkaufstasche bewaffnet. Ist sie erst einmal im Haus, fällt der Eindruck der unwilligen Vertreterin von Lotte ab. Jetzt erinnert sie ihn eher an eine

Nachbarin, die auf einen Kaffee vorbeikommt, freundlich, aber auch ein wenig nervös.

Kadoke hat sie schon oft gesehen, trotzdem haben sie noch nie richtig miteinander gesprochen. Ein Handschlag, ein paar Worte, dabei belässt Lotte es meist. Manchmal unterbleibt sogar der Handschlag, als fände sie solche Formalitäten nicht passend. Sie ist wegen Mutter hier, nicht wegen des Sohnes, und das will sie auch klarmachen, darüber darf kein Zweifel bestehen.

Bei ihrem Anblick beschleicht ihn das Gefühl, Lotte sei eigentlich eine Patientin. Er hat sie nicht untersucht oder behandelt, aber seine Intuition lässt ihn nicht im Stich, worauf sonst könnte man sich verlassen, wenn man beim Krisendienst arbeitet? Überall sieht er Patienten, wohin er auch schaut, auf der Straße, in der Bahn, im Supermarkt, Patienten, und manchmal wird es ihm zu viel. Überall drängt sich ihm das Leiden anderer auf, kriecht in seine Adern, appelliert an ihn. Der stillschweigende Appell, das ist das Schlimmste. Der Appell, der lediglich aus einem Blick besteht. Lottes Blick macht ihn schwach, aber nicht im romantischen Sinne des Wortes. Er wird professionell schwach, er sieht das akute Leiden und will es nicht sehen. Nicht hier, nicht bei seiner Mutter im Wohnzimmer.

»Wie gemütlich ihr beiden hier sitzt«, sagt Lotte. »Wie geht es Ihnen, Frau Kadoke?«

»Heute ist jüdisches Neujahr«, antwortet Mutter. Als würde das alles erklären.

»Und haben Sie schon schön gefeiert?«, fragt Lotte, während sie im Pflegebericht blättert.

»Die Juden feiern kein Fest an Neujahr«, sagt Mutter. »Sie trauern. Sie setzen sich mit ihren Sünden auseinander.« Sie sagt es, als sei sie selbst eigentlich keine Jüdin, sondern hätte umständehalber Jahrzehnte inmitten dieses seltsamen Stammes gelebt und als teilnehmende Anthropologin letztendlich eben deren Sitten und Bräuche übernommen.

»Haben Sie sich schon mit vielen Sünden auseinandergesetzt?«, fragt Lotte, während sie das Blutdruckmessgerät nimmt, sich neben Mutter setzt und ihren Ärmel hochkrempelt. Mutter lässt alles mit sich geschehen. Rebellisch wird sie nur noch ihrem Sohn gegenüber. Früher rebellierte sie gegen die Welt, jetzt ist die Welt ihr Sohn geworden, der Letzte, für den sie die Energie aufbringt, ihm ein »Nein« zu entgegnen. Es ist ein eindringliches »Nein«, ein scharfes »Nein«.

Mutter gibt keine Antwort, aber Lotte lässt nicht locker. »Und, haben Sie schon viel über Ihre Sünden nachgedacht, Frau Kadoke?«

Eine ungewöhnliche Frage für Lotte. Humor war ihm an ihr noch nie aufgefallen, aber vielleicht entgeht ihr die Ironie ja auch. Vielleicht meint sie es ernst. Möglicherweise ist das der Grund für das stillschweigende Leiden, das aus ihren Augen spricht, dass sie sich selbst ständig mit ihren Sünden auseinandersetzt. Als wäre für Lotte jeden Tag Rosch Haschana.

»Nein«, sagt Mutter. »Ich denke nicht an meine Sünden. Ich denke an meinen Sohn.«

Meint sie, er sei die Sünde? Oder meint sie, in Ermangelung eigener Sünden würde sie an die Sünden ihres Sohnes denken? Das kann er sich nicht vorstellen, denn Mutter ist sich selbst gegenüber kritisch. Sie ist niemand, der von sich behaupten würde, sündenfrei durchs Leben zu gehen. »Ein guter Mensch bin ich nicht«, hat sie immer gesagt. »Ich bin ein normaler Mensch.«

»So, Ihr Blutdruck sieht gut aus«, sagt Lotte. »120 zu 80, ausgezeichnet, wie bei einem jungen Mädchen. Dann werden wir Sie jetzt noch mal kurz wiegen. Wenn Sie damit einverstanden sind natürlich.« Sie mag heimlich eine Patientin sein,

Mutter gegenüber schlägt sie einen angenehmen Ton an. Respektvoll. Mutter weiß das zu schätzen. Sie gibt sich all ihren Verpflichtungen hin, die zum Am-Leben-Bleiben gehören, trotzdem mag sie nicht herumkommandiert werden. Leben ohne kommandiert zu werden, das ist ihr letztes Ziel. Das ist vielleicht immer ihr Ziel gewesen.

»Wo sind eigentlich die Mädchen?«, fragt Lotte, während sie Mutter beim Aufstehen hilft. »Ich hab sie eine ganze Weile nicht gesehen.«

»Mein Sohn hat sie weggejagt.«

Kadoke schaut Mutter an, aber sie ignoriert seinen Blick. Ob sie ihn dermaßen verrät? Einfach so, weil es eben geht, ohne Grund, als wäre ihr selbst nicht klar, was sie da sagt. »Mein Sohn hat sie weggejagt.« So einfach ist Verrat.

Mutter, die Verräterin. Die Frau, die sich, wenn es darauf ankommt, nicht für ihr Kind entscheiden wird. Ist das seine Angst? Oder war es ihre Angst, die er sich zu eigen gemacht hat? Er hat ihre Ängste übernommen, wie man Kleidung übernimmt. Weil sie in einwandfreiem Zustand ist, noch gut brauchbar.

»Mit dem Teppichklopfer?«, fragt Lotte, die offensichtlich doch mehr Humor besitzt als Kadoke dachte. Lotte glaubt, seine Mutter mache einen Scherz, das ist seine Rettung. Mutter blufft mit der Wahrheit, aber für einen Außenstehenden ist dieser Bluff ein mehr oder weniger gelungener Versuch zu einem Scherz. Wie Kinder und Narren werden alte Menschen nicht mehr ernst genommen, wenn sie die Wahrheit sagen. Einer der spärlichen Vorteile des sehr hohen Alters, man kann ungestraft ehrlich sein.

»Sie sind im Urlaub«, sagt Kadoke, weil Mutter schweigt. »Ein langer Urlaub. Ich bin jetzt die Mädchen. Ich bekomme zwar Unterstützung, aber ich bin sozusagen die Mädchen.«

»Mutig«, sagt Lotte. »So ganz allein. Aber Mutter wird sich

freuen. Dann ist ihr Sohn ganz in ihrer Nähe. Kommen Sie bitte, Frau Kadoke, dann wiege ich sie.«

Er ist die Mädchen geworden. Ist es das? Ist das die Geschichte, mit der sich die Leute begnügen? Ist es das, was er in den nächsten Jahren erzählen wird, so, wie er früher erzählte, wie er Psychiater geworden ist?

Mutter steht auf. Sie folgt Lotte in den Flur, wo die Waage steht.

Kadoke bleibt am Tisch sitzen. Mutter sieht und weiß alles, sie lässt nach, findet sie, aber das kann sie durchaus noch. Nur seine Verliebtheit hat sie nicht ernst genommen. Die war ihr zu frivol, die passte nicht zu ihrem Sohn. Ein verliebter Sohn ist ein schwacher Sohn.

»54 Kilo«, hört er Lotte sagen. »Essen Sie denn genug? Sie haben wieder ein Pfund abgenommen.«

»Ich geb mir Mühe«, antwortet Mutter. »Ich kann nicht gegen meinen Willen essen. Ich kann mich doch nicht vollstopfen, wenn mir übel ist?«

Übel vor Angst? Herzversagen? Übel vom Leben selbst? Oder von ihrem Sohn, den sie liebt und der ihr dennoch Übelkeit bereitet, weil es ihm nicht gelungen ist, einen fruchtbaren Ort auf dieser Erde zu bewohnen? Weil er versäumt zu tun, was andere Menschen tun: sich fortpflanzen, arbeiten, auf einfache Weise glücklich sein. Er kennt das Glück als einen Sommerabend. Rose öffnet die Tür, im Badezimmer lässt sie das Handtuch von sich gleiten, sie zeigt ihm ihren Körper und er weiß mit einer Gewissheit, die ihn rührt, dass er sie liebt. Diese Gewissheit überfällt ihn, das Verlangen. Ein irrsinniges Glück, dessen Echo jetzt noch nachschwingt. Diese Art von Glück kennt er.

Ein fruchtbarer Ort auf dieser Erde, ist es das, was Mutter sich für ihn wünscht? Aber darf man diesen fruchtbaren Ort als Sohn auch verweigern? Nein danke, ich bleibe lieber am unfruchtbaren Ort. Dort bin ich zu Hause, dort will ich leben und sterben.

Dann fällt ihm ein, dass die Mädchen Lotte und anderen Leuten der Nachbarschaftshilfe immer eine Tasse Tee angeboten haben. Er geht an Lotte und Mutter vorbei, die im Flur mit der Waage zugange sind. Mutter steht darauf, als wäre die Waage ein Galgen. Kadoke schraubt die Thermoskanne auf und schenkt Tee für Lotte ein. Im Schrank sucht er nach Keksen oder Kuchen, aber er findet nichts. Jetzt, da die Mädchen nicht mehr da sind, muss er auch die Einkäufe anders organisieren.

Als er mit dem Tee ins Wohnzimmer kommt, sitzen Lotte und seine Mutter schon wieder am Esstisch. Lotte beschäftigt sich mit den Medikamenten, sie kontrolliert den Wochenblister, den die Apotheke geliefert hat.

»Ich habe dir etwas zu trinken eingeschenkt«, sagt Kadoke.

Lotte sieht ihn an, ein wenig mitleidig, vielleicht auch besorgt. In ihren Augen sieht er auch Angst, weiß sie heimlich doch etwas? Glaubt Lotte jetzt, er würde sich auch auf sie stürzen? Ein Mann, der den Betreuerinnen seiner Mutter nachstellt? Ein Verführer der unerwünschten Sorte?

Kadoke kann den Gedanken, sie könne vermuten, was vorgefallen ist, nicht ganz unterdrücken. Eine unangenehme Vorstellung. Hat eine ihrer Kolleginnen ihn mit dem blauen Auge gesehen? Weiß sie, dass Mutter und er ein Liebesgeheimnis hüten? Denn so muss man ihr Geheimnis ja schon nennen.

Obwohl Lotte nur hier ist, um Mutter zu helfen, riecht er ihre Einsamkeit. So wie Hunde einander riechen, so riecht er die Einsamkeit anderer. Ein Talent womöglich, aber eines, das ihn mit Unbehagen erfüllt.

Er bleibt kurz stehen, überlegt, ob er das Fehlen von Keksen oder Kuchen erläutern sollte. Dann geht er zurück in die Küche und schenkt für sich und Mutter noch etwas Tee nach. Normalerweise trinkt er keinen, aber er passt sich an. Knackwürstchen, Chips, Tee. Mutters Speiseplan ist sein Speiseplan.

Als er wieder neben Mutter sitzt, fragt Lotte: »Was können wir tun, damit Sie wieder ein wenig mehr Appetit bekommen, Frau Kadoke?«

Mutter schaut nach draußen, in den Garten, auf die Bäume, die Rosen, das Unkraut.

»Mama«, sagt Kadoke, »worauf hättest du Lust? Was möchtest du essen? Die Knackwürstchen bringen uns nicht weiter, du nimmst ab.«

Sie denkt angestrengt nach, man sieht es ihrem Gesicht an. Dann sagt sie nach einer ganzen Weile, mit einer Überzeugung, als habe sie endlich das erlösende Wort gefunden: »Ein Hähnchen!«

Lotte und Kadoke werfen einander einen verschwörerischen Blick zu, Erwachsene untereinander, die das Kind durchschauen. Die über das Kind lachen können.

Huhn. So einfach ist es. Bestimmt liegt noch ein Hähnchen in der Tiefkühltruhe.

»Sie müssen sagen, worauf Sie Lust haben«, sagt Lotte. »Es ist wichtig, dass Sie essen, worauf Sie Lust haben, dann essen Sie ja auch mehr. Möchten Sie Huhn?«

»Jetzt habe ich Lust auf ein Hähnchen«, sagt Mutter. Sie kann nicht mehr bis zum Mittagessen warten, das Hähnchen muss jetzt her, ohne Aufschub. Erst Wochen, Monate einen subtilen Hungerstreik veranstalten und dann, wenn die Nachbarschaftsfürsorge drängt, um ein Hähnchen betteln, als hätte der Sohn ihr das die ganze Zeit vorenthalten.

Lotte schreibt etwas in den Pflegebericht und fragt, den Stift noch in der Hand: »Die Mädchen kommen aber doch wieder?«

»Sicher«, antwortet Kadoke. »Aber es steht nicht fest, wann genau.«

»Sie waren so lieb«, sagt Lotte mit Wehmut in der Stimme. Kadoke bestätigt das. Lieb waren sie. Und fürsorglich. Aber er weiß auch noch, dass sie manchmal schwierig waren und sich stritten. Mutter stritt sich mit ihnen. Dann rief sie Kadoke an und fing an zu reden, ehe er überhaupt was sagen konnte. »Die Mädchen essen meine ganzen Mandarinen. So geht das nicht weiter.« Aber jetzt sind sie weg. Niemand isst mehr ihre Mandarinen. Er wird tun, als würden die Mädchen zurückkommen, als könnte es sich nur um Wochen handeln und als wäre er bloß kurz eingesprungen. Selbst weiß er, dass er der Betreuer seiner Mutter geworden ist. Eines Tages wird niemand sich mehr trauen, nach den Mädchen zu fragen, so, als wären sie niemals hier gewesen. Ein Mann und seine Mutter. Der Psychiater und seine Mutter. Der Junggeselle und seine Mutter. Der Spezialist für Suizidprävention und seine Mutter. So wird man über ihn reden. Die Nachbarn, ein paar Freunde, Bekannte, Assistenzärzte, auch die.

»Wunderbar«, sagt Lotte, »noch zwei Klienten und dann geht's ab in den Schrebergarten.« Sie packt alles ein, gibt Mutter die Hand und lässt die andere dabei kurz auf ihrer Schulter ruhen. Mutter sieht sie plötzlich sehnsüchtig an. Woher kommt die Sehnsucht? Die plötzliche Glut in ihren Augen? Natürlich kann es sein, dass Mutters freundlicher Blick auf ihn wie ein glutvoller Blick wirkt. Nein, Freundlichkeit ist etwas anderes als Glut. Mutter lässt Lottes Hand nicht los. Ein intimer Moment zwischen Pflegerin und Klientin, zwischen der einen Einsamen und der anderen.

Wenn sie im Urlaub ist, schickt Lotte Mutter immer Karten. Nicht, dass Lotte irgendwo hinfahren würde, sie geht in ihren Schrebergarten. In den Sommermonaten springt ein pummeliger Schotte für sie ein, und statt Lotte kommen dann wöchentlich Ansichtskarten aus dem Schrebergarten. Eine Weile hebt Mutter die Karten in ihrem Kalender auf, bis sie eines Tages, ohne besonderen Anlass, sagt: »Ins Grab kann ich sie nicht mitnehmen, wirf die Karten mal in den Mülleimer.«

Lotte gibt Kadoke nicht die Hand, sie hat immer noch Angst vor ihm, merkt er. Angst vor seinem Blick, Angst vor seinen Beobachtungen, Angst vor seinen Schlussfolgerungen, die eindeutig und vorurteilsfrei sein müssen.

»Begleite Lotte hinaus«, sagt Mutter. »Lass sie doch nicht allein gehen.«

Er folgt ihr, sie reißt ihren Mantel vom Bügel, er kommt gerade noch rechtzeitig, um ihr die Haustür aufzuhalten. Kadoke wünscht ihr einen schönen Tag. Mit den Mädchen, so weiß er, hat sie manchmal noch eine halbe Stunde in der Küche geschwatzt, über alles Mögliche, über Mutter und das Essen, über Pflanzen und Gärten, über die Kurierfahrer der Apotheke, über das Leben. Mit ihm redet sie nicht. Er sieht, wie sie ihr Fahrrad aufschließt. Noch zwei Senioren, dann darf sie in ihren Schrebergarten.

Drinnen sitzt Mutter vor ihrem Tee. »Sie muss sich die Haare mal wieder färben«, sagt sie, »das Grau schimmert durch.«

»Heute mache ich dir ein Hähnchen zu Mittag«, antwortet Kadoke.

»Aber nicht zu viel«, antwortet Mutter. »Ich hab keinen Hunger.«

Während sie auf den Rabbiner mit seinem Widderhorn warten, essen sie zu Mittag. Für ihre Verhältnisse isst Mutter gut. Kadoke räumt ab. Er ist nicht unzufrieden mit seinen Kochkünsten, seiner Mutter zufolge mag er zu intelligent zum Kochen sein, dennoch hat er aus dem Tiefkühlhähnchen etwas

Essbares gebrutzelt. Und wie intelligent man auch sein mag, ab und zu muss man kochen. Man kann das Leben nicht nur mit Denken füllen, auch wenn das ist, was die Eltern heimlich von einem erwarten.

Nachdem Mutter ein Nickerchen gemacht hat und es fast vier Uhr ist, sagt Kadoke: »Ich glaube, der Rabbiner kommt nicht mehr. Ich finde es schlimm für dich, ich weiß, wie wichtig es für dich ist.«

»Dieser Mistkerl«, antwortet Mutter. »Hab' ich's doch gewusst!«

Auf dem Sofa sitzend zieht sie sich die Schuhe an, dann geht sie langsam zum Esstisch. Manchmal vergisst sie, dass sie den Stock braucht, dass es ohne Stock eigentlich nicht mehr geht. »Dieser Mistkerl«, wiederholt sie, während sie durch den Raum schlurft, »kein Schofar in diesem Jahr, kein gutes Zeichen.«

Sie setzt sich an den Esstisch.

Er muss etwas für Mutter tun, er hat hier kein Widderhorn, aber oben liegen noch mindestens vier Blockflöten, die mal ihm gehört haben. Die Überbleibsel seiner musikalischen Erziehung. Er nimmt die kleinste, geht damit nach unten, stellt sich vor den Tisch und bläst nach Kräften hinein.

»Was ist das?«, fragt Mutter. »Was machst du da?«

»Sozusagen als Schofar«, sagt Kadoke.

»Hör doch auf«, sagt Mutter, »als würde Gott den Unterschied zwischen einem Schofar und einer Blockflöte nicht hören, er ist doch nicht verrückt!«

Die Teetasse, aus der Lotte getrunken hat, steht immer noch auf dem Tisch. Am Tassenrand klebt Lippenstift. Ihm war nicht aufgefallen, dass Lotte Lippenstift trug. Sie hatte auf ihn wie eine Frau gewirkt, die sich prinzipiell nicht schminkt.

Kadoke zögert, die Blockflöte noch in der Hand, er erinnert sich an seine Jugend wie an einen Traum. Sein Vater, der

Badminton spielt, seine Mutter, die einkauft, der Notenständer, seine Mutter, die bettelt, »Üb noch mal ein wenig Blockflöte. Tu's doch für mich.«

»Warum blasen wir den Schofar noch mal?«, fragt Kadoke.

Mutter schüttelt den Kopf. »Weiß ich nicht mehr. Um zur Besinnung zu kommen. Um Gott aufzuwecken.«

Mit der Blockflöte in der Hand setzt er sich neben Mutter. »Sind wir zur Besinnung gekommen?«, fragt er leise. »Ist es das, was wir machen? Oder soll ich noch mal blasen? Vielleicht kommen wir dann ja zur Besinnung.«

Mutter schaut ihn an, sie muss lächeln. »Für mich ist es zu spät«, sagt sie. »Ich bin zu alt, um noch zur Besinnung zu kommen. Und du bist zu störrisch. Dafür liebst du deine Freiheit viel zu sehr, um zur Besinnung zu kommen.«

Zu störrisch. Noch nie hat er sich als störrisch gesehen. Flexibel, so würde er sich beschreiben, das Gegenteil von störrisch. Ein Mann mit Grundsätzen, der bereit ist, diese Grundsätze zu ändern oder zu verschweigen, wenn die Umstände ihn dazu veranlassen. Und liebt er seine Freiheit zu sehr? Kann man seine Freiheit zu sehr lieben? Er sieht sich eher als jemanden, der sie zu wenig liebt, der bereit ist, auf sie zu verzichten, um somit Probleme zu vermeiden.

»Ich bin im Krieg zur Besinnung gelangt«, sagt Mutter. »Ich habe meine Portion Besinnung wahrlich bekommen.«

Er betrachtet seine alte Blockflöte. Sie wurde wenig bespielt. Er hat das Üben immer vergessen, Musikalität war nicht seine Stärke.

»Soll ich noch mal in die Blockflöte blasen?«, fragt er. »Vielleicht hilft es ja.« Gegen was sollte es helfen? Er weiß es selbst nicht.

Mutter zuckt die Achseln. »Mach nur«, sagt sie, »ich bringe inzwischen die Tassen weg.«

Sie will die Tassen stapeln und in die Küche bringen,

stellt sie aber wieder ab. Sie geht zu Kadoke und legt ihm die Hände auf den Kopf, sie muss sich dafür auf die Zehenspitzen stellen. »Ich werde dich segnen«, sagt sie.

»Das ist nicht nötig.«

»Ich hab dich schon so lange nicht gesegnet. Du weißt doch, wie froh ich bin, dass es dich gibt? Einen besseren Sohn kann ich mir nicht wünschen. Du bist mein Bübele. Auf dich habe ich gewartet. Für dich habe ich gelebt.«

Kadoke kniet sich hin, damit seine Mutter nicht mehr auf Zehenspitzen zu stehen braucht.

»Jesimcha elohim ke-efraim wechi-menasche. Jewarechecha Adonaj vejismerecha. Ja'er Adonaj panaw eleicha wichuneka. Jissa Adonaj panaw eleicha, wejaseem lecha schalom. Gehe hin in Frieden«, sagt sie.

Er steht auf. Sie umarmen sich.

»Ich geh doch nicht weg«, sagt Kadoke. »Ich bleib hier, bei dir. Ich geh nirgendwohin.«

»Gehe hin in Frieden«, sagt sie wieder. Dann nimmt sie die Tassen und geht in die Küche. Er sieht, wie ihre Hände zittern. Ein paar Sekunden bleibt er reglos stehen. Dann bläst er fest in die Blockflöte, der Ton ist schrill und unangenehm. Noch ein Mal bläst er. Musik kann man es nicht nennen, aber das ist auch nicht Sinn des Blasens des Widderhorns.

Wenn Gott davon nicht wach wird, weiß Kadoke es auch nicht mehr.

14

Kurz nach Mitternacht wird er wach geklingelt. Er schläft auf dem Klappbett und sein Handy liegt neben ihm auf dem Kopfkissen, genau wie als er noch in seinem eigenen Doppelbett lag, dem Bett, in dem er mit seiner Ex schlief, obwohl auch schon einige Assistenzärztinnen darin gelegen hatten.

Eine Schülerin hat versucht, sich das Leben zu nehmen. Sie hat die Antidepressiva ihres Vaters geschluckt und alle Schmerztabletten, die sie zu Hause auftreiben konnte. Man hat sie im Park gefunden, und jetzt sitzt sie auf dem Polizeirevier. Sie ist ansprechbar. Kadoke hat Dienst mit Dekha. Er ruft sie an, erklärt ihr die Situation und fragt, wo er sie abholen soll.

Sie nennt die Adresse und sagt, sie würde draußen auf ihn warten.

Er schlüpft in seine Kleidung, vielleicht nicht ganz so schnell wie ein Feuerwehrmann, aber dennoch routiniert. In Mutters Zimmer brennt Licht. Leise öffnet er die Tür.

»Ich hab deine Stimme gehört«, sagt sie. »Du gehst wieder weg?«

»Hab ich dich geweckt?«

»Ich konnte sowieso nicht schlafen. Gehst du wieder weg?«

»Ja«, sagt er, »ich muss wieder los. Ein Notfall. Und du musst jetzt wirklich schlafen. Du brauchst deinen Schlaf. Hast du Baldrian genommen?«

Wenn der Schlaf trotz des üblichen Schlafmittels nicht kommen will, gibt es immer noch Baldrian. Ein veredeltes Placebo, aber das ist egal.

Er geht zu Mutter und küsst sie auf die Stirn. »Warum müssen sie sich immer nachts umbringen?«, fragt sie. »Können sie das nicht tagsüber machen? Dann könntest du wenigstens ein bisschen schlafen. Diese Egoisten. Du brauchst deine Nachtruhe viel dringender als ich.«

»Ich glaube, das hier ist tagsüber passiert«, antwortet er und legt den Kopf auf ihre Brust. »Ich glaube, sie hat es schon heute Nachmittag versucht, wollte aber erst jetzt mit mir sprechen.«

Er gibt Mutter einen letzten Kuss, zupft ihre Decke zurecht und geht nach draußen.

Im Auto raucht er noch rasch eine Zigarette, ehe Dekha neben ihm sitzen wird. Wie vereinbart steht sie vor einem indischen Restaurant. Sie steigt ein, scheint ihm die Hand geben zu wollen, beschränkt sich dann aber auf einen Schulterklaps. Unbeholfen, aber zweifelsohne gut gemeint.

Sie trägt ein Kleid. Er kann sich nicht erinnern, je zuvor mit jemandem im Kleid Nachtdienst gehabt zu haben.

Sie fahren durch die Stadt. Er informiert sie kurz über die Einzelheiten des Notfalls, dann fragt er: »Hast du schon öfter Nachtdienst gehabt?«

»Das ist das zweite Mal«, sagt sie. »Aber beim ersten Mal ist nichts passiert. Ich hab den ganzen Abend gewartet, auf einem Stuhl neben meinem Bett, und es ist nichts passiert.«

»Das ist die Ausnahme«, antwortet er. »Die große Ausnahme.«

Ungeschminkt sieht sie jünger aus, kindlicher. Ob sie gerade wieder auf einem Stuhl neben ihrem Bett gesessen hat, auf einen Anruf wartend? Oder war sie dieses Mal doch lieber ins Bett gegangen?

»Manche Psychiater und Pfleger legen sich lieber in voller Montur aufs Sofa«, erklärt er. Ihm ist klar, dass er väterlich klingt, aber er hat das Alter erreicht, in dem er das darf. Ein väterlicher Mann ohne Kinder, aber mit einer Mutter. »Ich leg mich immer richtig ins Bett«, fährt er fort. »Man weiß es nie, manchmal macht man kein Auge zu, dann wieder schläft man mehrere Stunden hintereinander, und das kann man besser im Bett als auf dem Sofa.«

»Schläfst du im Pyjama?«, fragt sie.

Flirtet sie jetzt mit ihm? Wie soll er diese Frage verstehen? Sie schaut ihn nicht an. In der Hand hält sie einen Tiegel. Sie trägt ein wenig Lidschatten auf. Für wen schminkt sie sich? Für ihn? Für den minderjährigen Notfall?

»Ich schlafe in Unterhosen«, sagt er.

Dekha nickt, als habe sie nichts anderes erwartet. Natürlich, kein Pyjama. Nur Unterhosen. Das passt zu Kadoke. So sieht sie ihn offensichtlich vor sich. »Wohin fahren wir eigentlich?«, fragt sie.

»Zum Polizeirevier«, sagt er. »Sie ist noch auf dem Revier.«

Der Vorteil vom Nachtdienst ist, dass kein Verkehr sie aufhält. Innerhalb von zehn Minuten sind sie da.

Kadoke meldet sich bei dem Polizisten am Eingang mit den Worten: »Wir sind vom Krisendienst.«

Der Polizist ist nicht informiert, er antwortet mit einem sparsamen: »Ja?«

»Ich bin Psychiater Kadoke, hier soll ein Mädchen sein, das einen Selbstmordversuch unternommen hat, ich komme für ein psychologisches Gutachten. Wir kommen für ein psychologisches Gutachten.«

Jetzt dämmert es dem Polizisten. Er betrachtet Kadoke nicht mehr wie einen potenziellen Verbrecher, sondern wie jemanden, der auf seine Weise ebenfalls die Ordnung aufrechterhält, einen Kollegen.

»Ich rufe jemanden an«, sagt er, »ich glaub, ich weiß schon Bescheid.«

Sie warten ein paar Minuten, dann erscheint eine etwas untersetzte Polizistin.

Sie begrüßt Kadoke und Dekha mit den Worten: »Gut, dass Sie da sind. Ich hab den kleinen Hüpfer in ein Einzelzimmer gesetzt.«

Dekha und Kadoke sehen sich an. Der kleine Hüpfer. Der Notfall auf zwei Worte reduziert, die Rührung und Unschuld hervorrufen sollen.

»Der Vater ist auch da«, fährt die Polizistin fort, »aber der kleine Hüpfer will den Vater nicht sehen, also dachte ich, ich warte besser, bis Sie da sind.«

»In Ordnung«, antwortet Kadoke, »ich rede später mit ihm.« Sie gehen durch die Polizeiwache. Ab und an grüßt ein Polizist sie mit einer Selbstverständlichkeit, als würden sie jeden Tag hier herumlaufen.

»Das hier ist der Abschiedsbrief, den der Vater gefunden hat. Danach hat er 112 angerufen.«

Die Polizistin reicht Kadoke den Brief.

Auf einer Vokabelheftseite steht in kindlicher Handschrift: »Lieber Papa und liebe Mama, wenn ihr das hier lest, lebe ich nicht mehr. Ich weiß keine andere Lösung. Es tut mir leid, dass ich euch so viele Umstände mache. Seid nicht traurig. Es ist besser so. Ich war keine gute Tochter, aber ich habe euch immer sehr lieb gehabt. *It's better to burn out than to fade away.*

Alles Liebe,

Kuss – Nelleke.«

Selbstmörder sind pathetisch. Wie viele Abschiedsbriefe hat er nicht schon gelesen? Hunderte. Tausende. Er kann sie nicht mehr zählen. Kadoke würde sie am liebsten nicht mehr lesen, aber es gehört zu seiner Arbeit. Vielleicht steht etwas darin, was er wissen muss, was er nicht übersehen darf.

Er faltet den Abschiedsbrief zusammen und steckt ihn in die Innentasche seines Jacketts. Dann schaut er in seine Notizen. Er vergisst selten etwas, trotzdem macht er sich Notizen, wenn er angerufen wird. Neben seinem Telefon liegen immer ein Notizbuch und ein Bleistift bereit. Nelleke ist 14.

Sie werden in ein Zimmer geführt, in dem auf einem Stuhl auf einem großen gelben Kissen ein mageres, bleiches Mädchen sitzt. Viel mehr ein Kind als eine junge Frau. Eigentlich nicht mal eine Adoleszentin. Der Notfall sieht viel jünger aus als ihrem Alter entspräche. Keine Rundungen, keine Brüste.

Die Polizisten müssen ihr ein Kissen gegeben haben, damit sie besser an den Tisch rankann. Wo sie das gelbe Kissen wohl hergeholt haben?

Dekha und Kadoke setzen sich dem Mädchen gegenüber.

Sie sitzt auf dem Stuhl, als könne sie jeden Moment aufsteigen, als wäre sie zu leicht für diese Welt. Sie ist völlig in sich gekehrt. Die Ankunft des Psychiaters und der Assistenzärztin hat sie kaum bemerkt. Heute werden schon jede Menge Leute nach ihr gesehen haben. In kurzer Zeit hat sie sich an Besuch, Fragen, prüfende Blicke gewöhnt. Vor ihr steht ein Kaffeebecher mit Wasser, aber offensichtlich hat sie nicht daraus getrunken.

»Wir sind vom Krisendienst«, sagt Kadoke. »Ich heiße Oscar, ich bin Psychiater, und neben mir sitzt Dekha, sie ist Assistenzärztin. Weißt du, weshalb wir hier sind, Nelleke?«

Zum ersten Mal erkennt sie die Existenz der Krisendienst-Mitarbeiter an: Sie nickt, aber nicken reicht nicht. Sie muss reden, sie wird reden.

Er versucht es noch einmal. »Kannst du uns sagen, warum wir hier sind, Nelleke? Was meinst du?«

»Weil ich nicht mehr leben wollte«, antwortet sie.

Sie spricht leise und monoton.

»Kannst du erzählen, was heute passiert ist? Ich setze mich etwas näher zu dir. Ich kann dich schlecht verstehen.«

Er rückt seinen Stuhl näher ran. Der Raum ist trübselig. Wahrscheinlich werden hier normalerweise Verdächtige verhört. Das hier ist auch ein Verhör, aber doch anders. Ein Beurteilungsgespräch ist ein Verhör, das nicht zu einem Geständnis zu führen braucht. In Kadokes Welt gibt es keine Geständnisse. Es gibt Geschichten, Anekdoten, Abschiedsbriefe, und zuletzt eine Entscheidung. Zwangseinweisung ist nicht nötig, Zwangseinweisung ist wohl nötig, der Patient lässt sich freiwillig einweisen, der Patient darf nach Hause, sofern er ein Zuhause hat. Viel mehr Möglichkeiten gibt es nicht.

»Ich hab Tabletten genommen. Im Park. Und dann bin ich gefunden worden. Ich dachte, ich wär tot, aber ich war nicht tot.«

Kadoke schaut zu Dekha. Sie sitzt ganz still da. Sie hat Ringe unter den Augen. Der Lidschatten betont die Ringe unter ihren Augen.

»Weißt du, wie viele Tabletten ungefähr du geschluckt hast?«, fragt Kadoke.

»Alles, was ich zu Hause finden konnte«, antwortet Nelleke.

»Das waren Schmerztabletten und noch andere Pillen, von deinem Vater? Stimmt das?«

Nelleke nickt. »Ja, mein Vater nimmt Tabletten gegen seine Schmerzen in der Schulter.« Sie sagt noch etwas, aber er versteht sie wieder nicht. Ihre ohnehin schon schwache Stimme wird immer schwächer. Als wollte sie nicht nur ihr Leben, sondern auch ihre Sätze nicht zu Ende führen.

»Tut es dir leid?«, fragt er. »Nelleke?«

»Mir tut leid, dass es nicht geklappt hat«, sagt sie. Sie schaut Kadoke an, nicht herausfordernd, eher bedauernd. Vielleicht spricht eine Turnerin so über einen verlorenen Wettkampf.

Sie hat ihr Bestes gegeben, aber leider hat es nicht geklappt. Sie ist nicht richtig über den Bock gekommen, beim nächsten Mal besser. Er ist hier, um das zu verhindern. Es darf kein nächstes Mal geben.

Kadoke hat viele Adoleszenten gesehen. Meist waren sie ein wenig hysterisch. Ihr Freund hat sie verlassen und sie unternehmen einen Selbstmordversuch. Schlechte Noten, während die Eltern hohe Erwartungen haben. Ein Selbstmordversuch ist auch Kommunikation. Rache, auch das ist ein Motiv. Nichts Ernsthaftes. Natürlich wäre es besser, sie würden es nicht tun, aber normalerweise dürfen sie nach Hause, wenn sie in der Klinik ein wenig aufgepäppelt wurden. Das hier fühlt sich anders an.

»Kannst du uns sagen, warum es dir leidtut, warum du lieber nicht mehr da sein wolltest?«

Wieder dieser mitleidige Blick. Sie versteht nicht, dass Erwachsene sie so etwas fragen. Wisst ihr das etwa nicht? Muss ich euch das allen Ernstes erzählen? So sitzt sie hier. Als wäre Kadoke ein schlechter Schüler, der es wissen könnte, wenn er denn seine Hausaufgaben gemacht hätte.

Ihre Augen fallen zu. Sie nickt ein.

»Ich bin gleich wieder da«, flüstert Kadoke Dekha zu.

Er tritt in den Gang. Dort ist niemand mehr zu sehen. Der Psychiater vom Krisendienst geht durch die leere Polizeiwache. Er denkt an alle Polizeiwachen, die er zu sämtlichen nächtlichen Zeiten und manchmal auch tagsüber besucht hat, und endlich findet er die untersetzte Polizistin. Sie geht auch umher, offenbar ziellos, aber vielleicht ist das ihre Aufgabe, nachts Runden durch die Polizeiwache zu drehen, eine alternative Form des Aufrechterhaltens der Ordnung.

»Warum ist das Mädchen nicht in die Klinik gebracht worden?«, fragt Kadoke. »Wer hat sie hierhergebracht?«

»Den kleinen Hüpfer?«, fragt die Polizistin.

Wenn sie noch ein einziges Mal die Worte »kleiner Hüpfer« in den Mund nimmt, wird er verrückt. Aber er wird sich beherrschen, er wird sich professionell beherrschen. Wie immer. Wie all die Jahre, seit Suizidprävention seine Spezialität ist, seine Berufung. Nie hat er sich gehen lassen. Nie hat er seine Professionalität aus den Augen verloren. Bis auf dieses eine Mal, als er Michette besucht hat, um seine Entschuldigungen anzubieten. Aber das könnte man auch Humanismus nennen, Menschlichkeit. Ja, so sollte man es nennen.

»Das Mädchen, ja«, sagt Kadoke. »Nelleke.«

»Die Rettungssanitäter haben sie hierhergebracht. Sie sagten, sie müsse nicht weiter behandelt werden. Sie hätten sie gecheckt, alles sei in Ordnung. Da gäbe es nichts zu behandeln, meinten die Sanitäter.«

Sie klingt, als würde sie sich verteidigen. Das ist überhaupt nicht nötig. Er beschuldigt niemanden, aber er will wissen, wer diese Entscheidung getroffen hat und warum.

»Und wie lange sitzt sie jetzt schon hier?«

Die Polizistin schaut auf ihre Armbanduhr. »Ein paar Stunden. Es war nicht klar, wer genau angerufen werden sollte, was wir mit ihr machen sollten. Die Kollegen wussten es nicht. Es war jede Menge los heute Abend. Zustände, ich erspare Ihnen die Details. Ich glaube, sie wurde gegen Ende des Nachmittags oder am frühen Abend gebracht.«

»Das erstaunt mich«, sagt Kadoke, »das erstaunt mich zutiefst. Das ist alles, was ich dazu sagen kann. Ich finde das nicht professionell. Sie hätte in die Klinik gebracht werden müssen.«

Er geht zurück in den Verhörraum, der gelegenheitshalber als Behandlungsraum dient.

Nelleke hat die Augen geschlossen. Sie sitzt auf dem gelben Kissen, als würde sie noch immer auf ihren Tod warten.

»Hat sie was gesagt?«, fragt er Dekha leise.

Sie schüttelt den Kopf.

»Nelleke«, sagt Kadoke, »Nelleke. Ich weiß, du bist müde, aber es ist wichtig, dass wir dieses Gespräch führen. Meinst du, du kannst meine Fragen beantworten?«

Sie nickt, ohne die Augen zu öffnen.

»Glaubst du, du würdest noch einmal machen, was du heute gemacht hast?«

Wieder nickt sie. Ihre Augen sind noch immer nicht offen.

»Ist das ein Ja?«

»Ja«, sagt sie.

»Und kannst du uns erzählen, warum du es noch einmal versuchen möchtest?«

»Weil ich die Stimmen nicht mehr hören will.« Jetzt sind ihre Augen offen.

Er verrückt seinen Stuhl zum zweiten Mal an diesem Abend. Sie flüstert, aber er muss hören, was sie sagt.

»Was sagen die Stimmen zu dir?«

»Die Stimmen?«

Sie sucht nach Worten, fängt ein paar Mal mit einem Satz an, hört dann wieder auf zu sprechen. Sie sieht ihn mit leicht hochgezogenen Augenbrauen an. Das Mädchen ist offensichtlich erstaunt, dass er, ausgerechnet er, der behauptet, Psychiater zu sein, nicht weiß, was die Stimmen zu ihr sagen.

»Sie geben mir Aufträge.«

Sie schließt die Augen, aber nur kurz. Dann öffnet sie sie wieder. Sie schaut an ihm vorbei.

Er wartet, wirft einen Blick auf Dekha.

Die Assistenzärztin ist eine andere Frau als die, mit der er die vorherigen Male zusammengearbeitet hat. Er sieht es. Er kennt diesen Blick, die leichte Abscheu darin. Man muss den Nachtdienst überwinden. Der Nachtdienst ist eine Phase, eine grausame Phase, ein Fegefeuer, bis man immun wird, bis man über dem Leiden steht. Nur so kann man weitermachen.

Man muss sich von dem Leiden lossagen, sich davon befreien wie von einer schlechten Gewohnheit, und er hat sich befreit. Sich vom Rauchen befreien klappt nicht, aber vom Leiden hat er sich befreit.

»Was für Aufträge geben dir die Stimmen?«

Nelleke zuckt mit den Schultern. »Wenn ich die Aufträge nicht ausführe, werden sie böse.«

Langsam reibt sie sich mit beiden Händen in den Augen. »Ich will nicht mehr erleben, dass sie böse auf mich werden. Ich finde es schlimm.«

»Was findest du schlimm?«

»Dass es nicht geklappt hat. Dass ich noch lebe. Dass ich hier bin.« Sie schaut um sich. Zu dem Zimmer, zum Tisch, dem Kaffeebecher mit Wasser, zu Kadoke und Dekha. Als wollte sie sagen: Ihr seid schlimm, versteht ihr das nicht? Euch hätte ich nicht sehen wollen. Euch hätte ich nie begegnen wollen.

Er greift nach der Tischkante. Bestimmt haben schon viele Leute auf diesen Tisch geschlagen. Ermittler. Verdächtige.

»Das werden wir nicht zulassen«, sagt er, »dass du es noch einmal versuchst. Wir sind hier, um das zu verhindern, Nelleke. Wir werden nicht zulassen, dass du stirbst. Wir können den Stimmen das Schweigen auferlegen, das schaffen wir. Du kannst jetzt nicht nach Hause. Nicht so, wie du jetzt bist. Ich suche einen Platz für dich in einer Klinik, in der etwas gegen die Stimmen unternommen wird. Verstehst du das? Kannst du mir folgen?«

Sie sieht ihn ungläubig an.

»Ja«, sagt sie, »ich verstehe es, aber ich will es nicht wirklich.«

»Was willst du nicht wirklich?«

»In die Klinik.«

»Willst du es versuchen?«

»Wenn es sein muss.«

»Ich glaube, es muss sein«, sagt Kadoke.

Das Kind, es ist wirklich noch ein Kind, aber an einem unwirklichen Ort, einem Ort, an den Kinder nicht hingehören, setzt sich gerade hin. Sie streckt sich. Sie sammelt ihre gesamte Energie und sagt dann: »Aber am liebsten wäre ich tot.«

Kadoke schüttelt den Kopf. »Das liegt nicht im Bereich des Möglichen«, sagt er. »Das werden wir nicht zulassen. Ich bin mir sicher, wir können die Stimmen zum Schweigen bringen. Die Stimmen sind nicht für immer da. Die Stimmen werden schweigen.«

»Sie sind auch nicht immer da«, sagt das Kind, »aber sie kommen immer wieder.«

Kadoke lässt den Tisch los. »Dekha«, sagt er, »hast du noch Fragen?«

Die Assistenzärztin lächelt schwach. Er sieht ihre Verletzlichkeit. Die Menschen fallen auseinander, während man sie sich anschaut. Die, die noch nicht auseinandergefallen sind, sind eigentlich die Ausnahmen.

»Dein Vater ist auch hier auf dem Polizeirevier«, sagt Dekha. »Möchtest du mit ihm sprechen?«

»Nein«, antwortet Nelleke entschieden.

»Warum nicht?«, fragt Dekha.

»Er hat mich verraten.«

Eine Weile bleibt es still.

»Gibt es noch mehr Menschen, die dich verraten haben?«, fragt Kadoke.

»Meine Oma. Ich hab meiner Oma alles erzählt. Und sie hat alles weitererzählt.«

»Und wer noch?«

»Meine beste Freundin. Wir sollten gemeinsam sterben. Wir haben lange darüber gesprochen, aber schließlich wollte sie nicht. Im letzten Moment ist sie weggegangen. Sie hat mich allein gelassen.«

Das Kind schließt die Augen wieder und Kadoke will rauchen. Zwei Zigaretten. Mindestens zwei, vielleicht auch drei.

»Gibt es jetzt jemanden, mit dem du reden möchtest?«

»Nein«, sagt Nelleke, »ich will mit niemandem reden, ich bin müde.«

»Okay«, sagt Kadoke. »Das verstehe ich. Ich werde dafür sorgen, dass du möglichst schnell hier wegkannst. Dann kannst du dich ausruhen. Ich spreche mit deinem Vater. Dekha bleibt bei dir. Ich bin sofort wieder da. Hörst du, was ich sage?«

Es kommt keine Antwort mehr.

Er geht aus dem Zimmer. Auf dem Gang ruft er mehrere psychiatrische Kliniken an, aber nirgendwo ist etwas frei. Die Jugendpsychiatrie ist überfüllt, wie ein beliebtes Hotel, das schon auf Monate ausgebucht ist.

Schließlich findet er einen Platz in einer Klinik gut hundert Kilometer entfernt. Ideal ist es nicht, aber etwas anderes gibt es nicht. Kadoke schildert dem diensthabenden Arzt kurz die Vorgeschichte. Nelleke hat noch nie mit der Jugendfürsorge zu tun gehabt, hat keine psychiatrische Vorgeschichte, niemand hat etwas bemerkt.

»Wir sind für sie bereit«, sagt der Klinikarzt, »wir erwarten sie. Wir haben ein Bett für sie.«

Die Intonation des Arztes, die Wortwahl, erinnert Kadoke an etwas zwischen einem Gebet und einem Gedicht. Es klingt, als würde dieser Mann solche Gebete drei bis vier Mal die Woche aufsagen. Immer nachts, zwischen zwei und fünf, wenn normale Menschen schlafen, wandelt er durch die Gänge seiner Klinik und wartet auf einen jugendlichen Notfall. Dann hält er ein Bett frei für einen Minderjährigen, im Wissen, dass man in den Großstädten im Westen des Landes ausgebucht ist. Kadoke sieht einen wehmütigen Mann mit grauen Haaren vor sich, ein paar Jahre vor seiner Pensionierung. Er hat eher mit ihm gesprochen. Immer dieselben Worte, dieselbe Intonation: Wir erwarten sie. Wir haben ein Bett für sie.

Sie haben sich nie kennengelernt, der Klinikarzt und Kadoke. Sie haben nur ein paar Mal miteinander telefoniert, kurz und freundlich. Das reichte. Kadoke würde den Mann am anderen Ende der Leitung einen Freund nennen wollen.

»Danke«, sagt Kadoke. »Ich kümmere mich um den Transport.« Er geht durch den verlassenen Gang der Polizeiwache. Er geht im Kreis, denn die Gänge scheinen hier im Kreis zu verlaufen, erst nach drei Runden und nachdem er verschiedene Türen ausprobiert hat, findet er die untersetzte Polizistin.

»Ich suche den Vater des Mädchens«, sagt er.

»Kommen Sie nur mit.«

Sie nimmt ihn mit wie einen Verdächtigen, der nach Hause darf, wie die Angehörigen von Verdächtigen. Wieder gehen sie durch die Gänge.

»Was passiert jetzt mit dem kleinen Hüpfer?«, fragt die Polizistin.

»Sie kommt in die Klinik«, antwortet Kadoke schroff.

»Ich habe ihr Kekse angeboten und ein Brot, aber sie wollte nichts.«

»Nein, sie wollte nichts«, wiederholt Kadoke.

Sie sind an einer Art Wartezimmer angelangt. Dort sitzt ein Mann. Beginnende Glatze, Ende vierzig, vielleicht Anfang fünfzig. Er trägt eine schwarze Lederjacke. Kadoke geht auf ihn zu.

»Sie sind Nellekes Vater?«

Der Mann steht auf. »Der bin ich«, sagt er. Sie geben sich die Hand.

»Ich bin Psychiater Kadoke. Ich habe mit ihrer Tochter gesprochen.«

»Kann ich sie endlich sehen?«

Kadoke tritt einen Schritt zurück. Der Mann riecht penetrant nach Altmännerschweiß. Berufsbedingt vermutet Kadoke, es sei besser, ein wenig auf Abstand zu gehen. Ein Mann kann immer die Kontrolle verlieren. Das hat er öfter erlebt. Gerade in solchen Momenten, gerade zu dieser nächtlichen Stunde.

»Ihre Tochter hat angegeben, niemanden sehen wollen. Ich glaube, es ist besser, diesen Wunsch zu respektieren.«

»Sie ist *meine* Tochter«, sagt der Mann. »Ich sitze hier schon den ganzen Abend. Niemand sagt was. Niemand weiß was. Wenn ich frage, wann ich zu meiner Tochter darf, wird mir Kaffee angeboten. Finden Sie das menschlich?«

Menschlich? Muss Kadoke diese Frage beantworten? Er schaut zu den Schalenstühlen. Es ist das Neonlicht, das etwas Unmenschliches hat, als sei man eigentlich zum Sterben hergekommen.

»Ich verstehe glaube ich, wie Sie sich fühlen, aber unter den gegebenen Umständen halte ich es nicht für ratsam, gegen den Willen Ihrer Tochter vorzugehen. Sie hat wiederholt angegeben, niemanden sehen zu wollen. Auch Sie nicht.«

»Ich bin ihr Vater!«, ruft der Mann. »Ich bin verdammt noch mal ihr Vater.« Der Satz hallt in dem kahlen Raum. Ein Polizist geht vorbei, aber er schaut stur vor sich hin.

»Nelleke ist Einzelkind?«, fragt Kadoke. Der Mann nickt.

»Sie wohnt bei Ihnen und Ihrer Frau?«

»Wir sind geschieden.«

»Hält sie sich die Hälfte der Zeit bei Ihnen und die andere Hälfte bei ihrer Mutter auf?«

»Meistens ist sie bei mir. Meine Ex hat Probleme. Warum darf ich nicht zu meiner Tochter?«

Kadoke tritt noch einen Schritt zurück. Er lächelt, in der Hoffnung, das würde den Vater entwaffnen, ihn von den hehren Absichten des Psychiaters überzeugen.

»Ihre Tochter muss in die Klinik. Sie hört Stimmen. Wussten Sie, dass sie Stimmen hört? Ist Ihnen mal was aufgefallen?«

Der Mann schüttelt den Kopf. »Was für Stimmen?« Er klingt argwöhnisch, als würde Kadoke versuchen, ihm ein unbrauchbares Produkt anzudrehen.

»Stimmen«, sagt Kadoke. »Imaginäre Stimmen. Eingebildete Stimmen, die für sie echt sind, womöglich echter als unsere Stimmen. Stimmen, die ihr Aufträge geben. Stimmen, die ihr Angst machen. Sie haben nie etwas davon bemerkt? Sie hat nie davon gesprochen?«

»Nie. Sind Sie sich sicher? Das wäre mir doch aufgefallen? Sie ist verdammt noch mal meine Tochter. Ich kenne sie schon seit vierzehn Jahren. Ich wüsste doch, wenn sie Stimmen hören würde? Sie war die letzte Zeit in sich gekehrt, das schon, aber ist das nicht normal? Sind sie in der Pubertät nicht alle in sich gekehrt?«

Kadoke räuspert sich. »Es ist mir nicht gelungen, hier in der Stadt oder in der Nähe einen Platz für Ihre Tochter zu finden. Sie kommt in eine Klinik etwa hundert Kilometer von hier entfernt. Vorläufig muss sie stationär dort bleiben. Das bedeutet, dass sie auch nachts in der Klinik bleibt. In einer geschlossenen Abteilung also. Der behandelnde Arzt wird sich mit Ihnen in Verbindung setzen und Ihnen den Therapieplan mitteilen und ob und wann Besuch möglich ist und so weiter. Ich habe nur das Gutachten erstellt. Alles Weitere werden die Ärzte der Klinik in die Wege leiten. Sachkundige Ärzte. Ich vertraue darauf, dass alles gut wird.«

Der Vater schüttelt den Kopf. Kadoke merkt, dass seine

letzten Worte nicht mehr bei dem Mann angekommen sind. Der Psychiater spricht, aber man hört ihm nicht mehr zu.

»Hundert Kilometer? Wie komme ich dahin? Was ist das für ein Scheißland? Was sind Sie für ein Psychiater?«

Kadoke nickt. »Weltweit gesehen verfügen die Niederlande mit über das beste Gesundheitswesen, aber wir sind an Grenzen gebunden. Und die Jugendpsychiatrie kämpft derzeit mit Kapazitätsproblemen. Das heißt, dass es vor allem hier im Ballungsgebiet nicht genügend Betten gibt. Im Moment jedenfalls nicht. Das ist sehr bedauerlich, aber das Wichtigste ist, dass Ihre Tochter behandelt wird. Wo die Behandlung erfolgt, ist Nebensache.«

Der Mann stößt einen Schrei aus. Einen Urschrei. Er erinnert Kadoke an den Klang eines Widderhorns. Muss Gott zum zweiten Mal innerhalb von vierundzwanzig Stunden geweckt werden?

Die untersetzte Polizistin tritt aus einem Raum, als hätte sie die ganze Zeit dort gelauscht. »Alles in Ordnung?«, fragt sie. »Möchten Sie noch eine Tasse Kaffee?«

Kadoke versteht, dass der Vater hier verrückt wird. Der Mann imitiert ein Widderhorn und bekommt Kaffee angeboten, das würde jeden verrückt machen.

»Ich will keinen Kaffee«, sagt er. »Ich will meine Tochter sehen. Ich warte hier schon sechs Stunden.«

Kadoke hält sich die Hand vor den Mund und hüstelt.

»Kommen Sie, nehmen wir kurz Platz«, sagt er.

Die untersetzte Polizistin verschwindet und sie setzen sich auf die Schalenstühle.

Der Vater und der Psychiater, als wären sie Freunde. Oder wenigstens Bekannte.

Kadoke imitiert den Mann, vielleicht unbewusst. Beide sitzen vornübergebeugt, die Hände gefaltet. Sie könnten sich ein Fußballspiel angeschaut haben. Ihr Klub hat verloren, sie bleiben noch einen Moment sitzen, niedergeschlagen. Gleichzeitig aber sind sie von dem beruhigenden Bewusstsein erfüllt, dass es nur ein Spiel ist. Ein verlorenes Spiel, aber nächste Woche gibt es eine neue Chance.

Kadoke sucht nach Worten. Worten, nach denen er sonst nie suchen muss. Die Worte kamen, sie flossen, aber wie kann er diesem Mann erklären, warum er seine Tochter jetzt nicht sehen darf? Wie kann er ihm erklären, dass die Chance groß ist, dass man, wenn man in Nellekes Alter stationär in einer psychiatrischen Klinik landet, ein Borderliner wird und das wahrscheinlich den Rest seines Lebens bleiben wird? Wie kann er diesem Mann klarmachen, dass es keine guten Entscheidungen gibt, keine Ideallösungen? Er sieht nur Notlösungen. Am wenigsten schlechte Entscheidungen. Nelleke muss in eine Einrichtung. Die Chance auf einen Rückfall ist zu groß, so groß, dass er sie nicht mal fünf Minuten allein lassen will.

»Wie soll das mit der Schule laufen?«, fragt der Vater, bevor Kadoke die Worte hat finden können, mit denen er die Situation erläutern will, ohne den Mann unnötig weiter zu beunruhigen. »Wenn sie dahinten ist, wie läuft es dann weiter mit der Schule?«

»Schule hat jetzt keine Priorität. In der Klinik findet Unterricht statt, das ist kein Problem, aber ich glaube nicht, dass wir uns jetzt auf die Schule konzentrieren sollten. Ihre Tochter leidet sehr unter Stimmen, und darauf werden sich die Ärzte erst richten. Sie nehmen Antidepressiva?«

Der Mann zeigt auf seine linke Schulter. »Ich habe chronische Schmerzen in der Schulter, bin zu fünfzig Prozent arbeitsunfähig. Die Antidepressiva wurden mir als Schmerzmittel verschrieben. Wann kommt meine Tochter wieder nach Hause? Kommt meine Tochter jemals wieder nach Hause?«

Kadoke schaut auf seine Schuhe. Er müsste sie putzen, aber er hat keine Zeit. Die Schuhe haben auch keine Priorität.

»Alles zielt heutzutage darauf ab, Patienten so schnell wie möglich wieder nach Hause zu bekommen, sie wieder am so genannten normalen Leben teilnehmen zu lassen. Das kann eine Frage von Wochen sein, vielleicht weniger, vielleicht etwas mehr. Ich will keine aus der Luft gegriffenen Vorhersagen machen, aber das Ziel ist, dass sie wieder nach Hause kann, so schnell es nur geht. Vor allem in ihrem Alter ist stationäre Behandlung eine Rosskur, die wir nur ungern anwenden.«

»Aber kommt meine Tochter jemals wieder nach Hause, Herr Doktor?«, fragt der Mann, und seine Stimme klingt jetzt lauter. Es hallt in diesem Büro, in diesem Warteraum, der nur mit einer human eingerichteten Hölle auf Erden verglichen werden kann. Es gibt einen Kaffeeautomaten, Stühle, Licht, aber ansonsten kommt man her, um Schmerzen zu erleiden und vielleicht zu sterben.

Kadoke fährt mit der Zunge über seine Zähne. Er spürt, wie verspannt sein Kiefer ist, von der Aufregung, der Müdigkeit, dem Widerwillen.

»Ihre Tochter kommt nach Hause«, sagt er mit starrem Blick. »Ihre Tochter wird nach Hause kommen, ich weiß nur nicht wann.«

Er steht auf, reicht dem Mann die Hand, aber dann fällt ihm ein, dass er etwas vergessen hat. Aus der Innentasche seines Jacketts zieht er Nellekes Abschiedsbrief hervor.

»Der gehört Ihnen«, sagt er. »Ich gebe ihn Ihnen zurück. Sie können ihn auch wegwerfen. Manchmal ist wegwerfen besser.«

Der Mann ist auch aufgestanden. Er öffnet den Brief schwerfällig und träge, wirft einen Blick darauf, faltet ihn dann wieder zusammen und schiebt ihn fast gedankenlos in die Hosentasche.

»Ich gehe jetzt«, sagt Kadoke. »Ich muss mich um den Transport für Ihre Tochter kümmern. Sie sollten auch gehen. Sie müssen schlafen. Sie brauchen Ruhe. Ich wünsche Ihnen alles Gute.«

Kadoke entfernt sich von dem Mann. Ehe er in den Gang tritt, schaut er sich noch ein Mal um. Der Vater steht reglos da, wie ein Standbild. Er hat eindeutig nicht vor, das Polizeirevier zu verlassen.

Wieder läuft Kadoke durch die Gänge der Polizeiwache, lechzend nach einer Zigarette. Mehr Erlösung und Trost braucht er nicht. Die Zeit für eine Zigarette ist leider noch nicht gekommen, er muss den Transport noch regeln, das Gutachten korrekt abschließen. Endlich findet er die untersetzte Polizistin, die wohl die ganze Zeit hinter ihm hergegangen war.

»Könnt ihr einen Krankenwagen für mich rufen?«, fragt er. »Das Mädchen muss in eine Klinik.«

Kadoke nennt den Namen und die Adresse der Einrichtung.

Die Polizistin nickt. »Das kann eine Weile dauern«, sagt sie, »das hat für die keine Priorität, das wissen Sie. Und die Klinik ist weit weg. Der kleine Hüpfer ist jetzt aber stabil, oder? Sie wird ganz hinten auf die Prioritätenliste gesetzt.«

»Ich weiß«, sagt Kadoke, »aber vielleicht könnten Sie erwähnen, dass Psychiater Kadoke vom Krisendienst sagt, dass das Mädchen so schnell wie möglich von hier wegmuss.«

»Ich tue mein Bestes«, sagt die Polizistin.

Sie will weitergehen, aber Kadoke bleibt stehen. »Und noch etwas«, sagt er. »Ich will, dass jemand bei ihr bleibt, bis sie in den Krankenwagen steigt. Von dem Moment, wo wir hier weggehen, bis zu dem Moment, in dem der Krankenwagen da ist, will ich, dass sie keine Sekunde alleine ist. Kann ich mich darauf verlassen?«

Die Polizistin nickt. »Ich bleibe bei ihr.«

Er geht durch die Gänge zu dem Zimmer, in dem das Mädchen auf einem gelben Kissen im Sitzen schläft.

»Wir fahren gleich«, sagt Kadoke leise zu Dekha, die mit ihrem Handy beschäftigt ist. Er sieht, dass sie gerade eine SMS tippt. Er reibt sich übers Kinn, die unrasierten Wangen.

»Nelleke«, sagt er. »Ich habe ein Bett für dich in einer Klinik gefunden, aber nicht hier in der Nähe. Deinen Vater habe ich gesprochen, und er weiß, wohin du kommst. Du wirst heute Nacht noch dorthin gebracht, und bis es so weit ist, wird immer jemand in deiner Nähe bleiben. Ist das klar? Hast du noch Fragen?«

Sie schüttelt den Kopf.

Er setzt sich hin. Sie warten auf die Polizistin. Nelleke ist wieder eingeschlafen. Dekha hat ihr Handy weggesteckt, sie sagt nichts. Kadoke schiebt sein Notizbuch in die Hosentasche und wirft noch einen Blick auf Nelleke.

»Mit dem Krankenwagen hat man immer Ärger«, sagt er leise zu Dekha.

Die Assistenzärztin nickt. Das Mädchen schläft weiter, hält die Augen jedenfalls geschlossen. Er denkt zurück an die ersten Jahre beim Krisendienst, die Hoffnung, mit der er seiner Berufung folgte, Momente kurzer, aber intensiver Freude.

Endlich kommt die untersetzte Polizistin zurück. »Innerhalb von zwei Stunden ist der Krankenwagen da«, sagt sie. »Das haben sie versprochen.«

Kadoke steht auf. »Wir gehen«, sagt er. »Nelleke, ich verabschiede mich jetzt von dir. Ab jetzt übernimmt ein anderer Arzt.«

Sie ist aufgewacht, gibt ihm die Hand.

»Ich will keinen Arzt«, sagt sie.

Er zögert. Soll er so weggehen? Soll er reagieren? Eine Diskussion anfangen?

»Ich weiß, dass du keinen Arzt willst, aber es muss sein, Nelleke. Es muss wirklich sein. Wir haben keine andere Wahl.«

Aus ihrem Mund kommt ein leises, zögerliches »Okay«, ein sozial erwünschtes »Okay«.

»Alles Gute«, sagt er.

Dekha steht auf und gibt dem Mädchen ebenfalls die Hand. Ihre Lippen bewegen sich, aber sie macht keine Geräusche, murmelt nur etwas.

Kadoke und Dekha verlassen den Raum. Er will die Tür des Verhörzimmers hinter sich schließen, aber die Polizistin ist ihnen gefolgt.

»Bis zum nächsten Mal«, sagt sie leise.

Kadoke nickt.

»Ich werde mich nicht von der Stelle rühren«, flüstert die Polizistin. »Bis der Krankenwagen da ist. Ich werde neben ihr sitzen bleiben. Ich verspreche es.«

Kadoke nickt wieder. Dann geht er weiter.

Auf dem Weg zum Ausgang kommen sie an Nellekes Vater vorbei, er scheint reglos in dem Raum mit den Schalenstühlen stehen geblieben zu sein.

»Da sind Sie ja«, sagt der Vater. »Ich habe auf Sie gewartet. Ich wollte Sie noch etwas fragen.«

Kadoke mäßigt den Schritt.

»Kommt meine Tochter jemals wieder nach Hause?«

»Diese Frage habe ich schon beantwortet«, sagt Kadoke. »Erwartungsgemäß ist sie schnell wieder zu Hause. Haben Sie das Bedürfnis nach einer Beruhigungstablette? Ich kann Ihnen eine geben.«

»Nein«, sagt der Mann, »danach habe ich kein Bedürfnis. Ich will wissen, wann sie nach Hause kommt, danach habe ich ein Bedürfnis.«

Kadoke geht zum Ausgang. Er hat die Aggression in der

Stimme des Mannes gehört. Nicht, dass sie ihn stört, aber er hat keine Antworten auf seine Fragen. Er ist nicht angestellt, um zu beruhigen, er ist kein Seelsorger. Seine Spezialität ist Suizidprävention und Suizidprävention ist nicht immer beruhigender Natur. Dekha war zunächst stehen geblieben, geht Kadoke jetzt jedoch nach.

Der Mann folgt ihnen, als würden sie eine Prozession bilden.

»Sie sind der Arzt«, ruft der Mann, »Sie sind der Psychiater. Sie haben mit meiner Tochter gesprochen, aber mir erzählt keiner was. Stimmen, sagen Sie. Was für Stimmen sollen das sein? Woher wissen Sie das? Was wissen Sie eigentlich von meiner Tochter? Was wissen Sie von den Stimmen? Wer sagt, dass sie die wirklich hört?«

Auf dem Parkplatz bleibt Kadoke wieder stehen. Der Mann kommt näher, aber er bleibt, wer er war, kein Schlägertyp, ein verzweifelter Vater, zu fünfzig Prozent arbeitsunfähig.

»Ich habe Ihnen eine Beruhigungstablette angeboten, das ist alles, was ich im Moment für Sie tun kann«, sagt Kadoke. »Wenn Sie meinen, mehr Hilfe zu brauchen, rufen Sie morgen Ihren Hausarzt an.«

Der Mann bleibt stehen, sprachlos. Als hätte er alle möglichen Antworten erwartet, aber nicht diese hier. Keine Verweisung an den Hausarzt, keine Beruhigungstablette.

Kadoke öffnet die Tür seines Autos. Er setzt sich hin, Dekha nimmt neben ihm Platz.

Der Mann schlägt gegen die Autotür. Nicht wie ein wütender Fußballfan, sondern wie ein Kind, das von seinen Eltern an einer Tankstelle vergessen worden ist.

Kadoke öffnet das Fenster.

»Sie wissen es«, ruft der Vater, »Sie wissen, dass sie nie wieder nach Hause kommt, aber Sie wollen es nicht sagen. Ist es das?«

»Ich glaube, Ihre Tochter kommt nach Hause«, sagt Kadoke, »aber ich weiß nicht, wann.«

Dann startet er den Wagen und fährt weg. Schnell und effizient.

An der ersten Ampel sieht er Tränen über Dekhas Wangen rollen.

Er fängt an zu reden. »Du darfst dich dem narzisstischen Reflex, helfen zu wollen, nicht hingeben. So ein Mann kann das allein. Wenn du ihm hilfst, wird er abhängig. Du erzeugst Abhängigkeit. Du musst hart sein. Nur helfen, wo es wirklich nicht anders geht, und ansonsten loslassen. Der große Feind der Beschäftigten in Helferberufen ist der narzisstische Reflex. Tu das nicht. Und ich hab es schon gesagt: Der Nachtdienst ist schwierig, macht alles schlimmer, die Nacht verstärkt den Notfall, verstärkt die Emotionen, aber irgendwann gibt es kein Leiden mehr. Nicht für uns. Es gibt nur noch die professionelle Distanz, das Gutachten, die Suizidprävention. Glaub mir, du gehst jetzt durch eine Phase. Aber das macht dich stärker. Besser. Professioneller.«

Alles, was Dekha antwortet, ist: »Ich glaube nicht, dass ich das will. Ich glaube nicht, dass ich das kann. Ich will durch keine Phase gehen.«

Kadoke fährt schweigend weiter. Nach zwei Ampeln sagt er: »Du hast dich hierfür entschieden, Dekha, und das hatte einen Grund, vermute ich. Gib nicht zu schnell auf. Ich habe Leute erlebt, die meinten, es nicht zu können, aber nach drei Monaten ertrugen sie alles, gehörten sie zu den Besten in ihrem Fach.«

Sie kommen an dem indischen Restaurant an. Der Nachtdienst dauert bis sieben Uhr, vielleicht werden sie noch ein Mal rausmüssen.

»Habe ich dich enttäuscht?«, fragt Dekha.

Es stellt den Motor ab. »Enttäuscht? Mich? Ich bin nicht so

schnell enttäuscht. Vielleicht hast du dich selbst enttäuscht, aber das gehört dazu. Beim nächsten Mal wird es besser gehen. Ich arbeite gern mit dir zusammen.«

Sie schweigt. Er sieht wieder vor sich, wie sie hier neben ihm im Auto saß und sich schminkte. Es kam ihm verrückt vor, aber jetzt findet er es logisch. Sogar für die minderjährigen Notfälle muss man sich als Assistenzärztin schön machen.

»Diesen Vater«, sagt er, »den musst du loslassen. Wir sind nicht da, um seine Hand festzuhalten, wir müssen uns auf die echten Notfälle konzentrieren. Wenn er Hilfe braucht, geht er morgen zum Hausarzt. Wir sind für die da, die nicht auf den Hausarzt warten können.«

Sie nickt. Dann fragt sie: »Als sie sagte, ihr Vater habe sie verraten, hast du nichts gesagt. Warum hast du nicht weitergefragt?«

Er fährt sich durch die Haare. »Wir sind nicht da, um unsere Neugier zu befriedigen. Welche Antwort auch immer sie gegeben hätte, an meiner Entscheidung hätte es nichts geändert. Die Fragen sind für die Klinikärzte, nicht für uns. Ich wollte nur noch wissen, ob es jemanden gab, mit dem sie eventuell Kontakt hätte haben wollen, ehe sie eingeliefert wurde, aber da war niemand.«

Er beugt sich vor, gibt Dekha ein Küsschen. Nach dieser Nacht, nach ihren Tränen, fand er das ganz passend. Einen Augenblick lang gibt es ein Zögern, in dem ihre Münder sich hätten berühren können, einen Augenblick lang gibt es die Möglichkeit eines echten Kusses, aber der Augenblick des Zögerns geht vorüber. Seine Lippen berühren ihre Wange.

»Vielleicht können wir noch ein paar Stunden schlafen«, sagt er zum Abschied. »Man kann nie wissen. Es ist immer eine Überraschung.«

Kadoke schaut ihr nach, wie sie die Wohnungstür öffnet. Ob sie recht hat? Ob das hier wirklich nichts für sie ist? Er wird sie stimulieren, das ist seine Aufgabe. Ihr weiterhelfen, sie begleiten. Sie darf nicht aufgeben.

Er fährt zum Haus seiner Mutter und setzt sich dort auf die Treppe, obwohl es keine warme Nacht ist. Kadoke spürt die Kälte nicht, er spürt den Wind nicht. Er raucht zwei Zigaretten und denkt an nichts. Er ist allein mit seinen Zigaretten. Ein Psychiater, ein Mann fast mittleren Alters, muss man schon sagen, der mitten in der Nacht auf der Treppe vor dem Haus seiner Mutter sitzt und raucht. Man muss selbst auch ein wenig ein Notfall sein, um die echten Notfälle erkennen zu können. Man muss mit einem Bein außerhalb der Gesellschaft stehen, wenn man beim Krisendienst arbeitet.

Er erwägt eine dritte Zigarette, als sein Handy klingelt. Anders als er erwartet hat, ist es nicht der Krisendienst. Jemand Unbekanntes ruft ihn an, aber Kadoke findet, man sollte immer ans Telefon gehen, wenn man Nachtdienst hat. Besonders am jüdischen Neujahr, eine ausgezeichnete Nacht, ans Telefon zu gehen, wer immer auch anruft.

15

»Hallo«, sagt Kadoke.

»Es ist so weit.«

»Mit wem spreche ich?«

»Mit Michette.«

Kadoke zieht eine dritte Zigarette aus dem Päckchen. Die Ereignisse der vergangenen Nacht ziehen an ihm vorüber. Nelleke, Dekha, Nellekes Vater. Die untersetzte Polizistin, die die Worte »kleiner Hüpfer« aussprach, als würde das Kind eigentlich zu ihr gehören. Zärtlich und gleichzeitig erstaunt, dass sie sich mit einem fremden Mädchen so verbunden fühlen konnte.

»Weißt du noch, wer ich bin?«

»Ich weiß, wer du bist«, sagt Kadoke.

Er klemmt sich das Handy zwischen Schulter und Ohr und zündet die Zigarette an.

»Was kann ich für dich tun?«

Kadoke schaut auf die Straße seiner Mutter, die stille Straße. Früher wohnten hier nur alte Leute, aber die alten Leute sterben langsam aus. Paare mit Kindern nehmen ihren Platz ein, erfolgreiche Menschen, schöne Menschen. Trotzdem nehmen auch die schönen, erfolgreichen Menschen sich manchmal das Leben. Erfolg und Schönheit sind keine Garantie, jedenfalls nicht immer.

»Es ist so weit«, sagt Michette wieder.

»Was ist so weit?«

»Ich möchte eingewiesen werden.«

Er inhaliert. Ein Hubschrauber fliegt über ihm. Allmählich spürt er die Kälte, aber er bleibt sitzen. Früher saß er auch manchmal hier, wenn er seine Schlüssel vergessen hatte und seine Eltern nicht zu Hause waren, dann setzte er sich mit seinem Rucksack voller Schulbücher hierhin und wartete. Damals rauchte er noch nicht, er hat spät angefangen zu rauchen. Kadoke hat früh angefangen zu sprechen, aber spät angefangen zu rauchen.

»Du weißt, das ist nicht das Prozedere, Michette. Du musst dich an deinen behandelnden Arzt wenden, und der setzt sich mit uns in Verbindung. Mit dem Krisendienst. Wenn du freiwillig eingewiesen werden möchtest, brauchst du den Krisendienst in den meisten Fällen nicht mal.«

»Du hast mir deine Nummer gegeben.«

Kadoke behält den Rauch kurz im Mund. Man sagt, keine gute Tat bliebe unbestraft, aber letztendlich sind es die Fehltritte, die nicht unbestraft bleiben. Der Psychiater weiß das. Er zweifelt nicht daran, diese Nacht kommt es ihm vor, als sei das Leben nicht mehr als die Summe aller Fehltritte und aller Versuche, den verursachten Schaden zu beschränken.

Manchmal, in Ausnahmefällen, ist der Fehler nicht von der guten Tat zu unterscheiden.

»Das hätte ich nicht tun sollen. Es tut mir leid, ich hätte dir meine Nummer nicht geben sollen«, sagt Kadoke besonnen und nachdenklich. Wie er nun einmal spricht, besonnen, nachdenklich, ohne übertriebene Hoffnung. Bis auf diesen Sommerabend, als er in Rose einen Engel erkannt hat, einen Engel, der geleckt werden musste, an diesem Abend gab es übertrieben viel Hoffnung, da war von Ruhe nicht die Rede.

»Es ist zu spät«, sagt Michette. »Jetzt habe ich deine Nummer. Du kannst es nicht ungeschehen machen. Ich rufe niemand anderen an. Du bist der Einzige, zu dem ich sage: Es ist so weit.«

Er inhaliert. Ungeschehen, so ein Wort, dass er öfter als einmal von reuigen Selbstmordkandidaten gehört hat. »Ich wünschte, ich könnte es ungeschehen machen, wenigstens für meine Familie.« Dann antwortete Kadoke: »Du brauchst nichts ungeschehen zu machen. Der Versuch ist misslungen. Der Versuch hat sich selbst ungeschehen gemacht.«

Ein Mal sagte ein Mann, ein alter Junkie: »Der Tod ist eine Zumutung, meinen Sie nicht auch, Herr Doktor?« Er hatte kaum noch Zähne im Mund, konnte sich aber noch gut ausdrücken. »Das hängt davon ab«, hatte Kadoke geantwortet, neben dem Krankenhausbett auf der Intensivstation. Für jemanden, der gerade einen Selbstmordversuch hinter sich hatte, war der Junkie ausgesprochen fröhlich gewesen, fast ausgelassen. Er schien sowohl zufrieden zu sein, dass er noch lebte, als auch damit, dass er versucht hatte, nicht mehr zu leben. »Die Abwesenheit jeglicher Form des Todes wäre auch eine Zumutung, aber wir sollten nichts überstürzen«, hatte Kadoke zu dem Junkie gesagt. »Bestimmte Entscheidungen müssen wir anderen Mächten überlassen, höheren Mächten.« Daraufhin hatte der Junkie etwas gemurmelt und Kadoke beschlossen, der Mann bräuchte nicht zwangseingewiesen zu werden.

Sobald er körperlich für gesund erklärt worden war, durfte er nach Hause, oder auf die Straße, entsprechend seinen persönlichen Umständen.

Der Hubschrauber kreist immer noch über ihm. Ein Polizeihubschrauber? Oben liegt Mutter. Ob sie schläft?

»Ungeschehen«, sagt Kadoke nach einer Pause zu Michette. »Nein, das geht nicht, ich hab dir meine Nummer gegeben. Ich kann es nicht ungeschehen machen, aber du weißt, wie es läuft. Du kennst das System. Dein behandelnder Arzt oder ein anderer Überweisungsbefugter muss sich mit uns in Verbindung setzen. Dann kann ich kommen. Es gibt Regeln. Lasst uns versuchen, uns daran zu halten.«

Er klingt wie ein Schulmeister, der seine Lektion herunterleiert. Kadoke durchschaut seine eigene Strategie. Wie viele Einwände man auch dagegen haben mag, es gibt die Vorschriften nicht umsonst.

»Ich rufe meine behandelnde Ärztin nicht an. Ich will nichts mehr mit ihr zu tun haben. Wenn du nicht kommst, tue ich mir was an.«

Das Geräusch des Hubschraubers verhallt. Kadoke lächelt. Es geht von selbst. Er sieht, welche Falle er sich selbst gestellt hat. Ja, er wollte fallen. Seine Selbstreflexion erlaubt keine andere Schlussfolgerung. Und Michette mit ihrer Scharfsinnigkeit, mit der Intuition eines Menschen, der die Schwächen anderer riecht wie ein Bluthund, versetzt ihm den letzten Stoß. Darum lächelt er, weil er sich selbst fallen sieht und weiß, dass nichts dagegen zu tun ist. Es gibt keine rettenden Hände, und wenn es sie gäbe, würde er sie wegschlagen.

»Nicht drohen«, sagt er und er denkt aus unerklärlichen Gründen an das Widderhorn. Michette bläst das Widderhorn. Aber er ist nicht Gott, sie weckt den Falschen auf.

»Wenn du nicht kommst, wirst du es bereuen.«

»Wenn ich komme, wohl auch.«

»Welche Art von Reue ist dir lieber? Welche Reue findest du am angenehmsten?«

»Am angenehmsten«, sagt Kadoke langsam. »Reue ist nicht angenehm, aber ich gebe dir noch eine letzte Chance. Ruf deine behandelnde Ärztin an. Sie verständigt den Krisendienst. Der Krisendienst ruft mich an. In weniger als einer Stunde sind wir bei dir. Dann haben wir uns an die Regeln gehalten. Das ist besser. Glaub mir. Das ist für alle besser.«

Er versucht, seine Stimme ebenso überzeugend klingen zu

lassen wie die einer Autoritätsperson in Uniform oder Zivil. Der Bürgermeister, der Polizist, der Psychiater. Aber gerade weil er das versucht, misslingt es. Wer versucht, Autorität auszustrahlen, besitzt sie nicht.

»Wenn ich gleich auflege, rufe ich niemanden mehr an, und das weißt du«, sagt Michette.

So wird man schachmatt gesetzt, nein, so setzt man sich selbst schachmatt. Der Hubschrauber ist wieder da. Kadoke schüttelt sich, sein ganzer Körper fühlt sich kalt und nass an.

Er inhaliert, räuspert sich. Er hat die Entscheidung getroffen, vielleicht schon, als er ihr seine Nummer gab. Als würde man sich auf ein wackliges Dach stellen und wäre dann erstaunt, dass man fällt. Ob sie wohl erstaunt sind? Die Selbstmörder, in dem Moment, in dem ihnen klar wird, dass es gelingen wird? Ist Unglaube stärker als Erstaunen? Wie bei einer Narkose vor einer Operation. Erst ist da der Gedanke: Die Narkose wird nicht wirken. Dann spürt man, wie man allmählich wegdämmert, der Unglaube verschwindet, das Zeug wirkt tatsächlich, und dann ist da nichts mehr, gar nichts. Das Aufwachen an einem anderen Ort, eine Ahnung von Schmerz, Erschöpfung, das ist alles, eine vage Erinnerung an die Momente vor der Narkose, den Operationstisch, den jovialen Chirurgen.

»Was ist deine Adresse, gib mir deine Adresse bitte noch mal.«

Sie gibt ihm die Adresse, er schreibt sie in sein Notizbuch.

»Ich bin in einer halben Stunde da«, sagt er und er muss wieder lächeln. Trotz seiner eigenen Person, trotz der Kälte, über den illegalen Charakter seiner Aktion. Er begibt sich in eine Zone, in die er sich nicht begeben sollte. Er ist wie ein Gläubiger, der nicht mehr glaubt und sich nicht mehr an den gebräuchlichen Ritualen festhalten kann. Er muss sich andere Rituale einfallen lassen, will er einen Versuch unternehmen, seinen Glauben zurückzugewinnen. »Aber wenn der Krisendienst mich anruft, wenn es einen Notfall gibt, kann es später werden. Ich habe Nachtdienst.«

»Ich bin der Notfall«, antwortet Michette. »Ich bin dein Notfall, Kadoke.«

Er unterbricht die Verbindung, steckt den Schlüssel in Mutters Haustür, Michettes letzte Worte hallen noch in ihm nach. Sie hat unrecht, die Notfälle gehören niemandem.

Kadoke geht nach oben. In Mutters Schlafzimmer brennt Licht. Vorsichtig öffnet er die Tür. Manchmal schläft sie bei Licht, aber jetzt sitzt sie mit weit geöffneten Augen im Bett. Von Schlaf kann gar nicht die Rede sein, von Schlaf kann vielleicht schon die ganze Nacht keine Rede gewesen sein.

»Bist du endlich wieder da?«, fragt sie.

Er geht zu ihr, streichelt ihre Stirn.

»Ui, wie kalt deine Hand ist«, sagt sie. »Fass mich nicht an, wenn du so kalte Hände hast.«

Er küsst sie.

»Sogar deine Lippen sind kalt«, sagt sie. »Wo warst du?«

»Auf dem Polizeirevier.«

»Haben die da keine Heizung?«

»Ich hab noch kurz draußen gesessen. Und jetzt muss ich wieder los, es gibt noch einen Notfall. Du musst jetzt wirklich schlafen, Liebchen. Wie sollst du gesund bleiben, wenn du nicht schläfst? Wie kannst du bei mir bleiben, wenn du nächtelang wach bist?«

»Wie kann ich schlafen, wenn du nicht zu Hause bist?«, antwortet Mutter, fast in demselben Tonfall, aber mit etwas mehr Empörung in der Stimme. »Wie kann ich schlafen, wenn ich weiß, dass du zu dünn gekleidet in der kalten Nacht unterwegs bist, um lauter Selbstmörder zu treffen, die dich nicht verdient haben? Lass sie gehen, die Selbstmörder. Lass sie in Ruhe. Für wen hältst du dich eigentlich, dass du dich zwischen sie und den Tod stellst?«

Seine Mutter hat seine Hand ergriffen und hält sie fest. Obwohl sie kalte Hände nicht mag, macht sie für ihn eine Ausnahme.

»Ich bin Psychiater, Mutter«, sagt er und er setzt sich auf ihren Bettrand. »Wenn du fragst, wer ich zu sein glaube, antworte ich, dass ich Psychiater bin. Und in dieser Funktion glaube ich tatsächlich, mich zwischen den Tod und den Patienten stellen zu müssen. Ich bin Psychiater geworden, weil ihr das wolltet, weil ihr immer zu mir gesagt habt: »Du bist unser kleiner Psychiater.« Ich habe getan, was ihr von mir verlangt habt, von Herzen gern, das schon.«

»Kinderpsychiater«, sagt Mutter und ihr Griff wird noch fester. »Das hatten wir gehofft. Dass du durch die Welt reisen und die Kinderpsychiatrie verändern würdest, dass du die Kinder heilen würdest, das haben dein Vater und ich gehofft. Aber die Fachrichtung, für die du dich letztendlich entschieden hast, war eine derbe Enttäuschung für uns. Dein Vater hatte es nicht leicht damit.«

Noch immer hält sie seine Hand fest. Hellwach ist sie, ihre Augen sind klar, klarer als tagsüber.

»Verzeih mir«, sagt er. »Verzeih mir, dass ich kein Kinderpsychiater geworden bin. Ich habe aber sehr viel mit Kindern zu tun, mit Pubertierenden. Fünfzehn bis zwanzig Prozent meiner Notfälle könnte man Kinder nennen. Vielleicht macht das ja was wett. Ich muss jetzt gehen. Es wartet noch jemand auf mich. Kein Kind, das nicht, nicht mehr. Aber ein Notfall.«

Sie hält seine Hand immer noch fest.

»Geh nicht weg«, sagt sie. »Ich mach mir Sorgen, wenn du nachts weggehst. Ich sehe doch, dass es dir nicht guttut. Du kannst doch fragen, ob du keine Nachtdienste mehr zu machen brauchst?«

»Das könnte ich. Wenn die Pläne fürs nächste Quartal gemacht werden, kann ich fragen, ob ich keine Nachtdienste mehr zu machen brauche. Aber bis vor Kurzem, als ich noch nicht hier wohnte, hat dich das nicht gestört. Du wusstest gar nicht, wenn ich Nachtdienst hatte. Und ich mag den Nachtdienst, ich fühle mich wohl dabei. Das Ungewisse, die Intensität, der Nachtdienst gibt mir das Gefühl, wirklich zu leben. Das Morgenrot im Sommer, und im Herbst … ganz anders ist es dann. Wenn die Sonne aufgeht und du weißt: Jetzt kommen keine Notfälle mehr. Diese Nacht nicht. Diese Nacht haben wir wieder geschafft. Im Sommer dagegen hat der Sonnenaufgang keine Bedeutung. Manchmal ist es schon ganz hell, wenn doch noch zwei Notfälle hinzukommen.«

Normalerweise ist er nicht so offenherzig. Jetzt, da er ohnehin schon hier wohnt, kann er durchaus auch ein wenig offenherzig sein. Sofern Mutter es erträgt, seine Aufrichtigkeit, seine Verletzlichkeit, seine Einstellung gegenüber dem Nachtdienst, wie er sich in ihm verliert.

Langsam lässt Mutter seine Hand los, als würden ihre Kräfte schwinden, als geschähe es gegen ihren Willen.

»Ich muss gehen«, sagt er wieder. »Die Patientin wartet. Und du musst schlafen. Ich gebe dir noch ein wenig Baldrian.«

Er gibt fünfzehn Tropfen in ein Glas deutsches Mineralwasser. Kadoke will ihr das Glas ins Bett reichen, aber das will sie nicht.

Sie steht auf, schneller als er dachte, schlüpft in ihre Schuhe, die neben ihrem Bett stehen, setzt sich an den Tisch, der niemals als Schreibtisch fungiert hat. Dann trinkt sie träge und konzentriert ihr Mineralwasser mit Baldrian. »Du gehst wieder«, sagt sie, ohne sich ihm zuzuwenden. »Zu dünn gekleidet. Auch das noch. Dann sterben die Menschen nicht am Selbstmord, sondern an deinen Bazillen.«

Als das Glas leer ist, bringt er Mutter zurück ins Bett. Er

zieht ihr die Schuhe aus, streichelt ihre Beine, küsst ihre Füße. Was sonst kann er tun? Nachdem sie sich hingelegt hat, zieht er die Bettdecke gerade. Ihr Pyjama ist mindestens zwanzig Jahre alt. Die Farben, blau und orange, sind verwaschen, aber der Pyjama ist noch immer funktionstüchtig, das heißt: Er hält sie warm.

»Fang endlich mal mit einem Kampfsport an, mein Junge«, sagt sie. »So, wie du jetzt hier stehst, kann dich doch jeder umpusten.«

»Ich gehe«, antwortet er.

Das ist nicht der richtige Moment für ein Gespräch über Kampfsport. Der Moment, seiner Mutter zu widersprechen, ergibt sich ohnehin selten. Als Kind schon konnte er besser lügen als widersprechen. Sie mussten geschont werden, die Eltern. Später hat er Assistenzärztinnen geschont. Nur als Psychiater spricht er die Wahrheit, und sogar dann oft in verschleierter Form. Er verschweigt Dinge, um die Behandlung nicht schon im Vorfeld zu gefährden.

»Ich bin zurück, so schnell es nur geht. Soll ich das Licht ausmachen?«

»Das mach ich schon«, sagt sie.

Im Türrahmen bleibt er stehen, bis Mutter die Stehlampe neben ihrem Bett ausgeschaltet hat.

Dann verlässt er das Haus. Im Auto raucht er noch eine Zigarette, sucht sicherheitshalber in seinem Notizbuch nach Michettes Adresse, obwohl er sie sich gemerkt hat. Eine leichte Neurose, ein kleines Ritual, das Suchen nach Sicherheit, bevor der Notfall besucht wird.

Sie macht ihm auf, dieses Mal trägt sie ein graues T-Shirt mit Print, was er darstellen soll, kann Kadoke nicht erkennen, und eine schwarze Jeans. Nur ihre Nägel sind knallrot. Als hätte sie sie erst vor ein paar Stunden lackiert, so sehen sie aus. Erst die Maniküre, dann der Selbstmord. Oder Michette hat sich für die Klinik fertig gemacht und dachte: Ich kümmere mich jetzt noch schnell um meine Fingernägel.

»Kadoke«, sagt sie. »Ein merkwürdiger Name. Woher kommt der?«

»Irgendwoher«, sagt der Psychiater. »Soll ich reinkommen, dann können wir zusehen, wie wir diese für uns beide schwierige Situation lösen können.«

»Ist dir nicht kalt?«, fragt sie. Sie zeigt auf sein Jackett.

»Bis zum 1. November trage ich keine Jacke, danach bin ich dazu bereit, sofern das Wetter es erforderlich macht.« Er folgt ihr ins Wohnzimmer, wo sie sich auf den Fußboden setzt. Neben ihr steht ein Wasserglas.

Er nimmt auf dem Sofa Platz, auf dem er vorher mit Dekha gesessen hat. Er denkt an sie, die Schminksachen, die sie aus ihrer Tasche nahm, bevor sie zum Polizeirevier fuhren. Ihre Verzweiflung. Sie wird sich im Nachtdienst wohlfühlen, aber die Verzweiflung muss sie durchstehen. So ist die Reihenfolge: Erst die Verzweiflung, dann die Akzeptanz.

»Möchtest du was trinken?«, fragt Michette.

Kadoke schüttelt den Kopf.

»Das ist Chlorreiniger«, sagt sie. Ihre Stimme klingt verführerisch. Sie spricht das Wort aus, wie jemand anderes über kostbaren Champagner sprechen würde. »Ich hab schon ein halbes Glas intus, ich hab zwei Mal gekotzt, aber den Rest will ich mit dir trinken, Kadoke.«

Sie lässt seinen Namen klingen, als enthalte er etwas Ironisches, etwas, was sie dazu bringen könnte, in unbändiges Gelächter auszubrechen, aber der Umstände halber zieht sie vorläufig Chlorreiniger dem schallenden Gelächter vor. Später wird sie wieder schallend lachen, jetzt nicht.

Er meint, den Chlorreiniger riechen zu können.

»Es ist auch einfaches Putzmittel da«, fährt sie fort. »Gestern Nacht hab ich Putzmittel getrunken, aber heute Nacht war mir nach was Stärkerem. Möchtest du vielleicht ein wenig Putzmittel, Doktor?«

Die abgeknickten Pflanzen stehen noch immer da. Er betrachtet die Wohnung, wie er sie die vorigen Male betrachtet hat, als er hier war. Für ein Gutachten braucht man nicht viel zu wissen, aber manchmal bietet die Kulisse entscheidende Informationen.

»Du hast mich angerufen«, sagt er. »Weil du eingewiesen werden möchtest.«

»Ich hab dich angerufen, weil ich nicht mehr leben möchte.«

Sie hebt das Glas, trinkt, schluckt und verzieht das Gesicht zu einer Grimasse.

Die junge Frau macht Würgebewegungen, während sie ihn unverwandt anschaut, als wolle sie sagen: Hierfür bist du gekommen, diesem Schauspiel hast du deine Nachtruhe geopfert, Psychiater Kadoke.

»Wenn du wirklich nicht mehr leben wolltest, bräuchtest du mich nicht. Du hast mich angerufen, weil du Angst hattest, du könntest dir etwas antun. Kurz zusammengefasst läuft deine Bitte um professionelle Hilfe auf das Folgende hinaus: Ich soll verhindern, dass du dir etwas antust.«

Auf dem Boden sitzend, das Glas noch in der Hand, schüttelt sie den Kopf. »Ich hatte Angst, sie würden böse auf mich werden«, sagt sie, »meine Eltern, ein paar Freunde. Nicht, dass ich viele Freunde hätte. Ich hab ihnen versprochen, es nicht zu tun, aber ich spüre, dass ich mein Versprechen nicht halten kann. Bist du schon mal vom Tod verführt worden, Doktor? Hast du schon mal bemerkt, wie verführerisch der Tod ist? Wie erregend der Gedanke sein kann, bald zu sterben? Hast du das schon mal erlebt?«

Sie schaut ihn starr an, als wolle sie ihn hypnotisieren.

Vielleicht hat seine Mutter recht. Vielleicht sollte er sich nicht zwischen das Grab und den potenziellen Selbstmörder stellen. Hochmut. »Für wen hältst du dich?«, hatte seine Mutter gefragt. Die Antwort auf diese Frage kommt ihm zunehmend schmerzhaft vor.

»Ich würde nicht sagen, dass der Tod mein Feind ist«, sagt er dennoch ganz ruhig, »aber der selbst gewählte Tod sollte besser verhindert werden, und das ist, was ich tue. Weil ich glaube, weil wir glauben, dass dieser Tod unnötig ist, dass die Verzweiflung, die tiefe Verzweiflung, bei der ich nicht mitreden kann, ich würde mir nicht anmaßen, dazu etwas sagen zu können …«

Er macht eine kurze Pause, versucht, seine Gedanken zu ordnen. »Ich weiß nur, dass die Verzweiflung reduziert werden kann, in den meisten Fällen. Meine Tätigkeit besteht darin, den selbst gewählten Tod zu verhindern, damit, nach welcher Behandlung auch immer, andere Auswege sichtbar werden. Bessere Auswege, echte Auswege. Also nein, der Tod hat mich nie verführt. Ich wüsste nicht wie, ich wüsste nicht warum. Ich weiß nur, dass es Menschen gibt, die dieser Verführung ausgesetzt sind, und dass es helfen kann, wenn ich versuche, mir vorzustellen, wodurch diese Menschen verführt werden. Aber wenn du meine professionelle Meinung hören willst: um zu verhindern, was verhindert werden muss, brauche ich mir das nicht vorzustellen. Ich muss möglichst effektiv eingreifen.«

Er kann hier nur sitzen, er kann nur mit ihr reden, wenn er jegliche Ironie unterlässt, sie ernst nimmt, sein Fach völlig vorbehaltslos ernst nimmt, als habe er gerade erst angefangen, als sei sein Glaube an die Psychiatrie unbesudelt.

»Gestern Nacht habe ich Ajax Allesreiniger getrunken, das ist weniger stark, Doktor. Man muss davon auch kotzen und bekommt Durchfall, man braucht nur ein wenig mehr davon.

Möchtest du mit einem Gläschen Ajax anfangen? Du trinkst doch wohl mit mir, jetzt, wo du schon mal hier bist?«

Sie verspottet ihn. Der Hohn ist deutlich spürbar, aber er wird ihren leidenden Kern nicht aus den Augen verlieren. Mit welcher Aggression, welchem Widerwillen, welchen Verführungstechniken auch immer der Patient einem begegnet, man muss den Kern im Auge behalten. Übertriebener Respekt diesem Kern gegenüber ist nicht vonnöten, aber man muss sich seine Existenz vergegenwärtigen, sich bewusst machen, dass die Person, die einem gegenübersitzt und einen manipuliert, mehr ist als das, oder besser gesagt: etwas anderes ist als ein Manipulator.

Er reibt sich die Hände. Seine Mutter hat recht, seine Hände fühlen sich kalt an.

»Du hast mich angerufen«, sagt er, »weil es wieder eine Krise gab. Die Frage ist, wie wir sie lösen. Die Klinik hat dich vor nicht allzu langer Zeit entlassen, weil der Arzt dort meinte, du würdest nur Rückschritte machen. Ich weiß nicht, ob es viel Sinn hat, dich stationär zu behandeln. Ich glaube eigentlich, dass du mehr oder weniger austherapiert bist, dass die Psychiatrie nicht sonderlich viel mehr für dich tun kann. Und wenn ich dich hier so sehe, glaube ich auch nicht, du möchtest, dass wir etwas für dich tun. Ich glaube, du kannst es selbst. Du brauchst mich nicht. Meine Anwesenheit hier verschlimmert es nur noch, verführt dich dazu, dir immer weiter selbst wehzutun.«

Wieder reibt er sich die Hände. Einen Moment hofft er auf einen Anruf. Auf einen Notfall, einen offiziellen Notfall, und eine Ausrede, hier wegzugehen. Aber niemand ruft ihn an.

»Doktor«, sagt sie mit dem Glas in der Hand, man könnte sie sich fast mit einer Zigarette in der anderen in einem Schaukelstuhl vorstellen, an einem lauen Frühlingsabend. Alles, was Schmerz ist, ist weit weg. Leiden ist ein Gerücht,

Leiden ist für die anderen, die Schwarzen, die Araber, die Juden.

»Der Tod hat dich also noch nie verführt? Noch nie hat er dich gerufen? Noch nie hat er für dich gesungen?«

»Gesungen? Nein, und du solltest dir auch nicht weismachen, dass er dich ruft, du weißt nichts über den Tod. Der Tod ist keine Lösung, keine Arznei. Und nochmals, das ist dir bewusst, sonst hättest du mich nicht angerufen. Du hast mich nicht angerufen, weil du sterben willst, du hast mich angerufen, weil du nicht sterben willst. Das ist mein Ausgangspunkt. Die Frage ist, wie ich dir dabei helfen kann. Ich habe vorsichtig versucht, eine Antwort auf diese Frage zu formulieren.«

Wieder nimmt sie einen Schluck, einen kleinen Schluck nur. Das Ritual aber wiederholt sich. Die Grimasse, das Würgen. Er fragt sich, wie sie darauf kommt, dass der Tod singt. Ob sie ihn wirklich singen hört? So wie Nelleke Stimmen hört? Der singende Tod. Sofern er sich eine Vorstellung vom Sterben gemacht hat, kommt Singen nicht darin vor. Ein flüsternder Tod, den kann er akzeptieren. Einen schreienden auch. Der Tod in Uniform kommt ihm auch recht wahrscheinlich vor.

»Dürfte ich mal zur Toilette?«, fragt Kadoke.

»Im Flur«, sagt sie. »Du kennst den Weg.«

Er betritt die Toilette und lehnt den Kopf an die Wand. Der kleine Raum ist blitzsauber, sie hat Besuch erwartet. Vielleicht erwartet sie jeden Abend Besuch. Jeden Abend wieder, aber jeden Abend kommt niemand, darum hat sie ihn angerufen. Darum musste er kommen, als eine Art Besuch.

Wenn Michette schon keine Freunde hat, will sie wenigstens Zuschauer.

In der Ecke stehen zwei Flaschen Chlorreiniger. Ja, seine Mutter hat recht, er sollte sich nicht mehr zwischen die Patienten und den Tod drängen, er sollte damit aufhören, bevor es zu spät ist. Wer ist er, um das zu tun? Warum wurde ausgerechnet er zum Propagandisten des Lebens auserwählt? Ein unglaubwürdiger Propagandist, man kann sich bessere Kandidaten vorstellen. Ist das, was er einst für Auserwähltheit hielt, nicht lediglich eine Verwünschung? Während er dort tatenlos steht, den Kopf gegen die Wand gelehnt, ohne pinkeln zu müssen, wird ihm klar, dass die Einsamkeit, die er jetzt empfindet, eine Art Tod ist. Was in ihm vereinsamt ist, ist letztlich schon abgestorben, erfroren, so wie Zehen absterben können und keine Sonne sie je mehr zum Leben erwecken wird. Er kann es nicht mehr mit den Selbstmördern aufnehmen, sie gewinnen. Das ist seine einzige Schlussfolgerung. Einen Moment lang glaubt er, nicht mehr zu sein als getarnte Einsamkeit und dass sogar sein Kontakt mit den Patienten, seine Hingabe an den Nachtdienst, darauf hinausläuft: die Tarnung dessen, was letztendlich unerträglich ist.

Kadoke geht zurück ins Wohnzimmer, und nachdem er sich aufs Sofa gesetzt hat, sagt er: »Wenn ich glauben würde, eine Einweisung könnte dir helfen, würde ich alles tun, um dich einweisen zu lassen, aber das glaube ich nicht. Ich glaube, du kannst es selbst. Wir machen es nur schlimmer. Ich gehe jetzt gleich.«

»Doktor«, sagt sie und steht auf. Sie sieht ihn mit ihren großen Augen an. »Man kann doch nicht nur leben, weil man seinen Eltern versprochen hat, sich nichts anzutun? Ich bin fast dreißig. Muss ich leben, weil ich ihnen das versprochen habe? Muss ich darum weitermachen? Das ist doch kein Leben?«

Er beugt sich vor. Er denkt an Nelleke, die Gespräche mit ihrem Vater. Nein, das waren keine Gespräche, sondern Monologe, zwei Monologe, einer von ihm, dem Psychiater, einer vom Vater.

»Es gibt keine guten und schlechten Gründe zu leben«,

sagt er leise, während er auf den Boden schaut. »Jeder Grund, der sich gültig anfühlt, ist gut. Ich beschäftige mich nicht mit Sinngebung, ich beschäftige mich mit Suizidprävention, das ist etwas anderes. Für Sinngebung musst du an einen anderen Schalter.«

»Meinst du, ich hätte dich angerufen, weil ich nach Sinngebung verlange? Ich will nicht sterben, weil die Sinngebung mich im Stich gelassen hat, weil meine eigene Existenz nicht mehr sinnvoll ist und das vielleicht nie gewesen ist. Weder der Sinn noch der Mangel an Sinn tun mir weh. Was für ein Psychiater bist du?«

Sie steht da mit dem Glas in der Hand, und ihm wird bewusst, dass er nur noch seine Mutter, Kollegen und potenzielle Selbstmörder kennt und ein oder zwei Freunde, die allmählich Bekannte zu werden drohen. Es muss eine andere Welt geben, eine Welt, in der Menschen nicht nachts mit einem Glas Chlorreiniger durch die Wohnung spazieren, aber diese Welt muss geradezu eine falsche Welt sein, eine Welt, an die er nicht mehr glauben kann, in der er sich auch nicht mehr wohlfühlen würde. Sofern es diese Welt gibt, wäre es nicht richtig, dorthin zu gehen. Nicht für ihn. Es ist nicht mehr Kadokes Welt, und vielleicht ist sie es auch niemals gewesen.

»Wenn der Tod dich nie verführt hat«, sagt sie, »wenn er dich aus mir unerklärlichen Gründen in Ruhe gelassen hat, dann kann ich dich vielleicht verführen.«

Sie nimmt einen Schluck, geht zu einem der Pflanzenkübel und kotzt.

Es ist vor allem Schleim, sieht er. Kadoke weiß, sie will, dass er ihr das Glas abnimmt, aber das tut er nicht, gerade deshalb nicht. »Wir lassen es nicht zu«, hat er zuvor am Abend zu Nelleke gesagt, und es war richtig, es zu tun, aber zu Michette wird er das nicht sagen. Sie hat es schon zu oft gehört, es hat keinen Effekt mehr, sofern es den jemals gehabt hat.

Ihr wird er erklären: »Wir lassen es zu, Michette. Wenn du es willst, musst du es tun.«

Als Psychiater pokert man manchmal, gerade als Psychiater.

Sie hängt noch immer über dem Pflanzenkübel. Ihr Mund ist mit Schleim verklebt, und sie fordert ihn heraus, wie sie ihn da mit ihren großen Augen anschaut. Noch nie hat er so viel unterdrückte Wut in einem Menschen gesehen wie in Michette.

»Du kannst aufhören, dich selbst zu beschädigen«, sagt er fast unhörbar. »Du kannst ohne Chlorreiniger leben. Dazu brauchst du mich nicht.«

Die junge Frau richtet sich auf und wischt sich mit dem Handrücken über den Mund.

»Ich werde dich verführen, Doktor«, sagt sie. »Wenn du von mir verführt worden bist, hat dich der Tod verführt. Dann weißt du, was das ist.«

Sie fängt an, sich auszuziehen. Erst ihre schwarze Jeans, dann ihr T-Shirt. Sie trägt einen grauen Slip, fast dieselbe Farbe wie das T-Shirt, mit einer winzigen roten Schleife. Narben kommen zum Vorschein. Wieder sieht er das Tattoo etwas oberhalb ihres Fußgelenks, und einen Moment denkt er, es wurde dort gestochen, um Narben zu verdecken. Er fragt sich abermals, was es darstellen soll.

Dann beschließt Kadoke, sich auf die rote Schleife zu konzentrieren.

Ihre Brustwarzen sind mit zwei Piercings durchstochen.

Die Narben sind überall. Sosehr er sich auch bemüht, sich auf die rote Schleife an ihrem Slip zu konzentrieren, die Narben entgehen ihm nicht. Auf ihren Armen und Beinen, Brüsten, Schultern, Fußgelenken.

Schön ist sie nicht, nicht im herkömmlichen Sinne, aber sie ist absolut überwältigend. Verwüstet und verwüstend, so würde er sie beschreiben wollen. Mit großen Augen, die durch die schweren Brauen noch mehr betont werden.

Das halb volle Glas Chlorreiniger steht neben dem Pflanzenkübel.

Erotisierend ist sie vielleicht auch, auf eine eigenartige Weise, so wie der Tod erotisierend sein kann, etwas, was er nie zuvor so empfunden und worüber er nie nachgedacht hat, aber vermutlicherweise meinte sie das, als sie sagte, der Tod würde für sie singen. Ein Wiegenlied, ein erotisches Wiegenlied. Sie hat für sich selbst gesungen, sie hat versucht, sich selbst in den Schlaf zu singen.

»Du bist der 106. Mann, mit dem ich ins Bett gehe, Doktor«, sagt sie.

»Ich gehe nicht mit dir ins Bett«, antwortet Kadoke und er denkt an seine Mutter, fragt sich, ob sie jetzt wohl endlich eingeschlafen ist. Was würde sie sagen, wenn sie ihn hier so sähe?

Kadoke ist nicht nur der Notruf anderer Menschen, er ist auch die Enttäuschung anderer. Das eine hat selbstverständlich mit dem anderen zu tun. Er erinnert sich, wie Nellekes Vater gegen seine Autotür hämmerte, der Mann wollte nur wissen, wann seine Tochter wieder nach Hause käme. Keine unbegreifliche Frage, und dennoch hatte Kadoke nicht viel mehr sagen können als: »Wir pokern mit Ihrer Tochter. Wir sind erfahrene Pokerspieler, aber wir haben keine Antworten, die Diagnose ist oft ein Glücksspiel. Das gilt auch für die Behandlung, schon deswegen sind alle Vorhersagen unpräzise.«

»Warum nicht?«, fragt Michette.

Ihre Stimme klingt interessiert, sogar ein wenig erstaunt. Sie will wirklich wissen, warum er nicht mit ihr ins Bett will. Damit hat sie nicht gerechnet. Mit dem Tod, ja, aber nicht mit seiner professionellen Ablehnung. »Ich bin zwar keine Femme fatale«, sagt sie in einem Ton, als würde sie Tatsachen aufzählen, »aber ich kann durchaus verführerisch sein. Ich bin kein geeignetes Beziehungsmaterial, aber ein- oder zweimal mit mir ins Bett wollen schon alle. Manchmal öfter.«

Sie macht klar, wer sie ist, wer sie diese Nacht für ihn sein will. Sie denkt, diese Vermummung würde ihn fesseln; als Abwechslung zur Selbstzerstörung ein paar Werbeanzeigen für sich selbst schalten. Zwischen dem Tod und Michette steht nicht der Psychiater, sondern die Beachtung, die andere einem zuteilwerden lassen, in welcher Form auch immer; nichts macht süchtiger, als von anderen begierig beachtet zu werden. Er ist instrumentell, wie es sich für einen Psychiater ziemt, und wie der Patient das in gewisser Weise auch für den Arzt ist. Er muss Antworten auf Hilfeersuchen formulieren, auch wenn diese nicht ganz freiwillig gestellt wurden. Der Tod ist eine Niederlage, aber man gewöhnt sich daran, obwohl manche Tode größere Niederlagen darstellen als andere.

Kadoke fährt sich mit der Zunge über die Lippen. Sie fühlen sich unangenehm trocken an. Er riecht den Chlorreiniger, er sieht das Glas, die abgestorbenen Pflanzen, die noch knapp nicht gestorbene Frau. Hier gibt es keinen Ausweg, höchstens den Totalausverkauf, den Räumungsverkauf.

»Du bittest um professionelle Hilfe«, sagt er leise und hofft nur, sie hört nicht, mit wie viel Widerwillen die Worte »professionelle Hilfe« aus seinem Mund kommen. »Darum hast du mich angerufen. Sex ist kein Bestandteil der professionellen Hilfe, ich bin professionell, jedenfalls versuche ich das zu sein. Ich habe deine Bitte um professionelle Hilfe ernst genommen. Ich kann nicht anders. Und jetzt gehe ich nach Hause.«

Sie dreht sich um, beugt sich vor und zieht ihren doch recht unansehnlichen grauen Slip aus, aber er schaut nicht auf ihren Hintern, er schaut zu den abgeknickten Pflanzen. Der Nachtdienst ist eine Phase, hatte er zu Dekha gesagt, oder so ähnlich, aber er ist keine Phase, er ist das Leben. Außerhalb des Nachtdienstes gibt es nichts. Es gibt eine Mutter, aber eigentlich lebt auch sie in einem ständigen Zustand des Nachtdiensts.

Michette steckt den Kopf zwischen die Beine. Kadoke sieht hinten auf ihren Beinen Haare. Ein Pelz, daran erinnern sie ihn. Er schaut wieder weg. Nicht, weil er sich schämt, oder weil ihre Nacktheit ihn unangenehm berührt, sondern weil er Wegschauen professionell findet, es ist das einzig Richtige, das er jetzt tun kann.

»Doktor«, sagt sie mit dem Kopf zwischen den Beinen. »Ich hab da ein Notizbuch, in dem ich Fragen aufschreiben sollte, Fragen an mich selbst. Das hat man mir in der Therapie beigebracht. Aber ich hab da keine Fragen reingeschrieben, ich hab die Namen der Männer aufgeschrieben, mit denen ich im Bett war. Ich hab allen eine Nummer gegeben. Es gibt noch ein anderes Notizbuch, da stehen die Frauen drin, mit denen ich im Bett war, denen habe ich keine Nummer gegeben. Du bist Nummer 106, Doktor. Gefällt dir diese Nummer? Oder hättest du lieber 107 sein wollen?«

Kadoke reibt sich mit dem Handrücken übers Kinn. Er schaut zu den Kleidern auf dem Fußboden, ein armseliger Haufen. »Numerologie ist nichts für mich. Und jetzt gehe ich, es wäre gut, wenn du meine Telefonnummer löschen würdest.«

»Bist du darum Psychiater geworden? Um mich allein zu lassen? Um mich sterben zu lassen? Muss ich sterben, weil du Angst hast?«

Jetzt schaut er sie an. Er schaut zu dem Kopf, der zwischen ihren Beinen steckt, dem umgekehrten Kopf. Ihre gruseligen Augen, groß, flehend, stumpf und dennoch ironisch.

»Meine professionelle Meinung habe ich dir schon gesagt, Michette. Du bist austherapiert. Ich sitze hier tatsächlich als

Vertreter der Psychiatrie. Vielleicht ein armseliger Vertreter, aber im Moment ist kein anderer da. Ich habe noch nie jemanden aufgegeben, aber dich gebe ich auf, weil ich glaube, dass es das Beste ist, was ich für dich tun kann.«

Endlich steht er auf, hat er die Kraft gefunden, und auch sie erhebt sich. Sie dreht sich um, blitzschnell. Jetzt fallen ihm ihre Narben wieder auf. Eigenartigerweise wirkt die Haut trotz der Narben unbeschädigt, als müsste es so sein, als wäre sie so geboren worden. Eine Reptilienhaut, die dennoch weich ist, die Vermutung von Weichheit birgt.

»Wie kannst du wissen, was Liebe ist, wenn dich der Tod nie verführt hat?«, fragt Michette.

»Ich habe nie behauptet, zu wissen, was Liebe ist.«

Sie geht nach hinten, kehrt mit einem Notizbuch zurück, blättert darin. »Sieh mal«, sagt sie, »da stehst du. Nummer 106. Ich hab deinen Namen schon mal dahintergeschrieben.«

Er wirft einen flüchtigen Blick auf das Papier. Er sieht seinen Namen und einen Moment lang erinnert er sich nahezu wörtlich an Nellekes Abschiedsbrief.

»Du lässt mich nicht allein«, sagt sie, »sonst wärst du nicht mitten in der Nacht zu mir gekommen.«

Der Psychiater starrt auf das Notizbuch, und ihm wird bewusst, dass er genau dasselbe hat, dass er für seine Notizen genau so ein Buch verwendet.

Er knöpft sein Jackett zu, eher, um etwas zu tun zu haben, als dass es tatsächlich zugeknöpft werden müsste.

Sie tritt näher. Je näher sie kommt, desto weniger Illusionen kann er sich über ihre Narben machen, aber dennoch sind sie nicht abstoßend, sie machen sie auf eine seltsame Weise menschlich, sie machen den Tod menschlich. Und tatsächlich verführerisch. In der Unvollkommenheit verbirgt sich Perfektion.

Hochmütig, das ist das Wort. Er kann sich selbst nur hochmütig finden, ein hochmütiger Propagandist des Lebens, eine Art Lotte, nur anders.

»Ihre Mutter wird alt«, hatte er Lotte einmal sagen hören, als sie ihn noch siezte, und heute hat er gesagt: »Du bist austherapiert.« Vermutlicherweise läuft das auf dasselbe hinaus.

»In der Therapie wollten sie, dass ich mir Fragen stelle, aber ich habe keine Fragen an mich selbst. Nicht mehr. Ich habe alle Fragen an mich selbst beantwortet. Alle Fragen, die Therapeuten und Psychiater mir gestellt haben, kann ich selbst stellen, habe ich selbst gestellt. Ich habe Fragen an andere Menschen. Hast du Fragen an dich selbst, Doktor?«

»Jeder hat Fragen, und meist sind das Fragen an einen selbst. Was würdest du andere Menschen fragen wollen?«

»Warum sie nicht sterben wollen.«

»Ich fürchte, ihre Antwort würde dich in den meisten Fällen nicht befriedigen.«

Und während er das sagt, begreift Kadoke, dass sie recht hat. Dass er hier nicht wegkommt, dass er sie nicht allein lassen kann, ohne sich fragen zu müssen, wer er ist, woran er noch glaubt, warum er lebt, außer, um seine Mutter am Leben zu erhalten. Wenn er diese Frau in dieser Nacht allein lässt, was für ein Propagandist des Lebens ist er dann? Einer, der auf dem Eis eingebrochen ist. Ihre Krise ist seine geworden.

»Ich würde gern noch mal zur Toilette«, sagt er.

Ohne eine Antwort abzuwarten, geht er. Er klappt den Deckel runter, nimmt eine Flasche Chlorreiniger vom Boden, liest das Etikett und murmelt leise: »Hilf uns. Bitte, hilf uns.«

Er ist noch immer nicht gläubig, aber das Ritual kann helfen. Kadoke weiß jetzt, wie sich ein Spieler im Kasino fühlt, der alles auf einmal setzt. Nicht im Rausch, trunken vor Habgier oder bebend vor Angst, nein, mit einer Art fröhlicher Wehmut. Er hat es öfter getan. Der Spieler hat die Angst hinter sich gelassen. Er kann sogar seine eigene Angst nicht mehr ernst nehmen, darum setzt er alles ein. Der Lockruf der Freiheit und die Selbsterhaltung lassen sich für ihn nicht mehr miteinander vereinbaren.

Michette klopft an die Tür. »Alles in Ordnung, Doktor?«, ruft sie. »Ich hab dir ein Gläschen Ajax eingeschenkt, aber du kannst gern auch aus der Flasche trinken.«

Er antwortet nicht, er hört sie in einer Fantasiesprache singen. Einen Moment denkt er an die Lieder, die seine Mutter manchmal singt, und während er Michette lauscht, trifft er eine Entscheidung, die gegen alle Vorschriften verstößt, aber wenn die Krise groß genug ist, nutzen einem die Vorschriften nichts mehr. Improvisieren, die gebahnten Wege verlassen.

Kadoke öffnet die Tür. Michette steht vor ihm, ein Glas in der Hand. Sie gibt sich sehr viel Mühe, die perfekte Gastgeberin zu sein, auch, wenn nur ein einziger Gast zum Fest erschienen ist und als Getränke lediglich Reinigungsmittel im Angebot sind.

»Zieh dich an«, sagt er. »Wir gehen.«

»In die Klinik?«, fragt sie.

»Nein, da hast du nichts mehr verloren.«

»Wohin denn dann?«

Sie ist nervös geworden, sie blinzelt mit den Augen. Michette nimmt einen Schluck von dem Reinigungsmittel, das für ihn bestimmt war.

»Wir fahren zu meiner Mutter«, sagt Kadoke. »Du kannst die Nacht dort verbringen. Es reicht.«

»Und was mache ich da?«, fragt sie.

Was sie dort macht? »Schlafen«, sagt er brüsk.

»Und dann?«

Sie sieht ihn an, kindlich und dennoch nicht ganz überzeugt von seinem Ernst. Als würde er einen Scherz machen, als wäre er mitten in der Nacht zu ihr gekommen, um den Clown zu spielen.

»Dann«, sagt er, »stellen wir einen alternativen Therapieplan für dich auf. Meine Mutter braucht eine Pflegerin, ich stelle dich als Altenpflegerin an.«

Es war raus, ohne dass er wirklich darüber nachgedacht hätte, aber jetzt, da er es gesagt hat, glaubt er, es sei die alternative Therapie schlechthin. Vielleicht würden Kollegen denken, er sei übergeschnappt, aber er hat sich lange nicht so vital und gesund gefühlt wie jetzt.

Michette schüttelt den Kopf. »Aber ich bin keine Altenpflegerin, ich bin Fotografin. Ich habe Arbeit. Ich funktioniere. Jedenfalls meistens. Nur nachts, wenn ich schlafen muss, überfällt mich die Dunkelheit, dann schrumpft mein Leben auf einen schwarzen Haufen zusammen, zu unfruchtbarer Erde, in der nie wieder etwas wachsen will.« Kadoke nickt, die Selbsteinsicht überrascht ihn nicht. Die Patientin kann sich gut ausdrücken, das war ihm schon eher aufgefallen. An Krankheitseinsicht fehlt es ihr bestimmt auch nicht. »Wie viele Stunden pro Nacht schläfst du?«

»Ich schlafe nicht. Ein, zwei Stunden höchstens. Nachts kommen sie, die Gedanken, die Toten, der Tod in allerlei Gestalten.«

»Ich werde versuchen, etwas an deinem Schlaf zu tun. Das ist das Einzige, was jetzt wirklich wichtig ist, du musst wieder schlafen.«

»Aber Doktor«, sagt sie und schaut ihn mit ihren großen Augen an, »ich habe gesagt, du kannst mich ficken, ich habe nicht gesagt, dass ich für deine Mutter sorge. Ich bin keine Altenpflegerin.«

Vielleicht hat sein Vorschlag sie tatsächlich verwirrt, vielleicht spielt sie es. Borderliner wissen, wie sie das Interesse anderer wecken, vor allem intelligente Borderliner. Kadokes

Blick bleibt an der großen Narbe auf ihrem linken Oberarm hängen.

»Was du bist oder nicht bist, tut nichts zur Sache, betrachte es als einen alternativen Therapieplan. Wie ich bereits sagte, wir starten noch einen letzten Versuch, ohne die offizielle Psychiatrie.«

Kadoke weiß, dass er mit diesem Vorschlag, sofern er das durch seine Anwesenheit hier nicht schon getan hat, alles aufs Spiel setzt. Er ist bereit, alles zu vernichten, was er aufgebaut hat. Und wofür? Als wäre sein Leben nichts anderes als ein Vorspiel für diesen Fehltritt. Als hätte er nur gelebt, um diesen zweiten wahren Fehltritt zu begehen. Mensch werden ist fehltreten, jegliche Professionalität hinter sich lassen.

Irgendwo hatte er erwartet, entgegen seiner professionellen Einschätzung, vielleicht also gehofft, sie würde aufmucken, sie würde sagen: Altenpflegerin, nein, dann bleibe ich lieber hier bei meinem Chlorreiniger. Sie geht jedoch ins Wohnzimmer, klaubt ihre Kleidungsstücke zusammen und zieht sich an, wie sie sich auch ausgezogen hat. Schamlos und schnell, als wäre sie beim Arzt – und das ist sie in gewisser Weise natürlich auch. Es wurde nicht gefickt, aber die Untersuchung ist beendet.

»Ich weiß nichts über Altenpflege«, sagt sie nochmals, während sie sich ihre Jeans zuknöpft.

»Das macht nichts«, antwortet Kadoke. »Die Mädchen, die vorher bei meiner Mutter gearbeitet haben, wussten auch nichts, sie haben es mit der Zeit gelernt.«

Wenn er ihre Rettung ist, dann ist sie auch seine.

»Was hast du da gerade gesungen? Als ich auf der Toilette war«, fragt er.

»Ein Lied. Als ich noch zur Grundschule ging, hatte ich meine eigene Sprache, und manchmal singe ich noch Lieder in dieser Sprache.«

Der Psychiater nickt, er wartet, bis sie sich die Schuhe anziehen wird, und je mehr er darüber nachdenkt, desto mehr gelangt er zu der Überzeugung, dass sein Plan erfolgreich sein könnte. Das Haus seiner Mutter wird eine Privatklinik. Vielleicht braucht es das nicht einmal zu werden, sondern ist es schon immer gewesen.

Sie zieht sich ihre Stiefel an. »Soll ich noch etwas mitnehmen?«, fragt sie.

»Was du eben so brauchst, was du auch in die Klinik mitnehmen würdest.«

Sie geht wieder nach hinten, und er sieht, wie sie ein paar Sachen in eine Tasche stopft. Ein paar Garnituren zum Wechseln, wie er und seine Kollegen es nennen.

»Nehmen Sie ein paar Garnituren zum Wechseln mit«, sagen sie, wenn es sonst nichts mehr zu sagen gibt.

Sie sitzt auf dem Boden und zwängt ihre Füße in die Stiefel. »Tagsüber habe ich oft andere Arbeit«, murmelt sie. »Ich hoffe, das lässt sich einrichten.«

»Das wird schon klappen«, sagt Kadoke. »Meine Mutter schläft schlecht, genau wie du. Das habt ihr schon mal gemein.«

»Warum schläft sie schlecht? Will sie auch sterben?«

»Nein«, sagt Kadoke. Allem Anschein nach spricht er mehr zu sich selbst als zum Notfall. Er lässt die Distanz fahren, denn das ist Teil der alternativen Behandlung, für die er sich entschieden hat. »Sie wollte nicht sterben, und sie will noch immer nicht sterben. Sie will leben, aber sie hat Angst, dass ich sterbe. Sie schläft schlecht, wenn ich nicht da bin.«

Die Stiefel sind angezogen. In einer kleinen schwarzen Tasche befinden sich die Garnituren zum Wechseln. Er sieht den Notfall an und zögert nicht, es gibt keine Spur von Zweifel, wie er niemals zweifelt, wenn das Beurteilungsgespräch erst mal vorbei ist, wenn die Entscheidung getroffen wurde. Allerdings wird ihm klar, dass er ab jetzt ein Doppelleben führen wird. Kein Doppelleben als Liebhaber oder Ehemann, sondern ein Doppelleben als Psychiater.

Er wird in der offiziellen und in der inoffiziellen Psychiatrie arbeiten, in der Privatklinik, die das Haus seiner Mutter wird, außerhalb des üblichen Gesundheitswesens.

Sie gehen zu seinem Auto.

»Rauchst du?«, fragt er.

»Manchmal, aber nicht, wenn ich gerade Reinigungsmittel getrunken habe, dann schmeckt es nicht so gut.«

»Setz dich nur.« Er öffnet ihr den Wagenschlag und raucht gegen sein Auto gelehnt noch schnell eine Zigarette. Dann schaut er auf sein Telefon. Niemand hat ihn angerufen. Keine Nachrichten. Die Nacht neigt sich langsam dem Ende zu. Noch eine kleine Weile, dann kommt der Tagesdienst zur Ablösung, dann sind die Notfälle für heute Nacht beendet.

Kadoke setzt sich ans Steuer.

»Warum nimmst du mich eigentlich mit?«, fragt sie. »Bin ich anders als die anderen?«

Er hält das Lenkrad fest, schaut auf seine Hände. »Anders«, sagt er. »Anders. Du bist einer der vielen Notfälle, eine Nummer, ungefähr wie die Männer in deinem Notizbuch. Aber du bekommst eine andere Therapie.«

Kadoke will das Auto starten, aber jetzt zögert er doch. Vielleicht wäre etwas mehr Erläuterung der unkonventionellen Therapie doch angebracht, vielleicht sollte seine Antwort eine Spur mehr Ehrlichkeit enthalten.

»Ich bin anders«, sagt er. »Ich bin anders als an anderen Abenden. Es ist jüdisches Neujahr. Meine Mutter wollte den Schofar hören. Das ist ein Widderhorn, auf dem geblasen wird, am jüdischen Neujahr, aber es hat sich nicht so ergeben. Wir haben kein Widderhorn mehr im Haus, und ich kann auch nicht darauf blasen. Man bläst auf dem Widderhorn, um Gott aufzuwecken oder um zur Besinnung zu kommen. Ich weiß es nicht mehr genau. Es geht um Leben und Tod, der Schofar ist eine letzte Chance. Darum nehme ich dich mit. Du bist eine Art letzte Chance, du lebst, als wäre es deine letzte Chance, die du verspielen willst. Wenn meine Mutter dich gehört hat, braucht sie keinen Schofar mehr, sie wird in dir mühelos ein Widderhorn erkennen.«

Darauf hat Michette nichts mehr zu entgegnen. Sie schweigt und stochert zwischen ihren Zähnen herum. Dann sagt sie: »Ich hol grad noch mal was.«

Sie steigt aus dem Auto und rennt zurück ins Haus. Irgendwie erwartet er, dass sie nicht mehr wiederkommt, dass die Geschichte über das Widderhorn sie dermaßen aus der Fassung bringt, dass sie beschließt, doch lieber zu Hause zu bleiben. Das wäre ein gutes Zeichen. Vielleicht ist es das Beste, was sie tun kann. Die alternative Therapie, die er für sie in petto hat, ist alles in allem auch wieder eine Rosskur.

Aber sie kommt zurück, mit einem ziemlich großen Karton in den Händen. »So, da bin ich wieder.«

»Was ist in dem Karton?«

»Ein singender Weihnachtsbaum.«

»Warum nimmst du einen singenden Weihnachtsbaum mit, wenn ich fragen darf?«

»Weil du von diesem Widderhorn erzählt hast, und da dachte ich: Vielleicht gefällt deiner Mutter ein singender Weihnachtsbaum ja auch. Ich hab ihn schon, seit ich neun bin. Er war ein Geschenk meines Vaters.«

»Meine Mutter kann Weihnachten nicht ausstehen, und ich glaube, einen singenden Weihnachtsbaum noch weniger.«

»Hör mal«, sagt Michette. Sie öffnet den Karton, holt den Weihnachtsbaum heraus, der – wie sich zeigt – auch mit Augen und Nase ausgestattet ist. Er fängt an zu singen: »Jingle bells, jingle bells. Jingle all the way. Oh what fun it is to ride. In a one horse open sleigh.«

Er startet das Auto und sie fahren zu seiner Mutter. Wie eine Katze einen Vogel für ihr Herrchen gefangen hat und auf dem Teppich hinterlässt, so bringt er seiner Mutter einen Notfall mit.

Er parkt das Auto. Sie steigen aus und auf dem Gehweg raucht Kadoke schnell noch eine Zigarette.

Dann lässt er Michette herein.

»Hier wohnt meine Mutter«, sagt er und er nimmt sie mit ins Wohnzimmer.

»Auf dem Sofa hier hält meine Mutter immer ihren Mittagsschlaf, da kannst du vorläufig schlafen. Ich gebe dir eine Decke. Und Laken. Das Badezimmer ist oben, aber du kannst dir auch in der Küche die Zähne putzen. Vielleicht ist das besser. Hast du eine Zahnbürste dabei?«

»Nein«, antwortet Michette, »kann ich mir deine leihen?«

»Ich glaube nicht«, antwortet Kadoke. »Ich schaue morgen mal, ob wir hier noch Reservezahnbürsten haben, sonst kaufe ich dir eine. Heute Nacht bleiben deine Zähne also ungeputzt, aber spülen mit Chlorreiniger gilt womöglich auch als eine Form der Mundpflege.«

Sie setzt sich aufs Sofa und fängt an sich auszuziehen. »Ich schlafe immer ohne Slip«, sagt sie, »das ist besser für die Vagina, die muss lüften.«

»Ich geb dir eine Decke«, wiederholt er, »und ich fände es angenehm, du wärst angezogen, wenn meine Mutter um etwa 10 Uhr nach unten kommt. Bis dahin wird die Vagina auch gelüftet sein.«

Kadoke geht nach oben, findet in seinem Zimmer eine Extradecke und bringt sie Michette. Sie liegt nackt auf dem Sofa, auf dem seine Mutter immer von zwei bis vier einen Mittagsschlaf hält.

Der Psychiater hat vollstes Vertrauen, dass diese alternative Therapie erfolgreich sein kann, aber allmählich fragt er sich, wie seine Mutter auf die neue Altenpflegerin reagieren wird. Jetzt, da Michette nackt auf Mutters Sofa liegt, hat die alternative Therapie ziemlich konkrete Formen angenommen.

»Ich geh schlafen«, sagt er. »Ich wüsste es zu schätzen, wenn du mich und meine Mutter diese Nacht oder in dem, was davon noch übrig ist, so weit in Ruhe lässt. Wasser kannst du in der Küche trinken. Verhalte dich ruhig. Chlorreiniger wirst du hier unten nicht finden, und oben liegt jemand, dem es aus verschiedenen Gründen noch schlechter geht als dir. Bitte berücksichtige das.«

Er wartet nicht auf ihre eventuelle Antwort und schließt die Wohnzimmertür, schleicht sich rauf in Mutters Schlafzimmer. Sie schläft. Kadoke gibt ihr ein Küsschen, so wie sie sich früher nachts zu ihm geschlichen hat, um zu sehen, ob er noch lebte, ob er nicht heimlich im Schlaf gestorben war, um ihm ein Küsschen zu geben.

Dann legt er sich auf sein Klappbett. Niemand hat mehr angerufen. Er schaltet das Telefon auf stumm und versucht sich vorzustellen, wie Mutter auf das Widderhorn in Menschengestalt reagieren wird.

16

»Mutter, aufwachen.« Diesen Morgen kostet es Kadoke mehr Mühe als sonst, seine Liebste zu wecken. Er hat sich damit arrangiert, dass seine Mutter die Bezeichnung »Geliebte« verdient. Wenn er sie »meine Allerschönste« und »Mädele« nennt, kann er sie in Gedanken auch »meine Geliebte« nennen. Wen sonst könnte er so nennen, wer sonst würde diese Bezeichnung verdienen?

Ununterbrochen wiederholt er, sie solle endlich aufwachen, er rüttelt an ihr, küsst sie, fühlt ihren Puls, fleht sie an. Sie reagiert nicht, sie scheint im Koma zu liegen, und er fängt an, sich Sorgen zu machen – Gedanken an einen neuen Klinikaufenthalt drängen sich ihm auf, auch denkt er an den Tod, die Klinik ist schließlich das Sprungbrett dorthin –, aber schließlich öffnet sie die Augen und sieht ihn an.

»Lass mich doch noch ein wenig schlafen«, sagt sie.

Sie klingt nicht, als wäre sie im Begriff zu sterben, sie klingt eher ungehalten.

»Ist dir schlecht?«, fragt er.

Übelkeit ist ein schlechtes Zeichen. Herzversagen oder funktionsuntüchtige Lungen.

»Nein«, sagt sie schläfrig. »Schlecht ist mir glaube ich nicht, ich bin nur todmüde.«

»Warum bist du so müde?«

Der Helfer muss nachfragen. Ein schlechter Helfer fragt

nicht nach, gibt sich mit vagen und doppeldeutigen Antworten zufrieden, daran erkennt man den schlechten Helfer.

Einen Moment schaut seine Mutter ihn schalkhaft an. »Ich hab entdeckt, wo du die Schlaftabletten versteckt hast, und als du einfach nicht wiedergekommen bist, habe ich noch drei genommen.«

»Willst du sterben?«, schnauzt Kadoke. »Ist es das, was du willst? Weißt du, wie gefährlich es ist, in deinem Alter mehr als die Höchstdosierung zu nehmen? Hast du genug vom Leben?«

»Schnauz mich nicht so an«, sagt sie, »ich konnte nicht schlafen. Und du kamst und kamst einfach nicht zurück. Ich dachte, dir sei etwas passiert. Da hab ich die Schlaftabletten genommen. Dann hättest du sie eben besser verstecken müssen. Ich kann doch nicht die ganze Nacht wach liegen, ich bin doch kein Hund?«

Kadoke sieht die Schlaftabletten auf dem Schreibtisch. Er setzt sich auf den Bettrand. Er wird die Tabletten besser verstecken müssen, nicht an einem festen Platz, sondern jede Nacht woanders. Mutter ist gerissen, zu fast allem fähig. Wenn die Schlaflosigkeit sie zu sehr quält, klettert sie notfalls auch auf eine Leiter, um an Schlaftabletten zu kommen.

Er streichelt ihre Stirn. »Sei nicht böse, dass ich dich so angeschnauzt habe«, sagt er, »aber du jagst mir einen Schrecken ein. Als die Mädchen noch da waren, haben sie sich die Schlaftabletten unters Kopfkissen gelegt, um zu verhindern, dass du mehr nimmst. Ich dachte, diese Zeit hätten wir hinter uns gelassen und du hättest eingesehen, dass du dich beherrschen musst.«

In diesem Augenblick wird ihm bewusst, dass es ein neues Mädchen gibt, das höchstwahrscheinlich unten auf dem Sofa liegt, und wenn sie tut, wofür sie angestellt wurde, inzwischen aufgestanden ist und Kaffee für Mutter gemacht hat. Kadoke erwartet prinzipiell wenig, aber es wäre angenehm, wenn Michette schon angezogen wäre.

Er starrt auf die Pigmentflecken auf Mutters Stirn. So vertraut sind sie ihm, dass er sie fast schön findet.

»Wenn ich schlaflos im Bett liege, kann ich mich nicht beherrschen«, sagt Mutter, den Blick an die Decke geheftet.

In Gedanken versunken, noch immer auf ihre Pigmentflecken starrend, nickt er. Es ist besser, Mutter gewöhnt sich langsam an Michette, an den Gedanken einer neuen Altenpflegerin. Sie soll nicht nach unten kommen und dort plötzlich Michette liegen sehen. Das könnte Mutter unangenehm finden.

»Ich hab ein neues Mädchen für dich gefunden«, sagt er.

»Heißt das, du gehst wieder weg?«, fragt Mutter und er hört die Angst in ihrer Stimme.

»Nein, nein«, sagt er, »ich geh nicht weg. Ich bleib hier. Das neue Mädchen braucht mich in gewisser Weise. Genau wie du.«

Mutter schaut mistraurisch. »In gewisser Weise?«

»In gewisser Weise.«

»Kommt sie aus Nepal?«

»Nein, sie kommt nicht aus Nepal, sie kommt ganz normal aus den Niederlanden.«

»Die eine aus Nepal hat den ganzen Tag in der Bibel gelesen, die war bekehrt. Das fand ich nicht so gut. Ich meine, sie sind doch für mich da, sie sind nicht für die Bibel da, dann dürfen sie mir schon auch ein wenig Aufmerksamkeit schenken. Solche frommen Christen will ich lieber nicht mehr.«

»June war sehr christlich, stimmt, aber das neue Mädchen wird nicht den ganzen Tag in der Bibel lesen, da bin ich mir sicher. Soweit ich weiß, ist sie keine fromme Christin. Vielleicht geht sie ab und an mal weg, sie hat glaube ich noch andere Arbeit, aber Bibellesen fällt nicht in ihren Aufgabenbereich.«

Mutter schaut beunruhigt. Er beugt sich vor, lässt den Kopf auf die Decke sinken, etwa an der Stelle, wo ihr Bauch sein müsste. »Alles wird gut«, sagt er. »Alles wird gut, Mädele.«

Mutter legt ihm eine Hand auf den Kopf, als wollte sie ihn segnen, aber sie streichelt ihn nicht.

»Ich weiß nicht«, sagt sie zögernd, als müsste sie nach Worten suchen. »Ich finde, dass alles immer nur schlechter wird, alles geht abwärts. Schau mich nur an, ich bin ein Wrack.«

Er beschließt, nicht darauf einzugehen. Er schaut auch nicht, absichtlich nicht. Mutters Trübseligkeit muss bekämpft werden, aber dazu fehlt jetzt die Zeit. Das Wrack muss leben, das Wrack lebt schon so lange, damit muss es noch eine Weile weitermachen.

Kadoke sagt, er käme sofort wieder, er würde Frühstück für Mutter machen. Dann geht er schnell die Treppe runter, um zu sehen, wie es um die andere Patientin bestellt ist. Sie liegt auf Mutters Sofa und schläft. Das ist an sich ein gutes Zeichen, sicherlich für jemanden, der an so schlimmer Schlaflosigkeit leidet wie Michette. Andererseits muss ein Anfang mit der alternativen Therapie gemacht werden, Mutter muss versorgt werden.

Er hockt sich neben das Sofa, auf Höhe des Kopfs der Patientin, die nur ein wenig unter der Decke hervorlugt. »Michette«, sagt er leise, aber seinem Empfinden nach laut genug, um sie zu wecken. »Es ist Zeit zum Aufstehen, der Tag beginnt.«

Sie reagiert nicht, genau wie Mutter. Die Patienten wollen heute Morgen einfach nicht wach werden.

»Michette«, sagt er noch einmal, jetzt etwas lauter, »würdest du bitte aufwachen? Mutter ist auch schon auf. Und sie kommt jeden Moment nach unten.«

Es wäre unklug, Michette zu bitten, Mutter beim Duschen zu helfen. Sie werden sich aneinander gewöhnen müssen, ehe sie zu derart intimen Handlungen übergehen können. Ein ausführliches Kennenlernen ist das Mindeste. Bis dahin wird sich Mutter nicht von Michette waschen lassen wollen.

Die Patientin macht stöhnende Geräusche, sie schlägt einen Arm um seinen Nacken. Er greift nach dem Arm und legt ihn behutsam zurück aufs Sofa. »Michette«, sagt Kadoke, »ich weiß, du hast Schlafmangel aufgebaut, aber die alternative Therapie hat nur Aussicht auf Erfolg, wenn wir von Anfang an um Disziplin bemüht sind. Um spätestens acht Uhr dreißig stehst du auf, um neun Uhr bist du bereit, Mutter zu versorgen. Denn darum bist du hier, Michette, um Mutter behilflich zu sein. Es ist schon nach neun.«

Sie seufzt, dreht sich zu ihm, legt wieder einen Arm um seinen Nacken, den er ebenso entschieden wieder zurücklegt. Die Narben, immer wieder entdeckt er neue Narben. Sogar er, der in diesem Bereich doch eine Menge Erfahrung hat, muss zugeben, noch nie so viele Narben und Wunden wahrgenommen zu haben.

»Ich geh rauf«, sagt er, »ich mache Mutter fertig für den Tag. Ausnahmsweise darfst du noch eine Weile hier liegen bleiben, aber ab morgen gilt das neue Regime.«

Er wirft einen letzten Blick auf Michette, dann rennt er wieder nach oben.

Mutter ist erneut eingeschlafen. Er setzt sie zum zweiten Mal an diesem Morgen aufrecht im Bett hin. »Das sind die Folgen der illegalen Einnahme zu vieler Schlaftabletten«, sagt er, »du bist beduselt, du bist schläfrig, du könntest fallen, du bist nicht richtig da. Hörst du mich?«

»Ich bin so müde«, murmelt Mutter. »Lass mich doch.«

»Nein, ich lass dich nicht. Wenn du leben willst, brauchst du Disziplin. Wenn du morgens bis elf Uhr oder länger schläfst, kannst du nachts nicht schlafen, und dann landen wir im Teufelskreis.«

Er setzt Mutter ein wenig gerader hin, unterstützt sie mit Kissen. »Wach bleiben«, sagt er. »Ich mach dein Frühstück und du bleibst wach. Danach wasche ich dich schnell, und dann stelle ich dich dem neuen Mädchen vor.«

»Ich dachte, du hättest schon Frühstück gemacht? Aber ich hab auch nicht so viel Hunger. Schon der Gedanke an Essen ist mir zuwider.«

Kadoke rennt wieder nach unten. Mutters Lustlosigkeit und ihr Widerwille gegen Essen müssen ignoriert werden, manchmal ist das die beste Medizin. Es gibt Tage, an denen sie entgegen allen Erwartungen ihre eigene Trübseligkeit vergisst. Er schält einen Apfel und eine Birne für Mutter.

Auf dem Sofa schläft Michette noch immer. Er hockt sich zum zweiten Mal an diesem Morgen neben sie hin, den Teller mit Apfel- und Birnenvierteln in der Hand, und flüstert ihr ins Ohr: »Junge Dame, es ist Zeit zum Aufstehen. Wir sind hier nicht in einem Hotel, wir sind hier in einer Klinik. Hier gelten Regeln.«

Keine Reaktion. Nicht mal ein Arm, der um seinen Nacken geschlungen wird. Er stellt den Teller auf den niedrigen Tisch neben dem Sofa ab, versucht sie hochzuziehen wie eine lebensgroße Puppe.

Einen Moment lang scheinen sich ihre Augen zu öffnen, fallen dann jedoch wieder zu. »Ich habe dich unter der Voraussetzung mitgenommen, dass du an der Therapie mitwirkst, die ich dir hier biete. Wenn du die sabotierst, bring ich dich zurück nach Hause und lass dich in die reguläre Psychiatrie verlegen. Ist das klar?«

Michette öffnet die Augen. »Mann«, sagt sie in einem Ton, als würde sie fantasieren, »was hab ich seltsam geträumt.« Sie scheint nicht erstaunt zu sein, ihn hier zu sehen, wundert sich nicht, im Haus von Kadokes Mutter gelandet zu sein. So intim, so persönlich ist der Krisendienst bestimmt noch nie gewesen.

Kadoke setzt sie vorsichtig gegen die Sofalehne, nimmt den Teller mit dem Obst und ermahnt die Patientin, sich möglichst schnell anzuziehen.

»Ja, ja«, antwortet sie, »immer schnell, schnell, das höre ich die ganze Zeit von euch, und wenn ihr selbst mal schnell kommen müsst, ist keiner da.«

In Mutters Schlafzimmer verführt Kadoke seine Geliebte mit Worten und Taten, mit dem Tag und somit auch dem Leben anzufangen. Ein paar Minuten lang massiert er ihre Schultern und ihre Kopfhaut. »Ich brauche dich«, sagt er, »hörst du mich? Ich brauche dich.« Und als er mit der Massage und den verbalen Beschwörungen fertig ist, führt er Mutter zu ihrem Stuhl am Schreibtisch und füttert sie mit dem Obst und den Medikamenten.

Er nimmt ihren Mund, öffnet und schließt ihn wieder, macht sicherheitshalber noch einmal vor, was Kauen ist. Danach kaut sie unerwartet leidenschaftlich, mit wahrem Heißhunger, zumindest für jemanden, der eigentlich am Rande des Todes schwebt. Die Maschine hat sich in Gang gesetzt. Offensichtlich ist ihr bewusst, dass ihr Leben vom Kauen abhängt.

Zwischen zwei Apfelstückchen sagt sie: »Wenn dir etwas zustößt, bin ich innerhalb von drei Tagen vor Kummer gestorben. Ich glaube, schon innerhalb von zwei Tagen. Ohne dich, mein Bübele, sterbe ich.«

Kadoke nimmt einen Apfelschnitz vom Teller und drückt gleichzeitig die letzte Tablette in Mutters Mund. Dann sagt er: »Aber mir stößt nichts zu. Solange du da bist, stößt mir nichts zu. Du wachst über mich wie ein Engel. Durch dich bin ich unverwundbar, unbesiegbar. Du bist die Unbesiegbarkeit in Person.«

Mutter schüttelt den Kopf. »Ich bin nur ein ganz normaler Mensch, ich bin überhaupt nicht unbesiegbar.«

»Ich gehe kurz runter, um nach dem neuen Mädchen zu sehen, und dann komme ich sofort wieder.«

»Sie ist schon da?« In Mutters Stimme klingt Erstaunen.

»Sie ist schon seit dem frühen Morgen da.«

»Seit heute Morgen? Wo hast du sie gefunden? Auf der Straße? Woher weißt du, dass sie uns das Haus nicht leer räumt? Dann muss ich gleich bestimmt wieder kontrollieren, ob auch nichts fehlt. Aber wenn was gestohlen worden ist, rufe ich die Polizei, das sag ich dir jetzt schon. An dir hab ich nichts. Du bist kein Mann. Vielleicht wirst du noch mal ein Mann, aber bisher merke ich wenig davon. Ein Muttersöhnchen, das bist du. Immer gewesen. Nicht einmal die Polizei anrufen kannst du. Vor deinen Augen rauben sie das Haus leer, und du traust dich nicht, was dagegen zu sagen.«

»Ich lege Wert auf Höflichkeit, Mutter«, sagt er, »und ich finde es vernünftig, auch zu Einbrechern höflich zu sein. Es sind nur Sachen. In diesem Haus gibt es nur eines, was wirklich wertvoll ist, und das bist du, Mutter. Das ist das Einzige, was sie nicht mitnehmen dürfen. Und ich glaube nicht, dass das Mädchen etwas gestohlen hat. Sie hat andere Prioritäten. Gut Yom Tov. Heute ist der zweite Tag von Rosch Haschana. Ich glaube, heute wirst du den Schofar hören.«

Mutter sieht ihn misstrauisch an. »Ich hab wenig Vertrauen in diesen Rabbiner«, sagt sie. »Er denkt nicht an mich. Ich bin ihm egal. Für ihn bin ich schon tot, auch heute wird er nicht kommen. Ich kenne ihn doch, ich weiß, was für ein Ekelpaket das ist.«

»Es gibt auch andere Leute, die auf dem Schofar blasen können.«

Mutter schüttelt den Kopf. Dann nimmt sie einen Schluck Wasser und schluckt endlich die Tablette runter, die sie wohl die ganze Zeit im Mund behalten hat.

Mit dem leeren Teller und dem Töpfchen, in dem Mutters Tabletten serviert werden, geht er nach unten. Er bringt die Sachen in die Küche und schaut im Wohnzimmer wieder nach der neuen Patientin.

Sie liegt auf dem Sofa und ist mit ihrem Handy beschäftigt.

Er zieht ihr die Decke weg.

Nackt. Er schlägt die Decke wieder zurück.

»Zieh dich an«, sagt er.

Jetzt erst, da sie auf Mutters Sofa liegt, sieht er, wie schmächtig sie eigentlich ist, wie klein. Keine Frau. Ende zwanzig, aber keine Frau. Ein Mädchen.

»Wenn du hierbleiben willst«, sagt Kadoke, »passt du dich dem Regiment der Privatklinik an, sonst habe ich keinen Platz für dich. Mutter kommt gleich runter. Ich möchte euch miteinander bekannt machen, und das würde ich gern tun, wenn du angekleidet bist. Ich kann dir nur Freiheiten geben, wenn du damit umgehen kannst.«

Michette wirkt wenig begeistert von beiden Vorschlägen. Weder, sich anzuziehen, noch, Mutter zu begrüßen. Sie murmelt etwas Unverständliches, zieht sich die Decke über den Kopf.

»Komm unter der Decke hervor«, sagt Kadoke. »Wir spielen jetzt nicht Verstecken. Ich bin kein Pfleger, ich bin Psychiater. Ich habe keine Zeit für diese Spielchen.«

Ihr spitzes Gesicht kommt zum Vorschein. »Hast du eine Zahnbürste für mich gefunden? Ich achte sehr auf meine Mundhygiene, aber gestern hast du mich überfallen, darum habe ich lauter Sachen vergessen, die ich normalerweise mitnehme, Doktor. Sonst habe ich immer alles dabei, dann habe ich meinen Koffer anständig gepackt.«

»Ich schau gleich nach. Notfalls kaufe ich dir eine.«

»Und Zahnseide hätte ich auch gern. Die benutze ich eigentlich jeden Abend.«

Kadoke schaut zu dem kleinen Gesicht, das unter der Decke hervorlugt. In dem Gesicht sieht man keine Narben. Unregelmäßigkeiten vielleicht, einen Pickel, etwas, was man einen Schnurrbart nennen könnte, aber keine Narben.

Sie schüttet sich voll mit Chlorreiniger, aber sie will jeden Abend Zahnseide benutzen. Die Patienten, vielleicht Menschen im Allgemeinen, sind paradoxale Wesen.

»Ich schau mal, was ich für dich tun kann«, sagt Kadoke und geht wieder nach oben.

Mutter schläft in ihrem Stuhl. Er umarmt sie. Sie wird wach von seinen Streicheleinheiten, aber genau wie die Patientin unten schläft auch sie lieber weiter.

»Ich bring dich ins Badezimmer«, flüstert er Mutter ins Ohr. »Ich mach dich nur schnell mit dem Waschlappen frisch. Das neue Mädchen duscht dich morgen.«

»Ach«, sagt sie, »dieses schreckliche Duschen. Lass mich doch. Ich bin zu alt zum Duschen. Ich hab nicht mehr die Kraft dazu. In meinem Alter darf man ruhig schmutzig bleiben.«

Kadoke zieht Mutter aus ihrem Stuhl. Langsam gehen sie ins Badezimmer, er ist ihr Stock. Vor dem Waschbecken stützt sie sich mit beiden Händen darauf ab. Den Spiegel ignoriert sie. »Ich guck nicht mehr in den Spiegel«, sagt sie. »Das macht mich traurig. Ich könnte bei meinem Anblick weinen. Furchtbar.«

Kadoke zieht ihr die Pyjamajacke aus. Darunter trägt sie ein Hemd. Mutter liebt Unterhemden. Als Junge musste er darum kämpfen, ohne Unterhemd durchs Leben zu gehen, kein Unterhemd unter seinem Pullover, kein Unterhemd unter seinem T-Shirt, kein Unterhemd unter seinem Oberhemd. Mutter trägt immer Unterhemden. Sogar im Sommer. Alte Unterhemden. Oft über dreißig Jahre alt. Sie stammen aus einer anderen Zeit, wie Mutter selbst auch.

Er lässt das Wasser laufen, bis es richtig warm ist, macht einen Waschlappen feucht und fährt damit schnell und möglichst effizient über Mutters Oberkörper, während sie sich sowohl an ihm als auch am Waschbecken festhält.

Immer, wenn er Mutter halb nackt sieht, fällt ihm wieder ein, dass sie mal Vater war, dass die Transformation körperlich gesehen nicht zu hundert Prozent gelungen ist, das wäre vielleicht auch zu viel verlangt. Mental ist die Transformation durchaus gelungen. Vater ist verschwunden, aufgelöst im Nichts, zunächst langsam, aber nach und nach hat er immer schneller Platz für Mutter gemacht. Fast würde Kadoke sagen, dass sie wie ein Geist in Vater gefahren ist, aber daran glaubt er nicht. Er glaubt an das Leben, das nackte Leben, das gestreckt werden muss. Nur ganz selten fragt er sich, warum er Vater nicht vermisst. Weil er sich einer Metamorphose unterzogen hat, wird die Antwort wohl lauten; er ist nicht gestorben, er ist Mutter geworden, als Überlebensstrategie, gegen die Depressionen, gegen ein Leben, in dem er keine Freude und Daseinsberechtigung mehr entdecken konnte. Bis er begriff, dass er nicht der zu bleiben brauchte, der er war. Er konnte die Tote werden, er konnte das Leben der Toten auf seine Weise fortsetzen, zunächst vielleicht als Farce, aber später als ernsthafte Transformation, als eine würdige Fortsetzung dessen, was nicht mehr da ist. Der Übergang von Vater zu Mutter war für ihn genauso natürlich wie der von der Raupe zum Schmetterling.

Kadoke trocknet Mutter schnell ab. Nicht so sorgfältig und liebevoll wie die Mädchen. »Du tust mir weh«, ruft sie, aber das ruft sie fast jeden Tag.

Dann zieht er ihr den BH mit Füllung an. Die Träger schneiden in ihr Fleisch. Sie hat empfindliche Haut. Anschließend zieht er ihr die Pyjamahose aus. Die Hose darunter lässt er sie selbst ausziehen. Die Mädchen halfen ihr dabei, er macht das nicht. Die Intimität zwischen Mutter und Sohn kennt ihre Grenzen. Ab morgen kann Michette dabei Unterstützung leisten. Vielleicht sogar schon eher.

Vor der Badezimmertür wartet Kadoke, bis Mutter sich eine frische Hose angezogen hat. Er hört sie stöhnen. »Ich kann das nicht mehr«, sagt sie und er weiß, dass die Worte für ihn bestimmt sind. »Es wird mir zu viel, ich kann nicht mehr.«

Dann ruft sie: »Du hättest die Mädchen nicht wegjagen dürfen. Du hättest dich beherrschen müssen. Die eine las den ganzen Tag in der Bibel, aber wenn ich zur Toilette musste und Hilfe brauchte, ließ sie die Bibel allein, und jetzt habe ich niemanden.«

Kadoke antwortet von der anderen Seite der Badezimmertür: »Ich habe niemanden weggejagt, und ich habe ein neues Mädchen für dich gefunden. Die liest nicht in der Bibel. Also braucht sie die Bibel auch nicht allein zu lassen, wenn du zur Toilette musst. Kann ich reinkommen?«

Mutter hat neue Pants an. Sie steht neben der Toilette. Er zupft sie zurecht, bückt sich und wirft die alten Pants in den Müll. Danach hilft er Mutter in eine ihrer Trainingshosen. Sie stützt sich auf ihn, während er ihr die Hose hochzieht. Dann setzt sie sich auf den Badewannenrand. Er hält sie fest und zieht ihr die Schuhe an. Anschließend richtet er ihre Perücke, kämmt vorsichtig die Haare. »So«, sagt er, »jetzt bist du wieder fertig für den Tag. Es wird ein schöner Tag.«

Langsam gibt sie selbst noch ein wenig Tagescreme aufs Gesicht. Dabei schaut sie heimlich doch in den Spiegel, aber sie schaut auf die Handlungen, auf eine Hand, die ein wenig Creme über eine Wange verteilt. Sie schaut sich selbst nicht an.

»Morgen müssen wir dich wieder gründlich rasieren«, sagt Kadoke. »Du bekommst Stoppeln. Ein hübsches Mädchen wie du hat keine Stoppeln.«

Vielleicht sollten Söhne nicht so mit ihrer Mutter sprechen, vermutlich gehört es sich nicht, dass sie ihre Mutter »hübsches Mädchen« nennen. Es gibt schließlich Normen, obwohl Kadoke die meisten Normen vor allem als Hindernis für eine effiziente Patientenbehandlung empfindet. Wenn es darum geht, Mutter ihre Lebenslust zurückzugeben, ein Lächeln auf ihr Gesicht zu zaubern, was sind dann Normen? Nichts als die dreckigen Reste des Faschismus. Er nennt sie »hübsches Mädchen«. Keiner hört es, keiner weiß es. Es ist ihr Geheimnis.

Er holt ihren Stock aus dem Schlafzimmer. Sie geht die Treppe hinunter. Kadoke läuft mit dem Stock voran, damit er sie auffangen kann, wenn sie fallen sollte, obwohl er weiß, dass die Chance groß ist, dass sie gemeinsam die Treppe runterstürzen.

Wie jeden Morgen setzt sie sich erst mal in der Küche auf einen Schemel, um dort Kaffee zu trinken und eine ganze Batterie homöopathischer Mittel zu nehmen, die sie sich selbst verschrieben hat. Sie schluckt sie wie andere Menschen beten. Nur am jüdischen Neujahr möchte sie auch das Widderhorn hören, aber vielleicht betrachtet sie das Widderhorn ebenfalls als homöopathisches Mittel.

Er macht Kaffee und sie sortiert mit Engelsgeduld die homöopathischen Tabletten und Tropfen. Aber dann – als hätte sie nicht vergessen, dass ein Mädchen gekommen ist, um sie zu pflegen, als wüsste sie noch, dass sie gesagt hat, sie würde kontrollieren, ob Sachen gestohlen worden sind – weicht Mutter vom heiligen Schema ab. Noch bevor sie ihre Pillen geschluckt hat, steht sie unvermutet auf und füllt eine Gießkanne mit Wasser. Soweit Kadoke weiß, stammt die noch aus den Sechzigerjahren, denn zum Wegwerfen ist sie zu schade. Ohne Stock, stattdessen aber mit der Gießkanne in der Hand, geht Mutter unbeirrbar ins Wohnzimmer.

Kadoke lässt sie, das hier gehört zur Therapie. Mutter ist nicht nur Therapie für Michette, Michette wird auch Therapie für Mutter sein. Sofern Genesung möglich ist, werden sie einander genesen.

Er hört Fluchen. Mutter flucht selten. Sie flucht auf Deutsch. Und dann ruft sie laut: »Das kann so nicht weitergehen.«

Kadoke wartet, bis Michette auch etwas sagt, aber sie schweigt oder ist nicht zu verstehen. Er hört Geräusche, aber nichts, was Sprache ähnelt. Er wartet noch ein paar Sekunden ab. Der Kaffee läuft durch. Die Kaffeemaschine stammt noch vom Anfang der Neunzigerjahre des vorigen Jahrhunderts. Laut Mutter funktioniert sie noch einwandfrei. Er hat schon ein paar Mal versucht, sie von einer neuen Maschine zu überzeugen, aber sie widersetzt sich mit einer Kraft, die vermuten lässt, dass sie sich auch noch ein paar Jahre gegen den Tod wehren wird.

»Um Gottes willen«, hört er Mutter rufen. »Ich bring mich um, ich zieh aus.«

Wenn Mutter von Gefühlen überwältigt wird, fängt sie an, ihre Muttersprache zu sprechen. Sie wohnt in den Niederlanden, aber sie kommt aus Deutschland und sie schleppt Deutschland mit sich herum. Wo sie ist, ist Deutschland, aber das brauchen die Leute nicht zu wissen, darum spricht sie meist Niederländisch. Sie passt sich an.

»Otto«, ruft Mutter. »Otto. Was hast du mir denn da eingebrockt? So kann ich hier nicht weiterleben. Ich stürze mich aus dem Fenster.«

Da er Michette noch immer nichts hat sagen hören, sieht er nach dem Rechten.

Mutter steht mit der Gießkanne in der Hand neben dem Sofa. Michette hat sich ganz unter der Decke versteckt.

»Was tust du mir an?«, ruft Mutter, als sie Kadoke endlich

sieht, als würde sein Anblick sie daran erinnern, dass sie in den Niederlanden sind und es darum besser ist, Niederländisch zu sprechen. Sie zeigt auf das Sofa, auf die Decke, das, was unter der Decke liegt. »Warum bist du schlimmer als die Nazis? Du jagst deine alte Mutter auf die Straße. Schau dir nur an, was hier liegt.«

Kadoke hüstelt. Wie gern würde er jetzt eine Zigarette rauchen, ein schier unbezwingbarer Drang, draußen vor der Tür eine Zigarette zu rauchen, hat ihn in seiner Macht.

Manchmal muss der Therapeut der Gruppentherapie ihren Lauf lassen. Nicht eingreifen, die Gruppe hat eine Eigendynamik entwickelt und die muss Raum bekommen. Von Eigendynamik kann hier jedoch noch nicht die Rede sein.

»Michette«, sagt Kadoke, »würdest du bitte unter der Decke hervorkommen, dann kann ich dich Mutter vorstellen.«

Unter der Decke bewegt sich etwas, aber nichts kommt zum Vorschein.

Mutter schaut gespannt zu, als würde sie einen Film schauen oder ein Experiment beobachten, das mit einer Explosion enden könnte.

»Michette«, wiederholt Kadoke, »würdest du bitte wenigstens teilweise unter der Decke hervorkommen? Mutter möchte dich kennenlernen.«

»Ich will niemanden kennenlernen. Ich will wissen, wer auf meinem Sofa liegt!«, ruft Mutter. »Ich finde das eklig. Ich lege mich nie wieder auf dieses Sofa, wenn eine dahergelaufene Straßenfrau einfach daraufkriecht. Hättest du sie nicht mit in dein eigenes Bett nehmen können? Ich finde das widerlich. Ich will keine anderen Menschen auf meinem Sofa.«

Kadoke räuspert sich. »Mutter, Michette ist keine Straßenfrau, Michette ist auch nicht eklig. Michette, kommst du jetzt endlich raus?«

Ein Kopf taucht auf. Wie er so aus der Decke hervorlugt, erinnert Michettes Kopf ein wenig an ein Nagetier.

Mit bangen Knopfaugen schaut sie in die Welt und Kadoke fragt sich, was er sich da angetan hat. Was hat er sich dabei gedacht, als er Michette mit zu Mutter nach Hause genommen hat? Welche Hoffnung hatte er? Welcher Wahnsinn hatte ihn getrieben, und warum hatte er beschlossen, diesen Wahnsinn »alternative Therapie« zu nennen?

Mutter beugt sich vor. Sie studiert Michette gründlich. Dann sagt sie leise: »Du liebe Güte, wie hässlich sie ist.«

Kadoke wischt sich die Stirn ab. Mutter kommt aus einer anderen Welt, einer Geisterwelt.

»Sie ist nicht hässlich, und es tut auch nichts zur Sache. Das ist völlig unwichtig, es geht darum, dass sie dich pflegen wird.«

»Alt ist sie jedenfalls nicht«, sagt Mutter, während sie die Patientin noch immer mustert, als wäre Michette ein Möbelstück, das endlich geliefert wurde. Mutter hat vom Schreiner etwas anderes erwartet, so viel steht fest. »Alte Leute will ich hier nicht haben. Wenn die an mir rumfriemeln, wird mir unwohl. Das finde ich eklig. Aber sie hat einen Schnurrbart. Ist sie eigentlich ein Mann?«

»Nein«, sagt Kadoke, »sie ist kein Mann. Sie ist Michette, sie ist deine neue Betreuerin, Mutter. Ich glaube, ihr werdet gut miteinander auskommen.«

Mutter schüttelt den Kopf, geht zur Fensterbank und gibt den Pflanzen Wasser. Währenddessen kommen besorgniserregende Töne aus Michettes Mund. Die Patientin weint.

Kadoke kniet sich neben das Sofa. »Was ist, Michette?«

Sie hat sich wieder ganz unter der Decke verkrochen. Darunter ertönen ununterbrochen Geräusche. Gejammer vielleicht. Ein Klagelied. Ein altes Klagelied, das zu einer neuen Melodie gesungen wird. Kadoke kann den Gedanken nicht unterdrücken: das Klagelied eines Eichhörnchens.

»Wenn du unter der Decke liegen bleibst, kann ich dich nicht verstehen.«

»Deine Mutter weist mich ab«, hört er endlich.

»Nein.«

»Sie weist mich ab.«

»Nein. Meine Mutter wurde selbst abgewiesen, sie ist die Abgewiesene.«

»Niemand hat mich abgewiesen!«, ruft Mutter. »Hör auf, Lügen über mich zu erzählen, sonst will ich dich auch nicht mehr hier im Haus haben, Otto. Niemand, überhaupt niemand hat mich abgewiesen. Ich war bildhübsch.«

Kadoke nickt und sagt: »Liebchen, ich spreche jetzt mal kurz mit Michette. Ich muss sie trösten. Du bist nicht die Einzige mit Schmerzen. Überall sind Schmerzen, Mutter, und Versuche, diesen Schmerzen zu entfliehen. Ich probiere, jemanden vor den Schmerzen fliehen zu lassen, ich bin eine Art Menschenschmuggler. Verstehst du das, Mutter? Das ist mein Beruf. Psychiater. Ihr wolltet, dass ich das wurde, nun ja, ihr wolltet, dass ich nur mit Kindern arbeiten würde, aber lass mich jetzt meine Aufgaben erfüllen.«

Mutter schweigt. Sie geht auf in ihren Pflanzen. Sie zupft die toten Blätter ab und sammelt sie in der linken Hand.

»Michette, Mutter und du, ihr müsst euch aneinander gewöhnen. Das wird vielleicht eine Weile dauern, aber wenn ihr das mal geschafft habt, könnt ihr viel füreinander bedeuten.«

»Sie findet mich hässlich.«

»Sie ist manchmal ein wenig aggressiv, aber diese Aggression musst du nicht persönlich nehmen. Die Aggression ist überwundene Angst. Genau wie deine Angewohnheit, dir selbst wehzutun, noch nicht überwundene Angst ist. Und natürlich ein Schrei nach Aufmerksamkeit. Mutter und du, ihr braucht beide viel Aufmerksamkeit.«

»Ich bin nicht aggressiv«, ruft Mutter. »Ich sage, was jeder sehen kann. Sprich nicht über mich. Das mag ich nicht. Ich bin kein Kind. Ich kann ausgezeichnet selbst über mich sprechen.«

Michette weint noch immer. »Sie weist mich ab«, flüstert sie. »Hörst du nicht, was deine Mutter sagt? Sie hält mich für einen schlechten Menschen. Ich kann hier nicht bleiben.«

Kadoke greift nach Michettes Hand unter der Decke. Er hält sie fest, wie er auch Mutters Hand festhält, wenn sie sich weigert, aus dem Bett zu kommen, wenn die Angst vor dem Leben nach dem Tod sie überwältigt. Sie erwartet kein Paradies nach dem Tod, und auch nicht das große Nichts. Sie erwartet, dass nach dem Tod das Dritte Reich weitergehen und sie dort ausschließlich Nazis begegnen wird.

»Stell es dir bitte mal vor«, sagt er zu Michette, »du liegst auf Mutters Sofa. Mutter mag keine Veränderungen. Veränderungen machen ihr Angst. Sie findet nicht, dass du ein schlechter Mensch bist. Vielleicht findet sie, dass du einen Schnurrbart hast, aber ein Schnurrbart ist keine Schlechtigkeit. Darf ich das so sagen, Mutter? Dass Veränderungen dich beängstigen, dass du Angst hast?«

Mutter zupft weitere tote Blätter ab, jetzt von einer anderen Pflanze. »Ich habe keine Angst«, sagt sie. »Ich habe nur Angst, dass dir etwas zustößt, weil du dich nicht verteidigen kannst. Das ist das Einzige, wovor ich wirklich Angst habe. Ich sage zwar immer, du kämst schon zurecht, aber tief im Herzen weiß ich, dass das nicht so ist.«

Michette weint immer noch. Die Gruppentherapie hat eine interessante Dynamik entwickelt.

»Ich will mich unter der Decke verkriechen und nie wieder hier weggehen«, sagt Michette. »Ich glaube nicht, dass ich für deine Mutter sorgen kann. Ich schaffe es nicht. Ich will hier auf diesem Sofa sterben.«

»Ich glaube schon, dass du das kannst«, sagt Kadoke. »Wenn

du hier bleiben willst, sorgst du für Mutter. Du kannst zwischendurch deine andere Arbeit erledigen, aber du sorgst für Mutter. Das ist mein Therapieplan und dem fügst du dich, wenn du hier bleiben möchtest. Und hier wird nicht gestorben. In diesem Haus wird nicht gestorben, hast du mich verstanden?«

»Ich will keine kranken Menschen um mich haben«, sagt Mutter, vor den Pflanzen stehend. Sie ist jetzt mit den Vorhängen beschäftigt, sie sieht etwas auf der Straße, vermutlich eine Nachbarin. »Wenn sie krank ist, muss sie weg. Kranke Menschen machen mich krank. Ich kann sie nicht ertragen. Sie jammern.«

»Bist du schon fertig mit den Pflanzen?«, fragt Kadoke.

Michette weint immer noch unterdrückt. »Aber sie will mich nicht«, sagt sie leise. »Deine Mutter will mich nicht, du hast es selbst gehört. Sie findet, dass ich einen Schnurrbart habe. Soll ich deiner Mutter zeigen, dass ich kein Mann bin?«

Michette macht Anstalten, die Decke von sich zu werfen und aufzustehen, aber Kadoke drückt sie sanft, aber energisch zurück aufs Sofa.

»Solange du nicht angezogen bist, bleibst du liegen«, sagt er. Danach flüstert er ihr ins Ohr: »Vielleicht hast du schon so was vermutet, oder du hast was gehört oder dir ist was anderes aufgefallen, aber Mutter war früher selbst ein Mann. Mutter war Vater. Aber fang nie davon an, sie ist völlig Mutter geworden. Sie ist die Fortsetzung von Mutter. Sie setzt Mutters Trauma fort. Das ist, was wir hier tun. Wir finden nicht, das Trauma müsse überwunden werden, oder unterdrückt, sondern fortgesetzt. Das ist, worauf das Leben hinausläuft. Du müsstest das verstehen.«

Er nimmt die Hände von der Decke. Er hat jetzt keine Angst mehr, dass Michette aufstehen, nackt durchs Wohnzimmer laufen und allerlei unsittliche Vorschläge machen wird – wer nicht ohne die Beachtung durch andere leben kann, greift ja gern zum Mittel der Unsittlichkeit, aber Mutter ist nicht mit anderer Leute Unsittlichkeit gedient.

Michette greift nach Kadokes Kopf und zieht ihn zu sich. Sie flüstert ihm ins Ohr: »Ich weiß nicht, ob ich es so ganz verstehe. Deine Mutter ist ein Mann?«

»Mutter hat einen Pimmel«, flüstert Kadoke. »Sie ist kein Mann, sie hat einen Pimmel, das ist etwas ganz anderes. Und ansonsten ist Mutter Mutter. Wir sprechen nicht über ihren Pimmel. Wenn du Mutter beim Duschen hilfst, wirst du ihren Pimmel sehen, aber sprich nicht darüber. Auch keine Scherze oder Andeutungen. Fass ihn nicht an und wasch den Pimmel auch nicht. Das macht sie selbst. Und wenn sie ihren Pimmel nicht wäscht, ist es auch in Ordnung. Sprich auch nicht weiter über den Krieg. Mutter hat ein paar Lager überlebt. Wir sprechen nicht darüber. Es sind Tatsachen. Sagt Mutter. Mutter hat keine echte Meinung über den Krieg. Manchmal erzählt sie etwas. Manchmal träumt sie. Manchmal fängt sie selbst davon an. Wenn sie selbst davon anfängt, prima, lass sie, brems sie nicht. Aber sie hat sich davon gelöst. Sie war ein Kind. Als Kind ist alles selbstverständlich, auch ein Lager. Auf seltsame Weise vermisst sie das Lager manchmal, denn im Lager hatte sie Hoffnung, und außerhalb des Lagers blieb nur die Hoffnungslosigkeit übrig. Wir leben außerhalb des Lagers und das fällt Mutter manchmal schwer. Das ist alles, was du wissen musst.«

Wieder zieht Michette Kadokes Kopf mit beiden Händen zu sich und flüstert ihm ins Ohr: »Aber war dein Vater denn auch im Lager?«

»Nein, nein, das nicht, er tut als ob, er hat es sich so sehr vorgestellt, dass er jetzt schwören würde, im Lager gewesen zu sein. Aber nochmals, Vater gibt es nicht mehr. Vater ist Mutter geworden. Wie ich bereits sagte: Wir setzen Mutters Trauma fort. Das ist, was auch du begreifen musst, auch dein

Leben läuft darauf hinaus, du musst dich nicht mehr gegen das Trauma wehren, du musst es fortsetzen.«

Einen Moment schweigt Michette, man hört nur Mutters Atmung. Dann flüstert sie: »Ich hab kein Trauma.«

»Das ist deine Depression«, sagt Kadoke leise, »nur wirklich depressive Menschen meinen, sie hätten kein Trauma. Das ist die Leere der Depression, die Empfindung, dass da nichts ist, höchstens ein nicht benennbarer Schmerz ohne Anlass.«

In diesem Moment ertönt ein gellender Schrei, als hätte Mutter einen Elektroschock bekommen. »Nein!«, ruft sie. »Nein. Hier kann ich nicht bleiben. Nein! Was ist das?«

Neben einer der Pflanzen auf dem Fußboden hat Michette ihren singenden Weihnachtsbaum aufgestellt. Mutter zeigt darauf, als hätte sich Ungeziefer in ihrem Wohnzimmer eingenistet.

Kadoke richtet sich auf. »Das ist ein Weihnachtsbaum, Mutter.«

»An Rosch Haschana bringst du einen Weihnachtsbaum mit? Du bist der Nagel an meinem Sarg, Otto. Was den Nazis nicht gelungen ist, wirst du wohl schaffen. Damit hast du als Baby schon angefangen, durch dich habe ich diesen Gebärmuttervorfall bekommen. Du wolltest nicht rauskommen, darum dauerte deine Geburt fast sechsunddreißig Stunden. Du hast meine Gebärmutter fast mit rausgeschleudert, so sehr hast du dich gegen das Leben gewehrt.«

Kadoke räuspert sich. Er kennt diese Geschichten. Er nimmt sie nicht persönlich. Über Kadoke zirkulieren Geschichten, aber er hat nichts damit zu tun, sonst kann er seine Arbeit als Psychologe nicht verrichten.

»Das ist ein singender Weihnachtsbaum, Mevrouw Kadoke«, sagt Michette, die kurz aufgehört hat zu weinen. Der singende Weihnachtsbaum schleudert sie zurück ins Leben, sie ist wieder im Jetzt angekommen.

»Das ist ein singender Weihnachtsbaum«, sagt auch Kadoke. »Michette hat die Gewohnheit, den singenden Weihnachtsbaum mit in die Klinik zu nehmen, und jetzt hat sie ihn mit zu dir nach Hause genommen, denn er bindet sie ans Leben, Mutter. Darf ich es so sagen, Michette, dass der singende Weihnachtsbaum eine Art Bindung zwischen dir und dem Leben schafft? Was ich für dich bin, Mutter, ist der singende Weihnachtsbaum für Michette; ein Sicherheitsgurt, eine Befestigung des Lebens. Eigentlich könnte man sagen, dass ich selbst ein singender Weihnachtsbaum bin.«

»Hör auf«, ruft Mutter. »Ich kann diesen Blödsinn nicht mehr hören. Du bist kein singender Weihnachtsbaum, du bist mein Sohn. Es ist Rosch Haschana und du stellst mir einen singenden Weihnachtsbaum ins Haus, weil du tief im Inneren schlimmer bist als die Nazis. Ich werfe diesen Weihnachtsbaum raus aus meinem Haus und die Straßenfrau gleich hinterher.«

Michettes Schluchzen setzt wieder ein.

»Mutter«, sagt Kadoke, »lass den Baum in Ruhe. Wir gehen jetzt in die Küche, da trinken wir Kaffee, und dann besprechen wir, wie du dich am besten an das neue Mädchen gewöhnen kannst. Sie ist keine Straßenfrau. Nenn sie einfach Michette oder Mädchen.«

Er nimmt Mutter beim Arm, Michette weint noch immer.

»Wenn ich sie nicht Straßenfrau nennen darf«, sagt Mutter, »werde ich sie eben Mädchen nennen, auch wenn sie einen Schnurrbart hat, aber Michette nenne ich sie ganz bestimmt nicht.«

Kadoke lässt Michette weinen. Er nimmt Mutter die Gießkanne aus der Hand und geht langsam mit Gießkanne und Mutter in die Küche. Der Kaffee ist inzwischen durchgelaufen. Er setzt Mutter auf den Schemel vor der Batterie homöopathischer Tabletten, die sie sich gleich konzentriert zu Gemüte führen wird. Er schenkt ihr Kaffee ein und starrt auf die bunten Pillen in allerlei Formen und Größen, die in einem Töpfchen liegen.

»Du brauchst keine Angst vor Michette zu haben, sie hat ein paar Probleme, aber die hatten die nepalesischen Mädchen auf ihre Art auch. Du musst mir vertrauen. Darauf vertrauen, dass was ich tue, gut für dich ist, in deinem Interesse ist.« Mutter stopft sich eine Handvoll Tabletten in den Mund und spült sie mit Kaffee herunter. Dann stellt sie die Tasse ab und stützt ihr Gesicht in beide Hände, während sie zur Wand schaut.

»Woher hat sie all die Narben?«

»Das macht sie selbst. Sie verletzt sich selbst.«

»Hübscher wird sie davon nicht.«

»Wir organisieren hier keinen Schönheitswettbewerb.«

Mutter stopft sich wieder drei Tabletten in den Mund, zwei große gelbe und eine kleine weiße.

»Stiehlt sie?«

»Ich glaube nicht.«

»Ist sie Jüdin?«

»Ich denke nicht.«

»Woher kommt sie?«

»Aus der Psychiatrie.«

Mutter schüttelt den Kopf. »Nein«, sagt sie entschieden, »das will ich nicht hier im Haus haben. Diese Menschen gehören nicht hierher. Sie sind nicht normal. Ich bin kein Auffangzentrum.« Wieder werden ein paar Tabletten in Mutters Mund geschoben. Kadoke schenkt Kaffee nach.

»Sie ist mehr als nur eine psychiatrische Patientin. Ich bin auch da. Ich werde das hier in gute Bahnen lenken. Du weißt doch, dass ich auf der Welt bin, um für dich zu sorgen? Du weißt doch, dass du mein Ein und Alles bist?«

Mutter schüttelt skeptisch den Kopf. Er ist ein Verführer, aber sie lässt sich nur verführen, wenn sie Lust dazu hat. »Wenn das Mädchen sich hier auch selbst beschädigt, rufe ich die Polizei. Ich finde das eklig, Menschen, die sich selbst beschädigen. Es ist natürlich auch bedauernswert, aber ich finde es vor allem eklig.«

»Du brauchst die Polizei nicht zu rufen. Ich bin mir sicher, das wird nicht nötig sein.«

Kadoke geht zurück ins Wohnzimmer. Michette weint nicht mehr. Sie liegt unter der Decke und hält ihr Telefon in der Hand. Sie liest etwas.

»Du musst jetzt aufstehen«, sagt Kadoke. »Zieh dich an und komm dann in die Küche. Mutter will sich gleich an den Esstisch setzen.«

Er zeigt auf den Tisch am anderen Ende des Zimmers. »Sie hat Gewohnheiten, an die müssen wir uns halten. Der feste Tagesablauf gibt ihr Halt. Mutter hat Rituale, die dürfen wir nicht durchbrechen, weil du jetzt da bist.«

»Okay«, sagt Michette. Sie kommt unter der Decke zum Vorschein, sucht in ihrer Tasche nach Unterwäsche. Er sieht die Piercings in beiden Brustwarzen.

Merkwürdige, grobschlächtige Dinger, die durch kleine Brustwarzen geschlagen wurden.

Sie dreht sich zu ihm.

»Hast du mich angeschaut?«, fragt sie.

»Ich hab mir deine Piercings angeschaut.«

»Schön?«

»Ich hab keine Meinung zu deinen Piercings.«

»Das glaub ich nicht.«

Er bleibt kurz stehen, um festzustellen, ob sie mehr anzieht als nur eine Unterhose, aber offensichtlich ist die Patientin zu der Schlussfolgerung gelangt, dass Mitwirken auch ihr zum Vorteil gereicht. Als sie bis auf Socken und Schuhe vollständig angekleidet ist, holt er Mutter aus der Küche.

Mit ihrem Stock geht sie zielstrebig zum Esstisch und setzt sich an ihren festen Platz, wo früher Vater saß. Michette würdigt sie keines Blickes. Sie blättert kurz in ihrem Kalender. Dann stimmt sie ein deutsches Lied an. Mutter singt in letzter Zeit viel, mitunter auch nachts, wenn sie nicht schlafen kann. Sie singt gegen die Angst, denkt Kadoke, und um Teile ihres Gehirns wachzuküssen, die in einen tiefen Schlaf versunken sind. Singend erinnert sie sich an ein anderes Leben.

Er wartet, bis sie fertig gesungen hat. Am anderen Ende des Zimmers sitzt Michette auf dem Sofa, das Telefon in der Hand.

»Möchtest du Tee, Mutter?«

Manchmal überkommt Kadoke der Gedanke, dass – wenn er sich weniger für die Psychiatrie interessiert hätte, wenn der Krisendienst einfach seine Arbeit gewesen wäre und nicht seine Arbeit und sein Leben in einem – Mutter vielleicht noch leben würde. Hatte seine ewige Selbstzensur nicht verhindert, dass er sich wirklich um seine Mutter gekümmert hat, echten Kontakt zu ihr hatte? Zwar war ein sorgfältiges Netz der Pflege um sie herum gesponnen worden, aber sie war entwischt. Dem Pflegenetz entwischen hieß Sterben. Eine aus dem Ruder gelaufene Blasenentzündung, aus der eine Nierenbeckenentzündung wurde, und dann ist der Körper zusammengebrochen.

Diese Mutter wird nicht entwischen.

»Möchtest du Tee, Mutter?«, fragt er noch einmal.

Sie nickt.

Er geht Richtung Küche.

»Möchtest du auch Tee, Michette?«, fragt er.

»Ja, gern«, antwortet sie. Sie sitzt mit dem Handy auf dem Sofa wie Leute, die in der Klinik auf Anweisungen, Therapie, Medikamente warten.

Er kocht Tee, stellt ihn Michette hin und sagt dann: »Tee machen gehört eigentlich auch zu deinen Aufgaben. Ich werde dich gleich Mutter vorstellen. Wir starten einfach einen zweiten Versuch, aber vielleicht kannst du mir sagen, was deine Pläne für heute sind?«

»Ich muss heute Nachmittag jemanden fotografieren.«

»Wann genau?«

»Um vier Uhr.«

»Dann hast du vielleicht noch Zeit, Mutters Mittagessen vorzubereiten. Ich weiß nicht, ob du kochen kannst, aber Mutter stellt keine hohen Ansprüche. Am liebsten isst sie Knackwürstchen.«

Er nimmt Michette mit in die Küche. »Mutter isst mehr oder weniger koscher«, sagt er, »das heißt, dass Fleisch und Milch getrennt werden. Obwohl es in ihrem Alter auch nicht mehr so darauf ankommt, es ist nicht so schlimm, wenn mal ein Löffel oder ein Messer von der einen Seite zur anderen zieht, also ein Fleischlöffel in der Schublade mit den Milchlöffeln landet, verstehst du? Gott wird mir schon vergeben, sagt sie. Versuch aber trotzdem, es dir zu merken. Manchmal hat sich Mutter in die Küche geschlichen, um die Mädchen bei Fehlern zu ertappen. Mutter ist es lieber, wenn die Fleischlöffel in der Schublade mit dem Fleischbesteck liegen und nicht auf einen Haufen mit den Milchlöffeln gelegt werden.«

»Ich habe Angst.«

»Gibt es etwas Spezielles, wovor du jetzt Angst hast?«

»Deine Mutter, sie ist eine furchterregende Frau. So etwas habe ich bisher noch nicht gesehen.«

»Du brauchst keine Angst zu haben. Mutter gibt sich gern bedrohlicher, als sie ist.«

Er öffnet den Kühlschrank. »Da stehen die Knackwürstchen«, erklärt er. »Und das hier sind Gläser mit Gefilte Fisch, einer Art polnisch-jüdischen Spezialität, die isst Mutter gern. Kartoffeln mag sie am liebsten gekocht. Auch Suppe isst sie für ihr Leben gern. Du kannst einfach Tütensuppe nehmen, erst mal.«

Kadoke macht den Kühlschrank zu, lehnt sich auf die Spüle, spielt mit dem Gedanken, schnell in den Garten zu gehen und eine Zigarette zu rauchen, überlegt es sich dann aber anders.

»Und im Gegenzug darf ich hier wohnen?«, fragt Michette. »Wenn ich deine Mutter versorge, darf ich bei dir bleiben?«

»Das ist Bestandteil der alternativen Therapie«, antwortet Kadoke knapp. »Wir werden sehen, wie es läuft. Könntest du heute schon beim Mittagessen helfen, meinst du? Mutter braucht natürlich auch ab und zu Hilfe, wenn sie zur Toilette geht, manchmal schafft sie es allein, manchmal nicht, und sie braucht Hilfe beim Duschen, aber das zeige ich dir später.«

»Hast du diese Therapie schon mal ausprobiert?«

»Nein«, sagt Kadoke. »Bisher habe ich mich immer an alle dokumentierten Behandlungsverfahren gehalten, aber als Psychiater muss man manchmal improvisieren. Du bist meine Improvisation.«

Er geht mit Michette zurück ins Wohnzimmer. Mutter sitzt schlafend in ihrem Sessel. Kadoke setzt sich neben sie und zeigt, wo Michette sich hinsetzen kann. Ihnen gegenüber, an der anderen Tischseite, wo auch immer die Leute von der Nachbarschaftsfürsorge sitzen.

»Mutter«, sagt er, »das ist das Mädchen, das die nepalesischen Mädchen vorläufig ersetzt. Ich habe versucht, sie in die koschere Küche einzuweihen.«

Mutter hält sich den Kopf fest. »Was weißt du denn über die koschere Küche?«, murmelt sie.

»Ist es dir recht, wenn sie dir schon mal bei der Zubereitung des Mittagessens hilft?«

»Wenn es sein muss«, sagt Mutter. Ihre Stimme klingt betrübt. Betrübt und resigniert.

Sie hebt den Kopf, betrachtet Michette misstrauisch, aber der Widerstand nimmt ab. Sie hat nicht mehr die Kraft für Widerstand, nur manchmal flammt er noch kurz auf.

»Sind Sie Niederländerin?«, fragt Mutter.

»Ja«, antwortet Michette, »ich bin Niederländerin.«

»Haben Sie schon mal für jemanden gesorgt?«

Michette schüttelt den Kopf. »Ich habe noch nie wirklich für jemanden gesorgt, aber als ich fünfzehn war, habe ich mal als Babysitterin gejobbt.«

»Aha. Als Sie fünfzehn waren.« Mutter verschiebt ihren Kalender. »Mein Sohn ist zu gut für diese Welt. Ich bin kein Kind mehr.«

»Ihr Sohn ist mein Psychiater.«

Mutter hält sich wieder den Kopf fest. »Wir wollten, dass er Kinderpsychiater wird, mein Mann und ich, aber dafür war er nicht gut genug. Da hat er sich auf die Selbstmörder gestürzt. Schade fanden wir das. Sehr schade. Eine Verschwendung seiner Talente.« Sie schaut auf. »Eigentlich kann ich alles selbst. Ich brauche keine Hilfe. Aber wenn mein Sohn Sie bestellt hat, können Sie natürlich hier bleiben. Davor hatte ich zwei nepalesische Mädchen. Die waren sehr lieb. Christlich, das schon, vor allem die eine. Aber lieb.«

Mutter nimmt wieder einen Schluck Tee und Kadoke behält Michette im Auge. Dann sagt er: »Mutter, Michette ist auch ein Widderhorn. Darum habe ich sie mitgebracht. Sie ist ein Schofar.«

Mutter sucht auf dem Tisch nach etwas, findet ihr Brillenetui zwischen lauter Papieren und setzt sich die Brille auf. »Nein«, sagt sie nach einer kurzen Pause. »Ich finde nicht, dass diese Frau einem Schofar ähnelt. Sie hat einfach einen Schnurrbart, das ist alles.«

»Sie ist unsere letzte Chance«, sagt Kadoke, »um ins Buch des Lebens eingeschrieben zu werden, um zur Besinnung zu kommen.«

Mutter mustert Michette noch immer.

»Ich bin schon alles Mögliche gewesen«, sagt Michette zu Mutter, »ich kann auch ein Widderhorn werden, das macht mir nichts aus. Was muss ein Widderhorn machen?«

»Geräusche«, antwortet Kadoke, »hohe und schrille, durchdringende Geräusche. Um Gott aufzuwecken.«

»Gott braucht nicht geweckt zu werden«, sagt Mutter. »Hör auf mit diesem Unfug.« Sie schiebt den Stuhl zurück.

»Wohin gehst du?«, fragt Kadoke.

»Zur Toilette«, sagt sie. »Lass mich nur kurz.«

Michette und Kadoke bleiben am Tisch zurück. »Wenn Mutter zurück ist von der Toilette, kannst du die Knackwürstchen aufsetzen. Mutter isst zwei. Ich eins. Möchtest du auch ein Würstchen?«

»Ich esse kein Fleisch«, sagt Michette. »Wohl aber Sperma.«

»Wir werden Ihre Wünsche in Zukunft berücksichtigen«, antwortet Kadoke und er schaut zu dem Sofa, auf dem die Patientin geschlafen hat.

17

Am Nachmittag, als Michette weg ist – wenn Kadoke sie richtig verstanden hat, muss sie einen Fußballer fotografieren –, beschließt er, zum Krisendienst zu fahren. Er hatte Dekha versprochen, sie in die hohe Kunst des Verfassens von Dienstberichten einzuweihen.

Seine Kollegen begrüßen ihn freundlich. Offensichtlich vermutet niemand, dass Kadokes Doppelleben seinen Anfang genommen hat, dass er einen Schritt außerhalb der offiziellen Psychiatrie getan hat.

Patienten können verschwinden, sie können durch die Maschen des Netzes schlüpfen, das die Betreuer gespannt haben. Kadoke hat keine Ahnung, ob die ambulante Pflegekraft, die Michette Hausbesuche abgestattet hat, wieder vor ihrer Tür stehen wird. Ob er melden wird, dass keiner aufmacht? Aber selbst wenn, vermutlich wird so eine Meldung nichts bewirken. Die Unruhe, die ihn bei dem Gedanken an die gebahnten Wege überkam, die er teilweise verlassen hat, ist nun, da seine Kollegen ihn so freundlich, so alltäglich begrüßen, verschwunden. Wenn es sein muss, wenn es nicht anders geht, wird er sich mit den Konsequenzen seines Handelns abfinden. Das Ärztegericht, wahrscheinlich lebenslanges Berufsverbot. Sollte er zum Paria werden, sollte das der Preis sein, den er für seine Improvisation bezahlen muss, wird er ihn bezahlen.

Er setzt sich in ein freies Zimmer und liest seinen Bericht noch mal. Als er fast fertig ist, kommt Dekha herein. »Ich war mir nicht mehr sicher, ob wir uns hier verabredet hatten, wir haben heute Abend wieder Nachtdienst, oder?«

Kadoke nickt. »Die ganze Woche.«

Dekha hält einen Apfel in der Hand. Sie beißt ab und kaut.

»Ich arbeite gern hier. Der Krisendienst ist mein zweites Zuhause. Mein drittes, müsste ich sagen. Vielleicht bringt es dir am meisten, wenn du meinen Bericht liest und mir sagst, wenn du Fragen hast.«

Sie setzt sich ihm gegenüber. Sie sieht ihn prüfend an. Ob sie was vermutet? Wenn man ein Doppelleben gut führen will, darf man nicht an Schuldgefühlen oder Scham leiden. Man muss das Doppelleben so führen, dass es wirkt, als sei es die einzige Art, durchs Leben zu gleiten, als seien alle anderen Arten völlig ungeeignet. Ein eindeutiges Leben ist eher was für Amateure als für die Professionals, die aus dem Leben ihre Arbeit gemacht haben. Wie Kadoke.

Kadoke trägt eine graue Trainingsjacke mit Kapuze, seine Lieblingskleidung, wenn er keine Patientenbesuche zu machen braucht. Ein Überbleibsel des letzten Urlaubs mit seiner Ex. Sie waren auf Malta, es war unerwartet kühl. Er kaufte eine Trainingsjacke, um an den ohnehin schon frischen Abenden auf die Straße zu können, ohne sich eine Erkältung zu holen. Seine Ex fragte noch: »Ziehst du das nach diesem Urlaub je noch an? Das ist nichts für dich, so eine Trainingsjacke mit Kapuze.« An Malta selbst hat er kaum noch Erinnerungen.

Dekha isst ihren Apfel und er tippt den Dienstbericht über Nelleke mit dem Vergnügen, das er eigentlich immer verspürt, wenn er Berichte schreibt. Der Text sorgt für Distanz zwischen den Patienten und ihm, der Bericht verleiht dem Gutachten Gewicht, einen Schein von Unvermeidlichkeit.

Dekha schaut ihn unverwandt an, als könne man ihm etwas ansehen. Vielleicht bildet er sich das nur ein, vielleicht schaut sie sich einfach seine Augenränder an. Seine Haut. Bartstoppeln.

»Ich hab ernst gemeint, was ich da gestern Abend gesagt habe«, sagt sie, als er kurz aufhört zu tippen. »Ich weiß nicht, ob es was für mich ist. Ehrlich gesagt hatte ich andere Erwartungen, ich hatte auf etwas Heilsames gehofft.«

»Heilsames?«

»Etwas Hoffnungsvolles. Befriedigender. Ich will Menschen helfen.«

»Ich lese mir diesen Bericht selbst noch schnell durch«, sagt er.

Er liest weiter. Auch Nellekes Vater hat er erwähnt. Die Schläge gegen seine Wagentür hat er weggelassen. Dann schiebt er Dekha den Computer rüber und fragt, ob sie jetzt lesen möchte.

Er holt Espresso, setzt sich wieder ihr gegenüber, während sie seinen Bericht konzentriert durchnimmt. Sie braucht lange dafür, obwohl er für seine Prägnanz bekannt ist.

»Keine Anmerkungen«, sagt sie schließlich. »Eigentlich auch keine Fragen. Nur ein paar Tippfehler.«

»Hole ich später raus.« Er zieht den Laptop zu sich. »Ich würde keine voreiligen Schlussfolgerungen ziehen. Welche Fachrichtung auch immer du wählst, der Tod und das Unheil liegen immer auf der Lauer.«

Sie setzt sich anders hin. »Das ist es nicht. Das stört mich ja nicht. Der Tod, der Verfall. Aber ich hätte nicht gedacht, dass man hier auf so viele suizidale Menschen stößt. Es ist nicht der Tod, es ist die Art des Todes, der Todestyp sozusagen.«

Der Psychiater schaut der Assistenzärztin fest in die Augen. »Liebe Dekha«, sagt er. »Es heißt nicht umsonst Krisendienst. Ohne Selbstmordversuche haben wir keine Existenzberechtigung. Was ist eine Krise ohne Suizid? In unserem Fach ist der Selbstmordversuch so alltäglich wie eine gebrochene Hüfte im Seniorenheim.«

Er starrt auf ihren Mund, erinnert sich daran, wie sie mit ihren Schminkutensilien im Auto saß. Konzentriert hat sie Lidschatten aufgetragen, vielleicht ein wenig melancholisch, aber tatsächlich hoffnungsvoll. Als würde sie zu einem Fest gehen. Immer repräsentativ. So fangen viele Assistenzärztinnen an. Wenn sie länger beim Krisendienst arbeiten, nimmt das Repräsentative allmählich ab. Niemandem fällt es auf. Nicht hier. Nicht, dass sie sich verlottern lassen, aber die Aufmerksamkeit für die Details schwindet.

»So viele Selbstmörder«, sagt Dekha. »Fast ausschließlich.« Sie klingt vorwurfsvoll, wie Kadokes Mutter klingen kann, als würde sie den Selbstmördern doch etwas übel nehmen.

»Die eine Woche sind es mehr als die andere.«

»Es beeinflusst meine Stimmung. Ich schlafe schlecht.«

»Wenn man zum ersten Mal Nachtdienst macht, schläft man immer schlecht. Es wäre seltsam, wenn du nicht schlecht schlafen würdest.«

Sie zuckt die Achseln.

»Es ist so, wie ich dir heute Nacht erzählt habe«, sagt Kadoke. »Du musst über dem Leiden stehen. Du musst dich nicht von dem Leiden berühren lassen. Es ist da. Und du bist da. Ihr existiert nebeneinander, unabhängig voneinander.«

»Schaffst du das?« Sie spielt mit dem Apfelbutzen.

»Ab und zu schon. Nicht unbedingt mühelos, aber es ist mir immer noch gelungen. Faktisch geht dich das Leiden der Patienten persönlich nichts an. Dir obliegt eine bestimmte, genau umschriebene Aufgabe in ihren Leben. Du bist ein Instrument, Dekha. Wir sind Instrumente. Wir sind keine Freunde. Wir sind nicht mal Bekannte. Wir sind Werkzeuge, im günstigsten Fall gute Werkzeuge.«

Er denkt an Michette. Erfüllt er seine genau beschriebene Aufgabe? Wer bestimmt die Aufgabenbeschreibung eigentlich? Gehört es nicht zum Leben, die Aufgabenbeschreibung in Zweifel zu ziehen? Wenn dem so ist, dann hat er gezweifelt, dann hat er sich mit einer neuen, geheimen Aufgabe betraut, einer Mission, von der sonst niemand etwas weiß, außer Michette und seiner Mutter.

Er liest seinen Dienstbericht noch einmal durch und findet drei Tippfehler, die er verbessert, obwohl er längst verschickt ist.

Kadoke steht auf, zieht den Reißverschluss seiner Trainingsjacke zu. »Ab heute Abend um neun müssen wir wieder parat stehen. Bist du mit dem Rad da oder soll ich dich irgendwo absetzen?«

»Das wäre gut. Ich bin mit der Straßenbahn gekommen.«

Auf dem Parkplatz raucht er schnell eine Zigarette.

»Was für ein Leben führst du eigentlich außerhalb des Krisendiensts?«, fragt Dekha, die neben ihm steht, die Hände in den Jackentaschen.

»Außerhalb des Krisendiensts? Gibt es denn da ein Leben?« Kadoke lacht. »Das frage ich Kollegen nie. Fast nie. Ich gehe davon aus, dass ihr Leben außerhalb des Krisendiensts mich nichts angeht. Warum willst du das wissen?«

»Nur so.«

»In meinem Leben gibt es Menschen. Und du?«

»Auch. In meinem Leben gibt es auch Menschen.«

Sie setzen sich ins Auto. Kadoke überfällt eine Müdigkeit, als hätte er schon eine ganze Woche Nachtdienst hinter sich, vielleicht auch zwei. Einen Monat. Und trotzdem findet er immer noch, dass nichts über den Nachtdienst geht. Wenn man die Menschen wirklich kennenlernen will, ihre geheimen Leben, ihre geheimen Sehnsüchte, ihre sorgfältig unterdrückte Verzweiflung, dann kann man nicht ohne den Nachtdienst.

»Ich hoffe, heute Nacht bekommen wir keine Kinder zu Gesicht«, sagt Dekha.

»Bestimmt nicht. So jung wie Nelleke, das kommt ziemlich selten vor. Meist sind sie schon etwas älter. Aber es ist wahr, sie fangen früh an mit dem Suizid. Sie fangen mit allem früher an. Soll ich dich da absetzen, wo ich dich heute Nacht abgeholt habe?«

Sie nickt. Sie spielt mit ihren Fingernägeln.

Schweigend fahren sie zu ihrer Wohnung. Dort fragt sie: »Möchtest du Kaffee? Ich mache besseren Espresso als den beim Krisendienst.«

Kadoke lächelt. Ist er doch attraktiv? Trotz seines Alters, seines Schlafmangels, seines eintönigen Kleidungsstils? Etwas von seinem Charme wird nicht verblasst sein, sein Haarschopf wird immer noch gepriesen, seine Melancholie war manchen Assistenzärztinnen zufolge ein gewisser Sinn für Humor. Ein Psychiater muss ein Verführer sein. Will man die Selbstmörder dem Leben erhalten, muss man verführen können, sonst sollte man die Finger von diesem Fach lassen.

»Eigentlich muss ich zu meiner Mutter«, sagt er, »aber für einen Espresso reicht die Zeit noch.«

Er parkt sein Auto und raucht schnell eine Zigarette, während Dekha in ihrer Tasche kramt. »Ich hab so viele Schlüssel«, sagt sie, »von denen ich nicht mehr weiß, wovon sie sind.«

Sie öffnet die Tür. Er folgt ihr über eine steile Treppe nach oben. Das Treppenhaus muss erst kürzlich gestrichen worden sein. Er riecht frische Farbe. Dekhas Wohnung ist aufgeräumt und ordentlich eingerichtet, auf verantwortliche Weise. Ein Stapel Bücher, ein kleiner Stapel Zeitschriften, ein Fernseher, ein Sofa, ein Spiegel, ein Esstisch. An der Wand ein wenig ironische Kunst.

»Ich mach dir einen Espresso«, sagt sie.

Er nimmt auf dem Sofa Platz, er wartet, gegen den Schlaf kämpfend und dennoch neugierig. Kadoke stellt sich vor, dass er dienstlich in diese Wohnung gekommen ist, dass hier jemand lebt, den er begutachten muss. Teilweise ist die Psychiatrie natürlich ein Phänomen, das mit sozialer Schicht zu tun hat. Die höchste Klasse lässt es selten auf den Krisendienst ankommen, obwohl auch da Entgleisungen vorkommen, aber genügend Geld kann viele Entgleisungen maskieren.

Dekha kommt mit Espresso aus der Küche, für sich hat sie Tee gemacht. Sie nimmt ein Kissen und setzt sich auf den Boden. Dadurch fühlt er sich ein wenig unwohl, aber er hat wenig Lust, sich neben sie auf den Boden zu setzen. Und er denkt an Michette. Die saß auch auf dem Boden. Warum hat er sich eine geheime Mission aufgebürdet? War das Leben ihm doch zu zufällig? Zu nebensächlich? Zu wenig heldenhaft? Musste auch er einen Gott erschaffen, der ihm Aufträge gab? Er braucht den Planeten nicht zu retten, nur eine austherapierte Patientin. Was für ein Narzissmus. Die Reflexion geht ihm gegen den Strich. Er wird bessere Erklärungen für sein eigenes Verhalten finden müssen.

Dekha nippt an ihrem Tee.

»Ich hab es ernst gemeint«, sagt sie. »Ich werde noch kurz abwarten, aber ich vermute, dass ich was anderes machen werde. Vielleicht gar keine Psychiatrie mehr.«

Der Espresso ist wirklich besser als im Krisendienst. Dazu braucht es auch nicht viel.

»Zweifelst du nie?«, fragt sie.

Er hat das Gefühl, im Kloster gelandet zu sein und einer Nonne seine Ungläubigkeit beichten zu müssen.

»Natürlich«, sagt er. »Denken ist zweifeln, aber wo man sich suizidiert, da ist nicht mehr viel Platz für Zweifel, da muss eingegriffen werden. Ich verspreche mir nichts von Euthanasie für Geisteskranke. Das ist eine Sackgasse voll verhängnisvoller Fragen. Wann ist das Leben nicht mehr lebenswert? Ich glaube nicht, dass man als Mensch Antwort auf solche Fragen geben wollen sollte. Wir leben nicht, weil das Leben lebenswert ist. Wir leben trotz unserer Vermutung, dass es nicht lebenswert ist. Man lebt nicht dank etwas, man lebt trotz etwas.

»Möchtest du einen Keks?«, fragt sie.

»Nein«, sagt er. »Keinen Keks. Ich muss nach Hause.«

Er will aufstehen, aber sie sitzt mit ihrem Tee vor ihm. Vielleicht sollte er warten, bis sie ihn ausgetrunken hat. Vielleicht sollte er ihr die Gelegenheit geben, auf seine abgemessenen und in ihren Augen vermutlicherweise abstrakten Worte zu reagieren. Sie will ein Chirurg sein, der sagen kann: »Die Operation ist gelungen. Sie können wieder alles.« Aber in der Psychiatrie gibt es keine Operationen, manchmal geht etwas nicht vollkommen schief. Das ist alles.

»Ich weiß nicht, ob meine Antwort befriedigend ist«, sagt er. »Wahrscheinlich nicht. Ich fürchte, ich habe keine befriedigenden Antworten. Den Krisendienst kann man nicht befriedigend nennen. Man verordnet Rosskuren. Zwangseinweisung ist eine Rosskur, aber wir haben nichts Besseres. Erinnerst du dich noch an Michette?«

Warum fängt er von Michette an? Will er das Schicksal herausfordern? Will er die Faust schütteln? Gegen wen, und warum?

»Natürlich«, sagt Dekha. »Ich kann mich noch an alle erinnern.«

»Selbstverletzendes Verhalten, das schon eine Weile andauert, einhergehend mit Suizidalverhalten. Rezidivierende Depression. Angststörungen. Borderline, vermutlicherweise infolge längerer stationärer Klinikaufenthalte. Objektiv gesehen muss man sagen: Die Frau ist austherapiert. Wir tun es ihr nicht an, wir schleifen sie nicht durch eine weitere Serie von

Behandlungen, auf die sie selbst auch keine Lust hat, an die sie selbst nicht glaubt und nicht glauben kann. Und das kann man ihr nicht übel nehmen. Ich an ihrer Stelle würde auch nicht daran glauben.«

Er macht eine Pause, schaut um sich, versucht zu erkennen, was an der Wand hängt. Ist es ein eingerahmter Löffel? Oder sieht es nur aus wie ein Löffel?

»Und subjektiv?«

»Subjektiv sucht man nach Auswegen, will man die eigene professionelle Ohnmacht nicht akzeptieren. Vielleicht ist das eine Schwäche.«

Dekha trinkt ihren Tee.

»Also erträgst du Leiden doch nicht?«

»Oh, doch.« Kadoke steht auf. »Ich kann es gut ertragen. Es ist höchstens die professionelle Ohnmacht, die mir ab und an zu schaffen macht. Gefangen sein in Verfahrensvorschriften, die Missstände verhindern sollen, mitunter aber sehr beklemmend sind. Man würde gern mal was ausprobieren. Aber ich geh jetzt nach Hause, wir unterhalten uns noch mal darüber. Ich werde erwartet.«

Dekha steht auch auf.

»Ab heute Abend um neun Uhr stehe ich wieder parat.«

»Du brauchst nicht parat zu stehen«, sagt er. »Du brauchst nur aufzuwachen, wenn du das Telefon hörst. Das ist alles.«

Sie macht einen Schritt auf ihn zu.

Er will zurückweichen, aber das Sofa steht hinter ihm. Er, der so manche Assistenzärztin verführt hat, möchte jetzt zurückweichen. In seinem Leben ist kein Platz für Dekha und in Dekhas Leben ist kein Platz für ihn. Er kann ihre Zweifel nicht beseitigen. Wäre er ehrlich, müsste er sagen, dass er ihre Zweifel nur schüren kann. Trotz dieser Überlegungen drückt er seine Lippen kurz auf ihre. Er schlingt die Arme um sie. Er umklammert sie und flüstert: »Heute Nacht werden keine

Kinder da sein. Ich bin mir sicher. Heute Nacht nicht. Nur fröhliche, ungefährliche, sorglose Patienten. Wir tauchen überall umsonst auf. Wir lachen uns durch den Nachtdienst.«

»Es sind nicht die Kinder«, sagt sie leise. Und sie küsst ihn, sie küsst ihn. Er denkt an Rose, das Handtuch, die Hitze, den verdorrten Rasen, die Kommode im Badezimmer seiner Mutter, und er spürt wieder, wie er fällt. Er fällt, er fällt schon seit Wochen. Er schmeckt Dekhas Mund, ein süßliches Aroma, vielleicht ist es der Tee. Kadoke löst sich von ihr und sagt: »Natürlich habe ich Zweifel. Der Zweifel geht nie weg. Nimmt zu, flaut ab, nimmt wieder zu. Es gibt Tage, an denen ich denke, die einzige ernsthafte Suizidprävention müsste daraus bestehen, zusammen mit den Patienten unterzugehen. Ist das nicht, was Solidarität ausmacht, sofern es dieses Wort in unserem Fach geben kann? Warum gehen wir nicht unter? Das ist der Zweifel. Warum wir nicht? Weil wir vom Fach sind? Weil wir es studiert haben? Weil wir gesund sind? Normal?«

Sie greift nach seiner Hand und nimmt ihn mit ins Schlafzimmer. Auch dort herrscht strenge Ordnung. Auf einem Stuhl liegt ein Stapel Handtücher. Er redet vom Untergang und sie nimmt ihn mit ins Schlafzimmer. Sie küsst ihn, er küsst zurück, anders als an diesem Sommerabend im Badezimmer seiner Mutter. Bedächtiger, mit weniger Hingabe, wahrlich voller Zweifel. Ohne die Betäubung der vollen Lust, höchstens mit der Wehmut, die die unvermeidbare Folge von Reflexion ist. Wieder löst er sich aus ihrer Umarmung. Warum will sie ihn? Was sieht sie in ihm? Lassen sich beim Krisendienst keine besseren Psychiater finden? Er hat seine beste Zeit gehabt, er verführt nur noch Patientinnen, beziehungsweise er macht seine Arbeit.

»Dekha«, sagt er, »wir haben gleich Nachtdienst. Ich muss wirklich nach Hause.«

Sie setzt sich aufs Bett.

»Stehst du auf schwarze Frauen?«

Die Frage überrascht ihn, überfällt ihn sogar.

Er lacht. »Dekha«, sagt er, »so sehe ich die Welt nicht. Ich habe keinen Typen. Ich stehe nicht auf einen bestimmten Typ Frau. Es tut mir leid.«

Er setzt sich neben sie aufs Bett. Nicht, um sie zu verführen, sondern weil er sich nicht wohlfühlt in seiner Haut. Nackt, obwohl er noch vollständig bekleidet ist.

»Wie siehst du die Welt denn, Kadoke?«

Er macht eine Armbewegung, schluckt seine Worte wieder hinunter, ohne genau zu wissen, was er sagen will. »Ich bin Psychiater«, sagt er, »das ist, wer ich bin. Davon handelt mein Leben. Und dann gibt es noch andere Behandler und Patienten, der Tanz zwischen Behandlern und Patienten, zwischen Patienten und Patienten, dieser tragikomische Tanz. So sehe ich die Welt.«

Er schlingt einen Arm um sie, ohne sie anzusehen. Seine Antwort ist abermals unbefriedigend. Er spürt es. Sie akzeptiert seine Worte nicht.

»Und Freunde?«, fragt sie. »Gibt es Freunde?«

Sie legt sich aufs Bett. Er legt sich neben sie. Angekleidet. Seine Mutter fände das schrecklich, sie findet, dass man nicht in Kleidern auf dem Bett liegen darf.

»Ich habe nicht viele Freunde.«

»Warum nicht?«

»Das ist eine persönliche Frage. Ich habe keine Antwort darauf, Dekha. Hast du Freunde? Was tut es auch zur Sache. Du warst unsicher über dein Funktionieren, über den Krisendienst, das war unser Thema.«

Kadoke hat versucht, die Enttäuschung zu seinem Freund zu machen, aber es hat nicht geklappt. Wenig Freunde, seine Arbeit ist sein Hobby, eine Mutter. So lässt sich praktisch alles zusammenfassen.

»Ich hab schon ein paar Freunde.« Sie streichelt sein Haar. »Aber wir können doch auch über dich reden? Du hast so schönes Haar.«

»Nein.« Er richtet sich auf, setzt sich neben sie aufs Bett. Er kommt sich vor wie ein Kind. »Das hier hat nichts mit mir zu tun. Ich bin unwichtig. Ob ich Freunde habe oder nicht. Ob ich gerne Bowling spiele oder nicht. Und ich will nicht auf mein Haar reduziert werden.«

»Bowling?«

»Nur so als Beispiel. Es ist Jahre her, dass ich zuletzt gebowlt habe.«

»Du magst also keine schwarzen Frauen? Du flirtest nicht mit mir, weil ich schwarz bin?«

Er reibt sich die Stirn. Jeder teilt sich die Welt auf seine eigene Art ein. Kadoke kann das nachvollziehen, aber für ihn muss die Einteilung funktionell sein. Die Hautfarbe der Person, die einen Selbstmordversuch hinter sich hat, spielt im Gutachten selten eine entscheidende Rolle. Das gilt auch für Religion. Er hat mal Asylanten begutachtet, aber auch da ging es eher um eine traumatische Vergangenheit als um Hautfarbe. Sofern man überhaupt echte Ursachen benennen kann natürlich, sofern jede Ursache nicht eine Annahme ist, eine Geschichte, die erzählt wird, weil nun einmal Geschichten erzählt werden müssen.

»Wenn ich schon mit dir geflirtet habe, dann, weil du Assistenzärztin bist. Aus keinem anderen Grund. Wenn ich dich beleidigt habe, biete ich dir meine Entschuldigung an.«

»Du hast mich überhaupt nicht beleidigt. Ich war neugierig auf dich, das ist alles.«

Er dreht sich zu ihr, greift nach ihrem Handgelenk. »Ich will nicht, dass du neugierig auf mich bist«, sagt er. »Das ist nicht nötig. Da ist nichts, worauf man neugierig sein könnte. Du projizierst Dinge auf mich. Das kannst du machen, ich kann es dir nicht verbieten. Aber ich kann dich bitten, es nicht zu tun. Projizier deine Sehnsüchte auf jemand anderen, nicht auf mich. Ich habe genügend Menschen enttäuscht. Lass mich in Ruhe. Wühl nicht in mir rum. Du wirst nichts finden.«

Sie starrt ihn erschrocken an. Vielleicht hat er zu laut gesprochen, zu scharf, hätte er sich ironischer ausdrücken sollen? Ist das nicht der Kern der Anziehungskraft schlechthin? Die unerquickliche Nachricht ironisch verpacken?

»Ach so, Kadoke«, sagt sie, »du bist also die verbotene Kammer. Wie verführerisch. Wie aufregend.«

Ihr gelingt die Ironie, die er nicht zu fassen bekommt. Er lässt ihr Handgelenk los. »Ich bin nicht die verbotene Kammer. Wenn ich mich zur verbotenen Kammer erklären würde, wäre das tatsächlich eine Einladung, hereinzuspazieren, und ich verstehe, dass du meine Worte so interpretiert hast. Ich meinte, dass nicht jeder Kontakt vertieft zu werden braucht, nicht jede Neugier muss befriedigt werden. Du hast nicht das Recht, alles zu wissen.«

»Du weist mich ab?«

»Nein. Ich weise dich nicht ab. Ich gebe Grenzen an. Einschränkungen, die sich daraus ergeben, wie wir uns begegnet sind. In ein paar Stunden fängt unser Nachtdienst an. Ich gehe nach Hause. Ich werde dich als Mentor begleiten, mehr habe ich dir nicht zu bieten.«

Sie zieht ihn zu sich. Nicht aggressiv, sogar nicht wirklich verführerisch, eher, wie man eine Decke zu sich zieht.

»Du willst also wohl mit deinen Patienten untergehen, aber nicht mit mir?«

Er schüttelt langsam den Kopf. Seine eigenen Worte kommen ihm plötzlich absurd vor. »Ich habe mich gefragt, ob ernsthafte Suizidprävention nicht auch dieses Angebot umfassen müsste. Ich komme mit dir. Ich gehe den letzten Weg mit dir gemeinsam zu Ende. Wo du untergehst, werde ich untergehen. Das war meine Frage, mein Zweifel. Das hat nichts mit dir zu tun. Du bist keine Patientin.«

»Ich bin keine Patientin«, sagt sie. »Das ist wahr.« Und sie küsst ihn, leidenschaftlich, mit einer Hingabe, die ihn verwundert. Er kann nur denken: Sie will beweisen, dass sie doch eine ist.

Er erwidert ihren Kuss, er spürt ihren Körper, aber sie zieht ihn nicht aus und er zieht sie nicht aus. Nicht die Lust kommt, sondern der Gedanke an den bevorstehenden Nachtdienst.

Noch einen Moment bleiben sie so liegen, beide vollständig bekleidet, auf Dekhas adrettem Bett. Er starrt auf den Handtuchstapel – als wäre das hier ein Hotel, so liegen sie dort. So ordentlich, so angenehm und doch so völlig unpersönlich. Die Handtücher ähneln ihm, ordentlich, angenehm und unpersönlich.

»Ich muss wirklich zu meiner Mutter«, sagt er. »Sie hat ein neues Mädchen, das auf sie aufpasst. Ich muss sie einarbeiten, schauen, ob alles gut läuft.«

»Wohnst du bei deiner Mutter?«

»Seit Kurzem. Das klingt seltsam. Ein erwachsener Mann, der bei seiner Mutter lebt, aber ich bin wieder bei ihr eingezogen, die Mädchen, die sie pflegten, haben gekündigt und ich dachte: dann mache ich das vorübergehend eben selbst.«

Er klingt, als müsse er sich entschuldigen, sogar ihr gegenüber. Auch hier fühlt sich die Rückkehr an wie eine kleine Niederlage, und wenn es auch nur eine gesellschaftliche Niederlage betraf.

Sie spielt mit seinem Haar. »Du musst dich mal wieder rasieren«, sagt sie.

»Keine Zeit.«

»Alles an dir riecht nach Rauch.«

»Meine Mutter riecht nichts mehr. Ich glaube, ich muss mir eine Frau suchen, die auch nichts mehr riecht.«

Kadoke erhebt sich vom Bett, versucht, die Bettdecke und die Tagesdecke gerade zu zupfen. »Es war so ordentlich gemacht«, sagt er.

Dekha bleibt liegen.

»Schön, dass du so einen guten Kontakt zu deiner Mutter hast. Ich spreche mit meiner Familie nicht mehr.«

Er steht neben dem Stuhl mit den Handtüchern. »In manchen Fällen ist es besser, keinen Kontakt zu haben.«

»So kann man darüber reden. So kann man darüber denken. Man kann natürlich über alles denken: Es ist gut so.«

Er fährt sich mit den Händen durchs Haar. »Irgendwann heute Nacht sehe ich dich.« Er will sich vorbeugen, um ihr einen Kuss zu geben, wenigstens das, aber schließlich berührt er nur ihren Oberarm.

»Du findest bestimmt allein raus«, sagt sie.

Er nickt. Ein paar Sekunden später geht er die Treppe hinunter und wieder riecht er die Farbe. Kadoke kann sich nicht ganz des Eindrucks erwehren, die Assistenzärztin nicht gebührendermaßen begleitet zu haben. Nicht, weil er sie geküsst hat, sondern weil er sie nicht gebührend geküsst hat, weil seine Antworten nicht die Antworten waren, die sie braucht. Jede Assistenzärztin braucht wieder andere Antworten, andere Begleitung.

Im Auto raucht er zwei Zigaretten. Die wird Kadoke wirklich vermissen, Zigaretten. Nach dem Leben.

In einem Fischgeschäft kauft er drei Scheiben Kabeljau.

Entgegen ihrer Gewohnheit sitzt Mutter auf dem Schemel in der Küche. Michette ist noch nicht nach Hause gekommen.

»Ich habe mal selbst Tee gemacht«, sagt Mutter. In ihrer Stimme schwingt leichte Empörung mit.

»Das ist sehr gut.«

»Früher haben die Mädchen das gemacht.«

»Ich dachte, du brauchst niemanden.«

»Ich bin jetzt so alt, dass ich ruhig versorgt werden darf.«

Er zieht sich die Trainingsjacke aus, hängt sie an die Garderobe und umarmt Mutter. Sie küsst ihn, flüstert ihm Kosenamen ins Ohr. »Du passt auf mich auf«, sagt sie. »Du bist mein Väterchen.«

»Ich bin dein Sohn.« Er schenkt ihr eine frische Tasse Tee ein, nimmt den Wochenblister mit den Medikamenten und gibt die Tabletten, die sie abends nach dem Essen einnehmen muss, in ein kleines Töpfchen.

»Du bist auch mein Vater.« Sie schaut ihn mit stechendem Blick an. Sie hat diesen Wunsch schon früher mal geäußert, aber noch nie so entschieden wie an diesem Abend, nie zuvor hat sie ihn so zwingend zu ihrem Vater erklärt.

»Ich finde es ein wenig viel, Vater und Sohn gleichzeitig zu sein. Aber wenn es sein muss, muss es eben sein.«

»Du passt doch auf mich auf«, sagt Mutter. »Darum bist du mein Väterchen.«

»Das ist wahr«, antwortet Kadoke. »Ich pass auf dich auf.« Er schaut auf sein Handy, um zu sehen, wie spät es ist. »Das neue Mädchen wird gleich hier sein, aber ich fange schon mal an zu kochen.«

Mutter schnellt auf. Es gibt verschiedene Mütter; die abhängige, die verzweifelte, die ängstliche, die streitlustige. Hier kommt die streitlustige Mutter zum Vorschein. Er sieht es an ihren Augen.

»Das neue Mädchen? Die Straßenfrau kommt mir nicht mehr ins Haus. Ich will sie nicht, ich kann sie nicht gebrauchen. Hast du gesehen, was sie mit meinem Wohnzimmer angestellt hat?«

»Was denn?«

Mutter lässt sich vom Schemel gleiten, greift nach ihrem Stock und geht zügig ins Wohnzimmer. Dort sticht sie mit dem Stock in einen Stoffstreifen, der unter dem Couchtisch liegt. Kadoke bückt sich, um zu erkennen, was es ist. Ein Slip von Michette.

»Das ist doch ekelhaft«, sagt Mutter. »Am anderen Ende des Zimmers kann ich diesen Lumpen noch riechen.«

»Nein, Mutter«, sagt er. »Das stimmt nicht. Dein Geruchsorgan funktioniert nicht mehr. Du kannst Michettes Slip nicht riechen.«

»Manchmal funktioniert mein Geruchsorgan wieder.«

»Ich werde Michette darauf ansprechen, wenn sie wieder da ist, und sie bitten, ihre Unterwäsche nicht einfach so rumfliegen zu lassen.«

»Aber ich will diese Straßenfrau nicht mehr im Haus haben. Ich habe mich heute Nachmittag auch nicht aufs Sofa gelegt. Du glaubst doch nicht etwa, dass ich mich hinlege, wo diese Straßenfrau gelegen hat?«

»Wo hast du denn dann gelegen?«

»Auf dem Fußboden.«

Sie zeigt auf den Perserteppich.

Kadoke hält sie fest. »Mutter«, sagt er, »so holst du dir eine Erkältung. Du kannst nicht auf dem Boden schlafen. Ich hab es dir schon mal gesagt, du bist kein Hund. Ich lege Laken aufs Sofa, damit Michette nachts dort schlafen kann, und du kannst tagsüber auf deinem vertrauten Sofa dein Mittagsschläfchen halten. Dann brauchst du dich nicht vor ihr zu ekeln.«

Mutter schüttelt den Kopf.

»Eklig«, sagt sie nur. »Ich finde das alles einfach nur eklig.«

»Ich verstehe es nicht«, antwortet Kadoke. »Du hast den Krieg erlebt und du regst dich über Michette auf.«

»Auschwitz war nicht so eklig wie diese Straßenfrau«, verkündet Mutter.

So steht sie da in ihrem Wohnzimmer, wütend über eine Unterhose unter dem Couchtisch, als würde diese Unterhose alles symbolisieren, womit sie sich nicht hat versöhnen können. Vorsichtig streichelt er ihr über die Haare, drückt sie an sich. Dann nimmt er sie mit in die Küche.

»Ich habe Kabeljau gekauft«, sagt er.

»Mag ich das gern?«

Sie hat sich wieder auf ihren Schemel gesetzt und beäugt misstrauisch die drei Fischfilets, die er auf einen Suppenteller gelegt hat. Weil Michette nicht da ist, steckt er ein Stück wieder in die Tüte und legt es in den Kühlschrank.

Anschließend verkündet Kadoke, dass Mutter immer gern Kabeljau gegessen hat, dann fragt er sich, wie er den Fisch zubereiten soll und ob Michette noch jemals wiederkommt. Oder ob er sie anderenfalls suchen muss.

Erst kocht er die Kartoffeln mit Schale und als sie fertig sind, legt er den Kabeljau in das Kartoffelwasser. Er weiß nicht, ob das die richtige Methode ist, aber es ist auf jeden Fall eine Methode, die wenig Schaden verursachen kann. Weil er kein Gemüse mitgebracht hat, schneidet er ein paar Tomaten klein und wäscht einen Salatkopf, den er im Schrank auf der Terrasse findet.

Er legt den Kabeljau und zwei Kartoffeln auf einen Teller. Den Salat serviert er getrennt in einem Schälchen. Als er damit fertig ist, greift Mutter nach seinem Unterarm. »Dass du für mich kochen musst«, sagt sie. »Wie traurig mich das macht. Wir hatten große Hoffnungen für dich. Solche großen Hoffnungen. Vor allem dein Vater.«

Sie lässt seinen Arm nicht los.

»Das macht nichts«, antwortet er. »Es ist nur vorübergehend.«

»Wir werden sehen.« Er merkt, dass sie daran zweifelt, ob es wirklich vorübergehend ist. Dass sie befürchtet, er würde als Koch und Pfleger enden. Die zigste Enttäuschung.

Kadoke wartet, bis seine Mutter an ihrem Platz am Esstisch sitzt, und bringt ihr dann den Teller mit dem Kabeljau und das Salatschälchen.

»Und Besteck?«, ruft Mutter. »Oder soll ich etwa mit den Fingern essen?«

»Bring ich dir.«

Er holt seinen Teller und Besteck für zwei Personen und setzt sich neben seine Mutter. Wie immer essen sie schweigend. Er fragt, ob sie Musik hören möchte, aber danach hat sie kein Bedürfnis.

»Willst du die Nachrichten sehen?«, fragt er, als sie zwei Kartoffeln und die Hälfte von ihrem Fisch gegessen hat.

Mutter will die Nachrichten sehen. Sie setzt sich auf den Stuhl dicht vor den Fernseher. Kadoke hat schon ein paar Mal vorgeschlagen, zum Augenarzt zu gehen, aber Mutter antwortet immer wieder: »Ach, dieser Augenarzt, der will doch nur Geld an mir verdienen.«

Es klingelt.

»Michette«, sagt er und er hört die Erleichterung in seiner Stimme.

Kadoke öffnet die Tür. Michette trägt eine Mütze und hat eine große Tasche dabei, in der sich bestimmt ihre Kameras befinden.

»Da bin ich wieder«, sagt sie.

Sie stellt die Tasche ab, drückt Kadoke ihre Jacke in die Hände, die er schnell aufhängt. Sie geht ins Wohnzimmer, als würde sie schon seit Jahren hier wohnen, und setzt sich auf das Sofa, auf dem sie diese Nacht geschlafen hat.

Mutter würdigt Michette keines Blickes.

Die neue Altenpflegerin sitzt bemützt auf dem Sofa und schaut vor sich hin. Als säße sie in einem Wartezimmer, bereit für den Arzt.

Kadoke steht auf und setzt sich in einen Sessel ihr gegenüber.

»Wer ist das?«, fragt Michette.

Sie zeigt auf ein Gemälde an der Wand.

»Das bin ich, als ich klein war. Es ist noch Kabeljau da. Wir haben schon gegessen.«

»Ich habe auch schon gegessen. Du schaust so ernst auf dem Bild. Hast du als Kind überhaupt gelacht?«

»Ich habe als Kind viel gelacht. Was hast du gegessen, wenn ich fragen darf?«

»Müsli.«

»Das ist kein Abendessen. Ich glaube, es wäre gut, wenn du ein wenig Fisch essen würdest. Etwas anderes: Lass bitte deine Unterwäsche nicht hier rumfliegen. Mutter mag das nicht. Das hier ist ihr Wohnzimmer. Du schläfst in anderer Leute Wohnzimmer.«

Sie schaut auf ihren Slip. Sie wirkt selbst erstaunt, ihn dort vorzufinden.

»Okay«, sagt sie. »Es war ein Zeichen des Vertrauens, dass ich ihn dort liegen gelassen habe. Das mache ich wirklich nicht überall.«

»Danke für dein Vertrauen«, sagt Kadoke. »Und dann noch ein paar praktische Details. Mutter geht meist um halb neun nach oben. Sie geht früh zu Bett. Manchmal sitzt sie erst noch an ihrem Schreibtisch im Schlafzimmer. Würdest du sie gleich raufbringen? Wenn Mutter fertig ist und meldet, dass der Tag beendet werden dürfte, was sie anbelangt? Sie putzt sich erst noch in der Küche die Zähne.«

»Ist gut.«

Jetzt wendet sich Mutter vom Fernseher ab. Sie dreht sich zu Kadoke und sagt: »Ich sag das jetzt mal auf Deutsch. Ich möchte von dieser Frau nicht angefasst werden.«

Kadoke reibt sich die Augen. »Liebchen, Deutsch ist keine Geheimsprache. Michette versteht dich bestimmt, auch, wenn du Deutsch sprichst. Sie ist nicht eklig. Sie ist eine normale Frau. Wie so viele Frauen. Vielleicht hat sie ein wenig mehr Narben, aber die sind nicht eklig.«

»Auf alte Leute nimmt keiner Rücksicht«, murmelt Mutter und dreht sich wieder zum Fernseher.

»Michette«, sagt Kadoke, »könntest du aufstehen und Mutters Hand oder Arm vorsichtig berühren?«

Michettes Blick verrät Missbilligung, oder wenigstens Widerwillen, aber sie steht auf und geht zu Mutter. Die tut, als habe sie nichts gehört. Sie ist in die Nachrichten vertieft, obwohl das Thema, etwas über Viehzucht, sie unmöglich interessieren kann.

Die junge Frau, die er ins Haus geholt hat, um sie einer alternativen Therapie zu unterziehen, steht neben Mutter. Sie scheint unschlüssig, was sie tun soll, als wäre eine ganz normale Berührung so bedenklich geworden, dass es nicht mehr geht. Schließlich legt Michette ihre Hand vorsichtig auf Mutters Hand, die in ihrem Schoß ruht.

Aus Mutters Mund entfleucht ein hoher, eindringlicher Schrei, als hätte jemand sie auf den Kopf geschlagen oder unvermutet in den Hintern gekniffen.

»Was ist, Mutter?«, fragt Kadoke.

»Ich finde das eklig«, sagt sie. »Die Hand dieser Frau. Ich finde das einfach eklig.«

Kadoke nickt.

»Michette, wie findest du es, Mutter anzufassen?«

Michettes Hand liegt noch immer auf Mutters Hand.

»Ich finde es okay«, sagt sie, »aber wenn deine Mutter es wirklich nicht will, höre ich augenblicklich damit auf.«

Mutter reagiert nicht. Sie schaut sich jetzt das Wetter an. Sie tut, als wäre nichts spannender oder wichtiger als die Wettervorhersage für morgen.

Kadoke kniet neben Mutters Stuhl und greift nach ihrer anderen Hand. »Könntest du dich an Michette gewöhnen, meinst du?«, fragt er. »Dass sie dich ins Bett bringt und dir beim Duschen hilft?«

Michettes Hand fängt an, Mutters Hand und ihren Unterarm zu streicheln. Mutter schaut danach, als wäre die Hand eine Art Ungeziefer, und vielleicht sind Michettes Hände ja auch kleine Tiere.

Je länger Kadoke sich Michettes Hand ansieht, die über Mutters Unterarm fährt, desto mehr bekommt er das Gefühl, dass die Hand unabhängig von ihrem Körper und ihrem Kopf operiert, ein eigenes Leben führt.

»Ich hab doch keine Wahl«, sagt Mutter leise.

»Aber könntest du dich daran gewöhnen?«, fragt der Sohn, der seit Kurzem weiß, dass er auch der Vater ist.

»Wenn es sein muss.«

Michettes Hand streichelt Mutters Unterarm immer noch, nicht nur den Unterarm, auch den Oberarm. Ein Apparat, der angefangen hat zu streicheln und jetzt nicht mehr damit aufhören kann.

Kadoke richtet sich auf. »Ich mach dir deinen Kabeljau fertig«, sagt er zu Michette. »Aber ab morgen kochst du.«

Auf dem Weg zur Küche hört er Mutter sagen: »Er kann nicht kochen, aber er tut, was er kann.«

18

Wie öfter, wenn er Nachtdienst hat, geht Kadoke gegen halb elf ins Bett, es sei denn, es gibt vorher schon einen Notfall, aber das kommt eher selten vor. Michette hatte den Kabeljau mit dem Kommentar gegessen, künftig würde wohl wirklich besser sie kochen, denn dies hier sei eine Beleiding fürs Kochen im Allgemeinen und für Kabeljau im Besonderen. Sie fügte hinzu, ihre Eltern besäßen ein kleines Hotel und sie hätte dort schon mit vierzehn Jahren in der Küche gestanden. Eine ihrer Spezialitäten sei das Wiener Schnitzel, gleichzeitig übrigens auch Spezialität des Hauses.

»Das hättest du ruhig sagen können«, hatte Kadoke bemerkt.

Er fragte noch, ob sie es nicht ironisch fände, dass die Spezialität einer Person, die kein Fleisch isst, ausgerechnet Wiener Schnitzel sei, aber sie meinte, von ihr aus dürften andere ruhig Fleisch essen, auch als halbe Vegetarierin habe sie überhaupt kein Problem damit, ein Steak in die Pfanne zu hauen.

Mutter putzte sich wie immer die Zähne in der Küche. Wie üblich benutzte sie auch Zahnseide und als Michette das sah, drückte ihr Gesicht erstmals aufrichtige Freude aus.

»Zahnseide«, sagte Michette. »Deine Mutter benutzt Zahnseide.«

»Ja«, antwortete Kadoke. »Meine Mutter benutzt Zahnseide. Sie hat nicht mehr alle eigenen Zähne, aber die ihr verbliebenen werden normalerweise abends mit Zahnseide gereinigt.«

Danach hatte Michette Mutter gefragt: »Dürfte ich mir ein wenig Zahnseide von Ihnen borgen?«

Und während sie in denselben kleinen Spiegel starrten, reinigten sie sich die Zähne mit Zahnseide, Mutter sitzend auf dem Schemel, Michette im Stehen, wobei sie sich ab und zu bückte, um ihre Zähne besser inspizieren zu können. Vom Flur aus überblickte Kadoke die Szene und dachte, vielleicht würde alles doch noch gut, die alternative Therapie könnte gelingen. Einen Moment erwog er sogar, später einen Artikel darüber in einer Fachzeitschrift zu veröffentlichen, aber diesen Gedanken verwarf er rasch wieder. Diese Therapie war eine Mission, die es offiziell niemals gegeben haben, ein Geheimnis, das er mit ins Grab nehmen würde.

Nach dem Zahnpflegeritual brachte Michette Mutter nach oben, was darauf hinauslief, dass sie mit beiden Händen gegen Mutters Hintern drückte und sie sozusagen die Treppe hinaufschob. Eine unübliche Methode, aber Mutter wehrte sich nicht. In Michettes kleinem Körper steckte noch immer genug Kraft, und abermals flackerte in Kadoke so etwas wie Hoffnung auf.

Psychiater Kadoke schläft – er träumt, aber er vergisst seine Träume immer, er kann sie sich nicht merken, und anders als Mutter schreibt er sie nicht auf –, als an die Tür seines Kinderzimmers geklopft wird. Einen Moment glaubt er, es sei sein Smartphone, er habe den Klingelton verändert. Dann wird ihm klar, dass wirklich jemand anklopft. Er schaut auf das Display; länger als eine Viertelstunde kann er nicht geschlafen haben.

Er öffnet die Tür.

Vor ihm steht Michette, dieses Mal in einem verwaschenen weißen T-Shirt, das auch einige Löcher aufweist. Ferner trägt sie nur einen Slip.

»Es geht nicht«, sagt sie.

In diesem Moment wird ihm bewusst, dass er selbst auch nur mit einer Unterhose bekleidet ist. Er sieht, dass sie geweint hat.

»Was geht nicht?«

»Ich kann hier nicht bleiben.«

»Geh nach unten. Ich komm gleich. Wenn wir hier stehen bleiben, wecken wir Mutter.«

Er schlüpft in seine Hose, steckt sein Telefon ein und zieht sich seine graue Trainingsjacke über. Dieser Patientin wird er in Freizeitkleidung entgegentreten; weil sie bei ihm wohnt, ist das schon in Ordnung.

Er geht die Treppe runter. Es riecht nach Weihrauch und er holt tief Luft, um sich zu vergewissern, dass er sich nicht täuscht. »Was ist das?«, fragt er. »Dieser Geruch?«

»Ich hab ein Weihrauchstäbchen angezündet, um die schlechte Energie zu vertreiben.«

Er schaut suchend um sich, kann das Weihrauchstäbchen aber nirgends entdecken.

»Ich wusste nicht, dass hier schlechte Energie herrschte. Aber wenn dem offensichtlich so ist, kannst du sie gern auf diese Art vertreiben. Aber lieber nicht, wenn Mutter dabei ist.«

Kadoke setzt sich auf den Stuhl, auf dem Mutter immer fernsieht. Michette hat sich das Laken umgeschlagen. Es ist genauso ausgeblichen wie Michettes T-Shirt.

»Ich könnte aus dem Laken ein Zelt bauen. Kommst du dann rein und setzt dich zu mir?«

»Nein«, sagt Kadoke. »Ich setze mich nicht in dein Zelt. Warum geht's nicht mehr?«

»Ich kann nicht schlafen. Ich hab Angst vor dem Schlaf.«

Ihre Stimme klingt mutlos. Ganz anders als früher am Abend, als sie reinkam. Fast frech war sie da gewesen, übermütig.

»Warum hast du Angst vor dem Schlaf?«

»Ich hab Angst vor den Gedanken, die mir im Schlaf kommen, oder besser gesagt, wenn ich daliege und grüble. Wenn ich auf den Schlaf warte.«

Kadoke reibt sich über die Lippen.

»Was machst du meistens, wenn das passiert?«

»In letzter Zeit trinke ich immer Putzmittel. Oder Chlorreiniger. Je nachdem. Ich schäme mich. Ich schäme mich, weil ich so schwach bin.«

Er nickt. »Was, meinst du, könntest du jetzt machen? Was würde dir helfen?«

»Du könntest dich neben mich legen.«

»Ich bin dein Psychiater, nicht dein Geliebter.«

»Dann weiß ich es nicht.«

Kadoke schlägt die Beine übereinander, zieht den Reißverschluss seiner Trainingsjacke weiter zu.

»Mal abgesehen von Putzmittel trinken, was könnte dir jetzt helfen? Was könnte dafür sorgen, dass du schläfst?«

Sie zuckt die Achseln. »Wenn du Chlorreiniger wärst, würde ich dich bis auf den letzten Rest austrinken.«

Er lacht. Er lacht laut, unprofessionell, aber manchmal muss der Psychiater seine menschliche Seite zeigen, muss beweisen, dass er keine Maschine ist. Er sieht sich selbst vor sich, ein Chlorreiniger in Menschengestalt, und weil er so laut und aufrichtig lacht, stimmt sie mit ein.

»Kannst du etwas über die Gedanken erzählen, die kommen, wenn du nicht schlafen kannst?«

Sie sitzt da, in das Bettlaken um sich gehüllt, es sieht tatsächlich aus wie ein Zelt. Er schaut auf ihre Beine und sieht, dass auch weniger auf der Hand liegende Stellen wie ihre Fußgelenke mit Schnitten übersät sind.

»Die Unsicherheit macht mich verrückt. Alles ist unsicher. Es gibt keinen Halt. Und dadurch wird auch das Denken unsicher, meine Gedanken sind eine Hölle. Nur der Tod ist sicher. Nur der Tod kann meine Gedanken aufhalten. Darum will ich sterben. Jedenfalls in solchen Momenten.«

»Der Gedanke, der Tod könne eine Lösung sein, ist eine Illusion.«

»Die Illusion ist in solchen Augenblicken angenehmer als das Leben.«

Kadoke starrt auf die Decke seiner Mutter. »Ich hab Durst«, sagt er, »ich hole Wasser. Kann ich dir etwas mitbringen?«

»Nein danke.«

Er geht in die Küche, füllt ein Teeglas mit Wasser, geht damit zurück ins Wohnzimmer und setzt sich wieder auf denselben Stuhl.

Michette hat sich nicht von der Stelle gerührt. Sie sitzt noch immer mit dem Laken um die Schultern geschlagen auf dem Sofa, und weil sie davon angefangen hat, kann er nicht anders; er sieht ein Zelt darin. Aus Mutters Wohnzimmer wird langsam ein Zeltlager werden.

Kadoke sieht die junge Frau an. Soll er ein Gespräch mit ihr anfangen, soll er ihr eine Schlaftablette geben? Der Gedanke, dass sie eigentlich ein Nagetier ist, überkommt ihn wieder.

»Kognitiv gesehen weißt du«, sagt er, ohne sie anzuschauen, »dass die Unsicherheit, die tatsächlich da ist, die zum Leben dazugehört, nicht beängstigend zu sein braucht. Aber deine Emotionen sind in bestimmten Momenten stärker als das, was du weißt, was du dir vorstellen kannst. Die Frage ist, wie ich dir mehr Kontrolle über deine Emotionen geben kann. Bessere Kontrolle.«

Sie antwortet nicht. Sie schaut an ihm vorbei. Wieder riecht er den Weihrauch, intensiver als eben, und er hofft, dass der Geruch morgen verschwunden ist. Das Haus seiner Mutter soll nicht nach Weihrauch riechen, auch, wenn es sie selbst nicht weiter stören wird. Er mag keinen Weihrauch und Mutter ist er verhasst. Er erinnert sie an Kirchen, und Kirchen mag sie noch weniger als den Rabbiner.

»Wie machst du das denn?«, fragt Michette. »Wie kontrollierst du deine Emotionen?«

Er zögert einen Moment. Dann sagt er, den Blick auf seine nackten Füße gerichtet: »Ich erlaube mir kaum Emotionen. Ich könnte mein Fach nicht ausüben, wenn ich mir wirkliche Emotionen zugestehen würde. Manchmal gibt es sie, häufig sogar, flüchtig, in letzter Zeit mehr als früher. Ich habe gelernt, sie zu ignorieren. Hierbei will ich es belassen.«

Sie nimmt das Notizbuch, das er schon bei ihr zu Hause gesehen hat, blättert darin.

»Du hast heute Nachmittag gearbeitet«, sagt er. »Vielleicht magst du darüber ein wenig mehr erzählen? Wen hast du fotografiert?«

»Einen Fußballer von Feyenoord. Er ist Nummer 106 geworden. Ich hab deinen Namen durchstreichen müssen. Jetzt kannst du Nummer 107 werden. Ich denk mal, du wirst Nummer 107, oder sonst 108.«

Kadoke reibt die Hände gegeneinander. Es verlangt ihn nach einer Zigarette, aber er kann sein Verlangen unterdrücken.

»Du gehst mit den Leuten, die du fotografierst, ins Bett?«

»Manchmal.«

»Warum?«

»Neugier. Ablenkung. Die Gelegenheit ergibt sich. Man erwartet es von mir. Es braucht nicht schlimm zu sein.«

»Ablenkung wovon?«

»Von der Angst. Dem Leben.«

»Für dich gehört Sex also nicht zum Leben?«

»Ich weiß nicht. Sex heißt, dem Leben zu entwischen. Das echte Leben ist Leiden.«

»Und Sex ist kein Leiden?«

Sie schweigt. Er schaut auf ihre Handgelenke. Extrem dünne Handgelenke.

»Nicht immer. Warum setzt du dich nicht in mein Zelt?«, fragt sie. »Wir könnten es gemütlich haben.«

»Ich sitze gut hier.«

Er nimmt einen Schluck Wasser aus dem Teeglas, das er seit frühster Kindheit kennt.

»Traust du dich nicht?«, fragt Michette, aufmüpfig, spöttisch.

»Mit sich trauen hat das nichts zu tun.«

»Willst du nicht?«

»Was ich will, tut nichts zur Sache«, sagt Kadoke. »Ich kann mir nicht leisten, meinem Willen zu folgen. Ich bin nicht wegen mir selbst hier.«

Einen Moment denkt er: Stimmt das? Er erinnert sich nahezu wörtlich an das Gespräch mit Dekha. Dass er seine eigene Person völlig zurückstellen kann, passt ihm gut, er will nichts lieber als das. Er glänzt darin, aber genau das will er auch. Dennoch kommt ihm diese Selbstlosigkeit jetzt verdächtig vor.

»Ich dachte, das hier sei eine alternative Therapie, dann ist doch alles erlaubt?«

»Alles nicht, aber schon viel.«

Sie streckt den Finger nach ihm aus. »Du hast die Grenzen schon überschritten, als du mich hierhergebracht hast. Du bist sowieso schon kein Psychiater mehr, denn Psychiater halten sich an die Regeln. Was also bist du von mir?«

Michette sieht ihn mit ihren intelligenten Augen an und

hält ihren Zeigefinger nach ihm ausgestreckt, auf dem er keine einzige Narbe entdecken kann.

»Ich habe mich nicht an die Vorschriften gehalten«, sagt Kadoke langsam, auf eigenartige Weise schüchtern, »das stimmt. Selbstverständlich habe ich mich selbst mehrfach gefragt, warum nicht, denn ich habe die Vorschriften immer ernst genommen und tue das noch immer. Eine befriedigende Antwort habe ich bisher nicht formulieren können. Ich hab dir bereits meine Befürchtung mitgeteilt, dass die Psychiatrie nichts mehr für dich tun kann, wir haben dir nichts mehr zu bieten. Und obwohl ich diese Schlussfolgerung für unangenehm, wenngleich auch unvermeidbar halte, meine ich, es müsse außerhalb der offiziellen Psychiatrie etwas geben, was dir weiterhelfen kann. Wollen wir Antworten auf die Frage finden, warum ich die gewohnten Pfade in deinem Fall verlassen habe, müssen wir glaube ich in dieser Richtung suchen.«

Sie blättert in ihrem Notizbuch. Ohne aufzusehen sagt sie: »Wenn du in meinem Fall die gebahnten Wege verlassen hast, wie du es nennst, kannst du dich auch in mein Zelt setzen. Das macht keinen Unterschied mehr.« Sie schaut wieder zur Wand und zeigt auf das Gemälde. »So ernsthaft schaust du.«

Kadoke wirft einen Blick auf das Gemälde, ein Porträt des Psychiaters als Kind. Das Kind sieht wirklich ernst aus, ernster als es in Wirklichkeit war. Es wird gedacht haben, ein ernsthafter Blick gehöre zum Modellsitzen dazu. Er fragt sich, was dieses Kind dort mit ihm zu tun hat. Wer war dieses Kind? Er hat lange nicht über diese Frage nachgedacht und bezweifelt, ob er das jetzt möchte. Kadoke beschließt, Michettes Bemerkung zu ignorieren.

»Vielleicht macht es in dieser Phase der alternativen Therapie tatsächlich keinen Unterschied mehr, ob ich mich in dein Zelt setze oder nicht, aber es gibt Grenzen. Es geht um

Folgendes: Obwohl ich die Vorschriften nicht beachtet habe, lege ich Wert auf den Gedanken, dir gegenüber in Funktion zu sein, also als Psychiater, und aus diesem Grund setze ich mich nicht in dein Zelt. Und jetzt, da das Wort ›Grenzen‹ gefallen ist – ich denke, wir müssten untersuchen, wie wir dein Bedürfnis nach grenzüberschreitendem Verhalten für die Gesellschaft und somit auch für dich akzeptabel machen können.«

Sie starrt auf seine Füße.

»Was ist an meinem Verhalten so grenzüberschreitend?«

Wieder reibt sich Kadoke die Hände. »Die Art, in der du dir selbst Schmerzen zufügst. Zwar könnte man entgegnen, viele Sportler peinigen sich doch auch selbst, womit wir als Gesellschaft gut leben können. Wir müssten nach Möglichkeiten suchen, wie du dir selbst auf eine Weise wehtun kannst, die gesellschaftlich weniger oder keine Probleme verursacht. Ich glaube nicht, dass wir das Bedürfnis danach in dir ausschalten können, und noch weniger glaube ich, dass wir etwas an der Ursache tun können, an der Quelle, der dieses Bedürfnis entspringt. Allerdings gehe ich davon aus, dass wir dieses Verlangen besser regulieren können und ein Verhalten für dich finden, das zu dir passt und weniger extrem ist, beziehungsweise dir weniger Probleme bereitet, und auch für deine Umgebung wahrscheinlich weniger hinderlich sein wird.«

»Du hast schöne Füße.«

Er wirft einen Blick auf seine Füße. Dann mustert er die Frau weiter, die er mit ins Haus seiner Mutter genommen hat, wie sie dort sitzt, wie sie ihn herausfordert, und ihm wird bewusst, dass er sein Leben mit ihrem verbunden hat, dass es keinen Weg zurück gibt, jedenfalls keinen schmerzlosen.

»Ich will gar nicht, dass du ein Verhalten für mich findest«, sagt sie in dem provozierenden Ton, der ihm eigentlich vertrauter ist als der verlegene, ängstliche, den sie auch anschlagen kann. »Ich will mein Verhalten gern weiterhin selbst bestimmen. Ich will, dass du mich beschützt.«

»Wovor beschützen?«

»Vor dem Leben.«

»Das kann ich nicht«, sagt Kadoke. »Ich kann dich vor dem Tod beschützen, das ist meine Arbeit, darauf bin ich spezialisiert. Ich kann dich nicht vor dem Leben beschützen.«

Einen Moment meint er, Mutters schlurfende Schritte oben im Flur zu hören, aber das Geräusch kommt aus dem Nachbarhaus. Wieder nimmt er einen Schluck Wasser.

Michette steht auf. »Wenn du dich nicht in mein Zelt setzen willst, komm ich eben zu dir.«

Sie geht zu Kadoke und setzt sich auf seinen Schoß. Sie ist federleicht. Kadoke dreht das Gesicht von ihr weg, Richtung Fernseher. Er weiß nicht, ob er sie wegschieben oder einfach freundlich, aber dennoch mit Autorität, bitten soll, wieder auf dem Sofa Platz zu nehmen.

Er tut nichts. Er bleibt so sitzen.

Das Gesicht noch immer zum Fernseher gewandt, fragt er: »Wie lange arbeitest du schon als Fotografin?«

»Oh, seit sechs, fast sieben Jahren. Lange auf jeden Fall.«

Sie fährt mit den Händen durch sein Haar. Die Geste ist nicht so sehr erotisch, sondern erinnert ihn eher daran, wie seine Mutter ihn als Kind auf Läuse untersucht hat. Er lässt sie gewähren, fragt aber: »Was genau suchst du in meinem Haar?«

»Nichts, ich finde Schädel interessant.«

»Okay. Kannst du mir etwas über deine Beziehungen erzählen?« Er hat sein Gesicht noch immer von ihr abgewandt, während sie seine Kopfhaut nun einer gründlichen Untersuchung unterzieht.

»Ich hab eine Weile was mit einem Junkie gehabt, der mir

eine Geschlechtskrankheit verschafft hat, aber da war ich noch jung. Danach kam ein Fußballer. Er hatte viel Talent, hat es aber nicht bis an die Spitze geschafft, und eines Tages fing er an, mit Kokain zu dealen. Danach konnte man eigentlich nicht mehr mit ihm zusammenleben.«

»Ja«, sagt Kadoke. Er zögert, beschließt aber, dass sie so sitzen bleiben kann, solange er sie weiter nicht berührt.

»Und danach kam noch ein Journalist, aber das war ein Loser. Er war krankhaft eifersüchtig.«

»Ich finde es nicht schlimm, dass du dich so eingehend mit meinen Haaren beschäftigst, obwohl auch das grenzüberschreitendes Verhalten ist, aber kannst du sagen, wie lange du für die Schädeluntersuchung benötigen wirst?«

»Gehört das hier noch zur Therapie?«

»Das ist Therapie, ja. Wir haben die gewohnten Pfade zwar verlassen«, sagt er, den Blick noch immer starr auf den Fernseher gerichtet, »aber das hier ist durchaus Therapie.«

»Dann brauche ich noch eine Weile.«

Ihm ist bewusst, dass er sie, wenn jetzt ein Notfall-Anruf erfolgt, ein anderer Notfall als dieser, von sich wegschieben muss.

»Und die Männer in deinem Notizbuch? Das waren keine Beziehungen?«

»Nein, das war Forschung.«

»Forschung worüber?«

»Über den Mann.«

»Du fotografierst deine Modelle nicht nur, du erforschst sie auch?«

»Ich erforsche Menschen. Vor allem Männer. Wenn man sich an Menschen festklammern will, muss man sie zunächst erforscht haben, um zu wissen, wer sich dazu eignet und wer nicht. An Männern kann man sich besser festklammern als an Frauen. Jedenfalls ich.«

Sie durchforstet noch immer sein Haar. Wenn er ehrlich ist, findet er es nicht unangenehm.

»Jetzt erforsche ich dich«, sagt sie.

»Fotografie ist also Forschung?«

»Ja, vielleicht schon. Manchmal macht man bessere Fotos, wenn man Sex mit dem Modell gehabt hat.«

»Unterhälst du Beziehungen mit den Männern, die in deinem Notizbuch stehen?«

»Mit manchen. Mit anderen nicht. Du hast da eine Wunde auf dem Kopf.«

»Ich werde mich gestoßen haben. Was soll ich mir unter diesen Beziehungen vorstellen?«

Michette zuckt die Achseln. »WhatsApps. Manchmal rufen sie an. Wir trinken was. Und ganz selten haben wir noch mal Sex, aber meist bleibt es bei diesem einen Mal.«

Die Frau auf seinem Schoß wird allmählich schwerer, aber er sagt nichts.

Er dreht das Gesicht weg vom Fernseher und schaut auf ihre Wange. An ihrem Ohr befindet sich ein großes Muttermal, eins, das man fühlen kann.

»Was würdest du aus der alternativen Therapie mitnehmen wollen? Was sind deine Erwartungen? Worauf würdest du hoffen wollen und können?«

Sie schweigt eine Weile. Ihre Hände bewegen sich nicht mehr. Dann sagt sie: »Entweder ich würde nicht mehr sterben wollen, oder ich würde nur noch sterben wollen. Alles dazwischen finde ich eigentlich keine Lösung. Ist das Hoffnung genug?«

Sie nimmt sein Gesicht in beide Hände und dreht es vorsichtig zu sich.

Er greift nach ihren Händen und schiebt sie weg. »Ich will nicht, dass du mich so festhältst«, sagt er. »Dass du dich auf meinen Schoß gesetzt hast, habe ich zugelassen. Das ist die Grenze. Menschen hoffen, weil sie halb blind sind. Man kann die Hoffnung nicht begrüßen, ohne auch eine Form der Blindheit zu begrüßen, und diese Blindheit bedeutet Unsicherheit schlechthin. Ich hätte meine Frage vielleicht anders formulieren sollen: Was möchtest du mit dieser Therapie erreichen?«

Sie klettert von seinem Schoß, legt sich aufs Sofa, zieht die Decke über sich. Er hört sie weinen. Kadoke bleibt sitzen. Er trinkt den letzten Schluck Wasser aus dem Teeglas und sieht dann, dass es nicht richtig sauber ist. Der Boden ist ganz braun.

Michette kommt halb unter der Decke hervor. Das Weinen setzt einen Moment aus. »Du kannst zwar tun«, sagt sie, »als wäre ich diejenige mit dem grenzüberschreitenden Verhalten, du kannst mir Fragen stellen, und solange ich Lust dazu habe, beantworte ich sie, aber derjenige, der hier wirklich grenzüberschreitendes Verhalten an den Tag legt, das bist du, Kadoke.«

Wieder sticht ihr Zeigefinger in seine Richtung, der narbenfreie Zeigefinger. Wie hypnotisiert starrt er darauf, aber er weiß, dass er ihre Worte nicht unbeantwortet stehen lassen darf. Der intelligenten Patientin muss mit Intelligenz und möglichst viel Offenheit entgegengetreten werden.

Kadoke reibt sich über den Oberschenkel, der ganz warm, sogar ein wenig schwitzig geworden ist. »Sofern diese Therapie grenzüberschreitend genannt werden kann, und gemessen an allgemeinen Maßstäben hast du diesbezüglich recht, würde ich diese Grenzüberschreitung als notwendig bezeichnen wollen. Meine Einschätzung war und ist, dass es um Leben und Tod ging. Die Ärztekammer wird diese Analyse, diese Verteidigung, vermutlicherweise nicht akzeptieren, dessen bin ich mir bewusst. Wichtiger ist mir jedoch, ob ich mit meiner Analyse leben kann, ob ich sie alles in allem akzeptabel finde.«

Sie lässt die Hand sinken, der Finger verschwindet aus seinem Blickfeld. Sie zieht sich die Decke abermals über den Kopf, taucht dann wieder auf.

»Dann komm zu mir«, sagt sie, »du grenzüberschreitender Psychiater. Komm zu mir, wenn du dich traust.«

Er nimmt die Teetasse und schaut sich den Boden noch mal sorgfältig an. Haben die Mädchen den Abwasch nie anständig erledigt, oder ist ihm das anzulasten? Er stellt die Tasse ab, geht zum Sofa und hockt sich neben Michettes Kopf.

»Es ist keine Frage des Sich-Trauens, ich sagte es bereits. Ich habe Nachtdienst. Jeden Moment kann ich angerufen werden. Das Einzige, was ich dir zu bieten habe, ist alternative Therapie.«

»Um mehr bitte ich auch nicht.«

Sie nimmt seine Hand und hält sie fest, und während sie seine Hand in ihrer hält, wird ihm klar, dass er die Psychiatrie verloren hat. So muss sich ein Gläubiger fühlen, der Gott verliert. Der Schmerz ist schlimmer, als er hätte vermuten können, und er verliert die Fassung nur nicht, weil er sich vorhält, die Psychiatrie nicht wirklich verloren zu haben, noch immer ein Psychiater in Funktion zu sein, Nachtdienst zu haben. Er hat seinen Gott noch. Er wankt, aber die Psychiatrie gibt es noch.

»Könnte Liebe auch alternative Therapie sein?«, fragt sie.

Sie kneift in seine Hand, knetet sie. Er lässt sie gewähren und hält ihre Hand weiterhin fest.

»Ich schließe es nicht aus. In diesem Stadium schließe ich nichts aus.«

Weil er seine Beine allmählich spürt, setzt er sich auf den Rand des Sofas, wie er auch oft auf dem Bettrand seiner Mutter sitzt.

»Wenn Liebe alternative Therapie sein kann, dann leg dich zu mir.«

Kadoke schüttelt den Kopf. »Nein«, sagt er. »Sex ist die Grenze, die wir nicht überschreiten werden. Du darfst meine Hand festhalten, wenn es sein muss. Du bist auf meinen Schoß gekrochen, aber weiter gehen wir nicht. Die Aufmerksamkeit, die du hier bekommst, hat nichts mit Sexualität zu tun.«

Einen Moment schweigt sie. Sie zieht die Nase hoch.

»Begehrst du mich denn nicht?«

»Ich lasse mich nicht von meinen Begierden leiten. Und nein, ich begehre dich nicht. Das ist eine Grenze, die ich nicht überschreiten kann, ohne aufzuhören zu existieren.«

Sie lässt seine Hand nicht los. Er spürt, wie seine Finger klebrig werden.

»Aber was bin ich denn für dich?« Er schaut zur Wand, nicht zu dem Gemälde, sondern zu der anderen Seite.

»Du bist meine Patientin«, sagt er nach einer langen Pause, »eine Patientin, die ich nicht aufgeben konnte. Du bist meine Schwäche. Meine offene Wunde, aber das braucht dich nicht zu kümmern.«

»Darf ich für immer bei dir bleiben?«

Er schüttelt den Kopf. »Nein«, sagt er, »wenn die alternative Therapie anschlägt, möchtest du nicht mehr sterben, jedenfalls nicht mehr so, dass du nicht mehr richtig funktionieren kannst. Und dann musst du hier weg. Dann musst du weiter, musst leben, das kannst du, wenn der Zeitpunkt gekommen ist. Und ich muss auch weiter, denn es wird andere Patienten geben, um die ich mich kümmern muss.«

Sie fängt an zu weinen. Ihr Körper zittert. Er hat mehr Patienten so gesehen, aber hier im Haus seiner Mutter wirkt Michettes Weinen besonders krude auf ihn.

Er nimmt ihren Kopf in beide Hände und flüstert ihr ins Ohr: »Ich hab Nachtdienst, das heißt, dass ich jeden Moment angerufen werden kann. Und eigentlich müsste ich schlafen. Oben liegt Mutter, ich fürchte, sie wird wach oder ist es längst, weil wir zu viel Lärm machen und sie noch nicht an dich gewöhnt ist. Können wir abmachen, dass du dir diese Nacht nicht selbst wehtust? Ich bin spätestens morgen früh um sieben wieder da. Ich gebe dir keine Schlaftablette. Ich verlasse mich darauf, dass du hier liegen bleibst, dass dir bewusst ist, dass ich gegen sieben Uhr zurück bin und die alternative Therapie fortsetzen werde, bis du kein Bedürfnis mehr verspürst, zu sterben.«

»Du bist also in ungefähr acht Stunden wieder da?«, fragt sie leise, vermutlich verzweifelt.

»In ungefähr acht Stunden bin ich wieder da«, sagt er. »Und wenn du meinst, es geht vorher schief, wenn du meinst, es geht wirklich nicht, kannst du mich anrufen. Meine Nummer hast du. Aber ich vertraue darauf, dass du diese Nacht überlebst, ohne mich anzurufen, ohne dich selbst zu verstümmeln.«

Kadoke lässt ihren Kopf los. Er will aufstehen, aber sie greift nach seiner Hand, und als er sie ansieht, muss er wieder an ein Nagetier denken.

»Leidest du?«, fragt sie.

Muss er diese Frage beantworten? Sollte er sie ignorieren? »Interessant«, sagt er schließlich. »Diese Frage, ein wenig anders formuliert, habe ich heute schon mal beantwortet.«

»Und, leidest du?«

Er reibt sich über die Nase, noch immer zögernd, ob er die Frage beantworten oder jetzt einfach gehen soll, in sein Kinderzimmer, zu seinem Klappbett.

»Ich stehe über dem Leiden«, sagt er.

»Du leidest also nicht? Bist du tot? Nur die Toten leiden nicht.«

»Jeder Mensch hat einen leidenden Kern. Ich leide nicht mehr als unbedingt notwendig.«

»Aber wie kannst du dann wissen, was Liebe ist? Wenn du nicht mehr leidest als unbedingt notwendig?«

Sie hält seine Hand fest, wie ein Ertrinkender sich an eine Hand klammert, die sich ihm entgegenstreckt. Ihm ist bewusst, dass er sie jeden Moment loslassen muss, aber er schiebt ihn immer wieder auf.

»Wie meinst du das?«, fragt er.

Sie antwortet nicht. Michette zerquetscht seine Finger fast, sie ist von Emotionen überwältigt, aber er zieht seine Hand nicht zurück. Noch nicht.

Sein Blick wandert durch das Zimmer. Eine leichte Verzweiflung ergreift ihn. Warum hat er sie mitgenommen? Warum liegt sie auf dem Sofa seiner Mutter? Hat ihm eine Patientin in seiner Privatklinik denn nicht gereicht? Der Ehrgeiz, dieser ewige Ehrgeiz, ein langsam wirkendes Gift.

»Muss man leiden, um wissen zu können, was Liebe ist? Und würdest du bitte etwas weniger fest in meine Hand kneifen? Allmählich tut es weh.«

»Ja«, sagt sie mit einer Überzeugungskraft, die ihn erstaunt. Als wüsste sie nichts, als würde sie an allem zweifeln, nicht aber hieran. Um zu wissen, was Liebe ist, muss man leiden. Ihr Händedruck lässt ein wenig nach.

»Es ist eine Auffassung, die ich nicht kommentarlos hinnehme.«

Sie richtet sich halb auf, ohne seine Hand loszulassen. »Im Gegenzug für die alternative Therapie werde ich dir etwas geben«, sagt sie und schaut ihn unverwandt an, fast, als wolle sie ihn hypnotisieren. »Ich bringe dir bei, was Liebe ist. Ich werde dich leiden lassen, damit du endlich lieben kannst.«

»Warum solltest du mir wehtun wollen?«, fragt er.

Sie schweigt, starrt ihn nur an. Dann sagt sie: »Weil ich selbst dann weniger leide. Wenn ich dir Leid zufüge, muss ich selbst weniger leiden.«

Kadoke zieht seine Hand zurück. Er steht auf.

»Um etwa sieben Uhr bin ich wieder da«, sagt er. »Ich verlasse mich darauf, dass wir eine Vereinbarung haben.«

Er will zur Tür gehen, aber sie ruft ihn zurück. »Kadoke«, ruft sie. »Kadoke.« Schon wie sie seinen Namen ausspricht, zwingt ihn einfach dazu, sich umzudrehen.

»Bist du das wirklich?«, fragt sie.

Sie zeigt auf das Gemälde an der Wand.

»Als Kind, ich sagte es bereits. Sehe ich ihm nicht ähnlich?«

»Schon, aber ich dachte, es könnte vielleicht dein Bruder sein.«

»Ich hab keinen Bruder.«

Ihr Blick wandert von dem Gemälde zu ihm und wieder zurück.

»Wenn du weißt, was Leiden ist, wirst du nicht mehr allein sein«, sagt sie.

»Ich bezweifle es«, antwortet er. »Ich glaube nicht, dass Leid heilsam ist. Höchstens unvermeidbar.«

Er geht Richtung Tür und wieder ruft sie ihn. »Kadoke, grenzüberschreitender Psychiater Kadoke.«

Der Psychiater hält inne, dreht sich um

»Wo ist der singende Weihnachtsbaum?«, fragt sie.

Er schaut sich um. Dort. Ein wenig verdeckt in der Ecke, neben einer Zimmerpflanze. So, dass Mutter nicht jeden Morgen erneut auffallen würde, dass ihr ein singender Weihnachtsbaum ins Haus geschmuggelt worden ist.

»Gibst du ihn mir bitte?«, fragt sie. »Der singende Weihnachtsbaum soll neben mir im Bett liegen.«

Er geht zu dem kleinen Weihnachtsbaum, hebt ihn hoch und reicht ihn Michette.

Sie legt sich damit unter die Decke. »Ich will nicht, dass du ihn singen lässt«, sagt er. »Mutter soll nicht aufwachen.«

Er macht das Licht aus und schließt die Tür. Er geht die

Treppe hoch, aber auf halber Strecke setzt er sich auf eine Stufe.

All die Jahre hat er etwas übersehen, ist er blind gewesen für etwas, was ihm viel früher hätte auffallen müssen. Er hätte es wissen können, wollte aber nicht. Besser gesagt, er wollte es höchstens als Ausnahme von dieser Regel anerkennen, nicht als Regel. Wenn man Leiden verursacht, dazu fähig ist, wenn man quälen kann, braucht man selbst weniger zu leiden. Es ist ein Versuch, Schmerz zu teilen, ein Versuch zur Intimität, vielleicht sogar Zuneigung. Allein schon deshalb müsste man darüberstehen.

Er fährt sich mit den Fingern über den Kopf, als wolle er wissen, was Michette gespürt hat. Einen Moment noch bleibt er so sitzen und denkt über die Ereignisse nach, achtet dabei auf etwaige Geräusche aus dem Wohnzimmer. Der Weihnachtsbaum singt zum Glück nicht. Grenzüberschreitender Psychiater wurde er genannt. Und das von einem Patienten. Die Worte bringen ihn zum Lächeln.

Kadoke steht auf, geht die Treppe weiter hinauf und macht Mutters Zimmertür vorsichtig einen Spalt auf. Noch bevor er sie ganz öffnen kann, hört er sie murmeln. »Gott, oh Gott, oh Gott. Oh Gott.«

Sie sieht ihn. Sie weiß, dass er da ist. »Gott, oh Gott«, sagt sie jetzt etwas lauter. »Gott, oh Gott.«

Leise schließt er die Tür, um festzustellen, ob sie ihn ruft. Ob sie seinen Namen ruft, wie Michette es gerade getan hat. Obwohl sie nicht »Kadoke« rufen wird. »Otto«, wird sie rufen. Oder »Bübele«. Oder vielleicht auch »mein Junge«.

Aber sie ruft ihn nicht. Mit dem Ohr an der Tür hört er sie nur murmeln: »Gott, oh Gott, oh Gott. Oh Gott.«

19

Kadoke überhört seinen Wecker, er muss ihn im Halbschlaf ausgeschaltet haben. Er wird gut zwanzig Minuten später wach, als er aufstehen wollte. Derart undiszipliniertes Verhalten empfindet er als störend.

In der vergangenen Nacht hatte es zwei Notfälle gegeben. Keine Kinder, wie er Dekha vorhergesagt hatte, keine Minderjährigen. Als er gegen sechs Uhr nach Hause kam, schlief Michette, und auch Mutter schlief. Er zog sich aus und legte sich auf sein Klappbett, in der Hoffnung, sich noch ein oder zwei Stunden ausruhen zu können.

Jetzt zieht er sich schnell an, eine Hose, ein T-Shirt. In der Küche stößt er auf Michette. Sie sitzt auf Mutters Schemel, hat Joghurt mit Obst zubereitet. Zwei Suppenteller stehen schon auf dem Tisch. Sie trägt seine graue Trainingsjacke.

Wortlos betrachtet sie ihn. Ihr Blick senkt sich. Fällt auf seine Füße. Ja, er ist wieder barfuß. Zu Hause trägt er am liebsten keine Schuhe.

»Ich hab Frühstück gemacht«, sagt sie nach einer langen Pause, die Kadoke nicht unterbrechen möchte. »Für mich, und da dachte ich, dass es Mutter vielleicht auch schmecken könnte.«

»Gut«, sagt er. »Sehr gut. Aber Mutter isst selten Joghurt. Ich bin derjenige hier im Haus, der den meisten Joghurt isst. Manchmal komme ich vom Nachtdienst nach Hause und hab Hunger. Dann esse ich Joghurt. Wir können es natürlich versuchen. Vielleicht will Mutter deinen Joghurt ja doch essen.«

»Ich kann sehr gut Joghurt mit Obst machen. Ich hab auch Honig daruntergemischt. Ich musste eine Weile danach suchen, aber ich hab ihn gefunden. Neben den Brühwürfeln. Ein seltsamer Platz für Honig.«

Ihre Augen sind klar, ihre Stimme klingt kräftig. Man könnte fast meinen, sie sei glücklich.

»Ach«, sagt Kadoke, »in der Küche hat ja jeder so sein eigenes System. Die Teller, die du hingestellt hast, sind sogenannte Fleischteller. Mutter versucht, Fleisch und Milch getrennt zu halten. Wie ich bereits sagte. Das gehört zur koscheren Haushaltsführung. Sie legt Wert auf Traditionen. Würdest du bitte andere Teller nehmen? Die sogenannten Milchteller stehen hier.«

Er öffnet einen Schrank und zeigt ihr die Milchteller.

»Milchteller«, sagt sie, »Fleischteller. Lustige Wörter.«

Sie nimmt die Milchteller.

»Sehr lustig«, sagt Kadoke. »Noch was anderes: Mir wäre es lieber, du würdest nicht meine Sachen tragen.«

»Mir war kalt.«

»Ich dachte, du hättest zu Hause eine Tasche mit einer Garnitur zum Wechseln gepackt.«

»Ja, hab ich auch, aber dass es morgens in diesem Haus so kalt sein würde, konnte ich nicht ahnen. In der Klinik ist es meistens warm. Oft zu warm.«

Kadoke geht ins Wohnzimmer. Er dreht das Thermostat höher. Nirgends im Zimmer fliegt Unterwäsche herum. Auf dem Sofa liegt der singende Weihnachtsbaum. Er hebt ihn hoch und stellt ihn zurück in die Ecke neben die Pflanze. Dann zieht er das Laken, das er Michette gegeben hat, vom Sofa, faltet es auf, so gut er kann, und legt es zusammen mit der Decke auf einen Stuhl. Er schaut sich um: Man kann zwar sehen, dass jemand zu Gast ist, aber die Leute von der Nachbarschaftshilfe werden ansonsten nichts Verdächtiges bemerken.

Er hat sich gefragt, ob nicht er auf dem Sofa schlafen sollte, aber es ist besser, dass Michette hier liegt und er in seinem Kinderzimmer, wo die nepalesischen Mädchen früher schliefen. Wieder sieht er Rose vor sich. Sie serviert Tee, trägt kurze Hosen. Leichte Wehmut, das ist, was von Liebe und Lust übrig bleibt, aber das ist genug, das ist mehr als genug.

Er bringt das Sofa zurück in die Sitzfunktion, wie Mutter es gewöhnt ist. Sie legt sich immer auf das nicht ausgezogene Sofa. »Ich bin nicht dick«, sagt sie.

In der Küche hat Michette Wasser aufgesetzt.

»Trinkt deine Mutter Tee oder Kaffee?«

»Mutter trinkt erst oben Tee. Dort frühstückt sie auch. Zum Tee nimmt sie ihre Medikamente. Danach kommt sie runter, trinkt Kaffee und nimmt noch ein paar homöopathische Mittel. Dann ist es meistens schon gegen elf. Mutter anziehen ist ein Prozess, der ein wenig Zeit in Anspruch nehmen kann, je nach ihrer Energie und Laune. Eigentlich muss sie duschen.«

Das Wasser kocht.

»Du kannst die Thermoskanne mit kochendem Wasser füllen«, sagt Kadoke, »so haben die Mädchen es immer gemacht. Dann ist bis zum Mittag Tee da.«

Er sieht zu, wie sie das Wasser in die Thermoskanne gießt. Sorgfältig und konzentriert. »Soll ich Mutter Frühstück bringen?«, fragt sie. »Oder möchtest du sie erst wecken?«

»Weck du sie nur«, antwortet Kadoke. »Du bist Mutters Pflegerin. Ich weiß fast nichts über Altenpflege. Du bist jetzt verantwortlich für Mutters Wohlergehen.«

Sie sieht ihn an, als würde er einen Witz machen, aber er

erwidert ihren Blick ernsthaft. In seinem Gesicht ist nicht der leiseste Anflug von Ironie zu erkennen.

»Soll ich Mutter also ihr Frühstück bringen? Meinst du das?«

Er schaut auf sein Telefon. Kurz nach neun.

»Ja«, sagt er, »mach nur. Um diese Zeit ist Mutter meist bereit fürs Frühstück.«

Während sie einen Teller mit Joghurt füllt, sagt sie: »Du bist heute früh nicht mehr vorbeigekommen, wie du versprochen hattest. Möchtest du auch Joghurt?«

»Nein, der ist für dich und Mutter. Wenn sie ihn nicht möchte, ess ich ihre Portion auf. Als ich aus dem Nachtdienst kam, hab ich nach dir geschaut. Du lagst ganz entspannt da und hast geschlafen. Ich hatte mein Versprechen nicht vergessen, aber ich fand es nicht nötig, dich zu wecken.«

»Ich hab geträumt.«

»Du hast geschlafen, das ist das Wichtigste.«

»Ich hatte üble Träume.«

»Vielleicht solltest du sie aufschreiben.«

»Das mache ich ab und an, aber ich habe immer üble Träume.«

Sie stellt den Teller auf ein Tablett, schenkt eine Tasse Tee ein.

»Das ist nicht schlimm,« sagt er. »Träume dürfen ruhig übel sein. Solange du nur schläfst.«

Er schaut zu, wie mit dem Tablett nach oben geht. Sie trägt einen schwarzen Rock, darüber seine graue Trainingsjacke. Eine merkwürdige Kombination.

Kadoke bleibt in der Küche stehen. Er erwartet, seine Mutter zu hören. Einen gellenden Schrei. Oder Verwünschungen. Auf Deutsch oder Niederländisch. Seine Mutter jammert nicht, seine Mutter flucht und verflucht, und solange sie das tut, weiß er, dass der Tod auf Abstand bleiben wird. Aber er hört nichts. Er wartet noch ein paar Minuten, dann raucht er im Garten eilig und ein wenig angespannt eine Zigarette.

Auch als die Zigarette bis zum Filter abgebrannt ist, bleibt er im Garten, schaut sich die Koniferen an, eine Kletterrose, den allmählich zerfallenden Bretterzaun, der den Garten vom Nachbargrundstück trennt. Während er über die Terrasse geht, denkt er über die nächsten Schritte nach. Wie kann er das hier in gute Bahnen lenken? Gedankenlos öffnet Kadoke den Schrank auf der Terrasse, entdeckt einen gigantischen Vorrat homöopathischer Mittel. Erst als seine Füße unangenehm kalt werden, kehrt er in die Küche zurück. Er reibt sich die Füße warm und geht dann nach oben. Obwohl er Mutter nicht gehört hat, macht er sich auf das Schlimmste gefasst. Aber sie sitzt ganz ruhig an ihrem Schreibtisch, den Joghurt mit Obst hat sie fast aufgegessen.

Michette sitzt neben ihr.

»Guten Morgen, mein Bübele«, sagt Mutter.

»Schmeckt dir das Frühstück?«, fragt er.

»Ja«, sagt sie. »Sehr gut. Warum hast du mir nie Joghurt gegeben?«

Er bleibt im Türrahmen stehen. Mutter hält den Löffel noch in der Hand.

Michette sitzt auf einem weißen Klappstuhl neben Mutter. Die Farbe blättert ab. Früher hat Mutter sie immer selbst ausgebessert, jetzt fehlt ihr dazu die Kraft.

Michette sieht ihn genauso an wie Mutter, leicht vorwurfsvoll, ein wenig erstaunt. Warum hat er sich die ganze Zeit geweigert, Mutter Joghurt zu geben?

»Ich dachte, du magst keinen Joghurt«, sagt er.

»Vla mag ich nicht«, antwortet Mutter. »Joghurt esse ich gern. Quark finde ich köstlich, wenn er nicht zu fett ist. Vla finde ich ekelhaft. Kein einziges Land auf der Welt hat Vla, nur Holland. Weil die Holländer keine Kultur und keine Zivilisation haben, darum haben Sie Vla.«

Kadoke nickt. Leise sagt er: »Michette, du musst Mutter ihre Tabletten noch geben, hier, in diesem Töpfchen sind sie. Ich hatte sie gestern Abend schon bereitgestellt. Danach kann Mutter gewaschen werden. Mutter, ist es in Ordnung, wenn Michette dir beim Duschen hilft?«

Mutter schaut kurz zu Kadokes Patientin. Sie mustert sie.

»Ja«, sagt sie, »wenn es sein muss. Wenn ihr mich schmutzig findet, darf das Mädchen mir natürlich beim Duschen helfen.«

»Brauchst du noch Anweisungen, Michette, wie man Mutter duscht? Hast du schon mal eine ältere Dame oder einen älteren Herrn geduscht?«

»Einen älteren Herrn hab ich mal geduscht«, antwortet Michette.

»Ausgezeichnet«, sagt Kadoke.« Dann gehe ich davon aus, dass ihr das gemeinsam schafft. Oder braucht ihr noch Zusatzinformationen von mir?«

Bevor Michette antworten kann, sagt Mutter: »Was fällt dir eigentlich ein? Als wenn du wüsstest, wie eine alte Frau gewaschen werden muss! Ich habe dich jahrelang waschen müssen, und manchmal denke ich, das müsste ich noch immer. Aber ich habe nicht mehr die Kraft dazu.«

Dann wendet sich Mutter an Michette. Sie bringt den Kopf zu Michettes Ohr, als wolle sie ihr jetzt ein wichtiges Geheimnis erzählen: »Mein Sohn lässt sich von allen auf der Nase herumtanzen, vor allem von seinen Patienten. Diese Selbstmörder nehmen auf niemanden Rücksicht.«

Kadoke räuspert sich. »Gut«, sagt er, »wenn ihr mich hier nicht mehr braucht, warte ich unten. Michette, wenn du fertig bist mit Mutter, möchte ich gerne mit dir im Wohnzimmer den restlichen Tag durchsprechen.«

Er stellt das leere Joghurtschälchen auf das Tablett und geht damit in die Küche.

Kadoke macht sich einen Kaffee und raucht im Garten noch schnell eine Zigarette. Dann setzt er sich ins Wohnzimmer und blättert durch seine Notizen für Dienstberichte, die schon längst geschrieben worden sind.

Dekha schickt ihm eine SMS. »Kommst du noch zum Krisendienst?«

Er schreibt zurück, er käme wahrscheinlich später am Nachmittag vorbei. Sein Blick gleitet über den Hintergarten, er blättert noch durch die spärlichen Notizen, die er während des Nachtdienstes gemacht hat. Während er darauf starrt, kommt es ihm vor, als sei er ein Nachttier, aber damit kann er leben.

Es ist kurz nach elf, als Mutter nach unten kommt. Sie trägt ihren blauen Trainingsanzug. Wie üblich setzt sie sich in die Küche, wo sie sich mit ihren homöopathischen Mitteln umringt. Kinder sind diese Mittel, ihre besten Freunde. Sie könnte Gespräche mit ihnen führen, und vielleicht tut sie das auch. Statt Menschen bevölkern homöopathische Mittel Mutters Leben.

Als Michette ins Wohnzimmer kommt, folgt er ihr. Noch ehe er ein Gespräch mit ihr anfangen konnte, liegt sie schon auf dem Sofa. Sie angelt sich die Decke vom Stuhl und breitet sie sorgfältig über sich aus. Er ist der Ansicht, Patienten sollten tagsüber besser nicht schlafen, aber er lässt sie. Michette ist gerade erst gekommen. Sie muss sich umstellen, er muss sich auch umstellen.

Die Patientin ist mit ihrem Telefon beschäftigt, sie schreibt etwas. Er geht wieder zurück in die Küche, wo Mutter vor ihren homöopathischen Tabletten und Tropfen sitzt. »Wie war's?«, fragt er sie. »Wie lief es im Badezimmer?«

Sie sieht aus, als sei sie sauber. Auch ihre Haare sind gewaschen und geföhnt. Das ist keine geringe Leistung.

»Wie soll es sein?«, fragt Mutter, ohne von ihren Tabletten aufzusehen. »Duschen ist Duschen.«

Er macht Kaffee für Mutter.

»War sie lieb zu dir?«

»Sie hat weiche Hände.«

»Meinst du, sie darf dir öfter beim Duschen helfen?«

»Wenn sonst niemand da ist. Jedenfalls ist sie nicht alt.«

Er stellt Mutter ihren Kaffee hin. »Sie hat überall Narben«, sagt Mutter. »Hast du das gesehen? Überall. Zum Heulen ist das, so jung, und dann schon so viele Narben.«

»Sie hat sich selbst früher wehgetan.«

»Zum Heulen. So was kommt in unserer Familie zum Glück nicht vor. So etwas Schreckliches. Und warum lässt sie diesen Schnurrbart nicht entfernen?«

Er streichelt Mutters Schultern, ihren Arm. »Ich glaube, die Haare auf ihrer Oberlippe sind Teil ihrer Identität. Vermutlicherweise hat sie ein gespanntes Verhältnis zu unseren Schönheitsidealen. Wir haben alle ein gespanntes Verhältnis zu unseren Schönheitsidealen.«

Mutter dreht sich brüsk zu ihm. »Ich nicht«, sagt sie. »Ich war selbst ein Schönheitsideal. Die SS hat mich immer angelächelt.«

Er drückt Mutter an sich, hält sie fest. »Es ist gut, dass sie dich angelächelt haben«, sagt er. »Das hast du verdient, dass sie dich anlächeln. Alle müssten dich anlächeln.«

Einen Moment lässt sie sich umarmen, dann sagt sie: »Die Leute müssten dich auch anlächeln.« Sie sieht ihn an und in ihrem Blick sieht er Angst, eine wahnsinnige Angst, die reinste Verzweiflung. Mutter befürchtet, dass niemand ihren Sohn je anlächelt. Vor allem die SS nicht.

»Vielleicht solltest du Kampfsport machen«, sagt sie. »Vielleicht lächeln dich dann mehr Leute an. Ein einziges Lächeln ist in deinem Fall schon eine ganze Menge.«

Er lässt sie los. Sie nimmt den ersten Schluck Kaffee. »Kampfsport und Lachen haben nicht so viel miteinander zu tun«, sagt er. Aber Mutter scheint vergessen zu haben, was sie gerade gesagt hat, sie konzentriert sich wieder auf ihre homöopathischen Mittel.

Kadoke geht zurück ins Wohnzimmer. Als er reinkommt, schaut Michette von ihrem Smartphone auf. Sie steckt es unter die Decke, als wäre es ein Baby oder ein junges Tier, das unter allen Umständen warm bleiben muss.

»Ist es gut gegangen mit Mutter?«, fragt er.

Sie nickt. »Sie ist durchaus eine attraktive Frau.«

Kadoke hockt sich neben Michettes Kopf.

»Meinst du, das kannst du, Mutter jeden Morgen waschen, ihr jeden Morgen Frühstück servieren? Meinst du, das klappt? Die Verantwortung? Die Disziplin?«

»Ja«, sagt sie, »das klappt.« In demselben Ton, in dem sie heute Nacht sagte, sie würde ihm beibringen, was Leiden bedeutet. Selbstsicher. Unbekümmert.

»Hast du dich mit Mutter unterhalten können?«

»Ich habe Mutter gründlich gewaschen. Sie war ziemlich schmutzig.«

»Schmutzig?«

»Sie war schmutzig. Wer hat sie vor mir gewaschen?«

»Ich, aber von mir will sie lieber nicht geduscht werden, darum habe ich sie nur mit dem Waschlappen gewaschen.«

»Mit dem Waschlappen kann man auch sauber werden.«

»Gut«, sagt Kadoke, »hast du dich mit ihr unterhalten können?«

»Ich hab sie gewaschen. Ich habe sie berührt, das ist wichtiger als ein Gespräch.«

Kadoke reibt sich das Kinn. Er hat sich wieder nicht rasiert. Keine Zeit. Wenn man Nachtdienst hat, fällt ein gewisser Mangel an Körperpflege noch weniger auf.

Dem Psychiater missfällt der Nachdruck, den Michette darauf legt, dass sie Mutter berührt hat. »Eine Berührung bedeutet erst etwas, wenn man Worte dafür finden kann«, sagt er. »Wenn man darüber sprechen kann. Wenn man nicht darüber sprechen kann, ist sie bedeutungslos.«

»Wörter können auch bedeutungslos sein.« Sie sieht ihn an, als sei er ihr Schüler. »Bedeutungslosigkeit kann übrigens auch befreiend sein«, sagt sie. »Sex ist bedeutungslos. Darum ist Sex befreiend.«

Kadoke reibt sich die Augen, dann sagt er: »Ich möchte den Tag mit dir durchsprechen. Musst du arbeiten?«

»Ich muss um fünf Uhr jemanden fotografieren.«

»Dann kannst du Mutters Mittagessen noch machen.«

»Das kann ich wirklich besser machen als du. Warum hast du nie kochen gelernt?«

Der Spott ist wiedergekehrt. Er betrachtet das als ein gutes Zeichen, in ihrem Spott steckt Humor. Streitlust. Genau wie bei Mutter. Wenn sie sich aggressiv gebärdet, geht es ihr gut.

»Ich bin gespannt auf deine Kochkünste«, sagt er freundlich.

Er setzt sich auf den Sofarand. Vorsichtig, weil er sie nicht berühren will.

Sie legt ihre Hand auf seinen unteren Rücken, schiebt das T-Shirt beiseite, das er heute Morgen angezogen hat. Sie reibt über seine nackte Haut, nicht zärtlich, eher wie ein Arzt, der den Körper untersucht.

»Würdest du bitte deine Hand da wegnehmen?«, fragt er. »Wir haben besprochen, wo die Grenzen verlaufen.«

»Wenn ich deiner Mutter beim Duschen helfen darf, wenn das alternative Therapie ist, dann darf ich dir doch wohl die Hand auf den Rücken legen?«

»Meine Mutter ist hilfsbedürftig, ich nicht.«

Wieder streckt sie den Zeigefinger nach ihm aus. »Doch«,

sagt sie, »grenzüberschreitender Psychiater Kadoke. Du brauchst Hilfe. Auch du bist hilfsbedürftig. Darum bin ich in deinem Leben aufgetaucht. Ich werde dir beibringen, was Leiden ist. Was sind das für Hubbel?«

Sie betastet noch immer seinen unteren Rücken, fast wie eine Blinde. »Muttermale«, sagt er, »sie werden in Kürze entfernt. Vermutlicherweise sind sie gutartig, aber es ist doch besser, sie wegmachen zu lassen.«

Er nimmt ihre Hand, legt sie energisch aufs Sofa und setzt sich auf einen Stuhl etwas weiter weg von ihr.

»Ich möchte noch kurz festhalten, dass dein Aufenthalt hier an das Respektieren einiger Grenzen gebunden ist. Eine dieser Grenzen ist Mutter. Ich erwarte, dass du die Verantwortung für ihre Pflege übernimmst. Die zweite Grenze ist körperliche Intimität. Ich kann deine Hand festhalten, wenn das nötig ist. Ich kann deinen Kopf festhalten, wenn das wirklich nötig ist. Das ist die äußerste Grenze. Zwischen uns ist keine körperliche Intimität möglich. Soweit das, was wir hier machen, tatsächlich alternative Therapie heißen darf, ist sie möglich, weil wir die Grenzen respektieren.«

Sie starrt ihn an, nicht wirklich enttäuscht, eher herausfordernd und erwartungsvoll.

»Kommst du heute Nachmittag mit, wenn ich meine Fotos mache?«

Aus der Küche dringen Geräusche. Wahrscheinlich ist Mutter von ihrem Schemel aufgestanden. »Möchtest du auch Kaffee?«, hört er sie rufen. »Soll ich das Mädchen fragen, ob sie dir Kaffee macht?«

»Einen Augenblick«, ruft er zurück. »Ich komme gleich. Einen Augenblick.«

Mit den Fingerspitzen massiert er sich die Stirn.

»Kommst du mit, Kadoke?«, fragt Michette, »möchtest du sehen, wie ich es mache?«

Er schüttelt den Kopf und studiert seine Füße. Schöne Füße. Nein, besondere Schönheit hat er an seinen Füßen nie entdecken können. Seine Mutter hätte über Michettes Bemerkung herzlich gelacht.

Ohne den Blick von seinen Füßen abzuwenden, sagt er: »Dein manipulatives Verhalten ist eine andere Art, dir selbst wehzutun. Du verwechselst Kurzzeitziele mit Langzeitzielen. Das ist keine Überlebensstrategie, sondern abermals ein Versuch zur Selbstdestruktion, eine Weise, Kontakt mit anderen zu sabotieren.«

Er schaut auf, sie schluckt, er sieht sie schlucken, aber sie fängt nicht an zu weinen.

»Ich wollte dir beibringen, was Leiden ist«, sagt sie. »Wenn du mir wirklich helfen willst, musst du mir zugestehen, dir das Leiden beizubringen.«

»Ich brauche nichts zu lernen. Es geht hier nicht um mich, ich spiele keine Rolle.«

Kadoke geht in die Küche, um Mutter zu sagen, dass er einen Kaffee mit ihr trinken wird, und Michette ruft ihm nach: »Wie lange verleugnest du dich noch? Du zeigst therapievermeidendes Verhalten, Kadoke.«

Er lächelt. Therapievermeidendes Verhalten. Wenn die Therapie nur lange genug gedauert hat, übernimmt der Patient den Therapeutenjargon. Er trinkt Kaffee mit Mutter, sie sitzend, er im Stehen, sie beschäftigt mit der Einnahme der homöopathischen Mittel, er mit den Gedanken bei seiner Patientin im Wohnzimmer. Erneut plagen ihn die Zweifel. Ob es wohl richtig war, aus diesem Haus eine Privatklinik zu machen? Hat er nicht zu hoch gepokert?

»Manchmal denke ich, es wäre besser, damit aufzuhören«, sagt Mutter, »mit all diesem homöopathischen Kram. Manchmal denke ich, es hilft alles gar nichts.«

Er ist wieder da, in der Realität der Küche. Er schaut auf

die Fläschchen mit Tropfen und die Tablettenschachteln, die vor Mutter aufgebaut sind. »Wir könnten mal wieder zum Homöopathen gehen«, sagt er. »Wenn du das möchtest, wenn du meinst, dass es hilft. Vielleicht kann er dir andere Tropfen verschreiben?«

»Oh nein«, antwortet Mutter. »Das war ein Betrüger und unfreundlich war er noch dazu.«

»Dann gehen wir nicht dorthin.« Homöopathen, die Betrüger und noch dazu unfreundlich sind, brauchen nicht besucht zu werden.

Kadoke geht wieder ins Wohnzimmer, wo Michette noch immer auf dem Sofa liegt, das Telefon in der Hand.

»Es wird Zeit aufzustehen«, sagt er. »Du könntest mit dem Mittagessen anfangen. Mutter setzt sich gleich an den Esstisch. Dann ist die Küche dein Reich, und du kannst mit den Vorbereitungen beginnen.«

»Was soll ich kochen?«

»Das musst du Mutter fragen. Sie hat wenig Appetit, und darum ist es wichtig, ihr möglichst Essen zu servieren, worauf sie wirklich Lust hat. Auch, wenn dieses Essen nicht nahrhaft ist. Das wurde gemeinsam mit der Ernährungsberaterin beschlossen. Eine Weile hat Mutter von Knackwürstchen gelebt, aber gestern hat sie den Kabeljau ziemlich gut bewältigt.«

»Bewältigt?«

»Gegessen. Verputzt.«

Kadoke setzt sich auf einen Stuhl, in angemessener Entfernung von Michette.

»Ich steh auf«, sagt sie, und reckt sich. Ein kleines Tier, das am liebsten in den Winterschlaf fallen würde. Sie richtet sich auf, lässt die Decke aber umgeschlagen.

»Warum lässt du dich von deiner Mutter so behandeln?«, fragt sie.

»Wie meinst du?«

»Sie macht dich runter.«

»Oh nein«, antwortet Kadoke, »sie macht mich nicht runter. Sie ist kritisch. Mutter sieht viel, sie nimmt eine kritische Haltung gegenüber allem ein, auch gegenüber ihrem Sohn. Und sie hat Angst, aber sie macht niemanden runter. Das ist Liebe. Und Ohnmacht. Für viele Menschen bedeutet Liebe Ohnmacht. Unvermögen. Ein Versuch zur Liebe, das ist, was ich darin sehe. Außerdem solltest du nicht alles auf dich selbst beziehen, Michette.«

Sie schaut ihn lange an. Ob sie das, was er da gerade gesagt hat, unakzeptabel findet?

Sie fängt an, sich die Haare zu flechten. »Gestern hast du gesagt, Liebe könnte eine alternative Therapie sein.«

Abermals zögert er kurz. Wer die gewohnten Pfade verlässt, sich nicht an die Vorschriften hält, kann so viel mehr Fehler machen. »Ich sagte, ich würde allerlei Möglichkeiten offenhalten, aber ich habe auch die Grenzen angegeben.«

Sie ist noch immer mit ihrem Haar beschäftigt, konzentriert, fast nervös.

»Dürfte ich dich lieben?«

Er reibt mit den Händen über seine Hose. Es ist zu warm in diesem Zimmer. Mutter mag das, sie mag Wärme. Und Michette auch. Aber er hält es nicht aus.

»Theoretisch darf man alles«, sagt er. »In der Praxis nicht. Ich bin hier, um etwas zu verhindern. Du bist nicht hier, um mich zu lieben.«

»Du hast mich aber eine offene Wunde genannt.« In ihrer Stimme klingt wieder Spott, eine ernsthafte Variante. Kadoke nickt langsam, in Gedanken versunken. »Ja«, sagt er, »das stimmt. Ich bin Risiken eingegangen, die viele meiner Kollegen verurteilen würden oder einfach nicht nachvollziehen könnten, vermute ich. Verlässt man die gewohnten Pfade der

Psychiatrie, muss man zugeben können, dass sich die Behandlung, oder eben die Patientin, als offene Wunde entpuppt hat. Würdest du dich jetzt bitte anziehen?«

Sie öffnet den Reißverschluss seiner Trainingsjacke. Die Piercings faszinieren ihn. Als hätte jemand ziemlich willkürlich zwei Ringe durch ihre Brustwarzen geschlagen. Er schaut zu den Vorhängen.

»Deine Mutter ist wirklich ein Mann«, sagt sie.

»Meine Mutter war ein Mann.«

»Warum ist sie es nicht geblieben?«

Er sieht aus den Augenwinkeln, wie sie einen Pullover anzieht. Keinen BH, wohl aber einen Pullover.

»Wir können nicht immer bleiben, wer wir sind, das dürfen wir auch nicht erwarten. Vielleicht ist es auch überhaupt nicht nötig, zu bleiben, wer man ist.«

Sie kramt in ihrer Tasche.

»Das ist keine Antwort«, sagt sie. »Das ist schwammig.«

Er steht auf und sagt: »Weil mein Vater nach dem Tod meiner Mutter eine schwere Depression bekommen hat. Wir waren ziemlich verzweifelt. Ich war verzweifelt. Er hat sie erst überwunden, als er die Kleider meiner Mutter angezogen hat, seine Frau wurde, meine Mutter. Darüber solltest du dir aber nicht weiter den Kopf zerbrechen. Ich hab dir schon alles erzählt.«

Sie steigt in eine dunkelgraue Jeans.

»Warum möchtest du, dass ich zu deinem Fototermin mitkomme?«, fragt er, den Blick auf die Vorhänge und die Pflanzen seiner Mutter gerichtet, auf die Gießkanne auf der Fensterbank.

»Weil ich dir das Leiden beibringen will.«

»Warum sollte ich leiden, wenn ich dich zu deiner Arbeit begleite?«

»Weil ich den Menschen, die ich fotografiere, Liebe gebe.«

»Du gibst ihnen Sex, wenn ich mich recht entsinne.«

Er macht ein paar Schritte Richtung Fenster und zupft eine Handvoll brauner Blätter von einer Pflanze, die Mutter übersehen hat.

»Ich gebe mich selbst. Ich gebe mich selbst auf, sie übernehmen mich. Wenn man von einem Mann genommen wird, verschwindet man eigentlich in seinem Leben. Wenn du mitkommst, bist du Zeuge von etwas, was du glaube ich nicht bezeugen möchtest. Ich werde dich an alles erinnern, was du vermisst.«

Kadoke fragt sich, ob die Pflanze zu viel oder gerade zu wenig Wasser bekommen hat. Zu viel, vermutet er, Mutter gibt zu viel.

»Als Psychiater ist man ständig Zeuge von Dingen, die man nicht bezeugen möchte. Ich habe die Grenzen genannt. Grenzen, die für uns beide gut sind. Eines der Ziele der alternativen Therapie ist, dich zu lehren, besser mit Grenzen umzugehen. Einerseits wäre es wünschenswert, dass du flexibler mit Grenzen umgehst, dir eine entspannte Haltung gegenüber deinen eigenen und anderer Leute Erwartungen erlauben kannst. Andererseits glaube ich, es wäre gut, wenn du die von der Gesellschaft auferlegten Grenzen schärfer im Auge behalten würdest.«

Eine Nachbarin parkt ihr Auto. Sie schaut kurz zum Haus von Kadokes Mutter. Hier wird viel getratscht. Vielleicht haben die Leute Wind davon bekommen, dass der Sohn von Mevrouw Kadoke eine Privatklinik eröffnet hat, vielleicht äußern sie heimlich ihr Entsetzen darüber.

Michette zieht sich ihre Turnschuhe an. Sie sitzt auf dem Sofa.

»Du findest mich promiskuitiv, du verurteilst mich.«

»Oh nein, Urteile – vor allem moralischer Natur – sind in der Regel schlecht für Patienten und für die Behandlung. Es gibt erwünschtes, weniger erwünschtes und stark unerwünschtes Verhalten. Das sollten wir nicht mit Moral verwechseln, das nutzt niemandem was. Schlimmer noch, an dieser Verwechslung gehen viele Leute zugrunde. Ich frage mich, ob dir das, was du promiskuitives Verhalten nennst, guttut. Das ist alles.«

Sie bleibt auf dem Sofa sitzen, inzwischen zwar vollständig angekleidet, aber offensichtlich noch nicht bereit, mit dem Mittagessen anzufangen.

»Du bist eifersüchtig«, sagt sie. »Du willst mich ganz für dich allein haben. Darum hast du mich hierhergeholt. Du hattest Angst, dass ich mit einem anderen Psychiater ins Bett gehen würde. Du bist eine Art Priklopil. Gibt es hier einen Keller?«

»Wir haben unten einen Zwischenraum, in dem der Heizungskessel steht. Ansonsten gibt es hier keinen Keller. Priklopil?«

»Der Kerl, der Natascha Kampusch entführt hat. Ich bin ja freiwillig mitgekommen, aber eigentlich ist das hier eine Entführung, oder?«

Sie steht auf, tritt ganz nah vor ihn. Er macht einen Schritt zurück, aber viel weiter kann er nicht, ohne die Pflanzen von der Fensterbank zu stoßen.

»Ist das eine Entführung?«, fragt sie noch einmal, nun etwas lauter.

»Du kannst jederzeit gehen, wenn du möchtest, das kann ich nicht oft genug wiederholen. Würdest du bitte ein wenig zurücktreten, dann könnten wir das Gespräch fortsetzen.«

Sie macht einen Schritt nach hinten.

Er verschränkt die Arme vor der Brust, um sich eine Haltung zu verleihen, und um ihr klarzumachen, dass sie nicht näher kommen soll. Es hat nicht den erwünschten Effekt. Wieder geht sie einen Schritt auf ihn zu. »Wenn du mich wegschickst«, sagt sie, »wenn du aufhörst, mein Priklopil zu sein, dann bringe ich mich um. Dann habe ich nichts mehr, wofür ich leben kann.«

Kadoke beantwortet ihren strengen Blick, indem er streng zurückschaut. Er starrt in ihre Augen. »Ich habe dir bereits gesagt, dass es das wichtigste Ziel deines Aufenthalts hier ist, derartig quälende Gedanken zu verhindern. Das Ziel der alternativen Therapie ist, dass du nicht mehr sterben willst. Ferner bin ich durchaus bereit, deinen Fantasien, die ich wahnhaft zu nennen geneigt bin, ein gutes Stück weit zu folgen, aber auch diesbezüglich sind Grenzen sinnvoll. Darum wiederhole ich noch es noch einmal deutlich: Ich bin nicht Priklopil, ich bin Psychiater Kadoke. Niemand hat dich entführt.«

»Ich bestimme schon selbst, wer du bist.«

»In gewisser Weise hast du damit recht. Wollen wir uns hinsetzen?«

»Ich bleib stehen.«

»Wie du willst.«

Er dreht sich zum Fenster. Die Nachbarin hält jetzt auf der Straße einen Schwatz.

»Mutter gibt den Pflanzen jeden Morgen etwa zwischen elf und halb zwölf Wasser«, sagt er. »Für sie ist das ein wichtiges Ritual, da es eines der wenigen Dinge im Haushalt ist, die sie noch selbst erledigt. Aber ich habe den Eindruck, sie gibt ihnen so viel Wasser, dass sie manche Pflanzen ertränkt. Kennst du dich mit Pflanzen aus?«

»Nein.«

»Vielleicht könntest du dennoch darauf achten, dass Mutter sie nicht ertränkt?«

»Ich weiß wenig über Pflanzen, aber das Konzept ertränken ist mir geläufig.«

Er durchquert das Wohnzimmer und setzt sich auf Mutters Fernsehstuhl.

»Ich schlage vor, du fängst jetzt gleich mit dem Mittagessen an. Stell bitte gemeinsam mit Mutter eine Mahlzeit zusammen, die sie essen möchte. Glaubst du, du schaffst das?«

»Wenn's sein muss. Priklopil.«

»Und bevor wir das machen«, sagt Kadoke, »bin ich neugierig, warum ich dich zu deinem Fototermin begleiten soll. Was willst du damit gewinnen?«

Sie steht dort am Fenster wie ein Kind, das nicht erwachsen werden wollte, das die Welt der Erwachsenen durchschaut hat, erfüllt von Abscheu, grenzenlosem Ekel.

»Du wirst eifersüchtig werden«, sagt sie und betont jedes einzelne Wort.

»Und warum? Wie soll das gehen?«

»Du wirst sehen, dass ich jedem Liebe gebe. Jedem, Priklopil, außer dir.«

»Du brauchst mir keine Liebe zu geben. Ich bin nicht an Transaktionen interessiert, wenn das so wäre, hätte ich mich für einen anderen Beruf entschieden. Ich erwarte lediglich von dir, dass wir Übereinstimmung über ein paar Grundregeln für deinen Aufenthalt hier erreichen, und ich glaube, das wird uns gelingen. Ich meinerseits kann dir versprechen, dass ich nicht aufgeben werde, bis dein Wunsch, zu sterben, dermaßen nachgelassen hat, dass er dich nicht mehr nennenswert belastet. Das würde ich keine Transaktion nennen wollen, sondern höchstens eine Überzeugung, oder eine offene Wunde, der Unterschied zwischen den beiden ist minimal.«

Einen Moment ist sie still. Ihr Gesichtsausdruck ist unverändert.

»Ich habe nicht von Transaktionen gesprochen, Priklopil. Nicht alles ist eine Transaktion. Wenn ich mir selbst Schmerzen zufüge, ist das eine Transaktion? Ist Schmerz ein Zahlungsmittel? Der Schmerz kann verbinden, Priklopil, tief in dir drin weißt du das, sonst hättest du mich nicht entführt.«

Er steht auf. »Ich werde dich heute zu deiner Arbeit begleiten«, sagt er. »Aber ich gehe nicht mit rein. Ich warte draußen auf dich. Wenn du das möchtest, wenn dir das nützlich erscheint, kann ich das für dich tun.«

Kadoke bleibt noch einen Moment stehen und denkt an Priklopil. Michette bückt sich, um ihre Strümpfe anzuziehen. In Gedanken versunken starrt er auf ihre Strümpfe. Er denkt an die Privatklinik, zu der das Haus seiner Mutter geworden ist, und fragt kaum hörbar: »Die Tätowierung da an deinem Knöchel, was ist das eigentlich?«

»Eine Meerjungfrau. Gefällt sie dir?«

»Ich verstehe nichts von Tätowierungen. Und eigentlich auch nicht von Meerjungfrauen.«

»Wovon verstehst du eigentlich was?«

Vorsichtig führt er Michette in die Küche. Sie wehrt sich nicht und nennt ihn nicht Priklopil.

Als sie in der Küche steht, lässt er sie los und geht zurück in den Flur.

Er hört ihre Frage. »Was möchten Sie zu Mittag essen, Mevrouw Kadoke?«

Stille.

Dann sagt Mutter: »Würstchen.«

Michette: »Ihr Sohn findet, sie essen zu oft Würstchen.«

»Mein Sohn hat immer was zu meckern.«

»Möchten Sie vielleicht Fisch?« Schweigen.

Mutter: »Einen Backfisch. Einen kleinen Backfisch. Mit besonders viel Soße.«

»Knoblauchsoße?«

»Nein, diese rosa Soße.«

»Das ist doch Knoblauchsoße?«

»Ich hab noch nie von rosa Knoblauch gehört.«

Kadoke setzt sich an den Esstisch. Er schickt Dekha eine SMS, heute käme er nicht zum Krisendienst, sie würden eben morgen wieder ein gutes Gespräch führen.

20

Mutter hält ihren Mittagsschlaf und Kadoke bringt Michette mit dem Auto zu ihrer Wohnung, wo sie ein paar Sachen für ihre Arbeit holen muss. Er trägt seine graue Trainingsjacke. Sie riecht ein wenig nach Michette; er muss sie waschen. Es gehört sich nicht, nach Patienten zu riechen, findet er.

»Ich komme auf deinen ausdrücklichen Wunsch mit«, sagt er, während sie hinter einem Transporter stehen, der den Verkehr blockiert, »weil du meinst, es könne dir helfen.«

»Wieso helfen?«

Sie hat sich geschminkt. Nicht übermäßig stark, aber schon deutlich sichtbar. Sie trägt etwas Langärmliges, man sieht kaum eine Narbe. An der Innenseite ihres linken Handgelenks befinden sich zwei kleine, aber wer schaut sich schon die Innenseite eines Handgelenks an? Man muss die Suizidprävention zum Beruf gemacht haben, um darauf zu achten.

»Vielleicht hilft es dir dabei, nicht mehr so schnell in erworbenes, negatives Verhalten zu verfallen.«

»Gibt's denn auch Verhalten, das man nicht erworben hat? Die Frau da kenne ich.«

Sie zeigt auf eine Frau im grünen Regenmantel an der Straßenbahnhaltestelle.

»Weil es dir nicht zu bekommen scheint.«

»Du missbilligst es, Priklopil. Du tust immer so offen und freizügig, aber das ist alles nur Gehabe. Wenn man jemanden wirklich liebt, will man ihn dann nicht ganz für sich allein haben?«

Er schüttelt nachdenklich den Kopf. »Du sagst, dass du unter deinem Verhalten leidest. Missbilligung ist grundsätzlich schwierig, kaum jemand erträgt ständige Missbilligung. Darum sehe ich die Anpassung an allgemein akzeptierte Normen vor allem als Versuch, weniger unter der Gesellschaft zu leiden, dich freier und unbesorgter in ihr bewegen zu können. Mit meiner angeblichen Missbilligung hat das nichts zu tun. Wenn du mich nach meiner ehrlichen Meinung fragst, weiß ich nicht mal, ob ich Selbstmord missbillige. Ich versuche, ihn zu verhindern, das ist etwas anderes.«

Sie legt ihm eine Hand auf den unteren Rücken und zupft so lange an seiner Trainingsjacke und seinem T-Shirt herum, bis sie seine Haut gefunden hat.

»Ich verstehe nicht, wovon du redest«, sagt sie. »Du findest mich promiskuitiv, das ist das Einzige, was ich verstehe.«

Wieder schüttelt er den Kopf. »Ich versuche, dir bewusst zu machen, dass du bestimmte Normen verinnerlicht hast, obwohl du tust, als seien es nicht deine.«

Der Transporter ist an den Straßenrand gefahren, sie kommen weiter. Er will und kann ihre Hand jetzt nicht wegschieben. Sie muss sich selbst korrigieren. Das muss sie lernen. Besser gesagt: Das muss er sie lehren. Diese Aufgabe hat er auf sich genommen, als er die Welt der Vorschriften und Face-to-Face-Kontakte verlassen hat.

»Würdest du das bitte lassen?«, fragt er nach einer Weile. »Wir hatten Vereinbarungen.«

»Ich fühl nur kurz deine Hubbel, die mag ich so gern.«

Es hat angefangen zu regnen. Er schaltet die Scheibenwischer ein, das Geräusch beruhigt ihn.

»Das sind keine Hubbel. Das sind gutartige Muttermale. Sie werden bald entfernt, ich sagte es bereits. Ich muss nur noch den Dermatologen anrufen und einen Termin machen.«

»Ich mag sie so gern. Lass sie da. Für mich.«

Er wirft ihr einen schnellen Seitenblick zu. In ihrem Gesicht sieht Kadoke keinerlei Spott. Vielleicht meint sie es ernst, vielleicht hat sie eine Schwäche für gutartige Muttermale, die aus unerklärlichen Gründen plötzlich anfangen zu wachsen.

Er sucht einen Parkplatz, und während er abwartet, bis eine Mutter mit Kind wegfährt, die dafür ewig zu brauchen scheint, sagt er: »Dir ist klar, dass du wieder Grenzen überschreitest. Immer wieder bringst du mich in die Lage, dich korrigieren zu müssen, obwohl du das selbst machen könntest.« Er schiebt ihre Hand weg und legt sie in ihren Schoß.

»Du bist so ein banger Priklopil«, sagt sie. »Ich wusste nicht, dass Priklopil so ein Hasenfuß war.«

Kadoke parkt behutsam ein.

»Was soll das immer wieder mit diesem Priklopil? Was bedeutet dir dieser Mann?«

»Alles«, sagt sie. »Entführungen faszinieren mich. Ich habe das Buch von Natascha Kampusch verschlungen. Wenn man entführt wird, braucht man nicht mehr selbst zu leben, das macht der Entführer dann für einen. Man taucht bei dem Entführer unter. Keiner kann einen dort finden, man ist unauffindbar für das Leben. Ich sehe einfach, wer du bist, darum geht es. Ich sehe, wer du wirklich bist.«

»Das Haus meiner Mutter ist keine Untertauchadresse, der Krieg ist vorbei«, sagt Kadoke.

»Mein Krieg nicht, Priklopil, und deiner ist auch noch voll im Gange.«

Kadoke spannt einen roten Schirm auf, der seiner Mutter gehört, und bietet der Patientin ein wenig Schutz gegen den Regen.

Michette schließt die Haustür auf. An ihrem Schlüsselbund baumelt etwas, das ihn an einen Engel erinnert, und sie sieht ihn an, als würde sie ihm ein großes Geheimnis zeigen, dabei ist er doch schon mehrfach hier gewesen.

Seit dem letzten Mal, als er einen psychiatrischen Hausbesuch abgestattet hat, der nicht psychiatrischer Hausbesuch heißen dürfte, hat sich nichts verändert.

Die geknickten Pflanzen stehen noch immer da.

Sie setzt sich auf die Toilette und lässt die Tür weit offen stehen. Eigentlich wollte er auf dem Sofa Platz nehmen, aber weil er dann direkte Aussicht auf sie hat, schlendert er ein wenig herum. Hinten in der Wohnung entdeckt er an der Wand ein paar Fotos. Die waren ihm die letzten Male nicht aufgefallen. Menschen. Köpfe. Manche kommen ihm bekannt vor, aber zu den meisten fällt ihm kein Name ein. Ruhm sagt ihm wenig.

Sie kommt von der Toilette und schließt die Gürtelschnalle ihrer Jeans im Wohnzimmer. Zwischen den Fotos entdeckt er ein Selbstporträt. Michette sieht wütend und traurig aus, aber auch herausfordernd. Die Narben auf ihren Armen sind gut sichtbar. Sogar über ihrer linken Brust hat sie eine. Ihr Pullover ist tief ausgeschnitten. Auf dem Foto wird die wahre Art der Narben sichtbar: Roulette mit dem eigenen Körper.

Sie hat sich neben ihn gestellt.

»Schön?«

Er sinnt über seine Antworten nach. »Eindringliche Gesichter. Sie lösen Fragen aus«, sagt er. »Sie regen die Fantasie an.«

»Wir haben noch Zeit«, sagt Michette. »Der Fototermin ist ganz hier in der Nähe. Möchtest du was trinken? Ich kann Kaffee machen.«

»Nein danke.«

»Chlorreiniger?« Sie lacht. Der Chlorreiniger scheint ein

Scherz geworden zu sein, etwas, das sie verbindet. Ein Geheimnis, eine Anekdote aus dem Nachtdienst. Ein Psychiater, dem Chlorreiniger angeboten wurde, genau, wie ihm ab und an Schokolade oder Pralinen angeboten werden. Dennoch muss er zugeben, dass er in jener Nacht durchaus kurz versucht war, den Chlorreiniger anzunehmen, es zu probieren. Den Gedanken zu beherzigen, dass die wahre Suizidprävention womöglich impliziert, gemeinsam mit dem Patienten unterzugehen. Ein Psychiater, der sich selbst zu Ende denkt, kann nur zu der Schlussfolgerung gelangen, dass er den letzten Weg gemeinsam mit dem Patienten zurücklegen muss, ihn nicht allein gehen lassen darf.

»Nein danke«, sagt er. »Keinen Kaffee. Nichts. Nicht mal Chlorreiniger.«

Sie kramt in einem Schrank, vor den ein schwarzes Tuch gespannt ist, und holt allerlei Gerätschaften und Lampen daraus hervor.

»Früher hatte ich einen Assistenten«, sagt sie munter, als erzähle sie Kindern eine Gutenachtgeschichte. »Aber er ist verschwunden.«

»Wollte er eine Gehaltserhöhung?«

»Er war mein Freund. Ich hab immer alles für ihn bezahlt und irgendwann dachte ich, wenn ich sowieso immer alles für ihn bezahle, kann ich ihn genauso gut anstellen.«

»Ein emanzipierter Gedanke«, sagt Kadoke, während er sich das Selbstporträt noch immer ansieht. Schwarz-weiß. Ihre Augen sind dunkel geschminkt. Man würde eine Zigarette in ihrer Hand erwarten. Es könnte ein Foto sein, das in Paris aufgenommen wurde, Ende der Fünfzigerjahre. Eine junge Frau auf der Suche nach Abenteuer, verirrt, noch ein wenig unsicher, ob die Ernüchterung nicht integraler Bestandteil dieses Abenteuers war. Aber Ende der Fünfzigerjahre war sie noch nicht geboren, und er auch nicht.

Sie stellt ihre Sachen bereit, setzt sich dann an den Tisch. Hektisch blättert sie in ein paar alten Zeitungen. »Ich will nicht zu früh kommen«, sagt sie. »Das ist mir unangenehm.«

Kadoke bleibt vor der Wand mit den Fotos stehen, er kommt sich vor wie Besucher einer Galerie.

Eine SMS. Dekha. Sie schreibt: »Dann bis heute Nacht. Wann auch immer. Und Notfälle werden sich bestimmt auch heute Nacht einstellen.«

»Bestimmt«, schreibt er zurück. »Die Notfälle lassen uns nie im Stich.«

Er dreht sich um, setzt sich Michette gegenüber an den Tisch. Sie blättert immer noch, hastig, es geht ihr mehr ums Blättern als um den Inhalt der alten Zeitungen.

»Dürfte ich dich fotografieren?«, fragt sie, ohne mit dem Blättern aufzuhören.

»Ich glaube nicht, dass Psychiater von ihren Patienten fotografiert werden sollten.«

»Fällt das auch wieder unter grenzüberschreitendes Verhalten?«

»Ja, meiner Meinung nach schon.«

Sie hört nicht auf zu blättern, fängt wieder von vorne an. Fast ist es, als würde sie mit dem Zeitungspapier Musik machen.

»Was du grenzüberschreitendes Verhalten nennst und was nicht, ist vollkommen willkürlich, darin ist keine Logik zu entdecken.«

»Ach, Logik«, sagt Kadoke.

Michette blättert weiter. Jetzt ist er sich sicher: Sie liest nicht. Sie blättert durch die Zeitung, wie andere Leute an den Nägeln kauen.

»Darf ich dann wenigstens deine Hubbel fotografieren? Kein Mensch weiß doch, dass sie dir gehören?«

»Darum geht es nicht. Und im Übrigen sind es ganz normale Muttermale, wie ich bereits sagte.«

»Sie haben etwas Rührendes, wie kleine Hügel.«

»Hügel?«

»Die Hubbel, die du Muttermale nennst.«

»Mein Rücken ist eine Hügellandschaft, sagst du? Was soll's. Auch mit solchen Metaphern muss der Mensch leben.« Kadoke muss über sich selbst lächeln. Das gehört sich nicht, man sollte sich selbst nicht witzig finden, aber vielleicht passt es zu der leichten Form der Verzweiflung, die diese Arbeit häufig mit sich bringt; manchmal bleibt einem nichts anderes übrig, auch, wenn man jemandem gegenübersitzt, der gerade einen Selbstmordversuch hinter sich hat. Humor kann die Lage auflockern, einen Patienten zum Sprechen verführen, aber man muss wissen, wen man vor sich hat. In manchen Fällen bewirkt Humor das genaue Gegenteil. Kadoke legt die Hände auf den Tisch, studiert seine Finger. »Wir gehen gleich«, sagt er, »aber zuvor will ich Klarheit über meine Rolle. Ich möchte zusammen mit dir feststellen, warum und bis wohin ich mitkommen soll. Ich geh nicht mit rein. Aber was erhoffst du dir? Warum meinst du, dass meine Anwesenheit während deiner Tätigkeiten zu deiner Genesung beiträgt, wenn ich dieses brisante Wort benutzen darf?«

Sie legt die Zeitungen zu einem Stapel zusammen.

»Weil du leiden wirst«, sagt sie.

Wieder schaut er auf seine Finger und räuspert sich. Als verhielte sich das Räuspern zur Zigarette wie das Placebo zu echten Medikamenten.

»Und warum noch mal genau willst du mir das Leiden beibringen?«

»Um dich zu retten.«

»Aber weshalb?«

Sie reibt sich das Kinn und sagt leise: »Weil du mich dann an das Leben bindest. Die Angst versengt alles. Jegliche Begierde, jegliche Hoffnung. Nur du bist noch nicht versengt.«

»Ob ich versengt bin oder nicht, steht hier nicht zur Debatte. Auf jeden Fall bin ich bereits gerettet«, sagt er, ohne sie anzusehen. »Vor langer Zeit habe ich mich selbst gerettet, und ich bezweifle, ob ich dich an das Leben binden kann. Vielleicht kann ein Kind das, aber ich glaube nicht, dass du dich aus diesem Grund fortpflanzen solltest.«

Das Kind ist die Suizidprävention schlechthin, obwohl er mehrere Fälle erlebt hat, die das Gegenteil beweisen; Mütter mit kleinen Kindern, Väter mit einer Nachkommenschaft, mit der man einen Minibus füllen könnte, und dennoch wog die Sehnsucht nach dem Tod schwerer als das Verantwortungsgefühl.

Außerdem sollte man einem Kind nicht die Suizidprävention von jemand anderem aufhalsen. Das darf man von Kindern, die noch geboren werden müssen, nicht verlangen, und auch nicht von denen, die schon leben.

Michette sieht ihn ein wenig enttäuscht an. Hatte sie wirklich gehofft, er würde sagen: Rette mich. Du kannst es. Dir wird gelingen, woran andere gescheitert sind?

»Du wirst sehen, was ich anderen gebe und nicht dir. Du wirst sehen, dass du mich nicht auf deine Weise retten wirst. Und dann leidest du. Wenn du leidest, kommst du näher, stehst du nicht mehr über mir, dann kannst du nicht mehr denken, du seist mehr als ich.«

Auf der Tischplatte sind Ringe.

»Ist das der Kern?«, fragt Kadoke. »Dieses Leidens? Dieser Angst? Die Furcht, ein anderer könnte bekommen, was du begehrst, ein anderer könnte nehmen, was deiner Ansicht nach dir gehört, ein anderer könnte gewinnen und nach der schmachvollen Niederlage sei kein würdiges Leben mehr möglich? Willst du mir das sagen? Dass du das Recht auf das Leben nur bestätigst, indem du gewinnst, und es verspielst, wenn du nicht gewinnst, wenn du verlierst? Und ist diese Erkenntnis der Motor der Angst und des Leidens?«

Seine Hand liegt auf dem größten Ring. Fast kann er ihn in dem Holz fühlen, so wie Michette seine Muttermale gefühlt hat.

Sie schüttelt den Kopf. »Nein«, sagt sie. »Um gewinnen oder verlieren kümmere ich mich nicht. Tue ich das doch, macht es mich bloß unglücklich, obwohl Macht durchaus hilfreich sein kann. Gewollt werden, wie kurz auch immer, bedeutet Macht haben. Wenn du mich willst, besitze ich Macht über dich, wenn du mich nicht willst, so wie die anderen mich wollen, wenn du mich nur retten willst, habe ich auch Macht über dich. Macht hilft. Aber in den Momenten, in denen ich wirklich leide, sehne ich mich nach nichts. Nun, da es dich gibt, sehne ich mich danach, gemeinsam mit dir zu leiden.«

Er schaut in ihr Gesicht und vergleicht es mit dem Foto. Manche Menschen drücken mit ihrem Gesicht so viele Identitäten aus, dass ein Foto eine betrügerische Momentaufnahme ist, eine Fälschung.

»Können wir festhalten«, fährt er fort, auf die Ringe starrend, »dass dein Bedürfnis, dir selbst wehzutun, dein Wunsch, dich zu bestrafen, eigentlich derselbe Wunsch ist, den du spürst, wenn du mich leiden lassen willst?«

Das üble Geheimnis vieler Depressionen. Eigentlich ist es ein anderer, der gequält und bestraft werden muss, aber weil dieser andere unauffindbar ist oder man gesittet genug ist, ihn in Ruhe zu lassen, bestraft man sich selbst.

Sie zuckt die Schultern. »Du redest, grenzüberschreitender Psychiater Kadoke, du redest und redest, aber du ergründest mich nicht. Ich hebe den einen Schmerz durch den anderen auf.«

Aus ihrer Tasche zieht sie das Notizbuch. Sie blättert darin.

»Wir gehen zu Nummer 44«, sagt sie. »Ich glaub noch immer, du wirst Nummer 107 oder 108.«

»Das glaube ich nicht.«

Abrupt steht sie auf. »Hilfst du mir beim Tragen?«

Er stellt sich wieder vor die Wand mit den Fotos, ist sich ihres Blicks bewusst. »Hab ich dir schon wehgetan?«, fragt sie, und ohne sich umzudrehen, während er ihr Selbstporträt weiterhin anstarrt, antwortet Kadoke: »Nein.«

»Würdest du mich hassen, wenn ich dir wehtun würde?«

»Nein.«

»Warum nicht? Warum hasst du die Menschen nicht, die dir wehtun?«

»So bin ich nicht, so will ich nicht sein. Du sagst zwar, du willst mir wehtun, das sei deine Absicht, aber ich nehme das nicht wörtlich. Ich lese etwas anderes in deinen Worten. Wenn du sagst, du willst mir wehtun, suchst du Kontakt, eine bestimmte Form der Intimität, dann versuchst du, mich zu Emotionen zu verführen, vielleicht zu einem Bekenntnis. Härter formuliert: Ein Patient kann mich angreifen, mich treten oder schlagen, aber er kann mir nicht wehtun.«

Ihre Fotos sind auf merkwürdige Weise scharf, als hätte das Gesicht unter einem Mikroskop gelegen, als dürften sogar die Nasenhaare der Aufmerksamkeit des Betrachters nicht entgehen.

»Wenn ich dir also wehtun will, denkst du, ich liebe dich?«

Er dreht sich um. »So könnte man es ausdrücken. Obwohl ich eher von Verlangen sprechen würde als von Liebe. Wenn du mir wehtun willst, projizierst du dein Verlangen auf mich. Und du willst mich bestrafen, weil du schon im Vorhinein vermutest, dass ich dein Verlangen unbefriedigt lasse. Solange diese Projektion vorübergehend ist und wir die besprochenen Grenzen beachten, braucht uns diese Projektion nicht sonderlich aufzuregen.«

»Und du«, sagt sie. »Was projizierst du auf mich?«

Er fährt über seine Bartstoppeln.

»Genesung«, antwortet er nach einer kurzen Pause, »obwohl ich eigentlich kaum selbst daran glaube. Verbesserung deiner Situation, das schon. Etwas anderes würde ich nicht auf dich projizieren wollen und dürfen. Wenn ich ehrlich bin, muss ich zugegeben, dass Zuneigung eine Rolle spielen wird. Eine Zuneigung, die ich noch nicht so gut erklären kann, aber wenn sie nicht da gewesen wäre, hätte ich dich nicht ins Haus meiner Mutter geholt, um für sie zu sorgen. Vielleicht ist diese Zuneigung nichts anderes als die offene Wunde, von der ich vorher gesprochen habe. Manchmal ist eine Behandlung, ein Patient, eine offene Wunde. Nicht nur für sich selbst, sondern auch für den Helfer. Was soll ich tragen?«

Sie macht einen Schritt auf ihn zu. »Du lernst es einfach nicht«, sagt sie, »du hörst einfach nicht damit auf, dich über das Leiden zu stellen.«

»Was soll ich tragen?«, fragt er zum zweiten Mal.

Er bekommt eine Lampe und eine aufgerollte weiße Leinwand zugeteilt, in der anderen Hand hält er den Regenschirm.

Im Auto neben ihm blättert sie wieder durch ihr Notizbuch, als wäre es ihre Bibel, was vielleicht auch so ist. »Wenn ich zum zweiten Mal mit jemandem ins Bett gehe, mache ich ein Kreuz hinter die Nummer«, sagt sie.

»Du bist eine gute Buchhalterin«, antwortet er.

»Listen beruhigen mich.«

»Das verstehe ich. Mich beruhigen Scheibenwischer.«

Er startet das Auto. »Wir fahren zu Nummer 44«, sagt er. »Sag nur, wie ich fahren soll.«

Sie erteilt ihm Anweisungen.

Er fährt, sie blättert durch ihr Notizbuch, summend, munter. Wenn man sie so sieht, kann man sich nicht vorstellen, dass sie regelmäßig dem Chlorreiniger zuspricht. Eine glückliche, vielleicht sogar talentierte junge Frau – das ist, was man zu sehen glaubt. Man muss sich ihre Narben vergegenwärtigen, um die andere Michette zu entdecken.

»Ist Nummer 44 berühmt?«

»Fast alle, die ich fotografiere, gelten als mehr oder weniger berühmt, sonst hätten die Zeitungen kein Interesse an ihren Porträts. Willst du wissen, was er macht?«

»Ich will nichts wissen«, sagt Kadoke. »Das wäre nicht ethisch. Ich will höchstens wissen, ob du wirklich erwartest, mich leiden lassen zu können, indem du mich mitnimmst.«

Sie zwängt die Hand unter sein T-Shirt.

»Tut es weh«, fragt sie, »wenn ich darüber streichle?«

Er schüttelt den Kopf. »Nein, die Muttermale tun nicht weh.«

Sie fahren zur Innenstadt. Michette wird in einem Grachtenhaus erwartet. Der Regen hat zugenommen.

Bevor sie aussteigen, sagt Kadoke: »Und wenn ich gleich nicht leide, hast du mich dann umsonst mitgenommen?«

Sie schüttelt den Kopf. »Ich finde deine Gesellschaft angenehm, aber ich kann dich nur retten, wenn ich dich leiden lasse. Sonst bleibst du für immer mutterseelenallein, Priklopil.«

»Hast du öfter Menschen leiden lassen oder bin ich der erste?«

»Meine Eltern«, sagt sie. »Meine Krankheit tut meinen Eltern weh. Aber sonst niemandem. Ich will gern, dass Leute mich nett finden.«

Gleich wird er rauchen, wenn er auf Michette wartet. Köstlich, zwei Zigaretten hintereinander. Er freut sich jetzt schon darauf.

Sie steigen aus. Er begleitet sie bis zur Haustür.

»Wie lange dauert es?«

»Eine Stunde.«

»Ich warte hier auf dich.«

»Es regnet.«

»Es ist nicht kalt und ich hab einen Schirm.«

Sie tritt ein paar Schritte zurück, zieht ihn mit sich. »Da«, sagt sie, und sie spricht mit einem Eifer, den er nicht von ihr gewohnt ist, »siehst du das Fenster dort oben? Ich war schon mal hier. Ich drück beim Ficken den nackten Hintern gegen dieses Fenster, um dich zu grüßen.«

Kadoke schaut ihr mitten ins Gesicht, sieht, dass sie es ernst meint, an ihrem Blick, der Art, wie sie versucht, ihn zu fixieren, und erstmals seit er mit der alternativen Therapie angefangen hat, beschleicht ihn das Gefühl, tatsächlich ein grenzüberschreitender Psychiater zu sein. Dass er sich in Räume und Abgründe begibt, von denen er sich hätte fernhalten sollen.

»Ich warte hier auf dich«, sagt er. »Und du weißt, dass ich dich nicht verurteile. Professionell gesehen finde ich das irrelevant und als Privatperson, sofern ich dergestalt in dieser Konversation vorkomme, bin ich nicht an Urteilen interessiert. Aber wenn du da oben bist, kannst du dich vielleicht fragen, worin dein eigentlicher Wunsch besteht, statt stets nur die echten oder vermeintlichen Wünsche anderer zu spiegeln.«

»Du weißt, worin mein Wunsch besteht. Ich will, dass du mich vor dem Leben beschützt.«

Er erinnert sich an das Gespräch, er sieht es wieder vor sich, sie lag auf dem Sofa seiner Mutter. Ein Eichhörnchen. Ein banges Nagetier. »Du weißt auch, wie meine Antwort lautete«, sagt er.

Sie müsste klingeln, tut es aber nicht. Sie zögert, rückt ihre Sachen zurecht.

»Ich weiß. Darf ich dann für immer bei dir bleiben?«

»Nein«, sagt Kadoke. »Ich bin nicht dein Mann. Ich bin auch nicht dein Vater. Ich bin dein Psychiater.«

»Darf ich denn wenigstens deine Muttermale haben, wenn sie entfernt worden sind?«

Kadoke schaut zu dem Fenster, auf das sie gezeigt hat. »Geh jetzt«, sagt er. »Wenn wir noch lange hier stehen, bekomme ich Probleme mit dem Nachtdienst, der fängt nämlich gleich an und Mutter muss noch essen.«

Sie klingelt und Kadoke geht zur nächsten Straßenecke, wo er sich eine Zigarette anzündet und genussvoll zu rauchen anfängt. Mit einer Leidenschaft, die er sich früher für Assistenzärztinnen aufgehoben hat. Für Dinner. Verführung. Hoffnung. Flüchtige Hoffnung, aber wahre Hoffnung ist flüchtig, nur falsche Hoffnung schleppt man ein Leben lang mit sich rum.

Dann geht er wieder zurück zu dem Grachtenhaus, in dem Michette verschwunden ist. Langsam schlendernd, wie ein Rentner, der an einem Sommerabend noch einen kleinen Spaziergang macht. Er ist kein Rentner, ganz und gar nicht. Entlang dieser Gracht gehend, die Zigarette im Mund, den Schirm in der Hand, zweifelnd an der alternativen Therapie – ein Zweifel, der ihn nach Luft schnappen lässt, der ihm das Gefühl verleiht, nie mehr wirklich glücklich zu werden –, wird ihm abermals klar, dass er sich im Fallen befindet. Einem Fallen, das kein Ende zu nehmen scheint. Vielleicht hat er darum das Gefühl, weiter denn je von seiner Rente entfernt zu sein. Er bewegt sich nicht auf seine Rente zu, sondern von ihr weg. Er ist ein Zeitreisender, aber in die falsche Richtung unterwegs, zurück statt voraus.

Zum Glück ist der Schirm groß, sogar seine Schultern sind noch trocken. Er schließt nicht aus, dass sie alles erfindet, das Notizbuch, die Nummern, die Namen, womöglich sind sie erfunden. Geschichten, die zu einem erfundenen Leben gehören. In vielen Fällen sind die erfundenen Leben von Leuten allzu langweilig und glücklich, aber es gibt auch Menschen, die sich Dramen ausdenken. Ihre erfundenen Leben sind sorgfältig inszenierte Leidenswege. Er raucht noch eine Zigarette. Kalt ist es nicht, aber die Feuchtigkeit dringt nun doch durch, trotz des großen Regenschirms.

Kadoke bleibt stehen, schaut zu dem Haus, in dem Michette bei der Arbeit ist. Nichts ist zu sehen. In einem Fenster stehen lauter Pflanzen. Eine grelle Lampe brennt. Er versucht, sich an alle Assistenzärztinnen zu erinnern, mit denen er je essen gegangen ist, aber ihm fallen kaum Namen oder Gesichter ein.

Leicht frustriert über sein schlechtes Gedächtnis greift er nach seinem Telefon, um zu schauen, ob Mutter sich gemeldet hat. Niemand wollte ihn sprechen. Einen Moment denkt er wieder an Rose. Sie hat ihn ab und zu mal angerufen. »Mother doesn't want to eat.« Oder: »Mother cannot sleep. What should I do?« Manchmal hat sie auch nur eine SMS oder eine WhatsApp geschickt. Sie wollte ihn nicht stören, wusste, dass er beim Krisendienst war. Ob sie jetzt für eine andere alte Dame arbeitete? Wie es ihr wohl ging?

Damit ihm nicht kalt wird, geht er ein wenig auf und ab, raucht noch eine Zigarette, blickt wieder nach oben. Und jetzt sieht er Michette, besser gesagt, er sieht das, was sie ihm vorhergesagt hat, und gerade deshalb, gerade, weil sie dieses Bild angekündigt hat, schaut er fasziniert hin. Nicht, dass er an ihrem Hintern interessiert wäre, nicht, dass er Zeuge der Handlungen sein möchte, die sie verrichtet – offensichtlich ist ihr Notizbuch keine Fantasie, sind ihre Leben doch weniger erfunden, als er für einen Moment vermutet hatte –, sondern gerade, weil sich alles so vollzieht, wie sie es beschrieben hat, kann er den Blick nicht von dem Fenster abwenden. Als würde dort oben eine Prophezeiung zur Wahrheit.

Er sieht eine Männergestalt. Verschwommen. Nur Michette ist deutlich zu sehen, weil sie gegen das Fenster gedrückt wird.

Sie dreht sich um, schaut und winkt. Schon die Höflichkeit gebietet ihm, zurückzuwinken, und dann nehmen die Handlungen ihren weiteren Verlauf. Der Mann nimmt sie, und sie steht gegen das Fenster gedrückt. Kadoke beschließt, sich von dem Bild loszureißen. Was er sieht, ist echt, kein Wahn, kein Traum, nichts, worin man sich verlieren müsste. Er will gerade weitergehen, als jemand mit voller Wucht gegen ihn prallt.

»Wichser«, sagt ein Mann. Nicht mal so jung, aber auch nicht wirklich alt. Vielleicht dreißig. Fünfunddreißig. Das Gesicht des Mannes wirkt nicht wie das eines Menschen, die andere grundlos Wichser schimpfen, gleichzeitig aber wird Kadoke klar, dass es keine typischen Gesichter gibt, die zu diesem Verhalten passen.

Ein paar Mal ist er von Patienten beschimpft worden, die meisten wollen nicht gegen ihren Willen in eine Klinik eingeliefert werden oder müssen sich erst daran gewöhnen, aber dieser Mann ist kein Patient.

Kadoke tritt zur Seite.

»Wichser«, wiederholt der Mann. »Du versperrst hier mit deinem Riesenschirm den ganzen Weg und entschuldigst dich nicht mal.«

Kadoke tritt noch einen Schritt zur Seite, wie im Reflex schaut er zu dem Fenster. Michette ist noch immer da. Oder besser gesagt, ihr Hintern ist noch immer da.

Der Mann muss Kadokes Blick verfolgt haben, denn auch er schaut hinauf.

»Darum also stehst du hier«, sagt der Mann. »Weil du ein dreckiger Spanner bist. Wichser.«

Unvermutet schnell geht der Mann auf Kadoke zu und schiebt ihn mit beiden Händen nicht allzu sanft von sich.

Kadoke stolpert, fällt jedoch nicht hin. Der Mann tritt, aber Kadoke kann den Tritten ausweichen. Ein Schuh streift seine Hose. Es tut nicht weh, aber die Tatsache, dass jemand plötzlich ohne Grund lostritt, bringt ihn, trotz des professionellen Verständnisses, das er für vielerlei Verhalten aufbringen kann, in Verwirrung. Er lässt es nicht auf eine nähere Auseinandersetzung ankommen, jede Diskussion ist sinnlos, würde nur noch mehr Aggression auslösen. Eilig geht er zu der Ecke, an der er ein Café gesehen hat. In der Hoffnung, der Mann würde ihn dort in Ruhe lassen, geht er hinein, gleichzeitig aber auch merkwürdig schuldbewusst, als würde er ein Bordell betreten. Die Schuld steckt in seiner Angst, seiner Feigheit, der Stimme seiner Mutter, die er hört und die sich in diesem Moment nicht von seiner eigenen Stimme unterscheiden lässt.

Während er Kaffee bestellt, bemerkt er sein Zittern. Die Aggression hat ihn überrascht, ebenso wie seine Reaktion. Er sieht Darko vor sich. Angst ist auch eine Erinnerung. Nie hat er sich als ängstlichen Mann gesehen. Als vorsichtig, das schon, ein Mann, der berufshalber weiß, dass Menschen explodieren und man diese Explosion nicht immer ankommen sieht, aber der auch um die Seltenheit dieser Explosionen weiß. Weder dieser Art von Männern noch seinen Patienten möchte er mit unnötiger Angst entgegentreten, mit Erinnerungen an Schläge, an die er sich nicht erinnern müsste, oder höchstens auf lockere Weise, wie man sich an ein Ereignis erinnert, das sich allmählich in eine leicht frivole Anekdote verwandelt hat.

Eilig trinkt er seinen Kaffee. Der ist nicht viel besser als beim Krisendienst, eigentlich schlechter, und während er zahlt, beschließt er, dass seine Mutter recht hat, er sollte Kampfsport machen. Vielleicht wird der Kampfsport ihn vor dem Gefühl des Fallens behüten. Ansonsten weiß er nicht, was er sich davon erwarten soll. Seit er mit siebzehn das Tennisspielen eingestellt hat, hat er nie mehr Sport getrieben. Abgesehen von den paar Monaten während seines Studiums, als er pro forma Squash gespielt hat.

Kadoke geht langsam wieder zurück zu dem Haus, in dem Michette verschwunden ist. Der Mann ist nirgends mehr zu sehen. Dennoch bleibt Kadoke sicherheitshalber nicht mehr stehen, er geht auf und ab wie ein Gefangener beim Hofgang.

Nach etwa einer halben Stunde kommt Michette endlich raus. Er nimmt ihr ein paar Sachen ab und geht damit zum Auto.

»Ist das Foto gut geworden?«, fragt er.

»Das weiß ich erst später. Hast du mich gesehen?«

»Ich hab dich winken sehen. Ich hab zurückgewinkt.«

Sie setzen sich ins Auto. Er sieht, wie sie ihr Notizbuch zückt und hinter Nummer 44 ein Kreuz macht. Sie fahren an der Gracht entlang, er denkt an Mutter, das Abendessen, den Nachtdienst.

»Du wirst mich nicht heilen«, sagt Michette nach einer Weile. »Ich glaub eher, ich reiße dich in den Abgrund.« Sie sagt es in einem Ton, als sei der Abgrund ein Hoffnungsträger. Ein Vergnügungspark. Ein Abgrund für zwei.

»Das lasse ich nicht zu.«

»Warum willst du mich eigentlich heilen? Warum lässt du mich nicht in Ruhe? Warum gibst du mich nicht auf?«

Ihre Stimme klingt schrill. Erregt. Er muss rechts ranfahren, weil ein Feuerwehrwagen vorbeiwill.

»Diese Frage habe ich mir auch gestellt. Mehrmals, ich habe keine passende Antwort finden können. Die Frage quält mich. Übrigens glaube ich nicht, dass ich dich heilen will. Das Wort ›heilen‹ ist in diesem Kontext unsinnig. Ich will deine Situation erträglicher machen.«

Die letzten Worte muss er wiederholen, weil das Martinshorn des Feuerwehrwagens alles übertönt.

Danach ist es still. Kadoke selbst ist auch still. Sie sind beide in Gedanken versunken. Und eigentlich spricht er mehr zu sich selbst als zu ihr, als er sagt: »Vielleicht, weil ich in dir ein Widderhorn in Menschengestalt gesehen habe. Mutter wollte den Schofar hören. Ich habe dich mitgebracht. Den besten Schofar, den ich in jenem Augenblick bekommen konnte.«

Sie sind ganz in der Nähe von Mutters Haus, als sie sagt: »Das alles nenne ich Liebe, grenzüberschreitender Psychiater Kadoke. Du lässt mir keine Wahl. Ich nenne es Liebe.«

Er versucht leise zu lachen, aber es kommt nicht richtig aus seinem Mund. Sein Lachen klingt wie Hüsteln. »Es ist nicht meine Lieblingsbezeichnung, aber wenn du die alternative Therapie so nennen möchtest, mache ich kein Problem daraus. Jedenfalls, wenn du die Grenzen respektierst, die ich genannt habe. Was kochst du für Mutter? Sie muss gleich essen.«

Michette denkt nach. »Knackwürstchen. So viel anderes ist nicht im Haus.«

»Einverstanden.«

»Möchtest du meinen Vater kennenlernen?«, fragt Michette.

»Dazu sehe ich keinen Anlass«, erwidert der Psychiater.

»Es wäre so nett.«

Kadoke schaut zur Seite. Sie lacht, froh wie ein Kind. Ein Kind, dem plötzlich einfällt, dass es sich auch auf etwas freuen kann.

21

Seit drei Wochen nimmt Kadoke jetzt Unterricht in Krav Maga, einem Kampfsport, der eigentlich nicht »Sport« genannt werden dürfte. Krav Maga sei eine israelische Verteidigungstechnik, hat man ihm erklärt. Sie wurde ihm von einem psychosozialen Mitarbeiter empfohlen, der in einem Team gearbeitet hatte, wo eine Psychologin von einem Patienten arbeitsunfähig geschlagen worden war. Ein Drama, für die Psychologin, den Patienten und die psychiatrische Einrichtung, doch nach diesem Ereignis hatte der Mitarbeiter beschlossen, Maßnahmen zu ergreifen. »Für die Patienten bin ich echt zu fast allem bereit«, hatte er verkündet, »aber arbeitsunfähig will ich mich nicht schlagen lassen.«

Das Training findet in einem trendigen Sportstudio in der Nähe des Bahnhofs Amsterdam-Süd statt. Kadoke hat sich für Privatunterricht entschieden, ziemlich teuer, aber im Gruppentraining befürchtete er, Bekannten zu begegnen, vielleicht sogar ehemaligen Patienten oder Kollegen. Er ist sich nicht sicher, was von beiden er schrecklicher gefunden hätte.

Matan, der Trainer, ist ein ehemaliger israelischer Soldat, der seit fünf Jahren in den Niederlanden lebt und mit Krav Maga- und Jiu-Jitsu-Unterricht seine Existenz sichert. Er hat eine Frau und ein kleines Kind, viel mehr weiß Kadoke nicht über ihn. Sein Niederländisch ist relativ gut, und während der ersten zwei Stunden fand Kadoke ihn sympathisch. Seine

Direktheit hatte einen gewissen Charme. »Was hast du mit deinem Körper gemacht?«, hatte er in der ersten Stunde gefragt. »Auf Verschleiß gefahren?«

»Ich bin Psychiater, mein Kopf ist wichtiger als mein Körper. Und mein Kopf leidet nicht unter Verschleiß.«

Matan hatte die Bemerkung ignoriert. »Wir werden deinen Körper auf Vordermann bringen«, hatte er gesagt. »Hier bist du in guten Händen.«

Obwohl Kadoke geantwortet hatte, dass sein Körper seiner Meinung nach nicht auf Vordermann gebracht werden musste, er wolle nur ein paar Kampftechniken lernen, wusste er Matans etwas unangepassten Humor auch weiterhin zu schätzen.

»Bist du Jude?«, hatte Matan noch gefragt.

»Jüdischer Herkunft«, hatte Kadoke geantwortet. »Aber selbst würde ich mich nicht so definieren. Ich bin vor allem Psychiater. Ein Mann, auch das ist nicht völlig zu leugnen. Kein weißer Niederländer, höchstens weiß verkleidet. Weiter möchte ich mit dem Definieren nicht gehen.«

»Du bist Jude«, hatte Matan geantwortet.

Und Kadoke hatte erwidert: »Wenn du mich so sehen willst, werde ich dir nicht widersprechen.«

Jeden Montag- und Freitagmorgen trainiert Kadoke mit Matan.

An der Wand des Trainingsraums hängt ein selbst gemaltes Plakat mit der Aufschrift: WHAT DOESN'T KILL YOU MAKES YOU STRONGER. WHAT KILLS YOU MAKES YOUR MOTHER STRONGER.

Auf einem anderen Plakat steht: THERE ARE NO RULES IN KRAV MAGA: EVERYTHING IS ALLOWED.

Über den Nahen Osten redet Kadoke mit Matan nicht. Politik interessiert ihn hauptsächlich dann, wenn sie das Gesundheitswesen betrifft. Höchstens versucht er, sich auf dem

Laufenden zu halten, mit der leichten Verachtung, die jeder kultivierte und intelligente Mensch nach seinem Dafürhalten für die Tagesaktualitäten aufbringen sollte.

Mutter hatte weniger enthusiastisch auf seine Ankündigung reagiert, als er gedacht hatte. »Zwei Mal pro Woche«, hatte sie gesagt, »ich hoffe, du kriegst keinen Herzschlag. Erst machst du jahrelang nichts, und dann plötzlich trainierst du zwei Mal die Woche!«

Das Training ist in der Tat hart. Vor allem die erste Viertelstunde, die Matan zufolge dem Aufbau von Kondition dient, ist jedes Mal wieder die Hölle. Das Rennen, die Liegestütze, die Sit-ups, das Springen. Der Psychiater kommt sich vor wie bei der Armee, aber er sieht auch ein, dass er einen Preis dafür zahlen muss, dass er jahrzehntelang hauptsächlich in seinem Kopf gelebt hat. »Du brauchst nicht stark zu sein, um nicht zusammengeschlagen zu werden, aber ein klein wenig Kondition brauchst du schon«, hatte Matan gesagt.

In seiner ersten Stunde hatte Kadoke den Fehler begangen, durchblicken zu lassen, dass er schon einmal zusammengeschlagen worden war. Er hatte es nicht wortwörtlich gesagt, höchstens angedeutet, doch die paar Worte waren Matan schon genug.

Wenn Kadoke während des Trainings liegen bleibt, weil er etwa keine Liegestütze mehr schafft, nicht mehr rennen und springen kann, keine Kraft mehr hat, auf einen Sandsack einzuboxen oder sich an einer Stange hochzuziehen, bringt Matan seinen Mund an Kadokes Ohr und fragt: »Willst du zusammengeschlagen werden? Wenn du das willst, bleib ruhig liegen.«

Mit einer Kraft, die aus Selbstverachtung und Verzweiflung entsteht, schleppt Kadoke sich dann zu dem Sandsack und boxt noch ein paarmal darauf ein, obwohl er den Sack Matan zufolge bloß streichelt.

Als er wieder einmal auf dem Fußboden lag, hatte er dazu bemerkt: »Ich finde es reichlich merkwürdig, dass ich dafür bezahle, und noch dazu gar nicht wenig, mich von dir schikanieren zu lassen.« Und Matan hatte ihm ins Ohr geflüstert: »Natürlich bezahlst du dafür, dich von mir schikanieren zu lassen. Denkst du, ich mach das zu meinem Vergnügen? Denkst du, ich würde dich zusammenstauchen, wenn ich kein Geld dafür bekäme? Nie im Leben! Da hätte ich was Besseres zu tun!«

»Okay«, hatte Kadoke geantwortet, »dann wär das geklärt. Dann weiß ich Bescheid.« Und er war wieder zu dem Sandsack gewankt. Er musste zugeben, dass dieser freiwillige Abstieg in die Hölle, ein anderes Wort hat er nicht dafür, auch seine erfrischenden Seiten hatte, und sei es nur darum, weil er wusste, dass diese Hölle nach einer Stunde wieder vorbei wäre. Die Hölle hatte einen klar umrissenen Anfang und ein klar umrissenes Ende. In dieser Hölle gab es auch Moralpredigten: Kadoke solle aufhören zu rauchen, und obwohl er versucht hatte, dem Trainer deutlich zu machen, dass man es in seinem Beruf anders wirklich kaum aushielt, ging die Moralpredigt beim nächsten Training unverändert weiter.

Das Training dauert von neun bis zehn Uhr am Morgen, und pünktlich um zehn hört Matan auf. Dann verwandelt er sich in einen umgänglichen, wenn auch etwas uninteressierten Mann. Manchmal schummelt Kadoke ein bisschen und kommt absichtlich zu spät, um sich ein paar Minuten Hölle zu sparen, denn so spät der Schüler auch immer erscheint, Punkt zehn ist der Unterricht zu Ende.

Während des Trainings am Sandsack evaluiert Kadoke die Fortschritte der alternativen Therapie: Michette und Mutter haben sich offensichtlich aneinander gewöhnt. Die in der Altenbetreuung erforderliche Disziplin scheint Michette gutzutun, obwohl sie kürzlich noch einen Rückfall hatte. Mutter hatte sich über sie beschwert. Sie fand, Michette lasse ihr nicht genug Zeit auf der Toilette, und Michette hatte geantwortet: »Aber Sie schlafen da, ich kann Sie auf der Toilette doch nicht schlafen lassen?« Worauf Mutter geschimpft hatte: »Das Mädchen versteht nichts von alten Menschen, meiner Meinung nach versteht sie von Menschen überhaupt nichts.« An dem Abend hatte Michette wieder Putzmittel getrunken.

Es ist ein grauer Freitagmorgen, als Kadoke fast eine Viertelstunde zu spät ins Sportstudio kommt. Matan hat mit dem Aufwärmen allein angefangen, er würdigt Kadoke keines Blicks. Kadoke huscht in die Umkleide, wirft sich hastig in seine Sportsachen, und als er wieder herauskommt, steht Matan mit übereinandergeschlagenen Armen vor der Tür: »Zu spät«, sagt er. »Zwanzig Minuten!«

Kadoke hatte eine anstrengende Nacht. Vier Notfälle, einer davon ein Mann im Krankenhaus. Dessen Frau war ziemlich hysterisch durch die Flure gelaufen und hatte geschrien: »Das macht er nur, um sich zu rächen! Aber auch wenn er noch sieben Selbstmordversuche unternimmt, mit dem Kerl will ich nicht mehr, ich lasse mich scheiden!«

Sie schrie immer weiter, und Kadoke hatte sie in ein eigenes Zimmer bringen müssen. Die Familienangehörigen von Selbstmördern sind häufig das größte Problem. Selbstmörder ohne nennenswerten Anhang sind noch am besten zu ertragen.

»Zwanzig Minuten?«, wiederholt Kadoke, als habe er es gar nicht bemerkt. »Tut mir leid.«

Sie beginnen mit dem Aufwärmen: das Rennen, das Rennend-Boxen, das Rückwärts-Rennen, das Rennen und Springen, die Liegestütze, die Liegestütze mit langsamer Seitwärtsbewegung. Vielleicht liegt es an der anstrengenden Nacht oder der Müdigkeit ganz allgemein, aber schneller als sonst bleibt Kadoke am Boden.

»Gibst du auf?«, ruft Matan.

Kadoke antwortet nicht.

Normalerweise würde er sich jetzt wieder aufraffen, das Aufwärmen so gut wie möglich hinter sich bringen, in der Hoffnung auf ein gewisses Erbarmen, Mitgefühl vonseiten des Trainers, in der Hoffnung auf den Befehl: »Noch zwei Mal diese Übung!«, anstatt drei Mal. Doch die Nacht hat ihn zermürbt, oder es ist einfach der Schlafmangel. »Ich geb auf«, sagt er leise und einigermaßen schuldbewusst.

Matan bückt sich, bringt seinen Mund an Kadokes Ohr.

»Du gibst auf?«, fragt er.

»Ich geb auf, ja. Tut mir leid, aber ich kann nicht mehr. Nächsten Montag versuch ich es wieder.«

»Du gibst auf?«, brüllt Matan, und vielleicht ist er ein glänzender Schauspieler, denn Kadoke hat das Gefühl, ihn wirklich persönlich beleidigt zu haben, indem er das Aufwärmen vorzeitig abgebrochen hat.

»Tut mir leid«, murmelt Kadoke am Boden. »Ich kann nicht mehr.«

»Du gibst nicht auf!«, schreit Matan. »Komm hoch, weiter, Liegestütz!«

Nur die Nähe von Matans Gesicht – der Ernst in seinem Blick, das Dröhnen seiner Stimme – bringt Kadoke dazu, es noch einmal zu versuchen. Er macht weiter, aber nach nochmals vier Liegestützen kann er endgültig nicht mehr. Alle Kraft ist aus seinen Oberarmen gewichen. Wackelpudding, Gummi, Stroh, er weiß nicht, welche Metapher er am zutreffendsten findet. Er lässt sich zu Boden fallen, Bauch, Gesicht auf dem kalten Parkett dieses Raums, wo Matan jeden Freitag nach ihm einen älteren Herrn und ein junges Mädchen trainiert. So erschöpft ist er, dass er sich zu kohärentem Denken kaum noch in der Lage fühlt.

»Gib nicht auf!«, ruft Matan. »Gibst du auf?«

»Ja«, keucht Kadoke, »hab ich doch gesagt, ich geb auf! 'tschuldigung.«

Matan bringt seinen Mund noch näher an Kadokes Ohr, als wolle er in ihn hineinkriechen. »Willst du vergast werden, Jude? Willst du das, ja?«

Für einen Moment glaubt Kadoke, nicht richtig verstanden zu haben. Darum sagt er ganz ruhig: »Ich gebe auf.«

Matan zischt: »Du willst also vergast werden, Jude?«

Jetzt ist kein Zweifel mehr möglich. Kadoke rappelt sich hoch, setzt sich im Schneidersitz hin und erklärt: »Hör mal, ich weiß nicht, was in deinem Land üblich ist, aber wir hier in Westeuropa sagen so etwas nicht. Nicht mal in einem Sportstudio.«

Matan schaut Kadoke regungslos an, nichts an seinem Gesicht verrät irgendwelches Erstaunen oder eine andere Emotion. Er bleibt mit angezogenen Beinen sitzen, genau wie zuvor. »Ich muss dich scharf machen«, sagt er.

»Ich bin keine Granate, die scharf gemacht werden muss.«

»Ich muss dich stark machen.«

Kadoke reibt sich über die Wange. Seit mindestens fünf Tagen hat er sich nicht mehr rasiert, es fängt an zu jucken.

»Dass ich dafür bezahle, von dir schikaniert zu werden, ist ein Konzept, mit dem ich noch irgendwie klarkomme«, sagt Kadoke ganz ruhig, wenn auch etwas heiser. »Das passt dazu, wie ich die Welt sehe, aber auch innerhalb dieses Konzepts gibt es Grenzen. Zum Beispiel will ich nicht einfach ›Jude‹ genannt werden. Nenn mich Kadoke, Oscar von mir aus oder Doktor, aber massenhaft andere Möglichkeiten sehe ich nicht.«

»Ich muss dich stark machen. Wenn die eine Methode versagt, muss ich die anderen probieren. Wenn Juden nicht stark sind, werde sie vergast.«

Kadoke schüttelt den Kopf. Ein seltsamer Mann, dieser Matan. Undurchschaubar. »Du kannst doch zu jemandem, der bei deinem Aufwärmen zusammenbricht, nicht sagen: ›Willst du vergast werden?‹ Vielleicht ist das israelischer Humor, aber dann kann ich damit nichts anfangen. Ich komme her, um zu trainieren, und zahle gut dafür. Ich weiß es zu schätzen, dass du das Training so ernst nimmst, aber dein Verhalten von eben kann ich nur als grenzüberschreitend bezeichnen. Übrigens werden Juden heutzutage nicht mehr vergast. Wenn du Juden davor schützen willst, kommst du über siebzig Jahre zu spät.«

Matan steht auf. Er geht zu dem Plakat, auf dem steht, dass bei Krav Maga alles erlaubt ist, und sagt: »Hier gibt es keine Regeln, Jude. Die einzige Regel ist: sterben oder leben. Was willst du?«

Kadoke steht auf. »Ich komme her, um zu trainieren, wie schon gesagt, nicht für Wortspielereien. Dein Verhalten trägt nicht dazu bei, mit mehr Enthusiasmus zum Training zu kommen und es für längere Zeit fortzusetzen. Hinweise auf Vergasen motivieren nicht, jedenfalls mich nicht.«

»Musst du jetzt heulen?«, fragt Matan. »Soll ich dir ein Taschentuch holen? Ist dein zartes Konstitutiönchen geknickt? Oder dein armes Seelchen? Weil du keine Ausdauer hast, keinen Mumm?«

Wie ein Raubtier nähert Matan sich wieder Kadoke, und Kadoke ertappt sich dabei, wie er auf die Uhr sieht. Er ist zu spät gekommen, früher zu gehen wagt er nicht, das empfände selbst er als Niederlage.

»Zeig mir, dass du nicht sterben willst«, sagt Matan. »Darum geht es bei Krav Maga. Ich will es sehen. Zeig's mir. Du kannst es!«

Immer näher kommt Matan, und erst jetzt merkt Kadoke, dass der andere kein Schauspieler ist, der pünktlich um zehn aufhört zu spielen. So ist Matan wirklich, das ist sein Credo, dafür steht er: Zeige, dass du nicht sterben willst. Dafür trainiert man. Strengt sich an. Es gibt kein anderes Leben für ihn, keine andere Wirklichkeit.

»Leg dich auf den Rücken«, sagt Matan.

Kadoke legt sich hin, und Matan setzt sich auf ihn. »Wirf mich von dir runter!«, befiehlt er.

Kadoke spürt das Gewicht. Er versucht alles, drückt, aber Matan ist stärker. »Wirf mich von dir runter!«, befiehlt er erneut. »Zeig, dass du nicht sterben willst, Jude.«

Kadoke drückt, kämpft, bäumt sich auf, soweit sein unüberwindlicher Drang, jederzeit kultiviert zu bleiben, ihm das erlaubt.

»Fester!«, ruft Matan. »Zeig, dass du nicht sterben willst. Schütz dein Gesicht, wie ich's dir beigebracht habe. Wehr die Schläge ab. Steh auf. Wirf mich von dir runter. Was sind meine Schwachstellen? Was sind die Schwachstellen des Gegners? Die Augen. Der Kiefer. Die Nase. Die Eier. Steck dem anderen die Finger in die Augen. Zeig, dass du nicht sterben willst!«

Und während Kadoke verbissen versucht, den Trainer von sich herunterzuwerfen, wird ihm bewusst, dass er sich genau dessen nicht sicher ist: auf gar keinen Fall sterben zu wollen. Dass er nicht genau weiß, ob Nicht-Totsein wirklich besser ist als Totsein. Dass er daran zweifelt, ob er sich wirklich lohnt, dieser Kampf, dieser hoffnungslose, ziemlich unästhetische Tanz namens Leben, leben für etwas, das sogar der Trainer nur als »Nicht-Sterben« umschreiben kann. Als sei dies die bittere Wahrheit des Lebens, dass es letztlich nichts anderes ist als Nicht-Totsein.

»Mehr hast du nicht drauf?«, ruft Matan. »Dann bist du nichts wert, Jude.«

Matan steht auf und wirft Kadoke Boxhandschuhe zu.

»Geh zu dem Sandsack, zeig, was ich dir beigebracht habe. Weißt du's nicht mehr? Egal. Mach irgendwas. Etwas ist immer besser als nichts.«

Kadoke zieht die Boxhandschuhe an. Leicht betäubt, innerlich wiederholend, dass man seinen Willen zum Nicht-Sterben zeigen muss, geht er zum Sandsack. Und dort beginnt er zu boxen, erst mit unterdrückter, dann immer offenerer Wut, die natürlich nichts anderes ist als seine Ohnmacht, dass er sich von einem Mann so behandeln lässt, der vom intellektuellen Standpunkt aus eine Null und darauf offenbar auch noch stolz ist. Ein Mann, der glaubt, dies sei die einzig richtige Art, ihn abzuhärten. Dies sei Nicht-Tot-sein. Trotz der Handschuhe spürt Kadoke seine Fingerknöchel.

»Benutz dein Knie«, ruft Matan, »deinen Fuß!«

Der Psychiater schlägt und tritt mit grenzenloser Ohnmacht, die der Kern aller Wut ist, und er weiß nicht mehr, auf wen er so wütend ist, auf den Trainer oder auf sich selbst. Oder beruht seine Wut bloß auf der Erkenntnis, dass er dieses unbedingte Nicht-sterben-Wollen im Grunde einfach nicht vorspielen will? Dass er zum Nicht-Sterben eigentlich wenig Lust hat?

»Gut so!«, ruft Matan. »Mach weiter. Gesicht schützen. Ellbogen am Körper. Hände oben lassen!«

Der Psychiater schlägt und tritt, mit kurzen Pausen, bis es zehn Uhr ist.

»Genug«, sagt Matan.

Kadoke wirft sich auf den Boden. Er hat das Gefühl, kotzen zu müssen.

»Gut trainiert«, sagt Matan. »Aber komm nächstes Mal pünktlich.«

Kadoke geht in den Umkleideraum, wo an einem Haken

die Tasche mit seinen Sachen hängt. Ein altes Baumwollding, das er in einem von Mutters Schränken gefunden hat.

Er beugt sich über die Kloschüssel. Aus seinem Mund kommt nur Schleim, grauer Schleim mit hier und da einem gelblichen Faden. Er trinkt Wasser, doch selbst das schmeckt ihm nicht.

Hastig zieht er sich an. Duschen tut er immer zu Hause.

Als er aus der Umkleide kommt, ist Matan schon mit dem alten Mann und dem jungen Mädchen zugange. Eigentlich wollte er ihm sagen, dass er aufhört, dass heute sein letztes Mal war, dass er durchaus dafür zu zahlen bereit ist, schikaniert zu werden, aber nicht für grenzüberschreitendes Verhalten. Doch weil Matan schon wieder zu tun hat, beschließt er, ihm eine E-Mail zu schicken, in der er alles erklären will.

Er geht zur Tür. Matan ruft ihm hinterher: »Und hör auf zu rauchen, zeig endlich, dass du nicht sterben willst!«

Kadoke reagiert nicht. Er dreht sich nicht einmal um.

Normalerweise geht er vom Sportstudio direkt zu seiner Mutter, es ist nicht weit, heute jedoch macht er einen kleinen Umweg durch den Beatrix-Park. Immer noch betäubt und verstört, er fragt sich, ob die Verstörung nicht einfach von seinem körperlichen Zustand herrührt. Von seinen Versuchen zu kotzen, ohne dass etwas kam.

Er dreht mehrere Runden, in Gedanken versunken. Dekha hat ihm eine SMS geschickt. Diese Woche hat er Nachtdienst mit Ed. »Wie geht's? Kaffee trinken?«, schreibt sie.

Für einen Moment überlegt er zu antworten: »Es geht nicht, zuerst habe ich gewankt, jetzt falle ich«, aber er simst: »Gute Idee. Morgen? Oder am Sonntag? Oder magst du am Wochenende keinen Kaffee?«

Noch eine Runde dreht er durch den Park. Matans Worte gehen ihm nicht aus dem Kopf. Zeigen, dass man nicht sterben will. Je länger er darüber nachdenkt, desto mehr verabscheut er dieses Konzept.

Es ist schon beinahe zwölf Uhr, als er im Haus seiner Mutter ankommt.

Michette sitzt auf dem Boden, auf dem Perserteppich im Wohnzimmer. Sie hat sich wieder geritzt.

»Endlich bist du da!«, ruft Mutter. »Mindestens acht Mal hab ich versucht, dich zu erreichen. Jetzt sieh dir an, was hier los ist! Sie ruiniert meinen kostbaren Teppich. Erst du, dann dieses Mädchen.«

In der Tat ist ziemlich viel Blut auf den Teppich geflossen.

Kadoke hockt sich neben Michette. Sie weint. Er nimmt ihr das Messer ab.

»Und guck dir an, was sie mit meinem Fleischmesser gemacht hat«, fährt Mutter fort. »Sie hat sich damit den Arm aufgeschnitten. Das Messer kann ich nicht mehr benutzen. Sie macht hier alles treife.«

Aus dem Badezimmer holt Kadoke Verbandszeug. Er setzt sich neben Michette und desinfiziert die Wunden an ihrem linken Oberarm. Sehr tief wirken sie nicht. Dann verbindet er sie. Er nimmt Michettes rechte Hand und hält sie.

Kadoke sieht, dass auch seine Hose blutig geworden ist, aber das stört ihn jetzt nicht. So bleibt er schweigend neben Michette sitzen, hält ihr die Hand, denkt über seine alternative Therapie nach, zweifelt, lauscht im Geist Matans Worten, die in seinem Kopf widerhallen. Und all die Zeit über schweigt Mutter. Seine liebe Mutter, seine Allerliebste, sie sitzt am Tisch und schaut zu, als sei das alles ein Film. Interessiert und trotzdem ganz außen vor.

Sanft drückt der Psychiater seiner Patientin die Hand.

Nicht-Sterben. Das ist der Preis, den man fürs bloße Nicht-Sterben bezahlt. Vielleicht ist dieser Preis zu hoch.

Als Michettes Weinen langsam nachlässt, fragt er, ohne ihre Hand loszulassen: »Was ist hier passiert?«

»Das kann ich dir sagen«, erklärt Mutter. »Sie wollte mir Champignonsuppe vorsetzen, aber ich war so helle, erst in der Küche nachzusehen, wie sie die gemacht hatte – aus der Dose! Und auf der Dose stand, dass Speck drin ist. Diese Frau macht hier alles treife. So geht das nicht weiter.«

»Ich kann hier nicht bleiben«, sagt Michette. Sie schaut ihn nicht an, auch nicht zu Mutter, nur auf den Boden. »Ich mach alles falsch. Mutter hasst mich.«

Kadoke fasst sie an der Schulter. »Nein«, sagt er, »Mutter hasst dich nicht. Mutter ist dir dankbar für alles, was du für sie tust. Für deine Betreuung. Deine Aufmerksamkeit. Deine Zärtlichkeit. Aber manche Menschen zeigen ihre Liebe auf eine Weise, die wir nicht immer begreifen, die wir als unangenehm empfinden. Liebe hat viele Gesichter, und die von Mutter ausgesprochen absurde, so seltsam, dass gewöhnliche Sterbliche sie manchmal nicht als Liebe erkennen. Mutter will dich stark machen. Mutter will, dass du bleibst. Und ich will das auch, denn ich hab dir versprochen: Wir werden die alternative Therapie durchzuziehen, bis du dir keine Schmerzen mehr zufügen willst, bis du nicht mehr den Wunsch hast zu sterben. Das kriegen wir hin, aber es wird ein Weilchen dauern, und bis dahin machen wir weiter. Wir geben nicht auf. Leg dich kurz aufs Sofa.«

Er hilft ihr dorthin und bleibt bei ihr stehen, während sie sich hinlegt. Dann breitet er die Decke über sie.

»Darf der singende Weihnachtsbaum zu mir?«

Er nimmt das Bäumchen, das wie immer verdeckt neben der Pflanze steht, und legt es neben sie. Dann geht er zu Mutter. Er geht in die Hocke, streichelt ihr über die Beine, die Hand auf ihrem Schoß. »Du bist doch dankbar für das, was Michette für dich tut?«, fragt er. »Du freust dich doch über die Fürsorge, die du von ihr bekommst?«

»Dankbar«, fragt Mutter zurück, »soll ich jetzt auch noch dankbar sein?«

»Darf sie bleiben?«, fragt Kadoke.

Mutter bleibt einen Moment still, dann zuckt sie mit den Schultern. »Meinetwegen. Sie ist ja sehr lieb. Manchmal. Aber dieser Speck und das An-sich-Herumritzen, das geht nicht. Wenn sie krank ist, muss sie ins Krankenhaus.«

Kadoke legt seinen Kopf auf Mutters Schoß. »Aber wir sind hier ein Krankenhaus, Mama«, sagt er leise. »Eine Privatklinik. Ist das noch nicht bei dir angekommen?«

Sie wühlt ihm durchs Haar, leicht distanziert und zerstreut, aber sie wühlt wirklich, nicht untersuchend, so wie Michette vor über drei Wochen. »Ach, Junge«, sagt Mutter. »Was halst du dir da wieder auf? Eine Privatklinik?«

Kadoke kommt hoch. »Was möchtest du essen?«, fragt er. »Soll ich dir Knackwürstchen heiß machen?«

»Ja«, antwortet Mutter, »das ist eine gute Idee! Und wirf dann auch das ganze Dosenchampignonzeugs mit Speck sofort weg.«

In der Küche stellt er einen Topf mit Wasser auf den Herd. Dann geht er ins Badezimmer nach oben, wäscht sich die Hände und das Gesicht. Trotz des anstrengenden Trainings hält der Schweißgeruch sich in Grenzen.

Er setzt sich auf den Rand der Badewanne. Einen Moment betrachtet er seine Hände, die Adern, die Muskeln. Dann steht er auf und wirft einen Blick in den Spiegel. Zeig, dass du nicht sterben willst. Nein, das ist nicht, wie er sich und die Welt betrachtet, das ist nicht seine Ideologie.

Kadoke setzt sich wieder. Nicht der Tod ist beschämend, sondern das Leben. Seine Eltern hätten nicht da sein dürfen, hätten wie Millionen anderer vergast werden müssen. Dass sie überleben wollten, dass sie Glück hatten, darüber kann und darf er nicht urteilen, wohl aber über sich selbst. Über

Matans Worte nachdenkend, im Licht der Ereignisse der vergangenen Wochen, kommt er zu dem Schluss, dass er ein Urteil über sich selbst fällen muss und dass er dieses Urteil längst schon gefällt hat. Schon als Jugendlicher. Er hätte vergast werden müssen, sein Leben ist eine schmähliche Niederlage, und keine Leistung wird diese Niederlage je irgendwie übertünchen oder beschönigen können.

Zum Vergastwerden ist Kadoke zu spät geboren, *das* ist seine Niederlage. Seiner Meinung nach dürfte er nicht leben, und dass er doch da ist, liegt daran, dass er es seinen Eltern nicht antun kann, nicht da zu sein. Keine Liebe kann dieses Gefühl auslöschen, darum darf man auch niemanden damit belästigen. Freundliche Ironie ist der Ausweg für allzu unbewältigten, unkultivierten Schmerz. Ironie ist ein Schornstein, und ebenfalls hilft Distanziertheit. Behalte deinen Abgrund für dich.

Er hört das Wasser kochen. Noch einen Moment, und er kann Mutter ihre Knackwürstchen servieren. Er geht nach unten. Die Patienten lassen ihn vergessen, dass er nicht da sein dürfte. Das ist seine Sisyphusarbeit, aber ihm fällt wieder ein, einmal gelesen zu haben, dass wir uns Sisyphus als glücklichen Menschen vorstellen müssen.

Kadoke dreht die Flamme herunter.

Im Wohnzimmer fragt er Michette: »Was möchtest du essen?«

Kadoke setzt sich zu ihr, auf die Lehne des Sofas. Sie streckt den Kopf unter der Decke hervor. Nichts hat sie mehr von der herausfordernden Energie und dem Spott, den sie zur Schau trug, als sie ihn mitnahm und Nummer 44 fotografierte. Ein krankes Nagetier liegt jetzt da, mehr tot als lebendig, mehr sterbend als nicht sterbend, mehr leidend als lebend, soweit Leben etwas anderes ist als Leiden. Und dennoch, trotz der sporadischen Rückschläge sieht er einen gewissen Fortschritt; er bleibt hoffnungsvoll.

»Einen Apfel«, sagt sie. »Einen roten Apfel.«

Er nimmt ihre Hand. »Das darfst du echt nicht mehr machen, dich mit Mutters Messer schneiden. Das findet sie wirklich schlimm.«

Michette nickt.

Solange es Patienten gibt, darf es auch ihn geben.

22

An einem Sonntag fährt Kadoke mit Michette in die Provinz Zeeland zum Hotel ihrer Eltern, wo sie schon mit fünfzehn in der Küche Wiener Schnitzel gebraten hat wie eine gelernte Chefköchin. Dem Ort, wo sie in der Waschküche manchen Hotelgast verführte, wie sie Kadoke erzählt. »Meine Mutter würde mich immer noch totschlagen, wenn sie das erfahren würde.«

Es ist typisches Herbstwetter. »Du solltest dich mal mit meinem Vater unterhalten«, hatte sie in einem fort wiederholt. »Ich glaube, das wäre auch gut für dich. Wenn du wirklich wissen willst, wer ich bin, solltest du ihn kennenlernen.«

Weil sie in den vergangenen Wochen Fortschritte gemacht hat, sie wirkt psychisch stabil und sorgt zuverlässig für Mutter – einen kleinen Vorfall mit einer Kerze hat es noch gegeben, Michette zufolge ein Versehen, was Kadoke jedoch nicht glaubt –, hat er beschlossen, ihren Wunsch zu erfüllen.

Früh am Morgen sind sie aufgebrochen, gleich nach dem Frühstück, und sie wollen zum Abendessen wieder zu Hause sein. Zwar hatte Michette noch gefragt, ob sie nicht im Hotel übernachten könnten, aber Kadoke hatte geantwortet, dass das nicht ginge, dass Mutter sie brauche und dass sie sie eigentlich schon zu lange allein ließen. Er macht sich Sorgen, weil Mutter in den letzten Tagen leicht kränkelt. Wenig Appetit, kaum Energie, weder um kurz mal vors Haus, noch um spazieren zu gehen. Beklemmungen, obwohl sie selber sich weigert, das so zu nennen. Ab und zu hat sie noch etwas missbilligt, auf ihre ganz eigene, unnachahmliche Weise. Eines der wenigen hoffnungsvoll stimmenden Zeichen.

Das Hotel von Michettes Eltern heißt »Die Meerjungfrau«. Es liegt am Strand, so viel weiß er. Und dass sie dort aufgewachsen ist. Ein Hotelkind.

»Du hast deinen Eltern erzählt, dass ich dein Psychiater bin?«, fragt Kadoke, als sie auf der Autobahn sind.

»Ich hab ihnen erzählt«, sagt Michette, »dass ich bei dir und deiner Mutter wohne und dass du Psychiater bist. Ich hab nicht gesagt, dass du eigentlich Priklopil heißt. Das ist unser Geheimnis.«

Kadoke hat sich am Morgen rasiert. Die Haut spannt noch etwas. Er reibt sich mit dem Handrücken über die Wange.

»Du hast ihnen erzählt, nehme ich an, dass wir Vereinbarungen haben, die wir beide respektieren? Deine Eltern wissen, worin die alternative Therapie besteht?«

Sie kaut auf einem Kaugummi, ab und zu macht sie eine Blase, aber sie antwortet nicht.

Kadoke schüttelt den Kopf. »Wir werden sehen. Ich werde deine Eltern informieren. Deine Mutter ist auch da, nehme ich an?«

»Das würde mich wundern«, sagt Michette und macht noch eine Blase.

Sie schweigen, hören Musik. Als sie schon eine Weile in Zeeland sind, sagt Michette: »Ich bin jetzt bei Nummer 112, und du stehst immer noch nicht in meinem Notizbuch.«

»Ich komme in ein anderes Notizbuch.«

Wieder versucht sie, mit der Hand unter seine Jacke und sein Hemd zu kommen und nach seinem unteren Rücken zu tasten, doch diesmal schiebt er sie entschieden weg. »Lass meine Muttermale in Ruhe«, sagt er. »Fall nicht in alte Muster zurück.«

»Aber ich hänge an den Dingern.«

»Unsinn, an so was kann man nicht hängen. Außerdem sind wir kein Pärchen, und selbst die hängen nicht an so was.«

Gegen Mittag kommen sie im Hotel an. Wirklich attraktiv wirkt das Haus nicht. Kadoke kann sich nicht vorstellen, dass Leute hier freiwillig ihren Urlaub verbringen, aber vielleicht liegt das am Wetter. Vielleicht wirkt es hier im Sommer, bei Sonne, ganz anders. Anheimelnd, beruhigend, hoffnungsvoll.

Oben auf dem Gebäude steht in großen blauen Neonlettern: »Die Meerjungfrau«. Absurd, angesichts seiner Architektur. Die erinnert Kadoke mehr an eine Klinik als an ein Hotel, eher etwas für Gefangene als für Touristen. Es gibt eine leere Terrasse und ein ebenso leeres Restaurant.

Dort empfängt sie der Vater. Er begrüßt seine Tochter herzlich, und sie ihn noch herzlicher. Sie knuddelt ihn so lange, dass Kadoke sich peinlich berührt abwendet und übers Meer schaut.

Äußerlich wirkt der Vater wie eine Mischung aus Bauarbeiter und Tierarzt. Er ist ganz anders gebaut als Michette. Kadoke fragt sich, wie die Mutter wohl aussieht. Als Vater und Tochter sich endlich ausreichend begrüßt haben, gibt der Vater ihm zurückhaltend die Hand.

Sie setzen sich an einen Tisch am Fenster mit Aussicht aufs Meer und den Strand. Auch der Strand ist verlassen. Ein Pärchen mit Hund, das ist alles. Die See macht einen ziemlich rauen Eindruck, aber vielleicht ist das hier immer so.

»Ich bin Siem«, sagt der Vater. »Und das ist mein Hotel. Es gehört mir und meiner Frau. Und das hier ist meine Tochter.« Der Vater betrachtet sie, eher forschend als stolz.

Kadoke nickt. Die wenigen Worte fassen in der Tat viel zusammen.

»Schon als Teenager hat sie im Hotel mitgearbeitet. Sie konnte alles. Kochen, bedienen. Sie war sehr pflichtbewusst«, sagt der Vater.

»Das kann ich mir vorstellen«, erwidert Kadoke.

Jetzt schaut Siem über das Meer. Mit Interesse, aufmerksam, als sei auch er nur Tourist, einer, der umständehalber länger als notwendig dableiben muss.

»Meine Frau will dich nicht sehen«, sagt er. »Das weißt du vielleicht. Vielleicht hat Michette dir von ihr erzählt. Sie hat die Nase voll.«

»Nein, das wusste ich nicht. Wovon hat sie die Nase voll?« Kadoke würde gern rauchen. Der Speisesaal ist leer, vielleicht ist das Rauchen unter diesen Umständen einmal gestattet.

»Von Psychologen. Therapeuten. Sozialarbeitern. Psychiatern. Familienhelfern. Die hängen ihr zum Hals raus. Das Kind hat sein halbes Leben mit Therapien verbracht, Kliniken, Tageseinrichtungen, Einrichtungen mit Übernachtung, und jetzt sieh sie dir an: Was ist dabei rausgekommen?«

Er macht eine Handbewegung zu seiner Tochter. Ein wenig, als sei sie eine kostbare, aber leider gesprungene Vase. Die Restaurateure haben sich als Scharlatane erwiesen.

Kadoke schnäuzt sich. Dann sagt er: »Ich finde eigentlich, dass es Michette ziemlich gut geht.« Er schaut den Vater an, um seine Reaktion einzuschätzen. »Den Umständen entsprechend. Ich verstehe Ihre Frustration, aber meiner Meinung nach hat sich der Zustand Ihrer Tochter gebessert.«

Der Vater geht auf die Bemerkungen nicht ein, meint nur: »Sag bitte ›Siem‹. Dieses Gesieze geht mir auf den Geist. Reine Scheinhöflichkeit.« Michette sitzt still daneben, schaut erst ihren Vater, dann ihren Psychiater und dann wieder den Vater erwartungsvoll an, als führten die beiden vor ihren Augen etwas auf. Ein unglaubliches Schauspiel, wie sie es noch nie gesehen hat und auf das sie schon lange wartet. »Meine Frau hat gesagt: ›Ich will keine Männer mehr kennenlernen, die Michette mit nach Haus bringt, und wenn es der amerikanische Präsident wäre.‹ Sie hat die Nase gestrichen voll. Die Männer, die Michette uns hier vorstellte – und wir haben eine Menge vorbeikommen sehen –, haben nie was getaugt, einer wie der andere, und manchmal waren sie dazu auch noch alt, womit ich nicht sagen will, meine Frau findet, alte Leute würden nichts taugen. Aber sie hatte sich etwas anderes für unsere Tochter gewünscht. Ich will diese Männer durchaus noch gern sehen, Michette ist meine Tochter, mein Fleisch und Blut, wenn also jemand zu ihr gehört, ist er mir willkommen. Aber meine Frau hält das nicht mehr aus, die könnte sie würgen: die beruflich zuständigen Helfer, die Männer. Bist du Psychiater oder gehst du mit meiner Tochter ins Bett? Aus ihren Geschichten ist mir das nicht richtig klar geworden.«

Kadoke räuspert sich. »Ich versuche eine alternative Therapie, und die läuft grob gesagt darauf hinaus, dass deine Tochter meine Mutter betreut. – Eine grenzüberschreitende Therapie, das muss ich eindeutig zugeben. Ich kann meine Entscheidung begründen, auch wenn die meisten meiner Kollegen mir da nicht zustimmen würden, aber das steht auf einem anderen Blatt. Ich bin nicht der Geliebte deiner Tochter und auch nicht ihr Mann, und das werde ich auch nicht. Ich gehöre nicht zu ihr. Oder besser gesagt: Ich habe ihr versprochen, dass ich die Therapie fortsetzen werde, bis sie den Wunsch zu sterben nicht mehr verspürt, dass ich sie nicht alleinlassen werde. Das habe ich ihr versprochen. Ich bin ihr Psychiater, nichts sonst.«

»Der grenzüberschreitende Psychiater Kadoke«, sagt Michette träumerisch. Das Gespräch selbst scheint ihr zum größten Teil entgangen zu sein.

Der Vater hebt die Augenbrauen. Eine Pause entsteht. Er schaut wieder über das Meer, den Strand, die menschenleere Terrasse, und Michette starrt ihren Vater erwartungsvoll an.

»Ich könnt eine schöne Scholle für euch braten«, sagt Siem nach längerem Schweigen, das selbst auf Kadoke unangenehm lang wirkte. »Mit Fritten?«

»Gern«, antwortet Kadoke.

Der Vater ist aufgestanden, doch Michette sagt: »Papi, eins von meinen Piercings ist lose. Könntest du's wieder zusammendrücken?«

Sie zieht sich den Pullover hoch. Zwei Brüste kommen zum Vorschein. Zwei Piercings durch zwei Brustwarzen. Eins ist in der Tat etwas lose.

Ein merkwürdiger Anblick, findet Kadoke. Er urteilt nicht, aber ein bisschen peinlich ist es ihm schon. Er wendet den Blick ab, zum Strand. Das Pärchen mit dem Hund ist immer noch da.

Der Vater scheint das Verhalten seiner Tochter völlig normal zu finden. Er setzt die Lesebrille auf und murmelt: »Das kriegen wir schon wieder hin.«

Er geht in die Küche.

»Ich hab so einen lieben Vater«, sagt Michette, mit immer noch hochgezogenem Pullover.

»Ja«, antwortet Kadoke, »das sehe ich.«

Der Vater kommt mit einer Kneifzange zurück, einem Ding, so stellt Kadoke sich vor, mit dem sonst Toiletten und Waschbecken repariert werden. Der Mann setzt die Zange an. Das lockere Piercing ist auf der linken Brust seiner Tochter.

»Darf ich hier rauchen?«, fragt Kadoke.

»Bitte draußen«, antwortet der Vater, am Piercing seiner Tochter herumfriemelnd. »Auf der Terrasse. Du bist doch Arzt? Du solltest anderen ein gutes Beispiel geben.«

»Wenn man nicht raucht, hält man es als Psychiater nicht

aus«, entgegnet Kadoke leise, eigentlich nicht mal in der Absicht, verstanden zu werden. Langsam erhebt er sich. Auf der Terrasse hin und her gehend, raucht er zwei Zigaretten.

Durchs Fenster sieht er Michette drinnen sitzen. Das Piercing ist repariert. Sie hat ihr Notizbuch wieder vor sich. Ihre Brüste sind nunmehr bedeckt. Michette schaut auf und winkt ihm. Er winkt zurück, nimmt noch einen letzten Zug, wirft die Kippe dann weg und setzt sich erneut an den Tisch in dem leeren Speisesaal neben seine Patientin.

»Findest du meine Piercings eigentlich schön?«, fragt sie.

»Ich hab keine Meinung zu deinen Piercings. Das weißt du. Aber als Arzt würde ich dir raten, dich irgendwann von ihnen zu trennen.«

Die Scholle und die Fritten sind lecker. Trotzdem lässt Kadoke ein Viertel davon auf dem Teller. Er hat keinen Appetit, er wird allmählich wie seine Mutter.

Als sie fast fertig sind, sagt der Vater: »Wir haben das ganze Jahr über geöffnet, viele Handelsvertreter und Geschäftsleute kommen zu uns, aber um diese Jahreszeit sind die Wochenenden im Hotel Meerjungfrau eher still.«

»Ja«, sagt Kadoke, »das habe ich gemerkt. Es ist still hier.«

»Es ist ruhig«, sagt der Vater. »Aber je ruhiger es ist, desto besser kann man nachdenken.«

Der Vater räumt ab. Dass Michette und Kadoke viel auf den Tellern haben liegen lassen, scheint ihn, obwohl doch der Koch, nicht zu stören. Er nimmt es nicht persönlich.

»Noch etwas Eis?«, fragt der Vater. »Es gibt Vanille, Erdbeer und Schokolade.«

»Nein, danke«, antwortet Kadoke. »Wir dürfen nicht zu spät nach Amsterdam zurückkommen. Meine Mutter wartet auf uns.«

»Einen kurzen Strandspaziergang vielleicht? Ein bisschen frische Luft?«

Das findet Kadoke eine gute Idee, doch Michette will lieber drinbleiben. Sie möchte ihr Kinderzimmer sehen. Sie sucht ein paar Dinge, sagt sie. Sie sucht die Vergangenheit.

So gehen der Vater und der Psychiater allein über den Strand. Selbst der gefällt Kadoke nicht besonders, aber er ist auch nicht richtig angezogen. Nicht für den Strand und nicht für das Wetter. Der Wind ist schneidend.

Nach einiger Zeit fragt Kadoke: »Woher kommt eigentlich der Name Michette?«

»Wir haben sie nach ihrer Oma genannt«, erklärt der Vater. »Wir haben französisches Blut in der Familie.«

Der Mann bleibt stehen, hebt etwas auf, eine Muschel, schaut sie an und wirft sie wieder weg. Er trägt eine dunkelblaue Windjacke, die ihm etwas zu groß ist.

»Sie hat noch einen Bruder«, sagt der Vater, »mit dem ist alles in Ordnung. Er ist Gärtner geworden. Arbeitet für eine Großgärtnerei. Ist immer fröhlich. Der reinste Sonnenschein. Aber Michette … Man fragt sich als Vater, grübelt als Eltern, man denkt: Was haben wir falsch gemacht? Man macht sich Vorwürfe. Es lässt einen nicht los.«

Er öffnet den Mund, will noch etwas sagen, doch es kommt nichts mehr heraus. Wieder hebt er eine Muschel auf, schaut sie an, wirft sie weg.

»Das kann ich mir vorstellen«, sagt Kadoke, etwas lauter als gewöhnlich, um den Wind zu übertönen, »dass Eltern sich Vorwürfe machen. Aber meist gibt es dafür keinen Grund, und selbst wenn, bringt es einen in der Regel nicht weiter.«

Der Vater schüttelt den Kopf. Er ist anderer Meinung. »Aber du als Psychiater, du müsstest doch wissen, warum sie so ist? Du müsstest das doch erklären können?«

Trotz dieses quasi therapeutischen Gesprächs würde Kadoke sich am liebsten die Kapuze seiner grauen Trainingsjacke über den Kopf ziehen, so kalt ist ihm. Immer noch hat er den Geschmack der gebratenen Scholle im Mund. Oder nein, den der Knoblauchsoße. Sie gehen weiter.

»Wir wissen nicht so viel über Ursachen, oft ist es eine Mischung verschiedener Faktoren. Etwas provoziert eine Krise, ein traumatisches Ereignis. Drogen. Manchmal ist der Katalysator unauffindbar oder unbefriedigend als Erklärung. Manche Leute sind anfälliger für bestimmte Krankheiten als andere. Das wissen wir. Und es ist auch selten ein Faktor allein, durch den eine Krise ausgelöst wird. Meist ist es eine Kombination. Wer jung in die Psychiatrie gerät, kommt in der Regel nur schwer wieder heraus. Auch das wissen wir.«

Wieder bleibt der Mann stehen, diesmal jedoch hebt er nichts auf. Er legt seine Hand auf Kadokes Jacke, ein wenig wie ein Verkäufer im Geschäft, aber auch, als würde er ihn am liebsten schlagen und nie wieder aufhören. Nicht mal, weil er persönlich etwas gegen Kadoke hätte, sondern wegen seines ganzen Lebens, der amtlich zuständigen Helfer, die er hat kommen und gehen sehen, der Männer seiner Tochter, wegen des Hotels vielleicht, dieses von Gott verlassenen Hotels, wegen Wind und Sand, wegen allem.

»Du, als Experte«, sagt er, und es klingt wie der Beginn einer großen Beichte, von etwas, das er noch niemandem erzählt hat, nicht mal seiner Frau, »kannst du mir vielleicht etwas anderes sagen? Wird meine Tochter je wieder normal? So wie wir? Wie ihr Bruder? Wie ich? Werde ich das noch erleben?

Die Hand des Mannes liegt immer noch auf Kadokes Brust. Kadoke atmet tief durch. Er erwägt verschiedene Antworten. Zu guter Letzt sagt er: »Normal? Was auch immer das sein mag, so wie du, wie dein Sohn, wird sie wohl nie wieder werden, fürchte ich. Aber sie kann leben und ein Leben führen, wie sie sich das wünscht, ohne allzu viel Leiden. Sie kann auf hohem Niveau funktionieren, das tut sie bereits, die meiste Zeit; sie kann den Wunsch, sich Schmerz zuzufügen, besiegen, aber das zugrunde liegende Problem, die Wurzel des Übels, wird wohl immer vorhanden bleiben. Das können wir nicht beseitigen.«

Die Hand gleitet an Kadoke herunter. Eine machtlose Geste. Absolute Enttäuschung.

»Ihr schickt hohe Rechnungen, aber eigentlich könnt ihr nicht viel.«

Wieder wird eine Muschel aufgehoben, betrachtet und weggeworfen.

»Stimmt«, sagt Kadoke, die Rückfront der »Meerjungfrau« anstarrend, »wir können nicht viel, jedenfalls weniger, als wir gern möchten. Wenn es anders wäre, hätte ich deine Tochter nicht ins Haus meiner Mutter mitnehmen müssen, um sie zu stabilisieren. Es war eine Notlösung.«

Der Mann schüttelt langsam den Kopf, Kadoke sieht Unverständnis und Ungeduld in seinem Blick. »Ich habe sie immer kränker werden sehen«, sagt der Vater. Kadoke bekommt das Gefühl, dass er die Worte nur mühsam hervorpresst. »Andere Väter sehen ihre Töchter aufwachsen, ich hab meine nur immer kränker werden sehen.«

Der Mann bückt sich, diesmal jedoch hebt er nichts auf. Er muss eine Muschel gesehen haben, die nur in der Fantasie existierte.

»Warum zieht sie nicht wieder her?«, fragt der Vater. »Als sie nach Amsterdam ging, wurde alles nur schlimmer. Das Hotel steht doch die meiste Zeit über halb leer. Warum kommt sie nicht zurück?«

Der Psychiater schaut sich um. Nicht, um etwas Spezielles zu sehen, sondern um Zeit zu gewinnen.

»Sie pflegt jetzt meine Mutter. Das gibt ihr Stabilität, Ordnung, Struktur.«

»Deine Mutter kann auch herkommen. Wenn Michette

das möchte, soll es mir recht sein. Ich mach aus dem halben Hotel ein Sanatorium, ist mir alles egal. Wenn ich nur nicht mehr mitten in der Nacht wach geklingelt werde, weil sie wieder in irgendeine Klinik eingeliefert worden ist. Das will ich nicht mehr erleben, verstehst du? Oder verstehst du überhaupt nichts?«

Ohne auf Antwort zu warten, dreht Michettes Vater sich um und geht zurück zum Hotel. Kadoke erwägt, ihm zu folgen, um das Gespräch zu Ende zu führen, zu sagen, dass er ihn versteht, aber er lässt es. Es ist gut so. Nichts, was er sagen oder tun könnte, könnte die Verzweiflung dieses Mannes lindern. Er sieht ihn gegen den Wind ankämpfen und denkt an die geknickten Pflanzen in Michettes Wohnung. Die Krankheit vernichtet selten nur die Patienten, oft auch ihre gesamte Umgebung. Einen Moment bleibt Kadoke so stehen, überlegt, was er Michettes Vater noch sagen könnte, oder ob es besser ist, zu schweigen. Dann legt er sich in den Sand, den kalten, nassen Sand. Der Schmerz der anderen droht ihn nun doch zu überwältigen. Er, der dachte, professionell immun gegen den Schmerz zu sein, wird jetzt von ihm mitgerissen, zweifellos ein Nebeneffekt seines Wankens. Er ist kein grenzüberschreitender Psychiater, der Neuland betritt, er ist ein wankender Psychiater. Alles an Kadokes Erziehung und Ausbildung war auf das Nicht-Sterben ausgerichtet, aber niemand hatte ihm gesagt, dass der Preis dafür so hoch sein würde.

Die Kälte kriecht ihm in den Körper, die Feuchtigkeit. Er steht auf, klopft sich den Sand von der Jacke. Kadoke muss nach Amsterdam, es warten Patienten auf ihn.

Schnell geht er zum Hotel Meerjungfrau zurück. Vater und Tochter sitzen im Speisesaal vor dem Fernseher. Sie schauen eine Serie. »Wir müssen los«, sagt Kadoke. »Mutter wartet auf uns.«

»Ich möchte dir noch was zeigen«, erwidert Michette.

Sie steht auf. Der Vater sieht weiter fern. Die Patientin nimmt ihren Psychiater mit in den Keller. Sie schaltet das Licht an.

»Das hier ist die Waschküche«, sagt sie. »Meine Eltern waschen selbst, sie geben so wenig Arbeit wie möglich aus dem Haus. Hierher habe ich die Männer mitgenommen, wenn ich sie bezirzt hatte. Hier passierte es. Damals nannte mich noch keiner krank, hattet ihr mich noch nicht krank gemacht mit euren Diagnosen. Ich hatte Macht, nicht alles war unsicher.«

»Es riecht hier nach Waschmittel«, sagt Kadoke und lehnt sich an eine der Maschinen. »Du willst mir die wichtigen Orte aus deiner Vergangenheit zeigen. Das weiß ich zu schätzen. Über wen hattest du Macht?«

»Über mich selbst. Über die Gäste auf der Terrasse. Über die Männer, die ich verführte. Über meinen Vater.«

Michette hält ihr Notizbuch in der Hand. Sie blättert. Ab und zu schaut sie überrascht auf, als sei sie selber erstaunt, was alles darin steht.

»Warum willst du hier nicht drin vorkommen?«, fragt sie, während sie die Namen und Nummern in dem Buch anstarrt.

Sie hält das Buch mit gestrecktem Arm vor sich. Kadoke ist der Hund, das Buch ist die Wurst. Aber der Hund beißt nicht, er ist gut dressiert.

Kadoke schüttelt langsam den Kopf. »Das fällt nicht unter unsere Vereinbarung. Wir haben unser Verhältnis eindeutig geregelt. Ich muss bleiben, wer ich bin: ein beruflich zuständiger Helfer.«

Sie schüttelt den Kopf, wie eine Lehrerin, die vom Schüler wieder die falsche Antwort bekommen hat. »Hier in der Waschküche hat alles angefangen«, sagt sie. »Hier habe ich entdeckt, was Entführtwerden bedeutet. Dass Entführtwerden Rettung sein kann. Möchtest du nicht auch daran teilnehmen? An dieser Entführung? Ich wüsste so gern, wer ich war, bevor ich krank wurde – das möchte ich mit dir entdecken. Glaubst du, es hat auch einmal eine Michette gegeben, die nicht krank war?«

»Nein«, antwortet Kadoke, »ich möchte nicht daran teilnehmen. Ich bin kein Entführer. Aber wir können zusammen entdecken, wer du vor deiner Krankheit warst. Das geht. Wir fahren jetzt nach Amsterdam zurück, dort warten Aufgaben auf uns.«

Sie macht keine Anstalten zu gehen.

»Aber wie kann ich dir in meinem Leben einen Platz geben, wenn du nicht in mein Buch willst?«, fragt sie.

Kadoke reibt sich über die Lippen. Er muss rauchen, sonst wird er diesen Knoblauchgeschmack nie mehr los.

»Ich bin der grenzüberschreitende Psychiater Kadoke, das hast du selbst oft genug gesagt. Das ist mein Platz in deinem Leben. Mehr kann und will ich nicht sein. Das muss genügen. Los, komm, wir gehen.«

Sie kehren in den Speisesaal zurück. Der Vater sitzt immer noch vor dem Fernseher.

»Vielen Dank für die Gastfreundschaft und das herrliche Essen«, sagt Kadoke.

Der Vater steht auf, begleitet seine Tochter und ihren Psychiater zum Auto, das auf dem fast leeren Hotelparkplatz steht. In der Hand eine Plastiktüte. Alles hier ist leer und verlassen. Kadoke kann sich kaum vorstellen, dass sich im Hotel Meerjungfrau noch Gäste befinden.

»Wo ist deine Frau eigentlich?«, fragt Kadoke, als sie vor dem Auto stehen.

»Bei ihrer Schwester in Eindhoven. Sie wollte auf Nummer sicher gehen.«

Er gibt Kadoke die Plastiktüte. »Gebratene Scholle«, sagt er. »Für jeden eine. Ihr brauchst's nur noch aufzuwärmen. Ich hab drei Sorten Soße dazugetan. Dann seid ihr heute Abend schon mal versorgt.«

Kadoke steigt ein. Der Vater beugt sich zu ihm und flüstert ihm ins Ohr: »Ich meine es ernst. Sie kann jederzeit herkommen, eine Etage ist im Nullkommanichts als Sanatorium hergerichtet. Wenn's sein muss, auch mit deiner Mutter. Die Luft hier tut den Menschen gut.«

»Das ist ein sehr nettes Angebot«, sagt Kadoke. »Ich werd's im Hinterkopf behalten.« Obwohl er sich fragt, ob dieses Hotel den Menschen wirklich guttut.

Der Vater bleibt auf dem Parkplatz stehen und schaut ihnen hinterher. Er winkt nicht, er steht einfach nur da.

»Jetzt hast du gesehen, wo ich aufgewachsen bin«, sagt Michette. »Hat es dir etwas gebracht, hast du darin eine Bedeutung entdeckt? War es das, was du erwartet hast?«

»Ich habe nicht so viel erwartet. Aber es war schön, dass ich sehen konnte, wo du aufgewachsen bist. Es hat eine Bedeutung für dich und darum auch eine für mich.«

»Und wo bist du aufgewachsen, Priklopil? Darf ich den Keller auch einmal sehen?«

Er schüttelt den Kopf und blickt die junge Frau neben sich kurz an, die Frau, die als Patientin begonnen hat und jetzt auf merkwürdige Weise Altenbetreuerin geworden ist. Ihr Zustand hat sich gebessert, hat er dem Vater gesagt. Es gibt Hoffnung. Doch schon kommen ihm wieder Zweifel. Ist die von ihm ausgesprochene Hoffnung wirklich gerechtfertigt? Wie wird es, wenn sie nicht mehr bei Mutter wohnt, wenn sie wieder in ihrer Wohnung allein ist, mit ihren Fotos, ihrem Chlorreiniger, ihrem seltsamen Buch, ihren Dämonen?

Zu Hause sitzt Mutter stocksteif am Esstisch. Ihr Notizkalender liegt vor ihr.

»Wie war es, so lange allein zu sein, ohne uns?«, fragt Kadoke.

»Kein Problem«, antwortet Mutter. »Ruhig. Ich habe mich kaum gerührt. Ich hab mir gesagt: Ich bleib einfach hier sitzen und warte, bis sie zurück sind. Wann bist du noch mal zusammengeschlagen worden? Ich konnte es in meinem Kalender nicht mehr finden.«

Kadoke setzt sich neben sie.

»Michettes Vater hat uns gebratene Scholle mitgegeben. Hast du darauf Appetit? Soll Michette sie dir warm machen? Dazu ein bisschen Salat?«

Mutter macht einen Schmollmund. »Ach«, sagt sie, »ich weiß nicht. Wenn's sein muss. Ich hab eigentlich nicht so großen Hunger. Mir ist ziemlich schlecht.«

Kadoke nimmt ihr Gesicht in die Hände. Ihre eingefallenen Wangen. Er spürt ein paar Stoppeln. Ihren Kiefer. Ihre Wangenknochen. »Auf einer Skala von null bis zehn«, sagt er, »von null für ›überhaupt nicht‹ bis zehn, ›unerträglich‹, wie schlecht ist dir dann, Mama?«

Mutter denkt nach. »Fünf«, sagt sie, »fünfeinhalb.«

»Dann kannst du ein bisschen Scholle probieren«, sagt der Sohn. »Wer leben will, muss essen. Zeig Michette und mir, dass du leben willst. Das willst du doch?«

»Ich gebe mir Mühe«, murmelt Mutter.

Er geht in die Küche. Michette sitzt auf dem Schemel. Mittlerweile gehört sie zu diesem Haus. Er kann sich an die Zeit vor ihrer Ankunft kaum noch erinnern. Die Zeit, als Rose noch hier wohnte, kommt ihm vor wie ein anderes Leben, mit einem anderen Kadoke. Weniger wankend. Immun dem Leben gegenüber. So war Kadoke damals.

»Mach Mutter bitte die Scholle zurecht, mit ein bisschen Salat. Bloß kurz aufwärmen, mehr ist nicht nötig. Oder hattest du noch was Spezielles damit vor?«

»Ich wärm sie bloß auf«, antwortet Michette. »Ich bin keine Chefköchin, das weißt du, ich will auch keine werden. Und du? Möchtest du auch noch etwas davon?«

»Nein danke. Ich lass das Abendessen ausfallen. Ich hatte genug Scholle für heute. Versuch Mutter dazu zu bringen, so viel zu essen wie möglich. Setz dich neben sie, füttre sie notfalls. Ab und zu hilft es, wenn du ihr vorsichtig die Gabel in den Mund schiebst.«

In seinem Zimmer legt Kadoke sich aufs Bett. Auf die Decke, angezogen. Er evaluiert die Fortschritte der alternativen Therapie, überlegt, wo er noch etwas verbessern, was er noch tun könnte. Nicht sterben, nicht ritzen und keine Putzmittel trinken, mehr verlangt er vorläufig nicht von Michette. Das müsste zu schaffen sein.

So tagträumend, nachdenklich, bleibt er dort liegen, Bilder aus seinem Leben ziehen vorbei. Die Wohnung einer Assistenzärztin, seine Ex, Reisen, Urlaube, seine Eltern, der Tod seiner Mutter, die Depression seines Vaters, dessen Transformation, die Metamorphose, und dazwischen immer wieder Patienten, ihre Angehörigen, Leute, die keine Lust hatten, nicht zu sterben, und dann wieder ihren Mangel an Lebenslust bereuten. Hat er nicht zu Michettes Vater gesagt, seine Tochter werde ein erfülltes Leben führen können, oder irgend so was in der Art? Hat er selbst ein erfülltes Leben geführt? Er hat keine Antwort auf diese Frage. Er hat bestimmte Verpflichtungen erfüllt. Sie haben das Trauma fortgesetzt, seine Mutter und er, die Mutter, die einmal sein Vater war. Etwas anderes blieb ihnen nicht übrig. Und mehr war auch nicht nötig. Nicht bekämpfen, fortsetzen, damit spielen, soweit das geht, soweit es gelingt. Vielleicht wird Michette das eines Tages auch können. Aber »leben«? – Er ist nicht gerade ein leuchtendes Vorbild darin. Weiß er, wie man leben soll? Nein, er weiß es nicht. Kadoke weiß, wie man sterben verhindert, und vielleicht ist das genug. Genug für den Moment, genug für Michette.

Er geht nach unten, um nachzusehen, wie weit Mutter und Michette mit dem Essen sind, ob Mutter etwas hinunterbekommt. Meist will er nicht dabei sein, wenn sie gefüttert wird, weil sie zum Allein-Essen nicht mehr die Kraft hat. Es ist ein trauriger Anblick. Doch wenn es sein muss, übernimmt der Sohn es auch selbst. Dann füttert er Mutter. Wenn auch leicht widerwillig, das schon.

Im Wohnzimmer sieht er, dass Michette nicht, wie gedacht, neben Mutter sitzt, sondern auf ihrem Schoß, das eine Bein links, das andere rechts. Das Essen steht noch auf dem Tisch, mindestens die Hälfte des Fischs ist noch auf dem Teller. Michette sitzt vor Mutter, mit dem Gesicht zu ihr. Sie küsst sie. Auf den Mund.

Kadoke kommt näher.

»Du solltest Mutter doch beim Essen helfen?«, sagt er. »Hatten wir das nicht verabredet?«

»Ich hab ihr geholfen«, sagt Michette, ohne sich nach ihm umzudrehen, und wieder drückt sie ihren Mund auf Mutters alten Mund.

Kadoke hustet ein paar Mal. Das Kribbeln in seinem Hals nimmt davon nur zu.

»Mutter«, fragt er, »findest du es angenehm, dass Michette bei dir auf dem Schoß sitzt? Ist sie nicht zu schwer? Findest du das nicht obszön?«

»Nein, ich konnte nicht mehr essen, und da meinte das Mädchen: ›Dann setz ich mich kurz zu dir auf den Schoß.‹ Du siehst Gespenster, Otto. Vielleicht hast du eine obszöne Fantasie.«

Kadoke setzt sich an den Tisch. Michette bleibt weiter auf Mutters Schoß sitzen und streichelt ihr übers Haar, über die Wangen, die Stirn.

»Mutter, findest du das nicht eklig?«

»Nein«, antwortet die, es klingt Gereiztheit in ihrer Stimme. »Ich finde das nicht eklig. Sonst hätte ich schon was gesagt. Findest du es eklig?«

Kadoke starrt auf die halbe gebratene Scholle auf Mutters Teller; inzwischen zweifellos kalt.

»Eklig? Nein, das ist nicht das richtige Wort. Ich finde es ungehörig. Unpassend, gelinde gesagt. Michette, dass du dich auf den Schoß von jemandem setzt, dem du beim Essen helfen sollst, und dann auch noch tust, als sei der wer weiß was von dir, deine Geliebte, deine Liebhaberin. Das ist ungehörig.«

»Du bist langweilig«, sagt Mutter. »Michette, findest du nicht, dass mein Sohn langweilig ist? Ich war das nie. Nie! Das hier ist doch vollkommen harmlos.«

Kadoke lächelt. So kennt er Mutter, so liebt er sie.

»Michette«, sagt er, »kommst du mal kurz mit in die Küche?«

Er steht auf, wartet, bis sie von Mutters Schoß heruntergeklettert ist, und geht dann hinter ihr her.

In der Küche nimmt sie auf dem Schemel Platz. Sie schaut ihn an, nicht schuldbewusst, eher ungeduldig.

»Eigentlich«, sagt sie, »haben wir eine Art Ehe zu dritt, deine Mutter, du und ich.«

»Nein, wir haben keine Ehe zu dritt. Bestimmt nicht. Ich habe dich gebeten, Mutter zu füttern, und du kletterst bei ihr auf den Schoß, grapschst sie an, als wärst du ihre Geliebte, das finde ich ein Beispiel von grenzüberschreitendem Verhalten. Sie ist eine alte Frau. Nicht einer deiner Fotokunden. Sie ist abhängig von dir.«

»Sie konnte nicht mehr essen.«

»Dann hilf ihr, weiterzuessen.«

»Sie wollte nicht.«

»Sie muss essen. Sonst stirbt sie.«

»Ihr war schlecht, da habe ich ihr Liebe gegeben.«

»Du bist als Altenpflegerin eingestellt, nicht, um ihr Liebe zu geben.«

Michette spielt mit einem der Soßentöpfchen. Remoulade, wie es aussieht.

»Zur Pflege gehört auch Liebe.«

»Michette, meine Mutter ist eine alte Frau. Es geht hier nicht um irgendwelche Haarspaltereien, es geht um deine Verantwortung, um dein Verhalten.«

»Ich habe schon mehr alte Leute geküsst. Manchmal war ich mit ihnen auch im Bett.«

»Das bezweifle ich nicht, aber wir haben Vereinbarungen. Wir haben festgestellt, dass ein bestimmtes Verhalten nicht geht, weil es nicht gut für dich ist. Warum tust du das?«

»Vielleicht hat Mutter mich darum gebeten? Was weißt du davon, worum deine Mutter mich alles bittet und was sie mir erzählt? Aus einem Küsschen machst du eine riesenerotische Szene, ein Drama. Du bist eifersüchtig, Kadoke. Wenn es drauf ankommt, bist du so engstirnig! – Weil ich gesagt habe, ich will dich retten. Aber du bist nicht der Einzige hier im Haus, der gerettet werden muss. Mutter ist auch noch da. Ich muss mich auch um sie kümmern. Sie ist meine Priorität. Sie hat weniger Zeit als du.«

Kadoke mustert sie. Ihr Blinzeln, die Anspannung in ihrem Gesicht, die Emotionen, die sie kaum noch beherrschen kann.

Sie lässt sich vom Schemel gleiten, stellt sich direkt vor ihn, und für einen Moment muss er an die Hand ihres Vaters auf seiner Brust denken. Sekundenlang lag sie da. Minutenlang, kam es ihm vor.

»Weil ich immer noch tot sein will«, sagt sie und schaut ihm direkt in die Augen. So muss sie Leute ansehen, wenn sie

sie hinreißen will. Es ist ihr Verführerblick. Er reagiert nicht, darum sagt sie es noch einmal: »Weil ich immer noch sterben will, darum gebe ich deiner Mutter Liebe, grenzüberschreitender Psychiater Kadoke.«

Er schaut sie unverwandt an. In ihre frohen, feurigen, herausfordernden Augen. Ihm wird bewusst, dass sie wieder Wünsche spiegelt. Sie erklärt, sie wolle sterben, weil Kadoke sich selbst nicht mehr so sicher ist, ob er mit dem Nicht-Sterben noch weitermachen will.

»Nein«, sagt er, immer noch unschlüssig, was er sagen soll. Er überlegt, während er redet, das Tempo seiner Rede verlangsamend, als hätte er getrunken. Normalerweise denkt er erst und spricht dann. »Nein, du willst nicht tot sein, du willst, dass ich mich weiter um dich kümmere, und du meinst, das geschieht nur, solange du sterben willst. Darum sagst du das.«

Sie starrt ihn intensiv an, forschend. Als gebe es keinen Unterschied zwischen Liebe und Tod, als sehne sie sich auf die gleiche Art nach dem Tod wie nach Liebe, wie alle Menschen. »Du hast es selbst gesagt«, erklärt sie, »dass du mit der Therapie aufhörst, wenn ich nicht mehr sterben will. Wenn ich leben will, lässt du mich fallen.«

Er sieht ihren Vater vor sich, wie der über den Strand ging. Den gebrochenen Mann, die geknickten Pflanzen.

»Du musst loslassen lernen, Michette«, sagt er, »lerne es!«

»Und du, Priklopil? Grenzüberschreitender Psychiater Kadoke, mein Lieber? Kannst du das?«

Er sieht ihr in die Augen. Besiegt und doch wieder nicht, so fühlt er sich. Halb besiegt.

»Nenn mich nicht ›mein Lieber‹, das überschreitet auch Grenzen. Komm, wir gehen zu Mutter. Vielleicht können wir sie zusammen bezirzen, noch etwas zu essen.«

23

Normalerweise ist Michette für die Einkäufe zuständig, aber sie hat einen Eilauftrag bekommen, ein anderer Fotograf ist krank geworden, und jetzt muss sie zu einem ehemaligen Politiker, der ein Buch geschrieben hat. Darum fährt Kadoke an diesem unerwartet winterlichen Donnerstagnachmittag zum Gelderlandplein. Michette hat ihm einen Einkaufszettel geschrieben, aber weil so viel darauf durchgestrichen ist, weiß er nicht recht, was er mitbringen soll. Er versucht, Michette anzurufen, aber sie geht nicht ran.

Hastig schiebt er den Einkaufswagen durch den Supermarkt. Er muss noch zum Dermatologen. Endlich werden die Muttermale entfernt, die Hügellandschaft auf seinem Rücken. Er hat Zeit dafür freigemacht.

Trotz einiger kleinerer Vorfälle hat sich der Zustand von Michette weiter stabilisiert, wenn es nach ihm geht, sollte sie in ein paar Wochen versuchen, wieder selbstständig zu wohnen, vielleicht auch schon früher. Sie könnte für eine Weile zu ihren Eltern. Eine trostlose Umgebung, aber immerhin strukturiert und geborgen, soweit er das beurteilen kann.

Das einzige Problem ist, dass Michette jedes Mal, wenn er das Thema »Ende der Therapie« auch nur anschneidet, ein paar Tage darauf oder manchmal noch am selben Tag einen Vorfall inszeniert. Ritzen, trinken. Drohen.

Vielleicht ist es seltsam, in diesem Kontext von Hospitalismus zu sprechen, aber fast möchte man ihr Verhalten so nennen. Wenn die Therapie so abhängig macht, dass der Patient nicht mehr in die Gesellschaft zurückkehren, nicht mehr auf eigenen Beinen stehen will, muss man zugeben, dass die Therapie – zumindest teilweise – gescheitert ist. Er hätte es wissen müssen, vorhersehen können, aber er war verblendet. Seine eigenen Fehler machten ihn blind, seine Unfähigkeit, aufzugeben. Und auch jetzt gibt er nicht auf. Wenn Patienten zum Nicht-Sterben verführt werden können, kann man sie auch dazu verführen, sich von der Therapie zu lösen und auf eigenen Beinen zu stehen. Was das auch immer bedeutet – welcher Mensch steht schon wirklich auf eigenen Beinen?

Mutter geht es weniger gut als Michette. Ihre Dosis Entwässerungstabletten wurde wieder erhöht, und regelmäßig leidet sie an Atemnot, auch wenn sie das nicht zugibt. »Ich weiß nicht«, sagt sie, »wenn du mich fragst: So hab ich schon immer geatmet. Ich denke nicht so viel über meine Atmung nach.«

Wenn Kadoke fragt, ob sie sich beklemmt fühlt, antwortet sie: »Beklemmungen waren immer ein Fremdwort für mich.«

»Aber jetzt nicht mehr?«

»Doch«, sagt sie dann, »ich weiß immer noch nicht, was das ist.«

Kadoke steht an der Kasse. Nur den Gefilte Fisch konnte er nicht finden, er dachte, dass es den mittlerweile auch im Supermarkt gibt, aber möglichweise hat er sich geirrt. Michettes Anweisungen hierzu waren sehr allgemein.

Während er so dasteht, sieht er in der Schlange nebenan plötzlich den Rabbiner, den Mann, der sich weigerte, für Mutter den Schofar zu blasen, der nie mehr etwas von sich hat hören lassen, wahrscheinlich, weil er es ungehörig findet, dass Vater Mutter wurde. Wenn es nach ihm geht, muss jeder Mensch bleiben, wer er ist. Nicht dass sein Fernbleiben schlimm gewesen wäre, Kadoke hat einen besseren Schofar gefunden, einen Schofar in Menschengestalt. Der nicht nur zu Jüdisch Neujahr und Jom Kippur zu hören ist, sondern jeden Tag. In der modernen Welt ist das vielleicht auch besser.

Beide Schlangen kommen nur langsam voran. Kadoke hat es eilig, der Dermatologe wartet auf ihn, und während er dasteht, überkommt ihn auf einmal das Bedürfnis, den Rabbiner zur Rede zu stellen. »Ist Mutter Ihnen nicht gut genug? Hätte sie ein Mann bleiben sollen?«, möchte er ihn fragen. Aber vielleicht ist das zu direkt, sollte er besser sagen: »Mutter hat zu Rosch Haschana den ganzen Tag auf Sie gewartet. Waren Sie krank? Oder vielleicht erkältet?«

Normalerweise ist er nicht so, er ist kein Mann, der andere Menschen mit ihren Fehlleistungen konfrontiert, von ihm aus brauchen sie so gut wie nichts richtigzustellen. Die meisten Konfrontationen bringen nichts, aber jetzt, wo er doch hier neben dem Rabbiner steht, wäre es ein Zeichen von Feigheit, nicht auf die Angelegenheit zurückzukommen. Ein Zeichen von Schwäche.

In Matans Worten: Er muss zeigen, dass er nicht sterben will, und in diesem Fall heißt das, den Rabbiner zur Rechenschaft zu ziehen. Zeigen, dass man nicht sterben will, bedeutet: sich nicht auf der Nase herumtanzen, nicht alles gefallen zu lassen. Das ist es, was Mutter immer gemeint hat. Er hat es verabscheut, diese ewige Angst, Opfer zu werden. Warum sollte man Angst davor haben, jemand anderem zum Opfer zu fallen?

Doch dem Rabbiner will er gern etwas sagen, nur ein paar Worte, mehr nicht.

Er bezahlt. Der Rabbiner ist früher fertig als er.

Ungeduldig stopft Kadoke die Einkäufe in eine Tüte. Er ist für das Wetter nicht richtig gekleidet, wie öfter. Er trägt keinen Mantel, nur seine graue Trainingsjacke.

Draußen dämmert es schon. Er verlässt den Supermarkt.

Für einen Moment ist der Rabbiner wie vom Erdboden verschluckt, aber dann sieht er ihn. Geht er nach Hause? Wohnt er hier in der Gegend?

Kadoke folgt ihm. Soll er rufen: »Herr Rabbiner, bleiben Sie doch einmal stehen!« Oder ist das ungehörig? Soll er den Rabbiner erst einholen und dann fragen: »Wissen Sie noch, wer ich bin?«

Mit der ziemlich schweren Einkaufstüte am Arm versucht er, den Rabbiner einzuholen. Er denkt an Michette. Michette, die nicht auf eigenen Füßen stehen, die bei ihm bleiben will, um vor dem Leben beschützt zu werden. Doch vor dem Leben kann man niemanden beschützen, nur die Toten haben dieses Vorrecht. Nicht-Sterben bedeutet nicht, vor dem Leben beschützt zu werden, sondern die Ungewissheit zu akzeptieren, das Kasino des Lebens zu betreten und vorläufig nicht mehr zu verlassen.

Der Rabbiner scheint ein schnell gehender Rabbiner zu sein. Wo nimmt dieser Mann nur die Kondition her, hat er vielleicht auch Krav-Maga-Stunden genommen? Schneeregen kommt auf. Reflexartig zieht Kadoke sich seine Kapuze über den Kopf. Seine eigene Kondition lässt zu wünschen übrig. Matan wäre fuchsteufelswild.

Er hört Matans Stimme, den israelischen Akzent, die Ironie, die vermutlich keine Ironie war, sondern versteckte Verachtung. Er hat Matan nicht mehr gesprochen, auf seine ziemlich ausführliche Mail, warum er das Training nicht fortsetzen wollte, nie eine Antwort bekommen.

Es stört Kadoke, dass der Rabbiner vor ihm davonläuft, vor seinem Schicksal, soweit Kadoke das ist.

Jetzt ist er nahe genug. Er ruft: »Herr Rabbiner, bleiben Sie doch bitte mal stehen!« Aber der Mann geht nur immer schneller, er hat Angst vor ihm.

Kadoke beginnt zu rennen, vorsichtig, um nicht auszurutschen. Es gibt keine Regeln bei Krav Maga. Zeigen, dass man nicht sterben will: Das ist letztlich das Leben. Das muss der Rabbiner zeigen. Wenn er wirklich ein Rabbiner ist, kann er das bestimmt.

Mit seiner Tüte voller Einkäufe für Mutter hinter dem Rabbiner herrennend, kommt es Kadoke vor, als sei Matans Wirklichkeit im Grunde die einzige, als existiere die Welt nur, damit der Mensch seinen Überlebenswillen demonstrieren kann, aus keinem anderen Grund.

Es gibt keine Regeln, nur Schwachstellen des Gegners. Es geht darum, sich die zunutze zu machen. Die Augen, den Kiefer, den Adamsapfel, die Eier. Nur Matans Stimme hallt ihm noch durch den Kopf, und als Kadoke den Rabbiner endlich erreicht hat, fällt ihm kein Wort mehr ein. Was wollte er dem Mann eigentlich sagen?

Er dreht sich um und geht zum Parkhaus zurück. Erschöpft. Was hat ihn da nur geritten? Was hatte er bei dem Rabbiner loswerden wollen, was für eine Reaktion von ihm erwartet? Und was hätte die ihm genützt?

Im Auto raucht er hintereinander drei Zigaretten, dann fährt er zu seinem Dermatologen.

Eine Dame im Pelzmantel sitzt im Wartezimmer, wie in einer Bar, in die ihr Geliebter jeden Moment kommen muss. Kadoke nickt ihr zu. Sie kommt ihm vage bekannt vor. Hat sie einmal einen Selbstmordversuch unternommen, oder kennt er sie von irgendwo anders?

Den Dermatologen, Luca, kennt Kadoke noch aus seinem Studium. Sie waren mal miteinander befreundet. Nach Ende des Studiums gingen sie noch eine Weile einmal pro Jahr zusammen essen, später wurden daraus alle zwei Jahre.

Ein sanfter, etwas schüchterner Junge war Luca gewesen,

jetzt ist er ein sanfter, schüchterner Mann. Sie waren einmal in dasselbe Mädchen verliebt, doch keiner von ihnen konnte sie bekommen. So was verbindet. Genug jedenfalls, um zwanzig Jahre später immer noch in größeren Abständen miteinander essen zu gehen. Früher oder später bei so einem Treffen fällt unweigerlich der Name des Mädchens. Es wird etwas getrunken, aber jedes Mal gegen elf beendet man das nostalgische Beisammensein wieder, die Arbeit ruft. Sie sind zu alt, um noch ganze Nächte in Erinnerungen zu schwelgen.

Die Dame im Pelzmantel blättert in einer Zeitschrift. Ab und zu schaut sie zu Kadoke. Zu guter Letzt fragt sie: »Kennen wir uns nicht?«

»Ich wüsste nicht, woher.«

»Warten Sie auf den Doktor?«

Er nickt. Kadoke schließt die Augen. Heute wieder Nachtdienst. Mit Dekha. Schon eine ganze Weile haben sie keinen Kaffee mehr zusammen getrunken. Dekha hat sich an die psychiatrische Arbeit gewöhnt, die Nachtdienste. Nicht, dass sie hart geworden wäre, aber sie hat gelernt, sich zu distanzieren. Sie kann beobachten und analysieren, ohne zu viel zu fühlen.

Die Dame im Pelzmantel wird aufgerufen. Kadoke öffnet die Augen, er sieht Luca in der Türöffnung stehen, unverändert eigentlich, kaum älter geworden, immer noch langes, braunes, fast schwarzes Haar. Ein Lächeln huscht über sein Gesicht, als er Kadoke sieht, dann ist er wieder der ernsthafte Dermatologe, der besorgte Arzt.

Kadoke schließt die Augen erneut. Er versucht zu schlafen. Vermutlich ist es das Beste, Michette zunächst für ein paar Wochen zu ihren Eltern zu schicken und erst dann in ihre Wohnung. Das erleichtert ihr den Übergang von alternativer Therapie zum Leben in der Gesellschaft. Er muss Michette vorbereiten, ihre Beziehung Schritt für Schritt lockern und dann eine Lösung für Mutter finden. Vielleicht wird er die Pflege doch wieder selbst übernehmen. So viel Arbeit ist es nun auch nicht.

Kadoke döst ein, erinnert sich beim Aufwachen kurz an seinen Traum, der sofort zu verblassen beginnt, und als die Tür des Behandlungszimmers sich öffnet und die Dame im Pelzmantel heraustritt, ist der Traum endgültig verschwunden.

»Kommst du?«, fragt der Dermatologe, der auch ein Freund ist.

Der Psychiater nimmt im Behandlungszimmer Platz. »Du hast dir Zeit gelassen«, sagt Luca, »um zu mir zu kommen. Hattest du Angst?« Er lacht. Es ist ein ansteckendes Lachen, schon immer gewesen. Dass sie davon nicht schwach wurde damals, das Mädchen, in das sie beide verliebt waren.

»Viel zu tun«, antwortet Kadoke. »Haben dir Patienten gefehlt?«

»Im Gegenteil. Aber du. Wir müssen wieder mal zusammen essen. Wie lange ist das jetzt her?«

»Zu lange«, antwortet Kadoke, und er zieht Trainingsjacke und Oberhemd aus.

»Wo sind sie?«, fragt Luca. »Die Muttermale, die ich entfernen soll?«

»Im Lendenbereich, am unteren Rücken.«

»Leg dich bitte auf den Bauch.«

Kadoke tut es. »Es sind vier.«

»Ich zähle fünf«, sagt Luca. »Ich werde sie nacheinander betäuben, dann schneide ich sie dir weg. Meiner Meinung nach sind sie gutartig, wie das, das ich schon vor einer Weile entfernt habe, aber sicherheitshalber schick ich sie doch ins Labor.«

Kadoke spürt kleine Stiche, in den Muttermalen, von denen Michette behauptet, sie hänge an ihnen. Vom Skalpell selbst spürt er nichts. Er sieht Michette vor sich, im Hotel ihrer Eltern, als Fünfzehnjährige in der Küche, kochend, Gemüse schneidend, von einem Herd zum anderen rennend. Der Vater hatte gemeint, er hätte sie nur immer kränker werden sehen. Und dabei ein Gesicht gemacht, als wäre er Hiob, verständnis-, fassungslos ob seiner Strafe und dadurch nur umso mehr leidend. Während er nur einen Schritt tun müsste, um weniger Schmerz zu empfinden: akzeptieren, dass es an der Strafe nichts zu verstehen gibt.

Die Hand seines Freundes, des Dermatologen, auf seinem Rücken fühlt sich gut an.

Vielleicht bessert sich Michettes Zustand noch weiter, wenn sie wieder in das von Gott und den Menschen verlassene Hotel zieht, und sei es nur für einige Zeit. Zu ihrem Vater, der mit einer Kneifzange herumläuft, bereit, die Piercings seiner Tochter zu richten. Von der Mutter bekommt Kadoke kein rechtes Bild. Ob der Vater neuen Lebensmut schöpft, sich weniger gebrochen fühlt, wenn er sieht, dass seine Tochter nicht mehr nur immer kränker wird? Dass sie stabil ist, dass Hoffnung auf Besserung besteht?

»Darf ich sie mitnehmen?«

»Wen?«, fragt Luca.

»Die Muttermale. Darf ich sie mitnehmen, in einem Döschen vielleicht?«

»Die Muttermale? Die muss ich doch ins Labor schicken!«

»Schick eins ein und gib mir die anderen. Ich kenne jemanden, der sie haben möchte.«

Luca hält inne. Ist er fertig? Oder muss er noch etwas wegschneiden?

»So eine Bitte hab ich noch nie gehört. Ist das dein Ernst?«

»Mein voller Ernst.«

Luca schüttelt den Kopf. »Die Leute werden immer verrückter. Ich gebe dir vier. Das größte schick ich ins Labor.«

Luca desinfiziert die Wunden, klebt Pflaster darauf und verschreibt Kadoke eine Salbe, mit der er die Stellen eine Woche lang jeden Morgen nach dem Duschen einreiben soll.

Dann setzen sie sich an den Schreibtisch, und Luca überreicht ihm ein kleines Döschen aus Plastik. Die entfernten Muttermale darin sehen eigentlich kaum mehr wie Muttermale aus. Fitzelchen Menschenfleisch. Viel kleiner, als sie auf dem Rücken immer wirkten.

»Für deine Freundin?«, fragt Luca.

Kadoke zögert. Er schnäuzt sich. »Eine Bekannte«, sagt er. »Man macht Leuten mit den unmöglichsten Sachen eine Freude, und wenn es kaum Mühe macht, warum nicht?«

Der Dermatologe nickt. »Und wie steht's mit der Liebe? Gibt es eine Neue? Eine Assistenzärztin?«

»Nein«, sagt Kadoke. »Keine Neue. Ich betreue eine Assistenzärztin, aber wir sind höchstens befreundet. Zuerst kam sie mit der Psychiatrie nicht richtig zurecht. Sie wollte schon aufhören. Der Nachtdienst, es wurde ihr zu viel. Du kennst das. Aber sie hat sich daran gewöhnt ...« Sein Blick irrt kurz durch den Raum. »An das menschliche Elend«, ergänzt er schließlich. Das ist die beste und kürzeste Umschreibung. »Und bei dir?«

»Wir bekommen kein Kind mehr«, sagt Luca. »Wir geben es auf. Wir werden auch keins adoptieren. Es ist gut so. Man muss das zwar erst mal verdauen, aber dann kommt man zur Ruhe. Wir wissen jetzt, dass wir es zu zweit schaffen müssen. – Wollen wir was verabreden, soll ich meinen Terminkalender holen?«

»Ich schick dir eine SMS oder eine WhatsApp, aber erst in ein paar Wochen«, sagt Kadoke. »Momentan ist es etwas schwer einzuschätzen, wie die nächste Zeit sich entwickelt. Ich habe oft Nachtdienst.«

»Und dein Vater?«, fragt Luca.

»Meine Mutter.«

»Oh ja, deine Mutter.«

»Es geht. Sie wird älter, sagen die Leute von der Nachbarschaftsfürsorge. Da haben sie bestimmt recht. Aber was soll man darauf antworten? Wir werden alle älter.«

Kadoke steht auf, hält das Döschen in die Höhe. »Danke«, sagt er, »danke für dieses Kleinod. Auch im Namen meiner Bekannten.«

Das Döschen verschwindet in der Tasche seiner Trainingsjacke.

Sie geben sich die Hand. »Wir dürfen uns nicht verloren gehen«, sagt Luca. »Das wäre jammerschade. Wie können wir die Vergangenheit am Leben erhalten, wenn wir niemanden mehr haben, um darüber zu reden? Du bist nie richtig da, Kadoke, immer so flüchtig. Das warst du schon immer, aber es wird dauernd mehr.«

»Flüchtig? Wie Rauch, meinst du? Nein, ich bin ausgesprochen geerdet. Ich bin feste Substanz. Und wir gehen uns nicht verloren, das darf nicht geschehen, und das wird es auch nicht. Du bist mein Freund.«

»Die anderen von früher, niemand sieht dich mehr. Du reagierst auf keine SMS, sagen sie. Du entschwindest immer mehr.«

Kadoke schüttelt den Kopf. »Ich bin weniger entschwunden denn je, aber der Krisendienst frisst viel Zeit. Die Notfälle. Und jeden Tag werden es mehr. Sie vermehren sich wie Unkraut.«

»Aber du hast auch noch ein eigenes Leben, Kadoke. Du bist nicht der Einzige, der für die Notfälle zuständig ist. Du bist nicht Jesus. Du kannst nicht alles menschliche Elend auf deine Schultern nehmen. Gib den Leuten ein Lebenszeichen, wenn sie sich bei dir melden. Lass uns nicht allein. Fang endlich an zu leben.«

»Ich lasse euch nicht allein«, sagt Kadoke.

Für einen Moment sieht es so aus, als wollten sich die beiden umarmen, der Psychiater und der Dermatologe, aber es bleibt bei gegenseitigem Schulterklopfen.

Dann verlässt Kadoke das Sprechzimmer.

»Ich lass dich wissen, was die Laboruntersuchung ergibt«, ruft Luca ihm hinterher.

Im Wartezimmer sitzt niemand mehr.

24

Kadoke fährt nach Hause. Michette ist schon wieder zurück. Mutter sitzt vor dem Fernseher. Völlig absorbiert von Dr. Phil, begrüßt sie kaum ihren Sohn. Neben ihr sitzt Deborah, inzwischen hochschwanger, aber strahlend, strahlender denn je.

Kadoke stellt die Einkäufe ab, er will seiner Ex erst die Hand geben, gibt ihr dann aber doch lieber drei Küsse. Hier geht das. Eine Privatklinik ist keine Synagoge. Sie lässt die Küsse kommentarlos über sich ergehen, sagt nur: »Ich dachte: Ich komme mal nachschauen, wie's geht, wer Mutter jetzt unter die Dusche hilft. Aber wie ich sehe, hast du ja jemanden gefunden.« Sie zeigt auf Michettes Sachen, die überall im Zimmer herumliegen. Slips zum Glück nicht mehr, aber das ist auch alles.

»Ja, ich habe jemanden gefunden«, antwortet Kadoke. »Vorübergehend. Aber eine Dauerlösung gibt es noch nicht. Vermutlich bin ich die Dauerlösung.«

Immer noch ist Mutter von Dr. Phil absorbiert, sie tut, als sei sie alleine im Zimmer, allein mit ihrer Lieblingssendung. Kadoke setzt sich neben seine Ex. Er wirft einen Blick auf den Bildschirm, fragt sich, was er sagen soll. Deborah kommt ihm zuvor: »Ich hab dir und deiner Mutter Blumen mitgebracht. Die hab ich der Haushaltshilfe gegeben, aber seitdem habe ich weder Haushaltshilfe noch Blumen wiedergesehen.«

»Altenpflegerin. Keine Haushaltshilfe. Das Mädchen ist Altenpflegerin.«

»Ich bin keine Alte«, ruft Mutter, ohne den Blick vom Bildschirm zu wenden. »Ich kann das Wort ›Altenpflegerin‹ nicht mehr hören. Diskriminierung ist das! Dauernd über mich zu reden wie über ein Ding, das gepflegt werden muss. Dann gib mich doch gleich in ein Heim. Gib mich weg, wenn du es mit mir nicht mehr aushältst!«

Kadoke schweigt. Den Blick auf die Pflanzen gerichtet, lauscht er den Geräuschen aus dem Fernseher. Dann sagt seine Ex: »Mutter hat mir erzählt, dass das neue Mädchen eine Patientin von dir ist. Eine mit massenhaft Narben.«

Kadoke setzt sich anders hin. »Das ist eine lange Geschichte.«

»Ich hab keine Zeit für lange Geschichten. In ein oder zwei Wochen ist die Entbindung. Ich dachte: Ich komm mal vorbei. Ich höre nichts mehr, ich will doch mal nachschauen, wie's geht. Jetzt wird mir klar: Das war ein Irrtum.« Mühsam steht sie auf.

Kadoke wirft einen Blick auf ihren Bauch

»Ich freue mich, dass du gekommen bist«, sagt er. »Vielleicht hättest du vorher anrufen sollen. Dann hätte ich dich vorbereiten können.«

»Geschenkt.« Sie zeigt zum zweiten Mal auf die Sachen, die überall herumliegen. »Man meint, hier würden drei Teenager hausen«, sagt sie. »Was soll das, Kadoke, was soll das, um Himmels willen?«

Sie watschelt zu Mutter.

»Ich muss wieder los«, sagt sie.

Mutter schaut auf. »Aber Sie haben noch gar keinen Tee bekommen.«

»Stimmt, das Mädchen sollte Tee für mich aufsetzen, aber sie ist spurlos verschwunden.«

»Bleiben Sie doch noch ein bisschen, bis Sie Ihren Tee bekommen haben.«

»Ich muss wirklich los. Mein Mann sitzt draußen im Auto. Wenn das Kind da ist, schau ich wieder mal rein. Aber dann werde ich vorher anrufen, ob es auch passt.«

Mutter steht auf. Sie schaut Deborah forschend an. »Alles Gute bei der Entbindung«, sagt sie. Dann setzt sie sich wieder und konzentriert sich auf ihre Sendung.

Kadoke begleitet seine Ex zur Haustür. Michette ist nirgends zu sehen.

Er nimmt ihren Mantel von der Garderobe, hilft ihr hinein.

»Eine Patientin, Kadoke!«, sagt sie. »Du wirst immer mehr selbst ein Patient. Wer weiß davon?«

»Du. Mutter. Und die Patientin natürlich.«

»Ich mache mir Sorgen.«

»Um wen?«

»Um dich.«

»Das brauchst du nicht.«

»Kadoke, langsam verlierst du den Kontakt zur Realität.«

Er fasst sie vorsichtig an den Schultern. »Das hier ist meine Realität«, flüstert er. »Mutter vor dem Fernseher. Mutter, die nicht essen will. Mutter, die Atemprobleme hat. Das Mädchen, das auf sie aufpasst, ist eine Patientin, na und? Es ist gut für sie beide. Es ist Therapie.«

»Aber das Leben ist mehr als Therapie! Wenn es nichts anderes gibt, wenn nach der Therapie nur noch der Tod kommt, dann stimmt etwas nicht. Du musst dich ändern. Bevor es zu spät ist. Und selbst wenn es zu spät ist, versuch es trotzdem. Ab und zu geschehen noch Wunder.«

Sie öffnet die Tür, watschelt durch den Vorgarten. Er will ihr etwas hinterherrufen, dass er an sie denkt, an die Entbindung, ihr Kind. Ein Zeichen der Zuneigung, des Mitgefühls, des Interesses, aber er ruft nur: »Ich hoffe, es wird nicht zu sehr wehtun, Liebes!«

Dann schließt er die Tür. Mutter sitzt immer noch vor dem Fernseher. Er geht durch das Haus und ruft: »Michette, Michette!«, als suche er eine Katze, doch immer noch ist sie nirgends zu finden.

Er geht ins Wohnzimmer. »Ist Michette ausgegangen?«, fragt er Mutter.

»Sie sollte die Blumen in die Vase stellen. Einen schönen Strauß hat deine Ex mitgebracht, herrliche Rosen. Bestimmt nicht billig, mindestens zwanzig Euro, schätze ich, und nicht mal ein Tässchen Tee hat sie von dem Mädchen bekommen.«

Er geht in den Garten. Ruft wieder: »Michette, Michette!«

Die Kinder der Nachbarn schauen über den Zaun. Er geht zum Schuppen. Dort findet er sie, hinter dem Rasenmäher versteckt, den Strauß Rosen immer noch in der Hand. Heulend.

»Ich hab mich gefürchtet«, sagt sie.

»Jetzt komm erst mal hinter dem Rasenmäher hervor.«

Sie tut es. Verletzlich sieht sie aus, lebensuntüchtig.

»Das war meine Ex«, erklärt Kadoke. »Nichts, wovor du dich fürchten müsstest.«

»Sie hat so drohend geguckt.«

»So guckt sie immer. Sie ist Jüdin geworden. Seitdem guckt sie so. An ihrer Stelle würde ich genauso gucken.«

Er nimmt Michette mit in die Küche. Sie schneidet die Rosen an und stellt sie in eine Vase.

Kadoke bringt die Vase zum Tisch im Wohnzimmer. »Und?«, fragt er Mutter.

»Wundervoll«, antwortet die, »so lieb von der Frau!«

Danach verstaut er zusammen mit Michette die Einkäufe. »Du hast alles Mögliche vergessen«, sagt sie.

»Dann mach es nächstes Mal selbst. Einkaufen gehört eigentlich auch zu deinen Aufgaben.«

»Bin ich deine Sklavin?« Sie klingt wieder keck, nicht mehr ängstlich, eher übermütig.

»So weit würde ich die alternative Therapie nicht treiben.«

Michette kocht. Vegetarische Schnitzel. Spinat. Mutter liebt Spinat.

Sie essen zu dritt im Wohnzimmer. Michette füttert Mutter, wenn zwischendurch nötig. Immer mal wieder gibt Mutter auf. Das Essen. Den Kampf. Aber dann nimmt Michette die Gabel und sagt: »Noch einen Bissen für Ihren Sohn.«

»Schmeckt's?«, fragt Kadoke.

»Es geht«, sagt Mutter. »Ich schmeck ja nichts mehr. Ich weiß nicht, ob es gut ist.«

»Aber wenn es eklig wäre, würdest du es doch schmecken?«

»Ja, wenn es eklig schmeckt, merke ich es.«

Zum Nachtisch gibt es Mandarinen. Endlos lange braucht Mutter, das Weiße von ihrer Mandarine herunterzubekommen, doch sie lassen sie gewähren.

»Wie war es eigentlich bei dem Expolitiker?«, fragt Kadoke und behält dabei Mutter im Auge, die mit ihren alten, schönen Fingern an der Mandarine herumfriemelt. Mit fast religiöser Inbrunst konzentriert auf das Obst.

»Gut«, antwortet Michette. »Er ist nicht in meinem Notizbuch gelandet.«

»Wollte er nicht?«

»Ich hatte keine Lust. Ich werde Nonne.«

»Das kommt vor«, sagt Kadoke, »dass man keine Lust hat. Aber darum braucht man doch nicht gleich Nonne zu werden.«

»Und bist du ein Mönch, grenzüberschreitender Psychiater Kadoke?«

Mutter hört das Gespräch, aber sie beteiligt sich nicht. Sie betrachtet die Rosen.

Kadoke zuckt mit den Schultern. »Ein Mönch, so würde ich mich nicht nennen.« Er hilft abräumen. Noch eine Stunde, dann beginnt sein Nachtdienst.

Als Mutter ins Bett gebracht ist, legt Michette sich aufs Sofa und liest. Kadoke setzt sich zu ihr.

Sie schaut von ihrem Buch auf.

»Es geht gut«, sagt er.

»Wem?«

»Dir.«

»Findest du?«

»Ja, das finde ich. Trotz einem gelegentlichen Rückfall. Ich weiß, das ist schwer für dich, aber ich muss es mit dir besprechen: Ich denke, es wäre das Beste, wenn du für eine Weile zu deinen Eltern ziehst und erst dann wieder in deine Wohnung. Dein Vater hat es angeboten. Ich glaube, er fände es sogar schön, wenn er dich wieder ein Weilchen bei sich hätte. Ich werde ihn diese Woche noch anrufen, dass er ein Zimmer für dich bereit macht.«

Ängstlich und traurig schaut sie ihn an. Vielleicht sind diese Angst und ihre Trauer im Grunde dasselbe.

»Ich muss also weg hier?«

»Nicht sofort. Irgendwann. Wenn du bereit dafür bist. Und ich werde dir helfen, dich darauf vorzubereiten. Du brauchst mich nicht mehr.«

Sie will anfangen zu weinen. Er sieht es. Das Verkrampfen ihres Gesichts, das Feuchtwerden der Augen. Kadoke kennt sie, er weiß, was jetzt kommt.

»Aber hast du mich denn nicht mehr nötig, brauchst du mich nicht mehr?«

Kadoke nimmt ihre Hand, mustert sie, das Handgelenk, die Narben, kleinere, größere, manche fast unsichtbar.

»Ich brauche niemanden«, sagt er so leise, als würde er mit sich selbst sprechen. »So bin ich. Ich brauche es, dass du einige deiner Dämonen besiegst, nicht mal alle, ein paar nur, und nicht mal zu hundert Prozent – zur Hälfte, das wär schon genug. Das ist, was ich brauche.«

»Und deine Dämonen?«

»Meine Dämonen?«

Das Wohnzimmer hat sich seit Michettes Einzug wirklich in eine Art Teenagerzimmer verwandelt. Überall Kleidung und anderes Zeug, hier und da sogar ein BH. Zu Anfang hat Mutter sich noch darüber geärgert, doch mittlerweile ist sie daran gewöhnt. Selbst Michettes BHs stören sie nicht mehr.

»Meine Dämonen gehören mir. Ich bin dein Psychiater, Michette, nicht dein Geliebter. Und selbst wenn ich das wäre, würde ich meine Dämonen nicht mit dir teilen, so bin ich nicht gestrickt. So bin ich nicht.«

»Das ist nicht fair. Ich will sie sehen, kennenlernen, ich will mich mit deinen Dämonen anfreunden.«

»Sehen? Dämonen kann man nicht sehen.«

»Schau dir das Gemälde an. Sieh dich an. Was siehst du?«

»Ich sehe ein Gemälde, ich kann mich mit meinem früheren Ich nicht beschäftigen. Ein andermal vielleicht. Später. Aber nicht jetzt.«

Aus seiner Trainingsjacke holt Kadoke das Döschen. »Ich hab dir was mitgebracht«, sagt er. »Die Hügellandschaft auf meinem Rücken. Die Hubbel. Im Grunde ist das hier auch grenzüberschreitend, aber ich hatte den Eindruck, dass es innerhalb der Grenzen unserer Therapie geht. Heute Nachmittag hat der Arzt sie mir entfernt.«

Michette betrachtet das Döschen. Sie nimmt es ihm ab, öffnet. Sie holt eines der Hautstückchen heraus, legt es sich auf den Handrücken, riecht daran.

»Darf ich mal fühlen?«

»Was?«

»An den Stellen dahinten.«

»Es sind Pflaster drauf. Und du weißt, dass ich das grenzüberschreitend finde, ich bin eigentlich dagegen. Aber okay, einmal, damit du den Unterschied spürst. Darauf kommt es jetzt auch nicht mehr an.«

Sie streicht ihm mit der Hand über den unteren Rücken. »Tut es weh?«, will sie wissen.

»Nein. Überhaupt nicht.«

Er lässt sie noch ein Weilchen gewähren. Dann sagt er: »Das langt jetzt.«

Sie zieht die Hand zurück. Mit dem Döschen in der Linken fragt sie: »Du brauchst mich also nicht mehr?«

»Ich wäre ein schlechter Psychiater, wenn ich dich bräuchte.«

»Und ich muss wirklich hier weg? Ich dachte, das hier wär mein Zuhause.«

»Du musst nicht weg, aber irgendwann wirst du das Haus hier verlassen. Es geht dir immer besser. Versuch's ohne mich, du wirst sehen, es funktioniert.«

Sie ist still, aber sie weint nicht.

»Wo ist der singende Weihnachtsbaum?«, fragt sie.

Er nimmt ihn aus der Ecke neben der Pflanze und gibt ihn ihr.

»Und Mutter?«, fragt sie. »Wer sorgt dann für sie?«

»Ich. Vielleicht finde ich jemand anderen.«

»Aber ich möchte es weiter tun, Mutter mag mich.«

Sie sitzt jetzt aufrecht im Bett. Das Sofa ist Bett geworden. Er kann das Sofa nicht mehr als Sofa betrachten.

»Darf Mutter nicht mit mir nach Zeeland? Kann ich sie dort nicht weiterpflegen?«

Nachdenklich schaut Kadoke sie an. Er erinnert sich an das Angebot ihres Vaters. Das wäre die ideale Lösung. Es würde es Michette einfacher machen, ohne seine tägliche Supervision zurechtzukommen.

»Ich muss darüber nachdenken. Auf keinen Fall für immer. Für eine kurze Periode.«

Er wird Mutter überreden müssen. Das wird nicht einfach. Andererseits hat sie für Widerstand nicht mehr viel Kraft.

»Ich gehe nach oben«, sagt er, »mein Nachtdienst fängt gleich an, und ich will bereit sein, wenn ich angerufen werde. Möchtest du den Weihnachtsbaum bei dir behalten, oder soll ich ihn wieder in die Ecke stellen?«

»Stell ihn neben die Pflanze. Ich hab deine Muttermale bei mir. Ich schlafe mit deinen Muttermalen.«

»In Ordnung«, sagt Kadoke. »Das kann ich dir erlauben.«

Er geht nach oben, legt sein Notizbuch bereit und den Bleistift. Er setzt sich auf das Klappbett.

Kurz denkt er über das Gespräch mit Michette nach. Es gibt schon genug Leute, die ihre Dämonen mit der Außenwelt teilen, da muss er nicht auch noch damit anfangen. Schon gar nicht bei Patienten, auch nicht bei Freunden. Geliebten. Nie. Manche Dinge muss man für sich behalten. Manche Geheimnisse nimmt man mit ins Grab.

In Mutters Zimmer brennt immer noch Licht. Er öffnet vorsichtig die Tür. Sie liegt im Bett und schaut ihn mit großen Augen an. Er geht zu ihr.

»Geht's?«

»Ja, es geht.«

»Woran denkst du?«

»An dich.«

»Und was denkst du?«

»Ob du je noch mal glücklich wirst.«

»Ich bin glücklich, auf meine Weise.«

Mutter schüttelt den Kopf. »Nein«, sagt sie, »ich kenne meinen Sohn. Du bist nicht glücklich. Du bist unglücklich. Ich wollte, ich könnte dich glücklich machen. Mein ganzes Leben hab ich das mit aller Macht versucht.«

»Du machst mich glücklich, indem du lebst.«

»Und wenn ich mal nicht mehr lebe? Wer macht dich dann glücklich?«

»Dann werd ich mich selbst glücklich machen.«

»Du musst jemanden finden, der dich glücklich macht.«

»Ich habe dich gefunden, wir haben uns gegenseitig gefunden, und um mein Glück geht es heute Abend nicht. Ich möchte dich um was bitten, Mama. Du musst ehrlich antworten, und du darfst ruhig noch mal drüber nachdenken: Könntest du dir vorstellen, eventuell mit Michette nach Zeeland zu gehen, für ein paar Wochen?«

Mutter erschrickt. Sie richtet sich halb auf.

»Nach Zeeland? Was soll ich denn da? Bei den Antisemiten.«

»In Zeeland gibt es nicht mehr Antisemiten als hier. Du könntest für ein Weilchen mit Michette in einem Hotel wohnen. Dem Hotel ihrer Eltern.«

»Aber warum? Warum soll ich nach Zeeland in ein Hotel? Ich hab hier doch alles?«

»Es wäre gut für Michette.«

Mutter ist einen Moment still. »War sie sehr krank, das Mädchen?«

»Sie war sehr krank, ja.«

»Kränker als ich?«

»Schwer zu sagen. Man kann euch nicht miteinander vergleichen. Das hier ist kein Wettbewerb, wer von euch beiden die Kränkere ist.«

Er setzt sich zu ihr auf die Bettkante, wie er es so oft getan hat. »Ich denke, es wäre eine Mitzwe, wenn du mit Michette nach Zeeland gingst.«

»Eine Mitzwe? Ich bin zu alt für Mitzwes.«

»Ich denke, Gott wird dich belohnen. Es ist eine gute Tat.«

Er sieht, wie sie zögert. Wenn sie jetzt zögert, lässt sie sich überreden. Sie geht mit Michette nach Zeeland. Für ein paar Wochen. Dann holt er sie wieder ab. Danach kann Michette in ihre eigene Wohnung.

»Wenn du meinst«, sagt Mutter nach einer für ihre Verhältnisse kurzen Hustenattacke. »Du weißt, was gut für mich ist. Du beschützt mich. Du bist doch mein Väterchen?«

»Ich bin dein Sohn. Aber wenn's sein muss, bin ich auch dein Väterchen. Und jetzt lege ich mich noch etwas aufs Ohr. Schlaf schön, mein hübsches Mädel.«

»Ich liebe dich fürchterlich, mein Junge. Hab ich dir das je gesagt? Bin ich dir eine gute Mutter gewesen?«

Die Fragen machen ihn kribblig. Er fühlt sich beklommen, beklommen und wehrlos. Ihm ist es lieber, Mutter schikaniert ihn. Mit der Liebe ihres Schimpfens kann er umgehen, mit der brennenden Kälte ihrer Liebe. Und er, ist er ein guter Psychiater gewesen? Ein guter Sohn?

»Ein sehr guter«, antwortet er. Er gibt seiner Mutter einen Kuss, und noch einen, und noch einen. Er geht in sein Kinderzimmer, zieht sich aus, legt sein Handy neben das Kissen und versucht, noch etwas zu schlafen, bevor der erste Notfall sich meldet.

25

Kadoke sitzt in Dekhas Wohnzimmer auf dem Sofa. Sie setzt in der Küche gerade Tee auf. Noch zwei gemeinsame Nachtdienste, dann hat er vier Tage frei. Morgen Nachmittag wird er Michette und Mutter nach Zeeland bringen. Soweit er es beurteilen kann, sind sie beide bereit. Und soweit er es beurteilen kann, er selbst auch.

Michettes Vater war hocherfreut, als Kadoke ihm von seinem Vorhaben erzählte. Ein paar Worte waren genug. »Ich habe schon angefangen, alles in Ordnung zu bringen«, hatte er gesagt. Er wollte noch wissen, ob Mutter spezielle Diätwünsche hätte. »Kein Fleisch«, hatte Kadoke geantwortet, »Fisch, aber nur bestimmte Sorten. Michette kennt ihre Wünsche, Michette weiß über alles Bescheid.«

Daraufhin wollte der Psychiater schon auflegen, doch der Vater hatte noch etwas loswerden wollen. »Vielleicht ist das ja die Zukunft vom Hotel Meerjungfrau: ein Sanatorium.«

Mutters Koffer ist schon gepackt, und er hat Michette geholfen, das Einsammeln ihrer überall im Haus herumliegenden Habseligkeiten immerhin anzugehen.

Dekha kommt mit dem Tee aus der Küche.

»Warum sitzt du immer auf dem Sofa?«, fragt sie. »Setz dich doch neben mich, hier auf das Kissen.«

Er setzt sich neben sie.

»Hat dir mein Espresso nicht mehr geschmeckt?«

»Ich hatte Lust auf Tee«, antwortet Kadoke. Vorsichtig nippt er an dem heißen Gebräu und fühlt sich versucht, Dekha alles über Michette zu erzählen. Dass er sie bei sich aufgenommen hat, dass sie die Altenpflegerin seiner Mutter geworden ist, er die Regeln der psychiatrischen Zunft mit Füßen getreten hat und es nun womöglich mit der Ärztekammer zu tun bekommt, dass er seine Entscheidung verteidigen würde, doch dass das, wie er weiß, nutzlos wäre, dass er seine Stelle verlieren würde, nie mehr als Psychiater arbeiten könnte. All das möchte er ihr erzählen, schnörkellos und doch detailliert, sie ins Vertrauen nehmen, die Dilemmas skizzieren, die Zweifel, die Unsicherheit. Sie um Rat bitten, vielleicht sogar um Hilfe.

Zu guter Letzt sagt er jedoch nur: »Ich kann mich erinnern, wie du vor einiger Zeit meintest, die Nachtdienste fielen dir so schwer, aber jetzt hab ich den Eindruck, du kommst damit schon viel besser zurecht.«

»Man gewöhnt sich«, sagt sie in einem Ton, als würde das Thema sie eigentlich nicht mehr interessieren. »Aber du, warum bleibst du immer so auf Distanz? Daran gewöhnt man sich nie. Ein einziges Mal haben wir ein bisschen geknutscht – ich meine, bei anderen Assistenzärztinnen bist du viel weiter gegangen.«

Er nimmt einen Schluck Tee.

»Woher weißt du das?«

»Na komm«, sagt sie, »glaubst du, beim Krisendienst wird nie getratscht?«

»Ja, ich hatte ein paar Affären mit Assistenzärztinnen. Eigentlich ist das grenzüberschreitendes Verhalten. Es wäre besser gewesen, es wär nicht passiert. Und natürlich weiß ich, dass beim Krisendienst auch getratscht wird.«

»Jeder tut es.«

»Tratschen?«

»Affären mit Assistenzärztinnen.«

»Nicht jeder.«

»Bereust du es?«

»Bereuen? Nein. Das ist so ein Wort, das man vor allem benutzt, um eine Diskussion zu beenden.«

»Und warum dann nicht mit mir? Ich dachte, du stehst auf schwarze Frauen oder wolltest es zumindest mal probieren. So wie viele weiße Männer.«

Er reibt sich über die Stirn. »›Mal probieren, wie viele weiße Männer‹, also Dekha, bitte! Ich hab dir schon mal gesagt, als weißer Mann bin ich höchstens verkleidet. Höchstens. Ich bin ein verkleideter Mensch. Für ›ausprobieren, wie viele weiße Männer‹ hab ich weder die Zeit noch das Interesse, noch die Geduld.«

Sie schaut ihn ernst und doch lächelnd an: »Ich wollte dich nicht beleidigen.«

Er zögert, hält die Tasse in der Hand, pustet. »Es ist gut so, wie es ist«, sagt er. »Ich kann ja verstehen, dass du gewisse Dinge auf mich projizierst, bei unserer Rollenverteilung ist das vielleicht unvermeidlich.«

»Ach, hör doch auf mit deiner ewigen Projektion! Vielleicht hast du etwas, das ich liebenswert finde – wert finde, geliebt zu werden, verstehst du? Kannst du das nicht akzeptieren? Ist das so schwer zu glauben? Vielleicht solltest du langsam mal etwas Erbarmen mit dir selber entwickeln.«

Er lächelt. Er hält die Tasse jetzt mit beiden Händen. Fast hat er den Eindruck, er hielte sich daran fest wie an einer Rettungsboje. »Du wirst bestimmt eine gute Psychiaterin. Aber Erbarmen, Mitgefühl mit mir selbst? Nein. Ich bin dazu erzogen, mein härtester Richter zu sein. Gnadenlos. Mein eigener Henker. Ich werde kein Mitgefühl an mich verschwenden.«

Dekha stellt ihre Tasse auf den Tisch, nimmt sein Gesicht

in die Hände, warme Hände vom Tee. So zwingt sie ihn, seine Tasse ebenfalls abzustellen. »Hör auf«, flüstert sie, »hör bitte auf mit dem Unsinn. Du bist doch mehr als das Produkt deiner Erziehung?«

Er küsst sie nicht. Der Psychiater drückt seine Assistenzärztin an sich. »Es ist nicht richtig«, flüstert er ihr ins Ohr, »es ist hoffnungslos. Wir werden den Schmerz vermehren statt zu verringern. Die Hoffnung, den anderen durch Liebe zu ändern, ist eine der großen Illusionen der Menschheit. Dass ich dich festhalte, Dekha, dass wir hier sitzen, ist doch genug? Weiter brauchen wir nicht zu gehen. Jedenfalls ich nicht. Und heute haben wir wieder unseren Nachtdienst. Brauchen wir da wirklich noch mehr?«

Sie lässt ihn los. Stößt ihn weg.

»Ich schon, Kadoke, ich schon. Ich brauche mehr. Ich will die Liebe, wie andere auch, keinen Nachtdienst als Liebesersatz. Ich brauche mehr, und ich finde, du brauchst eine andere Trainingsjacke. Die hier geht echt nicht mehr. Ich meine: Hast du wirklich nur ein oder zwei Kleidungsstücke?«

Er sieht Tränen in ihren Augen. Vor anderen weinen ist auch ein Abwehrmechanismus. Der Psychiater wird versuchen, die Situation locker zu halten, so locker wie möglich, schließlich hat der gemeinsame Nachtdienst noch nicht begonnen.

»Du meinst, du willst mit mir einkaufen? Willst du mir das sagen? Vielleicht nächste Woche, wenn ich ein paar Tage freihabe. Ich hänge an dieser Jacke, aber ich will auch kein Dogma draus machen.«

»Ja«, sagt sie, »es muss sein. Es wäre jedenfalls ein Anfang.« Sie reibt sich die Augen.

»Ein Anfang wovon?«

»Ein Anfang, Kadoke. Ein Anfang. Wovon, weiß ich auch nicht.«

Er trinkt seinen Tee aus, steht auf. Dekha bleibt sitzen.

»Vor vielen Jahren«, beginnt er, den Blick auf ihre Möbel gerichtet, die Bücher, ein kleiner Turm ist es, ordentlich gestapelt, fast zu ordentlich, »ich hatte als Psychiater gerade erst angefangen, habe ich einmal die Regeln gebrochen, ich habe mich gehen lassen: Ich habe eine Patientin mit mir nach Hause genommen.«

Er mustert Dekha, ob sie dieses Geständnis überhaupt hören möchte. Sie hört gespannt zu.

»Um Sex mit ihr zu haben?«

»Nein.«

»Warum dann?«

»Sie war austherapiert. Selbstverstümmelung. Suizidales Verhalten. Borderline. Rezidivierende Depression. Angststörungen. Alles Mögliche. Fünfzehn Jahre Behandlung, von frühester Jugend. Ich hatte sie zwangseinweisen lassen. Aber die Klinik hat sie weggeschickt. Sie könnten nichts für sie tun, haben sie gesagt. Außerhalb der Klinik ginge es ihr besser.«

Dekha lässt sich nichts anmerken. Vielleicht hat sie Michette schon lange vergessen.

»Und dann?«, fragt sie.

»Ich hab sie zu Hause behandelt. So gut es irgendwie ging.«

»Und?«

»Ich hatte meinen Glauben an die Psychiatrie verloren. Ich dachte: Wenn ich ihr nicht helfen kann, kann ich kein Psychiater mehr sein. Ich habe alle Grenzen überschritten, aus Gründen, die ich selbst immer noch nicht ganz verstehe, außer der einen: keine Liebe, keinen Sex, keine wirkliche Intimität. Trotzdem fühlte es sich an wie ein Fehltritt.«

»Und warum erzählst du mir das?«

Er geht langsam Richtung Wohnungstür.

»Damit du weißt, mit wem du es zu tun hast.«

Sie steht auf, geht auf ihn zu, wutentbrannt, wie eine Mutter. »Ich weiß, mit wem ich es zu tun habe, Kadoke. Weißt du, warum ich überhaupt Psychiaterin werden wollte? Ich hatte deine Artikel zur Suizidprävention gelesen. Du hast mich inspiriert.«

Das soll zweifellos ein Kompliment sein, aber es fühlt sich an wie ein Schlag ins Gesicht. Das Gefühl des Wankens kommt wieder.

»Ich wollte niemanden inspirieren«, sagt er, ohne sie anzusehen. »Ich wollte nur mich selbst retten. Es tut mir leid.«

Diese Reuebekundung ist aufrichtig. Das hatte er mit den Artikeln vor langer Zeit nicht gewollt. Er umarmt Dekha, atmet den Duft ihres Parfüms ein.

»Lässt du's mich wissen, wenn ich dich lieben darf?«, fragt sie.

»Dekha, verschwende deine Liebe nicht. Das wäre jammerschade. Es gibt schon so viel Verschwendung auf der Welt.«

Sie schüttelt den Kopf, voll Unverständnis, gespieltem Unverständnis. Er sieht ein ironisches Lächeln auf ihren Lippen.

»Wie ist es eigentlich ausgegangen?«, fragt sie. »Mit der Patientin. Die du zu dir nach Hause genommen hast. Deinem Fehltritt.«

»Meiner offenen Wunde.«

»Lebt sie noch? Konntest du ihr helfen?«

Er zögert. Was soll er hierauf antworten? »Das ist eine lange Geschichte. Erzähl ich dir ein andermal. Sie ist zu ihren Eltern gezogen. Sie hat sich stabilisiert. Belassen wir's vorläufig dabei.«

Beide stehen sie da, scheinen darauf zu warten, dass der andere etwas sagt. Zu guter Letzt bricht Dekha das Schweigen: »Wenn lieben also schon nicht erlaubt ist, will ich wenigstens was Neues zum Anziehen mit dir kaufen, das wird ja wohl immerhin gehen. Der Gedanke, dich noch länger in dieser Trainingsjacke zu sehen, bringt mich zur Verzweiflung.«

»Das geht«, sagt er, »hab ich doch gesagt. Und wir haben die Nachtdienste zusammen. Das ist besser als Liebe. Bis heute Abend.«

Er fährt nach Hause, wo er Michette beim Einpacken hilft. Die Entlassung einer Patientin müsste eigentlich mit einer gewissen Euphorie einhergehen, zumindest mit Hoffnung, aber sowohl Michette als auch Mutter wirken bedrückt.

»Ich hab was Besonderes für unseren letzten Abend gekocht«, sagt Michette. »Fischsuppe. Nur mit Fischsorten, die Mutter essen darf.«

»Das ist lieb«, sagt Kadoke.

»Und als Nachtisch süße Ofenkartoffeln.«

»Ich hoffe, dass ihr das schmeckt.«

Er geht ins Wohnzimmer, schaut unter die Stühle, hinter die Schränke. Überall findet er Kleidung von Michette. Eine Socke, eine Strumpfhose, ein Unterhemd.

Mutters Koffer steht neben dem Esstisch. Die Nachbarschaftsfürsorge ist unterrichtet. Mutters Logbuch, in dem ihr Gewicht, der Blutdruck und anderes Wissenswertes notiert werden, wird er in eine Aktentasche stecken, die noch von seinem Vater stammt. Morgen früh brechen sie auf.

Er setzt sich Mutter gegenüber, schaut sie möglichst fröhlich an. Es ist eine gespielte Fröhlichkeit, aber das konnte er schon immer. »Morgen fährst du mit Michette los. Nicht für sehr lange, nur für ein Weilchen. Und ich besuch dich. Ganz oft.«

Sie wirft ihrem Sohn einen skeptischen Blick zu.

»Wohin fahre ich gleich wieder? Ich hab es vergessen, weil es mir Angst macht.«

»Nach Zeeland. In ein Sanatorium.«

»Und was hab ich da gleich wieder vor?« Sie nimmt ihren Kalender, schlägt ihn auf, als stünde die Antwort darin.

»Leben. Michette wird für dich sorgen. Es wird euch beiden guttun.«

Mutter schaut ihn misstrauisch an.

»Und du?«, fragt sie. »Wer sorgt jetzt für dich?«

»Ich warte hier auf dich. Für mich braucht niemand zu sorgen.«

»Ich komme also wieder zurück?«

»Du kommst wieder zurück.«

Mutter nickt. Sie klappt den Kalender zu. Nicht ganz überzeugt, das sieht man, aber sie hat keine Wahl. »Du meintest, es wäre eine Mitzwe, wenn ich nach Zeeland gehe. Das hast du doch gesagt?«

»Das hab ich gesagt.«

Er setzt sich neben sie, flüstert ihr ins Ohr: »Du tust ein gutes Werk, wenn du mit Michette dorthin gehst und sie noch eine Weile für dich sorgen kann. Du hilfst ihr enorm.«

Mutter schüttelt den Kopf.

»Und kann das wirklich nicht jemand anders machen?«, fragt sie. »Ich bin dafür doch zu alt?«

»Es gibt niemanden sonst«, sagt er. »Du bist die Einzige.«

Der Sohn nimmt ihre Hand, hält sie mit beiden Händen fest. »Kalte Hände hast du«, sagt Mutter. »Schlechte Durchblutung, auch das noch. Bald bist du hier mutterseelenallein, und ich bin in Zeeland. Wer passt dann auf dich auf?«

Er reibt ihr die Hand, sodass auch seine Hände warm werden und sie sich keine Sorgen über seine schlechte Durchblutung mehr zu machen braucht.

Als ob ihr plötzlich etwas einfiele, fragt sie: »Gibt es in Zeeland eigentlich viele Antisemiten?«

»Nein, Mama, das hast du schon mal gefragt. Normaler Durchschnitt.«

Michette serviert die Fischsuppe.

Mutter isst wie ein Spatz. Die Stimmung ist gedrückt. Michette füttert sie, doch selbst wiederholtes Ermahnen, für ihren Sohn noch einen Bissen zu nehmen, führt heute kaum zum erwünschten Ergebnis.

»Es gibt noch süße Ofenkartoffeln«, sagt Michette.

»Auch das noch«, antwortet Mutter. »Mir wird schlecht, wenn ich daran denke.«

Michette reagiert nicht. Sie hat gelernt, das, was als Liebe gemeint ist, auch als Liebe zu erkennen.

»Wirst du uns besuchen, Kadoke?«, fragte Michette.

»Natürlich. Nicht zu oft, schließlich sollst du lernen, selbstständig zu leben, also auch ohne dass ich dabei bin. Wenn ich zu oft käme, könntet ihr genauso gut hierbleiben.«

»Und ich?«, fragt Mutter. »Soll ich auch selbstständig leben lernen?«

»Nein«, antwortet ihr Sohn lachend. »Das ist nicht nötig. Du brauchst dir kein Leben mehr aufzubauen. Du darfst so selbstständig oder unselbstständig sein, wie du willst.«

Zwei Bissen nimmt Mutter von ihrer süßen Kartoffel. Dann gibt sie es auf.

»Sollen wir zusammen Mutters Kartoffel aufessen?«, fragt Michette. Obwohl Kadoke schon satt ist, stimmt er zu. Michette hat sich mit dem Kochen so viel Mühe gegeben.

In der Küche machen Mutter und Michette sich an das allabendliche Zahnseideritual. Danach wird Mutter nach oben gebracht, wo Michette sie für die Nacht vorbereitet.

Ungefähr zwanzig Minuten vor Kadokes offiziellem Nachtdienstbeginn legt sich Michette auf dem Sofa unter die Decke.

Er setzt sich zu ihr.

»Wie fühlst du dich?«

»Geht so.«

»Fällt es dir schwer, wegzugehen?«

»Das weißt du, und du weißt auch, warum. Es fühlt sich an wie Verrat.«

»Verrat?«

»Du bist unfähig als Psychiater. Du gibst auf.«

»Ich gebe nicht auf! Wenn ich dich hiergelassen hätte, würde ich aufgeben.«

»So fühlt es sich aber nicht an. Es fühlt sich an wie Verrat. Wenn du jemanden entführst, kannst du ihn nach ein paar Monaten doch nicht einfach so wieder freilassen.«

»Ein Pflaster herunterreißen kann wehtun. Ich gehe nach oben. Gleich fängt mein Nachtdienst offiziell an. Ich weiß, du denkst anders darüber, aber Therapie ist keine Entführung.«

»Noch einen Moment, bitte, noch ein ganz kleines bisschen.«

Sie nimmt seine Hand.

»Und wer kommt jetzt her?«, fragt sie.

»Wie meinst du das?«

»Wer kommt her, wenn ich nicht mehr da bin? Wer liegt dann hier? Auf diesem Sofa?«

Sie scheint irre zu reden.

»Niemand. So was wie hier mache ich nicht noch mal. Das war einmalig.«

Er will aufstehen, doch immer noch hält sie ihn fest. »Noch nicht«, sagt sie, »es ist unser letzter Abend!«

Schweigend bleibt er sitzen und erinnert sich an ihre erste Begegnung. Das Gespräch über die Zwangseinweisung, die Nachricht der Klinik, dass sie sie entlassen hätten. In vielen Momenten hätte er, professionell betrachtet, die Entscheidung treffen müssen, die zu allen Face-to-Face-Kontakten gehört, wie sie in der Aufgabenbeschreibung des Krisendiensts niedergelegt ist: Er hätte Michette zur nächstzuständigen Instanz weiterschicken müssen. In vielen Momenten hätte er die alternative Therapie noch umgehen können. Er hätte die Patientin sich selbst überlassen können, hätte sich nicht mehr um sie zu kümmern brauchen.

Hat es einen Punkt gegeben, an dem er wirklich noch zurückgekonnt hätte? Als er zu ihr ging, um sich zu entschuldigen? Als er ihr seine Telefonnummer gab? Als sie ihn mitten in der Nacht anrief und er auf ihren Appell hörte, ihren Befehl eigentlich, zu ihr zu kommen? Er ist sich nicht sicher. Er wollte nicht.

»Woran denkst du?«, fragt sie.

»An vergangene Dinge.«

»Und was denkst du darüber?«

»Ich urteile nicht über Vergangenes. Höchstens versuche ich, es zu verstehen.«

»Was versuchst du zu verstehen? Die Vergangenheit allgemein? Deine Vergangenheit? Meine? Die deiner Mutter? Verstehst du dich eigentlich selbst? Du müsstest noch viel grenzüberschreitender denken, grenzüberschreitender Psychiater Kadoke.«

»Wie du hierhergekommen bist. Das versuche ich mir noch mal vor Augen zu führen, versuche es zu analysieren. Wer versteht sich schon selbst? Ist das das Ziel des Lebens? Wenn das so ist, wartet am Ende vermutlich eine Enttäuschung, und ich fürchte, ich habe schon zu viele Grenzen überschritten.«

»Findest du's schlimm, dass ich hergekommen bin? Oder gerade gut? War ich eine Enttäuschung?«

Kadoke schüttelt den Kopf.

»Nicht schlimm, nein, und auch keine Enttäuschung, aber vom rationalen Standpunkt aus betrachtet, hätte es nicht geschehen dürfen, allerdings bezweifle ich, dass die Ratio in diesem Fall wirklich der bessere Ratgeber gewesen wäre. Ich weiß nicht, was ich getan hätte, wenn ich alles noch mal hätte tun können. Das Gleiche, fürchte ich. Und jetzt muss ich nach oben, ich will Mutter noch Gute Nacht sagen.«

Sie drückt seine Hand. »Noch einen Moment. Bitte!«

Kadoke schüttelt den Kopf. Vielleicht kann er im Vorgarten noch kurz eine rauchen, bevor er zu Mutter geht.

»Michette, wir können diesen Moment nicht unendlich in die Länge ziehen. Alles, was du loslässt, alles, was du verlierst, macht Platz für etwas Neues, vielleicht sogar Besseres. Melancholie beruht oft auf unreflektierter Verherrlichung einer Vergangenheit, die diese Verherrlichung überhaupt nicht verdient. Nur weil die Vergangenheit uns so vertraut vorkommt, wünschen wir uns so intensiv dorthin.«

»Aber loslassen lernst du nur durch festhalten, Kadoke. Darum halte ich dich fest.«

Er reißt seine Hand los. »Bis morgen«, sagt er. »Wenn ich morgen vom Nachtdienst zurückkomme, schau ich noch kurz, ob du schön schläfst.«

»Deine Muttermale sind in meiner Handtasche«, ruft sie ihm hinterher.

Im Vorgarten raucht er hastig eine Zigarette.

Dann geht er zu Mutter. Sie liegt mit weit aufgerissenen Augen im Bett. »Ich hab Angst«, sagt sie.

»Warum?«

»Bald bin ich mit dem Mädchen allein.«

»Davor brauchst du doch keine Angst zu haben. Und du bist nicht allein. Im Hintergrund bin ich immer dabei. Sie wird gut für dich sorgen. Einmal pro Woche, alle zehn Tage, komme ich nachschauen, wie es euch geht.«

Er deckt sie gut zu.

»Mir ist das nicht geheuer«, sagt Mutter.

»Alles wird gut. Bis morgen früh. Soll ich das Licht ausschalten?«

»Das mach ich schon selbst.«

Er geht zur Tür, bleibt dort stehen, bis Mutter das Licht ausgeschaltet hat.

26

Der Nachtdienst ist ruhig verlaufen. Drei Fälle, alle drei nicht sonderlich schwer.

In aller Frühe weckt er Michette, sie muss noch viel einpacken.

Hastig macht sie das Frühstück für Mutter, die stocksteif auf ihrem Stuhl im Schlafzimmer sitzt. Ein paar Stückchen Obst würgt sie hinunter. Ab und zu wirft sie einen Blick auf ihren Sohn. »Und du bist dir ganz sicher, dass das gut so ist?«

»Ja«, sagt Kadoke, »ganz sicher.«

Er geht zu Michette ins Wohnzimmer. »Dusch Mutter heute mal nicht«, sagt er. »Mach das besser erst im Hotel.«

Michette ignoriert ihn, sie ist beim Einpacken. In den vergangenen Wochen ist eine Menge zusammengekommen, außerdem ist da noch ihre Fotoausrüstung, die auch mitmuss.

Etwas später als geplant sind alle Sachen im Auto. Die Aktentasche mit dem Pflegebericht hat er als Letztes eingepackt. Morgen wird im Hotel eine Übergabe stattfinden, dann kommt der Hausarzt von Michettes Eltern und wird Mutter untersuchen. Michette wird die Übergabe managen müssen.

Mutter sitzt neben ihm, Michette auf dem Rücksitz. Mutter schläft nicht, doch reden tut sie ebenso wenig.

»Nachher geb ich dir den Pflegebericht«, sagt Kadoke zu Michette, »den zeigst du morgen dem Hausarzt. Vielleicht kannst du dir wie bei Mutter zu Hause eine Stelle ausdenken, wo du den Bericht immer hinlegst? Sie hat doch bestimmt einen Tisch auf ihrem Zimmer, leg ihn dahin.«

Als sie über eine der Brücken fahren, die Zeeland mit dem Rest der Niederlande verbinden, fragt er Mutter: »Und, ist das hier nicht schön?«

»Nein«, antwortet sie, »überhaupt nicht.«

Er nickt, dann flüstert er ihr ins Ohr: »In ein paar Wochen bist du wieder zu Hause. Du tust ein gutes Werk.«

Er bekommt keine Reaktion, und auch er selbst sagt nichts mehr. Seine Begeisterung über die Idee, Mutter und Michette könnten sich im Hotel Meerjungfrau gegenseitig helfen, ist im Sinken begriffen. Man muss abwarten, wie sich alles entwickelt, was für ein Verhalten Michette an den Tag legt. Auch hat er mittlerweise seine Zweifel, ob es wirklich eine gute Idee war, Mutter aus ihrer vertrauten Umgebung zu reißen, doch jetzt ist es zu spät. Mutter ist ein größerer Unsicherheitsfaktor als ursprünglich gedacht. Und trotzdem, es gibt keine Alternative, er selbst sieht jedenfalls keine. Das ist der Weg, den sie gehen müssen, Mutter und Michette. Und er auch.

»Was wird eigentlich aus deinen Aufträgen? Wirst du für die den ganzen Weg bis nach Amsterdam hin- und herfahren?«, fragt Kadoke.

»Ich nehm weniger Aufträge an. Ich muss mich erholen.«

»Erholen. – Von was oder wem musst du dich erholen? Ich dachte, die Pflege von Mutter fiele dir leicht und gäbe dir Kraft?«

»Von dir, grenzüberschreitender Psychiater Kadoke, von dir.«

Michettes aggressiver Ton beruhigt ihn. Besser als die ergebene Stille des kranken Eichhörnchens, die sie bisweilen immer noch an den Tag legt.

Das Hotel Meerjungfrau sieht noch genauso trostlos aus wie beim letzten Mal, vielleicht sogar noch trostloser.

Mutter schaut Kadoke mit einem Gesichtsausdruck an, in dem zu lesen steht: Und dafür hast du mich hergeschleppt? Hier lässt du mich allein? Auch Mutter fühlt sich verraten.

»Komm«, sagt er, »gehen wir schnell rein, es ist kalt draußen.«

Michette und Mutter haben zwei Zimmer nebeneinander, mit einer Zwischentür, damit sie nicht erst auf den Flur müssen, um zueinanderzukommen. Die Zimmer sind wirklich sehr schlicht, sie würden gut in ein Kloster passen.

»Ich hab Ihnen einen Stuhl in die Dusche gestellt«, sagt Michettes Vater zu Mutter. »Dann können Sie im Sitzen duschen.«

»Ich kann beim Duschen hervorragend stehen.«

Darauf entfernt sich der Vater. Er ist eindeutig noch nicht an Mutter gewöhnt.

Kadoke darf nicht zu lange hier bleiben, sie müssen allein zurechtkommen. Michette ist auf ihrem Zimmer beim Auspacken. Sie macht sich das Zimmer gemütlich, wie sie das nennt.

»Ich gehe jetzt, Mama«, sagt er. »Alles wird gut. In einer Woche, weniger als einer Woche, sehe ich wieder nach dir. Du tust ein gutes Werk an Michette. Ich denke, du wirst ihr sehr helfen.«

»Mir wär's lieber, jemand anders könnte das gute Werk tun. Ich bin ein bisschen müde. Ich leg mich aufs Bett.«

»Willst du dich ausziehen?«

»Nein, ich leg mich so hin. Nur ohne Schuhe.«

Er hilft ihr. Sie legt sich hin. Er nimmt eine Decke und breitet die über sie.

»Ist die dreckig?«, fragt sie. »Haben da Katzen oder Hunde drauf gelegen?«

Der Sohn schnuppert. »Nein, nicht dreckig. Keine Katzen oder Hunde.«

Kadoke umarmt Mutter und gibt ihr drei Küsse. »Alles wird gut«, sagt er. »In ein paar Tagen schau ich wieder vorbei. Michette wird für dich sorgen.«

»Aber sie ist doch krank?«

»Sie war krank.«

Er geht. Er darf den Abschied nicht in die Länge ziehen. Auch für Mutter gilt: Ein Pflaster reißt man am besten schnell herunter.

Im anderen Zimmer ist Michette noch immer dabei, es gemütlich zu machen. Sie hängt Fotos an die Wand.

»Ich gehe«, sagt Kadoke. »In ein paar Tagen bin ich wieder da. Wenn was ist, ruf mich an.«

Keine unnötig dramatischen Szenen, keine Gefühlsduseleien. Er lässt es hierbei bewenden.

Im leeren Speisesaal liest der Vater die Zeitung.

»Ich gehe«, sagt Kadoke. »Vielen Dank für alles. Es sieht gut aus. Michette hat meine Nummer, und du hast sie auch. Wenn irgendwas ist, meldet ihr euch. In ein paar Tagen bin ich wieder da.«

Er gibt dem Vater eilig die Hand, er will Fragen zuvorkommen, die er nicht beantworten kann. Doch weil Michettes Vater ihn unverwandt ansieht, voll Unsicherheit, fragt er schließlich: »Wo ist deine Frau, Michettes Mutter? Ist sie wieder nicht da?«

»In Eindhoven«, sagt der Vater. »Sie wollte dir nicht begegnen, aber gegen deine Mutter hat sie nichts einzuwenden.«

»Gut, das lässt hoffen«, antwortet Kadoke.

Mehr sagt er nicht, mehr ist auch nicht nötig.

Er geht über den fast leeren Parkplatz zu seinem Auto. Es scheint geklappt zu haben, die erste Etappe ist vollbracht.

Er ist schon fast bei seinem Wagen, will gerade einsteigen,

als er seinen Namen rufen hört. Laut. Schneidend. »Kadoke! Kadoke!«

Barfuß kommt Michette hinter ihm hergerannt.

»Du erkältest dich«, sagt er, als sie vor ihm steht. »Barfuß nach draußen, bei dem Wetter! Willst du Mutter anstecken?«

»Verräter«, sagt sie, »du bist ein Verräter!«

Sie schaut ihn an, mit einer Kälte im Blick, an die er sich nur von ihrer ersten Begegnung erinnert.

»Darüber haben wir doch schon gesprochen, du kennst meine Antwort.«

Die Kälte verschwindet nicht.

»Wir haben noch nicht alles gesagt. Ich habe nicht alles gesagt. Du hast mich daran gehindert.«

Kadoke schaut auf sein Handy. »Fünf Minuten«, sagt er. »Aber im Auto. Sonst erkältest du dich.«

Sie steigen ein, obwohl es im Auto nicht viel wärmer ist als draußen, doch wenigstens gibt es dort keinen Wind.

Michette wollte reden, aber jetzt sagt sie nichts. Sie schaut stur vor sich hin. Darum beginnt Kadoke: »Du schaffst es auch ohne mich. Das war das Ziel, von Anfang an, sonst hätte ich mich auf die Therapie nicht eingelassen, sonst wäre alles sinnlos gewesen.«

Sie beißt sich auf die Unterlippe. Sie schüttelt den Kopf.

Vor ihnen liegt der Strand. Genauso leer wie beim letzten Mal, als er hier aß. Undenkbar, dass sich dort im Sommer Leute auf einem Handtuch oder im Liegestuhl rekeln.

»Liebst du mich noch?«, fragt Michette. »Und das wollte ich sagen: Warum lässt du mich im Stich? Das Leben lässt einen im Stich, das weiß ich, das habe ich gelernt. Aber von dir hätte ich mehr erwartet, ich hätte gedacht, wir könnten zusammen leiden. Mehr hättest du nicht zu tun brauchen: nur zusammen mit mir leiden.«

Kadoke sieht Mutter vor sich, angezogen auf dem Bett, in

einem Zimmer, das wie für einen Mönch eingerichtet wirkt, oder für eine Nonne. Wie war er nur darauf gekommen, es sei eine gute Idee, Michette und Mutter im Hotel Meerjungfrau unterzubringen? Jetzt hat er wieder jemanden enttäuscht.

»Ich habe dich nie geliebt, Michette. Das ist nicht meine Aufgabe. Ich hab sie dir oft erklärt: dich vor dem Tod beschützen, zusammen mit dir Möglichkeiten erkunden, deine Dämonen zu bekämpfen. Das ist alles. Und letztendlich leidet jeder allein.«

Sie weint. Herzzerreißend. Doch das hat er in seinem Beruf schon so häufig erlebt, dass er weiß: Er muss es aushalten, die Tränen der anderen. Wie ein Bergsteiger eine bestimmte Wand überwinden muss, so muss er durch die Tränen der anderen hindurch.

Er schaut zum Hotel. Ob es wohl je ausgebucht war, die Gäste dicht an dicht saßen? Als Michette hier mit fünfzehn Wiener Schnitzel zubereitete? Gab es damals massenhaft Tagesausflügler? Deutsche Touristen? Familien aus Amsterdam und Umgebung?

»Warum hast du mich mitgenommen, wenn du mich nicht liebst? Warum?«

Kadoke starrt vor sich hin. Er sieht Michettes Vater vor sich, redend, Muscheln aufhebend, Halt suchend, Antworten, an Stellen, wo es keine Antworten gibt.

»Auch das hab ich dir schon gesagt. Es ist eine Frage, die mich nach wie vor quält. Die beste Antwort, die ich dir geben kann, ist: Ich habe dich als menschliches Widderhorn mitgenommen. Mutter wollte das Widderhorn hören, wegen Jüdisch Neujahr, aber der Rabbiner kam nicht. Da hab ich dich mitgenommen. Deine Stimme sollte Gott wecken, und wenn nicht ihn, dann wenigstens die Menschen. Ich muss jetzt los. Ich muss rechtzeitig zum Nachtdienst zurück sein.«

Er schaut sie kurz an. Sie kaut immer noch auf der Unterlippe. Rhythmisch.

»Du brauchst mich nicht mehr, Michette, du kommst jetzt alleine zurecht. Und irgendwie bin ich trotzdem immer bei dir. Ich habe dir meine Muttermale gegeben.«

Mittlerweile ist der Wind selbst im Auto spürbar. Bestimmt gibt es Sturm.

»Darf ich noch ein Mal dran fühlen?«

»Ganz kurz.«

Sie tastet nach seinem unteren Rücken. »Verrückt«, sagt sie, »sie sind weg! Man spürt nichts mehr.«

»Nein, sie sind in einem Döschen. Ich muss jetzt wirklich los. Das Wichtigste, was du wissen musst, ist, dass du es kannst, dass du auch ohne mich klarkommst. Und dass ich nicht aus der Welt bin, aber dass die alternative Therapie jetzt zu Ende ist.«

Sie antwortet nicht. Ein letztes Mal fühlt sie, ob der Arzt nicht doch ein Muttermal übersehen hat, sein Freund, der Dermatologe.

Sie zieht ihre Hand zurück.

»Aber der einzige Grund, warum ich leben wollte, warum ich mir befohlen hatte zu leben, war doch: Ich wollte dir beibringen, was Liebe ist.«

Sie starrt ihn an mit einer Verzweiflung, die ihm trotz all seiner Erfahrung den Atem nimmt. Als stehe er hoch auf einem verschneiten Gipfel und schaue in einen Abgrund.

Er schnäuzt sich die Nase mit einem Papiertaschentuch, das sich seit mindestens drei Tagen in seiner Hosentasche herumsielt.

»Jeder Grund, warum du am Leben bleiben willst, ist ein guter Grund. Jetzt musst du schnell ins Hotel, sonst erkältest du dich. Renn so schnell du kannst. Mutter wartet auf dich. Mutter braucht dich.«

Aber sie rennt nicht. Sie bleibt sitzen, während der Wind so stark geworden ist, dass das geparkte Auto hin und her schwankt.

»Noch eine Frage. Wenn Leute später mal von mir wissen wollen, was das war, die alternative Therapie, darf ich dann sagen: Es war Liebe? Darf ich das, grenzüberschreitender Psychiater Kadoke?«

»Du darfst sagen, was du willst. Das weißt du. Du kannst der alternativen Therapie jeden Namen geben, der dir gefällt, die Grenze dabei setzt allein du.«

Sie macht die Wagentür auf, steigt aus, will offenbar ohne ein weiteres Wort zum Hotel, streckt dann aber doch den Kopf noch einmal ins Auto. »Du hast mich nie entführt, Arschloch. Du bist kein Entführer, dazu du bist zu schwach. Deine Mutter hat recht: Du hast kein Rückgrat.«

Sie wirft die Tür zu und rennt nun in der Tat so schnell sie kann zum Hotel ihrer Eltern. Selbst rennend erinnert sie ihn an ein Eichhörnchen. Er wartet, bis sie im Haus ist. Sie hat sich nicht mehr umgedreht.

Kadoke fährt los. An der ersten Tankstelle hält er. Er kauft sich eine Dose Cola, trinkt die im Wagen, betrachtet die anderen Autos, die Tankstelle, die Kunden. »Erlöse mich von meinem Beruf«, sagt er. »Erlöse mich vom Leiden der anderen.« Dann fährt er ohne Pause bis nach Amsterdam.

Kadoke geht durch das leere Haus. Hier und da findet er noch Sachen von Michette, einen Schlüpfer von Mutter, den sie vergessen haben einzupacken. Kadoke ordnet ein paar Papiere, die auf dem Esstisch liegen. Auf der Rückseite einer Rechnung entdeckt er in seiner Handschrift den Namen »Priklopil« – offenbar hat er ihn einmal ohne groß nachzudenken notiert. Hätte er weiterfragen müssen? Was bedeutet diese Obsession mit Priklopil?

Nein, es ist gut so. Die ideale Therapie gibt es nicht, nur die bestmögliche unter gegebenen Umständen.

Noch ein paar Stunden bis zum Nachtdienst.

Sie haben nicht mehr angerufen. In Zeeland ist offenbar alles im Lot.

Für einen Moment denkt er an Rose. Soll er ihr eine WhatsApp schicken? Fragen, wie es ihr geht? Er lässt es, er muss die Leute in Ruhe lassen. Wenn Rose will, wird sie sich melden. Eines Tages wird sie es tun, und wenn nicht, hat er seine Erinnerungen. Die Vergangenheit lebt, zischend wie eine Pfanne mit siedendem Öl.

Neben der Pflanze im Wohnzimmer findet er den singenden Weihnachtsbaum. Auch vergessen. Er wird ihn nächstes Mal mitnehmen.

Er legt sich aufs Sofa, auf die Decke, unter der Michette immer gelegen hat, den Weihnachtsbaum neben sich. Er schaltet ihn ein, lauscht dem Gesang, stellt die Musik wieder aus. Ein paar Sekunden lang hat er das Gefühl, Mutter und Michette seien tot und er gescheitert. Dann fällt ihm wieder ein, dass dem nicht so ist, dass sie sich im Hotel von Michettes Eltern befinden. Dass er in ein paar Tagen wieder nach Zeeland fahren wird, um dort nach dem Rechten zu sehen.

Kadoke steht auf. Michettes vergessene Kleidung legt er auf einen Stuhl neben dem Sofa. Er betrachtet das Gemälde. Nein, leiden tut man nicht gemeinsam, leiden verbindet nicht. Das ist Romantik. Man leidet allein. Darauf muss man sich vorbereiten. Und Kadoke ist vorbereitet. Darauf bereitet er andere Menschen vor.

Früher als sonst legt er sich auf sein Klappbett. Das Abendessen hat er ausfallen lassen. Er belässt es bei einem Apfel, wie sie Michette immer so gerne aß.

Gegen Mitternacht klingelt ihn der Krisendienst wach. Er macht sich Notizen, dann ruft er Dekha an.

»Schläfst du schon?«, fragt er.

»Nein«, antwortet sie.

»Sehr gut. Hör mal: Mann, dreiundvierzig Jahre, drei kleine Kinder, Suizidversuch durch Erhängen. Keine medizinische Vorgeschichte. Leicht verwirrt und aggressiv, zwischen den Anfällen aber relativ ansprechbar. Er ist im Krankenhaus. In zwanzig Minuten, einer halben Stunde, bin ich bei dir.«

Er zieht sich an, putzt sich die Zähne und geht nach unten.

Im Wohnzimmer brennt noch das Licht. Der singende Weihnachtsbaum thront auf dem Sofa.

Kadoke lässt alles so liegen.

Er geht aus dem Haus und beschließt, in der kalten Nacht noch eine zu rauchen.

Während er die dunklen Häuser der Nachbarn betrachtet, überkommt ihn eine unerhörte, fast beängstigende Sehnsucht, die nicht von Lebenslust zu unterscheiden ist. Das Verlangen, Hände, die noch warm sind vom Tee, auf seinem Gesicht zu spüren, sich in die Tiefe zu stürzen, zu küssen. Dieses Nicht-tot-Sein muss aufhören.

Vor dem Auto stehend raucht Kadoke seine letzte Zigarette.

Die Übersetzer

Rainer Kersten, geboren 1964, Studium der Germanistik, Romanistik und Niederlandistik in Berlin und Amsterdam. Arbeitet als freier Übersetzer von Theater und Prosa aus dem Niederländischen, u. a. Werke von Arnon Grünberg, Dimitri Verhulst und Tom Lanoye. 2014 wurde er neben Bettina Bach mit dem Else-Otten-Preis für die beste Übersetzung aus dem Niederländischen ausgezeichnet.

Andrea Kluitmann, geboren 1966, Studium der Germanistik und Niederlandistik in Bochum und Amsterdam. Arbeitet als freie Übersetzerin aus dem Niederländischen und übersetzte Werke u. a. von Hella Haasse und Gerbrand Bakker. Ihre Übersetzung von Do van Ransts Jugendroman »Wir retten Leben, sagt mein Vater« wurde mit dem Deutschen Jugendliteraturpreis ausgezeichnet.